W0071463

UNIVERSUM

Helmut Manthey

Wolkenschattenspiele
Ein Hallig - Roman

europabuch

© 2021 **Europa Buch**
europabuch.com

ISBN 979-12-201-0318-3
Erstausgabe: April 2021

Wolkenschattenspiele

Ein Hallig - Roman

Für
Eva - Maria

Vergangenheit hört nicht auf,
sie überprüft uns in der Gegenwart.

Siegfried Lenz

Vor der Groten Mandränke 1362 rasten die Wolkenschatten über weitgehend geschlossenes Land. Bis das Meer beschloss, es aufzubrechen und in Inseln und Halligen zu unterteilen. Nicht alle, die etwas abbekamen, durften es behalten. Etliche zwang das Meer, erhaltenen Besitz wieder zurückzugeben. Manche verloren alles.

Seither hat sich viel verändert. Die Wolkenschatten sind geblieben.

I.

WARMS IS GOOT FÖR LIEF UN SEEL

(Wärme ist gut für Leib und Seele)

Das Projekt

‚Ich wuchs inmitten der nordischen Gezeitenströme auf einem Fleckchen Erde auf, den weiträumige Seekarten kaum größer als einen Punkt verzeichnen. Inzwischen achtundachtzig Jahre alt, stelle ich fest, dass dieser Punkt die stärksten Eindrücke in meinem Leben hinterlassen hat. Ich wäre bereit, an Ihrem Vorhaben mitzuwirken. Bei Interesse nehmen Sie bitte Kontakt mit meinem Sohn Roni Finck auf. Er wird Ihnen Unterlagen zusenden. Die Rufnummer lautet …'

„Spreche ich mit Herrn Finck?"
„Korrekt."
„Guten Abend! Mein Name ist Benno Harms. Ich habe Mitte Januar in der Nordwest-Zeitung ein Inserat aufgegeben, auf das sich Ihre Mutter Fiona Nissen gemeldet hat. Die Universität Bremen plant für das Sommersemester 2013 ein Forschungsprojekt über das frühere Alltagsleben in abgelegenen Regionen Deutschlands. Wir wollen siebzig bis achtzig Jahre zurückblicken und sind erfreut, dass Ihre Mutter mitmachen will und für Interviews vor Ort zur Verfügung stehen wird."
„Aha, interessant. Das überrascht mich jetzt. Aber eigent-

lich kann ich mir das von meiner Mutter lebhaft vorstellen. Sie hat immer viel über ihre Jahre auf der Hallig erzählt - auch später noch bei Kaffeebesuchen an Sonntagnachmittagen. Ich hörte vom Alltag ohne Strom und fließendes Wasser und erfuhr, wie die ‚Ümstänne' - so nannte Opa Nissen die damaligen Verhältnisse - das kleine Eiland im Wattenmeer erschütterten. Soweit gewünscht und es mir möglich ist, unterstütze ich das Projekt."

Eine halbe Stunde später läutet Bennos Telefon. Roni ist am Apparat: „Entschuldigen Sie bitte, Herr Harms, ich habe da noch ein familiäres Anliegen. Vielleicht kann Ihr Projekt mir weiterhelfen. Natürlich nur, wenn es keinen zu großen Aufwand verursacht. Könnten Sie mir hin und wieder Interviewausschnitte über die Freundschaften meiner Mutter mit Jungs und jungen Männern zusenden? Über einige hat sie so viel erzählt, dass sich mir die Frage aufdrängte, ob einer von ihnen womöglich mein wirklicher Vater ist. Beim Sonntagnachmittagskaffee wäre das natürlich eine No-Go-Frage gewesen. Gegenüber einem neutralen Interviewer wird sich meine Mutter vielleicht eher äußern. Ich weiß, das klingt ein bisschen heikel, aber ich bitte Sie um Verständnis, denn die Frage beschäftigt mich seit langem."

Benno antwortet, er werde der Bitte nachkommen - vorausgesetzt, das Wattenmeer biete Internetzugang. Dann skizziert er seine Zeitplanung. „Im Februar fahre ich zum Biikebrennen und schaue mich schon mal auf der Hallig um. Die Interviews starten im April. Im Spätsommer will ich fertig sein, um meine Seminararbeit rechtzeitig vor dem neuen Semester abzugeben."

Rußiger Teint

„Blutrote Fackeln werden durch die Lüfte wedeln." Die

Worte erscheinen Benno so überdreht, dass er sich irritiert nach der Sprecherin umschaut. Er erblickt sie im Halbdunkel am Rand des Platzes. Obwohl er in ihren Augen unter dem lockigen Haar etwas Bestimmtes gesehen zu haben glaubt, wendet er den Kopf gleich wieder zurück, denn der Höhepunkt des Abends steht bevor: Das Petermännchen wird in Flammen aufgehen. Das Männchen ist eine Puppe. Kindsgroß im Rock thront sie an der Spitze des Haufens aus Treibholz und Gestrüpp. Angestachelt vom rhythmisch fordernden Klatschen der Menge hebt auch Benno die Hände und stimmt in den Ruf ein: „Mook de Biike an!"[1] Ein Mitglied der Halligfeuerwehr tritt heran und entzündet mehrere Scheite. Nach kurzer Zeit schießt aus einem kleinen knisternden Brandherd eine rote Feuersäule empor. Benno denkt an die ‚blutroten Fackeln' und nimmt an, dass die Frau der winterlichen Spröde am Hallig-Deich einen bildhaften Akzent entgegensetzen wollte. Da züngeln die Flammen auch schon am Rock des Petermännchens. Tagelang haben Halligkinder an der Puppe gebastelt, sie mit Stroh ausgestopft und mit Sackstoff umwickelt. Nun gucken sie mit leuchtenden Augen zu, wie sich ihr Werk binnen weniger Sekunden in Rauch und Asche auflöst. Unwillkürlich kommt Benno der Gedanke: ‚Entstehen und vergehen - der ewige Kreislauf im Wattenmeer'.

Minuten später spürt er hinter seinem Rücken eine Bewegung und im nächsten Augenblick, wie eine Hand über seine Wange reibt. Dazu die Stimme, die erneut geschraubte Worte von sich gibt: „Die Flammen gieren in den Himmel, als wäre da noch mehr zu holen." Er dreht sich um, starrt auf die Frau, erkennt sie aber kaum wieder, denn ihr Gesicht ist eingeschwärzt. Unheimlich erscheint ihm der nahe Anblick. Sie lacht ihn an. Greller Feuerschein reißt das Weiß der Zäh-

---

1 Macht die Biike an!

ne aus dem Dunkel und taucht den schwarz getünchten Teint in ein noch tieferes Schwarz. Das ist Ruß, stellt er überrascht fest. Auch ihre Hände, mit denen sie sein Gesicht berührt hat, sind rußig. Wahrscheinlich sehen meine Wangen jetzt genauso schwarz aus, denkt Benno verärgert und fragt sich, ob der Brauch, mit holzkohlegeschwärzten Händen über andere Gesichter zu fahren, nicht eher etwas für Kinder ist. Aus der Entrüstung keimt ein neuer Gedanke: Er will die Frau herausfordern. „Gierende Flammen, blutrote Fackeln", zitiert er, „offenbar kennen Sie sich mit den Biike-Riten aus. Dann wissen Sie sicher, ob schon Ihre Vorfahren hier zusammengestanden haben. Trieben als erste die Wikinger den Winter und böse Geister mit großen Feuern aus - womöglich vor ihnen schon die Neandertaler? Oder begann der Ritus erst mit dem Walfang als Geleit für die Walfänger beim Start in die neue Fangsaison? Krönten schon Ihre Urväter die Spitze des Holzhaufens mit einem heidnischen Gegenstand?" Die Frau macht einen Schritt rückwärts, als hätte der Wortschwall ihr einen Stoß versetzt. Auch ihn überrascht seine Redeweise, die ihm auf einmal genauso hochgestochen vorkommt wie ihre. Will er sich spontan anpassen? „Über meine Urväter weiß ich wenig", hört er sie antworten, während er darüber nachdenkt, was gerade in ihm vorgeht. „Friesische Walfänger waren es sicher nicht, wenn ich den Abstand ihrer Fanggründe zu meinem Geburtsort bedenke." „Sie sind nicht von der Hallig?" „Ich lebe in Kalifornien." Bennos Staunen nimmt zu, als die Frau ihn vertraulich am Ärmel packt. „Komm! Fremde an fremden Orten sollten sich zusammentun, lass uns näher an den Haufen treten." Verdutzt bleibt Benno stehen. „Woher wissen Sie, dass ich fremd bin?" „Das sehe ich." Die Antwort gibt Benno erneut ein Rätsel auf, doch weil die Frau dem glühenden Haufen bedenklich nahe kommt, eilt er hinterher und umschlingt sie an den Schultern, um sie am Weitergehen zu hindern und ihre Gesichtshaut vor Verbrennung zu schützen. Im selben Augenblick fängt die Menge an zu johlen: „Gruß an die neue Jahreszeit!", und die Frau johlt mit. Dann plötzlich, als es ringsum immer lauter wird, bleibt es neben Benno merkwürdig ruhig. Die Frau ist im Getümmel verschwunden. „Leider muss ich los", hört er ihre Stimme aus unbestimmter Richtung, worauf er enttäuscht ins Dunkle starrt. Er hat sie doch zum Tee einladen wollen.

Am Heißgetränkestand denkt er an die Szene zurück. Vergeblich hat er unter den schemenhaften Figuren im Umkreis des Biikehaufens nach der Frau gesucht. Was mag es für Gründe für ihr merkwürdiges Verhalten geben? Ist es vielleicht ein neckischer Trick gewesen, und sie hat ihn in Wahrheit gar nicht verlassen, sondern dazu bringen wollen, nach ihr zu suchen? Eine Idee, die ihn kurz so erregt, dass er erneut nach ihr Ausschau halten will. Da hört er einen Zuruf vom Stand, als hätte die Bedienung seine Verwirrung bemerkt: „Warms is goot för Lief un Seel!"[2] Schon gießt sie heiß dampfenden Tee in einen Becher und fragt wie nebenbei: „Mit oder ohne Schuss?" Weil Benno zu lange mit der Antwort zögert, trifft die Bedienung selbst die Entscheidung: „Also mit, dat wüllt all bi de Küll."[3] Benno schmunzelt über die unbekümmerte Eigenmächtigkeit, mit der hinter dem Standtresen nach einer Flasche Aquavit gegriffen und der Teebecher aufgefüllt wird. ‚Ist das die friesische Art?', fragt er sich. Anscheinend gibt es hier draußen, weit vor der Küste, spezielle Gepflogenheiten. „Annelies, Wirtin des Frieslandpesels." Benno schüttelt die ausgestreckte Hand und nimmt aus der anderen den Becher entgegen. „Benno Harms, Student. Ich habe für die Nacht ein Zimmer bei Ihnen gebucht." „Die Daunendecke liegt schon bereit, Sie werden gut bei mir schlafen", sagt die Wirtin und

---

2   Wärme ist gut für Leib und Seele!

3   Also mit, das wollen alle bei der Kälte.

ergänzt mit einem Fingerzeig auf den Becher: „Bitoo, wi seggen Köm dor to."[4] Benno nickt und registriert zufrieden den Nutzen seiner Plattdeutsch-Hör-CD, in die er auf der Herfahrt mehrmals reingehört hat. „Was treibt Sie ausgerechnet im kältesten Monat auf die Hallig?", fragt Annelies. „Ein kurzer Abstecher, morgen geht's schon zurück", antwortet Benno. „Aber im Frühjahr komme ich wieder." „So sehr gefällt's Ihnen hier?" Annelies streicht ironisch mit der Hand über die unwirtliche Szenerie, als müsse sie den im Ton mitschwingenden Zweifel unterstreichen. „Zugegeben", fährt sie fort, „um diese Jahreszeit zieht es kaum Touristen in unsere Gegend, doch im Frühling werden Sie die Hallig nicht wiedererkennen. Die Fennen blühen, und der Wind treibt weiße Schäfchenwolken über den blauen Himmel." Benno blickt in den Dampf über dem Becher. „Darf ich dann wieder bei Ihnen schlafen?" Kurz zuckt er zusammen, fast hätte er sich am heißen Becherrand die Lippen verbrannt. War die Frage zu forsch? Nein, jedenfalls ist der Wirtin nichts anzumerken. „Wenn im Restaurant die Hauptsaison beginnt, habe ich keine Zeit für Übernachtungsgäste. Ich werde meinen Bruder fragen. Broder vermietet Zimmer auf Ockelützwarft."

Auf dem Platz treffen weitere Festbesucher ein und drängen an den Teepunschstand. Benno tritt zur Seite, möchte das Gespräch mit Annelies aber fortsetzen. Immerhin hat sie gefragt, ob es ihm hier gefalle. „Der Alltag der Hallig interessiert mich", ruft er über Köpfe hinweg. „Der Alltag vor siebzig, achtzig Jahren, als Fiona Nissen hier lebte. Vielleicht kennen Sie die Familie…" Annelies ist viel zu beschäftigt, um weiter zuzuhören. Und die Wartenden schauen unbeteiligt zur Seite. Benno begreift. Warum auch sollte sich

---

4   Übrigens, wir sagen Köm dazu.

jemand ausgerechnet am Biikeabend für ein Uni-Projekt interessieren? Ihn selbst begeistert die Idee, Menschen zu interviewen, die in den zwanziger Jahren geboren wurden. Sie sind die einzigen, die noch leibhaftig über die dreißiger und vierziger Jahre berichten können. Er ist gespannt auf den Menschenschlag hier draußen im Wattenmeer, wo der Spruch „Lever duad as Slav"[5] ersonnen wurde - von Menschen, die besonders weit vom Festland wegzogen, weil sie die Freiheit besonders liebten.

Benno umrundet den Biikehaufen. Halligleute stehen in Gruppen zusammen und hauchen wärmenden Atem in ihre Handschalen. Jedes Gesicht, ob jung oder alt, erstrahlt im Widerschein des Feuers. Man mustert Benno, er fällt auf. Überall lebhaftes Gespräch. Frauen, die ihre Wintermäntel ungeknöpft lassen, um stolz die silbernen Brustlatze ihrer Trachten zu zeigen, erregen Bennos Aufmerksamkeit. Der Teepunsch wirkt. Er traut sich, dicht an die Menschen heranzutreten. Vielleicht kann er etwas von ihrem Plattdeutsch verstehen. Annelies' knappen Sätzen hat er folgen können, aber im Stimmengewirr ist es schwierig. Da hört er Worte auf Hochdeutsch. „Wahrscheinlich muss sie kellnern, im Frieslandpesel werden nachher noch Gäste erwartet", raunt ihm ein Halligmann zu, der die Szene vorhin offenbar beobachtet hat. ‚Wenn das so ist, werde ich sie im Frühjahr wiedersehen', hofft Benno insgeheim. „Mein Name ist Broder Magnus. Annelies sagte, Sie möchten im Frühling ein Zimmer mieten. Kommen Sie nachher mit mir, ich zeige Ihnen eins. Immer gut, wenn man frühzeitig bucht."

Im April 2013 starten Benno Harms und Fiona Nissen das Hooger Interviewprojekt, für das die Uni ein Gästezimmer auf Hanswarft angemietet hat. Fiona macht es sich in der

---

5   Lieber tot als Sklave

Sofaecke bequem, Benno sitzt am Tisch vor seinem Notizblock. „Dass ihr jung Lüüd euch für uns Alte interessiert, gefällt mir", sagt Fiona zur Eröffnung. Sie füllt eine Schale mit Gebäck und stellt zwei Gläser Wasser dazu. „Wenn meine Kindheits-, Jugend- und Jungerwachsenenerinnerungen euren Studien nützen, unternehme ich gern eine Reise in meine Vergangenheit."

Benno hat ein klares Ziel: Fiona Nissen soll der Hallig das frühere, kaum noch bekannte Gepräge verleihen, indem sie die Zeit vor einem Dreivierteljahrhundert noch einmal im Geist durchlebt. Ganz im Sinne des Professors, der den Seminarteilnehmern die Forderung ,Achten Sie auf Authentizität!' mit auf den Weg gegeben hat. Und er selbst? Wie kann er zum Projekterfolg beitragen? Aufmerksam zuhören will er und versuchen, sich in die Gefühle seiner Interviewpartnerin hineinzuversetzen. Gute Vorsätze, doch als er Fiona zum ersten Interview gegenübersitzt, fällt ihm keine erste Frage ein. Ausgerechnet auf den Einstieg ist er nicht vorbereitet. Fiona bemerkt seine Unsicherheit und räuspert sich verständnisvoll: „Der Anfang ist immer das Schwerste." Benno nickt. „Ich wollte spontan beginnen und habe mir nur kurz auf dem Zettel notiert: Fenster in die Vergangenheit der Hallig öffnen." Fiona lacht. „Schönes Motto. Aber vielleicht fängst du einfach bei dir an. Wie bist du ins Projekt gestartet?" „Besten Dank für Ihren Vorschlag. Wäre ich selbst nicht drauf gekommen." „Gut, dass du ehrlich bist. Das mag ich. Kannst übrigens ,Du' to mi seggen, dat is gang un geev bi uns.[6] Sag einfach Fiona zu mir."

„Im Februar, vor der ersten Fahrt nach Hooge, habe ich im regionalen Zeitungsarchiv nach Artikeln zwischen 1925 und 1950 gefragt. Ort- und stichwortbezogene Sammlungen lägen erst ab den fünfziger Jahren vor, sagte man mir. Schät-

---

6   Kannst übrigens ,Du' zu mir sagen, das ist bei uns so üblich.

zungsweise hätte ich 40000 Seiten in den Zeitungsauflagen eines Vierteljahrhunderts durchblättern müssen, um vielleicht einige wenige Artikel über Hooge zu finden. Davon sah ich ab." „Verständlich. Selbst bei diesem Aufwand wärest du nicht unbedingt fündig geworden." „Warum?" „Von Ereignissen auf den entfernten Halligen erfuhren Journalisten selten, oder sie erschienen für das Festland nicht berichtenswert. In den Vierzigern war es sogar verboten, über die Halligen zu berichten, weil sie als vorgeschobene Posten im Krieg galten."

„Umso wichtiger sind Sie - äh, bist du - als Zeitzeugin. Zusätzlich werde ich manches projektbegleitend recherchieren und als Fußnote vermerken." „Na klar. Schließlich bist du Studiosus der Historik." „Apropos, die Uni gibt den Zeitplan vor. Mein Manuskript muss dem Professor rechtzeitig zum nächsten Semesteranfang vorliegen." „Nimm bitte Rücksicht. Mein Alter verlangt Pausen. Nicht nur das. Ich werde auf ein Labyrinth von Erinnerungen treffen, die ungeordnet nebeneinander liegen. Sicher weiß dein Professor, dass es Zeit braucht, sich durch Labyrinthe zu tasten."

„Natürlich gönnen wir uns Pausen. Die entstehen automatisch. Ich kann ja nicht Interviews führen und die Notizen parallel im Manuskript verarbeiten. Das mache ich schön nacheinander."

„Da ist noch etwas. Bestimmte Erinnerungen wie an den Buschemann, der auf dem Grund des Fethings hauste, gehören für deinen Professor wahrscheinlich eher ins Reich der nordischen Mythologie als in eine Seminararbeit." „Das macht nichts, ich notiere es trotzdem."

Benno schmunzelt, denn er hat gerade einen amüsanten Einfall.

„Wer weiß, vielleicht schreibe ich am Ende einen Roman anstelle einer Seminararbeit." Beide lachen über den Gedanken.

„Nun denn, fangen wir also an. Was fällt dir zur Zeit deiner Kindheit ein?"

„Ich kam im April 1925 auf Hanswarft zur Welt. Dass ich in die ‚Goldenen Zwanziger' hineingeboren wurde, erfuhr ich Jahrzehnte später. Die Hallig war noch nicht mit der Strom- und Wasserversorgung des Festlandes verbunden.[7] Das war die Ausgangslage. Sie war nicht gerade golden, kam mir aber so selbstverständlich vor wie alles andere, die Warften, die Fennen, der Deich und das Meer. Meine Generation wurde in eine falsche Zeit hineingeboren, die Zeit der Nazi-Diktatur und des von ihr entfesselten Krieges. Das ist die rückblickende, die erwachsene Perspektive. In der Kindheitsperspektive gab es keine Staatsformen, Hitler hatte sie ‚abgeschafft', entsprechend kam der Begriff Diktatur nicht vor. Es gab auch keine Nazis. Richtiger: Sie wurden nicht so genannt. Kindheit war fixiert auf das Leben in der Familie und auf der Hallig."

„Deine früheste Kindheitserinnerung ist...?" „Furcht." „Du erinnerst dich an ein Gefühl, nicht an ein Erlebnis oder Ereignis?" „Moder impfte es mir ein. Sie warnte uns unaufhörlich vor ‚gefährlichen Orten'. Das waren alle Stellen, an denen ein Kind ins Wasser fallen konnte: der Trinkwasserbrunnen vor der Haustür, die beiden Fethinge auf der Warft, Gräben und Priele auf den Fennen und das Meer hinter dem Deich. Die Erzählung vom ‚Buschemann'[8] unterstützte ihre Warnung. Ein Fabelwesen, das auf dem Grund des Fethings hauste und Kinder in die Tiefe riss, wenn sie dem Ufer zu nahe kamen.

---

7   Die Anschlüsse erfolgten 1959 und 1970.

8   Kinderschreckfigur im norddeutschen Raum

Fething im Zentrum der Warft

Vom Buschemann hörte ich erst, als ich laufen konnte. Im Krabbelalter setzte mich Moder meist auf den Tisch am Küchenfenster. Das war kein gefährlicher Ort. Moder platzierte mich so, dass ich ausgucken konnte, während sie am Herd Essen zubereitete. Beschlug die Scheibe, wischte Moder sie mit einem Lappen frei. Mit der Nase am Glas gab es viel zu entdecken. Draußen trieb Vader unsere Kühe zum Melken ins Ack[9]. Der Trampelpfad führte am Küchenfenster entlang. Eine Kuh blieb stehen. Sie wunderte sich wohl über mein ans Glas gequetschtes Näschen und schob neugierig ihren Kopf an die Scheibe. Plötzlich blickte ich in furchterregend große, schwulstige Nasenlöcher, aus denen nebliger Atem drang, so dass das Glas auf der anderen Seite

---

9   Hof

beschlug. Ich konnte Vader nicht mehr sehen, bekam Angst und fing an zu heulen."

„Plötzlich war auch der Küchentisch zum gefährlichen Ort geworden", schmunzelt Benno. Fiona lacht: „Du sammelst Sympathiepunkte, Benno. Nach Ehrlichkeit nun ein Schuss Humor. Wenn du in diesem Tempo weitermachst, laufen dir demnächst sämtliche Halligmädel nach. Du bist doch solo, oder?"

„Äh, ja", stottert Benno und nimmt sich vor, demnächst im Frieslandpesel nach der Kellnerin zu fragen. „Was erinnerst du außerdem aus der Situation? Gerüche, die vom Herd zu dir herüberzogen? Ich selbst weiß noch, wie mich der metallische Geruch der Modelleisenbahn begeisterte, als mein Vater sie das erste Mal für mich aufbaute."

„Warte, ich schließe kurz die Augen. Erdiger Duft von Kartoffeln, würziges Petersilienaroma und Moders Schürzengeruch kommen mir in den Sinn."

„Schürzengeruch?" „Kennst du nicht, wie?" Fiona lacht erneut. „Ein Mix aus Essens-, Woll-, Seifen-, Vieh-, Heu- und Rauchgerüchen. Mindestens hundertmal am Tag wischte Moder ihre Hände an der Schürze ab. Und mindestens ein halbes dutzend Mal am Tag gab es Momente, in denen ich mich aus Scheu oder Furcht gegen Moders Schoß presste und die Nase in ihrer Schürze vergrub. Dieser Aromen-Mix brannte sich so sehr in mein Gedächtnis ein, dass ich später beim Bummeln über Bauernmärkte hoffte, den unverwechselbaren Duft noch einmal aufzuspüren. Erfolglos." Fiona verstummt und blickt gedankenversunken in ihren Schoß.

„Erzähle mehr über die Eltern und das Zuhause", bittet Benno.

„Mache ich gleich, aber brauchst du für das Seminar nicht auch ein paar aktuelle Infos zur Hallig?" „Oh, ja, das wäre ratsam. Gibst du mir einen kurzen Überblick?" „Zum Beispiel die Einwohnerzahl. Bei der großen Flut 1825 lag sie bei rund 400, heute nur noch bei etwas über 100. Mit Ausnahme des Kaufmanns hat die Hallig kein weiteres Geschäft, keinen Frisör, keine Apotheke und keinen Doktor. Dafür jedoch eine eigene Schule, eine eigene Kirche, mehrere Sehenswürdigkeiten, einen kleinen Hafen und eine Fähranlegestelle. Sogar ein eigenes Kino leistet man sich, das Sturmflutkino. Ein ganzes Haus ist einem früheren dänischen König gewidmet, weil der unsere Hallig besuchte und hier übernachtete. Eine Hauptstraße kennt Hooge nicht, alle Warften sind gleich gut erreichbar. Zu meiner Zeit gab es übrigens keine asphaltierten Straßen, sondern Wege, und keine Betonbrücken über Priele, sondern Holzstege."

To Huus[10]

Moder wurde auf Nordstrand geboren, Vader auf Hooge. Sie lernten sich auf dem Festland kennen, als Moder im Husumer Lebensmittelgeschäft Thams & Garfs Tee und Gebäck einkaufte, dem Laden, in dem Vader seine kaufmännische Ausbildung absolvierte. Manchmal kam sie auf diese erste Begegnung zurück, wenn Vader, wozu er neigte, in einer Sache unschlüssig blieb. Das sei schon immer so gewesen, sagte sie mit leisem Spott und schmierte ihm bei passender Gelegenheit die Unentschlossenheit aufs Brot, mit der er im Laden herumgestanden habe - ‚der kleine blasse Lehrling'. Zu nichts Weiterem sei er fähig gewesen, als ihr in die Augen zu schauen. Letztlich war es an ihr gewesen, die Initiative zu ergreifen, indem sie ihn noch für denselben Abend zu einem Treffen am Hafen einlud.

---

10   Zuhause

Familie Nissen: Margarete (Meta) und Karl (Kalli) Nissen mit Kindern
(noch ohne Max twee)

Sie verbanden ihr Leben auf traditionelle Weise durch
Heirat. Die Hooger scherzten, in Moders Art lebe die alte
Zeit des Walfangs fort, als die Frauen über alles bestimmten,

weil die Männer monatelang auf See waren. Frauen übten das Wahlrecht in den Kirchen aus und entschieden sogar über den Kauf von Häusern und die Vermessung und Aufteilung von Land. So weitgehende Rechte beanspruchte Moder zwar nicht für sich, aber sie wollte die Fäden in der Hand behalten, nicht nur am Spinnrad. Das hatte Vader gleich beim ersten Zusammentreffen begriffen. Wegen ihrer vielen vortrefflichen Fähigkeiten stand Moder die Rolle des ‚Familienoberhauptes‘ wahrhaftig zu. Konnte sie doch an ein und demselben Tag Kühe melken, kochen, ein Huhn schlachten, Wäsche waschen, den Garten pflegen, Kleidernähte ausbessern und darüber hinaus sogar noch Karamell-Bonbons auf dem Herd herstellen. Wie sie neben dem Bilegger[11] am Spinnrad sitzt und aus geschorener Schafwolle Wollfäden gewinnt, wird mir ewig im Gedächtnis haften bleiben. Bevor sie die Wolle zu Unterhosen, Leibchen und Strümpfen verarbeitete, sorgte sie für Weiße und Weichheit, indem sie das Rohmaterial mit Fethingwasser wusch. Pflanzliche Zutaten zu Mahlzeiten oder zum Einwecken entnahm Moder unserem kleinen Vorgarten. Sie züchtete Sellerie und Petersilie, legte ein Erdbeerbeet an, versuchte sich an Tomaten und Blattsalat und pflegte gemeinsam mit einer Nachbarin eine Stachelbeerhecke auf der Grundstücksgrenze. Gedüngt mit Rinderdung konnten sich die Ergebnisse sehen lassen. Jedes Gemüsebeet fasste sie mit Schnittblumen wie Pfingstrosen, Nelken und duftendem Phlox ein. In der Mitte stand ein Apfelbaum. Moder verlangte, dass wir mit den Äpfeln sparsam umgingen und die mit Stellen zuerst aßen. Das gefiel Max twee, unserem Brüderchen, überhaupt nicht. Er

---

11   Gusseiserner Ofen, der von der Küche beheizt wurde. Als Brennmaterial auf den holzarmen Halligen diente bis zum Anschluss an das Stromnetz in den 1960er Jahren hauptsächlich getrockneter Kuhdung.

schimpfte: Dann kom ik ja nie nich an de Nee'n ran![12]

Im Grunde unterwarf Moder jedwede Tagesangelegenheit einem strengen Pragmatismus, ihr Äußeres eingeschlossen. So band sie ihr ungekürztes Haar im Nacken zu einem Dutt zusammen, damit es ihr bei der Arbeit nicht vor die Brust fiel. Kleider trug sie ausschließlich an Festtagen. In Erinnerung habe ich sie eigentlich nur mit Schürze.

Benno erinnert sich an das Motiv: Meta Nissen mit Schürze, umringt von ihren Hühnern. Es gehört zu den Fotos, die Fiona zum Projekt mitgebracht hat.

Meta Nissen bei ihren Hühnern

Nach dem ersten Interview zieht er einige Schwarzweiß-Aufnahmen hervor. Allesamt haben diesen unverwechselbaren Touch: gewellt, verblichen, gelb- oder braunstichig, manche mit gezacktem Rand. Sie sehen nicht nur retromäßig aus, sie sind es. Benno fühlt sich in seinem

---

12   Dann komme ich ja nie an die Neuen ran!

Faible für die alte, analoge Fototechnik bestätigt. ‚Streng analog' waren, wenn man so will, auch viele Alltagsgegenstände zu Fionas Zeit. Zum Beispiel die Petroleumlampen. Wie es wohl gewesen war, in ihrem blakenden Schein Schularbeiten zu erledigen? Das könnte er eigentlich mal ausprobieren. Er leiht sich von Broder eine alte Petroleumlampe aus, die er in dessen Vitrine in der Stuv gesehen hat. Broder füllt Brennstoff in den Tank, und Benno lässt sich die Bedienung zeigen: erst den Docht mittels des Einstellrades in eine angemessene Höhe drehen und dann mit einem Streichholz anzünden. Augenblicklich vermittelt das Licht im Glaszylinder eine heimelige Atmosphäre. Benno setzt sich mit Papier und Stift an den Tisch neben die Lampe. Die Flamme flackert, die Helligkeit im Lichtkegel findet Benno zu gering - konzentrieren kann er sich dabei nicht. Der Versuch, eine Impression aus früherem Halligleben zu gewinnen, scheitert schon nach kurzer Zeit an Bennos Ungeduld. Ihm wird bewusst, dass er ohne Strom nicht leben kann. Papier und Bleistift legt er zur Seite, greift sich den Laptop und gibt das Stichwort ‚Vader Nissens labiler Kreislauf' ein. Darüber hatte Fiona zuletzt berichtet.

Vader wollte seine kaufmännische Ausbildung nutzen, um auf Hanswarft eine Verkaufsstelle für Kurzwaren und Alltagsbedarf einzurichten. Ein Mann von Backenswarft kam ihm jedoch zuvor. Für zwei Verkaufsstellen war die Hallig nicht groß genug. So wurde Vader Kleinbauer. Leider mochte er kein Blut sehen - ein Manko, das sich schwerlich mit den Aufgaben eines Viehhalters vertrug. Bat Moder ihn, ein Huhn zu schlachten, nahm er Reißaus. Sie musste selbst zum Beil greifen und dem Tier den Kopf abschlagen. Moder schätzte Vader vor allem wegen seiner Verlässlichkeit. Sämtliche Tagesverpflichtungen erledigte er nach festem Rhythmus, sei es der Abtransport von Kuhmist aus dem

Stall noch vor dem Frühstück, die Fütterung des Viehs mit Heu vom Dachboden oder das Handpumpen von Fething-wasser in die Viehtränken. Wir Kinder hätten die Wanduhr in der Stuv danach stellen können. ‚Harmonie und Umsicht‘ lautete Vaders Lebensmotto. Sobald zwei Menschen uneins waren, präsentierte er in aller Eile einen Kompromiss. Der musste nicht immer einen Sinn ergeben, sicherte aber den Frieden, und das war ihm das Wichtigste. In Rage geriet er eigentlich nur über die ‚Ümstänne‘, die das Friesentum bedrohten. Dass er uns liebhatte, sagte Vader nie. So weit waren Väter damals noch nicht. Er zeigte es aber. Beim Wettlauf mit den Wolkenschatten lief er ein Stück mit, begleitete uns zum Baden und nahm sogar am Gegenseitig-Nass-Spritzen und Unterduckern teil. So albern konnte er sein. Gewiss fand er es schade, dass er seine kaufmännischen Fähigkeiten nicht in einem eigenen Geschäft zur Geltung bringen konnte. Letztlich brachte ihm die Ausbildung aber doch etwas ein. Das Husumer Wasserbauamt wurde auf ihn aufmerksam, ernannte ihn zum nebenamtlichen Deichbeauftragten und erwartete, dass er gegen Entgelt ‚besondere Vorkommnisse am Wasser‘ protokollierte und ans Amt meldete. Auch Nachbarn nutzten seine Schreibfertigkeit, indem sie ihn Briefe schreiben ließen. Meist ging es um Widerstand gegen eine Behörde auf dem Festland: Du Kalli, ik vertell di dat gau, un dann schriffst du för mi ’n Breef na Husum. Du weetst am besten, wie dat geiht.[13] Selten folgte Vader einer Bitte nicht. Sein Maßstab war das sogenannte ‚vertretbare Maß‘. Ging ein Ansinnen über dieses, von ihm selbst in geheimnisvoller Weise festgelegte Maß hinaus, beispielsweise in Form eines kompletten Steuererlasses, zitierte er den Unterschied zwischen Soll und Haben (aus seiner kaufmänni-

---

13   Du Kalli, ich erzähle dir das schnell, und dann schreibst du für mich einen Brief nach Husum. Du weißt am besten, wie das geht.

schen Lehre) und lehnte es ab, die Petition zu schreiben. Im Kreis der Familie verspottete er Leute mit derart überzogenen Ansprüchen. Überhaupt nahm er seine Umwelt gern auf die Schippe. Sich selbst übrigens auch, wenn er zum Beispiel sagte: Ik fier geern, dat dörf aver nich to veel warrn![14] Vader lehrte uns, auf die Naturgesetze zu achten. So sei es für Kälber besser, wenn sie bei Flut oder auflaufendem Wasser geboren werden. Meist sorge die Natur selbst für den richtigen Zeitpunkt, meinte er, achtete aber doch penibel auf den Gezeitenstand, wenn eine Geburt anstand. Die bei Ebbe oder ablaufendem Wasser geborenen Kälber nannte er ‚Brüllkälber'. Ihr Leben lang waren sie lauter als bei Flut geborene. Je nach Tide sagte Vader zu Moder: Meta, wi könt uns ruhig noch 'n Stünn henlegen[15], oder: Oh, oh, wenn dat man nich 'n Brüllkalf warrd.[16] Auch über Pferde und Wetter wusste Vader schwer Bescheid. Galoppierte plötzlich ein Pferd scheinbar grundlos über die Fenne, zeigte es einen aufkommenden Sturm an. Vader riet uns auch: Studiert den Himmel, dann wisst ihr viel über den nächsten Tag!

Auf fröhliche Nachbarschaft!

Am fünften Tag nach Beginn der Interviews redigiert Benno am Tisch unter seinem Fenster, wo er sich ein Mini-Büro mit Laptop und Drucker eingerichtet hat, den Abschnitt ‚To Huus'. Wenn er aufs Meer schaut, spürt er die inspirierende Wirkung des weiten Blicks, bezweifelt aber, ob er jemals wird nachvollziehen können, wie einsam es auf der Hallig zu Fionas Zeit gewesen sein muss. Heute sind regelmäßige

---

14   Ich feiere gern, das darf aber nicht zu viel werden!

15   Meta, wir können uns ruhig noch eine Stunde hinlegen,

16   Oh, oh, wenn das man kein Brüllkalb wird.

Schiffsverbindungen, das Internet und in schweren Fällen selbst Krankentransporte per Hubschrauber selbstverständlich. Damals waren die Halligmenschen sich selbst überlassen. Sogar in der Not, wenn Hilfe wichtig gewesen wäre.

Zwei Stimmen unterbrechen Bennos Gedanken. Eine gehört Broder, die andere erkennt er ebenfalls sofort. Sie gehört der Frau mit dem gelockten Haar, der Kalifornierin. Nachdem es wieder still geworden ist, traut er sich aus dem Zimmer. Die benachbarte Tür ist nicht ganz geschlossen. Ein Lichtstrahl fällt in den Flur. Unbemerkt bleibt Benno hinter dem Spalt stehen und lugt in das Zimmer. Die Frau vom Biikebrennen steht vor dem Schrankspiegel und betrachtet ihren sportlichen Körper. Erstmals sieht er ihr Gesicht unverdeckt, wenn auch nur von der Seite. Sie wohnen im selben Haus. Tür an Tür! Benno kann es nicht fassen.

Verwundert fährt sein Blick über die plüschige Einrichtung. Im Augenwinkel bemerkt er, dass seine Nachbarin Bluse und BH auszieht. Sie ist hübsch.

Kurz überlegt er, ins Zimmer hinein zu grüßen, aber um diese Zeit und sie halb ausgezogen - das würde sie erschrecken. Plötzlich spürt er Schamröte aufsteigen, weil er sie beobachtet hat. Er geht in sein Zimmer zurück, legt sich aufs Bett und stellt sich vor, wie sie sich in die fluffigen Kissen ihres Plüschsofas setzt, die Beine übereinander schlägt und sich vor dem Zubettgehen eine Zigarette anzündet, die sie nach wenigen Zügen ausdrückt, um sich auszukleiden. Vielleicht hat sie beim Kellnern ein Cocktailkleid im Stil der dreißiger Jahre getragen, mit Fransen und Pailletten, passend zu Fionas Zeit? Er malt sich aus, wie das Kleid zu Boden fällt, während er hinter ihr steht und den Duft von Seife und Tabak einatmet. Wie er sie dann umarmt und ihren Hals küsst. Sein Körper spannt sich und zeigt ihm, wie sehr er sich eine neue Begegnung herbeiwünscht.

Meist kommt sie gegen Mitternacht von der Arbeit. Dann ist er noch wach, hört, wie sie das Fahrrad im Vordergarten abstellt und die Haustür öffnet. Seine Ohren folgen ihren leisen Schritten durch den Flur. Erneut ist er zu schüchtern, aus dem Zimmer zu treten und sie zu grüßen. Er sieht wieder den Augenblick am Biikeabend vor sich, als sie ihn unvermittelt stehen ließ. Er hat Angst, dass sie ihn wieder stehen lassen würde.

Zwei Tage später begegnet er ihr endlich im Flur.
„Hej man!", ruft sie aus, „was machst du hier?"
Obwohl ihn große Freude durchströmt, vermeidet Benno, sie zu zeigen. Er wüsste auch gar nicht so schnell was zu sagen. Gut, dass immerhin sie es weiß.
„Bist du Broders neuer Mieter?"
Benno nickt.
„Great. Dann sind wir Nachbarn! Neue Nachbarn sollten einander vorstellen." Lächelnd streckt sie ihm die Hand entgegen: „Patty Mattis. Ohne Umlaut schreiben, aber mit sprechen!"
Beinahe hätte Benno aus jäh aufwallendem Frust über ihr Verschwinden am Biikeabend gesagt: ‚Gelegenheit zum Vorstellen hätten wir bereits gehabt.' Er beißt sich jedoch auf die Zunge und sagt: „Benno Harms. Spricht sich, wie man schreibt. Du bist Amerikanerin, nicht wahr?"
„Ich erwähnte es beim Biikebrennen."
„Woher sprichst du so gut Deutsch?"
„Habe es studiert. Schon während der Schulzeit schickte meine Mutter mich zu Kursen."
„Warum? Hat sie Beziehungen zu Deutschland?"
Patty schweigt, was bei Benno den Eindruck hervorruft, sie wolle nicht zu viel über sich preisgeben. Nun gut, sie

haben sich ja gerade erst vorgestellt.

„Einige deiner Worte am Biikeabend waren kein Alltagsdeutsch."

„Ich liebe Goethe und Lessing. Ich lese mir ihre Texte laut vor. Manchmal versuche ich, selber entsprechende Sätze zu formen. Nur so aus Spaß. Und du, was machst du hier?"

Benno erläutert das Projekt.

„Wozu braucht man das?"

„Traditionell behandelt das Fach Geschichte sogenannte große Themen. Unser Projekt fragt, wie Menschen ihren kleinen Alltag erlebten."

„Ihr könnt doch nicht Millionen Einzelschicksale erforschen."

„Das haben wir auch nicht vor. Man kann aber versuchen, aus Einzelerfahrungen das sich Wiederholende herauszufiltern. Unsere Frage lautet: Haben Menschen in abgelegenen Regionen die Zeit anders erlebt als in Städten? Darüber kann ein Kleinod wie eine Hallig durchaus Auskunft geben."

„Warum?"

„In einem Mikrokosmos bilden sich die allgemeinen Verhältnisse oft besonders authentisch ab."

„Klingt ziemlich abstrakt. Vielleicht hättest du Philosophie studieren sollen."

„Ist aber das Gegenteil, nämlich sehr konkret. Was Fiona über die alte Zeit erzählt, werde ich als Material ins Seminar einbringen."

„Wo seid ihr noch aktiv?"

„Zum Beispiel in Dörfern der Rhön und des Bayerischen Waldes, auch in der Lausitz und im Harz. Ich habe mir die Hallig vorgenommen. Alle sind begeistert dabei. Das Projekt bietet ja nicht zuletzt die Chance, einmal für länger dem tristen Uni-Betrieb in fensterlosen Betonsälen zu entfliehen."

„Also dann, auf fröhliche Nachbarschaft!", verabschiedet sich Patty und wendet sich ihrer Tür zu.

Benno ist erneut, wie schon am Biikeabend, enttäuscht, dass sie den Kontakt plötzlich abbricht. „See you later", flüstert er hinter ihr her. Patty hat es wider Erwarten gehört, dreht sich um und lacht ihm ins Gesicht: „Nix verstahn!"

‚Solo', hat Fiona vermutet, und es stimmt. Er hat keine Beziehung. Die letzten liegen schon eine Weile zurück. Eigentlich ist ihm nie richtig klar gewesen, woran sie gescheitert waren. Alle Freundinnen hatte er sehr gemocht. Doch jetzt weiß er, dass ihn noch keine Frau so fasziniert hat wie Patty. Schon am Biikeabend hatte er sich in ihre Stimme verknallt. Nach dem Blick durch den Türspalt ist es um ihn geschehen. Erstmals hat er ihr Gesicht gesehen, und nicht nur das.

Benno geht in sein Zimmer, setzt sich ans Fenster und nimmt sich das Manuskript vor. Er versucht, sich zu konzentrieren, aber seine Gedanken wandern immer wieder zu Patty. Es hat keinen Zweck weiterzuschreiben. Nur seine wöchentliche To-do-Liste bekommt er zusammen. Er notiert:
- Spaziergang mit Fiona machen (vielleicht erkennt sie jemand),
- an einer Sitzung der Gemeindevertretung teilnehmen (falls erlaubt),
- Annelies für die Vermittlung des Zimmers danken (bei der Gelegenheit den Frieslandpesel kennenlernen),
- auf Warften nach Zeugnissen aus alter Zeit suchen (diskret),
- Brief an die Eltern.

Danach legt er sich aufs Bett. Von Broder weiß er, dass Patty siebenundzwanzig ist, vier Jahre älter als er. Kleine Fältchen hat er bemerkt, aber sie machen ihm nichts aus.

Am folgenden Abend sitzt er wieder mit dem Laptop am Fenster. Er hebt den Blick und guckt nach Backenswarft.

Gegen Mitternacht wird er ein Fahrradlicht erkennen und wissen, dass Patty von der Arbeit kommt. So lange will er schreiben.

Winters im Alkoven - Sommers im Stall

Nach ihrem ersten Kind, Tochter Jannika, wünschte Moder sich einen Jungen, der Max heißen sollte, brachte aber erstmal zwei weitere Mädchen zur Welt: Wiebke und mich. Unterdessen gebar eine Nachbarin einen Jungen und gab ihm den Namen Max. Als Moder schließlich ihr viertes Kind, einen Sohn, bekam, ließ sie nicht davon ab, ihn, wie von Anfang an geplant, Max zu nennen. Das ging gut, solange sich die Kleinen in den Familien aufhielten. Sobald sie aber anfingen, durch die Warft zu laufen, und man nach ihnen rief, wurden sie so oft verwechselt, dass unser Max alsbald den Namen Max twee erhielt.

Das Brüderchen wurde unser aller Liebling. Wir Schwestern wetteiferten, ihn nach Strich und Faden zu verwöhnen, und gaben uns die allergrößte Mühe, ihn vor eingebildeten oder wirklichen Unbilden des Daseins zu schützen. Erst schoben wir ihn abwechselnd in der Karre durch die Warft. Sowie er laufen konnte, bildeten wir zu dritt einen Kordon an der Fethingkante, damit er nicht ins Wasser plumpste. Früh entwickelte Max twee handwerkliches Geschick. Mit seinem scharf gescheitelten Haar sah er nicht nur schneidig aus, darunter agierte ein überaus helles Köpfchen. Tauchte ein technisches Problem auf, werkelte er so lange daran herum, bis er eine passende Lösung präsentieren konnte. Mir schenkte er ein selbstgebasteltes, mit Muscheln verziertes Kästchen, das einen zweiten Boden aufwies, der sich später als Versteck bezahlt machen sollte. Als junger Mann ersetzte Max twee sogar den Zahnarzt, den es auf der Hallig nicht gab, indem er Jonte Delfsen eine herausgefallene Zahnkrone mit Hilfe eines einfachen Klebstoffes wieder einsetzte. Der Kleber, den er verwendete, war für alles Mögliche bestimmt, aber ganz bestimmt nicht für Zähne. Die Krone hielt trotzdem. Fortan waren wir überzeugt, unser Bruder könne jeden Schaden reparieren, egal, ob ein Zaun oder ein Zahn wackelte.

Während Wiebke mit ihrem strohblonden Haar und dem sommersprossigen Teint wie eine waschechte Friesin aussah, wirkte Jannika mit ihrer dunklen Haarfarbe fast südländisch. Manche fanden, sie sei das genaue Gegenteil von Wiebke. Sie war aber nur ein Drittel anders, ein Drittel kleiner, ein Drittel witziger und ein Drittel schneller auf der Palme, wenn ihr etwas nicht passte. Heimlich nannte ich sie Drittel-Jannika, aber das behielt ich lieber für mich, da sie ziemlich fuchtig[17] werden konnte. Besonders, wenn die Dinge nicht so liefen, wie sie es wollte. Das begann schon bei der Einschulung. Auf der Hälfte des Schulweges setzte sie sich auf einen Steg und entschied, nicht zur Schule zu gehen. An diesem Tag nicht und auch an keinem anderen. Sie blieb einfach sitzen und verpasste die Einschulung. Trotz ihrer Widerspenstigkeit schaffte sie es, fast jeden mit Humor auf ihre Seite zu ziehen. Jede Woche hatte sie einen neuen Witz auf Lager; weiß der Himmel, woher sie die alle kannte. Sie selbst amüsierte sich am meisten über sie. Fing sie schon während des Erzählens an zu glucksen, ging das Ende mit Sicherheit im eigenen Lachen unter. Jannika teilte sich einen Alkoven mit unserem Liebling, Wiebke und ich uns den zweiten. Der Alkoven war ein gemütliches Nest. Er hätte nur etwas breiter sein dürfen. Frag nicht nach Sonnenschein, wenn Wiebke sich abrupt umdrehte und mir zwei lange Zöpfe ins Gesicht schlugen.

Wiebke und ich redeten vor dem Einschlafen kaum miteinander. Es war viel unterhaltsamer, den Witzen zu lauschen, die Jannika nebenan Max twee erzählte. Am nächsten Tag gab er die Witze an Wiebke und mich weiter, verriet aber

---

17   zornig

nicht, von wem er sie hatte. Er war zu jung, um zu begreifen, dass wir ihn durchschauten. Wir behielten die Alkoven-Vorhänge immer einen Spalt breit offen, um noch eine Weile am tagesabschließenden Eheleben teilzunehmen. Ließ Moder das Schwungrad des Spinnrades ruhen, um neu einzufädeln, konnten wir hören, wie Vader seinen Zeigefinger vor dem Umblättern der Zeitung an der Unterlippe befeuchtete. Hin und wieder auch das Kratzen des Bleistifts, mit dem er einen Artikel ankreuzte.

Meta Nissen am Spinnrad, rechts: Bilegger

Das Schnurren des Spinnrades wiegte uns unweigerlich in den Schlaf. Weil Max twee aber verlangte, dass Moder die Kerze auf dem Tisch immer erst auspustete, wenn er eingeschlafen war, blieben alle so lange wach, bis sein regelmäßiges Atmen durch die Stuv klang.

Ab Mai wich die winterliche Ruhe dem Schwung, den Sommergäste vom Festland in unser Leben brachten. Ob der in jeder Hinsicht gewünscht war, interessierte die Besucher nicht unbedingt. Manch männlicher Gast sah sich als Hobbybauer auf Zeit und ging wie selbstverständlich mit ins Heu, wo er nicht selten im Weg stand. Frauen nahmen Moder eigenmächtig das Küchenmesser aus der Hand mit der Begründung, sie habe bestimmt Wichtigeres zu tun als Gemüseschneiden. Die Augen strahlten, wenn es ihnen gelang, bei der Vorbereitung von Porrenpann eine einzelne Krabbe unversehrt aus ihrem durchsichtig-brüchigen Panzer zu ziehen. Viele Gäste entstammten intellektuellen Milieus und wollten in der Abgeschiedenheit der Hallig malen, studieren oder dichten. Aber auch Kaufleute und öffentliche Angestellte verließen ihre sterilen Büros, streiften den gleichförmigen Trott des Alltags ab und schlüpften in die Rolle ambitionierter Vogelkundler und Watterkunder. Gäste aus Städten nahmen Umstände in Kauf, die ihnen vollkommen fremd sein mussten - nicht nur fehlendes elektrisches Licht und fließendes Wasser aus dem Hahn, auch herbe Ausdünstungen, die in der häuslichen Einheit aus Wohn- und Viehherberge unvermeidlich waren. Einmal hörte ich jemanden zu Moder sagen, wie sehr er den Kontakt mit der ‚archaischen Natur‘ liebe. Mir gefiel der Klang des unbekannten Wortes und so fragte ich nach, was genau er meine. Er genieße es einfach, wenn das einzige Geräusch, das er wahrnehme, seine Füße hervorriefen, wenn sie schmatzend im Schlick versanken.

Da die Alkoven in der Stuv den Gästen vorbehalten

waren, wechselten wir Kinder in der Sommerzeit auf die Vieh-Schlafplätze im Stall, die uns die Kühe und Ochsen frei machten, weil sie bis zum Herbst auf den Fennen weideten. Der Liegeplatz einer Kuh war breiter als ein Alkoven. Wir brauchten nicht mehr Schulter an Schulter zu liegen - ein wahrhafter Vorteil. Natürlich war es kein Vergnügen, wenn Gäste nachts das Plumpsklo in der hinteren Ecke aufsuchten. Was war das aber gegen das ungezwungene Zusammensein mit den Kindern der Gäste, die uns im Stall besuchten. Dialekte prallten aufeinander wie zwischen dem kleinen Herbert Butzek aus Berlin und Max twee. Herbert sprach von ‚joddwedee' und unser Bruder von ‚buten un binnen'.

Wat haste jesacht?[18] fragte Herbert und Max twee schmollte: Segg mi dat so, dat ik dat verstahn kann![19] In der Dämmerung, wenn Bettgehzeit war, steigerte eine Kerze im Fenster noch einmal die Stimmung, weil das fahle Licht die hinteren Stallwinkel gespenstisch ausleuchtete. Instinktiv sprachen wir leiser miteinander. Irgendwann kam Moder, pustete die Kerze aus und sagte: Nu sloopt schöön un deep.[20] Heute staune ich darüber, wie problemlos ich einschlafen konnte - mit dem bisschen Stroh unter dem Hintern auf hartem Stallboden. Weniger gewöhnungsfähig war das lärmende Gezwitscher, mit dem uns die Schwalben in aller Frühe aus dem Schlaf rissen. Während der Fütterungszeit flogen sie im Sekundentakt durchs Stallfenster rein und raus. So sehr wir am Tag ihre einzigartigen Sturzflugkünste bewunderten, so gern hätten wir morgens länger geschlafen.

---

18 Was hast du gesagt?

19 Sag mir das so, dass ich das verstehen kann!

20 Nun schlaft schön und tief.

Haye - Spielgefährte des dänischen Königs

Wenn ich das Familienleben beschreibe, sollte ich gewisse Umstände nicht verschweigen, die mich zu meinen Geschwistern auf Distanz hielten und dazu führten, dass ich mich früh einem Jungen aus der Nachbarschaft zuwandte. Zum einen die Enge im Alkoven, da war kein Abstand möglich. Zum anderen die Unterwäsche meiner Schwestern, die ich als Drittgeborene auftragen musste. Obwohl Moder mittels Flicken und Stopfen alles tragfähig hielt und die Sachen stets sauber waren, wenn ich sie übernahm, keimten bei jeder Übergabe feindselige Gefühle in mir auf. Max twee ging sowieso bald seine eigenen Wege. So kam es, dass ich mehr Zeit mit Haye, dem gleichaltrigen Sohn von Berde und Harlie, seinem Stiefvater, verbrachte, als mit meinen Geschwistern. Eigentlich war es umgekehrt, jedenfalls am Anfang. Nicht ich wandte mich ihm zu, sondern er sich mir. Ich erinnere mich noch gut an den Tag unserer Einschulung, als Moder beim Frühstück plötzlich sagte: Haye sit buten mit Storm op de Brunnendeckel.[21] Erst glitt mir der Eierlöffel aus der Hand, dann dachte ich, sie mache einen Scherz, und schließlich ging ich ans Fenster, um nachzusehen. Der Bursche saß tatsächlich draußen auf dem Rand unseres Regenwasserbrunnens, als wären wir verabredet. Das waren wir zwar nicht, andererseits hatte ich nichts dagegen, abgeholt zu werden. Neben Haye hockte der Hund, den seine Eltern ihm letzte Weihnachten geschenkt hatten. Ein rotbrauner Mischlingsrüde namens ,Storm' - ob nach dem Dichter oder nach dem plattdeutschen Wort für Sturm benannt, erfuhr man nicht. Storm begleitete uns zur Schulwarft und trottete anschließend nach Hanswarft zurück.

---

21   Haye sitzt draußen mit Storm auf dem Brunnendeckel.

Auf diesem Brunnenrand wartete Haye auf Fiona.

Unsere Schulaufgaben erledigten Haye und ich gemeinsam im Haus seiner Tante Minna, genannt ‚Königsstuv‘. Im Jahr 1776 von einem Kapitän errichtet, hatte es 1825 dem dänischen König als Übernachtungsstätte gedient und war zu einem Museum geworden, das Minna verwaltete. Sie lebte allein. Weil sie hoffte, dass ihr Neffe einmal ihr Nachfolger werde, ließ sie ihn an ihren Führungen teilnehmen und bot ihm den Raum außerhalb der Öffnungszeiten für seine Schularbeiten an. So oft wie möglich gab sie ihm Gelegenheit, sich die Geschichte der einzelnen Ausstellungsstücke einzuprägen. Ich durfte dabei sein.

Sobald wir unsere Schulaufgaben erledigt und den Tisch freigeräumt hatten, half ich Haye, in seine künftige Aufgabe hineinzuwachsen. Ich schlüpfte in die Rolle von Friedrich VI., der 1825 in dem Haus übernachtet hatte. Haye mimte den Kapitän, der dem König Gastfreundschaft gewährte.

Wie ein richtiger Museumsleiter postierte Haye sich in der Raummitte und begrüßte mich, Friedrich VI., König von Dänemark: Ik bün Antiquitätensammler ut Paschoon, mien König. Hier ton Bispeel hebbt wi brennte Tellers ut de 11. Johrhunnert mit Motiven vun de Slacht bi Hastings 1066.[22] Haye war kein eingebildeter Fatzke wie andere Jungs. Aber an diesem Ort tat er wahrhaftig so, als sei er es persönlich gewesen, der über die Weltmeere fuhr und Jahr für Jahr Kostbarkeiten aus fernsten Ländern mit nach Hooge brachte.

Oh, wat scheun, leve Kaptein![23] hauchte ich und senkte anerkennend mein königliches Haupt. Anscheinend spürte Haye meine Verzückung, denn er sprach mit stolzgeschwellter Brust weiter: Hier sühst du Delfter Wandkacheln mit över 350 verschedene Bibelmotive.[24]

Haye beeindruckte mich. Von den Führungen seiner Tante war eine Menge hängen geblieben. Bald war der Vortrag zu Ende, und Haye, der Kapitän, fasste fürsorglich meine königliche Hand, führte mich zu dem prächtigen Alkoven, in dem seinerzeit Friedrich VI. übernachtet hatte, und sprach: Gode König, du sühst bannig mööd un beet ut. Ik glööv, du schallst nu gau to Bett. Hier is mien Alkoven, wo du goot sloopen warrst. Ik sloop hüüt Nacht op de Böhn un warr di

---

22 Ich bin leidenschaftlicher Antiquitätensammler, mein König. Hier zum Beispiel haben wir gebrannte Teller aus dem 11. Jahrhundert mit Motiven aus der Schlacht bei Hastings 1066.

23 Oh, wie schön, lieber Kapitän.

24 Hier siehst du original Delfter Wandkacheln mit über 350 verschiedenen Bibelmotiven.

helpen, in't Bett to komen.[25] Damit ich hineinsteigen konnte, nahm er den Alkoven-Vorhang zur Seite. Anschließend legte er mir eine goldfarben bestickte Decke über den monarchischen Leib und flüsterte zärtlich: Gode Nacht, mien König.[26] Ein zweites Mal hauchte ich: Oh, wat scheun, leve Kaptein! Auch außerhalb des Museums bildeten Kapitän und König ein Team, das bei verschiedenen Gelegenheiten zusammen auftrat. Zum Beispiel beim Rummelpottlaufen zu Silvester. Einer beliebten Tradition, weil es an den Haustüren Kekse und andere Dankesgaben gab, die von Weihnachten übrig geblieben waren.

Während ich den Topf schlug, sprach Haye den überlieferten Text:

,Mok de Dör op, de Rummelpott will rin,
hau de Katt den Schwanz aff,
hau em nich to lang aff,
lot'n lütten Stummel stohn,
denn wi wüllt noch wiedergohn.'[27]

Er trug es singsangmäßig vor, nicht so tonlos wie andere. Das war geschickt von ihm, denn auf diese Weise sackten wir überdurchschnittlich viele Süßigkeiten ein.

Solch kleine Dankesgaben gab es auch beim Rundsagen. Heute kennen Kinder diverse Kommunikationsmittel. Da-

---

25   Guter König, du siehst sehr müde und erschöpft aus. Ich glaube, du solltest nun schnell zu Bett gehen. Hier ist mein Alkoven, in dem du gut schlafen wirst. Ich schlafe heute Nacht auf dem Boden und werde dir helfen, ins Bett zu kommen.

26   Gute Nacht, mein König.

27   Mach die Tür auf, der Rummelpott will rein, hau der Katze den Schwanz ab, hau ihn nicht zu lang ab, lass einen kleinen Stummel stehen, denn wir wollen noch weitergehen.

mals waren wir selber welche, liefen von Warft zu Warft und übermittelten Nachrichten. Immer ging es um Geburt oder Tod. Natürlich nicht bei Tieren: ob ein Kalb oder Lamm zur Welt kam oder starb, interessierte höchstens ein paar Nachbarn. Bei Menschen betraf es die ganze Hallig. Wir warteten keine Begrüßung ab, sondern legten sofort los, sobald sich die Tür öffnete.

Wi schullen schön gröten vun Tante Minke und Onkel Paul.[28] Man hielt die Luft an.

Se hebbt hüüt Nacht um twee en lüttje Deern kregen.[29] Freudiges Ausatmen und fröhliche Gesichter.

Ne, is dat scheun![30]

Bei einigen löste die Nachricht so heftige Erregung aus, dass sie uns an die Brust zogen und herzten, als hätten sie gerade selbst ein Baby zur Welt gebracht. Was emotional genau die richtige Stimmung ausmachte, um den mitgebrachten Korb nach vorn zu schieben und die Belohnung einzusammeln: meist Sachspenden wie Äpfel, Kekse, Bonbons, hin und wieder einen Groschen.

Wie schall se denn heten? ging es weiter.

Dat weet wi nich.

Ach, dat weet jem nich?

Ne, dat weet wi nich.[31]

Mir war es immer peinlich, die Frage nach dem Namen nicht beantworten zu können. Aber als ich Moder einmal darauf ansprach und sagte, ich würde mich besser fühlen, wenn ich bereits einen Namen mitbrächte, meinte sie nur lachend: De

---

28   Wir sollen schön grüßen von Tante Minke und Onkel Paul.

29   Sie haben heute Nacht um zwei ein kleines Mädchen bekommen.

30   Nein, was ist das schön!

31   Wie soll sie denn heißen? - Das wissen wir nicht. - Ach, das wisst ihr nicht? - Nein, das wissen wir nicht.

Öllern weten doch vörher nich, ob se en Jung oder en Deern kriegen, un könt sik nich över Nacht en Namen utsöken.[32]

Sterben verkünden war unendlich viel schwerer. Um einen angemessenen Gesichtsausdruck verlegen, versuchten wir, so neutral wie möglich zu gucken. Trotzdem sah man uns sofort an, dass etwas Schlimmes passiert sein musste. Diesen Moment auszuhalten, in dem es mucksmäuschenstill war und manche Augen schon feucht wurden, bevor ein einziges Wort gefallen war, fiel besonders schwer. Am liebsten hätte ich auf der Stelle kehrtgemacht. Zum Glück geboten Anstand und Würde, sich kurz zu fassen und uns auf das Allernötigste zu beschränken. Wir wechselten uns ab. An jeder zweiten Tür war ich dran. Grußlos öffnete ich meine schmalen Lippen und brachte verstockt hervor: Wi schullen seggen, dat…letzte Nacht doot bleven is.[33] Keinesfalls durften wir uns in beschämenden Worten verheddern, weshalb wir auf jeden Versuch verzichteten, Gefühl zu zeigen.

Ein Hinweis auf das weitere Procedere schloss den knappen Auftritt ab: Dat Upboarn schall övermorgen af Klock negen sien.[34]

Einen Korb hatten wir in Todesfällen selbstverständlich nicht dabei, trotzdem kam es vor, dass jemand Tööv mol![35] hinter uns herrief, im Flur verschwand und mit einem Keks zurückkehrte, den wir mit einem braven Dank ook! in die Jackentasche gleiten ließen.

---

32 Die Eltern wissen doch vorher nicht, ob sie einen Jungen oder ein Mädchen bekommen und können sich nicht über Nacht einen Namen aussuchen.

33 Wir sollen sagen, dass…letzte Nacht gestorben ist.

34 Die Aufbahrung soll übermorgen ab neun Uhr stattfinden.

35 Wartet mal!

Unverhoffte Sympathie

Am Anfang des nächsten Interviews steht überraschend Patty in der Tür. Wie zufällig, könnte man annehmen. Oder ist es Absicht?

„Entschuldigung!"

„Kommen Sie gern herein und setzen Sie sich! Sie sind Patty, nicht wahr?"

Mit ihrer Reaktion kommt Fiona Benno zuvor, dem eigentlich die Regie für die Interviews obliegt. „Ich habe schon von Ihnen gehört. Auf der Hallig spricht sich ein längerer Besuch schnell herum."

Patty blickt unsicher auf Benno, der anders als Fiona verärgert wirkt.

„Ich bin früher als gewöhnlich aufgewacht, konnte nicht wieder einschlafen und dachte, wenn ich ein bisschen zuhöre, kann ich die Zeit bis zur Öffnung des Frieslandpesels überbrücken."

Fiona nickt. „Ich habe nichts dagegen. Sonst bestimmt auch niemand, oder Benno?"

„N-nein, warum sollte ich?", antwortet Benno leicht reserviert.

Welches Ziel verfolgt Patty? Will sie ihn bei der Arbeit beobachten? Dagegen hätte er entschieden etwas einzuwenden.

Benno betrachtet Pattys taillierten Rock und ihre hübschen Beine. Als er aufblickt, wundert er sich über das gegenseitige Lächeln der Frauen, das offenbar spontane Zuneigung zum Ausdruck bringt. Der Sympathiefunke schlägt sich in jeder Geste nieder, egal, ob von Pattys oder Fionas Seite. Dem kann Benno sich eigentlich nur noch unterordnen, so dass er sagt: „Wenn ihr meint, dass wir das Interview auch zu dritt führen können, beginne ich wie gewohnt." Doch er braucht einige Sekunden. Und auch die Frauen benötigen etwas Zeit, um sich auf die veränderte Situation einzustellen.

„Wir müssen uns wohl erst zurechtruckeln", meint Fiona.

Patty lacht. „Entschuldigen Sie, ich lache nur, weil ich das Wort noch nie gehört habe."

„Du musst dich nicht ständig für etwas entschuldigen. Nun, ich denke, wir fangen jetzt endlich an. Ich erzähle euch, warum ich mit elf Jahren plötzlich Angst um mein Leben hatte."

Pranken über dem Reetdach

Im Tagesrhythmus der Familie nahm das Mittagessen um halb eins einen unverrückbaren Platz ein. Kamen wir früher aus der Schule zurück, überbrückten wir die Zeit mit Versteckspielen zwischen den Schilfbüscheln am Fethingrand. Bis zur Küchentür waren es nur wenige Schritte - so saßen wir schnell am Tisch, wenn Moder uns hineinrief.

Auch an diesem Oktobertag 1936 hallte um die Mittagszeit der Ruf ‚Ecksteen, Ecksteen, allns mutt verstekt sien. Eeen, twee, dree - ik komme!' durch das Schilf. Dass das Herbstlaub in der Silberpappel über uns zu flirren begann, kümmerte uns nicht. Ahnungslos spielten wir weiter. Erst als Seevögel in zunehmender Anzahl vom Meer heranflogen und Dachsimse und Zaunpfähle besetzten, verließen wir die Böschung, um nachzusehen, was los war. Der Blick zum Horizont offenbarte einen fast schwarzen Himmel. Vereinzelt traten Sonnenstrahlen zwischen den dunklen Wolken hervor und brachten die Gischt über der See zum Leuchten. Weiß bekränzte Wellenketten rollten auf die Hallig zu. Wahrscheinlich war ich mit elf Jahren noch zu naiv, aber ich fand das Bild schön - wie auf Ole Heins Seegemälde. Wohl wegen dieses Eindrucks fühlte ich mich später, wenn ich an den Tag zurückdachte, von der Natur hintergangen. Die Älteren hatten die Idylle von Anfang an als Täuschung erkannt. Sie hatten gespürt, dass das Blattwerk der Pappel diesmal anders flirrte. Hatten gehört, dass das Gekreisch der

Möwen wie eine grelle Warnung klang. Spätestens, als die Pferde auf den Fennen anfingen zu galoppieren, wussten die Alten, es braut sich etwas zusammen.

Der Wind nahm zu, auf einmal bogen sich sämtliche Zweige der Silberpappel unter den Böen. Moder rief uns mit ungewohnt lauter und besorgter Stimme herein. Zugleich hetzten aus allen Häusern Männer, um Pferde und Kühe von den warftnahen Fennen zu holen - nach den deichnahen Fennen zu laufen, war bereits zu gefährlich. Andere sicherten Fensterläden und sammelten lose Gegenstände ein, um sie in Ställe zu verfrachten oder an Viehringen in Hauswänden festzubinden. Frauen schöpften Trinkwasser aus Fethingen und Hausbrunnen in Töpfe, bevor es von der Nordsee versalzen wurde. Auch Moder lief hinaus. Jede Hand wurde gebraucht. Das Mittagessen auf dem Herd war fertig, fiel aber aus. Wir standen am Küchenfenster und sahen abwechselnd dem Treiben auf der Warft und dem Treiben des Meeres hinter dem Deich zu. Als die Sonne sich endgültig hinter den dunkler werdenden Wolken verkroch, wollte Jannika unbedingt einen Witz darüber machen: Dat süt ut, as wull de Nacht torückkehren[36], lachte sie.

Bald darauf erklomm das Meer den Deich und überströmte die Fennen. Binnen kurzem sah jede Warft wie eine selbständige kleine Hallig aus. Dazu kam Wasser von oben, das der Himmel wie aus Kübeln herabschüttete. Eben noch hatten Böen die Fethingoberfläche hübsch gekräuselt. Jetzt prallten harte Regentropfen mit einer solchen Wucht darauf nieder, dass der Fething sie im selben Moment gleich wieder abzustoßen schien - so, als träfen sie nicht auf Wasser, sondern auf Glas oder Metall. Das lustige Spiel der springenden Tropfen hielt mich derart gefangen, dass ich die Ankunft des Meeres vor unserer Warft verfehlte. Erst ein ungewohntes

---

36   Das sieht aus, als wollte die Nacht zurückkehren.

Geräusch machte mich aufmerksam: Flutwellen schlugen die Pforte unten am Weg auf und wieder zu. Aus Wind war Sturm geworden. Nun setzte auch noch Gewitter ein. Sorgenvoll rannten wir von einem zum anderen Fenster und schauten nach Vader und Moder. Vader entdeckten wir, als er - eingefasst von grellen Blitzen - zum Warftrand eilte, wo das Wasser unsere Schafe einzukesseln drohte. Störrisch und unbeholfen standen sie auf ihren staksigen Beinen. Vader brüllte und benutzte einen Stock, um die Tiere in Bewegung zu setzen. Erst traute sich keines, dann konnte es nicht schnell genug gehen. Sie schubsten einander und stolperten fast übereinander hinweg, als wären sie rammdösig geworden. Laut blökend rannten sie Richtung Warftmitte und schoben sich unter unserem schützenden Dachüberstand zusammen. Erst jetzt, als ich durchs Küchenfenster in die angsterfüllten Tieraugen sah, begriff ich, dass wir es nicht mit einem normalen Landunter zu tun hatten. So heftig wie der Wind blies, könnte er nicht nur lose Gegenstände, sondern bestimmt auch Tiere und Menschen von der Warft fegen, fürchtete ich und hielt immer nervöser Ausschau nach den Eltern, die immer noch draußen waren. Vader, eben noch bei den Schafen, hatte ich aus den Augen verloren, und Moder hatte ich überhaupt noch nicht gesehen. Wo war sie bloß? Nur Rosa, ein Ferkel aus der Nachbarschaft, entdeckte ich. Es trieb auf der Holzplanke, auf der es sonst schlief, an der Warftkante entlang. Andere Bretter und Balken stießen mit der Planke zusammen, es war unsicher, wie lange Rosa, benannt nach ihrer babyrosa Haut, sich halten könnte. Ich hätte ihr gern geholfen und die anderen Bretter weggeschoben, aber das Haus zu verlassen war strengstens verboten. Im nächsten Augenblick versperrte der Schatten eines großen Möwenschwarms die Sicht, und ich verlor Rosa aus den Augen. Immer neue Vogelkolonien entflohen dem Meer. Unheilverkündend kreisten sie über den Dächern und mischten ihr Klagen in das Getöse des Meeres. Mittlerweile war es später Nachmittag geworden und so dunkel, dass jedwedes Ereignis - wenn überhaupt - nur noch mit den Ohren zu erfassen war. Als jemand prustend ins Haus stürzte, erkannte ich allein an der Stimme, dass es Moder war. Dor buten herrscht en Storm, de haut jümmers de stärkste Mann um[37], schrie sie. Vader, der ihr folgte, stöhnte auf. Offenbar hatte eine Böe ihm die Tür aus der Hand geschlagen, denn ich hörte ihn kämpfen, bis er sie zubekam. Wo im Raum die beiden abgeblieben waren, konnte ich nicht sehen. Ich fing an zu weinen, weil ich mir vorstellte, dass derselbe Windstoß, der soeben Vader die Tür aus der Hand riss, Rosa von der Planke geschubst und ins Meer geworfen hatte. Herrje, dieses Meer! Es leckte an der Türschwelle, wurde immer böser und rüttelte bald laut an der Haustür. ‚Mok-de-Dör-op! Mok-de-Dör-op!' glaubte ich zu hören, als hätte der Buschemann den Fething verlassen und ein teuflisches Stakkato angestimmt. Nicht lange und die Tür brach aus den Angeln. Das Meer hatte nun freie Bahn und ergoss sich in alle Räume. Es glich einer Gefangennahme - besonders für die Kühe im Stall, die sich, von Tauen arretiert und von Wasser umzingelt, wie Geiseln fühlen mussten. Bestimmt hatten sie Todesangst. Wir in der Stuv waren vergleichsweise besser dran, weil wir uns auf Stühle flüchten und mit angezogenen Knien direkten Kontakt mit dem Meer vermeiden konnten. Trotzdem fürchteten wir uns, denn wer wusste, wie hoch der Pegel steigen würde? Ich spürte ein Taubheitsgefühl an den Fingern, die ich verkrampft um die Stuhlkante klammerte. Draußen nahm der Sturm orkanartige Züge an. Drinnen konnten wir uns mit lauten Stimmen noch halbwegs verständigen. Überdies besserte eine Kerze, die Moder anzün-

---

37 Da draußen herrscht ein Sturm, der haut selbst den stärksten Mann um.

dete, ein wenig die Laune, weil wir uns jetzt sehen konnten. Vader und ich brachten es sogar fertig, uns flüchtig anzugrinsen, weil das Modellschiff an der Kette über unseren Köpfen durch einen heftigen Luftzug ins Schwanken geriet, als wollte es auf große Fahrt gehen. Fast hätten wir aufgelacht, als parallel - wie zur Verabschiedung - die Gläser in der Vitrine anfingen zu klirren. Doch das Lachen verging uns beim Blick nach unten. Zwischen den Stuhlbeinen glänzte das dunkle Wasser wie das schwarze Basaltpflaster des Deichs bei Mondschein. Ein neuer Windstoß, der das Stuv-Fenster aufriss, stieß den Kerzenständer um. Zum Glück griff das Kerzenfeuer nicht auf die Tischdecke über. Es ging schnell aus und setzte nichts in Brand. Nun saßen wir wieder im Dunkeln. Aus Vorsicht zündete Moder keine neue Kerze an. Sonst kamt uns noch Füer ins Huus[38], rief sie in den Wind. Es lähmte die Stimmbänder, dass wir das Wasser jetzt wieder nur hören konnten. Nur Vader sprach. Wi mööt aftöben[39], sagte er in die Dunkelheit hinein und prophezeite eine Mäßigung des Pegels. Er wollte uns beruhigen, aber wenn ich in Abständen die Hand am Stuhlbein ins Wasser hinuntergleiten ließ, wusste ich, dass es gestiegen war. Das merkten natürlich alle und erkannten, dass es Zeit wurde, die sitzende Position zu verlassen und sich aufrecht auf den Stuhl zu stellen. Klar, dass Jannika darüber unbedingt einen Witz reißen musste: Wiss wüll keenen en natte Moors kriegen.[40] Aus Furcht, die strömende Kraft des Wassers könnte den Stuhl ins Wanken bringen, sobald ich mich aufrichtete, schob ich vorsichtig eine Hand Richtung Rückenlehne und stützte mich auf den oberen Holm. Unbehol-

---

38   Sonst kommt uns noch Feuer ins Haus.

39   Wir müssen abwarten.

40   Gewiss will keiner einen nassen Hintern kriegen.

fen wie ein Kleinkind hantierte ich auf dem kippeligen Stuhl und dachte unvermittelt an Haye. Eigentlich hätten wir am Nachmittag wieder unsere Schulaufgaben bei seiner Tante in der Königsstuv erledigen wollen. Womöglich balancierte er dort auch gerade auf einem Stuhl herum. Da machte es plötzlich ,Platsch!' neben mir. Moder war vom Stuhl gerutscht. Sie schrie auf. Vader und Wiebke halfen ihr hoch. Eine Sekunde lang, die sogleich wieder übertönt wurde, hörten wir sie bibbern und die Nässe von ihren Klamotten tropfen. So standen wir zwei Stunden - die Wanduhr schlug unbeirrbar -, bis Vader uns aufforderte, die Stuv zu verlassen: Hier könt wie nich blieven! Er befahl uns unter das Dach. Die Hoffnung auf einen sinkenden oder zumindest konstanten Pegel hatte er offenbar aufgegeben. Mit den Händen an Wänden und Türzargen entlangtastend fanden wir den Weg in den Stall auch im Dunkeln. Dort zerrten unsere Kühe verbiestert an Tauen und Ketten. So sehr, dass die Stränge und Glieder ihnen bestimmt tief ins Fleisch schnitten. Das musste arg wehtun, doch die Scheu vor Selbstverletzung trat hinter der panischen Angst vor dem Wassertod zurück. Das bange Muhen dröhnte beklemmend in unseren Ohren. Es war ein erbärmliches Gefühl, sie hier unten allein lassen zu müssen. Vader, der neben der Holzleiter Aufstellung nahm, trieb uns zur Eile an, doch die Finger hatten es nicht leicht, die Sprossen zu finden. Während sich unsere Körper dicht hintereinander hastig emporzwängten, fielen mir die übereinander stolpernden Schafe ein, und mir kam der Gedanke, der Mensch verhalte sich in Gefahr nicht anders als das Tier. Auf dem Heuboden kauerten wir uns in eine Ecke unter Dachsparren, wo Moder eine trockene Heutransportdecke ertastete und um ihren nassen Körper wickelte. Zwar strömte das Wasser jetzt unter uns durchs Haus, doch ein Gefühl größerer Sicherheit kam nicht auf. Hier oben hinter dem Reet war der tobende Sturm nur noch eine

Ellenlänge entfernt - höchstens. Der Dachstuhl stöhnte, als müsse er einen Riesen abschütteln, der an ihm rüttelte. Es war stockdunkel, und doch sah ich vor mir, wie der Riese mit seinen Pranken die Reeteindeckung vom Dachgebälk heben und wie einen Zeltklumpen ins Meer schmeißen würde. Die aufgewühlte See, in der wir zusammen mit dem Klumpen versänken, rauschte bereits in meinen Ohren. Wie würde sich das anfühlen: miteinander im dunklen Meer? Würden wir im Mondlicht Nachbarn erkennen und - uns alle an den Händen fassend - einen großen Kreis bilden, in dessen Mitte Hunde, Hühner und Katzen schwämmen? Skurrile Gedanken, die ich umgehend beenden musste, denn Vader machte gerade eine neue Ansage und mahnte uns, auf akustische Änderungen im Gebälk zu achten: Nähmen die Vibrationen ab, wären wir gerettet. Und wenn sie zunähmen? Dazu sagte er nichts, es beantwortete sich letztlich von selbst. Ich vertraute Vaders Worten und drückte beide Hände fest um einen Balken, damit ich dessen innere Schwingung erspürte. Zwischendurch knetete ich die Finger, um sie zu entspannen, und umklammerte das Holz dann erneut. Obwohl es anstrengend war, horchte ich intensiv weiter, weil es die einzige Möglichkeit zu sein schien, um zu erfahren, ob wir dem Schlamassel entkommen würden. Nie wieder im Leben lehrten mich wenige Stunden derart viele Ausdrucksformen von Lärm. Manchmal sirrte der Balken verhalten, als winsele jemand - harmlos ans Reet klopfend - um Einlass, so dass ich schon dachte, der Sturm sei vorüber. Dann wieder erschauerte ich vom nervenraubenden Dröhnen, das der Sturm auf die Finger übertrug. Ich atmete auf, wenn das Getöse nachließ, und zog verschreckt die Schultern hoch, wenn es gleich darauf neu losschlug.

Klare Signale entsandte der Balken zu keinem Zeitpunkt, und weil ich merkte, dass die Kraft in den Fingern versiegte, gab ich auf. Ich wollte mich zwingen wachzubleiben, schaffte es aber nicht richtig. Mein Körper war so schwer geworden, dass er von selbst auf den Boden sackte. Ein Knie angezogen, lehnte ich mit dem Rücken am Balken. Meine Stirn ruhte auf der Kniescheibe. Entweder war ich doch richtig eingeschlafen, oder mich überfiel in Abständen ein Sekundenschlaf. Jedenfalls hatte ich jegliches Zeitgefühl verloren. Ich erwachte davon, dass die Stirn von der Kniescheibe rutschte, und nahm im selben Augenblick wie von fern eine Veränderung wahr. Der Sturm sauste weiter durchs Reet - polterte aber nicht mehr! Mir stockte der Atem. War der Höhepunkt überschritten? Niemand sagte etwas. Schlief die Familie oder horchten alle genauso angespannt ins Dunkle? Von den Tieren unten war ebenfalls nichts mehr zu hören. Hatte ich mich getäuscht? Nein. Die akustische Veränderung war deutlich und konnte nur eines bedeuten: Die Sturmflut war überstanden. Es war Nacht, wir konnten uns noch nicht sehen, und doch war ich sicher, dass jeder das Lächeln im Gesicht des anderen spürte. Bei den ersten Lichtstrahlen trat Vader an die Dachluke und berichtete, das Meer welle sich bereits flacher über die Hallig. Ich dachte an unsere Schafe und sagte: Kiek mol na unnen. Sünd de Schap noch dor? Er lehnte sich weit aus der Luke, so dass er unter den Dachüberstand gucken konnte. Nä, se sünd nich mehr dor. Dat Meer hett se mitnahm.[41]

In der Tageshelle verließen wir den Heuboden. Moder stieg als erste die Leiter hinunter, wickelte sich die Decke vom Leib und benutzte sie im Stall als eine Art Blickschutz. Das Bild ertrunkener Kühe sei nichts für Kinderaugen, meinte sie. Was taten wir, schrien wir? Vielleicht weinten wir, ohne zu weinen - weil die Kraft dafür fehlte. Ich weiß es nicht mehr genau, aber ich vermute, unser Gefühlshaushalt war restlos erschöpft und wir gingen emotionslos an der

---

41 Nein, sie sind nicht mehr da. Das Meer hat sie mitgenommen.

hochgehaltenen Decke vorbei. Alle Räume glichen Feldern der Verwüstung. Das Meer hatte Schränke entleert, Möbel und Alkoven ramponiert, Vorhänge zerrissen und die Fußböden mit Schlick eingeschlämmt.

Jannika und Wiebke stellten Stühle wieder auf, schrubbten Dreck weg, hängten Kleidungsstücke und Bettzeug irgendwohin, wo es irgendwann trocknen sollte. Moder sortierte heilgebliebene aus kaputten Sachen. Ratlosigkeit stand auf ihrem Gesicht, was mit manchen Gegenständen noch anzufangen wäre. Vader nahm Max twee und mich mit nach draußen. Vorbei an Häusern, denen sämtliche Fenster und Türen fehlten, einigen sogar ganze Wände, führte er uns zu den Fennen hinunter, wo wir nach weggeschwemmten Haushaltsgegenständen suchen sollten. So erwischte Max twee und mich doch noch der Anblick, vor dem Moder unsere Augen hatte schützen wollen: Verendetes Vieh lag verstreut auf den Fennen. Schnell wandte ich den Kopf ab und betrachtete - nicht ohne Faszination - Björns Fischkutter quer vor der Kirchwarft. Es war also kein Trugbild gewesen: In der Nacht hatte tatsächlich ein Riese über der Hallig gewütet! Unwillkürlich trat das Geschehen vor mein inneres Auge: Pranken hoben den Kutter aus dem Hafenbecken und legten ihn fünfzig Meter vor den Grabsteinen des Friedhofs wieder ab. Als wenn es sich um Spielzeug handelte und nicht um ein tonnenschweres Schiff. Der Priel vor der Kirchwarft war zu schmal und zu flach für einen Rücktransport in die Schleuse. So blieb der Kutter eine Sommersaison lang liegen und wurde von Sommerfrischlern, Kirchen- und Friedhofsbesuchern als Beweis für die Urgewalt des Meeres bestaunt. Ja: BESTAUNT! Dann kaufte ihn ein Metallhändler vom Festland und zerlegte ihn in Einzelteile. Seltsamerweise habe ich vom Zersägen keine Bilder im Kopf. Anderes steht mir unvergessen vor Augen, wie unsere Haustür. Von der Flut aus den Angeln gerissen, trieb sie fünfzig Meter vor der Warft im Graben. Zu dritt gingen wir hin, um sie zu bergen, und passierten dabei einen aufgeklappten Koffer. Nicht weitab lag ein mit silbernen Fäden durchwirktes Festkleid. Während Vader und Max twee weiter zur Tür liefen, blieb ich stehen. Etwas interessierte mich an der Konstellation. War das Kleid aus dem Koffer gefallen? Oder gehörte es gar nicht zu ihm, sondern war vom Meer rein zufällig in der Nähe abgelegt worden? Jede Sturmflut hinterließ eine Menge offener Fragen, doch gab es momentan wahrhaftig Wichtigeres als die Beziehung zwischen einem Kleid und einem Koffer. Zahlreiche Kadaver mussten entsorgt werden. Max twee zog mich zu einem verendeten Schaf, das am Ufer eines Grabens zwischen niedergerissenen Zaundrähten lag. War es eines von unseren Schafen, die mich angsterfüllt durchs Küchenfenster angeglotzt hatten? Die offenstehenden Augen gaben das nicht zu erkennen. Allein der Tod schaute uns leer und glasig aus ihnen an. Wir zerrten den toten Leib an den Beinen zu Malte Matzen, der ein Loch für kleine und mittlere Kadaver ausgehoben hatte, in dem bereits eine tote Katze lag. Etwas so Bedrückendes hatte ich noch nicht tun müssen. Danach begann unsere Suchaktion. Immerhin fanden wir in dem schauderhaften Teppich, der sich vor uns erstreckte, einen unserer Kochtöpfe und die manuelle Milchzentrifuge wieder.

Über unseren Köpfen ließen sich Möwenschwärme vom Wind von Halde zu Halde tragen - hoffend, dass zwischen Korken, Dosen, Schachteln und schmutzigem Meeresschaum vielleicht etwas Fressbares herausschimmerte. War ihr Gackern Ausdruck von Enttäuschung?

Moder freute sich jedenfalls, als wir ihr die Zentrifuge und den Kochtopf übergaben. Der kleine Erfolg dämpfte die resignative Verfassung allerdings nur mäßig. Erst als Vader sagte, wir würden wieder Kühe und Schafe haben, besserte sich die Stimmung. Bald schon wollte er zum Markt nach Husum fahren, um Vieh einzukaufen.

Benno und Patty haben schweigend zugehört.

„Siehst du die Bilder noch heute vor dir?" Patty unterbricht als erste die Stille.

„Nicht einzeln, eher als Collage. Szenen schieben sich übereinander. Ich habe versucht, die Geschehnisse nacheinander zu erzählen, aber vielleicht geschah manches in anderer Reihenfolge."

Benno zeigt Verständnis. „Wäre nicht schlimm. Früher verlor Hooge durch Sturmfluten jährlich bis zu vier Meter Land, habe ich gelesen. Ihr konntet absehen, dass eure Hallig eines Tages von der Landkarte verschwinden würde."

„Das Meer hatte seine Wünsche - und es hatte ungeheure Macht. Es schien zwecklos, sich ihm entgegenzustellen."

„Zu Beginn des Jahrhunderts waren die Deiche erhöht worden."

„Ja, das war ein Anfang. Man hatte die Schutzfunktion der Halligen für das Festland erkannt. Ein früher Befürworter des Deichbaus sagte: ‚Frage nicht, was die Erhaltung der Halligen den Staat kostet, sondern frage, was ihn der Untergang der Halligen kosten wird.' Seine Aussage blieb gültig. Ich denke an die zerstörerische Sturmflut von 1962 und die teils noch höheren Pegel späterer Jahre."

„Der Satz erinnert mich an einen legendären Ausspruch Kennedys in seiner Antrittsrede", schaltet Patty sich wieder ein und zieht bedeutungsvoll die Augenbrauen hoch. „Besitzt du etwas, was dich an die Sturmflut 1936 erinnert?"

„Eine Zeichnung. Nachdem das Wasser von allen Fennen abgelaufen war und wir wieder zur Schule konnten, erhielten wir die Hausaufgabe, den Tag nach der Sturmflut zu zeichnen. Sieh hier." Fiona kramt die Zeichnung hervor und lacht über das kräftige Himmelblau. „Ich weiß, Sturmfluten sehen anders aus: sehr, sehr grau. Aber damals fand ich meine Zeichnung schön."

„Die Sturmflut von 1936 muss für alle ein Schock gewesen sein. Wie geht man eigentlich mit der ständigen Gefahr um?"

„Wer ist ‚man', Benno? Erwarte bitte keine allgemeingültige Antwort! Selbst wenn du alle Bewohner auf allen Halligen fragtest, würdest du sie nicht bekommen."

„Macht es einen Unterschied, ob man hier geboren wurde oder zugezogen ist?"

„Bei schweren Sturmfluten hat jeder Angst. Die jährlichen Landunter, das sind quasi minderschwere Sturmfluten, gehören für die hier Geborenen zum Leben dazu. Man kennt es nicht anders."

„Was ist mit den Zugezogenen, vermutlich haben sie eher Probleme?", fragt Patty.

„Ich kenne zugezogene Ehepaare, die wieder weggezogen sind. Aber wer weiß schon, ob das an den Gezeiten lag. Es gibt ja auch andere Stürme im Leben."

Patty lacht. Benno ebenfalls, wird aber gleich wieder ernst:

„Wie wird es in Zukunft sein, wenn der Meeresspiegel steigt? Manche Wissenschaftler sagen, bei jedem Landunter lagern sich kleinste Teilchen ab, was über lange Zeiträume zu einem Höhenwachstum der Halligen führt."

„Das Meer nimmt und das Meer gibt."

„Glaubst du daran? An die ausgleichende Gerechtigkeit der Natur?"

„Glaube ist bei diesen Dingen nicht angesagt. Es weiß niemand, auch auf dem Festland nicht, wie das Leben weitergeht. Stelle dir einfach vor, dass wir ohne Versprechen aufwuchsen. Niemand konnte voraussagen, ob sich unsere Lebensumstände jemals bessern würden. Nicht mal das pure Überleben im Wattenmeer schien gesichert zu sein."

„Deine Antworten kommen mir ebenso bodenständig wie abgeklärt vor. Ist das vielleicht typisch für die Einstellung in den Uthlanden?", fragt Benno.

„Da ist ein Körnchen Wahrheit dran. ‚Wi warrd sehn, wat bi all dat rutkümmt‘, lautet hier oben eine verbreitete Floskel, die schon mein Vater gern benutzte. Aber alle wissen natürlich, dass man damit in der heutigen Zeit nicht weiterkommt, wo der Klimawandel mit großen Schritten voranschreitet."

Männertreffen

Die Beseitigung der Sturmflutschäden dauerte Monate. Selbst wenn Eigenarbeit möglich war, mussten Baumaterialien mit Schuten vom Festland herübergebracht und Fachleute einquartiert werden, zum Beispiel Reetdachdecker. Auch unser Haus brauchte lange, bis alles instandgesetzt war und Moder wieder zu einem Frauentee in die Stuv einladen konnte. Solch reiner Geselligkeit konnte Vater nichts abgewinnen, er ertrug Menschenansammlungen nur bis zu einem gewissen Grad. Dennoch lud er hin und wieder eine kleine Gruppe Männer ein. Er wollte einfach wissen, was seine Altersgenossen zu diesem und jenem sagten. Über die Jahre waren die getrennten Treffen von Frauen und Männern zu einer Tradition geworden. Mit dem Unterschied, dass die Frauen selbstgemachten Eierlikör bevorzugten, mindestens drei Kuchensorten probierten und weitestgehend Ruhe bewahrten, während die Männer reichlich Teepunsch tranken, die Stuv vollqualmten und im Laufe des Abends immer lauter wurden. Ihr Hin und Her reizte mich mehr als Moders Teekränzchen. Auf dem Boden neben dem Bilegger hockend, den Blick auf Hosenbeine und Stiefelschäfte gerichtet, folgte ich dem Gespräch. Für den Fall, dass es öde würde, legte ich mir einige Groschenhefte zurecht. Zur Not konnte ich auch mit dem Kreisel spielen, der hinter dem Bilegger lag. Die Tür ging auf, ich sah Moders Füße und hörte, wie sie Tee und Köm auf den Tisch stellte und darauf in die Küche zurückkehrte. Die Runde dankte: Allerbest, Meta! Nachbar Dietrich übernahm das Einschenken. Die anderen zündeten sich eine Pfeife an und überdeckten mit wohltuendem Tabakrauch den Schweißgeruch aus ihren Pullovern. Einer guckte spöttisch zu mir herunter: Müsstest du nicht längst im Bett liegen? Ein anderer meinte: Lot man, lütt Fiona is jümmers geern mittenmang.[42] Damit war meine Anwesenheit genehmigt. Ansonsten tat sich erst mal nichts. Außer der tickenden Pendeluhr und den Schlürfgeräuschen am heißen Teepunsch blieb es ruhig. Dazu noch die Strahlungswärme aus dem Bilegger und den schweren Männerkörpern. Zum Einschlafen! Ich guckte nach oben. Kein Männerauge war geschlossen, meine fielen vor Langeweile beinahe zu. Ich griff zum ersten Heft. Die Seiten mussten oft umgeblättert worden sein, ständig rutschte die Fingerspitze an speckigen Ecken aus. Schließlich ging es dann doch los. Meist mit Strandgut. Irgendetwas war immer gefunden worden, und jeder in der Runde interessierte sich dafür, wie Vader als Deichbeauftragter damit umgegangen war. Hatte er es pflichtgemäß gemeldet - wurde es vom Amt eingezogen? Ein ebenfalls wiederkehrendes Thema stellten die Abschussquoten für Wildenten dar. Und selbstverständlich das Vordringen der Traktoren. Würden unsere Pferde genauso schnell durch Maschinen ersetzt werden wie auf dem Festland, lautete die Frage. Während ich in Gedanken an Lotte, unserem Schleswiger Kaltblut, dem ich täglich das Fell striegelte, mit zusammengepressten Lippen zuhörte, gingen die Köpfe über mir geradezu schicksalsergeben an das Thema heran. Ich ahnte: Bald würde statt Lotte ein Trecker unseren Heuwagen ziehen. Die Stimmung blieb emotionslos, bis die Runde auf das Ende der Allmende zu sprechen kam. Bislang gehörten die Fennen der Gemeinde. Zum Ausgleich der Risiken von Landabbrüchen bei Sturmfluten wurden sie unter den Bauern jährlich neu aufgeteilt. Mal erhielt eine Familie eine meeresnahe, mal eine meeresferne Fenne zu-

---

42 Lass man, die kleine Fiona ist immer gern dabei.

gewiesen. Seit dem Deichbau Anfang des Jahrhunderts gab es Bestrebungen, das System abzuschaffen, was mittels Ausheben von Gräben durch den Reichsarbeitsdienst nunmehr vollendet werden sollte. Nach der dritten Tasse Teepunsch prallten die gegensätzlichen Meinungen aufeinander. Argumente flatterten über den Tisch wie Vogelschwärme. Obwohl ich mich nur an Satzfetzen erinnere (... Gerechtigkeit, ... nicht mehr nötig, ... Zusammenhalt, ... Eigenverantwortung), weiß ich noch, dass mir die Hitzigkeit Vergnügen bereitete. Vader gab nur kurze Kommentare von sich: Meenst du dat wirklich? oder, wenn's hoch kam: Dat glööv ik nich.[43] Er enttäuschte mich, er konnte mehr. Bernhard, der das Ende der Allmende befürwortete, sagte zu Dietrich und Jonte, die sich Sorgen machten: All eure Punkte wird der Staat sicher berücksichtigen. Darüber konnten die beiden nur lachen: Dor töv man op.[44] Endlich meldete Vader sich zu Wort: Man müsse das Friesentum gegen Schikanen des Staates verteidigen! Dietrich nickte versteckt, nahm aber erst mal die Teekanne vom Stövchen, um nachzuschenken. Bevor er Köm hinterher goss, guckte er jedem in die Augen, und da keiner abwehrend die Hand hob, war die Flasche bald leer. Plötzlich stieß Vader mit der geschlossenen Faust gegen die Tischkante. Wütend verwahrte er sich gegen ‚de Ümstänne‘. Ein weiter Begriff, den er öfter benutzte - in diesem Fall meinte er die Versuche der Hitler-Regierung, die eigene Sprache der Friesen zu unterbinden. Moder in der Kök hatte die sich überschlagende Stimme offenbar gehört, denn sie öffnete die Tür und forderte von Dietrich, ein Stück aufzurücken. Niemand störte sich daran, dass sie sich dazusetzte - war sie doch für den Nachschub an Köm zuständig. Doch irgendetwas stimmte nicht. Bemerkte denn nur ich ihren hochroten Kopf und die

---

43   Meinst du das wirklich? Das glaube ich nicht.

44   Da warte man drauf.

tiefe Falte auf der Stirn? Irritiert fragte ich mich nach dem Grund. Hatte Vader etwas Falsches gesagt? Ungerührt redete er weiter und streute wie zur Unterstreichung friesische Ausdrücke ein. Wann jemals hatte er sich derart ins Zeug gelegt? Von Satz zu Satz spitzten sich seine Argumente zu. Als er vom unabhängigen Geist der Friesen sprach, geschah unter dem Tisch etwas Außerordentliches, was nur für mich in der Hocke-Position sichtbar war. Moder versetzte Vader einen Tritt gegen das Schienbein. Schnell guckte ich hinauf in sein Gesicht. Obwohl es sich vor Schmerz verzerrte, schien keiner etwas mitbekommen zu haben. Nur Dietrich fragte: Is di de Tee to hitt, Kalli?[45]

Beim Frühstück am nächsten Morgen fragte Vader: Meta, warum hest du mi dat andahn?[46] Moder antwortete: Ik hev di lang nug studiert. Ik weet, wann ik di frei sprechen loten kann und wann ik dor twischen gahn mut.[47] Hin- und hergerissen zwischen der Achtung vor Vaders flammender Redeweise und der Solidarität mit Moder, die bestimmt nicht ohne Grund zugetreten hatte, stand ich letztlich auf Vaders Seite, denn egal, was einer sagte, Tritte gegen das Schienbein hatte keiner verdient. Für das nächste Männertreffen plante ich, den Kreisel hervorzuholen und ihn mit einer kräftigen Drehbewegung in Richtung eines Stiefels zu schicken, dessen Besitzer Vader widersprach. Wenn der Stiefelträger den Stoß am Schaft bemerkte, würde er vielleicht seine Widerrede einstellen. Dazu kam es aber nicht, weil Moder Vader plötzlich auf Konzentrationslager ansprach: Du weetst, dat man Lüüd vun de Nachbarinseln, de nich för Hitler

---

45   Ist dir der Tee zu heiß, Kalli?

46   Meta, warum tust du mir das an?

47   Ich habe dich lange genug studiert, Kalli, ich weiß, wann ich dich frei sprechen lassen kann und wann ich dazwischen gehen muss.

sünd, nach Ladelund und Schwesing verschleppt hett.[48] In scharfem Ton fügte sie hinzu: Also hol di torüch! Du warst di sonst um Kopp un Kragen snacken. Wenn du so wieder mookst, warrd se di ook afholen.[49]

Ich hatte nicht geahnt, wie gefahrvoll das Friesentum war. Es musste pure Angst sein, die Moder veranlasst hatte, Vader mit dem Fuß zu treten. Angst vor einer Unachtsamkeit, Angst vor Verrat. Vor allem, wenn der Warft-Obmann erschien und sich mit an den Tisch setzte, was ab und zu vorkam. Er war für die Weitergabe wichtiger Ereignisse an obere Stellen zuständig. Diese Funktion gab es schon vor 1933, danach erweiterten die Nazis sie um das Ausschnüffeln möglicher Gegner des Regimes. Moder beschwor uns eindringlich, den Mund zu halten. Was im Haus gesprochen wurde, gehe niemand etwas an!

Ich erinnerte mich an 1933 zurück, als am Eingang des Halligbüros ein Schild befestigt worden war: Hier wird mit Heil Hitler gegrüßt! Wir Kinder waren um das Haus gelaufen und hatten gerufen: Heil Hitler, heil Hitl-e-er / hett an Moors en Splitt-e-er / treck em rut / so hett he em nich me-e-hr![50] Jetzt wurde mir klar, warum Moder uns damals so heftig ausgeschimpft hatte: Selbst ein unschuldiger Jux konnte einen Menschen in die Hölle bringen. Vader war also gefährdet. Da er keinen Pfifferling auf Moders Warnungen zu geben schien, würde er sich erst recht nicht auf mich einlassen. Doch gegen eine Frage würde er sicher nichts einzuwenden haben. Veel Lüüd spreken över Adolf Hitler. Wat denkst du över em? sagte

---

48   Du weißt, dass man Leute von den Nachbarinseln, die nicht für Hitler sind, nach Ladelund und Schwesing verschleppt hat.

49   Halt dich zurück! Du wirst dich sonst um Kopf und Kragen reden. Wenn du so weiter machst, werden sie dich auch abholen.

50   Heil Hitler, hat am Hintern einen Splitter. Zieh ihn raus, so hat er ihn nicht mehr!

ich unverfänglich. Er reagierte knapp: Ach, Lütt Fiona, dörför büst du noch to jung. Wahrscheinlich hatte er Gründe für die Ausflucht, aber ich hatte mir eine ehrliche Antwort erhofft. Erstmals beschlich mich die Furcht, vielleicht nie so nah an Vader heranzukommen, wie ich es mir wünschte.

„Was weiß die Wissenschaft darüber, Benno?", fragt Patty, die von Fiona eingeladen worden ist, an den Interviews teilzunehmen, wann immer ihr danach ist.

„Ich werde erst nach dem Projekt dazu kommen, mich genauer damit zu befassen. Im Moment weiß ich nur so viel: Auch in Nordfriesland folgte gleich nach Hitlers Machtergreifung 1933 eine Heilsbringer-Verehrung, die das Denunziantentum förderte. Verbände wie den Kreisbauernbund Südtondern brachten die Nazis gezielt unter ihre Kontrolle, um die Stimmungslage unter der Landbevölkerung in ihrem Sinne zu beeinflussen. Dazu gehörte die Hetze gegen Nazi-Gegner. In einer Resolution vom März 1933 hieß es: ‚Der Kreisbauernbund steht mit heißer Liebe zur Reichsregierung Hitler. Er bittet, gegen Vaterlandsverräter sofort mit Todesstrafe vorzugehen'."

Im Ack

„Wirtschaftlich gesehen lebtet ihr offenbar in einer Übergangsphase", sagt Benno zu Beginn der nächsten Sitzung. „Der Begriff soll umschreiben, dass Walfang und Handelsschifffahrt bis ins neunzehnte Jahrhundert die Lebensgrundlagen für viele Familien im Wattenmeer bildeten und diese Zeit verhältnismäßigen Wohlstandes vorbei war, als du geboren wurdest."

„Da gebe ich dir Recht. Die großen Zeiten der Seefahrt, die manchen materielle Annehmlichkeiten und Kapitänen sogar Wohlstand bescherten, haben wir nicht mehr erlebt. Komfort kam erst mit dem organisierten Tourismus wieder auf die Hallig, als steigende Zahlen von Urlaubern und Ausflugsschiffen neue Geldquellen erschlossen. Mein Gedächtnis verbindet das mit dem Geruch geschmolzenen Teers, der den erstmaligen Bau befestigter Straßen durch die Hallig verkündete. Aber das sollte noch dreißig bis vierzig Jahre dauern. Unser Broterwerb konzentrierte sich auf Tierhaltung, Schafschur und gelegentlichen Verkauf von großem und kleinem Vieh sowie die Unterbringung vereinzelter Badegäste im Sommer. Vielleicht waren wir nicht arm, aber zum großen Teil Selbstversorger."

Benno greift zum Notizblock.

Vieles, was der Selbstversorgung diente, geschah im Ack, dem gemeinschaftlichen Hof von drei Familien. Hier kreuzten sich die Wege, wurde gemolken, gebuttert, geschoren und repariert. Hier standen im Sommer die Heuwagen unter den aufnehmenden Gauben, und im Herbst trieb man das Vieh auf dem Pflaster zusammen, um es auf die Ställe zu verteilen.

Fiona im Ack mit Kätzchen im Arm

Das Ack bot den Hühnern Rillen, in denen sie unablässig pickten, den Erwachsenen Raum zum kurzen Klönschnack und uns Kindern einen unbeschränkten Spielplatz, auf dem wir beim Ballwerfen nur auf die Stallfenster achtgeben mussten. Das war die lebhafte Seite des Acks. Von seiner düsteren Seite zeugten Metallringe an Mauern sowie Blutspuren an Wänden und Pflastersteinen. Moder presste gelegentlich ein Huhn auf den Holzblock und haute ihm den Kopf ab, bevor es im Kochtopf landete. Nachbar Ole Hein, der Seehundjäger, nahm erlegte Heuler aus und spannte die Felle zum Trocknen über ein schweres Gestell. Nachbar Dietrich schlachtete hin und wieder ein Schwein. Wenn ich mich anstrenge, kann ich wieder das warmherzige Grunzen hören, das am Schlachttag in lautes Quieken überging, als erahnte das Schwein sein Schicksal. Nach Vollendung kettete Dietrich den aufgeklafften Leib an den Beinen kopfüber an zwei Metallringe. Ich erinnere mich, wie er einen Klönschnack in unserer Küche abbrach: Ik mutt mi ums Swien kümmern.

Welches, dat lebennige oder dat dode? fragte Moder.

Dat dode. Mutt nakieken, ob es tropft.[51]

Geschah das alles an ein und demselben Tag, verwandelte sich das Ack in einen bestialisch nach Tran, Haut, Blut und rohem Fleisch stinkenden Ort. Was blieb uns anderes übrig, als hinunter zu den Prielen zu fliehen, wo Jungs die Mädchen zu Ausfahrten auf selbst gebauten Flößen einluden. Natürlich fanden einige Spaß daran, mitten auf dem Priel mit ausgreifenden Bewegungen das Floß zum Schwanken zu bringen. Immer war Haye mit. Einmal saß er nur mit Storm, ohne die anderen Jungs, auf einem Floß und winkte mich zu sich ,an Bord'. Ich ignorierte seinen einladenden Arm und stieg ohne Hilfe rüber. Am Ufer glitten wir an gra-

---

51   Ich muss mich ums Schwein kümmern. - Welches, das lebendige oder das tote? - Das tote. Muss nachgucken, ob es tropft.

senden Kühen vorbei, die uns erstaunt anglotzten. Legte Haye in kleinen Buchten Stopps ein, sprang Storm ins Wasser und schreckte Enten auf. Ich wartete darauf, dass mehr passierte, doch es stellte sich heraus, dass der Käpt'n keinen Plan hatte. Das einzig Aufregende blieb Wellenschlag, der gegen das Floß klatschte. Im Grunde kicherten wir die ganze Zeit nur albern und schüchtern herum. Als wir zurückkehrten, drückte mir Haye wie aus Versehen einen Kuss auf die Wange. Moder, die das oben auf der Warft gesehen hatte, strahlte darüber.

Trotz ihrer bluttriefenden Aktivitäten mochte ich die Nachbarn. Ole Hein vor allem wegen seines weißen Schiffs ,Aurora', auf dem ich hoffte, eines Tages mitfahren zu dürfen. Und Dietrich, weil er nicht nur gut schlachten konnte, sondern beim Klönschnack mit Moder in der Kök herrlich amüsant über Kabbeleien in seinem Eheleben zu erzählen wusste. Sobald das Husumer Wochenblatt eingetroffen war, klagte Hedi, seine Frau: Du nimmst di jümmers toeerst de letzte Siet. Ik wüll ook mol toeerst de letzte Siet hebben.[52] Dietrich lachte, wie eigentlich immer, und klärte uns schalkhaft grinsend auf: De letzte Siet is de Siet mit de Doden.[53]

Benno tippt die Worte in die Tastatur - in Lautschrift, so wie er es versteht. Nur für komplizierte Schreibweisen greift er nach dem Wörterbuch; um alles nachzuschlagen, fehlt ihm die Zeit. Bevor er das Kapitel abschließt, fügt er das gescannte Foto von Fiona im Ack in den Text ein und denkt dabei an Patty. Warum? Darauf weiß er keine Antwort, aber ihm wird bewusst, dass er es, anders als erwartet, mittlerweile mit zwei Frauen zu tun hat. Die Beziehung zu Fiona,

---

52 Du nimmst dir immer zuerst die letzte Seite. Ich will auch mal als erste die letzte Seite haben.

53 Die letzte Seite ist die Seite mit den Todesanzeigen.

seiner Interviewpartnerin, ist sachlich geprägt. Patty weckt starke Emotionen in ihm. Sie will er für sich gewinnen. Doch sobald er auf sie zugeht, weicht sie zurück, als wolle sie Körperkontakt unbedingt vermeiden, was bei der ersten Begegnung beim Biikebrennen noch ganz anders gewesen zu sein schien. Das irritiert ihn.

Anscheinend macht Broder sich ebenfalls Gedanken über das Verhältnis. Er hatte Patty und Benno zusammen am Biikehaufen gesehen. Kürzlich zeigte er, als Benno ihm auf dem Flur begegnete, auf Pattys Zimmertür und fragte: „Na, wie kümmt jem miteens klor?"[54]

„Bestens."

„Und sonst?"

„Was sonst?"

„Mögt ihr euch?"

„Ich mag sie. Sie ist munter, klug und hübsch. Ob sie mich auch mag, weiß ich nicht. Manchmal denke ich ja, dann wieder nein."

„Sie will sich nicht verlieben, das weiß ich von Annelies. Jedenfalls nicht in Deutschland, sie möchte nach Kalifornien zurück."

Offenbar weiß Broder viel. Schon am Biikeabend hat er gewusst, warum die Amerikanerin Benno stehenließ. Überhaupt ist er ein verständnisvoller Vermieter, der sogar mit einer Thermoskanne aushalf, weil Benno seine in Bremen gelassen hat.

Neulich stand Benno hinter der Zimmertür und hörte, wie Patty vom Wellenreiten an der kalifornischen Küste erzählte und „Missing Adventures" zu Broder sagte, was wie eine Klage über ihr derzeitiges Leben klang. Benno bekam plötzlich Bedenken, dass es sinnlos sein könnte, sich in eine Aus-

---

54   Na, wie kommt ihr miteinander klar?

länderin zu verlieben, die sich nach ihrer Heimat sehnt. Aber gab es nicht diesen Italiener del Misseti, der vor hundert Jahren zusammen mit hundert Landsleuten von Deutschland zum Deichbau im Wattenmeer angeheuert worden und auf der Hallig geblieben war, nachdem er jemand kennengelernt hatte? Wenn ein italienischer Steinmetz das damals konnte, warum nicht heute eine Amerikanerin mit Germanistikstudium?

Von:BenHa@pro.de
Datum:16. April 2013 um 21:13:29 MESZ
An:Roni.Finck@jekt.de
Betreff:Erster Kuss
Hi Roni,
ich schicke dir meinen ersten Kurzbericht und greife gern deinen Vorschlag auf, uns zu duzen, wie es auch deine Mutter von mir wünschte. Übrigens hat sie schon ihren ersten Kuss auf die Wange von einem Jungen bekommen. Da sind beide noch Kinder, insofern sagt das natürlich nichts aus. Ich schicke dir den Textauszug trotzdem. Kann ja sein, dass sich zwischen den beiden noch mehr entwickelt. Ich werde auch weiter darauf achten, was deine Mutter über ihr Verhältnis zu Jungs und jungen Männern erzählt, es aber von meiner Seite nicht forcieren und Fiona nicht drängen, etwas zu sagen, was sie nicht preisgeben will. Das verstehst du sicher. Im Übrigen ist klar, dass ich ihr nichts von deinem speziellen Interesse an dem Projekt erzählen werde.
Hol di fuchtig! sagt man hier. Viele Grüße! Benno
PS: Die Frage, ob sich zwischen zwei Menschen etwas entwickeln kann, stellt sich übrigens auch für mich: im Projekt ist überraschend eine Amerikanerin aufgetaucht ...

Von:Roni.Finck@jekt.de
Datum:17. April 2013 um 10:05:44 MESZ
An:BenHa@pro.de
Betreff:Erster Kuss

Hi Benno, danke für deine Mail, den Textausschnitt und deine Zusage! Du hast natürlich völlig recht - ein Kinderkuss hat keine Aussagekraft. Ich warte ab, ob sich Konkreteres ergibt. Wenn nicht, war es eine fixe Idee, die du mir bitte nachsehen mögest.

Herzliche Grüße auf die Hallig von Roni

PS: Eine Amerikanerin auf der Hallig - das kommt wohl nicht alle Tage vor. Ich wünsche dir jedenfalls viel Glück (falls ich deine Anmerkung richtig verstanden habe).

II.

COME ON GUY - KOMM IN DIE PUSCHEN!

Flucht der Turmfalken

1 x tgl. Sport, mind. Spazgang! So lautet ein Eintrag in Bennos zweitem Notizbuch, seinem persönlichen. Unter V wie Vorsätze. Sie sind ernst gemeint. Gerade jetzt im Frühling will er viel draußen sein, den frischen Seewind im Gesicht genießen und den weißen Wolken nachschauen, wie Annelies es am Biikeabend geschildert hat. Nur schade, dass heute kein guter Tag dafür ist. Richtiges Schietwetter, findet Benno. Die Windgeräusche vor dem Fenster hören sich sogar nach einem aufkommenden Sturm an. Da fliegt auch schon die Zimmertür auf. Nicht vom Wind, es ist Patty. „Hi Ben! Ich habe frei. Komm mit an den Deich! Dor buten weiht the wind like hell."[55] Sie lacht über ihren plattdeutsch-englischen Wortsalat. „Guck mal raus", antwortet Benno, „bei solchem Wetter schickt man nicht mal einen Hund vor die Tür." Lieber würde er es sehen, wenn sie zu ihm ins Zimmer käme, als hartnäckig in ihren Gummistiefeln unter dem Türrahmen stehenzubleiben. „Mach dir doch wegen ein paar Beaufort nicht gleich in die Hosen. Wer das Wattenmeer begreifen will, muss seine reichhaltigen Wetterfacetten erleben. Die Weisheit stammt von Broder." „Broder sagt auch, Sturm ist erst, wenn die Schafe keine Locken mehr haben." Der Witz soll Pattys Eifer abblocken, aber

---

55   Da draußen weht der Wind wie Hölle.

sie wippt weiter ungeduldig auf den Stiefelspitzen. „Come on Guy! Oder wie sagt man hier: Komm in die Puschen!" Ihr Prusten wirkt entwaffnend. Benno lenkt ein und zieht sich ebenfalls Gummistiefel an. Sie streben in den abgelegenen Nordwesten, wo das Meer hörbar lauter als an anderen Stellen um die Hallig rollt. Mit aufgekrempelten Hosen erklimmen sie den gepflasterten Deich. Unversehens müssen sie rasanten Wellenzungen ausweichen, die so überraschend auftauchen, dass man meinen könnte, sie quöllen urgewaltig aus dem Basaltgestein hervor. Benno findet dies Fantasiebild lustig, obwohl eine Zunge gerade nach seinen Hosenbeinen gegriffen und die Gummistiefel mit Wasser gefüllt hat. Überhaupt ist hier alles irre, warum sollte Benno da nicht mitmachen und Patty mit Klamauk beeindrucken? Nonsens-Wörter schreit er in die peitschende Gischt, ahmt mit hochgerissenen Armen vorbeisegelnde Möwen nach und schleudert unter Gebrüll Treibholz ins Meer zurück. Er dreht immer mehr auf. Gerade ballt er die Fäuste, haut sie schattenboxend durch den Wind und platziert die Schläge im Takt der Schiffsketten, die vom Schleusenhafen herüberklirren. Als Patty die Taktung bemerkt, kreischt sie vor Vergnügen und unterstützt ihn mit lautem „Ohauahauaha!", ein Ausdruck, den sie ebenfalls von Broder hat. Regelrecht entzückt ist sie vom Rhythmus des Wortes, denn er passt maßstabsgerecht zu Bennos kantigen Bewegungen. Vor allem, wenn eine Böe das Geschrei in Einzelteile zerlegt: „Oh … hau … a … hau … a … ha!"

Beiden macht das einen Riesenspaß. Kaum mehr als eine Zollstocklänge entfernt wühlt und ächzt das Meer in der Tiefe, zieht sich pumpend und schnaubend an der Deichmauer empor, um sogleich wieder hinabzustürzen. Nie zuvor ist Benno einer tosenden See so nahegekommen. Er spürt das Wagnis an den Fingerspitzen und traut sich trotzdem näher heran. Patty folgt ihm. „Hast du Schiss um mich?", ruft sie kess, als sie seinen besorgten Blick bemerkt. Benno schüttelt den Kopf. „Ich auch nicht. Bin Rettungsschwimmerin." Schreits, schließt die Augen und balanciert am Grat zur Tiefe. Benno fasst schnell ihre Hand und führt sie. Er hält die Augen offen, sie ihre weiter geschlossen. Ein herrliches Gefühl - prickelndes Risiko und Sicherheit in einem. Plötzlich rutscht Benno aus und kann sich nur aufrechthalten, indem er seine Arme um Patty schlingt. Wie beim Biikebrennen, nur, dass er es jetzt selbst ist, um den er sich geängstigt hat. Der Schreck weicht einem Glücksgefühl: Zum ersten Mal liegen sie sich richtig in den Armen. Benno lacht, doch Patty zeigt unruhig in den Himmel. Ein Wolkenturm über Amrum wirft dunkle Konturen auf das Meer, die in kurzer Zeit die Hallig erreichen. Einer Walze gleich rollt der schwarze Schatten über die Fennen bis auf die andere Seite nach Landsende, wo die offene See ihn wieder zurücknimmt. Als hätte der Wolkenturm das Meer zusätzlich aufgepeitscht, folgt auf jede Wellenzunge sofort eine neue mit noch höherer Geschwindigkeit und größerer Kraftentfaltung. Patty verlässt den Deich, während Benno den Ernst erst kapiert, nachdem ihn ein fieses Zusammenspiel zwischen einer Böe und einer Welle beinahe von den Füßen gerissen hätte. Schnell begibt er sich nun ebenfalls zur Fenne hinunter. Als er kurz darauf hört, wie über ihm ein mächtiger Brecher auf die Deichkrume klatscht, fährt er erschrocken zusammen. Nicht auszudenken, wenn ihn die Wucht erwischt hätte! Unten auf der Grasnarbe hat er das offenbar wieder vergessen. Wasserpfützen laden dort zu neuem Humbug ein. Aus Tollkühnheit wird Spielerei. Sie hüpfen von einer Kuhle zur anderen wie Kinder zwischen Himmel und Hölle beim Hickelkasten, patschen das Wasser aus den Pfützen und wundern sich höchst spät darüber, wie rasch sich diese mit neuem Wasser füllen. Ein Blick auf die Deichspitze klärt sie auf: Das Meer nimmt kein Wasser mehr zurück, es fließt nur noch in eine Richtung - ununterbrochen in die Hallig hinein - unumkehrbar.

Endlich kapieren sie und spurten los, wollen so schnell wie möglich zur Warft zurück. Weil das Meer auch an anderen Stellen über die Deiche tritt, ist es ihnen bald von mehreren Seiten auf den Fersen, schneidet Wege ab und erschwert das Vorwärtskommen. Das Wasser egalisiert alles - Fennen, Gräben, Priele - zu einer einzigen Fläche. Die Gefahr zu stolpern ist groß, denn das Fluten erschwert die Sicht auf Unebenheiten. Hier und da sind Pfosten zu sehen, aber was markieren sie - Wege oder Gräben? Wo die Strömungen des Meerwassers mit denen der Hallig-Priele zusammentreffen, bilden sich heimtückische Strudel. Benno gerät in einen hinein, kommt ins Straucheln und findet einen Pfosten in der Nähe, an dem er sich festhält, so dass er kurz verschnaufen kann. Danach kämpft er sich aus dem Strudel heraus. Das alles kostet körperliche Kraft. Die Nerven strapaziert vor allem der Umstand, dass Ockelützwarft, wohin sie zurückmüssen, wegen Regens und einsetzender Dunkelheit kaum noch zu erkennen ist. Einsetzendes Gewitter bereitet zusätzlich Angst. Momentan ist es allerdings ein Glück, weil Blitze die Umgebung in grelles Licht tauchen. Staunend beobachtet Benno, wie ein heftiger Blitz die Hallig sekundenlang in einen silbernen See verwandelt mit den Warften als schwimmenden Inseln. Sogleich ist es wieder finster, und Benno fürchtet, erneut zu stolpern. Und da passiert es auch schon. Von vorn trifft ihn ein harter Schlag gegen die Oberschenkel, vermutlich ein Treibholz. Betäubt vom Schmerz kippt er vornüber und schafft es nicht, sich wieder aufzurichten. Sein Ekel vor Salzwasser rettet ihn, weil er ihn bei Bewusstsein hält. Um kein Wasser zu schlucken, presst Benno die Lippen zusammen, kommt in die Hocke und sieht sich nach Patty um, die zurückgeblieben ist. Als sie im zerfransten Halblicht der Gischt endlich neben ihm auftaucht, hören sie auf einmal Glockengeläut. Kann das sein? Gottesdienst ist erst wieder in zwei Tagen. Sind sie einer akustischen Täuschung erlegen, bewirkt von der Naturgewalt? Nein, es läutet wirklich. Benno fallen die Glockenbänder im freistehenden Holzturm auf der Kirchwarft ein. Vielleicht hat der Sturm sie losgerissen, und kräftige Windstöße schwingen die Klöppel hin und her.

Plötzlich ist da noch ein Geräusch, aus derselben Richtung kommend und nicht minder seltsam klingend. Ein Klagen: „Ti, ti-ti, Ti, ti-ti". Patty fasst Bennos Hand. Da ist es wieder – jetzt direkt über ihnen: „Ti, ti-ti, Ti, ti-ti". Zugleich blitzt es. Patty und Benno starren erschrocken nach oben und erkennen im Licht des Blitzes ein Greifvogelpaar.

Nach dem Glockengeläut ein weiterer fantastisch anmutender Moment, und Benno fragt sich, ob vielleicht doch sein Verstand gelitten hat, aber dann fällt ihm ein, worüber seit Tagen auf der Hallig gesprochen wird. Erstmals seit langer Zeit brütet wieder ein Turmfalkenpärchen auf der Hallig, und zwar im Giebel des Pastorats auf der Kirchwarft. Vermutlich haben die Vögel panisch ihr Nest verlassen und fliehen vor dem Sturm in windabgewandte Richtung gen Osten. Einen Flügelschlag lang erkennt Benno die Angst der Turmfalken in ihren hell ausgeleuchteten Augen. Ist das nicht wirklich irreal? Nein, Benno weiß, dass es so war, also funktioniert sein Verstand. Er überlegt: Patty und er müssen ebenfalls Richtung Osten, denn auf dieser Route liegt Ockelützwarft. Er zieht Patty mit sich, und sie folgen der Fluchtroute der Falken. Währenddessen verlässt das Gewitter die Hallig, der dunkle Himmel öffnet sich ein Stück und lässt ein Quäntchen Mondlicht durch. Als nach einer Weile ein hoher Schatten vor ihnen auftaucht, können sie kaum glauben, dass sie die Warft und Broders Haus sehen. Die Beine kämpfen sich, unterstützt von rudernden Armen, voran. An der Warftböschung angekommen, fallen Patty und

Benno sich erschöpft in die Arme, sie verlassen das Wasser und schleppen sich die letzten Meter zum Haus hinauf. Aus einem Holzstapel neben dem Weg greift Benno eine Latte heraus und wirft sie kraftlos, aber enthusiastisch ins Meer. „Trutz, blanker Hans!"[56], schreit er dem Holz hinterher. Patty ist da bereits im Zimmer, reißt sich ihre nassen Klamotten vom Leib und fängt haltlos zu weinen an. Broder tritt zu ihr ins Zimmer und tröstet sie auf seine unnachahmliche Art: „Wenn du so wieder weenst, löppt dat Water nich wedder af."[57] Nun lachen alle drei. Langsam fällt die Anspannung ab. Das Blut zirkuliert wieder und erobert die Körper zurück. Da sie dennoch weiterfrieren wie die Schneider, hauen sie sich unverzüglich ins Bett. Das Tollste: Benno realisiert gar nicht so schnell, dass Patty sich einfach neben ihn legt. Später im Halbschlaf blickt er in die Augen der Turmfalken. Das weckt ihn. Er spürt Pattys Nähe. Sie hat sich auf die Seite gedreht und streckt ihm ihren kalten Po entgegen, der ziemlich gut in seine Bauchhöhle passt. „Stimmt das mit der Rettungsschwimmerin?", fragt er in ihr Nackenhaar. „Vor acht Jahren an der kalifornischen Küste." „Alle Achtung! Woran denkst du gerade?" „An den Silbersee mit den Warften darin. Das Bild werde ich nie vergessen."

Benno drückt ihre Hand, dann schlafen sie ein.

Dass Patty und Benno im Landunter draußen waren, wird am Tag darauf ebenso erregt diskutiert wie die Frage, ob die Turmfalken zurückkehren werden. Auf diese Weise erfährt Fiona, dass Benno mit Patty unterwegs gewesen ist. Sie trifft ihn erst achtundvierzig Stunden später wieder, nachdem er wegen Unterkühlung das Bett hüten musste. „Sie ist also deine Freundin. Die ganze Hallig spricht über euer Abenteuer." Benno grinst. „Warum grinst du? Es war total

---

56 Titel einer Ballade von Detlev von Liliencron

57 Wenn du so weiter weinst, läuft das Wasser nicht wieder ab.

fahrlässig!" Benno beißt sich auf die Lippen, dann räumt er ein: „Ich weiß. Am Anfang war es großartig. Später dumm."
„Es war von Anfang an dumm!" Benno senkt den Blick und schweigt. „Mein Bericht über 1936 hätte dir eine Warnung sein müssen. Sei froh, dass es bei einem Landunter der harmlosen Art geblieben ist. Hätte es sich zu einer Sturmflut ausgewachsen, würdest du jetzt nicht bei mir sitzen. Kommen wir zu etwas Erfreulichem. Ich habe Patty schon kurz kennengelernt, finde sie sympathisch und möchte gern mehr über sie erfahren. Erzähle mir von deiner Patty."

„Sie ist nicht meine Patty."

„Ich denke, ihr seid verliebt."

„Wir gehen spazieren. Unsere Beziehung ist platonisch."

„Im Gegensatz zu eurem Leichtsinn. Der war ganz und gar nicht platonisch, sondern sehr real. Aber lass uns das Thema beenden und einen Spaziergang machen. Der wird unseren Bronchien guttun."

Zwischen den Warften begegnen sie Einwohnern, aber niemand scheint Fiona zu erkennen. Wahrscheinlich hält man sie für eine Besucherin vom Festland. Nur ein paar Ältere drehen sich nach ihr um. Benno lächelt über das amüsierte Interesse, das er in manchen Blicken zu erkennen glaubt: „Die überlegen, was es mit deinem jungen Begleiter auf sich hat."

„Klar, bei dem Altersunterschied. Wahrscheinlich fragt man sich, ob du mein Enkel bist."

„Genau darauf hat man mich neulich angesprochen. Jemand nannte die Namen Haye und Hans und fragte, ob ich ein Nachkomme eines der beiden sei. Warst du mit denen zusammen?"

Fiona wimmelt ab: „Immer langsam Benno, alles der Reihe nach. Eines kann ich aber schon sagen. Mein Enkel oder Urenkel bist du nicht."

„Sicher?"

„Ich glaube schon. Und nun berichte mir von Patty. Wie habt ihr euch kennengelernt?"

Benno schildert, wie Patty ihm beim Biikebrennen das Gesicht einschmierte.

Da lacht Fiona schallend auf: „Auch mir strich jemand mit rußigen Fingern übers Gesicht. Ich werde später mehr erzählen." Kurz denkt sie über etwas nach. „Bringe Patty gern weiter mit zu den Interviews. Sie scheint sehr interessiert zu sein und kann dich unterstützen, so dass sich nicht alles auf deine Person konzentriert."

„Gut gemeint, aber ich weiß nicht." Benno kräuselt die Stirn. Er möchte die Dinge lieber auseinanderzuhalten: hier die Arbeit, da das Persönliche.

Von:BenHa@pro.de
Datum:09. Mai 2013 um 16:07:14 MESZ
An:Roni.Finck@jekt.de
Betreff:Nicht viel

Hi Roni! Über die Freunde deiner Mutter gibt es weiterhin wenig zu berichten. Nur - was du schon weißt - dass Haye Fiona regelmäßig zur Schule abholte und sie die Hallig gemeinsam über Geburten und Todesfälle informierten. Rundsagen nennt man das hier. Fiona will alles chronologisch erzählen. So ist das Projekt ja auch angelegt. Übe dich also in Geduld!

Bei klarem Wetter kann ich von meinem Schreibplatz am Fenster die Horizontlinie des Festlandes sehen. Direkt unter mir verläuft der Weg zur Warft herauf, auf dem früher Pferdefuhrwerke Heu zu den Ställen transportierten. Bei Landunter sucht sich das Meer diesen Weg. Das habe ich kürzlich am eigenen Leib erlebt. Zum Glück war es keine Sturmflut, aber meine Beine fühlten sich bleischwer an. Übrigens war ich mit der Amerikanerin unterwegs. Ein ziemlich stürmisches Abenteuer, obgleich ansonsten alles offen ist…

Vor der Zivilisation muss es hier im Wattenmeer ziemlich trostlos gewesen sein. Heute nehmen die Bewohner ja regen Anteil am modernen Leben. Andererseits ticken die Uhren offenbar immer noch anders als auf dem Festland. Man sagt, jeder Besucher spüre auf Anhieb eine Entschleunigung im Lebensrhythmus. Von mir kann ich das nicht behaupten, ich habe es eher eilig. Das Manuskript muss vor dem Wintersemester fertig sein. Also geht's jetzt wieder an die Arbeit. Viele Grüße! Benno

Eiwall

Benno will an der frischen Luft schreiben. Zusätzlich zum Laptop packt er seine 6x6 - Kamera ein. Seit zwei Jahren schwimmt er gegen den Trend. Da ist er vom digitalen Kleinbild auf analoges Mittelformat umgestiegen. Auf einer Fotomesse erwarb er eine gebrauchte Zweiäugige mit Lichtschachtsucher, die zu umständlich zu bedienen war. Schließlich stieß er auf eine 6x6 - Messsucherkamera. Ihr leiser Verschluss und das große Sucherbild gefielen ihm auf Anhieb. Einerseits dauert alles viel länger als mit einer modernen automatischen Kamera, angefangen vom Filmeinlegen bis zur Licht- und Entfernungsmessung. Andererseits zwingt ihn das, sich intensiver mit einem Motiv auseinanderzusetzen, und das kommt, findet er, dem Ergebnis zugute. Benno war beeindruckt von der farblichen Tiefe und der räumlichen Wirkung projizierter Dias. Seitdem fotografiert er klassisch analog.

Er überlegt, sich am Fotowettbewerb ‚Urlaubsbilder' der Husumer Zeitung zu beteiligen. Vielleicht findet er Motive am zentralen Anleger hinter Backenswarft, wo am Vormittag die Schiffe mit Tagestouristen ankommen. Als er am Morgen auf Entdeckungstour gegangen ist, döste die Hallig noch vor sich hin. Jetzt herrscht am Anleger reger Betrieb.

Benno bleibt eine Zeitlang stehen, um das Anlegemanöver der ‚Hilligenley' und das von Bord strömende Publikum zu beobachten. Ihm fällt ein Rucksack mit dem Sticker ‚Save Animals' auf, an einem anderen klebt das blauweiße Emblem der Friedenstaube. Die Rucksackträgerinnen in Laufschuhen und sichtbarer Funktionsunterwäsche lächeln verträumt, als hätten sie gerade eine Parallelwelt betreten, deren naturnahe Lebensart ihnen ein Vorbild sein könnte. Andere, die statt Rucksack Gucci-Handtaschen mit sich führen, haben trotz ihres schicken und teilweise recht schrillen Outfits etwas mit den Rucksackträgerinnen gemeinsam. Auch sie wollen einmal das sogenannte ‚einfache Halligleben' kennenlernen, bevor sie nach wenigen Stunden wieder in ihren vertrauten Kosmos, eine angesagte Urlaubsdestination, zurückkehren. Sogar ein japanisches Ehepaar ist dabei. Vielleicht hat es im pickepackevollen Nordreise-Programm ‚Travemünde - St. Peter-Ording - Westerland - Kopenhagen' die Zusatzoption ‚Abstecher auf eine einsame Hallig' gewählt.

Im Trubel vergisst Benno die Absicht zu fotografieren, ihn zieht es weiter zur Mole Eiwall. Zu Fionas Zeiten lag hier die Schiffsanlegestelle, wegen des Tiefgangs der größeren Schiffe im Fährbetrieb wurde sie später verlegt. Ein älterer Mann sitzt auf einer Bank, Benno hockt sich zu ihm. Schlohweißes Haar, Pfeife im Mundwinkel. Nicht ausgeschlossen, dass er Fiona kannte, überlegt Benno.

„Tach!", sagt er locker, weil er glaubt, dass es die richtige Begrüßung ist.

„Moin!", lautet die Antwort.

„Leben Sie hier?"

„Jo. Bin Rentner."

„Gefällt es Ihnen?"

„Pffhh." Der Mann zuckt die Schultern.

„In dem Sinne, ob Ihnen was fehlt und was Sie so machen."

„Du meinst, wenn ich nicht auf der Bank sitze?"
Der Mann lacht, als er hätte er einen Witz gerissen, und sagt anstelle einer Antwort:
„Was du machst, wenn du nicht auf der Bank sitzt, weiß ich. Wie geht's dir mit deiner Fiona?"
„Frau Nissen ist nicht meine Fiona, sie ist meine Interviewpartnerin. Woher wissen Sie überhaupt von uns?"
Leicht genervt zieht Benno den Laptop aus dem Rucksack und schaltet ihn ein.
„Für wichtige Dinge braucht die Hallig höchstens einen halben Tag."
„Sind die Interviews denn so wichtig, dass sie ein Gesprächsthema für die Hallig abgeben?"
„Immerhin ist Fiona hier geboren und nach Jahrzehnten interessiert sich plötzlich die Wissenschaft für sie. Wenn das für die Hallig nicht wichtig ist, was könnte es sonst sein?"
„Eine Sturmflut vielleicht?"
„Der Punkt geht an dich. Und nun hör bitte auf, mich zu siezen. Ich bin Tade."
„Ich heiße Benno."
„Ich weiß. Ich kenne sie übrigens."
„Mich?"
„Fiona. Bin zwar einige Jahre jünger, kann mich aber gut an ihre Zeit auf der Hallig erinnern. So wie Broder, bei dem du wohnst, wir teilen denselben Jahrgang und besuchen uns ab und zu. Auch er weiß um Fionas Schicksal. Frage uns aber bitte nicht über sie aus. Op de Hallig behoolen wi enige Saaken lever för uns!"[58]
„Mmmh, ich werde mich bemühen. Aber noch mal zu dir persönlich. Was machst du…," „…Wenn ich nicht auf der Bank sitze?", beendet Tade Bennos Frage und sagt: „Ich male Seebilder, wetteifere mit dem Halligmaler Werner Bo-

---

58   Auf der Hallig behalten wir einige Sachen lieber für uns!

vens, werde sein Niveau aber nie erreichen. Bestimmt hast du seine Werke schon gesehen. Er stellt sie in der Teestube aus. Ich male eher für mich."

„Das tue ich auch. Ich fotografiere. Auch nur für mich. Im Moment habe ich leider wenig Zeit dafür. Muss sogar hier auf der Bank arbeiten."

Während Bennos Finger flink zur letzten Textstelle scrollen, beobachtet Tade mit dem Kieker die Schiffsmanöver vor dem Anleger. Als sie sich später voneinander verabschieden, dauert ihr Handschlag überraschend lange. Sie sind sich näher gekommen - auch im Schweigen während der letzten halben Stunde. Das gibt es wohl nur auf der Hallig, vermutet Benno und nimmt sich vor, öfter zur Bank zu gehen. Vielleicht wird er dann Tade wiedertreffen.

School

„Du hast einiges über Haye und dich erzählt, als ihr Schüler wart", beginnt Benno das nächste Interview. „Vom gemeinsamen Schulweg über die Partnerschaft beim Rundsagen bis zum Kaptein-König-Spiel im Anschluss an die Schularbeiten. Über die Schule selbst hast du noch nichts erzählt. Wie war sie für euch? Alle wurden in einem Raum unterrichtet, habe ich gehört."

„Das war tatsächlich so. Aber weißt du..." Fiona bricht überraschend ab.

„Was ist denn?"

„Beim Thema Schule fühle ich mich unbehaglich. Können wir es nicht ausklammern?" Benno überlegt nicht lange: „Ich denke nicht! Schule gehört zum Alltag und damit zum Projekt."

Da Fiona ausgesprochen reserviert wirkt, fragt Benno vorsichtig: „Was sollte dagegen sprechen, über die Schulzeit zu reden?"

„Es werden Erinnerungen angestoßen, die mir zuwider sind. Es tut mir leid, dass ich eine Störung in dein Projekt bringe, aber ich bin nicht so nervenstark, wie du vielleicht denkst, Benno. Hoffentlich verstehst du mich!"

„Sagen wir, ich versuche es. Versteh' du mich aber bitte auch! Nicht ich entscheide über die Themen des Projekts. Es ist der Professor, der das Manuskript abnimmt. So, wie ich ihn kenne, akzeptiert er keine weißen Flecken. Vielleicht schaffst du es, indem du langsam und unaufgeregt erzählst. Wenn nicht, hören wir selbstverständlich auf. Aber ich brauche zumindest einen Ausschnitt aus dem Schulalltag."

Unten am Steg vor Hanswarft, wo der Priel einen Knick Richtung Westen macht, sammelte sich die Schülerschaft unserer Warft und vereinigte sich mit den Ockenswarftern aus dem Osten, die früher losgegangen waren, weil sie es weiter hatten. War es hell genug, sahen wir in der Ferne die Backenswarfter von Norden und die Schülerschar der westlichen Warften. Vor dem Schulgebäude trafen wir zusammen und sortierten uns jahrgangsweise. Alle Warften und ein breites Familienspektrum waren vertreten: Bauern, Deicharbeiter, Gaststätten- und Ladeninhaber, Seehundjäger, Krabbenfischer, Ausflugsschiffer und Matrosen der Postschifflinie Husum-Pellworm-Halligen. Wenn ich mich recht entsinne, drängten sich an die fünfzig Schülerinnen und Schüler (acht Jahrgänge) in Flur und Unterrichtsraum zusammen - etwa ein Drittel der Einwohnerzahl. Die zwanziger Jahre waren geburtenstarke Jahrgänge. Damit hatte die Schulplanung der Kaiserzeit offenbar nicht gerechnet. Allerdings kamen später auch nie wieder so hohe Schülerzahlen zusammen. In der Enge roch es mal mehr, mal weniger streng und sauer - je nachdem, wie viele in der Pubertät waren. Man erlebte diese Phase geradezu leibhaftig, und zwar schon, bevor man die leiseste Ahnung von ihr hatte. Dazu kam bei Hitze der penetrante Geruch nach Schweiß und bei Regen von nassen Klamotten. Im Sommer blieben die Fenster Tag und Nacht geöffnet.

Benno hebt unterbrechend die Hand, weil er für seine Notizen nach einem verallgemeinernden Satz sucht. „Die Ausdünstungen der eng beieinander sitzenden Körpergemeinschaft waren wahrhaftig kein Vergnügen. Könnte ich es so ausdrücken?" Da Fiona nur ironisch die Brauen hochzieht, schließt er schnell eine andere Frage an: „Unterrichtet wurde sicher vollständig analog: Kreide, Anspitzer, Radiergummis?"

Fiona lächelt. „Vergiss nicht Griffel, Schiefertafeln und Schwämme zu notieren. Außerdem Wassereimer, Bleistifte, Buntstifte, Tinte und Löschpapier. Das Wort ‚digital' hätten wir nicht mal buchstabieren können…"

„Wie war das Verhältnis zu den Lehrern?"

„Hier beginnt mein Unbehagen. Aber gut, ich bemühe mich."

Ich lernte zwei Arten von Erziehern kennen. Nur zwei Jahre, viel zu kurz, Lehrer B. Neben Deutsch und Rechnen machte er die Natur zum Hauptfach. Jeden zweiten, spätestens dritten Tag lief er mit uns über die Fennen und ins Watt, damit wir Flora und Fauna studierten. Dem diente auch die überdimensional große, beidseitig mit Tieren und Pflanzen bebilderte Karte, die er in der Mitte des Unterrichtsraumes zwischen den jüngeren und älteren Jahrgängen aufhängte. Beide Gruppen unterrichtete er im Wechsel. Die jeweils andere leistete derweil Stillarbeit. B. war der gutmütigste Mensch auf Erden, der sich weder von laut schwingenden Linealen, quietschenden Radiergummis, bewusst kratzenden Stiften und nicht mal von Albernheiten aus der Fassung bringen ließ. 1933, kurz nach Errichtung der Nazi-Diktatur, wurde B. entlassen. Knall auf Fall, ohne den Eltern einen Grund zu nennen, wurde er durch Z. ersetzt. Der war widerlich. Es sollte noch viel passieren in meinem Leben, aber Z. nahm einem als erster die Freude. Er zerstörte das Grundgefühl, mit dem ich aufgewachsen war: das Vertrauen in eine unbeschwerte Zukunft. Z. eilte der Ruf voraus, er bläue gern. Und wahrhaftig, es brauchte keine halbe Stunde, bis jeder die Bedeutung des fremden Wortes begriffen hatte.

Schon am ersten Tag, als er vor Unterrichtsbeginn den Hitlergruß erwartete, schrie er jeden an, der den ausgestreckten Arm vergaß oder unordentlich ausführte: Warte nur, ich werde es dir einbläuen! Wer es mehrfach versiebte, dem zwickte er so lange ins Ohrläppchen, bis Blutfäden den Hals hinunterliefen. Aus Unsicherheit, ob sie sich wie bisher mit dem Finger melden sollten, wenn sie sich am Unterricht beteiligen wollten, hoben die Kleinsten beides gleichzeitig: links den winkenden Finger, rechts den ausgestreckten Arm. Einigen zitterten die Hände. Jungs, denen beim Schreiben oder Lesen die Haare ins Gesicht fielen, schrie Z. an: Der Deutsche trägt eine freie Stirn! Dazu gab er ihnen eine Kopfnuss auf den Schädel. Überhaupt beschäftigte er sich bevorzugt mit den Jungen und forderte sie auf, ‚sich für den Überlegenheitskampf mit minderwertigen Rassen zu stählen'. Die Schlachtung eines Schafes schien ihm eine passende Gelegenheit zu bieten, denn er zwang alle Jungs, daran teilzunehmen. Die Kleinsten liefen kotzend nach Hause. In späteren Jahren, als ich mich über die Erziehungsideologie der Nazis informierte, las ich einen Satz, der Hitler persönlich zugeschrieben wurde: ‚Das Schwache muss weggehämmert werden. Es wird eine Jugend heranwachsen, vor der sich die Welt erschrecken wird. Eine gewalttätige, herrische, unerschrockene, grausame Jugend will ich…' Dann dachte ich an Z., der zu den ersten gehörte, mit denen das Nazi-Gedankengut auch auf der Hallig sein hässliches Haupt erhob. Z. hängte wie sein

Vorgänger Karten in der Mitte des Schulraums auf. Aber welcher Unterschied! Jetzt waren es Großdarstellungen entstellter menschlicher Kreaturen, die wir uns genau ansehen mussten. Ich habe seine Worte noch im Ohr: ‚Von diesem Blut muss das deutsche Blut reingehalten werden. Es ist das Blut lebensunwerter Menschen.‘ Irgendwann kam der Beitritt zu HJ und BDM auf uns zu. Ich erinnere mich an Moders Skepsis und Vaders Ablehnung, die sie mit einer Reihe von Eltern teilten. Lehrer Z. war zugleich Chef der HJ auf der Hallig und hatte ‚von oben‘ gesetzte Soll-Mitgliederzahlen zu erfüllen. Um diese zu erreichen, wandelte er Schulausflüge übers Watt und Fahrten zu benachbarten Inseln kurzerhand in HJ- und BDM-Veranstaltungen um, an denen Nichtmitglieder nicht teilnehmen durften. Damit wuchs der Druck auf die Eltern, ihre Kinder anzumelden. Als die Mitgliedschaft 1936 verpflichtend wurde, musste auch Vader sich fügen. Z. setzte die achtzehnjährige Gudula Adolfsen als Führerin der Jungmädelgruppe ein, in der er persönlich ebenso wie bei der HJ das Sagen behielt. Alle, auch Gudula, sollten früh kapieren, dass sich jeder Reichsbürger bedingungslos einem Befehl unterzuordnen hatte. Er erhielt seine Anweisungen von oben, befolgte sie in gehorsamster Manier und erwartete dasselbe mit aller Strenge ihm gegenüber. Der BDM, in dem jedes Mädchen mitmachen musste, wenn es sich gemeinschaftlich mit anderen an Kursen beteiligen und sportlich betätigen wollte, war auf strikte Erziehung im nationalsozialistischen Sinne aus. Z. gab Texte von Nazi-Größen zur Volks- und Rassenkunde zum Lesen vor und ordnete das Singen völkischer Lieder mit verachtenden Inhalten an. Eine Hauptaufgabe sah er darin, uns Mädchen auf die Rolle der Mutter vorzubereiten, damit wir ‚Volk und Führer mit arischen Kindern beschenkten‘ und zu verlässlichen Hüterinnen der ‚Reinheit deutschen Blutes‘ würden. Gern zitierte er Hitlers Spruch:

‚Auch die deutsche Frau hat ihr Schlachtfeld: Mit jedem Kinde, das sie der Nation zur Welt bringt, kämpft sie ihren Kampf für die Nation'. Anschließend sprachen alle die Parole nach, und Z. achtete darauf, dass es auch wirklich alle taten: ‚Führer, wir folgen dir'. Selbstlos, opferbereit und leidensfähig sollte unser Charakter sein.

Haye und ich wollten unsere kostbare Freizeit lieber miteinander verbringen als bei HJ und BDM. Wenn es irgendwie ging, suchten wir eine Ausrede, nutzten den Tidenwechsel und liefen ins Watt. Mit seiner verschwenderischen Vielfalt an Muscheln, Sand, Steinen und Gehäusen toter Kleintiere stellte es eine einzige große Spielzeugsammlung dar. Aus einem angetriebenen Stück Holz schnitzte Haye für mich ein grobes Ebenbild meiner Lieblingskuh - eine Mini-Bruni. Ich zog sie an einem Band über die Fennen und versorgte sie mit Gras und Wasser. Sich selbst bastelte er einen dreißig Zentimeter langen Schiffsrumpf, der als Mast-und Segelersatz einen Zimmermannsnagel mit einem Stück Stoff erhielt, so dass Haye ihn auf dem Priel segeln lassen konnte. Genial war seine Idee, das Schiffchen an einem lose hängenden Seil zu befestigen, das er zwischen den Ufern des Priels spannte. So konnte es in der Strömung nicht abdriften, hatte aber genügend Spiel, um hin und her zu fahren. Andere Jungs bauten aus Schlick und Zweigen am Rand von Prielen kleine, gegen die Strömung schützende ‚Häfen' und erhoben vor den Einfahrten Zoll. Auch Haye entrichtete für sein Schiff einen symbolischen Betrag. Erst wenn Moder am späten Nachmittag nach den Schulaufgaben fragte, kam mir die Schule wieder in den Sinn. Dann brannte oft schon die Petroleumlampe, und ich erledigte meine Schularbeiten im Lichtkegel des Lampenschirms. Moder hatte es nämlich lieber, wenn wir im Hellen am Wasser spielten und im Schummerlicht das Einmaleins lernten als umgekehrt.

Vor dem Abendbrot saßen wir Geschwister eine Weile bei

den Eltern in der Stuv, spielten mit dem Kreisel und durften uns hin und wieder mit etwas zu Wort melden, was wir am Tag erlebt oder gehört hatten: Anton seggt, Hinnerk sien Kalf ist doot bleven.[59]

Kopenhagener Königsschatz

Inzwischen zwölf Jahre alt, saßen Haye und ich nun bei den ‚älteren' Jahrgängen hinter der Karte. Trotzdem wartete er weiterhin jeden Morgen auf dem Brunnendeckel auf mich, damit wir zusammen zur Schule gingen. Solche Anhänglichkeit schafft Vertrauen und verlieh mir die Gewissheit, Haye in alles einweihen zu können. Selbst in Vaders streng gehütetes Geheimnis vom Schatz des dänischen Königs, welches er mir vor Jahren unter dem Siegel strikter Verschwiegenheit erzählt hatte. Das Ereignis, um das es ging, lag zwar gute hundert Jahre zurück, aber die Chance, die es barg, elektrisierte mich noch immer.

Friedrich VI., Dänemarks König und Herzog von Schleswig und Holstein, in diesen Eigenschaften zugleich Herrscher über das Wattenmeer, besuchte im Jahr 1825 nach einer großen Sturmflut Hallig Hooge, um mit seinem Gefolge die verheerenden Schäden zu inspizieren. Da eine solche Visite von höchster Stelle höchst selten vorkommt, hat sie sich in die Halliggeschichte eingeschrieben. Was allerdings niemand weiß: Ein wichtiges Detail des Besuchs blieb unentdeckt.

Bekannt ist, dass während des Aufenthaltes ein neues Landunter eintrat. Nicht so schlimm wie die Sturmflut vom Februar, aber immerhin so schwer, dass der König auf der Hallig übernachten musste. So weit die geläufige Geschich-

---

59 Anton sagt, Hinnerks Kalb ist gestorben.

te. Tage später war das Landunter vorbei, nicht aber der Sturm. Das Gefolge riet dem König, vorerst das Allernotwendigste mitzunehmen. Eine Kiste mit wertvollen Requisiten wurde versteckt und sollte später bei ruhigem Wetter nachgeholt werden.

Jahrelang tat sich nichts. Scheinbar wuchs Gras darüber. Hier nun knüpft das Geheimnis an. Ein halbes Jahrhundert nach der Visite stieß Halligbauer Fiete Olsen beim Einschlagen von Zaunpfosten auf etwas Hartes. Er vermutete einen großen Stein, grub das Erdreich drum herum aus und traf anstelle eines Felsens auf eine schwere, eisenbeschlagene Kiste. Als er sie öffnete, erschrak er über das viele Gold und Silber und fürchtete, dass ihm etwas Schlimmes zustoßen könnte, wenn er über den Fund redete. Er entschloss sich zu schweigen. Doch das Geheimnis verfolgte ihn, er musste Tag und Nacht daran denken. Geist und Seele litten so sehr unter der Unruhe, dass Fiete seines Schlafes beraubt wurde und den Appetit verlor. Am Ende war er so schwach, dass er schon vor seinem Tod alles vergessen hatte. So wurde der Schatz nie gefunden.

Diese Geschichte, die Vader mir erzählt hatte, als ich noch sehr klein war, hörte sich wie ein Märchen an. Trotzdem hatte ich immer mal wieder überlegt: Wenn auf einem verhältnismäßig kleinen Eiland ein Schatz verborgen liegt, kann er gefunden werden! Bei den Schularbeiten in der Königsstuv gab ich die Schatzgeschichte zum Besten und sagte zu Haye: Vielleicht liegt die Kiste hier unten im Keller versteckt. Könnte doch sein, dass Fiete Olsen sie quasi zurückgebracht hat - in das Haus, in dem der König übernachtete. Haye sah mich an, als hätte ich einen an der Waffel. Anscheinend glaubte er an kein Geheimnis, zeigte sich aufgrund meines intensiven Drängens aber einverstanden, einmal zusammen in den Keller zu gehen. Als Tante Minna am nächsten Tag für eine Erledigung unterwegs war, begannen wir unsere

Recherche. Pure Dunkelheit und kalter Geruch schlugen uns entgegen, als wir die Kellerluke anhoben. Haye entnahm einem Bord neben der Treppe eine Petroleumlampe und entzündete den Docht. Stufe für Stufe stiegen wir hinab. Haye leuchtete in jede Nische neben dem Treppengeländer. Zum Vorschein kamen perlmuttfarbige Muscheln aus der Südsee, japanische Teedosen und weitere Mitbringsel von den Seereisen des Kapitäns, Minnas Urgroßonkel, der das Haus erbaut hatte. Alles schön anzusehen, doch Haye verweilte einfach zu lange bei den Sachen. Es ging doch um so viel mehr: Um Gold und Silber! Ungeduldig stieß ich ihm meine Faust in den Rücken: Goh wieder![60] Wer wusste, wann Minna zurückkam und wie sie reagieren würde, wenn sie die offene Kellerluke bemerkte? Schräg hinter der letzten Stufe tauchte jäh etwas Dunkles vor uns auf: eine Truhe. Sie musste es sein, war ich mir sicher, denn obenauf lag ein augenscheinlich schwerer Deckel mit metallenen Beschlägen. Mir klopfte das Herz bis zum Hals. Haye stellte die Petroleumlampe auf einem Regal ab und hob mit Kraft den knarzenden Deckel an. Es gelang ihm, denn ein Vorhängeschloss fehlte. Vor lauter Erregung konfus geworden, beugten wir uns gleichzeitig über den Truhenrand und versperrten uns gegenseitig die Sicht. Ich zog meinen Kopf zurück, während Haye mit den Handflächen über die Bodenbretter wischte. Dor is nix außer Staub, hustete er und wollte sich gerade aufrichten, als es zwischen seinen Fingern plötzlich raschelte. Mit feuchter Hand nahm ich ein Stück Papier entgegen, das er mir emporreichte. Im fahlen Licht erkannte ich einen verblichenen Schriftzug, stopfte den Zettel hinter mein Strumpfband und drängte Haye die Stufen hinauf: Mehr warrd wi in' Momang nich finnen. Loot

---

60   Gehe weiter!

uns gohn![61] Oben löschte Haye den Docht und stellte die Lampe zurück. Zeitgleich mit dem Schließen der Kellerluke hörten wir ein Geräusch, als sei die Haustür aufgegangen. Geschwind huschten wir durch den Stall nach draußen und verschnauften hinter einem Heuklamp. Haye drängte: Nu segg al. Wat steit op de Zettel?[62] Ich griff unter das Strumpfband und gab ihm das Papier. Er begann, lautlos zu lesen. Vielleicht zu schnell, denn er sagte nichts. Versöök dat suutje[63], ermunterte ich ihn. Dor steiht wat, aver ik kann dat nich verstohn. Dat sünd komische Wöör[64], meinte er entmutigt und gab mir den Zettel zurück. Ich versuchte es selbst und las: Kon-ge-li-ge Skat in de Kir-ke. Nichts als sinnentleerte Silben - weder hochdeutsch noch plattdeutsch. Was sollte man damit schon anfangen? Ich versteckte den Zettel im doppelten Boden meines Muschelkästchens, dem Geschenk von Max twee, und zog ihn abends heimlich hervor in der Hoffnung auf eine plötzliche Eingebung. Bei jedem Lesen erzeugte der Text eine Gänsehaut, aber die Eingebung blieb aus. An einem der folgenden Tage stieß ich beim Blättern durch Vaders Zeitung auf einen Artikel über Dänemark und erstarrte angesichts eines Wortes: ‚kongelig'. Es war also Dänisch, was auf dem Zettel stand. Mein Herz machte einen Sprung. Auf einmal erschien alles ganz einfach. Jetzt musste der Text nur noch aus dem Dänischen übersetzt werden. Unter dem Vorwand einer schwierigen Schulaufgabe lieh ich mir vom Bürgermeister sein Dänisch-Deutsch-Wörterbuch aus und blätterte schnell zum Wort Kirke = Kirche. Hätte ich

---

61   Mehr werden wir im Moment nicht finden. Lass uns gehen!

62   Nun sag schon, was steht auf dem Zettel?

63   Versuche es langsam.

64   Da steht etwas, aber ich kann das nicht verstehen, das sind komische Wörter.

mir fast denken können. Beim nächsten Wort schrie ich leise auf. ‚Skat' war im Dänischen kein Kartenspiel, sondern bedeutete ‚Schatz'. Wahnsinn! Das musste Haye überzeugen. Zweifel würde er jetzt nicht mehr vorbringen können. Es fehlte noch das dritte Wort. Erregt sah ich meinem Finger dabei zu, wie er zitternd zur Mitte des Lexikons zurückblätterte, zum K: ‚kongelig = königlich.' Endlich hatte ich es zusammen: ‚Kongelige Skat in de Kirke' hieß übersetzt ‚Königlicher Schatz in der Kirche'.

Augenblicklich bewunderte ich die Dänen. Einen ideaeren Ort hätten sie sich für ihren Schatz nicht ausdenken können. Sie wussten: Niemand käme auf die Idee, im Gotteshaus nach einem Versteck zu forschen. Doch welchen Bereich der Kirche hatten sie als Versteck ausgewählt? Drei Orte fielen mir ein:

Das Votivschiff, das im Kirchenraum von der Decke hing, war ein Geschenk des dänischen Königs als Ausdruck seines Dankes für die Gastfreundschaft der Hooger. Gerade deshalb schied es aus: eine viel zu naheliegende Versteckidee.

Die Orgelpfeifen hielt ich ebenfalls für ungeeignet, weil die Hooger Kirchenorgel zu den kleinsten ihrer Art gehört. Die Dänen hatten sicher schnell bemerkt, dass der Raum zwischen den Pfeifen zu wenig Platz bot.

Die Kirchenmauer bestand aus den Resten untergegangener Kirchen. Einzelne Steine konnten über die Jahrhunderte lose geworden sein. Theoretisch wäre es möglich, sie herauszulösen, den Schatz dahinter zu verbergen und die Fugen wieder zu schließen. Da die Dänen aber abreisen mussten, hatten sie für aufwändige Steinarbeiten keine Zeit.

Was blieb? Der Sandboden unter dem Kirchengestühl!

Die Sandfläche war nicht gerade klein. Ich brauchte Haye als Helfer. Nach dem nächsten Übungssingen in der Kirche zog ich ihn an Gräbern und Rosenstöcken vorbei zur Friedhofskapelle im hinteren Teil der Warft. Dort setzten wir uns auf eine Bank. Ich trug ihm die Übersetzung vor, aber Haye wischte sich erst mal Blut von der Wange. Ein Rosendorn hatte ihm die Haut aufgeritzt. Er machte eine unwirsche Grimasse und sagte: Willst du etwa Grabsteine umstoßen oder gar das Jesuskreuz? Ich antwortete nicht gleich, denn plötzlich glaubte ich, Verwesungsgeruch wahrzunehmen. Direkt hinter der Bank, auf der wir saßen, war in der Kapelle der Leichnam des kürzlich verstorbenen Frieder Dirksen aufgebahrt, und die Wand machte einen porösen Eindruck... Um Gotteswillen! Ich musste unbedingt die Ruhe bewahren und mich kühl auf Haye konzentrieren. Mit seinen ewig störenden Bedenken konnte er ratzfatz alles zunichtemachen. Nur wenn er hundertprozentig von etwas überzeugt war, war auf ihn Verlass. Ich orientierte mich an Moders Rat an eine Nachbarin, de Mannslüüd dat Geföhl geven, se hebbt wat to seggen.[65] Die Taktik ging auf. Haye überlegte eine Weile, verwarf Votivschiff, Orgel, Kirchengemäuer ebenfalls als ungeeignet und präsentierte mir - welch glückliche Übereinstimmung - den Sandboden als *seine Idee*.

Damit schien die Sache schon halb gewonnen. Im nächsten Augenblick vernahm ich erneut nuschelnde Skepsis: Wir können doch nicht Sandkorn für Sandkorn durchkämmen! Ich versuchte, ihn zu beruhigen: Wir haben Zeit - mehr als die Dänen damals. Komm, wir gucken unter den Bodendielen nach, fuhr ich fort und machte mich auch gleich unter den linken Bankreihen an die Arbeit. Haye schickte ich zur rechten Seite des Gangs. Teile des Kirchenraums lagen bereits im Halbdunkel, zum Suchen drang gerade noch genügend Tageslicht zwischen die Bänke. Nachdem Haye drei Reihen hinter sich hatte, hörte ich seine matte Stimme: Ik glööv, wi sünd noch nich wiet komen.[66] Er ging mir auf die

---

65   Den Männern das Gefühl geben, sie hätten was zu sagen.

66   Ich glaube, wir sind noch nicht weit gekommen.

Nerven, aber die Arbeit war wirklich ermüdend. Schultern und Nacken wogen schwer vom Bücken unter die Borde für die Gesangbücher. Nach einer guten halben Stunde - meine Fingerkuppen hatten bereits stark gelitten - stieß ich gegen etwas Kaltes, Hartes. Vermutlich Metall oder Glas. Ik heff wat funnen![67] rief ich und bekam augenblicklich Bedenken, dass ich zu laut gewesen war. Vorsichtig hob ich den Kopf und spähte zu den Fenstern. Nichts. Niemand hatte mich gehört. Außer Haye. Er flog beinahe über die Bänke. Loot mol sehen, wat hest du funnen?[68] Sein Ton verriet die Hoffnung, dass endlich Schluss sei. Ich wollte mir einen Moment Pause gönnen, denn meine Finger waren vor Aufregung fast starr. Aber Haye stupste mich, nicht länger zu warten. Da ich mit dem Schönsten rechnete und nichts kaputt machen wollte, zwang ich mich, vorsichtig zu hantieren. Schließlich zog ich mit zitternder Hand einen Gegenstand hervor. Zum Vorschein kam eine Flasche. Ich plierte hinein. Nichts als Sandkörner. Enttäuscht glotzte ich das wertlose Fundstück an - ein wenig erbost sogar, ja vorwurfsvoll, als hätte es mich verletzt. Das Glas sah alt aus. Von Moder wusste ich, dass Mitte des 19. Jahrhunderts im Wattenmeer ein Hang zum Alkohol grassiert hatte.[69] Es war also gut möglich, dass

---

67   Ich habe etwas gefunden!

68   Lass mal sehen, was hast du gefunden?

69   Nach den großen Zerstörungen der Sturmflut von 1825 verließen viele, die die Katastrophe überlebt, aber ihr Hab und Gut verloren hatten, die Halligen. Dort gab es nur wenige verbleibende Möglichkeiten zum Lebensunterhalt. Bisherige Erwerbszweige wie das Anheuern auf Walfängern oder Handelsschiffen waren stark geschrumpft. Die Feldwirtschaft bot aufgrund der fehlenden Eindeichung und des ständigen Hochwassers keinen wirklichen Ersatz. Viele Halligleute fielen in Armut, manche verfielen dem Alkohol.

ein Zecher die Flasche unter den Bohlen versteckt hatte. Unwillkürlich fiel mein Blick auf den Gekreuzigten. Aus seiner Position hatte er den gesamten Kirchenraum im Visier. Höchstwahrscheinlich hatte er damals die Sache mit der Buddel mitbekommen. Auch jetzt blickte er in die Reihen - direkt auf uns nieder. Was würde er zu *unserem* Treiben sagen? Ich glaubte, einen Ausdruck von Missfallen auf seinem Gesicht zu erkennen, und schaute schnell weg. Eilfertig legte ich die Flasche zurück, bedeckte sie wieder mit Sand und fischte dabei etwas anderes heraus: Einen Knopf - offenbar von einem Sonntagsanzug. Und einen alten Taler - er kam mir wertlos vor. Auch Haye fand etwas. Stolz zeigte er mir ein fein gehäkeltes, verblichenes Taschentuch. Dat schenk ik di, meinte er lustig. Ich lächelte gequält, nahm es aber an. Sechs Reihen noch. Das war zu schaffen. Wegen der stärker werdenden Dämmerung pflügte ich hastiger durch den Sand. Nicht mehr Zentimeter für Zentimeter, sondern Handbreit für Handbreit. Hartnäckig glaubte ich an die Existenz des Schatzes. Im nächsten Moment durchleuchtete ein irritierend greller Lichtstrahl den Kirchenraum. Haye lachte auf und hob den Arm vors Gesicht. Offenbar glaubte er, ich treibe einen Scherz mit ihm. Mir war sofort klar, was die Stunde geschlagen hatte. Herr Pastor, bitte nich böös sien! rief ich verzweifelt. Vörhen bi't Singen heff ik mien Keet verloren. Nu söökt wi dat lüttje Ding. Ik heff dat Geföhl, de Keet is an disse Stell runner fullen. Bitte vertellen Se unse Öllern nix.[70] Er war auf leisen Sohlen eingetreten und musste das nicht erklären, die Kirche war sein Feld. Erklären mussten *wir* unser Tun. Aber das ging gründlich schief.

---

70   Herr Pastor, bitte nicht böse sein! Vorhin beim Singen habe ich meine Kette verloren. Nun suchen wir das kleine Ding. Ich habe das Gefühl, die Kette ist an dieser Stelle runtergefallen. Bitte sagen Sie nichts zu unseren Eltern.

Ich merkte, dass der Pastor meinem Gefasel von einer verlorenen Kette nicht einen Moment glaubte, und so dauerte es nicht lange, bis ich die Wahrheit gestand und er zu wettern begann. Fünf Jahre lang haben die Hooger an ihrer Kirche gebaut! Über Jahrhunderte haben sie das Gebäude gehegt und gepflegt. Und dann kommt ihr zwei Gören daher und wühlt zwischen den altehrwürdigen Bohlen nach einem vermeintlichen Schatz. Welcher Unsinn, welche Schande! Er schimpfte laut, was dem Gekreuzigten bestimmt nicht recht war. Beschämt zogen Haye und ich von dannen - zurück nach Hanswarft. Bevor ich nach dem Griff unserer Haustür fasste, merkte ich, dass meine Finger den ganzen Weg etwas fest umschlossen gehalten hatten. Ich öffnete die verkrampfte Hand und blickte auf Knopf, Taler und Taschentuch. Mit einer Mischung aus Wut und sarkastischem Humor packte ich die Funde in eine Schachtel mit persönlichen Dingen.

Patty hebt die Hand wie in der Schule. Neulich hat Fiona ihr überraschendes Erscheinen mit der Einladung quittiert, vorbeizukommen, wann immer ihr danach sei. Das Angebot hat sie angenommen und stellt auch gleich eine Frage: „Warum nahm der König einen Schatz mit auf die Hallig? War das nicht ungewöhnlich?"

„Dazu hat Vader nie etwas gesagt", antwortet Fiona. „Weißt du etwas darüber, Benno? Du hast dich doch mit Friedrich VI. beschäftigt."

„Er fürchtete zeitlebens um seine Schätze. Womöglich nahm er aus Sorge etwas auf Reisen mit."

„Woher weiß man von seiner Sorge?", bohrt Patty nach.

„Aus Angst vor einem englischen Angriff holte er die Kronjuwelen aus dem königlichen Schloss und versteckte sie jahrelang in einer Klosterkirche."

„Okay, Klosterkirche. Aber Wattenmeer? Hört sich komisch an. Fast krank."

„Da könnte was dran sein. Es gibt Mutmaßungen, der König habe unter krankhafter Angst gelitten."

„Wenn das so ist, nahm er auf die Hallig sicher nur ein paar Kostbarkeiten mit, die in Vader Nissens Legende zum königlichen Schatz verklärt wurden", meint Patty.

„Lass mich den Gedanken weiterspinnen", witzelt Benno. „Nehmen wir einmal an, es waren Kostbarkeiten von begrenztem Wert, und es hatte sich für die Dänen nicht gelohnt, sie zurückzuholen. Dann könnte der Schatz noch immer auf der Hallig sein."

„Was hältst du von ihr?", fragt Benno, nachdem Fiona sich verabschiedet hat.

„Ich mag sie. Sie ist taff." „Offenbar mögt ihr euch gegenseitig."

„Wie kommst du darauf?"

„Mienenspiel, kleine Gesten."

Benno sagt nicht, was er wirklich empfindet. Seit Patty teilnimmt, hat er ein Gefühl, als befände sich in dem Raum, in dem die Interviews stattfinden, noch ein zweiter, virtueller Raum. Benno hat hier keinen Zutritt. Die Frauen lächeln so treffsicher im selben Moment, als hätte etwas in ihrem Inneren sie darauf vorbereitet. Sie brauchen sich nicht mal ins Gesicht zu sehen, um das Lächeln auszulösen.

„Warum findest du sie taff?", fragt er, scheinbar arglos.

„Ich mag ihre Offenheit. Ihre Bereitschaft, über Gefühle zu sprechen, ist mir sympathisch. Auch, weil sie sich nicht die Butter vom Brot nehmen lässt, nicht mal von dir."

Das saß. Benno wirkt zerknirscht. Patty setzt sogar noch nach:

„Stimmt es, dass du meine Teilnahme ablehnst?"

„Der Prof hat den Seminarteilnehmern empfohlen, sich nicht ablenken zu lassen. Das ist Teil der Projektkonzeption."

„Sei nicht gegen mich, Benno! Du solltest mich lieber unterstützen."

„Womit?"

„Die Hauptsaison beginnt, ich werde von Mittag bis Mitternacht auf den Beinen sein."

„Die Touristen übernehmen die Regie auf der Hallig."

Benno lacht, aber Patty reagiert ernst: „So ungefähr. Jedenfalls werde ich im Lokal alle Hände voll zu tun haben. Du könntest mir helfen."

„Glaubst du, deine Chefin würde mich zusätzlich anstellen?"

„Ich meine nicht das Lokal, sondern Abwaschen und Staubwischen bei mir. Ich schaffe nicht alles an einem Tag: Interviews, Zimmer aufräumen und im Frieslandpesel kellnern. Du hast zwischen Interviews und Manuskriptarbeit bestimmt etwas Zeit für diese Dinge."

„Okay. Ich versuche es."

„Toll, Benno, du bist ein Schatz. Hier sind die Zweitschlüssel."

„Wozu? Ich denke, auf der Hallig lässt man die Tür immer offen."

„In der Hauptsaison schließe ich lieber ab."

Während Pattys Nachmittagsschicht betritt Benno nun regelmäßig ihr Zimmer. Aufgeschlagene Bücher liegen auf dem Boden, das Bett ist nie gemacht. An der Pinnwand haftende Fotos vermitteln einen Schein von Ordnung; aber wer weiß, wie viele ungeordnet in der Schublade liegen. Benno räumt die Bücher ein, wischt Staub, macht das Bett, wäscht ab und lüftet. An kalten Tagen dreht er den Heizkörper auf. Patty soll es warm haben. Gegen Mitternacht hört er draußen das Klimpern der Fahrradkette. Er liegt dann schon im Bett. Bevor sie in ihr Zimmer geht, guckt Patty mit müden Augen bei ihm rein. Neulich beugte sie sich zu ihm runter und drückte ihm ein Küsschen auf die Wange. Er hat nach ihrem Arm gegriffen und versucht, sie zu sich ins Bett zu ziehen. Doch sie sagte nur: „Good Night, Benno! Träume süß!"

Erste Kontakte zur Außenwelt

Niemand kam auf die Schmach zurück, und keiner machte jemand anderem Vorwürfe. Zuhause lief alles normal weiter, der Pastor schien tatsächlich nichts erzählt zu haben. Der Reinfall belastete auch die Freundschaft nicht. Er schweißte Haye und mich sogar enger zusammen, vielleicht, weil wir gemeinsam Verbote übertreten hatten. Und das Geheimnis? Insgeheim glaubte ich weiter an die Existenz des Schatzes, unternahm aber keinen neuen Versuch, ihn zu finden. Wo hätte ich auch suchen sollen?

„Kinder sind neugierig", schaltet Benno sich ein, da er spontan überlegt, wann sich Fionas Gesichtskreis über die Hallig hinaus zu erweitern begann. „Ab wann interessierte dich, was hinter dem Deich vorging?" „Das kann ich nicht genau datieren, aber es war recht früh. Ich muss einige Jahre hinter das zurückgehen, was ich schon erzählt habe."

Nachdem Moder mich hin und wieder zu Nachbarn geschickt hatte, um etwas zu borgen oder hinzubringen, traute ich mich immer weiter vom Haus weg und erkundete allmählich die ganze Warft. Wie eine junge Katze, die neugierig durchs Gelände stromert. Auf einer dieser kurzen Touren lernte ich Resi kennen. Drei Häuser weiter spielte sie im Vorgarten ihrer Eltern. Es ist sehr lange her, aber ich erinnere mich noch an ihren überraschten Gesichtsausdruck, als sie mich an der Pforte erblickte. Eine Weile blieben wir unbeweglich voreinander stehen. Dann trat sie zu mir auf den Weg, und wir setzten die Warfterkundung gemeinsam fort. So wurden wir Freundinnen. Wir waren beide um die fünf, ja, es war wohl das

Jahr 1930. Sie war die Tochter des Ehepaares Bohn, das mit Einnahmen aus einer kleinen Brotbäckerei und Viehhaltung den Lebensunterhalt bestritt. Als die Familie nach Mitteltritt zog, verloren wir uns aus den Augen und fanden erst später als Jugendliche wieder zueinander. Nachdem ich mehrmals mit Vader am Deich gewesen war, fragte ich ihn, warum das Meer mal um die Hallig fließt und mal nicht. Warum es immer wieder verschwindet, um dann doch wiederzukommen. Das Meer zöge sich nie ganz zurück, antwortete er. Der Flut mache es Spaß, sich ab und zu hinter der Ebbe zu verstecken, weit draußen, wo man nicht hingucken könne. Er liebte solche Halbmärchen. Das merkte ich aber erst später und glaubte ihm dann manches nur noch zur Hälfte. In der Zeit, als ich ihn das fragte, nahm ich jedoch alles ernst, was er sagte, und nahm mir vor, eines Tages bis zu diesem unsichtbaren Punkt hinauszulaufen, um nachzusehen, wie das Versteck aussah und wo genau es lag. Das verriet ich Moder lieber nicht, als sie mir anhand einer Seekarte die Lage unserer Hallig in der Welt erklärte. Sie spreizte Zeigefinger und Daumen über der Karte und sagte: So wiet sünd wi vunt Festland weg.[71] Anschließend führte sie mich an den Warftrand, zeigte geradeaus ins Unsichtbare und sagte: Dor hinten, wiet achtern, is England. Erstmals empfand ich eine Ferne, die weit über die Halligen und Inseln am Horizont hinausging. Dortwüschen liggt de Nordsee, unser Meer, ergänzte Moder. Fortan fühlte ich mich von diesem Meer angezogen wie von einem schweren Magneten. Als Nachbarkinder von Ausflügen übers Meer zum Husumer Zirkus erzählten, bettelte ich so lange, bis Vader mir eine Karte schenkte.

---

71   So weit sind wir vom Festland entfernt.

Husumer Zuckerwatte

Das war an meinem neunten Geburtstag. Die Geschwister durften mit. Moder wäre bestimmt einverstanden gewesen, dass auch Haye mitfuhr, da sie aber wegen des Viehs selbst zuhause bleiben musste, verzichtete ich darauf, ihr den Vorschlag zu machen.

Zum ersten Mal betrat ich die unbekannte Welt des Festlandes und sah plötzlich all die Dinge, die ich höchstens von Bildern kannte: Autos, befestigte Straßen, Geschäfte und mehrstöckige Häuser. Am Eingang des Zirkuszeltes, das auf dem Marktplatz aufgebaut war, kaufte Vader für jeden Zuckerwatte. Im Handumdrehen hatte ich sowohl Finger als auch Eintrittskarte mit zähem Zuckermatsch beschmiert und fürchtete, die Karte sei ungültig geworden. Zudem wagte ich nicht, den samtenen Stoff des Eingangsvorhangs mit den klebrigen Fingern anzufassen. Als Vader ihn für mich aufhielt, gelangte ich jedoch ohne Probleme am Kontrolleur vorbei. Nachdem wir unsere Plätze eingenommen hatten, entdeckte ich auf der gegenüberliegenden Seite einen zweiten Vorhang, viel höher und breiter. Ständig warf der schwere Stoff Falten und Wellen - wohl zur Abwehr der gefahrvollen Vorgänge, die im Hintergrund abzulaufen schienen, denn durch einen Spalt im Vorhang erblickte ich wilde Tiere, die am Gestänge von Eisenkäfigen rüttelten, sowie umherbaldowernde tätowierte Männer. Endlich trat der Zirkusdirektor ins Manegenrund. Mit weit ausholenden Gesten kündigte er ,nie gezeigte Kunststücke' an. Ältere Besucher schmunzelten, Kinder klatschten erwartungsfroh in die Hände. Eine Weile herrschte lärmendes Durcheinander. Unser Vieh im Stall hätte solche Unruhe niemals vertragen. Und die wilden Zirkustiere? Hoffentlich werden sie nicht nervös, schoss es mir durch den Kopf, denn ich saß direkt hinter der Manegenbande. Schließlich wurde es ruhiger. Kurzen Trommelwirbeln folgte Stille, dann entführte mich der Zirkus in eine Welt, die mir so fern erschien, als läge sie auf einem anderen Stern. Zunächst stolperte, vom Lichtkegel eines einzelnen Scheinwerfers verfolgt, ein Clown herein. Seine Grimassen im rotweiß geschminkten Gesicht wirkten lustig und schauerlich zugleich. Alle lachten, worauf er dankend den Hut zog und die Manege einer jungen Reiterin überließ. Aufrecht auf dem Sattel stehend, kam sie mit ihrem Rappen zwischen den Vorhanghälften herausgeschossen. Eine Hand am Zügel winkte sie mit der anderen in den Zuschauerraum. Erst winkte ich wie andere Kinder begeistert zurück, dann riss es mich plötzlich vom Platz, als ihr Körper, ohne dass man darauf vorbereitet war, kopfüber vom Sattel bis fast auf den Boden herunterhing. Ich fürchtete, ihr wallendes Haar würde zwischen die stampfenden Hufe geraten und sich verheddern. So einen Ritt würde auf der Hallig niemand wagen. Außer Haye vielleicht, den Moder einen ‚Wildfang‘ nannte. Eine Stunde lang durchströmten mich die unterschiedlichsten Gefühle. Heiß und kalt lief es mir über den Rücken, als jemand mit einer Säge in der Hand auf einen länglichen Kasten zuschritt, in dem eine wehrlose Frau lag. Das Licht erlosch genau in dem Moment, als das Sägegeräusch einsetzte. Ich wollte nicht sehen, was die Ahnung vorhersah, und schlug meine Hände vor die Augen. Wie es ausging, weiß ich nicht mehr - nur noch, dass Wiebke mir ihren Ellenbogen in die Seite stieß und, als ich die Hand wieder wegnahm, bereits die nächste Nummer begonnen hatte. Trampolinspringer durchlöcherten die Luft. Ihnen folgten Akrobaten, die bis in die Spitze des Zeltes hinaufkletterten und lebensgefährlich auf einem Hochseil balancierten.

Dass ich Artisten gesehen hatte, die bereit waren, dem Tod ins Auge zu blicken, wollte ich am nächsten Morgen, als wir uns wie gewohnt am Priel sammelten, herumerzählen, doch wegen des kräftigen Windes hörte niemand zu. Alle nahmen sogleich den Wettlauf mit den Wolkenschatten auf. Sie kamen übers Meer herangejagt. Sobald sie die Fenne erreichten, galt es loszurennen, um einer Schattenfront möglichst lange vorauszulaufen. Klar würde sie uns überholen. Den Zeitpunkt hinauszuschieben - darum ging es, das war der Spaß und dafür rannten wir, als rennten wir um unser Leben. Gau, Fiona, gau![72] rief Haye mir über die Schulter zu. Blieb ich zurück, streckte er einen Arm aus und ergriff meine Hand. Doch gaben uns die Wolken nie auch nur den Hauch einer Chance. Jeder Schatten raste über unsere Köpfe hinweg und nahm auf der anderen Halligseite neuen Kontakt mit dem Meer auf. Das machte nichts. Gleich dem nächsten eilten wir unter gellendem Geschrei voraus.

Rungholts Blondinen

Ole Heins ‚Aurora‘, ein prächtig weißes Schiff, hatte einen eigenen Anlegesteg in der Schleuse. Reserviert für jagdinteressierte Gäste, die mit Gewehren anreisten, um Seehunde zu erlegen. Seit langem träumte ich davon, auch einmal Passagier zu sein. Natürlich nicht bei der Jagd, die Ole Hein inzwischen aufgegeben hatte, sondern einfach so, weil das Schiff so schnittig war. Ungefähr ein Jahr nach dem Zirkusbesuch ergab sich eine unverhoffte Gelegenheit, als Ole Hein in unserer Küche über Leerfahrten zwischen Hooge und Husum klagte, bei denen er sich zu Tode langweile. Offenbar hoffte er auf eine Begleitung. Moder suchte sofort nach einer Lösung, denn sie half immer gern. Als sie mich aufmunternd fixierte, kannte ich ihren Vorschlag, bevor sie ihn aussprach. Sperr jümmers Ogen un Ohren op. Ole Hein

---

72   Schnell, Fiona, schnell!

weet swoor Bescheed. Du kannst veel vun em lehren.[73] Es stimmte. Kaum hatten wir den Schleusenhafen verlassen, da wusste ich schon, dass das Schiff nach dem Polarlicht Aurora benannt war. Früher, ja früher, fuhr ich mit der Aurora zu den Seehundbänken. Man kannte meine Felle weit über die Hallig hinaus. Der Abschied vom Jägerdasein fiel mir schwer, denn mir war nie langweilig gewesen, fügte er hinzu und schaltete impulsiv zwei Gänge höher, so dass der Bug sich hob und um einiges schneller durch die Wellen stob. Ich hatte wohl ängstlich geguckt, denn er sagte, wir führen gar nicht so schnell, wie es sich anfühlte.

Warum hast du's dann aufgegeben? kam ich auf seinen Beruf zurück.

Aus Altersgründen.

Gibt es denn eine Altersgrenze für Seehundjäger?

Da schüttelte er sich vor Lachen, seine überlangen Brauenhaare wippten fast bis zur Nasenspitze. Wie alt bist du eigentlich, dass du solche Fragen stellst?

Zehn, und du? Ich wusste, dass er es nicht verraten würde. Auf einer Hallig muss nicht alles ans Licht kommen, aber dass Ole Hein sein Alter geheim hielt, war ungewöhnlich. Als Mädchen konnte ich es noch schlechter einschätzen als die Älteren, die in dieser Frage gespalten waren. Die einen zogen sein von Sonne und Wind gegerbtes Gesicht heran und schätzten ihn auf Mitte fünfzig. Andere verwiesen auf seine jugendlich-burschikose Ausstrahlung und landeten bei höchstens Mitte vierzig. Dem, der es hätte aufklären können, ging das Theater um sein Alter ziemlich auf den Zeiger, und er erklärte: Seggt eenfach Ole Hein to mi. Dat dröpt es ganz goot.[74] Damit war die Sache für ihn erledigt. Er war ein

---

73 Halte immer Augen und Ohren offen. Er weiß gut Bescheid. Du kannst viel von ihm lernen.

74 Sagt einfach Ole Hein zu mir. Das trifft es ganz gut.

Raubein, wie Haye vielleicht ebenfalls einer werden würde. Die Wellen schossen weiter in täuschender Geschwindigkeit an uns vorbei. Durchs Seitenfenster strömte frischer Meeresduft in die Kajüte und mischte sich mit dem Dieselgeruch aus dem Maschinenraum. Ich stand neben Ole Hein. Seine Jacke roch intensiv nach Salz und Wind. Es stimmte also, was man über ihn sagte: Wenn Ole Hein to de Döör kümmt, nimmt he jümmers de See mit rin.[75]

Im Sonnenlicht funkelndes Spritzwasser lockte mich hinaus an den Bug, wo ich sofort nass wurde. Ich grinste Ole Hein an, aber er schüttelte den Kopf. Du verköhlst di, dann schimpt dien Moder[76], rief er durchs aufgeklappte Fenster, winkte mich zurück und beorderte mich neben das Steuerrad, auf dem seine erfahrenen Hände ruhten. Echte Jägerhände, dachte ich - rissig und schwielig. Da nahm Ole Hein ohne Vorankündigung meine Hand und legte sie neben seine aufs Steuerrad. Hiermit berop ik di to'n Stüermann[77], sagte er fidel. Stolz umfasste ich das blanke Holz und bildete mir wahrhaftig ein, dass nicht mehr er, sondern ich es war, die das geschmeidig schwankende Schiff durch die Wellen führte. Wie Schmierseife glitt das Rad durch meine Finger. Brachte eine hohe Welle das Schiff ins Wanken, ließ ich vor Schreck los und griff in Ole Heins Manchesterhose. Festhalten konnte ich mich allerdings nicht an ihr. Vom häufigen Tragen war sie so steif geworden, dass er sie wohl über Nacht in eine Ecke stellen konnte, um morgens gleich wieder in sie hineinzusteigen. Stimmt es, dass Weiber Unglück auf ein Schiff bringen? fragte ich, weil mir gerade nichts

---

75 Wenn Ole Hein durch die Tür kommt, nimmt er immer die See mit herein.

76 Du erkältest dich, dann schimpft deine Mutter.

77 Hiermit berufe ich dich zum Steuermann.

anderes einfiel.

Dat is dumm Tüüg![78] Es klang weise - wie eigentlich alles, was Ole Hein sagte. Er war der Mann, nach dem ich mir in Gedanken jenen formte, in den ich mich später verlieben wollte. Er würde genauso wie Ole Hein von den Zehen bis zum Scheitel Wissen, Kraft und Würde ausstrahlen, ein blauweiß gestreiftes Fischerhemd tragen und ein ebenso schickes Boot haben wie die Aurora. Jeden Sonntag würden wir eine Ausfahrt unternehmen, und die Farben des Himmels und des Meeres würden sich in unseren Augen spiegeln. Ole Heins ausgestreckter Arm lenkte mich auf neue Gedanken. Er zeigte auf ein Dutzend Seehunde, die sich auf einer Sandbank räkelten, und stellte den Motor ab. Lautlos trieb die Aurora auf die Sandbank zu. Schall ik Anker smieten?[79] fragte ich. Nein, das Geräusch würde die Tiere ins Wasser treiben, flüsterte er. Neugierig guckten die Seehunde zu uns herüber. Ältere Hunde rissen ihre Mäuler auf. Langweilten sie sich? Es sah jedenfalls lustig aus. Plötzlich grunzte einer so laut, dass ich einen Schreck bekam. Der beschützt nur die Heuler, meinte Ole Hein beruhigend. Sie senden aber auch leise Signale aus, um sich bei Gefahr gegenseitig zu warnen, fügte er hinzu. War dies sein Jagdrevier gewesen? Hatte er hier, auf dem Bauch liegend, die Haltung der Heuler nachgeahmt und sie so lange zum Narren gehalten, bis er zielen und schießen konnte? Sein überdurchschnittliches Jäger-Gehör hatte die feinen Signale abgehorcht, damit die Tiere nicht ins Wasser flüchteten, bevor er zum Schuss kam. Schließlich war ein Heuler liegen geblieben und hatte den hellen Sand mit Blut durchtränkt. Mein Gott, welche Vorstellung! Im Ack war mir Ole Heins Arbeit immer als handwerkliche Tätigkeit erschienen. Die Tiere waren tot, als er

---

78 Das ist Unsinn!

79 Soll ich Anker werfen?

ihnen das Fell abzog. Jetzt, in Nähe der lebenden Heuler, fand ich es schrecklich, dass er sie abgeknallt hatte. Plötzlich fragte ich mich, was er hier wollte - seine aktive Zeit war doch vorbei. Er spitzte merkwürdig die Lippen, und ein konzentrierter Ausdruck drang in seine Augen, als bereite er sich auf etwas Spannendes vor. Mir fiel das Gewehr ein, das ich vor der Abfahrt, als Ole Hein an Deck damit beschäftigt gewesen war, das Schiff loszumachen, in der Luke unter dem Steuerrad entdeckt hatte. Mittlerweile hatte ich das ganz vergessen. Bis eben, denn Ole Hein beugte sich gerade zu der Luke hinunter. Ich wurde unruhig. Wollte er das Gewehr herausziehen? Hatte ihn das Jagdfieber noch einmal gepackt? Sein breiter Rücken versperrte mir die Sicht. Sekunden später atmete ich auf, als er einen zweiten Kieker hervorholte. Nun könnten wir gemeinsam die Seehunde beobachten, meinte er lächelnd. Bald verließen wir die Sandbank. Ole Hein lenkte die Aurora in eine neue geheimnisvolle Richtung, nach Rungholt, der versunkenen Stadt. Ich stand wieder dicht neben ihm. Wenn er den Kieker vor Augen hielt, konnte ich seine durchfurchten Gesichtszüge studieren. Die Wangen waren von Sonne und Wind gegerbt, und in den Furchen verbargen sich winzige Sedimente. Außer Sand- und Salzkörnern erkannte ich abgestorbene Kleinstlebewesen. Wahrscheinlich hatten sie sich in seiner Gesichtshaut festgekrallt, wenn er sich bäuchlings auf einer Sandbank ausgestreckt und den Kopf auf den Sand gelegt hatte, als wäre er selber ein Seehund. Ich stellte mir vor, dass er zur Täuschung der Seehunde lange liegen blieb und währenddessen Minikrebse und Minimuscheln unbemerkt über Hals und Kinn auf seine Wangen gekrabbelt waren, wo die brennende Sonne sie mit der Haut verschmolz. Zu gern hätte ich ihm eine Kleinstmuschel aus einer verkrusteten Falte pulen mögen, aber im nächsten Moment legte er den Kieker zur Seite. Als ich Moder später von den Tieren in

Ole Heins Gesicht berichtete, lachte sie mich aus und sagte, das seien vertrocknete Pickel aus seiner Jugendzeit. Leider blieb das ungeklärt, denn so nah kam ich Ole Heins Gesicht nie wieder. Mittlerweile befanden wir uns in der Nähe einer Pricke. Überraschend drosselte Ole Hein den Motor, ließ die Aurora über der Stelle kreisen und sagte mit geheimnisvoller Stimme: Mit Glück hörst du Rungholts Glocken schlagen und erblickst Moorleichen und Totenköpfe. Ich wusste aus dem Unterricht, dass nach einer Sage Rungholt alle sieben Jahre über dem Meeresgrund auftauchte. Tatsächlich waren um das Jahr 1930 bei Ebbe im Watt nördlich von Südfall Überreste von Warften und Brunnen freigelegt worden. Folglich lehnte ich mich weit über Bord. Obschon mir gruselte, wollte ich Glocken hören und Bilder sehen. Angestrengt plierte ich in das dunkle Grau unter mir. Als mir Zweifel kamen, hängte ich mich weiter hinaus. Je mehr sich mein Kopf der Wasseroberfläche näherte, desto tiefer versank ich in der Vorstellung, Moorleichen und Totenköpfe zu erblicken - vom Schlick konserviert, von Sturmfluten aus den Gräbern gerissen. Strudel des kreisenden Schiffs zogen durchs Wasser. Es war, als blickte ich in eine entrückte Welt. Alles kreiste - nicht nur das Schiff, auch der Kopf.

Ich wollte mich gerade zurücklehnen, um den Schwindel abzuschütteln, da präsentierte mir das Meer doch noch eine faszinierende Erscheinung. Glockengeläut vernahm ich zwar nicht, aber Lichter glänzten unter der Wasseroberfläche - metallisch wie silberne Schuppen. Ich war überzeugt, die hellen Strähnen Rungholter Blondinen gesehen zu haben. Als Würgereiz den Hals heraufkroch, zog ich mich von der Bordkante zurück, gerade noch rechtzeitig, bevor ich mich auf die blonde Pracht übergab. Wankend erreichte ich die Kajüte und erzählte Ole Hein von den Meeresnixen aus Rungholt, die ich gesehen hatte. Er zwinkerte mir zu: Sühst du, mien

Lütten, ik vertell di keen Seemannsgoorn![80] Dann zitierte er Liliencrons Gedichtzeile: ‚Heute bin ich über Rungholt gefahren…' Ich setzte ein, und wir sprachen gemeinsam weiter: ‚... die Stadt ging unter vor sechshundert Jahren. Noch schlagen die Wellen da wild und empört, wie damals, als sie die Marschen zerstört…' Weiter konnte ich nicht, ich war einfach zu benommen. Im Fahrgastraum legte ich mich auf eine Sitzbank. Der Anblick einer leeren Dose, die hin und her durch eine Lache Altöl rollte, verstärkte das Schwindelgefühl. Ich versuchte, mich hochzurappeln, schaffte es aber nicht. Auch die Augen zu schließen, half nicht, denn hinter den geschlossenen Lidern tanzten Licht und Wellen weiter. Irgendwann schlief ich entkräftet ein. Später fragte ich Ole Hein: Is dat wohr, dat Rungholt riek wesen ist?[81] Jo, dat is wohr.[82] Er berichtete, dass die Einwohner mehr Steuern gezahlt hätten als umliegende Bezirke. Urkunden aus der Mitte des 14. Jahrhunderts, noch vor der zweiten Marcellusflut, belegten einen regen Handelsverkehr mit Flandern, Bremen und Hamburg. Un stimmt dat ok, wat man sik vertellt, dat Rungholt an sien Giez ünnergohn is? Dat is villicht nich ganz verkehrt,[83] antwortete Ole Hein. Die Einwohner hätten Torf abgebaut, um Salz zu gewinnen. Als Folge fiel das Land tiefer unter den Meeresspiegel. Trotzdem setzten die Menschen den Torfabbau fort, verwendeten den Reichtum aus der Salzgewinnung aber nicht für eine Erhöhung der Deiche. Moder hatte Recht gehabt, Ole Hein wusste wirklich hervorragend Bescheid. Ein Grund, mehr zu fragen: In

---

80   Siehst du, meine Kleine, ich erzähle dir kein Seemannsgarn!

81   Ist es wahr, dass Rungholt reich gewesen ist?

82   Ja, das ist wahr.

83   Und stimmt auch, was man sich erzählt, dass Rungholt an seinem Geiz untergegangen ist? - Das ist vielleicht nicht ganz verkehrt.

de School hebbt wi lehrt, dat man de Flooten Namen geven hett, to'm Bispeel Grote Manndränke in 't Johr 1362, Allerheiligenfloot in 't Johr 1570, Kornfloot 1573 und Fastnachtsfloot 1625. Dusende Minschen hebbt ehr Leven geven musst oder hebbt de Halligen verloten musst.[84]

Ook dat is wohr[85], sagte Ole Hein. Dann aber, nach diesen Katastrophen, etwa ab 1650, hätten Inseln und Halligen einen Aufschwung erlebt. Viele Männer heuerten auf Walfängern und Handelsschiffen an. Die Seefahrt machte einige reich. Wertvolle Gegenstände, die sie aus fernen Ländern mitbrachten, könne man heute noch bestaunen. Wenn du in de Hüser wat Scheunes süst, to'm Bispeel Silberkeden und hübsche Flesen, so ist dat ut de dore Tiet. To'm Bispeel de Riekdom inne Königs-Stuv.[86] Mit diesem Ausflug in die Vergangenheit ging unsere Fahrt zu Ende. Früher seien im Wattenmeer Delfine über die Wellen gehüpft, sagte Ole Hein zum Schluss. In seiner Jugend habe er das noch beobachten können, später nicht mehr.

Bosko Biati

Ich wusste mit elf, dass Haye mit zwölf schon wie ein richtiger Kerl aussehen würde. Das ging bei Jungs am Wattenmeer ziemlich schnell. Allerdings war im Sommer 1937

---

84   In der Schule haben wir gelernt, dass man den Fluten Namen gab, zum Beispiel Grote Manndränke im Jahr 1362, Allerheiligenflut im Jahr 1570, Kornflut 1573 und Fastnachtsflut 1625. Tausende Menschen haben ihr Leben verloren oder mussten die Halligen verlassen.

85   Auch das ist wahr.

86   Wenn du in den Häusern etwas Schönes siehst, z. B. Silberketten und hübsche Fliesen, so ist das aus der damaligen Zeit, zum Beispiel der Reichtum in der Königs-Stuv.

noch viel Kindliches an ihm. Warum sonst ließ er sich an einem warmen Julitag von einer Dame um die vierzig sein Hemdchen aufknöpfen? Manch kauzigen Sommerfrischler hatten wir schon vom Schiff kommen sehen, doch diese Gruppe vermittelte mit ihren einfallsreich bunten Gewändern und komischen Frisuren einen wirklich herausragenden Eindruck. Die mitgeführten Staffeleien und Leinwände identifizierten sie als Künstler, als eine Gemeinschaft von Malern. Oma Melf, Hayes Großmutter, war eine ihrer Quartiersgeberinnen. Sie schickte Haye und mich nach Eiwall, um die Dame abzuholen. Dort folgten gerade alle Augen den Fingerzeigen eines Bärtigen - offenbar war er der Anführer - in mehrere Richtungen: Unsere Quartiere liegen auf Warften im Osten, Westen und im Zentrum. Wir treffen uns am Nachmittag zu einer ersten Sitzung vor der Kirchwarft. Wir traten auf die einzige Frau zu und baten um ihr Gepäck. Anni Goßacker aus Wien, stellte sie sich vor. Ihr wisst, weit im Süden. Wir schüttelten unsere Köpfe und nahmen die ausgestreckte Hand entgegen. Und ihr? fragte sie. Ich spürte, dass sie uns musterte. Ik bün Haye, un dat is Fiona, sagte Haye schnell. G'fallt mir.

Begleitet von Storm begaben wir uns am Nachmittag auf die Fenne zwischen Hanswarft und Kirchwarft und hockten uns ans Prielufer. Zum Schein guckten wir ins Wasser, als suchten wir nach Krebsen und Muscheln. Doch mussten wir uns gar nicht verstellen, denn alle Aufmerksamkeit der Künstler war auf die Kirchwarft gerichtet.

Lasst uns das Motiv erfassen und begreifen, ergriff der Bärtige das Wort und machte eine Kunstpause, bevor er weitersprach: Schon bei der Anfahrt auf dem Schiff verzaubert der Anblick den Reisenden. Eine Warft, erbaut nur für Gebet und Totenruhe. Kirche, Pastorat, Friedhof und Glockenturm - nichts sonst soll den Menschen ablenken. Diese Beschränkung stellt eine künstlerische Herausforderung dar.

Was denkt ihr darüber?

Die Warft sieht wirklich erhaben aus, begann einer, sie thront geradezu über dem Wattenmeer. Ein anderer runzelte die Stirn: Schön und gut, aber ich finde, das Pastorat erhebt sich etwas unbescheiden über das Gotteshaus. Im Verhältnis zur Kirche wirkt es geradezu pompös. Sein Nachbar wiegte den Kopf und meinte: An sich gebe ich dir Recht. Vom Schiff aus habe ich die Gebäude sogar verwechselt. Beachte aber die prächtige architektonische Einheit des Ganzen!

Bald erfasste der Austausch die ganze Hallig und sogar das gesamte Wattenmeer. Einer beschwor mit ausgebreiteten Armen den ‚mystischen Raum' zwischen Himmel und Erde, wo ‚Rohheit und Sanftheit des Meeres' sich abwechselten. Ein anderer schwärmte vom sanften Gelb des Heus als ‚Sinnbild des Weiblichen' und der nächste vom herben Blau des Meeres als ‚Spiegel der Männlichkeit'. Es war neu für mich, dass man unsere Farben mit dem weiblichen und männlichen Geschlecht in Verbindung bringen konnte, und ehrlich gesagt irritierten mich die Vergleiche. Den Vogel schoss der Bärtige ab, als er im Westen ein warmes Rot aufleuchten sah, das dem einsetzenden Abend einen erotischen Klang verlieh. Ich wurde unruhig. Was würden wir wohl noch zu hören kriegen? Schließlich verebbte das eigenwillige Fachgeplänkel, und man glitt hinüber in die Konzentration auf das eigene Werk, das nun jeder für sich erstellen wollte. Nur zwei palaverten noch leise weiter über das Verhältnis von Vorder- und Hintergrund, als plötzlich eine laute Stimme dazwischenfuhr: Vordergrund, das ist das Stichwort! Ich brauche einen Vordergrund! Ich erkannte Frau Goßackers Stimme. In exaltierter Pose schaute sie suchend um sich. Ein Künstlerkollege machte sie auf ein Tor am Eingang zur Fenne aufmerksam. Eine Pforte - pah! empörte sie sich. Viel zu gegenständlich! Ich male keine Ansichtskarten, ich brauche…, ja genau, ich brauche… Sie beendete den Satz nicht, denn sie hatte Haye entdeckt. He, Bübelein, ja, du. Du bist doch der Haye. Komm amol her zu mir. Sie winkte ihn zu sich heran. Na, du kommst mir recht, disch nehm ich als Vordergrund, du bischt fesch mit deiner Lederhos. Haye grinste fragend zu mir herüber, aber da war die resolute Frau bereits aufgestanden, packte ihn am Arm und zerrte ihn vor einen Steg: Lass dich a Weilchen neben mir nieder. Aber nur eine halbe Stunde, dann muss ich nach Hause! protestierte Haye kleinmütig. Einverstanden und ganz ruhig! Ich muss dich ja erst mal zurechtmachen. Keinen Allerweltsburschen will ich malen, sondern einen waschechten Halligjungen. Ihr seid's hier doch etwas wilder auf der Hallig, gell? Also, zieh mal dein Hemdchen aus der Hose! Auch ein Strumpf könnte dir fehlen, sonst schaust du viel zu ordentlich aus. Haye sah die Malerin mit großen Augen an, und weil er ihren Anweisungen nicht sofort folgte, nahm sie die Sache selbst in die Hand. Obwohl Storm knurrte, knöpfte sie ungeniert die unteren Hemdknöpfe auf, wrang mit den Händen die Hemdzipfel, damit sie kraus wurden und drapierte sie salopp über der Hose. Bevor sie Haye auch noch an die Beine griff, zog er lieber freiwillig einen Strumpf vom Fuß. Während er nun gemeinsam mit Storm Modell saß, belauschte ich zwei Maler, die am Rand der Gruppe saßen und tuschelten. Es schien um etwas zu gehen, was die anderen nicht hören sollten. Kollwitz und Barlach haben Berufsverbot, sagte der eine. Meyer ist als Akademieleiter entlassen worden, er will ins Ausland gehen. Sprich leiser! meinte der andere und flüsterte: Weißt du, dass ich schon lange nichts mehr verkaufe? Die Galerien sind vorsichtig geworden.

Wahrscheinlich wartete Moder schon mit dem Abendbrot. Zeit aufzubrechen. Ich ging an Frau Goßacker vorbei und blickte neugierig auf ihre Leinwand. Haye, den menschlichen Vordergrund, konnte ich nirgends entdecken. Daran würde sie noch eine Weile arbeiten müssen, lachte ich in mich hinein. Spontan sprach ich sie an: Sie sind doch Künstlerin, sicher beherrschen Sie auch Kunststücke wie der Zauberer im Husumer Zirkus. Soll ich dir eines vorführen? fragte sie. Ich nickte. Dann komme morgen Nachmittag mit deinem Freund zu mir. Umwölkt von geheimnisvollem Flair empfing sie uns im Halbdunkel ihres Zimmers. Offenbar hatte sie gerade eine Zigarette aus dem Mund genommen; der Stummel steckte leicht qualmend im Rand eines Blumentopfes. Als sie mich umarmte, schlug mir der Zigarettengeruch aus ihrer Bluse entgegen. Mein Kopf verschwand vollständig unter ihren Achseln. Während ich an der Wange ihren weichen Busen spürte, drückte mir am Rücken etwas Spitzes ins Fleisch, das mussten die Siegelringe sein, die mir beim Eintreten an ihren beiden Händen aufgefallen waren. Kaum waren wir ihrer Bitte gefolgt, uns an den Tisch mit einem Stapel Spielkarten zu setzen, schloss sie die Augen und flüsterte: Hokuspokus Fidibus, drei Mal schwarzer Kater. Anschließend öffnete sie die Augen wieder, ließ sie ein paar Mal irr kreisen und legte unter beschwörenden Formeln zehn Häufchen aus, bestehend aus je zwei Karten, mit der neutralen Seite nach oben. Ich reagierte verschreckt und zitierte Moders Ächtung des Kartenspiels: Dat is Dübel sien Gesangbook.[87] Frau Goßacker lächelte beschwichtigend. Ihr braucht keine Angst zu haben, wir spielen nicht um Geld!

Wir sollten beide je ein Häufchen aufnehmen, uns Farbe und Wert merken und die Häufchen mit der neutralen Seite nach oben zurücklegen, sagte sie, während sie sich umdrehte. Fertig? Breit grinsend wandte sie uns wieder ihr Gesicht zu, setzte ihre mysteriöse Zeremonie fort und sprach: Bosko Biati kennt alles. Verrückte Worte aus einer unbekannten Welt waren das. Sie jagten mir einen Schauer über den Rücken. Frau Goßacker brauchte nur wenige Sekunden, um alle zwanzig Karten einzusammeln und - diesmal offen - in vier Reihen auf den Tisch zurückzulegen. Sofort identifizierte sie jene, die wir uns gemerkt hatten. Wirklich, sie waren es! Ich starrte auf die funkelnden Siegelringe, die ihren Händen offenbar

---

87 Das ist des Teufels Gesangbuch.

magische Kräfte verliehen. Wer war dieser Bosko Biati, der anscheinend über alles Bescheid wusste? Waren es vielleicht zwei - Bosko und Biati? Meister der Unterwelt wie die Buschemänner, die auf dem Grund des Fethings hausten? Wozu waren die Künstler auf die Hallig gekommen - zum Malen, oder wollten sie Kinder verhexen? Ich spürte, wie sich mein Hals verengte, und sah aus dem Augenwinkel, dass Haye eine Bewegung machte, um aufzustehen. Auch er schien von furchtsamer Ungeduld erfasst worden zu sein. Frau Goßacker drängte ihn mit sanfter Hand sitzenzubleiben. Mit der anderen legte sie einen Finger auf die Lippen. Lassen wir's gut sein, meinte sie gutmütig. Ich werde euch das Geheimnis preisgeben. Hört genau zu, dann werdet ihr verstehen. Sie sprach von zehn Buchstaben, von denen jeder zwei Mal in der Losung vorkomme. Diese gebe das Schema vor, dem sie beim Auslegen der Karten folge. Das ist alles, meinte sie. Klingt kompliziert, ist aber simpel. Probiert es einfach aus. Ich wiederholte im Geist die geheimnisvollen Worte, hatte aber nicht vor, mich näher mit Bosko und Biati zu befassen. Die Formel hatte mir von Anfang an Angst gemacht. Wollt ihr noch etwas wissen? fragte Frau Goßacker indes. Vielleicht über eure Zukunft? JAAA! hätte ich fast geschrien. Das Thema interessierte mich wesentlich mehr. Gebannt schaute ich zu, wie sie erneut Karten mischte und zwei herauszog. Ihr werdet euch verlieben! Plötzlich hellwach fragte Haye: Wir beide? Wobei er aufgeregt mit dem Finger fuchtelnd abwechselnd auf sich und mich zeigte. So genau wissen die Karten das nicht, antwortete Frau Goßacker, nachdem sie eine Weile prüfend auf die Karten geblickt hatte. Aber das Wort Liebe ist in beiden deutlich zu erkennen.

Täglich waren die Maler auf der Hallig unterwegs. Ob auf den Fennen, am Deich oder an einem Prielufer - überall sah man sie mit ihren Farbpaletten stehen. Stundenlang. Wahrscheinlich lag es an der ermüdenden Arm- und Schulterhaltung vor den Staffeleien, dass sie am Abend ihre Rücken gegen unseren Heuklamp lehnten, dessen Haut über Tag von der Sonne in einen Wärmespeicher verwandelt worden war. Während die Strahlungswärme Arme und Schultern entspannte, folgten die Augen dem Lauf des Priels und entdeckten im Abendrot des Westens neue Motive. Schon legten sich einige die Leinwand auf den Schoß und begannen weiterzuarbeiten. Wieder fielen eigentümliche Worte. Die untergehende Sonne zaubere einen ‚purpurnen Baldachin‘ über die Hallig. Warften höben sich als ‚schwarze Scherenschnitte‘ vom leuchtenden Abendhimmel ab. Der Sonnenball zöge einen ‚glühenden Lavastrom‘ durch den Priel. Wer wollte nicht ‚trunken werden‘ von der Dichte und Schwere der Farben, sagte der Bärtige. Unwillkürlich fragte ich mich, ob er Maler war oder Poet.

Heuklamp auf Hanswarft

Für mich waren das künstlich überhöhte Worte für einen Anblick, den wir täglich gewohnt waren. Andererseits konnte ein Fremder durchaus annehmen, die Scherenschnitte der

Warften seien von Künstlerhand geschaffen worden. Sobald von den Fennen feuchter Nebel heraufzog, holte Moder Decken aus dem Haus. Die Künstler wickelten sie sich um die Hüften und rückten mit den Körpern enger zusammen. Meistens fingen sie dann an zu singen, aber nicht länger als eine halbe Stunde, weil sie merkten, dass es schöner war, den verklingenden Geräuschen des Tages nachzuhorchen als den eigenen falschen Tönen.

Eine Lerche beendete ihr Trillern und sank lotrecht in ihr Nest. Kühe und Ochsen wiederkäuten im schattigen Gras wie träumende Wesen. Auch die Möwen kamen jetzt zur Ruhe. Nur das Flattern eines Entenpaares unterbrach noch einmal kurz die Stille. Es setzte mit vorgestreckten Füßen zur Landung auf dem Fething an, hinterließ zwei Wellendreiecke und suchte im Schilf ein Plätzchen für die Nacht. Als der letzte Lichtstrahl der blauen Stunde erlosch, fand manche Hand zu einer anderen. Wer kosen wollte, kroch im Schutz der Dunkelheit um die Ecke des Heuklamps, wo in meiner kindlichen Fantasie heftig geknutscht wurde. Nach Mitternacht verstummten endgültig alle Geräusche. Vom Meer her wehten milde Lüftchen herüber. Die Stille bekam etwas Feierliches, man nahm sie mit in den Schlaf.

Für Stunden legte sich die Ruhe des Wattenmeeres über die Hallig, erst mit einem Hahnenschrei würde das Leben neu erwachen.

Blieben viele Farben auch noch warm, die Tage und Nächte füllten sich allmählich mit Nässe und ungemütlichen Temperaturen. Aus frischem Grün wurde stumpfes, immerfeuchtes Grau - nichts mehr für einen versonnenen Schneidersitz im Gras. Die Künstler ließen sich davon nicht stören, sie verzichteten einfach aufs Sitzen. Galt es doch für jeden, noch ein Herbstwerk zu erstellen. Und was eignete sich besser dafür als schräg einfallendes Licht unter tief hängenden Wolken!

Allerorten ersetzten schroffe Töne den dezenten Klang des Sommers. Stürme entrissen den Baumkronen trocken gewordenes Laub. Halligmänner machten mit Hammerschlägen Zäune winterfest. Wer seine Leinwand bisher mit einer Hand gegen rüttelnde Böen verteidigen konnte, während die andere weitermalte, verzagte nun angesichts der reißenden Kraft der Winde. Es galt, neue Motive zu suchen. Die Künstler fanden sie in Häusern und Ställen: Rundbogenfenster, Bilegger-Öfen, Webstühle, Alkoven, Küchenschränke. Auch friesische Gesichter. Frau Goßacker portraitierte Vader in der Stuv und erzählte ihm von der Gruppe: Mehrere sind Expressionisten, andere Anhänger der Worpsweder Kolonie. Vogeler, Modersohn, wenn Ihnen die Namen was sagen. Einige nahmen bei Emil Nolde Unterricht, er weilte 1919 auf Hooge. Haben Sie ihn kennengelernt? Vader schüttelte den Kopf und guckte unvermittelt auf sein Modellschiff an der Decke. Frau Goßacker folgte seinem Blick, ihre Augen erstrahlten. Oh, Herr Nissen, auch Sie sind ja ein Künstler! Am nächsten Tag brachte sie ihm ein Gemälde. Ein Geschenk der Gruppe zur Erinnerung an die warmen Abende am Heuklamp, sagte sie. Vader entknotete das Band und entfernte das Packpapier. Ich sah gleich, dass es ihm nicht gefiel. Ein düsteres Bild. Es zeigte dunkle Säulen, die wie riesige Grabsteine zur Kirchturmspitze aufragten. Trotzdem hängte er es am nächsten Tag auf. För den Fall, dat se noch mol wedderkümmt[88], sagte er leise.

Mitte September verließen die Maler die Hallig. An der Kunstakademie begann ein neues Semester. Vader nahm das Gemälde von der Wand und brachte es auf den Boden. Mit den Künstlern reisten auch die letzten Badegäste ab. Unsere Übernachtungen im Stall gingen zu Ende und damit das wunderbare Gefühl, der unmittelbaren Aufsicht der Eltern

---

88   Für den Fall, dass sie noch mal wiederkommt.

entzogen zu sein. Als wir Kühen und Ochsen ihre Schlafstatt zurückgaben, waren die Schwalben lange fort. Nun lauschten wir vor dem Einschlafen wieder, was Vader und Moder einander vom Tag zu erzählen hatten, und genossen die Bileggerwärme, die bis in die Nachtstunden vorhielt. Wenn sie in harten Wintern nicht ausreichte, schlug Moder die Bettdecke hoch und legte einen Pott mit heißer Bilegger-Asche ans Fußende des Alkovens - eine beliebte Praxis in den Uthlanden.

Benno dankt Fiona, klappt den Laptop zu und begibt sich allein zu der ungefähren Stelle, wo die Maler gesessen haben. Dort widmet er sich *seinem* Hobby. Wahrscheinlich haben die Maler genauso wie er jetzt gerade einen gedanklichen Rahmen um die Kirchwarft gezogen. „Warum ziehst du das quadratische Format bei der Fotografie vor?", hat Patty ihn neulich gefragt. „Weil das menschliche Auge die Welt als Quadrat und nicht als unregelmäßiges Viereck wahrnimmt", hat er geantwortet, worauf Patty ironisch schmunzelte. Benno ist das egal, er macht eine Handvoll Aufnahmen mit seiner 6x6 Kamera, kann sich aber nicht konzentrieren. Ihn beschäftigt, ob in den Interviews schon die Zeit reif ist für ein Thema, das bislang noch unter dem Stichwort ‚offene Fragen' rangiert: „Erinnerst du dich an erste sexuelle Gefühle?" Zu seiner Überraschung kommt Fiona selbst darauf zu sprechen.

Hüh! und Brr!

Ein heimlicher Kuss mitten am Tag? Noch dazu während der Heutied, wenn die ganze Hallig auf den Beinen ist und jede jeden sieht? Scheint unmöglich, hätte aber fast geklappt. Im April war ich dreizehn geworden. Sechs Wochen später bestimmte das Heuen wieder den Rhythmus der Hallig. Viel hatte sich nicht geändert. Mähen, Harken, Rukenbauen[89] - das Übliche eben. Bis auf eines: In diesem Sommer blickte ich das andere Geschlecht mit anderen Augen an. Die Jungs arbeiteten mit freiem Oberkörper. Hüften und Lenden zierten kurze Lederhosen mit Latzen. Das Leder glänzte, und die Kreuzträger vor den Brüsten sahen aus wie Zugbrücken. Bisher hatte ich diesem Bild kaum Beachtung geschenkt, jetzt sah ich genauer hin. Haye arbeitete erstmals mit der Sense, scharf schnitt sie durchs Gras. Stiefvater Harlie zeigte, wie es geht. Ich half Vader auf der anderen Seite des Grabens, harkte Heu zusammen. Für die Väter war es neu, von Gräben getrennt zu arbeiten, die infolge der Aufhebung der Allmende durch die Hallig gezogen worden waren. Uns Kinder nervten die Gräben sowieso, weil sie ärgerliche Hindernisse beim Wettlauf mit den Wolkenschatten darstellten. Beim Heuen jedoch bildete erfrischendes Wasser in der Nähe einen Vorteil. Ich war gerade damit beschäftigt, mir gefühlte zehntausend schweißverklebte Heufitzelchen von der Haut zu spülen, als Haye sich am gegenüberliegenden Ufer ins Gras fläzte und seine Füße ins Wasser streckte. Nicht lange und er schlug mit den Zehen Wasserspritzer in meine Richtung. Mein Rock war längst vom Schwitzen nass. Also grinste ich ihn nur verächtlich an. Als er aufstand und zu Harlie zurückkehrte, blickte ich verstohlen auf seine nackten Beine.

Vader stand auf dem Pferdewagen und verstaute Heubündel, die ihm jemand mit der Heugabel hinaufschob. Bald war das Fuder über zwei Meter hoch. Vader bat Haye, an seiner Stelle weiterzumachen, weil er sich in der Höhe nicht mehr gelenkig genug fühlte. Derweil streichelte ich Lotte, unser Schleswiger Kaltblut. Sie stand schon im Geschirr. Gleich würde die Tour zur Warft beginnen. Haye sollte oben blei-

---

89 Aufgehäuftes Heu auf der Fenne

ben, um beim Verladen auf den Heuboden zu helfen. He, Fiona! rief er so leise, dass Vader es nicht mitbekam. Komm ropp to mi! Während mein Kopf noch überlegte, ob ich den Mut aufbrächte, kletterten die Füße bereits die Radspeichen hinauf zum oberen Rand des Laufeisens. Dort richtete ich mich auf und ließ mich von Hayes Händen hochziehen. Als Vader mein Fehlen bemerkte, blieb ihm nur die Mahnung: Hool jem an de Remen fast![90] Er sorgte sich wegen der Fallhöhe bei einem Sturz. Ich schaute über den Rand. Von oben betrachtet leuchteten die heubedeckten Fennen intensiv wie Gold. Dazwischen glitzerten Priele und Gräben. Heuwagen vor uns hatten tiefe Furchen auf den Fennen hinterlassen. Wenn wir diese Spuren überquerten, würden wir kräftig ins Schaukeln geraten. Ich begab mich in die Mitte und streckte mich neben Haye aus. Wie steife Puppen lagen wir nebeneinander und guckten kerzengerade in den Himmel. Erst als Vaders Hüh! - Kommando heraufdrang und Lotte den Wagen in Bewegung setzte, löste sich die Verkrampfung, und wir lachten schallend auf. Allein zu zweit auf warmem Heu! Dazu das herrliche Gefühl von Freiheit: Hier oben hatte uns niemand etwas zu sagen - nur der Himmel lag über uns. Kreischend äfften wir Vaders ‚Hüh!' nach, denn es klang wie eine Aufforderung - aber zu was?

An einzelnen Stellen schaukelte es so heftig, dass Hayes Beine hin und her schlackerten und ich einen Blick in seinen ausgestellten Hosenaufschlag erhaschte - den Zwischenraum zwischen Leder und Oberschenkel.

---

90   Haltet euch an den Riemen fest!

Heuwagen, bereit für den Transport zur Warft

Übers Watt heranwehender Ostwind trieb weiße Schäfchenwolken über die Fennen in Richtung offene See. Blin-
zelnd bemerkte ich eine, die nah aussah. Ich schloss die
Augen, denn irgendwo hatte ich gelesen, es helfe, sich Dinge besonders intensiv vorzustellen. Ich träumte, die Wolke
käme so dicht heran, dass wir hinübersteigen könnten und sie
uns mitnähme auf ihre Reise übers Meer. Das war kein Unsinn. Im Gegenteil, die Idee erschien greifbar nahe. Irgendwie schwebten wir doch bereits zwischen Himmel und Erde.
Ich öffnete die Augen wieder, denn vom Schaukeln war mir
schwindlig geworden. Oder von Hayes Nähe? Ich lauerte auf
jede Bewegung. Manchmal ruckelte es derart heftig, dass
seine Knie versehentlich unter meinen Rock rutschten. Versehentlich oder…? Leider wusste ich das nicht. Ich spürte
aber seinen Schenkel. Haut scheuerte an Haut, da entfuhr mir
ein lauter Schrei. Bestimmt dachte Haye, ich ekele mich vor

seinem nackten Fleisch, dabei hatte ich genau so etwas gewollt. Der weite Blick, die niedrigen Wolken, das Aroma des Heus, die Leichtigkeit hoch über dem Boden und der Kitzel am Oberschenkel - es hätte so viel zu reden gegeben! Auf dem Schulweg plapperten wir wie die Weltmeister, aber hier oben, auf dem warmen Fuder brachte keiner ein Wort heraus. Als ein jäher Ruck unsere Körper so eng zusammenschob, dass selbst kleinste Heufitzelchen nicht dazwischen gepasst hätten, schien der Punkt gekommen zu sein, endlich etwas zu sagen. Doch was folgte dem Ruck? Atemstillstand! Wenn ich vor Aufregung nicht mal Luft holen konnte, woher sollten dann Worte kommen? Plötzlich öffneten sich Hayes Lippen. Ja, wahrhaftig - wenige Zentimeter entfernt - unmittelbar vor meinen! Sie *mussten* sich berühren. Zumal sich Hayes Gesichtsausdruck veränderte und er bestimmt an etwas Bestimmtes dachte. Genau. Nicht reden wollte er - er wollte… Ich spürte das Zittern meiner Wimpern und schloss erneut die Augen. Nichts passierte. Aus Frust griff ich fester in die Gurte. Die waren ziemlich strammgezogen. Alles saß stramm, auch Hayes Lederhose. Ob die vor lauter Strammheit platzen könnte? Mein lieber Scholli - ich kannte nichts und wusste doch, was ich zu kennen wünschte. Mich interessierte der Latz, das Drumherum und das Dahinter. Zu sagen traute ich mich das nicht. Aber ich ließ Haye sehen, wohin ich starrte.

Allmählich näherten wir uns der Warft. Ich sah Moder am Warftrand stehen. Bis vor zwei Jahren, als sie gichtige Hände bekam, war sie selbst im Heu gewesen. Mittlerweile war sie froh, dass sie nicht mehr mitmusste. Stets verließ sie gegen Mittag die Küche, um nachzugucken, ob der Heuwagen anrollte und sie das Essen auf den Tisch bringen sollte. Bestimmt konnte sie mich jetzt - von ihrer gehobenen Warte aus - neben Haye liegen sehen. Und bestimmt lächelte sie. Das tat sie nämlich immer, wenn sie uns zusammen sah. Knappe zwanzig Minuten war der Heuwagen über das Mähland gerumpelt, bis Lotte unten am Warfttor stoppte und darauf wartete, dass es geöffnet wurde. Nun begann der letzte und schwierigste Teil ihrer Aufgabe. Schnaubend zog sie den Wagen die Warft hinauf, die Achsen ächzten unter der Ladung. Bald hörten wir Vaders ,Brr!', und Lotte hielt vor dem Stall. Zwei glückliche Kinder glitten vom Fuder hinunter in starke Erwachsenenarme. Der Anflug eines ersten Liebeszaubers war zu Ende. Dabei blieb es eine Weile.

Benno lacht. „Schönes Stichwort. Werde ich im Manuskript verwenden."

„Welches?"

„Liebeszauber."

„Meinetwegen. Aber schreib' bitte das Wort Anflug dazu. Und vergiss nicht, ich war erst dreizehn!"

„Du sprichst recht offen, Fiona. Deshalb erlaubst du mir sicher die Frage, ob es etwas gibt, was du nicht offenlegen möchtest. Verstehe mich bitte richtig, ich frage nur generell. Nicht, damit du es preisgibst."

Fiona lacht auf. „Menschen, die was bestreiten, erstreben es gerade."

„So bin ich nicht."

Plötzlich wird sie ernst. „Sobald man sich seiner Vergangenheit nähert, begegnet man auch Verborgenem. Das brauche ich dir sicher nicht zu sagen."

„Eigentlich möchte ich nur allgemein wissen, ob du etwas vor mir geheim halten möchtest."

„Warum sollte ich bei dir eine Ausnahme machen?"

„Nein, ich möchte keine Ausnahme, ich akzeptiere das."

Von:BenHa@pro.de
Datum:31. Mai 2013 um 11:24:29 MESZ
An:Roni.Finck@jekt.de
Betreff:Etwas Neues
Hey Roni, inzwischen gibt es etwas Neues über Haye und

deine Mutter (s. anl. Manu-Ausschnitt). War die Fahrt auf dem Heuwagen Fionas erotisches Erweckungserlebnis? Könnte man fast meinen. Allerdings legt sie Wert darauf, dass im Manuskript ihr Alter erwähnt wird. Also nahm sie die „Heu-Romanze" vielleicht gar nicht so ernst. Wie auch immer, weil du alles über „Fionas Jungs" wissen willst, bekommst du den Ausschnitt ungeachtet aller Spekulation.
VG Benno

Von:Roni.Finck@jekt.de
Datum:01. Juni 2013 um 09:24:07 MESZ
An:BenHa@pro.de
Betreff:Etwas Neues
Lustig! Vom Heuen hat meine Mutter viel erzählt, aber nicht vom Heuwagen! Ich warte mal ab, was noch kommt...
Dass ich ‚alles über Fionas Jungs' wissen will, relativiere ich ein bisschen. Du brauchst mich erst wieder benachrichtigen, wenn die Dinge klar in eine bestimmte Richtung laufen.
Bis dahin herzliche Grüße
Roni

Puder auf der Nase

De leeve Gott wüll, dat de Minsch sik bitieden mit de anner Sied vunt Leven befoten deit; mit dörteihn büst du nu olt noog[91], sagte Moder, als ich vom Rundsagen zurückkehrte, bei dem ich Oma Melfs Tod verkündet hatte - Hayes Großmutter. Verständlicherweise hatte er mich nicht begleitet. Wie sich herausstellte, meinte Moder mit ‚olt noog', dass

---

91   Der liebe Gott will, dass der Mensch sich beizeiten mit der anderen Seite des Lebens befasst; mit dreizehn bist du nun alt genug.

ich an Oma Melfs Aufbahrung in ihrer Stuv auf Mitteltritt teilnehmen sollte. Wir kamen rechtzeitig zum vorgegebenen Zeitpunkt, aber die Stuv war praktisch voll. Haye saß in einer Ecke, den Kopf nach unten gebeugt. Moder ergatterte den letzten Stuhl. Für mich war keiner mehr frei. Gut so! Einem andauernden Blick auf den Tod hätte ich nicht standgehalten, womöglich wäre ich vom Stuhl gekippt. Ich stellte mich in den Flur zu den anderen Trauergästen, die ebenfalls mit Stehplätzen vorliebnehmen mussten, positionierte mich aber so, dass ich beim Öffnen der Tür in die Stuv hineinlinsen konnte. Denn neugierig war ich schon. Oma Melf ruhte in leicht erhöhter Position im offenen Sarg, der auf vier Hockern lagerte. Nur ihre Nasenspitze war zu sehen. Im Quadrat um sie herum saßen die frühzeitig gekommenen Gäste auf Stühlen. Alle anderen Möbel hatte man in den Stall gestellt. Das schien alles gut durchdacht, trotzdem fand ich's gruselig. Lange Zeit ging die Tür nicht wieder auf. Die Stille im Flur wirkte einschläfernd, aber ich musste wachbleiben. So überlegte ich, woran Oma Melf eigentlich gestorben war. Irgendwie war das offen geblieben. Man wusste nur, dass sie einen Arzt in Husum aufgesucht hatte, nachdem sie sich länger unwohl gefühlt hatte.

Nach einer gründlichen Untersuchung empfahl der Arzt regelmäßige Anwendungen in seiner Praxis. Oma Melf nahm den Rat mit auf die Hallig, setzte sich auf den Küchenstuhl, schaute aufs Meer und dachte über alles nach. Nach einer Woche schrieb sie dem Doktor einen kurzen Brief. Sie dankte ihm für seine Dienste und bat um Verständnis, dass sie auf weitere Behandlung verzichten wolle. Ihr Leben liege in Gottes Hand. Nachbarinnen sahen abwechselnd nach ihr und erfuhren jedes Mal, sie fühle, dass sie sterben werde. Und so kam es. Die Hallig hatte es erwartet, aber als der Tod eintrat, traf es alle schwer. Oma Melf hatte als Instanz für Menschlichkeit und Fürsorge gegolten. Wenn sie von einigen als Seelentrösterin bezeichnet wurde, klang das respektlos, war im Kern aber nicht verkehrt. Sie half Menschen aus seelischer Not, und das sprach sich im ganzen Wattenmeer herum. Besuche gemütskranker Menschen waren zu einem gewohnten Bild auf ihrer Warft geworden.

Fast hätte ich überhört, dass die Tür aufging und Moder herauskam. Wenn du Oma Melf de letzte Ehr wiesen wüllt, flüsterte sie, kannst du kort mit rinkomen.[92] Ich klammerte meine Finger um ihren Oberarm und schlurfte hinter ihrem Rücken in den halbverdunkelten Raum. Er roch nach Holz, Menschen, Mottenkugeln, Kölnischwasser und nach etwas, das mir unbekannt vorkam. Moder gab mir einen Klaps auf den Hintern, als wäre ich ein kleines Mädchen. Ich solle allein zum Sarg gehen, hieß das, denn sie setzte sich auf ihren Stuhl zurück. Nach wenigen zögernden Schritten blieb ich stehen. Schlagartig wurde ich mir meiner Unkenntnis bewusst. Moder hatte kein Wort darüber verloren, wie eine letzte Ehre auszusehen hatte. Gleich würde ich die erste Leiche meines Lebens erblicken, da musste ich doch wissen, was sich gehörte. Aber das wusste ich nicht, und so machte ich - einen Knicks. Jemand stöhnte auf. Vielleicht war es Ausdruck seiner Trauer, aber ich bezog es auf mich. Irgendetwas hatte ich falsch gemacht. Vielleicht hing es mit dem Abstand zusammen. Bestimmt reichte es für eine letzte Ehre nicht aus, wenn man nur die Nase sah. Man musste näher rangehen, um sie zu erweisen - von Mensch zu Mensch sozusagen. Genau das hatte mir der Stöhnende mitteilen wollen, wurde mir klar. Also ging ich auf Oma Melf zu. Wie ich nun vollständig in den Sarg hineinblicken konnte, spürte ich unwillkürlich ein Gefühl der Empörung. Oma Melfs Gesicht sah unnatürlich blass aus, als habe man Puder auf

---

92   Wenn du Oma Melf die letzte Ehre erweisen willst, kannst du kurz mit reinkommen.

Nase und Wangen getupft, was sie bestimmt nicht gewollt hätte. Mich irritierte die Blässe sehr, und ich wollte Moder fragen, ob das nur bei Oma Melf so war oder ob vielleicht jeder so blass wurde, wenn er tot war? Allerdings traute ich mich nicht, mich vor all den Besuchern hilflos nach ihr umzudrehen. Schon wieder musste ich allein überlegen, was mich aber erneut nicht weiterbrachte. Weder fiel mir eine Antwort auf die Frage ein, noch konnte ich einen anderen Gedanken fassen. Vor allem wusste ich nicht, ob ich noch länger vor dem Sarg stehenbleiben oder was ich sonst tun sollte. Und wie überhaupt das ganze Prozedere weiterging. Mir blieb nur die Hoffnung, dass Moder begriff, aufstünde und mich vom Sarg wegzöge. Das Gegenstück zum Klaps sozusagen. Vielleicht näherte sie sich bereits von hinten. Angestrengt lauschte ich, doch zu hören war nur die tiefe Stille des Raums. Verunsichert warf ich einen letzten Blick auf Oma Melf, machte fünf Schritte rückwärts und schlich mich leise hinaus auf den Flur zu den stuhllosen Trauergästen. An Moder vorbei, die mit gesenktem Kopf von alldem nichts mitbekommen hatte. Vier Sargträger betraten das Haus, einer mit spitzen langen Stahlstiften in der Hand. Zwei holten den Sargdeckel aus dem Stall. Dann verschwanden alle vier in der Stuv, und bald darauf erklangen harte, durchdringende Hammerschläge. Ich war froh, die Stuv vorher verlassen zu haben, obgleich ich dem Klang der Hammerschläge etwas Harmonisches abgewinnen konnte. Es hörte sich an, als schlügen die Träger im Rhythmus einer Melodie auf den Sarg, vielleicht sogar bewusst, um Oma Melf eine letzte Freude zu machen. Solche wohlmeinenden Aktionen waren mir generell sympathisch. Andererseits symbolisierten die Schläge eine Endgültigkeit, die mir unerträglich war. Ab jetzt würde Oma Melf für immer und ewig in einem zugenagelten Kasten zubringen. Mir wurde übel, auf einmal war mir alles zu viel - einschließlich meiner verworrenen

Gedanken. Ich wollte nicht länger im Haus der Toten bleiben, rannte hinaus und versteckte mich hinter einer Heuruke. Bald darauf verließen die Träger die Warft und luden
den Sarg in ein im Priel bereitliegendes Boot. Wie in der
Stuv lagerte er erhöht, diesmal auf zwei Querbalken. Die
Träger positionierten sich an den Ufern und zogen das Boot
an Tauen Richtung Kirchwarft. Dort sollte Oma Melf die
Nacht über in der Kapelle verbringen, bevor man sie für den
Trauergottesdienst und zur Beisetzung wieder herausholen
würde. Wind war aufgekommen, das Boot schaukelte in den
Wellen, und mit ihm schaukelte der Sarg. Das kam mir gefährlich vor. Was würde passieren, wenn der Sarg durch den
Stoß einer Welle vom Boot rutschte? Sänke er oder nähme
die Strömung des Priels ihn mit Richtung Schleuse? Waren
die Männer auf einen solchen Fall vorbereitet? Was, wenn
der Sarg durch das Schleusentor aufs offene Meer hinaus-
trieb? Plante de leeve Gott dann um und machte aus der vor-
gesehenen Erdbestattung schwuppdiwupp eine Seebestat-
tung? Ich wunderte mich, wie der Gedanke quasi aus dem
Nichts aufgetaucht und genauso schnell wieder verschwunden war.

„Warum schmunzelst du, Patty?", fragt Fiona, als sie ihre
Schilderung beendet hat.

„Bei deiner Geschichte muss ich an meine Oma denken.
Sie erzählte von speziellen Beerdigungsriten. Geschichten
von Einwanderern, vielleicht sogar aus Friesland, die sie in
Amerika weiter praktizierten."

„Hat deine Mutter auch solche Praktiken erlebt?", fragt
Fiona nach.

„Ich möchte hier abbrechen", wendet Benno ein. „Themen,
die Pattys Mutter betreffen, gehören nicht zum Projekt."

„Bei Gelegenheit erzählst du mir von deiner Ma, nicht
wahr, Patty?"

„Mmh."

Am nächsten Tag schaute Vader eine Stunde vor dem Kirchgang durch den Kieker, wer mit dem Schiff zur Trauerfeier anreiste und ob Leute darunter waren, die er kannte. Moder reagierte ungehalten: Kennt de Neeschier vun de Minschen denn gor keen Grenzen?[93]

Zügig verließ ich das Haus, denn der Pastor hatte mich beauftragt, Gäste vom Anleger zum Friedhof zu geleiten, sie könnten sich sonst ‚verlaufen'. Selten hatte ich so etwas Überflüssiges tun müssen, jeder sah die Kirche schon vom Schiff aus! Etwa zwanzig Passagiere hatten sich hinter der Reling aufgereiht und blickten mit ernsten Mienen herüber. Unter ihnen entdeckte ich Frau Goßacker. Sie hatte bei Oma Melf gewohnt, als die Künstlergruppe auf der Hallig gewesen war. Sie herzte mich mit ausgebreiteten Armen und legte ihren Mund an mein Ohr: Bosko? Ich grüßte leise zurück: Biati! Wir gönnten uns die kleine Freude an diesem traurigen Tag. Ob sie die weite Reise von Wien gut bewältigt habe, fragte ich. Ich wohne jetzt in Lilienthal nahe Bremen, sagte sie. Mit einem Maler aus der Künstlerkolonie. Du siehst, ich bleibe meinen Wurzeln treu. Oma Melf habe ich wegen ihrer Lebensklugheit und ihres ehrlichen Charakters sehr gemocht. Sie hat es nicht leicht gehabt. Ich nickte und blickte auf die Trauergäste, die von allen Warften zur Kirchwarft strömten. Ich kannte das Bild. Jeden Sonntag pilgerte eine Kolonne von Gläubigen zum Gottesdienst. Wie ein Zug von Ameisen sah das von weitem aus. Ein lustiges Bild, besonders an sonnigen Tagen. Ganz im Gegensatz zu dieser Stunde, in der sich ein Band aus verschleierten Frauen, Männern mit steifen Hüten und Kindern mit bekümmerten Mienen über die Hallig bewegte. Das Kirchengeläut trug die Trauer in einer Lautstärke über die Fennen, die den hölzernen Glo-

---

93   Kennt die Neugier der Menschen denn gar keine Grenzen?

ckenturm zu sprengen drohte. Am Fuß der Kirchwarft setzten alle geduldig einen Fuß vor den anderen, bis der Pastor oben an der Pforte jeden mit Handschlag begrüßte. Als ich an der Reihe war, forderte er: Du musst kräftig mitsingen, das bist du mir schuldig. Mir fiel die ,verlorene Kette' ein - meine Lüge -, dachte an die Bibel ,Du sollst nicht falsch Zeugnis reden ...' und wusste nicht mehr, wie der Text weiterging. Ich setzte mich direkt unter die Kanzel, wo der Pastor meine Stimme hören würde. Mit dem Gesicht zur Wand weinte ich im Gedenken an Oma Melf und hörte dabei der Rede zu. Der Abschied falle der Hallig schwer, sagte der Pastor, und schwer, schweifte er unvermittelt ab, sei auch die Aufgabe, vor der alle Landsleute stünden. Plötzlich fiel das Wort, das ich von Lehrer Z. kannte und in einer Zeitungsüberschrift gesehen hatte: Lebenskampf des deutschen Volkes. Meine Hände wurden feucht, ich wischte sie am Sitzkissen ab. Zuhause meinte Vader böse, der Pastor habe seine Predigt für eine Botschaft benutzt, die mit Oma Melf nichts zu tun hatte.

III.

DER FRIESE IST GESELLIG,

MITUNTER ABER LIEBER FÜR SICH

Föhrer Bonbons

Patty sitzt bereits bei Fiona am Tisch, als Benno pünktlich zum Interview erscheint. „Hi, Benno! Wir haben ein wenig geplaudert. Fiona wird uns gleich erzählen, wie sie zum ersten Mal Hand in Hand mit Haye durch die Öffentlichkeit spazierte." „Guten Morgen erst mal", begrüßt Fiona Benno und lacht. „Ihr Historiker nennt das wohl einen Wendepunkt." „Aha", antwortet Benno trocken, nimmt zur Kenntnis, dass die Sitzung offenbar schon vorbereitet ist, und öffnet, ohne noch einen Ton von sich zu geben, sein Notizbuch und hört zu.

Nach der Aufregung um Oma Melfs Beerdigung hatte Moder offenbar das Gefühl, mir etwas Gutes tun zu müssen. Ich durfte sie zu einer Einkaufsfahrt nach Wyk begleiten. Auch Haye sollte mitkommen. Dass hin und wieder schlecht über ihn geredet wurde, störte sie nicht. Kloor, he is af un an 'n beten gallig und en lütje Hittkopp. Aver he is schicklich, un dat is de Hauptsook[94].

---

[94] Klar, er ist ab und zu ein bisschen reizbar und ein kleiner Hitzkopf. Aber er hat Benehmen, und das ist die Hauptsache.

Das Barometer prophezeite einen heißen Tag. Bandolfs Schiff, die ‚Seemöwe‘, ankerte im flachen Wasser vor der Mole Eiwall. Mit uns gingen Björn von Ipkenswarft, Jonte Delfsen von Ockenswarft, unsere Nachbarin Hedi mit ihrer Oma Bertha sowie Lisa mit ihrem Bruder Jens an Bord. Letzteres gefiel mir überhaupt nicht, denn er war ein unberechenbarer Bursche mit Neigung zur Provokation. Gleich beim Einbooten zu Fuß machte er Faxen und bot an, mich auf Händen zum Schiff zu tragen. Jonte schob ihn zur Seite, murmelte Idiot! und nahm mich huckepack, während Bandolf bei seinem Versuch, Oma Bertha allein an Bord zu hieven, scheiterte. Björn musste mit anpacken. Ik bün leider en beten rundli um de Buuk rüm[95], meinte Oma Bertha entschuldigend und lächelte denen zu, die bereits auf den blank gescheuerten Holzbänken im Schiffsbauch Platz genommen hatten, nachdem sie mit hochgezogenen Röcken oder aufgekrempelten Hosen selbständig zum Schiff gelangt waren. Rasch entspann sich eine lebhafte Unterhaltung. Auch Bandolf in der Kajüte war gut drauf. Der Stolz auf seine ‚Seemöwe‘ stand ihm ins Gesicht geschrieben. Wegen ihres niedrigen Tiefgangs könne sie bei jeder Tide unterwegs sein. Was er verschwieg: Der flache Rumpf führte zu erhöhter Kippeligkeit. Manche kreischten, andere lachten über den sich aufbäumenden Bug, als Bandolf das Tempo anzog. Nur Oma Bertha klagte: Bandolf, nich so gau! Wie hebbt doch Tied![96] Sie war so schwer, dass sie auf dem glatten Holz keinen richtigen Halt fand und das Körpergewicht gegen Hedi drückte, die neben ihr saß. Haye und ich bevorzugten, uns dem Fahrtwind entgegenzustellen. Wir drängten uns in den spitz zulaufenden Bug und fühlten unsere Körper. Das war ein wenig wie auf dem Heuwagen. Nur das Träumen fehlte -

---

95   Ich bin leider ein bisschen rundlich um den Bauch herum.

96   Bandolf, nicht so schnell! Wir haben doch Zeit!

wegen der Gischt, die uns fontänenartig ins Gesicht spritzte. Vor dem Wyker Hafen blickte ich auf die Silhouette der Stadt, die zum Sehnsuchtsort geworden war, seit ich zum ersten Mal ihre Leuchtfeuer über dem Meer blinken gesehen hatte. Beim Anlegen mahnte Moder, uns von den Geschäften fernzuhalten, weil die nur für Menschen bestimmt seien, die sich einen Einkauf leisten könnten. Sie selbst müsse erst etwas verkaufen, bevor sie Neues erwerben könne. Am Markt wolle sie eigenproduzierte Butter feilbieten, um aus dem Erlös einen verzierten Kinderlöffel zu erstehen. Den wolle sie Anna Jacobsen zum Kindskiek[97] schenken; sie hatte in der Vorwoche eine Tochter geboren. Nach der Ermahnung gab Moder uns frei, und wir stießen direkt ins Zentrum vor. Überall trafen wir auf flanierfreudige, offenbar gutbetuchte Passanten. Was hatte Wyk für hübsche Läden! Am liebsten hätte ich jeden betreten und überall herumgestöbert. Moders Verbot schien jedoch unumstößlich. Uns blieb nur, auf die Auslagen in den Fenstern zu starren. Eine Puppe faszinierte mich. Irgendein unsichtbarer Apparat des Spielzeugladens beförderte sie vom Sitzen ins Liegen und wieder zurück. Dabei öffnete und schloss sie im Wechsel ihre Augen. Auch Haye war stehengeblieben. Er guckte ins Innere des Ladens auf einen Jungen, der einen hölzernen Gegenstand auf vier Rädern in der Hand hielt. Die Augen des Jungen schienen Haye einzuladen, zu ihm in den Laden zu kommen und das Spielzeug gemeinsam anzusehen. Zur Vorsicht riss ich Haye am Ärmel und erinnerte an Moders Spruch: Wer nix köpen kann, schull nich doon, as wull he

---

97 An Kindskiek besuchen die Nachbarn die Wöchnerin und das neugeborene Kind. Sie bringen eine Suppe für die Mutter oder ein kleines Geschenk mit.

köpen![98] Wir zweigten in die Dünenstrat ab und beobachteten, wie Oma Bertha vor einem Café einen Eisbecher mit Sahne serviert bekam. Das machte Lust auf Süßes. Haye fand zwei Groschen in seiner Geldbörse, grinste und verschwand in einem Bonbonladen auf der gegenüberliegenden Straßenseite. Als er wieder herauskam, hielt er mir eine Tüte mit Erdbeer- und Karamellbonbons unter die Nase. Ich entschied mich für Erdbeere und hakte mich bei ihm unter. Beschwingt und strahlend vor Freude über den Geschmack und noch mehr über die Missachtung von Moders Verbot wandelten wir Hand in Hand die Straße hinunter. Wie sehr doch ein einfacher Bonbon im Mund das Selbstbewusstsein stärken kann! An der nächsten Straßenecke trafen wir auf einen Leierkastenmann mit einer Drehorgel, um den sich Menschen scharten, die der Musik lauschten. Einige warfen eine Münze in einen Teller auf dem Gehsteig. Ich beobachtete, dass der Leierkastenmann immerzu lächelte. Nicht nur, wenn jemand vortrat und eine Münze warf, sondern fortwährend. Sein Dauerlächeln machte mich stutzig. Nach der Freude über den Münzwurf hätte er eine Pause einlegen können, denn Dauerlächeln war bestimmt anstrengend. Ich überlegte, dass sein Lächeln nicht nur Dank und Freude ausdrückte, sondern zugleich eine Aufforderung an andere darstellte, ebenfalls zu spenden. Das war clever von ihm. Ich fand das lustig, aber auch listig. Haye würde es vielleicht genauso machen. Dies Erlebnis purer Beobachtung brachte mich auf die Idee, sie fortzusetzen und mir Menschen einfach nur anzusehen. So eingehend gediehen meine Betrachtungen, dass die Auslagen hinter den Schaufenstern mich bald weniger interessierten als die Personen davor. Mir fiel der Unterschied zwischen Badegästen und Einheimischen

---

98 Wer nichts kaufen kann, sollte nicht so tun, als wolle er etwas einkaufen!

auf. Badegäste studierten in Ruhe die Auslagen und wogen ab, ob sie den Laden betreten wollten. Einheimische hielten sich nicht lange auf, gingen hastig in den Laden hinein und kamen meist schnell mit etwas wieder heraus. Unterhaltsam war auch, Verhaltensweisen herauszufinden, die wir nicht kannten, weil es auf der Hallig keine Schaufenster gab. Manche weiblichen Badegäste taten nur so, als schauten sie auf eine Auslage, in Wahrheit prüften sie in der Scheibe den Sitz ihres Hutes oder ihrer Frisur. Auch Pärchen boten sich die Scheiben als Flächen an, ihr Aussehen als Paar zu prüfen und sich zufrieden zuzulächeln.

Natürlich war das alles amüsant, vor allem mit Haye an der Seite. Aber dann kippte meine Stimmung, als ich einen Straßenzug weiter Jens auf uns zukommen sah. Schnell zog ich Haye um eine Hausecke, wo es zum Strand hinunterging. Dort empfingen uns grelle Kontraste. Einerseits die Buntheit von Laken, Badeanzügen, Strandkörben, Sonnenschirmen und Badewagen. Andererseits die monochromen Farben des hellen Sandes und des Meeres. Ein Grundrauschen aus Wind und Wellen zerstäubte Kindergeschrei und Lachen, Ermahnungen und Rufe zu kleinsten Geräuschfitzelchen und fasste alles zu einem herrlichen Stimmengewirr zusammen. Nackige Kinder bauten eifrig Sandburgen und zeigten sie voller Stolz ihren Vätern, die heranfliegende Bälle wegkickten, während sie wie nebenher auf benachbarte Laken lugten, auf denen figurbetonte Badekleider mit schmalen Trägern auf zarten Schultern prickelnde Eleganz und Gedanken an Abenteuer versprühten. Manche wischten sich Sand von der Haut, andere ölten sich mit einer dunklen Flüssigkeit ein. Am Wellensaum entdeckte ich eine feine Dame hoch zu Ross. Ein Rappe trug sie in gemächlichem Gang über das seicht dahinfließende Wasser hinweg. Sichtlich genoss sie die Aufmerksamkeit der Badenden. Auch sie lächelte in einem fort, ohne durch Worte oder Gesten dazu animiert worden zu sein. Unauffällig trottete ein junger Mann hinterher; wie zufällig trug er einen Eimer mit sich, aus dem eine kleine Schaufel ragte. Plötzlich wünschte ich mir, dass er mich zur Dame hinauf in den Sattel hievte, und dann sollte der Rappe über den flachen Wellensaum in die Wellen hineingaloppieren. Gischt würde aufspritzen, und ich würde aus voller Kehle kreischen, denn Hemmungen schienen an diesem Ort nicht angebracht zu sein. Schon rannte ich auf die Dame zu. Da tauchte Haye plötzlich neben mir auf. Mich irritierte die robuste Art, mit der er mich am Arm zog. Verwirrt folgte ich ihm zur Badestelle. Kaum hatten wir unsere Oberbekleidung abgelegt, schubste er mich in die Föhrer Fluten. Wieder recht ruppig, aber ich verzieh ihm und fing laut zu lachen an. Vor allem über mich selbst und meine Fantasie eines Ritts mit einer vornehmen Dame. Immer verrückter wurde dies Lachen. Ich dachte, ich könnte gar nicht wieder aufhören, bis ich das tutende Echo des Schiffshorns zwischen den Häusern vernahm. Es rief Nachzügler wie Haye und mich zurück an Bord. Alle anderen Ausflugsschiffe hatten den Hafen bereits verlassen. Ungeduldig wurden wir von den Mitfahrenden erwartet, weil der Tidenwechsel eingesetzt hatte. Da zusätzlich Ostwind Wasser aus dem Hafenbecken trieb, könnte es schwierig werden, aus dem Hafen herauszukommen. Bandolf rief beruhigend durchs Kajütenfenster, wegen des mäßigen Tiefgangs komme sein Schiff auch mit Niedrigwasser klar. Sein Optimismus verleitete ihn sogar, Kurs durch die flachen Gewässer zwischen Föhr und Amrum zu nehmen. Als das Schiff nach einem heftigen Ruck plötzlich festsaß, presste er allerdings die Lippen zusammen wie ein kleines Kind, das bei einer Unartigkeit erwischt worden war. Der Rumpf neigte sich zur Seite, und Jonte meinte trocken: Dat kann sik nur um Stünnen hanneln[99]. Sollte ein Witz sein, doch niemand lachte, denn leider hatte Jonte recht: Wegen des Tidenwechsels würden wir erst nach Stunden wieder Fahrt aufnehmen können. Niemand begriff, warum Bandolf ausgerechnet bei Ostwind und Niedrigwasser über das Mittelloch[100] fahren wollte, einen Priel, dessen Tiefe stark von zufälligen Tideumständen abhängig war. Die Schlagseite machte das Sitzen unbequem. Backbords war es leidlich auszuhalten, weil der Körper durch die Schieflage gegen die Bordwand gepresst wurde. Gegenüber auf der Steuerbordseite drohte man ständig nach vorne zu rutschen und musste sich mit den Füßen abstützen. Lisa schlug vor, alle halbe Stunde die Seiten zu tauschen; sie saß auf der Steuerbordseite. Das wollten auf der Backbordseite nicht alle mitmachen, nur für Oma Bertha war man sich einig, dass sie wechseln durfte. Zur Schlagseite kam die Hitze. Kein Lüftchen drang in den Schiffsbauch und sorgte für Abkühlung, zumindest für ein wenig Luftaustausch. Das trübte den Geist. Wahrscheinlich war das fortgesetzte Einatmen von kaltem Dieselgestank und abgestandener Luft schuld am allgemeinen Erschöpfungszustand, der bald zu beobachten war. Wortlos glotzten alle in die Ferne. Auch ich. Unter schweren Lidern blickte ich mit der seltsam konfusen Hoffnung ins Watt, dort könnten Wege erkennbar werden wie auf der Hallig, wenn sich nach einem Landunter das Meer zurückzog und die Wege wieder freilegte. Aber das Watt war nackt. Es besaß nur Priele, die von der Natur um ihrer selbst willen geschaffen worden waren. Die Trägheit an Bord erinnerte an Jontes alte Kuh nach dem Melken. Das einzige Geräusch kam von einem Apfel, der infolge der Schräglage aus Oma Berthas

---

99   Das kann sich nur um Stunden handeln.

100   Ein wegen seiner wechselnden Tiefe bekannt-berüchtigter Priel zwischen Föhr und Amrum

Tasche gekullert war. Jens griff ihn sich und verzehrte ihn mit überlauten Beißgeräuschen. Hedi guckte ihn böse an, weil ihre Oma hätte wach werden können. Sie war nämlich die einzige, die es geschafft hatte einzuschlafen. Der Kopf war in den Nacken gebeugt, und die Sonne strahlte in den offenen Rachen, der allmählich auszutrocknen drohte. Doch die Reflexe funktionierten auch im Alter. Sie schlossen in Abständen den Mund, Oma Bertha wischte sich mit dem Handrücken über die Lippen, schluckte zweimal und setzte den Schlaf fort.

Inzwischen hatte Jens den Apfel mit einem letzten Biss verzehrt. Plötzlich war er selbst weg. Alle schrien durcheinander. Schnell war klar, dass es nur eine Erklärung geben konnte: Er musste von Bord gegangen sein, was in der schläfrig-dösigen Stimmung niemand bemerkt hatte. Herrje, dachte ich, der kleine Provokateur hatte sich also tatsächlich was einfallen lassen. Gleich am Anfang hatte mir gedämmert, dass man sich auf etwas gefasst machen müsste. Lisas Gesicht färbte sich trotz der Hitze kreideweiß, sie stand an der Reling und schrie nach ihrem Bruder: Jens, oh Jens! Wo büst du hin? Oma Bertha erwachte, befeuchtete ihre Lippen und fragte, was passiert sei. Auch Jonte, Björn und Hedi hielten mit der Hand über den Augen Ausschau. Niemand sichtete den Burschen, aber irgendwo da draußen musste er sein. Bandolf holte eine Notsignalrakete hervor, offenbar schätzte er die Situation ernst ein. Fast zeitgleich reckte Jens mit unschuldiger Miene seinen Kopf über die Bordkante. Er hatte sich in den schattigen Hohlraum unter der schrägen Schiffsseite geduckt, wo ihn niemand hatte sehen können. Hier is dat veel beter as dor bi jem inne Schiffsbuuk, rief er mit fröhlicher Stimme. Nich so hitt, sünnern schöön kööl.[101]

---

101   Hier ist es viel besser als bei euch im Schiffsbauch. Nicht so heiß, sondern schön kühl.

So vorwitzig sein Tun auch war, es leuchtete ein. Nach einem Moment des Zögerns schwenkte die Verärgerung über sein dreistes Versteckspiel in Bewunderung seiner Pfiffigkeit um. Unversehens wollte nun jeder ins Watt hinuntersteigen. Nur Oma Bertha und Moder blieben an Bord. Und natürlich Bandolf als Schiffsführer. Gähnend verfolgte er den Exodus durch sein Kajütenfenster. Alle anderen genossen den seichten Wind, der flach über das Watt wehte und nicht ins Bootsinnere vorgedrungen war. Insgeheim schien man Jens dankbar zu sein für die Idee. Nach einer halben Stunde machten sich alle auf den Rückweg zum Schiff. Bandolf betätigte trotzdem das Signalhorn - der guten Ordnung halber.

Danach herrschte wieder Schweigen über dem Watt. In der Ferne verhallte das Echo einer kreischenden Möwe, und an Bord kehrte das alte Bild zurück: Jeder brütete ausdruckslos vor sich hin. Da ergriff unvermittelt Haye das Wort. Ohne sich direkt an jemanden zu wenden, fragte er: Am Wyker Strand is en Schild anbröcht, Juden sind hier unerwünscht. Wat schall dat bedüden? Ich hatte das Schild[102] mit der düster wirkenden Botschaft, die an Lehrer Z. erinnerte, auch gesehen, mich aber gescheut, Haye darauf anzusprechen. Jetzt irritierte mich, dass keiner auf seine Frage antwortete. Viel-

---

102   Das Schild ‚Juden sind hier nicht erwünscht' wurde 1938 am Wyker Hafen angebracht. Ein Jahr später 1939 hieß es im Wohnungsanzeiger, dass auf Föhr keine jüdischen Gäste mehr aufgenommen würden (Quelle: Ferring Stiftung). Weitere Fälle: Bereits 1934 beschloss die Bade- und Stadtverwaltung Westerland, keine jüdischen Gäste mehr aufzunehmen. Auf Föhr wurden nach der Reichspogromnacht 1938 Schulklassen an den Hafen geführt, um jüdische Kinder zu bespucken, die von der Insel gewiesen wurden. In den nordfriesischen Kreisen hatten etwa 60 Juden gelebt, denen nach 1933 schrittweise sämtliche Rechte aberkannt wurden und die in Konzentrationslager verschleppt wurden.

mehr rief sie eine merkwürdige Anspannung hervor. Minuten vergingen. Björn war es, der schließlich den Mund aufmachte. Sich räuspernd sprach er einen Toast auf die Geburt von Annas Tochter aus und fragte: Wie schall se denn heten, de lüttje Deern?[103] Er wollte das Thema wechseln, obwohl Hayes Frage noch gar nicht zu einem Thema geworden war. Allmählich kehrte das Wasser zurück. Bandolf startete den Motor, aber zunächst förderte die Schiffsschraube nur braunen Schlamm nach oben. Nach weiteren Versuchen ging es dann endlich los. Einige zollten ihm Beifall, obwohl er es doch gewesen war, der uns das lange Warten eingebrockt hatte. Vielleicht wollte er das wiedergutmachen, jedenfalls ließ er das Boot wie eine Rakete durch die Wellen schießen. Jeder begriff, dass es besser war, sitzen zu bleiben; wer aufstand, lief Gefahr, über Bord zu gehen. In diesem Moment allgemeiner Erregung schob ich meine Hand unter Hayes Ärmel und hielt sein heiß pochendes Handgelenk. Moder lächelte, anscheinend hatte sie die Bewegung aus dem Augenwinkel mitbekommen. Es war ein zufriedenes, zustimmendes und zuversichtliches Lächeln. Das Ausbooten bei Eiwall verlief im Wesentlichen glatt. Sieht man davon ab, dass Moder beinahe ins Wasser geplumpst wäre, wenn Jonte nicht seine Riesenhände zu einem Stützkörbchen geformt und entschlossen unter ihren Allerwertesten geschoben hätte.

Berichte über das Festsitzen am Mittelloch machten natürlich die Runde, und die Hallig fragte sich tagelang, warum Bandolf, der erfahrene Seemann, gegen alle Vernunft den Umweg gefahren war, obwohl doch jedermann wusste, selbst wenn es schon hundert Jahre her war, dass am Mittelloch 1825 ein Salpeterfrachter auf der Route zwischen England und Dänemark dem niedrigen Wasserstand zum Opfer

---

103   Wie soll es denn heißen, das kleine Mädchen?

gefallen war.[104] Während man über Bandolfs Abweichung vom üblichen Weg noch eine Zeitlang diskutierte, blieb Hayes Frage weiterhin unbeantwortet. Ich dachte an Björns Toast auf das Neugeborene und fragte Vader: Was würde es für Annas Baby bedeuten, wenn es ein jüdisches Kind wäre? Würde es bei Eiwall nicht baden dürfen, wenn auch dort so ein Schild hinge? Zur Antwort erhielt ich Hinweise auf Arier-Tafeln und eine Rassentheorie der Regierung Hitler. Vader sprach so umständlich, dass ich kaum etwas verstand. Ich hakte nach, ob er sich vorstellen könne, dass wir im Falle des Falles das Schild für Annas Baby abhängen würden. Da winkte er heftig ab: Sodennig dörfst du nich spreken! Nich in de School un ook nich annerwegens.[105]

Gepiesackt

Die Tage blieben heiß, und damit hatte Bandolf sich ein zweites Mal geirrt. Dat warrd örntlich wat op de Mütz geven[106], hatte er bei der Rückkehr auf die Hallig prophezeit. Statt ergiebigem Niederschlag folgte der Schwüle eine selten lange Trockenperiode. Je länger sie dauerte, desto stärker haderte Moder mit Bandolf: Wie heff ik em blots glöven könt![107] Im Vertrauen auf Regen, der den Hausbrunnen wie-

---

104   Vermutlich handelt es sich um den Salpeterfrachter "City of Bedfort". Von England kommend soll das Schiff auf dem Weg nach Esbjerg in der Sturmflut am 04. Februar 1825 im Watt gestrandet und mit achtköpfiger Besatzung gesunken sein.

105   So darfst du nicht sprechen! Nicht in der Schule und auch nicht anderswo.

106   Es wird ordentlich Regen geben.

107   Wie habe ich ihm nur glauben können!

der füllen würde, hatte sie den Waschtag vorgezogen, damit Hemden und Hosen rechtzeitig vor dem ‚großen Guss‘ trocknen könnten. Nun fehlte im Haus das Wasser, welches dringender für Kochen und Hygiene nötig gewesen wäre als für Hemden und Hosen. Wochenlang fiel kein Tropfen vom Himmel, die Wasservorräte in Fethingen und Brunnen sanken auf beängstigend niedrige Pegel. Alle Familien stellten ihren Alltag auf sparsamsten Wasserverbrauch um. Man vermied schwere Arbeit, weil sie Durst verursachte, tischte Kalt- statt Kochspeisen auf, reinigte Geschirr mit erhitztem Meerwasser, reduzierte die Körperpflege, akzeptierte die Begleiterscheinungen und schwieg. Baden im Priel bot keine Alternative, denn Meersalz, das man nicht abspülen kann, reizt die Haut stärker als angetrockneter Schweiß. Schon am Morgen stand die Luft bewegungslos über der Hallig. Neidvoll blickten wir zur Spitze der Silberpappel hinauf, wenn ein einzelnes Blatt im Windhauch zitterte. Mittags wirkten die schattenfreien Zonen zwischen den Warften ausgestorben wie in schneereichen Wintern. Nächtens hielten wir Türen und Fenster sperrangelweit offen in der Hoffnung auf Durchzug - eine Wahrnehmung, die verloren zu gehen drohte. Selten kam mal ein warmer Föhn von Süden - der die Schwüle aber nur variierte und nicht vertrieb. Selbst das Meer brachte die erbarmungslose Hitze zum Stehen. Schlaff lag es hinter dem Deich und gestattete sich lange Auszeiten. Mitunter benetzte es sanft das Ufer - zaghaft, als hätte es Angst vor Berührung. Das Futtergras auf den Fennen verdorrte, wir sorgten uns, ob in diesem Jahr überhaupt Heu geschnitten werden könnte. Falls die Heuernte ausfiele, stünde dem Vieh im Winter kein Futter zur Verfügung. Viele Tiere litten jetzt schon. Diejenigen, die nicht in den schattigen Ställen untergebracht werden konnten, verkrochen sich im krustigen Morast ausgetrockneter Gräben - gepiesackt durch Hundertschaften vom Schlamm- und Tiergeruch angelockter Fliegen, die sich in die wässrigen Schlieren unter den Augen setzten. Kein noch so heftig um sich schlagender Schwanz reichte dort hin, um die Plage aus dem sensiblen Bereich zu vertreiben. Kühe lagen schlapp vor Hunger am Boden, konnten sich kaum aufrichten und ließen sich nicht mehr melken, sofern sie überhaupt noch Milch hätten abgeben können. Vader schickte Max twee in die Tiefe des ausgetrockneten Hausbrunnens, um die Innenwände mit einer Bürste zu säubern. Sein Argument: Jede Misere beinhalte zugleich eine Chance. Wir Schwestern gaben uns abwechselnd den Schwengel zum Abpumpen von Restwasser aus dem Fething in die Hand. Über ein Rohr floss es in eine Viehtränke, das sogenannte Nost.

Fast hatte man sich an den Gedanken einer den ganzen Sommer bleibenden Hitze gewöhnt, da legte sich eines Vormittags eine dunkle Wolke vor die gleißende Sonne, blieb dort hängen und verfinsterte den Tag. In der Nacht setzte Gewitter ein, und die Natur fiel von einem Extrem in das nächste: Wie schweres Gestein polterte Wasser aus den Wolken. Die ersehnten Wasserschuten vom Festland, die am nächsten Tag eintrafen, waren auf einmal nicht mehr nötig. Als wir den Regen vom Dach in den Brunnen rauschen hörten, rief Moder: Dat is, as op Wiehnacht un Ostern tosomen fallen! Kaum war das Gewitter vorbei, rannten wir aus dem Haus und sogen begierig den Duft feuchter Erde ein.

Ein prächtiger Stier

„Moin, ihr zwei!" Fiona hebt die Kanne vom Stövchen, gießt Tee ein und stellt in aufgeräumter Stimmung fest: „Die erste Etappe ist abgeschlossen. Über meine Kindheit ist alles gesagt."

„Mmh, heißer Tee", bedankt sich Patty. „Wenden wir uns also deiner Jugend zu!"

„Langsam, Patty!" Benno räuspert sich. „Lass uns noch kurz bei der Kindheit bleiben. Zählten weitere Jungs zu deinen Freunden, Fiona?"

„Ja, genau", pflichtet Patty bei. „Gab es jemanden neben Haye?" „Nicht wirklich. Einer wäre wohl gern etwas enger mit mir befreundet gewesen. Friedjof." „Warum zögerst du?", fragt Patty. „Belastet es dich, über ihn zu reden?"

Benno räuspert sich erneut, jetzt mit genervtem Unterton. Pattys vorlaute Präsenz irritiert offenbar auch Fiona. Sie blickt zwischen den beiden hin und her und sagt schnell: „Nein, nein. Es ist nur wegen dem, was später geschah. Da gab es Dinge ..., ach was, ich hätte Friedjof gar nicht erwähnen sollen."

„Wenn es dir nichts ausmacht, erzähle einfach", sagt Patty unbeeindruckt von Bennos Unterton. „Mich interessiert alles, was du mit Jungs und Kerlen zu tun hattest."

Der Satz passt wunderbar, er löst die verkrampfte Stimmung. Auch Benno lacht jetzt, nimmt den Laptop und notiert.

Zu Geburtstagen gab es weder Einladungen, noch schrieb man Karten. Wer gratulieren wollte, ging unaufgefordert hin. Moder hatte ein eigenes Konzept: Sie fasste mehrere Gratulationen an einem Tag zusammen, egal, ob manche Anlässe schon etwas zurücklagen. Zeitgründe, manchmal auch Bequemlichkeit, spielten eine Rolle. Ik mook mi dat passend, sagte sie, verließ morgens das Haus und kehrte oft erst abends spät zurück. Für jeden, den sie beglückwünschte, hatte sie ein kleines Geschenk dabei. Hier eine Tüte Zimt, da eine Rolle Garn, bevorzugt aber Selbstgebackenes, von dem jeder Anwesende probieren musste. Vader ließ stets ‚Schöne Grüße von Kalli' ausrichten. Nie wäre er auf die Idee gekommen, Moder bei einer Gratulationstour zu begleiten. Was ihn nicht hinderte, am anderen Morgen wie nebenher zu fragen: Wat hebbt ji jem denn so vertellt?[108] War Moder im Westen unterwegs, bat sie das Ehepaar Söderdiek auf Olkerswurt, stundenweise auf mich aufzupassen. Erika und Erich waren aus gutem Grund einverstanden. Sie reichten mich sozusagen an ihren Sohn Friedjof weiter, wodurch sie sich ungestört ihrem Hobby, dem Tanzen, widmen konnten. Weil das Ehepaar keine Nachbarn hatte, beschäftigte es sich gern mit Dingen, die man allein zu zweit machen konnte.

Anstatt miteinander zu spielen, hockten Friedjof und ich uns auf den Fußboden neben den zusammengerollten Teppich und folgten den Tanzübungen, die Erika und Erich den Schrittskizzen eines auf dem Tisch liegenden Anleitungsheftes entnahmen. Sie besaßen ein Grammophon und mehrere Schellackplatten. Sobald die Nadel in den ersten Rillen knisterte, kreisten sie eng umschlungen über das schmale Rechteck, auf dem eben noch der Teppich gelegen hatte. Noch nie hatte ich Menschen miteinander tanzen gesehen. Sicher, auch Moder und Vader berührten sich: Bei Spaziergängen fassten sie einander an der Hand. Doch nach Musik bewegten sie sich nie. Und nun dieses schwingende und harmonische Miteinander von Erika und Erich - es faszinierte mich. Besonders der Walzer mutete geschmeidig und fließend an. Anders der kürzlich aufgekommene Tango, dem ich wegen der abgehackt klingenden Musik zunächst reserviert zusah. Was die Körper daraus machten, fand ich gekünstelt. Allmählich begeisterte ich mich jedoch für den schnellen Wechsel zwischen zackiger und sinnlicher Attitüde. Ich fing laut zu juchzen an und riss sogar Friedjof mit, obwohl er sich gewiss schon zu alt für ungezügeltes Benehmen fühlte. Seine Mutter sagte immer halblaut die Tanzart an, was eine gute Idee war, denn so stellte sie sicher, dass sie und ihr Mann mit den richtigen Schritten begannen und sich nicht

108   Was habt ihr euch denn so erzählt?

gegenseitig behinderten. Richtige Schritte waren dieselben Schritte, glaubte ich. Aber da irrte ich. Wenn Erich denselben Schritt machte wie Erika, zum Beispiel einen Vorwärtsschritt, trat er ihr unweigerlich auf den Fuß.

Holte Moder mich nach dem Ende ihrer Glückwunschtour ab, hatte ich sie keine Sekunde vermisst. Auf dem Nachhauseweg berichtete ich vom Spaß mit Friedjof und sagte leichthin: Beim Tanzen dürfen Mann und Frau nicht dieselben Schritte machen. Aber das müssen sie doch, widersprach Moder. Eben nicht, beharrte ich im Stolz, etwas dazugelernt zu haben. Sonst kollidieren sie nämlich. Moder begriff einfach nicht, sie tadelte: Was denkst du dir bloß für einen Unsinn aus, Fiona! Ich wollte ihr meine Erkenntnis beweisen, indem ich mir die Bewegungen der Füße so vor Augen führte, wie ich sie bei Erika und Erich gesehen hatte. Dazu hätte ich mich allerdings in beide Tanzende gleichzeitig hineinversetzen müssen, was eine zu abstrakte Leistung war. Ich scheiterte am Spiegelparadoxon. So blieb mir versagt, Moder den Unterschied zwischen ‚richtigen‘ und ‚denselben‘ Schritten klarzumachen. Dass sie es nicht wusste, lag vermutlich daran, dass bei ihren Spaziergängen mit Vader dieselben Schritte immer mit den richtigen übereinstimmten.

Mein Kontakt zu Friedjof endete, als seine Mutter an Tuberkulose starb. Nun gab Moder mich nicht mehr bei den Söderdieks ab. Ich erinnere mich aber noch an eine Begegnung, bevor Friedjof eingezogen wurde. Bruni, meine Lieblingskuh, sollte von Erichs Bullen gedeckt werden. Vader wollte mich dabeihaben, damit ich, falls etwas schieflief, nach Hause rennen und Moder Bescheid geben konnte. Ich freute mich über die Abwechslung, sorgte mich aber ein bisschen um Bruni, weil ich keine Ahnung hatte, was genau auf sie zukam und ob es ihr gefallen würde. Für einen Deckbullen, der nicht abgelenkt werden dürfe, sei die Einzellage von Olkerswurt ideal, erklärte Vader. Der Bulle war das einzige Tier, das Erich Söderdiek nach 1914/18 geblieben war. Ein Lungenleiden, das er aus dem Krieg mitbrachte, hatte ihn gezwungen, die Viehwirtschaft mit Kühen und Ochsen aufzugeben. Der Bulle brachte zwar nicht den Umsatz wie die Viehwirtschaft, stockte aber Erichs kleine Versehrtenrente ein wenig auf.

Da Vader unterwegs kaum redete, nahm ich an, er sei mit dem bevorstehenden Procedere befasst. Auch ich machte mir Gedanken. Und Bruni? War ihr bewusst, wohin wir sie führten? Sie wirkte merkwürdig unbeteiligt, so, als ob sie der Begattung gelassen entgegensah. Oder stellte sie sich unwissend - vielleicht aus Scham? Bestimmt erblickte sie bereits die mächtigen Schultern des Bullen als Ausdruck seiner Kraft, denn wir waren Olkerswurt inzwischen recht nah gekommen. Der Koloss war in ein durch massive Pfähle verstärktes Hock[109] gepfercht. Aber das hieß ja, dass er außer Rand und Band geraten konnte! Nun sorgte ich mich plötzlich sehr um Bruni, die auch prompt stehenblieb, als der Befruchter heftig zu schnauben begann. Vater zog vorn, und ich schob hinten, so bekamen wir sie schließlich vom Fleck. Erich präsentierte seinen Bullen mit breitem Grinsen, das kurzzeitig erstarb, als er Friedjof, seinen Sohn, die Warft herunterrennen sah. Gestisch verständigte er sich mit Vader, dass wir Kinder hinauf auf die Warft verschwinden sollten, um miteinander zu spielen. Doch da bestiegen die Vorderläufe des Bullen bereits Brunis Lenden. Viel zu spannend, um jetzt noch den Schauplatz zu verlassen. Außerdem wollte ich Bruni, falls nötig, beruhigend zur Seite stehen. War aber nicht nötig, denn die Sache ging überraschend schnell über die Bühne. Nach mehreren Zuckungen stieg der Bulle

---

109   Eingezäunter Bereich unterhalb einer Warft zum Melken und zur Schafschur

ab, die Männer gaben sich zufrieden die Hand, und Vader zahlte bar.

Ohne weitere Zeremonien machten wir uns auf den Rückweg. Als Bruni den Steg, den sie auf dem Hinweg locker passiert hatte, nur mit Mühe überquerte, glaubte ich zu erkennen, dass ihr dicker Kuhbauch noch dicker geworden war. Erst jetzt wurde mir das Ausmaß des Natursprungs, dem ich beigewohnt hatte, in etwa bewusst. Kann aber auch sein, dass mich die Dicke des Bauches täuschte. Anderes jedoch war Realität und hätte ich so nicht erwartet. Vor allem die Kürze des Vorgangs und die Mächtigkeit des Organs, das dem Bullen zur Verfügung stand, um seinen Auftrag zu erfüllen. Beides rief Fragen zur fleischlichen Lust von Tieren hervor. Weniger des Bullen, schließlich war es sein Geschäft, aber von Bruni. Weder der Takt ihrer Schritte noch ihr sonstiges Gehabe verrieten, ob sie zufrieden war. Schade, dass man das nicht erfuhr. Auf mich hatte das Ganze fast ein bisschen mechanisch gewirkt - wie ein kurzer Dreh mit einem Schraubenschlüssel. Vielleicht wusste Vader aus Fachbüchern mehr darüber. Aber schon der bloße Gedanke, ihm die Frage zu stellen, war mir so peinlich, dass ich eher im Boden versunken wäre. Auf der Hälfte des Weges fiel mir eine weniger heikle Frage ein: Was kostete ein so unglaublich kurzer Spaß eigentlich? Vader hatte doch hoffentlich nicht zu viel gezahlt. Selbst das mochte ich nicht offen aussprechen. So deutete ich mein Interesse dezent mit einer reibenden Bewegung zwischen Zeigefinger und Daumen an. Vader verstand und grinste. Er nannte keinen Betrag, vertrat aber die Ansicht, der Preis sei in Ordnung. So ein Prachtexemplar sei nun mal teuer, und auch die laufende Hege und Pflege ginge ins Geld. Na goot, wat geiht mi dat an?[110] dachte ich und fand es viel wichtiger, dass ich während des Aktes

---

110   Na gut, was geht mich das an?

ernst geblieben war. Dabei gluckste ich doch jedes Mal mit den Freundinnen um die Wette, sobald dies Wort oder ein ähnliches fiel.

„Ich habe mal etwas über das Liebesleben von Grauwalen gelesen", schaltet Patty sich ein.

„Du magst Wale?", fragt Fiona.

„Sehr sogar", antwortet Patty.

„Toll, ich auch! Bist du mal welchen begegnet?", fragt Fiona.

„Auf den Klippen bei San Diego habe ich eine Gruppe von zwanzig Tieren beobachtet, zusammen mit Freunden. Dort sind die besten Plätze für Walbeobachtungen mit dem Fernglas. Zwischen November und April ziehen Grauwale von ihren Futterplätzen in Alaska zu wärmeren Gewässern nach Süden, um sich zu paaren und ihre Jungen aufzuziehen. An der kalifornischen Küste vorbei. Von der Klippe konnten wir sie blasen und springen sehen."

„Und du, hast du früher welche gesehen? Erst neulich sollen einige im Wattenmeer aufgetaucht sein."

„Ole Hein berichtete gern über seine Ahnen, die von Hooge zum Walfang ins Nordmeer aufbrachen. Ich erinnere mich an einen unruhigen Traum. Soll ich ihn erzählen?"

Während Benno ratlos guckt, ermutigt Patty Fiona. „Ja, los, das ist bestimmt spannend!"

„Ole Hein war mit seiner Aurora auf großer Fahrt in den Norden. Ich begleitete ihn als Steuermann. Weit oben im Walfanggebiet vor Grönland trafen wir auf Dreimaster, die zwischen einer Herde von Pottwalen kreuzten. Ole Hein manövrierte vorsichtig zwischen den Wasserfontänen der Tiere, darauf bedacht, dass sie nicht in Panik gerieten."

„Ist ja irre", sagt Patty begeistert. „Im Traum stelltest du dir den Seehundjäger als Tierfreund vor." Sie lacht und versteht nicht, warum Benno energisch den Kopf schüttelt. Mit einem Augenzwinkern versucht sie ihn aufzumuntern, aber er lässt sich nicht darauf ein, sondern funkelt sie sogar unwirsch an. „Wir müssen das anders machen!", platzt es aus ihm heraus.

„Nix verstahn, Benno! Was müssen wir anders machen?", fragt Patty irritiert.

„Solche Themen gehören nicht hierher."

„Aber warum? Fionas Traum vom Walfang verstehe ich als Alltagsgeschichte aus früherer Zeit. Im wahrsten Sinne originär. So was willst du doch hören."

„Es kommt mir aber so vor, als wolltet ihr euch persönlich über Wale austauschen. Das hätte mit dem Projekt nichts zu tun. Ich muss die Zeitschiene im Auge behalten."

Fiona spürt die Spannung.

„Was ist denn plötzlich mit euch beiden los?"

„Ich finde, Patty drängt sich in den Vordergrund."

„Cool down, Ben!", reagiert Patty.

„Seht zu, dass ihr euch vertragt!", fordert Fiona.

„Die Sitzung ist beendet", erwidert Benno verbissen, um einer weiteren Diskussion aus dem Weg zu gehen. Er steht auf und verlässt grußlos den Raum.

Unabgesprochen übernimmt Patty die Befragung. Sie macht sich Notizen, die sie hinterher Benno übergeben will.

„Erzähl bitte weiter, Fiona!"

Wir kamen einer Fregatte so nah, dass wir Fässer mit der Aufschrift ‚Tran' und die verfilzten Bärte der Walfänger erkannten. Einer fragte laut einen anderen: Lodde, schall ik scheten?[111] Der Angesprochene nickte. Ich fragte mich, ob das Lodde Ragtsen war, der Kommandeur des holländischen Walfangschiffes ‚De jonge Albert', der 1746 auf Hooge einen der hübschesten Pesel eingerichtet hatte. Meine Unsi-

---

111   Lodde, soll ich schießen?

cherheit, ob ich wirklich Hooger vor mir sah, war kein Wunder, ich träumte ja. Aber dann erkannte ich leibhaftig Peter mit einer Harpune in der Hand. Die Männer hatten Narben an Gesichtern und Armen. Die Luft war getränkt von Blut, Tran und Schiffsteer. Es stank bis hinunter in die Kajüte der Aurora. Nachdem einer eine Harpune abgeschossen hatte, tauchte ein Wal blitzschnell ab. Das Wasser färbte sich tiefrot. Voller Entsetzen rief ich zur Reling hinauf: Warum macht ihr das, wozu das Schlachten? Jemand schrie: Fiona, wat mookst du hier? Woher kannte er meinen Namen, fragte ich mich. Dann bemerkte ich, dass sein Gesicht Ähnlichkeit mit einer verstaubten Abbildung in unserem Familienalbum hatte. Ein anderer rief: Fohrt na Huus! Hier sünd to vele Gefohren för jem![112] Ich wiederholte meine Frage, worauf der erste antwortete: Ik bün al lang vun Hooge weg, bün Harpunier bi de Hollänner. De anneren sünd Specksnieder. Wi bruukt dat Fett vun de Wale. Wi kriegen Geld dorför und dorvun leven wi![113]

Kurz darauf machte Ole Hein mich auf ein Waljunges aufmerksam, das kleine Fontänen in die Luft spritzte und in die Reichweite des Harpuniers geraten war. Schützend lenkte er die Aurora in die Schusslinie. Jetzt schallte es von der Reling wie aus einem Mund: Wech dor, wech dor![114] Ole Hein verdeutlichte mit entschlossenem Gesichtsausdruck, dass er sich nicht davon abhalten lassen wollte, das Junge zu schützen. Plötzlich sahen wir uns einer anderen Gefahr gegenüber. Das Muttertier war aus dem Wasser getaucht

---

112   Fahrt nach Hause! Hier gibt es zu viele Gefahren für euch!

113   Ich habe Hooge vor langer Zeit verlassen, bin jetzt Harpunier bei den Holländern, die anderen sind Speckschneider. Wir brauchen das Fett der Wale, wir bekommen Geld dafür und leben davon!

114   Weg da, verschwindet!

und versuchte, das Junge unter die Obhut seines Körpers zu drängen. Seine mächtige Flosse peitschte die See mit solcher Kraft, dass wir zu kentern drohten. Wasser ergoss sich über uns, ich wurde klitschnass. Ole Hein riss das Steuer herum, und ich blickte zurück. Trotz aller Wut wollte ich den alten Hoogern zum Abschied einen Gruß entsenden und winkte, aber da waren sie plötzlich verschwunden. Auch Wale und Großsegler waren nicht mehr zu sehen. Zurück blieb nur die aufgewühlte See. Ich wachte auf.

Am Nachmittag stürzt Patty mit ihrem Heft in Bennos Zimmer.

„Hier sind meine Notizen. Das Thema Wale war noch nicht abgeschlossen, als du abgehauen bist. Was sollte das überhaupt heute Morgen?"

„Wenn ihr über Tierliebe oder andere gemeinsame Interessen sprechen wollt, macht das bitte außerhalb der Interviews."

„Wie soll das gehen? Die Interviewtermine am Vormittag bieten die einzige Möglichkeit, miteinander zu reden. An Nachmittagen und Abenden muss ich arbeiten."

Benno will nicht einlenken, bemüht sich aber, auf Patty einzugehen: „Offensichtlich macht dir das Interviewen Spaß."

„Yep. Ich habe sogar überlegt, ob ich das auch beruflich machen könnte und Journalistin werden sollte."

„Oh ja, Auslandskorrespondentin der New York Times auf Hallig Hooge. Schon auffällig, dass du kaum einen Termin auslässt."

„Was dich hoffentlich nicht stört."

„Ist es wegen deines Germanistikstudiums? Hoffst du, mit Hilfe der Interviews deine Deutschkenntnisse aufzubessern? Mehr als mit Kellnern?"

„Mit meiner Arbeit hat das nichts zu tun. Mich interessiert Fionas Geschichte. Ich versuche, mich in ihre damalige Situation hineinzuversetzen."

„Und tief in ihre Gedanken- und Erlebniswelt einzudringen - so kommt es mir beinahe vor. Als wolltest du nachträglich daran teilnehmen."

Patty lacht. „Ja, wenn das möglich wäre!" Sekunden verstreichen, in denen es scheint, als dächten beide über eine solche Möglichkeit nach. „Das ist übrigens nicht ganz verkehrt", sinniert Patty. „Es gibt tatsächlich Momente, in denen ich mich ihrer früheren Welt ganz nah fühle."

„Zum Beispiel?"

„Ihre Geschichten regen mich an, mir die Jugend meines Vaters vorzustellen. Hier auf Hooge kann ich mir einen Eindruck vom Ort seiner Kindheit machen."

„Wo liegt der Ort?"

„In der Nähe von Martinique. Auf einem Archipel auf der anderen Seite des Ozeans. Ich war nie auf dem kleinen Eiland, aber Pa hat früher viel darüber erzählt und es scheint einer Hallig zu ähneln. Bei Fionas Schilderung ihrer Schifffahrt mit Ole Hein dachte ich an einen Bekannten. Old Hoss heißt er und ist ein ebensolcher Seebär, wie Ole Hein es nach Fionas Schilderung gewesen sein muss. Er führt Touristen zu den Routen der Wale vor der kalifornischen Küste. Sein Motorschiff ähnelt der *Aurora*, und seine Stimme klingt so sonor, wie ich mir die von Ole Hein vorstelle. Für dich sind das vielleicht spooky things, aber ich mag das. Und weil ich glaube, dass ich mich gut in andere Menschen einfühlen kann, tue ich das auch bei Fiona. Versuchst du nicht auch, dich in sie hineinzuversetzen?"

„Das muss ich ja, das gehört zum Projekt."

„Dann betrachte mich eben als Teil des Projekts."

„Das ginge zu weit. Du nimmst dich jetzt schon zu wenig zurück." Benno wirkt plötzlich wieder erhitzt und sagt, ohne groß zu überlegen: „Vielleicht wäre es gut, wenn du nicht mehr an den Interviews teilnimmst."

Patty verschränkt die Arme vor ihrer Brust. „Was soll das,

Ben!"

„Zumindest eine Zeitlang. Ich fürchte, wir geraten sonst in Streit miteinander."

Patty löst die Arme wieder und sagt: „Ich möchte bitte weiter teilnehmen." Danach lässt sie den devoten Ton ins Ironische kippen: „Ich werde auch ganz brav sein."

Eine Nacht schläft Benno über den Dissens. Am Morgen will er einlenken und wählt Pattys Nummer. Doch während der Arbeit hat Patty das Handy nie eingeschaltet, und auch unterwegs zwischen den Warften lässt sie es aus, weil man bei Windstille den Klingelton auf der ganzen Hallig hören kann - behauptet sie. Er hat eine Nachricht hinterlassen: „Also gut, probieren wir's aus." Aber darauf ist sie nicht zurückgekommen. Sie kann richtig stur sein.

Der Wechsel

Wär ik een poor Johr jünger, Fiona, würd ik di heiroden.[115] Mit diesen Worten hatte mir ein Nachbar zum dreizehnten Geburtstag gratuliert. Die Männer der Warft, die dabeistanden, lachten. In jener Zeit konnte ein Mann bedenkenlos drauflos reden, seine Kumpel fanden es immer lustig. Na gut, in diesem Fall war es wohl als Kompliment gemeint.

Im Sommer desselben Jahres hatte ich zum ersten Mal den Wunsch verspürt, einen Menschen zu küssen, der nicht zur Familie gehörte: Haye auf dem Heuwagen. Und auch das war neu gewesen: Die Reibung unserer nackten Schenkel hatte unbekannt hitzige Gefühle entfacht, die sich im nüchternen Alltag allerdings bald wieder abkühlten. Wie hätte es auch anders sein können? Bereits das Wagenruckeln war ja ein einziger Widerspruch gewesen: Es hatte intime

---

115   Wäre ich ein paar Jahre jünger, Fiona, würde ich dich heiraten.

Nähe sowohl erzeugt als auch verhindert. Inzwischen kamen der vierzehnte Geburtstag und das fünfzehnte Lebensjahr in Sicht, und dieses sollte nun wahrhaftig einen tiefen Einschnitt in meinem Leben darstellen. Schon seit einiger Zeit spürte ich ihn kommen - äußerlich, wenn ich in den Spiegel schaute, und innerlich an diesem neuartigen Aufbegehren. Überrascht stellte ich fest, dass mein eigener Körper mich überwältigte. Mein Gedächtnis verbindet den Umbruch mit einer Reaktion Hayes auf den ‚Heiratsantrag' des Nachbarn, als ich ihm davon erzählte. Weil er genauso lachte, wie seinerzeit die Männer, kam mir eine Frage in den Sinn: Weißt du eigentlich, was die Tage sind? Klor weet ik, wat Daag un Weken sünd[116], sagte er entrüstet. Seine Antwort verriet, dass er keinen blassen Schimmer hatte, worauf ich hinauswollte. Vor allem machte es deutlich, dass ich nicht mehr über alles mit ihm reden konnte. Es ging eben nicht mehr um Geheimnisse wie den dänischen Schatz. Gut, manchmal dachte ich noch darüber nach, wo er wohl steckte. Doch inzwischen fesselten mich andere Fragen. Manchmal fühlte ich mich gegenüber Haye regelrecht befangen. Und das bedeutete: Ich brauchte eine Freundin, die ähnliche Gedanken und Gefühle hatte und der ich mich anvertrauen konnte. Eine Freundschaft mit einem gleichaltrigen Mädchen aufzubauen war jedoch keineswegs so einfach, wie man annehmen könnte. Die vier Mädchen meines Klassenjahrgangs bildeten eine feste Gruppe, von der ich mich zwar nicht ausdrücklich ausgeschlossen fühlte, der ich aber nicht beizutreten wagte, ohne ein entsprechendes Signal empfangen zu haben. Ob ich damit rechnen konnte, war fraglich, denn mir war nicht verborgen geblieben, mit welchem Argwohn die Gruppe meine enge Freundschaft zu Haye beäugt und womöglich als bewusste Abgrenzung aufgefasst hatte.

---

116   Klar weiß ich, was Tage und Wochen sind.

Unter diesen nicht gerade unkomplizierten Umständen setzte ich meine Hoffnung auf Resi. Vor der Einschulung hatte ich praktisch jeden Tag mit ihr gespielt. Ich hoffte, die alte Verbindung wiederaufleben lassen zu können, denn ich mochte sie noch immer und glaubte, dass es ihr mit mir genauso ging. Und so war es. Ich werde nie vergessen, wie sie sich in einer großen Pause von der Gruppe löste, den Schulhof durchschritt und mich unerwartet fragte: Wullt du nich to uns röverkomen?[117] Mein Nicken stellte einen Aufnahmeantrag dar, der durch ihre Frage im Grunde schon beschieden worden war. Die Zustimmung der anderen brauchte ich nicht mehr. Etwa zur selben Zeit fasste Haye den Entschluss, mich nicht mehr zur Schule abzuholen. Offenbar, weil Schüler angefangen hatten, ihn deswegen zu verspotten. Er wandte sich den Jungs seiner Altersgruppe zu, und binnen kurzem endete der Spott. Es passte also, wir wechselten sozusagen gleichzeitig die Seiten.

Neben Resi gehörten der Gruppe an: die burschikose Amke von Ipkenswarft, die fidele Elsche von Mitteltritt und die vorschnell in die Höhe geschossene Stienke von Ockelützwarft. Ich trat der Gruppe in einem Alter bei, in dem Körperlichkeit bedeutsam wurde. Nicht, dass wir uns trauten, sie offen anzusprechen. Nein, es waren die Augen, die versteckt an einem Körper haften blieben und an Busen, Schenkeln, Frisur und Kleidung nach Äußerlichkeiten suchten, die uns unterschieden. Dies Beäugen war nicht schlimm, wir taten es ja gegenseitig. Selbstverständlich verstanden nicht alle dasselbe unter schick und unschick, und so zog jede ihre eigenen Schlussfolgerungen. Nur was Resi betraf, verboten sich zwei Meinungen. Alle erkannten ihre natürliche Ausstrahlung an. ‚Von Liebreiz übergossen‘, hörte ich einmal einen Kerl über sie sagen. Die Formulierung wirkte verstaubt, trotzdem traf

---

117   Willst du nicht zu uns rüberkommen?

sie den Kern, denn im Gegensatz zu uns anderen konnte Resi wahllos in den Kleiderschrank greifen und irgendeinen Rock oder eine Bluse herausziehen. Jedes Stück, so schlicht es auch aussehen mochte, schien einzig darauf zugeschnitten zu sein, ihrem Charme zu dienen.

An freien Sonntagvormittagen verabredeten wir uns am Anleger, um ankommenden Mädchen und Frauen vom Festland die neueste Mode abzugucken. Mitunter trieb dies Nacheifern merkwürdig widersprüchliche Blüten. Das Festland formte eben Leitbilder und Rätsel zugleich. Wir konnten die hochhackigen Schuhe von Damen bewundern und ihre Trägerinnen im nächsten Moment verspotten, weil sie nicht zu wissen schienen, dass unbefestigte Wege auf sie warteten. Schon bei den ersten Schritten knickten sie auf ihren schmalen Absätzen um. Ich stellte mir vor, dass sie in Städten wie Hamburg oder Kiel wohnten und ihr Geld lieber für wöchentliche Friseurtermine als für solide Schuhe ausgaben. Frauen und Ausbooten war auch so ein Thema. Konnte das Ausbooten nicht per Ruderboot geschehen, bot der Schiffsmatrose seine Arme an, damit Frauen und Kinder trockenen Fußes an Land kamen. Man sah den Frauen ihre Scheu an, wenn der Matrose auf sie zutrat, um sie übers Wasser zu tragen. Einige kreischten, als fänden sie es frivol, wenn sich muskulöse Arme unter ihre kitzelanfälligen Kniekehlen legten. Zum Schutz vor schmutzigen Fingern rafften sie Kleider und Röcke und gaben unfreiwillig einen Blick auf Dessous und Strumpfhalter frei. Natürlich durften wir da nicht hinsehen, aber was sollten wir machen? Einmal fand sich eine Dame unversehens bis zur Hüfte im Wasser wieder, weil ihr Gatte viel Zeit damit verbrachte, sie beim Ausbooten zu fotografieren. Als die Einstellung von Zeit und Blende kein Ende nahm, verlor der Schiffsjunge die Geduld und stellte die Dame, die sich in seinen Armen gut aufgehoben glaubte, kurzerhand auf die Füße. Auf ihren Aufschrei reagierte er lakonisch: Annere Lüüd wüllt ook noch dran komen![118] Der Ehemann fluchte, die Gattin weinte. Über solche Dinge konnten wir uns eine Zeitlang amüsieren. Doch wie es bei trivialen Dingen mitunter ist: Irgendwann nutzt sich der Unterhaltungswert ab. Es dauerte auch gar nicht lange und am Anleger taten sich statt weiblichem Schick viel interessantere Motive auf. Der Augenkontakt mit feschen jungen Männern fesselte uns. Sobald einer das Schiff verließ, feixten wir darüber, wem es am besten gelang, den Blick auf sich zu ziehen und wer wen am längsten anpeilte. Ich erinnere mich an einen bildhübschen Blonden, dessen leuchtendblaue Augen mir ungenierte Blicke zuwarfen. Ich guckte keck zurück. So wurde aus Beäugen flugs frivoles Äugeln. Wat kiekst du de dore Kerl denn so lang in de Ogen?[119] frotzelte Resi.

In ihren flachen Tretern waren die Männer besser auf die Hallig vorbereitet als Frauen. Leider missverstanden manche ihren saloppen Auftritt als Freibrief für vorlaute Sprüche: Hej, ihr friesischen Mädels, wie lebt es sich denn so auf einer einsamen Hallig? Als wären wir bedauernswerte Geschöpfe. Er hatte nicht mit Resi gerechnet, die für solche Fälle eine passende Antwort im Köcher hatte: Ach, sehr gut. Und wie lebt es sich auf dem Festland? Ist das nicht ziemlich öde? Nur für uns hörbar fügte sie hinzu: Du Dumpfbacke! Das beobachteten wir ohnehin öfter: Männer legten ihr Stadtsakko ab, aber nicht immer ihre arrogante Haltung. Einer von diesen vermeintlichen ‚Vons‘ und ‚Zus‘ verströmte einen seltsamen Duft - nicht nach Seife, sondern etwas anderem. Verblüfft rümpfte ich die Nase, worauf Stienke, die sich mit vielem auskannte, raunte: Rasierwasser. Ich nickte, als wüsste ich Bescheid. Auch wir konnten bluffen. Immer

---

118   Andere Leute wollen auch noch dran kommen!

119   Was guckst du diesem Kerl denn so lange in die Augen?

legte ich eine unbestimmte Sehnsucht in meine Blicke - genauso schuldlos, aber nicht mehr ziellos wie noch vor kurzem. Wurden sie erwidert, suchte ich herauszufinden, ob der Mann mich schön fand. Ein einzelner Blick sollte Gewissheit schaffen. Mehr wollte ich nicht, noch nicht. Sowieso stellte ich mir nie einen von Bord kommenden Mann vor, wenn ich an Männer dachte, sondern immer noch Haye.

Bei aller Hemmung, uns in der Gruppe offen über Körperlichkeit zu unterhalten, führten wir zu zweit durchaus delikate Gespräche. So vertraute mir Stienke (sie gehörte zu unserer Klasse, nachdem sie zwei Mal sitzengeblieben war) einmal an, dass ihre Mutter die Kleider für sie aus Sparsamkeit immer zwei Nummern zu groß kaufte. Natürlich schlotterte der Stoff im ersten Jahr an ihrem mageren Körper und ließ sie trutschig aussehen. Stienke litt darunter, dass sie früh in die Höhe geschossen war. Um sie zu trösten, behauptete ich, ihre Zöpfe wüchsen zum Ausgleich mit. Da sie mich zweifelnd anschaute (faktisch zog das Geflecht ihr Aussehen nämlich zusätzlich in die Länge), schlug ich vor, die Zöpfe zu einer Affenschaukel oder einer Schnecke hochzustecken und streckte auch gleich hilfreich die Hand aus, um ihr ins Haar zu greifen. Da haute sie mir auf die Finger, wechselte dann aber in einen intimen Ton. Es wäre ihr lieber gewesen, wenn sich die Wachstumshormone in ihrem Körper anders verteilt hätten, flüsterte sie und strich sich über die Brust. Als zwei Jahre Ältere hatte sie andere Sorgen als wir Jüngeren. Da der Busenansatz hinter ihren Erwartungen zurückgeblieben war, versuchte sie, mit Hilfe extra großer Ohrringe erwachsener zu wirken, was allerdings unmöglich zu ihren Zöpfen passte. Auch Elsche war unzufrieden. Alle sechs Wochen bekam sie von ihrer Mutter einen Kurzhaarschnitt verpasst. Weil das handig sei, also praktisch. Elsche empfand den Stoppelschnitt eher als Manko, schließlich waren gerade weiche, feminine Haarfrisuren angesagt. Zum

Ausgleich legte sie Gesichtspuder und einen Schein von Lippenstift auf. Von ihrem Bruder erfuhren wir, dass sie sogar heimlich Lockenwickler ihrer Mutter ausprobierte. Er lachte sich schlapp, als er uns beschrieb, wie Elsche vergeblich versuchte, den Wicklern in ihren Stoppelhaaren Halt zu geben. Ganz anders Amke. Sie bürstete ihre Haare jungenhaft stramm hinter die Ohren und trug - ebenfalls wie die Jungs - Fischerhemden und Joppen aus Schweinsleder. Das passe besser zu ihrem muskulösen Äußeren als Blusen mit Rüschen, sagte sie, wenn man sie nach dem Grund fragte. Das Argument mochte richtig sein, trotzdem verstand ich nicht, warum sie den strengen Eindruck, den das hervorrief, noch unterstreichen musste, indem sie die Stirn mit Hilfe von Spangen in zwei markante Felder teilte. Amke wirkte von Natur aus etwas grobschlächtig. Dabei gab es durchaus Dinge, die sie anders hätte regeln können. Die langen Kniestrümpfe zum Beispiel, die sie bis zu den Oberschenkeln hochzog und mit Strumpfhaltern am Leibchen befestigte, was an stämmigen Beinen wahrhaftig nicht vorteilhaft aussah. Wi hebbt even nich de glieke Smack[120], antwortete sie schnippisch, als ich sie darauf aufmerksam machte.

Wir anderen - Stienke, Resi, Elsche und ich - glaubten, wie hypnotisiert auf alles starren zu müssen, was für das Äußere wichtig zu sein schien. Gelegenheiten, uns Frisuren und Moden der Anreisenden vom Festland abzuschauen, waren auf den Sommer beschränkt. Im Winterhalbjahr blätterten wir in bebilderten Zeitschriften, die auf den Warften herumgereicht wurden wie Exotika während der Blütezeit der Handelsschifffahrt. Die darin vorgestellten Kleider wollten auch wir tragen. Als Andine Jacobsens eine Neihschool[121] anbot, waren wir die ersten, die sich anmeldeten.

---

120   Wir haben eben nicht den gleichen Geschmack.

121   Nähschule

Und zwar gemeinsam mit Amke, denn uns einte die Über-
zeugung, dass alles, was wir taten, für die Zukunft von uns
allen bedeutsam bliebe.

Alltag auf der Hallig hieß Arbeit - nicht nur mit den Händen, oft auch mit den Füßen. So wurde die Kraft der Näh-
maschine durch das mechanische Fußpedal erzeugt. Von
Kleidernähen war allerdings erst mal keine Rede. Zunächst
ging es um Häkeln und Stricken: Luftmaschen, feste Maschen, Stäbchen, Hohlsäume, Kreuzstich, Hexenstich, Stiel-
stich. Für die geübte Stienke zusätzlich Zopfmuster und das
anspruchsvolle Lochsticken. Nähen kam erst zum Schluss
dran. Zuerst Tücher, dann Blusen und Hemden und endlich
Kleider. Für Stienke schien besonders wichtig zu sein, der
Wachstumsfalle zu entkommen: eigene Kleider nähen, die
nicht zwei Nummern zu groß waren. Resi, Elsche und ich
hatten keine bestimmten Ziele. Amke blieb nach der ersten
Stunde fern. Im Hinblick auf ihre Orientierung an Männer-
kleidung sahen wir ein, dass sie keinen Sinn im Nähen von
Kleidern und Blusen erkennen konnte. Röcke ja, aber die
nähte ihre Mutter. Dor kann ik nich op verzichten, erklärte
Amke. Büx sind mi to warm, dor komm ik in Sweet.[122] Das
sah ihr Vater Giovanni del Misseti genauso: Der Wind solle
den Menschen erfrischen, wozu lebe man sonst auf einer
Hallig. Er war Anfang des Jahrhunderts zusammen mit vierzig anderen Steinmetzen aus der Provinz Udine in Italien für
den Deichbau im Norden angeworben worden. Durch eine
Unvorsichtigkeit verletzte er sich beim Steinbehauen, was
sich als großes Glück erwies. Er verliebte sich rettungslos
in die Hoogerin, die ihn verarztete. 1913, als die wesentlichen Arbeiten beendet waren, wollte er wie seine Kollegen
zurück nach Italien und Inge mitnehmen. Doch Inge zog

---

122   Darauf kann ich nicht verzichten. Hosen sind mir zu warm, da
komme ich ins Schwitzen.

es vor, zwei Kühe und einen Ochsen zu kaufen und einen Haufen Hühner dazu. Nach einigem Hin und Her gelang es ihr, Giovanni zu überzeugen, indem sie entschlossen sagte: Hast auf der Hallig dein Glück mit mir gefunden, kannst hier auch dein Glück als Bauer versuchen. So wurde es gemacht. Giovanni wurde sesshaft und nannte sich fortan Jochen. Die kräftigen Muskeln und das Temperament vererbte er an seine Tochter.

Wir mochten Andine. Ihre Fehlertoleranz unterschied sich angenehm von mütterlicher Ungeduld, die sich nicht selten in barschen Zurechtweisungen äußerte: So warrd dat nix, giff her, ik mook dat leever sülm[123]. Am Ende des Kurses hatten wir uns jeweils ein schönes Kleid genäht, das zum Ausgehen geeignet erschien. Auch das wollte Andine mit uns proben. Sie legte eine Schelllackplatte auf, mimte den führenden Herrn und brachte uns Walzer und Foxtrott bei.

Auf der Bank

Während Benno den Abschnitt beendet, gleiten seine Gedanken zu Patty. Neulich hat sie ein sehr hübsches Kleid getragen. Angenommen, sie verliebt sich in ihn. Zwar sieht es momentan nicht danach aus, aber einfach mal unterstellt, sie werden ein Paar und entschließen sich zusammenzuleben. Aufgrund des Studiums würden sie wohl beide einen Beruf auf dem Festland anstreben. Was wäre eigentlich, wenn sie auf der Hallig eine Arbeitsmöglichkeit fänden? Als Lehrerehepaar zum Beispiel? Würden sie klarkommen? Schon jetzt ist es nicht immer einfach. Erst gestern schnappte Benno eine Spöttelei auf: ‚Der Bremer verbringt die Nächte mit einer Jungen und sitzt am Tage mit einer Alten zusammen.'

---

123 So wird das nichts, gib her, ich mach das lieber selbst.

Darauf ein anderer: ‚Schlimmer wär's umgekehrt.' Dabei
können die gar nicht wissen, dass er keine Nacht mit Patty
verbringt, außer der einen nach dem Landunter, als sie erschöpft nebeneinander eingeschlafen waren. Benno ärgern
solche Sprüche, will sich aber nicht weiter damit befassen,
sondern lieber mit Tade reden. Wegen des guten Wetters hat
er ohnehin vor, sich nach Eiwall zu begeben, um im Freien
den nächsten Abschnitt zu erarbeiten. Wohlweislich legt er
zusätzlich zum Laptop zwei Flaschen Bier in den Rucksack.
Und tatsächlich: Tade sitzt bereits auf der Bank.

„Magst du 'n Pils?"

Tade nickt. Sie nehmen jeder einen Schluck und schauen
aufs Meer. Benno hat seinen Ärger abgeschüttelt, er fühlt
sich wohl auf der Bank. Ein besonnener, ruhiger Friesentyp
ist dieser Tade. Das gefällt Benno. Für ihn ist wichtig, dass
Tade Fiona noch gekannt hat. Er wünscht sich, dass die Be-
gegnungen zur Gewohnheit werden und Tade für ihn vielleicht eine Art Ko-Interviewpartner werden könnte.

Benno fällt ein, dass Tade einmal eine Tante von Fiona
auf dem Festland erwähnt hat, die inzwischen im Pflegeheim lebt. Darüber hörte Benno hinweg, denn Fionas weitere verwandtschaftliche Beziehungen interessieren ihn nicht,
er muss sich auf die Hallig konzentrieren. Ungewollt kommt
ihm beim Wort Beziehungen die blöde Spöttelei wieder in
den Sinn.

„Ich habe mal eine Frage, Tade."

„Schieß los." Tade setzt die Flasche ein zweites Mal an
den Mund.

„Wie geht ihr eigentlich mit vertraulichen Dingen um?
Was bedeutet Verschwiegenheit für euch auf der Hallig?"

„Wer mit wem und solche Sachen?"

„Zum Beispiel."

„Tja, wetst du, auf der Hallig kennt jeder jeden. Wer hierher zieht und ein unkompliziertes Miteinander wünscht,

sollte sich zwei Grundsätze zu eigen machen. Erstens: Ich will nicht alles wissen. Zweitens: Was ich erfahre, behalte ich besser für mich. Denn: Was du heute über jemanden sagst, wird morgen jemand anderes über dich sagen. Also halte ich mich aus persönlichen Angelegenheiten raus."

„Ihr lebt in enger Nachbarschaft, manche das ganze Leben. Ihr schließt zwar nicht eure Haustüren ab, verschließt euch aber davor, dass ein Nachbar zu viel von euch weiß?"

„Der Friese ist gesellig, mitunter aber auch gern für sich. Trotzdem hat er eine hohe Meinung von den Menschen. Übrigens auch von sich selbst." Tade lächelt süffisant. Eine Antwort ist das nicht, findet Benno. Eigentlich hat er nur wissen wollen, ob auf der Hallig geschludert wird. Er beschließt, dass es ihm egal ist. Seine Gefühle für Patty gehen niemand etwas an. Wenn ihn einer wissend angrinst, wird er zurückgrinsen. Sollen die Leute doch denken, was sie wollen. In wenigen Monaten wird er die Hallig verlassen.

Er klappt den Laptop auf und fängt an zu schreiben.

„Was kriegt dein Kasten eigentlich alles zu wissen?" Tade zeigt auf die Tastatur.

„Gerade gebe ich die Überschrift für das nächste Fiona-Kapitel ein. Du weißt doch, dass ich ihre Geschichte aufschreibe, also tue nicht unwissend. Parallel suche ich nach Zeugnissen der alten Zeit. Gewiss kannst du mir sagen, wo ich noch welche finde. Ich meine nicht die Königsstuv, da war ich schon."

„Es gibt zwei steinerne Särge."

„Steinerne Särge? Wozu?"

„Bei Sturmfluten verschwand früher nicht nur Grabschmuck vom Friedhof. Hin und wieder riss das Meer auch Holzsärge aus der Erde. Menschen, die es sich leisten konnten, ließen sich in Steinsärgen begraben. Das waren begüterte, durch Handelsschifffahrt und Walfang zu Reichtum gekommene Friesen, die sich wünschten, wenigstens im

Tod vor der See geschützt zu bleiben. Später wurden die Steinsärge als Viehtränken genutzt. Heute sind sie Dekoration oder dienen als Blumenkübel."

„Gibt es alte Fotos mit Gegenständen von früher?"

„Falls die Aufnahmen vor den sechziger Jahren gemacht wurden, hat die große Flut von 1962 vieles zerstört, was auf ihnen zu sehen ist. Einige Gegenstände des Alltags hat der Gründer des Halligmuseums zusammengesammelt. Schau dir mal seine Sammlung an."

„Mach ich. Fiona hat von der Sturmflut 1936 berichtet. Du hast wahrscheinlich die Sturmflut 1962 miterlebt?"

„Es war schrecklich." Tade stockt kurz. „Aber zurück zu deiner Frage. Was die Fluten nicht mitrissen, wurde zu großen Teilen später weggeworfen. Die Sechziger waren ein Jahrzehnt technischer Neuerungen. Auch die Hooger schafften nach der Sturmflut 1962 neue Geräte und Werkzeuge an. Später merkte man, dass manch Weggeworfenes zur Anschauung früheren Halliglebens hätte dienen können. Aber es gibt noch Stuben, in denen Altes zu sehen ist. Sieh dich einfach auf den Warften um und frage Leute. Vielleicht laden sie dich ein und führen dich herum."

Benno bedankt sich für den Rat und verlässt die Mole. Er möchte nicht Leute belästigen, indem er ungeniert in ihre Stuben guckt. So versteht er den Projektauftrag nicht. Er will auf eigene Faust nach Zeugnissen der Vergangenheit fahnden, nach Spuren des ‚alten Hooge'. Kreuz und quer stromert er über die Hallig. Als bilde sie selbst ein großes Museum mit den Warften als Sammlungen. Er hofft, verrostete Stallfensterrahmen zu finden, hölzerne Wäschepfähle, Zentrifugen für die Butter- und Rahmherstellung oder verzinkte Milchkannen. Es kann doch nicht sein, dass nur die Priele die Zeit überstanden haben. Die schlängeln sich wie eh und je zwischen den Fennen; früher von hölzernen Stegen überspannt, heute von Brücken aus Stahl und Beton.

Manche Häuser haben noch Klöntüren. Auch Steinsärge

spürt Benno auf. Einen auf der Kirchwarft, einen in einem Gartencafé. Ehrfürchtig betrachtet er die Sarkophage, die in Viehtränken umgewandelt wurden. ‚Umnutzung' würde man heute wohl dazu sagen. Benno ärgert sich über das verharmlosende Wort, dem in der modernen Stadtplanung vieles zum Opfer fällt. Er wandert zur Hanswarft. Die Mehrzahl der Häuser scheint nach 1962 neu erbaut worden zu sein. Manchen Anbauten, die heute an Gäste vermietet werden, sieht man kaum an, dass sie im Bauantrag als Viehstall ausgewiesen waren.

Benno fahndet nach dem Ack, dem gepflasterten Platz hinter Fionas Elternhaus, aber nur der Fething ist geblieben. Hatte er wirklich erwartet, die Hallig sei ein Freilichtmuseum? ‚Dummkopf!', schilt er sich und sucht endlich das kleine Museum neben der Königsstuv auf, wo der frühere Alltag in vielen Dingen verewigt ist. Aufbewahrt in Vitrinen, an Wänden hängend oder auf dem Boden stehend. Zum Beispiel eine hölzerne Zentrifuge zum Buttermachen. Ein gerahmtes Foto weckt Bennos Aufmerksamkeit. Der weißhaarige Mann auf dem Bild, der Gründer des Museums, sieht Fionas Beschreibung von Ole Hein verblüffend ähnlich.

Als er das Museum verlässt, erblickt er rennende Kinder, die einem Wolkenschatten vorauseilen. Er freut sich: Auch das ist geblieben von der alten Zeit.

Rum

Ging die Mädchengruppe zum Baden, dann meist am Süderdeich. Während vier sich in die Flut stürzten, fahndete Amke nach Strandgut. Einmal kam sie mit einem mittelgroßen Holzfass zurück, von ihren starken Armen umklammert. Stolz legte sie es uns zu Füßen. Dat mutt ik Vader mellen, sagte ich, dien Fund is een Auffälligkeit an Diek.[124]

---

124   Das muss ich Vater melden, dein Fund ist eine Auffälligkeit am Deich.

Sachte, sachte! grinste Elsche verschwörerisch und rollte das Fass prüfend hin und her. Dat wüllt wi uns doch eerst mol sülm ankieken.[125] Hört sich flüssig an, vielleicht was Trinkbares, spekulierte Stienke und grinste ebenfalls. Während sie das Fass in Schräglage hielt, stieß Amke ihren Spatel, den sie wie ein Junge ständig bei sich trug, ins Holz. Im Nu floss etwas Bernsteinfarbenes heraus. Elsche formte eine Handschale, hielt sie unter das Loch und stippte prüfend mit einem Finger der anderen Hand in die Flüssigkeit. Sie roch daran, nickte zufrieden und schob die Handschale an die Lippen. Halt! ging Resi besorgt dazwischen. Wat, wenn dat Gift is?[126] Aber da schlürfte Elsche bereits und schmeckte. Rum! rief sie und lachte: Welch unerwartetes Geschenk des Meeres! Natürlich wollten es nun alle nachmachen. Was hätte uns auch abhalten sollen, sah Elsche doch weder kreidebleich noch brechübel aus. Vorsichtig probierte ich ebenfalls einen Schluck. Erst flatterten die Lippen, dann die Kehle und schließlich alle inneren Organe. Mannomann, das Zeug war scharf! Jede gönnte sich noch einen zweiten und dritten Schluck, Stienke sogar einen vierten. Bald waren alle heftig beschwipst. Obendrein beförderte die Hitze den Dusel.

Unter dem Einfluss des vierten Schlucks brachen bei Stienke alle Dämme. Gut, sie war ein bisschen einfältig, aber daran dachte jetzt niemand, als sie lallend davon erzählte, wie sie mit Haye erstmals Verkehr gehabt hatte. Resi, Amke und Elsche prusteten los, während ich geschockt schwieg. Ich ärgerte mich über Haye und fühlte mich gekränkt. Segg genau, wat hebbt ji mookt?[127] fragte Amke.

---

125   Langsam, langsam, das wollen wir uns doch erst mal selber ansehen.

126   Was, wenn das Gift ist?

127   Sag genau, was habt ihr gemacht?

He hett sik de Büchs rünnertrecken, un ik heff em packt.[128]
Und dann?
Dann ging dat ropp-rünner.
Wie ging dat?
Ropp-rünner, jümmers ropp-rünner!
Plötzlich kreischten alle: ‚Ropp-rünner, jümmers ropp-rünner!‘ Ich ließ mich anstecken. Dass Haye Stienke seinen Dödel hingestreckt hatte, war mir einen Moment lang fast egal. So duhn war ich!
Während Stienke fortgesetzt weiter gluckerte, wurden wir anderen langsam still. Ich glaube, jede dachte darüber nach, ob sie auch mal so etwas erleben würde wie Stienke. Und wie das überhaupt mit den Männern alles ging.
Wir brachen auf. Mein Blickfeld verengte sich. Ich sah nur Hanswarft vor mir und musste sie mit den Augen festhalten, denn sie schien zu schweben. Alles andere verlor sich an den Rändern. Während ich vorwärts stolperte, dachte ich an Stienkes Wort ‚ik heff em packt‘, und mein Gedächtnis beschwor Bilder von Haye und mir auf dem Heuwagen herauf. Vader stand mit verschränkten Armen in der offenen Klöntür. Ich warf ihm ein gekichertes N’ Aa-beend! entgegen. Er blickte mir grimmig ins Gesicht, der Fund des Rumfasses hatte sich also schon herumgesprochen. Doröver warrd wi morgen spreken[129], drohte er und schickte mich zu Bett. Am Morgen hielt er mir eine Gardinenpredigt. Was ich mir eigentlich denke! Gerade ich als Tochter des Deichprotokollanten hätte ihm Meldung erstatten müssen. Deichfunde seien Strandgut und gehörten nach den Strandgesetzen zu je einem Drittel den Besitzern der Schiffsladung, dem Staat und dem Finder. Wer das nicht beachte, betreibe Strandpiraterie, und das könne mit Gefängnis bestraft werden. Ich zuckte zusammen. Die kurze Pause, die entstand, nutzte ich

---

128   Er hat sich die Hose runtergezogen, und ich habe ihn gepackt.

129   Darüber werden wir morgen sprechen.

für ein Ablenkungsmanöver. Wie man früher mit solchen Funden umgegangen sei, fragte ich. Es klappte. Jetzt widmete Vader, der Deichbeauftragte, seine Aufmerksamkeit den Machenschaften schamloser Meeresanwohner, die reguläre Leuchtfeuer abdeckten, um Handelsschiffe in Seenot zu bringen und an deren kostbare Ladung zu gelangen. Sogar falsche Leuchtfeuer wurden angelegt, um Kapitäne in Untiefen des Meeres zu locken, wo die Schiffe auf Grund liefen und von den auf Lauer liegenden Bewohnern ausgeraubt werden konnten. Dieses frevelhafte Handeln wurde natürlich polizeilich verfolgt. Unter Bedingungen großer Armut verstand allerdings nicht jeder einen Strandraub als Plünderung, sondern als Notrecht an der Küste. Vielleicht stammte das Rumfass noch aus diesen alten Zeiten, meinte Vader grinsend. Ich grinste reumütig zurück, und damit war die Sache erledigt. Was nicht nur für mich wichtig war, sondern für die ganze Clique, denn Amüsement stand im Vordergrund, nicht die Erörterung tiefgründiger Fragen. Wir hatten Spaß und waren überzeugt, unser Dasein ginge ewig spaßig weiter.

Auch die Zeitung, die ich jetzt öfter durchblätterte, vermeldete zufriedenstellende Nachrichten. Österreich bittet um Anschluss - das klang harmonisch, jedenfalls nicht gefährlich, eher wie die Aufnahme in eine Mädchenclique. Alles im Hitler-Reich war großartig: Aufmärsche, Jubelfeiern, stets wurde etwas übertroffen. Daneben Schlagzeilen über *den* Russen, *den* Engländer, *den* Juden. Vaders Kopfschütteln passte nicht mit den Zeitungsmeldungen zusammen. Die Hallig schien von einer unübersichtlichen und widersprüchlichen Welt umgeben zu sein, die uns Kindern niemand erklärte. Selbst als von einem neuen Krieg gesprochen wurde, zeigte sich Vader verschlossen und brachte nur seine Standardantwort hervor: Dat warrd wi allns noch to sehn kriegen.

Manchmal, in wachen nächtlichen Momenten, grübelte

ich erst über Vaders verzagten Gesichtsausdruck und horchte dann in mich selbst hinein. In der Schule war ich aufgestiegen, seitdem ich hinter der Karte bei den älteren Jahrgängen saß. Innerlich schien überhaupt nichts klar. In der Stille des Alkovens hoffte ich auf eine Eingebung, die alle Fragen an das künftige Leben mit einem Schlag beantwortete. Am Morgen war alles offen geblieben, und der Tag begann mit neuer Ungeduld. Ich beschloss, mich mehr mit den Freundinnen auszutauschen, hatte ich doch bereits festgestellt, dass wir über Persönliches reden konnten. Nur nicht über zu heikle Sachen! Es gab durchaus Dinge, die jede lieber für sich behielt. Wahrscheinlich müssten wir erstmal älter werden, überlegte ich. Andererseits kam mir die Zeit bis zum Erwachsenwerden wie eine Ewigkeit vor. Ich hoffte, ein Jahr würde reichen. So lange, vermutete ich, benötigte ein Mensch, um den neuen Status zu erreichen. Aber wie funktionierte das eigentlich - wenn doch Kind *bleiben* und erwachsen *werden* wollen oft aufeinanderprallten? Würde plötzlich und überraschend etwas Neues entstehen?

Denkst du manchmal übers Erwachsenwerden nach? fragte ich Resi auf einem Rückweg von der Schule. Sie guckte verständnislos, offenbar war sie nicht auf eine ernste Frage vorbereitet. Fragst du dich nicht, was aus dir wird? Wir sind vier Geschwister, bei euch sieht es ähnlich aus. Nicht alle werden auf der Hallig bleiben können.

Ja, und?

Wenn einer kommt, den du magst. Wirst du mit ihm gehen, weg von der Hallig?

Die Hallig wird mich nicht halten, sagte sie ernst. Fragt sich nur, ob einer kommt und ob es der Richtige ist. Ihre Erwiderung erinnerte mich an Moders Antwort: Loot man, dat kümmt allens tiedig noog, un tomeist vun ganz alleen.[130] Ich

---

130   Lass man, das kommt alles zeitig genug und meistens von ganz allein.

bohrte nach: Was hältst du von unseren eigenen Männern? Sag ehrlich, könntest du dich in einen Halligmann verlieben? So direkt fällt mir keiner ein, gab sie knapp zurück. Aber wer weiß, vielleicht lasse ich alle Kandidaten geschniegelt und gestriegelt in Reih und Glied antreten und suche mir den besten aus. Sie lachte über die geglückte Idee, dann verengten sich ihre Augen, und sie gab zu: Ach wat, dor över denk ik nich groot na.[131] Sie hatte zu ihrer Lässigkeit zurückgefunden, hakte sich bei mir unter und stimmte einen Schlager an: ‚Es ist ganz gleich, wen wir lieben und wer uns das Herz einmal bricht…Es gibt so viele auf dieser Welt…' Ich kannte das Lied, mir gefiel das Abenteuerliche darin. Und weil es zwecklos schien, Resi weiter mit Fragen zu bedrängen, sang ich mit ihr gemeinsam weiter: ‚Ich liebe jeden, der mir gefällt…und wenn wir uns dann verschenken, ist es das alte Lied…'[132] Resi hakte sich wieder aus, tänzelte vor mir her und zog dabei den Rocksaum hoch. Auch das machte ich nach. Zentimeterweise zogen wir unsere Säume höher. Sehr weit hoch, bis hinauf zu den Hüften.

Tade gibt Rat

Benno ist ratlos. Er möchte Patty für sich gewinnen, doch der Dissens über ihre Rolle bei den Interviews steht zwischen ihnen. Dabei hatte es schon körperliche Nähe gegeben. Nach dem Landunter hatte sich Patty spontan neben ihn gelegt, und sein Bauch durfte ihren kalten Po wärmen. Einige Zeit danach, als sie von der Arbeit kam und kurz zu ihm ins Zimmer trat, hatte sie sich zu ihm runtergebeugt und ihm ein Küsschen auf die Wange gedrückt. Ob sich das wiederholen lässt?

Grübeln hilft nicht weiter. Als Broder an die Tür klopft und

---

131 Ach was, darüber denke ich nicht groß nach.

132 Aus: „Nur nicht aus Liebe weinen", gesungen von Zarah Leander

ihn fragt, ob er mal wieder Tade auf der Bank besuchen will, sagt Benno sofort ja. Broder fährt nämlich einen alten Deutz aus den sechziger Jahren. Gleich beim ersten Kontakt erlag Benno dem Charme des Agrar-Oldtimers - angefangen vom typischen Nageln des Motors bis zur fehlenden Elektronik. Nun quetscht er seinen Achtersten in den halbrunden Sitzbügel auf dem Kotflügel, und los geht's. In rechtwinkligen Kurven, die der Trecker mit gefühlter Höchstgeschwindigkeit durchfährt, spürt Benno enorme Fliehkräfte und krallt sich am Bügel fest, während Broder freudig kreischt: „De ol Kist geit av as Schmidts Katt!"[133]

„Ich liebe auch so alte Sachen…", schreit Benno zurück, „…fotografiere gern mit einer analogen Kam…" Weiter kommt er nicht, weil Broder bereits in die nächste Kurve pest.

Vor Backenswarft verlässt Benno den Sitzbügel. Die Reststrecke bis Eiwall geht er zu Fuß. Tade überfällt Benno gleich mit einer Frage:

„Wie verstehst du dich mit Fiona?"

„Sehr gut."

„Und mit der Kalifornierin?"

„Sie heißt Patty. Wie soll ich sagen? Wir unternehmen was zusammen, wandern über die Hallig oder fahren auf einem Krabbenkutter mit. Bei genügend Wind spielen wir den Wettkampf mit den Wolken nach. Davon hat Fiona uns erzählt."

„Ich erinnere mich. Auch meine Generation eilte den Wolkenschatten voraus - oft schon vor Unterrichtsbeginn", sagt Tade. „Anschließend trafen wir atemlos in der Schule ein. Es war einfach zu verlockend, wenn ein Schatten nach dem anderen über die Hallig raste. An solchen Tagen machten wir nach dem Unterricht weiter, obwohl die Mütter mit dem Mittagessen warteten und die Väter schimpften, weil wir zu entkräftet waren, um nachmittags im Heu zu helfen. Hat Fiona mal gesagt, dass sie immer Hayes Hand ergriff

---

133   Die alte Kiste geht ab wie Schmidts Katze!

und nie eine andere?"

„Sie war wohl ziemlich verknallt in diesen Haye?"

„Das muss sie dir selbst erzählen. Kommen wir jetzt mal zu dir: Wie geht es dir und Patty? Läuft was zwischen euch?"

„Nichts."

„Was wünschst du dir denn?"

„Mensch, Tade, das kannst du dir ja wohl denken. Ein bisschen körperliche Nähe könnte sie zulassen. Wäre wenigstens etwas."

Tade nickt. „Fahrt nach Sylt und legt euch in einen Strandkorb."

Der Vorschlag gefällt Benno. Brandung und hohe Wellen - ein Abenteuer, das Patty sicher begeistern wird.

Vorher will er das Terrain erkunden. Herausfinden, wo geeignete Strandkörbe stehen, in die niemand hineingucken kann. Er bucht ein Zimmer in List an der Inselspitze.

„Ich werde mir zwei Tage Urlaub gönnen und nach Sylt fahren", sagt er zu Fiona und Patty. „Währenddessen könnt ihr euch alles erzählen, was euch wichtig ist. Danach werde ich die Interviews im gewohnten Stil fortsetzen."

„Wenn du meinst, dass eine Auszeit das Richtige für dich ist - ich wünsche dir gute Erholung!", sagt Patty spitz.

Benno packt ein, was er für zwei Tage braucht. Dazu die 6x6. Am Nachmittag nimmt er das Schiff nach Hörnum und besteigt am Hafen den Bus nach Norden.

Gleich am nächsten Morgen unternimmt er einen langen Spaziergang am Ellenbogen. Er findet einen einsamen Strandkorb. Der wäre geeignet. Er ist unverschlossen, vielleicht hat man ihn vergessen. Benno setzt sich hinein, Probesitzen sozusagen.

Seine Gedanken wandern abwechselnd zu Patty und zum Projekt. Er fühlt sich unerfahren. Als Interviewer, weil er das Projekt nicht richtig im Griff hat. Aber auch als Liebender, weil seine früheren Beziehungen nie eine solche Gefühlstiefe erreicht haben. Was könnte er tun, falls Patty vor Zärtlichkeit zurückweicht? An Schüchternheit würde es nicht liegen, denn schüchtern ist sie nicht. Viel Zeit bleibt nicht, um sie zu erobern. Im Herbst geht das Projekt zu Ende. Benno überschlägt den verbleibenden Bedarf an Interviewstunden und zieht eine oberflächliche Zwischenbilanz. Manche Termine ziehen sich in die Länge - eine Folge von Abschweifungen. Wenn das so weitergeht, wird er seinen Zeitplan nicht einhalten können und muss beim Prof Verlängerung beantragen. Vermutlich würde so ein Antrag gar nicht erst entgegengenommen werden. Benno wird sich hüten, mal mit dem Prof über die Situation zu telefonieren (womöglich würde der ihn sofort zurückbeordern). Außer Tade hat er niemanden, mit dem er über die Probleme im Projekt reden kann. Deshalb ist ihm die Freundschaft mit ihm so viel wert. Auch seine Eltern will er nicht behelligen. Die hoffen doch nur, dass aus der Bekanntschaft mit Patty endlich eine neue Beziehung wird. Und seine Kommilitonen? Die sind weit entfernt (Lausitz und sonst wo) und haben sicher ihre eigenen Sorgen. Wer bleibt noch? Fiona und Patty - aber die sind ja Teil des Problems.

Wie kam es überhaupt dazu, dass aus dem Interview-Duo ein Trio geworden ist? Benno glaubt, dass alle drei ihre eigenen Beweggründe haben. Was ihn bewogen hat, weiß er, aber was bewegt die Frauen? Fiona hat ihm ihre Motivation gleich am Anfang geschildert. Aber warum will Patty unbedingt an den Interviews teilnehmen, obwohl es sie Schlaf und Ruhe kostet? Warum führt sie nicht ihr normales Leben weiter? Will sie mittels der Interviews etwas über sich selbst erfahren? Beinahe kommt es ihm so vor. Aber welche Erkenntnisse erhofft sie sich am Ende?

Die Fragen bringen Benno nicht weiter. Er steht auf, versucht, sich den Platz des Strandkorbs zu merken, und begibt sich auf Fototour. Zum Glück reißt der Himmel gerade auf und wirft ein gleißendes Licht zwischen die Brandung.

Bei seiner Rückkehr überrascht Patty ihn mit einer Forderung.

„Ich möchte deinen Manuskriptentwurf sehen, alle Seiten, auch die, bevor ich dazukam. Ich möchte alles nachlesen, was Fiona bisher erzählt hat. Von Anfang an."

„Natürlich", antwortet Benno verdutzt. „Ich bringe dir den Laptop nachher rüber und zeige dir die Dateien. In der Nacht kannst du alles in Ruhe lesen."

„Danke."

„Wenn ich es richtig bedenke, Pat, weiß ich inzwischen viel über Fiona, aber wenig über dich. Ich würde gern mehr erfahren."

„Okay, was willst du wissen?"

„Bist du in den USA zur Schule gegangen?"

„Ich besuchte ein College und studierte anschließend in Berkeley."

„Hast du Geschwister?"

„Nein."

„Wo wohnst du, hast du Freunde, Nachbarn?"

„Ich habe ein kleines Apartment gemietet. Sehr idyllisch in der Nähe eines Nationalparks. Mit einer Pferderanch in der Nachbarschaft. John, der Chef der Ranch, ist nett."

„Ist er dein Freund?"

„He, Ben, was wird das hier! Ein zweites Interviewprojekt?" Patty zieht die Augenbrauen zusammen.

„Von selbst erzählst du ja nichts. Also frage ich weiter. Wo leben deine Eltern, hast du Großeltern?"

„Eltern leben, Oma ist tot."

„Oh, das tut mir leid! Woran ist sie…" Benno verstummt, weil Patty ablehnend den Kopf schüttelt. Ihn interessieren auch eher die Eltern. „Deine Mutter und dein Vater - wie sind sie? Trefft ihr euch regelmäßig?"

„Wir haben keinen Kontakt. Sie gehören einer Sekte an, und ich lehne das ab. Lass uns das Thema wechseln, Ben!"

IV.

WHAT ARE YOU WAITING FOR?

Überirdisch

Kommt Patty gegen Mitternacht von der Arbeit, gönnen sie sich eine halbe Stunde für ein Glas Wein und erzählen sich vom Tag - sie vom Kellnern, er vom Schreiben. „Erinnerst du dich an unser Landunter-Erlebnis, an die Angst im Wasser? Sie fiel mir eben wieder ein. Da läuft mir immer noch ein Schauder über den Rücken."

Benno erinnert sich, denkt aber an etwas anderes. Neulich hat er Patty zum ersten Mal gesagt, dass er sie hübsch findet. Später fand er, dass das Wort zu schwach war, denn Patty hatte nur verlegen gegrient und an ihren Haaren genestelt. Jetzt sucht er nach einem besseren Wort.

Als sie sich zurücksetzt, klafft ihr Nachthemd auf. Und da fällt Benno das Wort ein, welches er gesucht hat.

„Ich finde dich überirdisch."

Patty lacht auf. „Das Wort kenne ich nicht."

„Du weißt nicht, was überirdisch ist?"

„Nein, sag es auf Englisch!"

„Extraordinary?"

„Das geht gar nicht, Ben! Angenommen eine Frau, die dich erregt, sagt, sie findet dich extraordinary süß. Da schrumpft deine Erregung, in welcher Gestalt auch immer, doch sofort zusammen, spätestens nach der sechsten Silbe."

„Nein, das muss nicht sein. Aber gut, wie gefällt dir imposing?"

„Schon besser. Und wie kommst du darauf?"

„Weil alles an dir erotisch ist."

„Alles?"

„Ja, alles. Nicht nur dein Körper und wie du dich bewegst. Auch deine Stimme, dein Lachen."

„He, Ben, so kenne ich dich überhaupt nicht. Bevor ich rot werde, lege ich lieber Musik auf." Barfuß tänzelt Patty zum Plattenspieler. „Wenn das mit der überirdischen Erotik stimmt, wirst du jetzt hören, welcher Gegend sie entstammt."

Rhythmisches Getrommel setzt ein, dazu Wechselgesang. „Kreolisch?", tippt Benno und wippt mit den Füßen. Patty nickt und stimmt wie eine Karaoke-Sängerin in den Chorgesang ein. Dazu schwingt sie ihre Hüften und lacht, und Benno sieht alles bestätigt, was er gerade eben zu ihr gesagt hat.

Das Stück läuft aus, Patty nimmt die große Scheibe vom Teller und legt eine halb so kleine auf.

„Vergiss nicht, auf 45 Umdrehungen hochzuschalten", sagt Benno, „sofern der Apparat darüber verfügt. Das Singleformat gibt es ja praktisch nicht mehr."

„Lass dich überraschen."

Das Knistern der Nadel in den Anfangsrillen mündet in einen melodischen Auftakt voller A und O:

„… Hol-li-day auf Hal-lig Hoo-ge … la-la-lalalalalal-la-lalala …"

Vom ersten Takt an singt Patty mit, während Benno losprustet: „Was ist das denn? Ein Werbespot für die Hallig? Woher hast du die Scheibe?"

„Hörst du das Kratzen? Über vierzig Jahre hat das Vinyl auf dem Buckel. Broder hat mir neulich seine Sammlung gezeigt - nein, nicht Briefmarken, schwarze kleine Scheiben, eingelegt in transparente Folien in einem Plastiksammelband. Die Coverumschläge bewahrt er gesondert auf. Als er mein Interesse bemerkte, hat er mir stolz mehrere

Singles vorgespielt. Diese lieh er mir aus - zum ‚Vielhören‘, sagte er. ‚Wenn du se öfter hörst, bliffst du villicht hier‘.“

„Tolle Idee“, sagt Benno, „dann wünsche ich mir mit Broder, dass du sie sehr häufig hörst!“

„Achte auf das Schlagzeug!“ Pattys Stimme nimmt einen geheimnisvollen Ton an: „Die Trommel bediente jemand, der heute ein Star ist.“

„Wer?“

„Udo Lindenberg.“

„Du meinst, seine Karriere fing auf Hallig Hooge an?“

„Sieht so aus. Broder meint, sein erstes Album stammt aus dem Jahr 1971. In den Jahren davor hat Udo an Studioaufnahmen mitgewirkt, auch an dieser Hooge-Scheibe, und legte den Grundstein für seine Solokarriere, die Anfang der Siebziger mit ‚Alles klar auf der Andrea Doria‘ begann. Das war der Durchbruch. Erkennst du eine bestimmte Schlagtechnik?“

„Klar, das geht voll ab, etwa so: Ba-dab-dee-dee-dabamm-daa-daa-badamm … dadah-be-da-damm. Bestimmt spielte Udo auf dieser frühen Scheibe spezielle Breaks. Mach mal lauter, dann können wir die raushören.“

Patty dreht den Regler nach rechts, muss ihn aber gleich wieder zurückdrehen, weil im Zimmer nebenan gegen die Wand geklopft wird.

„Schade, ich mag es laut und deftig“, reagiert Patty enttäuscht. „Du nicht auch?“

„Ich liebe krassen Sound.“

„Na ja, ich muss sowieso aufhören. Morgen wird's hart. Zehn Gruppen haben sich zum Essen angekündigt. Zeit, mich schlafenzulegen.“

Dabbelju

Dass der Vogelwart Jens Wand trotz seiner jahrzehntelangen Erfahrung im und mit dem Watt sich ausgerechnet dort verlief und zu Tode kam, erschütterte die Hooger. Sie kannten ihn, obwohl er zurückgezogen lebte. 1909 hatte er zum ersten Mal Norderoog besucht, die seit der Februarflut 1825 unbewohnte kleine Hallig südwestlich von Hooge, auf der er dann ab 1932 jede Saison als Vogelwart lebte: auf einer Pfahlhütte inmitten des Brut- und Rastplatzes Tausender Seevögel. In Dänemark geboren soll er sieben Kinder gehabt haben. Seine Ehefrau ertrank sechsunddreißig Jahre vor ihm im Wattenmeer. Ich lernte Jens kennen, als ich einen unserer Badegäste, einen Nervenarzt und Psychologen, zur Vogelhallig führte. Mir erschien es wie eine kleine Sensation, dass sich der schrullig wirkende Vogelschützer mit ungehobelten Umgangsformen - weltmeererfahren, aber ohne richtigen Schulabschluss - mit dem gebildeten Dr. Wittmann anfreundete. Dieser, ein Mann um die fünfzig, quartierte sich regelmäßig während seines vierzehntägigen Urlaubs als Badegast bei uns ein. Ein lediger Westfale ,anderen Glaubens', wie Moder sich ausdrückte. Was es damit auf sich hatte, erfuhr ich während der Wattwanderung, bei der ich ihn auf sein Amulett ansprach. Er sei Jude, verriet er. Seine Berufe Psychologe und Nervenarzt flößten mir allergrößten Respekt ein. Meine Vorstellung, so eine Tätigkeit sei bestimmt mit steifen Allüren verbunden, sonst könnte sie ja kein Mensch aushalten, schien er zu bestätigen, denn am Anfang jedes Urlaubs inspizierte er überaus gründlich die nähere Umgebung seiner Schlafstatt, insbesondere Matratze und Waschschüssel. Ist er vielleicht selbst ein bisschen anfällig? fragte ich Moder, nachdem sie erläutert hatte, er beschäftige sich mit anfälligen Menschen. Kann sein, sagte sie, von Berufs wegen hat er viel mit Unordnung zu tun - Unordnung der Nerven und Gedanken. Dorum is Örnen in sien Leven bannig wichtig för em. För sien *egen*

Nerven, versteist du?[134]

Mit Ausnahme des Hygiene-Spleens war der Doktor locker und ließ sich sogar auf Max twees Bitte ein, ihm eine Sprache, und zwar Berlinerisch, beizubringen – geboren aus der bitteren Erinnerung an die Verständigungsprobleme mit der ‚Berliner Jöre‘ Herbert Butzek. Der Arzt riet allerdings zu Englisch. Das sei wichtiger als ein städtischer Dialekt, lachte er, und weil Vader nickte, als Max twee fragte, ob das stimme, lehrte Dr. W. ihn tatsächlich einige Brocken Englisch. Viel Zeit haben wir nicht, meinte der Doktor, aber für ein paar Buchstaben und Wörter wird's reichen. Stundenlang saß unser kleiner Bruder vor dem englischen Alphabet. Beim Buchstaben W angekommen brabbelte er den ganzen Tag ‚Dabbelju‘ vor sich hin. Am Abend hatte Dr. Wittmann den Spitznamen ‚Dabbelju‘ weg. Obwohl wir ihn heimlich verwendeten, kam er bald dahinter und sagte augenzwinkernd: Keine Bedenken. Ironisch über den gewählten Ausdruck grinsend, fügte er hinzu: Das ist Amtssprache. Ein Regierungsrat, der regelmäßig auf meinem Behandlungssofa liegt, verwendet solche Floskeln bei jeder Gelegenheit.

Das waren alles ‚böhmische Dörfer‘ für mich (auch so ein Ausdruck von ihm). Wahrscheinlich beflügelten sie gerade deshalb mein Interesse, und weil er bestimmt noch mehr davon auf Lager hatte, sagte ich sofort zu, als er mich bat, ihn zur Vogelhallig zu führen. In einer Wochenzeitung habe er über Jens Wand gelesen, einen Einsiedler, der als erster die Vögel auf Norderoog systematisch durchzählte und ihre Bruteigenschaften registrierte. Er müsse diesen Mann unbedingt kennenlernen, der das Verhalten von Tieren studiere, wie er das von Menschen. Wegen der Priele, die wir durchwaten mussten, zog ich ein schenkelkurzes Kleid an. Moder

---

134 Darum ist Ordnung in seinem Leben sehr wichtig für ihn. Für seine *eigenen* Nerven, verstehst du?

rümpfte beim Anblick meiner nackten Beine die Nase, doch mit solchen Klippen verstand der Psychologe umzugehen. Er plinkerte vertrauenheischend mit den Augen, und schon stimmte Moder zu. Am Morgen, als wir losmarschierten, trug auch Dabbelju kurze Kleidung. Eine Hand am Knauf seines Spazierstocks, die andere in meine Armbeuge gehakt, bat er mich um Aufklärung über das Wattenmeer. Gern gab ich mein Heimatkundewissen an ihn weiter, doch als ich ihm erklären wollte, warum bestimmte Pflanzen auf salzigen Böden gedeihen könnten, gab er überraschend selbst die Antwort, sie hätten Drüsen, durch die sie aufgenommenes Salz wieder ausscheiden würden. Auch über Möwen wusste er Bescheid und schilderte die Unterschiede zwischen Lach-, Sturm-, Silber- und Heringsmöwen. Ich fühlte mich auf den Arm genommen, denn er hatte Unwissen vorgetäuscht. Als er mich dann wortwörtlich auf den Arm nahm, war der Ärger sofort vergessen. Ich kreischte sogar vor Vergnügen beim Durchschreiten eines Priels, als er mich in die Höhe hob und ans andere Ufer beförderte, damit mein Kleid nicht nass wurde. Ich dachte mir nichts dabei, schließlich hatte ich es mit einem kultivierten Herrn zu tun. Un wat moken Se so?[135] fragte ich unbekümmert. Nüchtern schilderte er seinen Berufsalltag. An der einen oder anderen Stelle hakte ich nach. Anfangs zögerte er, in Details zu gehen, doch je größer der Abstand zur Hallig wurde, desto mehr verloren sich seine Hemmungen. In der Weite des Watts erzählte er freigiebig Anekdoten aus seiner langjährigen Praxis. Es war, als hätte ihn der ferne Horizont von der Schweigepflicht entbunden. Ich stellte mir vor, wie er, in einen bequemen Sessel gelehnt, den kuriosesten Krisengeschichten lauschte, die ihm von seinen Probanden (noch ein böhmischer Ausdruck) auf dem Liegesofa zugetragen wurden. Wenn er an einzelnen Stellen vor Lachen

---

135   Und was machen Sie so?

brüllte, drückte ich vor Stolz meinen Rücken durch, weil er sich Erwachsenen gegenüber niemals dermaßen über seine Fälle amüsiert hätte. Da war ich mir sicher.

„Würdest du es schaffen, uns nach Norderoog zu führen?", fragen Patty und Benno wie aus einem Mund.

„Ich bin nicht zu alt, falls ihr das meint, und ich kenne noch immer den Weg", antwortet Fiona.

Während der Wanderung über das Watt wird die umherschwirrende Vogelwelt immer zahlreicher und vielfältiger. Patty und Benno bestaunen Austernfischer, Rotschenkel, Kiebitze, Brandseeschwalben und zig andere Arten, bis sich schemenhaft hinter Prielen, Schlick und Sand eine bizarr wirkende Konstruktion abzeichnet.

„Das sind die Umrisse der Pfahlhütte", erläutert Fiona und zeigt auf ein gutes Dutzend senkrechter Stelen auf der ansonsten unbebauten, etwa neun Hektar großen Hallig. Hinter dem Spülsaum werden sie vom Zivildienstleistenden des Vereins Jordsand empfangen. Benno begreift, dass anstelle eines Deiches rissige Kanten die Hallig einrahmen.

„Wahnsinn!", ruft Patty gegen das Stimmengewirr an, während der Zivi sie vorsichtig durch die ungeschützten Kolonien führt. „Egal, wo du stehst, überall Vogelgeschrei. Das müssen Tausende sein. Sind das alles Lockrufe?"

„Teils, teils", antwortet der Zivi. „Rufe von Vögeln, die noch auf Partnersuche sind, mischen sich mit den klagenden Stimmen von Vögeln, die bereits brüten oder Junge füttern. Klagend, weil unsere Anwesenheit die Eltern beunruhigt. Nehmt euch in Acht! Kommt ihr ihnen zu nahe, benutzen sie ihre spitzen Schnäbel."

Benno, aufgeschreckt vom wütenden Geschrei einer Möwe über ihm, sieht sich nach einem Stock um. „Auch Dabbelju suchte damals einen Stock", lacht Fiona, „aber Jens Wand wies ihn zurecht, mit Stöcken dürfe man vielleicht unerwünschte Eindringlinge vertreiben, aber niemals Vögel."

„So spricht eben ein echter Tierfreund", meint Patty und fragt: „Was weißt du noch über die beiden?"

Obwohl Dabbelju und Jens Wand in Welten lebten, die unterschiedlicher nicht sein konnten, verstanden sie sich prima. Vermutlich, weil beide wie einsame Trapper durchs Leben zogen - komfortabel der eine, genügsam der andere. Sie lachten, als sie feststellten, dass sie das Interesse an Triebforschung teilten: Was trieb Vögel über tausende Kilometer zu den immer gleichen Brutplätzen? Welchen Einfluss nahmen Triebe auf Gefühle, Denken und Handeln von Menschen? Die Hütte, ruhend auf massiven Eichenholzpfählen, war kärglich eingerichtet. Ins Auge fielen zwei angeschwemmte Holzfässer. Auf einem lagen ein Brett zum Schneiden und zwei Schüsseln aus Blech oder Zink. Vor dem anderen standen zwei Hocker, von Jens Wand aus Strandgut zusammengezimmert. Den Eingang zierten ein Vorhang sowie zwei Nägel als Garderobenhaken; an einem hing eine wetterfeste Jacke. Im hinteren Teil befand sich eine einfache Schlafstelle neben einem Bollerofen. Augenzwinkernd kommentierte Jens Wand eine Wäscheleine, die sich durch den Raum spannte: Zum Trocknen meines Zweithemdes bei Regen. Ich hatte erwartet, dass auf dem Boden Seehundfelle liegen würden, weil man die mancherorts als Bettvorleger benutzte. Aber das war natürlich Unsinn, Jens war Naturschützer. Auch Enten oder andere Vögel hat er selbstverständlich nie gejagt, wobei es ihm nicht verwerflich erschien, hin und wieder ein Möwenei aus einem Nest zu stibitzen und es für eine Mahlzeit zu nutzen. Öfter ernährte er sich vom Buttpedden in flachen Prielen, also dem ‚Fangen' von Plattfischen mit den Füßen. Dringend nötige Vorräte erhielt er von Peter Bovens, dem Pächter der Gaststätte auf Ockenswarft, der ab und zu mit dem Boot zu ihm rüberfuhr. Während Jens mit Dabbelju bei einer Tasse Tee ins Gespräch kam, lauschte ich neben dem aufgeschlagenen Eingangsvorhang dem mannigfaltigen Vogelkonzert vor der Hütte. Die Natur sang, trällerte und tirilierte, was das Zeug hielt.

Hinter mir vernahm ich die Stimmen der beiden Männer. Ich drehte mich um und nahm erst jetzt den kleinen Spruch zur Kenntnis, den Jens Wand mit Kreide auf die Holzverkleidung geschrieben hatte: ‚Von meinem letzten falschen Freund geschieden, lebe ich hier in stillem Frieden‘. War er des Gespötts überdrüssig geworden, die Vögel kannten ihn inzwischen besser als er sie? Dabbelju spottete nicht, im Gegenteil, er bewunderte die selbst gewählte Entsagung des Vogelwarts. Ich hörte, wie er anerkennend zu ihm sagte: An diesem einsamen Ort erfüllst du eine große Aufgabe. Das ist mehr als ein bloßes Robinson-Crusoe-Dasein.

Unerwartet schenkte er mir bei unserer Rückkehr auf die Hallig ähnlich pathetische Worte. Er blieb auf einem Holzsteg stehen und sagte: Du kennst die friesische Losung *Rüm Hart - Klaar Kimming*. Weites Herz, klarer Horizont. Mit einem weiten Herzen verbinden sich offene Sinne, klarer Verstand und Nächstenliebe. Ein weites Herz ist kein kaltes. Mit Warmherzigkeit fühlen und geben können, ist etwas Großes. Bewahre dir immer ein weites Herz.

So feierlich hatte noch kein Fremder mit mir gesprochen. Dabbeljus Worte berührten mich auf wundersame Weise. Seitdem war ihm mein Herz zugetan.

„Wie süß!“, ruft Patty aus.

„Nicht wahr? Er war wirklich nett, und als Psychologe konnte er tief in die Seele und Herzen der Menschen hineinsehen. Das stieß übrigens etwas in mir an. Ich setzte mich tiefer mit Haye und unserer Freundschaft auseinander.“

„Belastete dich etwas?“, fragt Patty.

„Ich achtete ihn nach wie vor sehr. Eigentlich zu sehr,

fand ich auf einmal. Zwar redete ich immer mit, wenn über etwas gesprochen wurde, nahm mich aber zurück, sobald Haye anderer Meinung war. War er nicht anwesend, sagte ich oft gedankenlos in die Runde: Dazu meint Haye … Erst nachdem mir aufgefallen war, dass die Runde auflachte, beschloss ich, mich nicht mehr von Hayes Ansicht leiten zu lassen, selbst wenn ich mit ihr übereinstimmte. Ich wollte einen eigenen Standpunkt vertreten."

Patty und Benno

„Komme in fünf Minuten zu mir!" Pattys überraschende Aufforderung durch die geschlossene Tür elektrisiert Benno dermaßen, dass er die Zeitangabe überhört und sofort zu ihr hinüberhastet. Als er eintritt, ist sie noch dabei, sich vor der geöffneten Schranktür umzuziehen. Sie legt Kleid und Schuhe ab und streift sich ein durchgeknöpftes Nachtkleid über. Die oberen Knöpfe lässt sie offen. Irritiert von dieser plötzlichen Unbefangenheit fällt Benno nichts Besseres ein, als auf die Single zurückzukommen.

„Ich möchte sie noch einmal hören."

„Gut, ich lege auf und du schenkst Wein ein."

„Und bitte noch einmal!", fordert Benno, als der Tonarm in der letzten Rille schlingert.

„Das ist doch langweilig, immer derselbe Reim. Ho-li-day…la-la-lalalalalal…"

Aber Benno ist ganz verrückt nach dem Stück. Nach jedem Ende verlangt er, dass Patty den Tonarm wieder zurück auf den Plattenanfang legt. Weil sie Bennos Wünsche inzwischen an seinen Augen ablesen kann, tanzt sie verführerisch nach der Melodie. Sie versucht, ihn mit dem Zeigefinger aus dem Sofa zu locken, doch Benno will nicht mittanzen. Da wirft sich Patty in die andere Seite des Sofas, so dass sie beide ein Stück in den plüschigen Kissen versinken, und streckt ihm kokett ihre nackten Füße entgegen. „Do you like my feet?"

Er begreift die Worte als Aufforderung, ihre Füße zu massieren. Energisch rollt er mit den Fingerknöcheln über die Sohlen. Patty spitzt lasziv den Mund und Benno räuspert sich.

„Was hast du für süße Füßchen!"

„Magst du nicht lieber Hüftchen und Brüstchen?" Patty öffnet und schließt provozierend kurz den oberen Teil des Nachtkleides. Dann streckt sie Benno einen Zeh direkt vors Gesicht. Von wollüstigem Verlangen überwältigt, würde er ihn gern in den Mund nehmen, bleibt aber vorerst bei der Massage mit den Händen.

„Gefällt es dir?", fragt Patty.

„Ich habe einen Narren an dir gefressen."

Patty lacht auf. „Komischer Ausdruck. Klingt eher nach Gekasper als nach Erotik."

Jetzt lacht auch Benno.

„Findest du also auch blöd, oder?", reagiert Patty.

„Ich lache über das Wort Gekasper. Woher hast du das?"

„Von meiner Oma. ‚Lass das Gekasper!', ermahnte sie mich, wenn ich albern war. Damit erinnerte sie mich immer an ihre deutsche Abstammung. Sie mochte übrigens gern tanzen. Auch das habe ich von ihr. Schon als ich noch ein kleines Mädchen war, nahm sie mich an die Hand, und wir bewegten unsere Körper im Rhythmus der Musik."

„Lag die Tanzlust in der Familie?"

„Wie man's nimmt. Oma erzählte, dass ihre Mutter lange Zeit nicht tanzen mochte."

„Nannte sie einen Grund dafür?"

„Sie verband etwas Schlimmes damit."

Unerwartet beendet der Satz die prickelnde Atmosphäre, und Patty wirkt mit einem Schlag traurig. Als Benno ihre Hand fassen will, steht sie auf, stellt den Plattenspieler aus und setzt sich an den Tisch.

„Lass uns Scrabble spielen."

„Och nö", meint Benno enttäuscht, aber Patty setzt sich

mal wieder durch. Sie streiten, ob englisch-amerikanische Wörter ebenfalls zulässig sein sollen. Sonst wäre sie hoffnungslos unterlegen, argumentiert Patty. Letzten Endes stimmt Benno auch dem wieder zu. Allerdings stellt sich heraus, dass er weit weniger gut Englisch kann als sie Deutsch, und so entscheidet sie jede Runde für sich. Erst bei der letzten Partie sieht Benno eine Chance zu gewinnen. Zu seinen Buchstaben „K, R, T, O" braucht er nur ein „E" und dazu entweder ein „L" oder ein weiteres „R". Dann könnte er Lektor oder Rektor legen.

Endlich hat er ‚Lektor' zusammen.

„Wäre das etwas für dich?"

„Hatten wir schon und zweimal dasselbe Wort gilt nicht."

„Ich meine den Beruf. Als Germanistin könntest du übersiedeln und als Lektorin oder Übersetzerin arbeiten."

„Du Schlawiner! Herrliches Wort, habe ich auch von Grandma. Willst du mich nach Deutschland locken?"

„Wäre doch schön."

„Mit meinem Beruf kann ich bestens in Amerika arbeiten. Und was ist mit dir? Geschichte und Psychologie - ziemlich spezielle Kombi. Was willst du damit anfangen?"

„Aus der Geschichte kann man lernen, was Menschen und Gesellschaften besser machen können. Und aus der Psychologie, warum sie es nicht tun, obwohl sie es könnten. Beides zu verknüpfen finde ich reizvoll und produktiv."

„Dann solltest du Regierungsberater werden."

Später, allein, kommt Pattys Frage ihm wieder in den Sinn. Ja, es ist richtig, er weiß in der Tat noch nicht, was er machen will. Nur eines weiß er: dass er sich verliebt hat. Im Grunde genommen weiß er das seit dem Biikebrennen, da hatte es bereits geknistert. Und Patty? Als sie ihm ihre nackten Füße entgegenstreckte, war er überzeugt, sie erobert zu haben. Aber auf einmal wollte sie Scrabble spielen. Wahrscheinlich weiß sie gar nicht, wie sehr er sich nach ihr sehnt.

Obwohl sie es doch spüren muss.

„Wenn du in meiner Nähe sein willst, darfst du auf der Terrasse schreiben", hat sie ihm angeboten. „Komm nachmittags rüber, im schattigen Bereich unter den Bäumen kannst du in Ruhe arbeiten." Das hat er schon mal versucht, und wieder scheitert er. Der Trubel auf der Terrasse lenkt ihn einfach zu sehr ab. Außerdem fällt sein Blick ständig auf Patty. Er kann nicht anders, als ihren geschickten Bewegungen zwischen den Stühlen zu folgen, und wünscht sich, sie träte auch mal an seinen Tisch, vielleicht könnten sie sich dann kurz berühren. Aber für Schmusitäten ist dies selbstverständlich nicht der richtige Ort, das muss er anerkennen.

Für jeden Tisch hat Patty freundliche Worte übrig. Nicht nur beim Servieren, schon beim Reichen der Karte und später beim Kassieren. Jedermann fällt auf, wie adrett sich die weiße Servierschürze vom schwarzen Rock abhebt. Das muss Benno unbedingt mit der Kamera festhalten. Den Laptop hat er zurück in den Rucksack gepackt, nun zieht er die Kamera hervor, ruft Patty und bittet sie, vor dem Zaun zu posieren. „Ein einziges Mal, bitte!" Erst ziert sie sich, aber schließlich ist sie bereit.

Auf dem Rückweg tadelt sich Benno wegen der verlorenen Zeit. Das kann er sich nicht noch einmal erlauben.

Stilles Ende im Watt

„Moin Benno, heff lang nix vun di hört."[136]

„Moin Tade. Musste arbeiten. Textstellen korrigieren. Leider kam ich nur langsam voran."

„Lust op'n Beer?" Tade zieht zwei mitgebrachte Flaschen aus einem Beutel. „Ik bün anne Rieg."[137]

---

136   … habe lange nichts von dir gehört.

137   Lust auf ein Bier? (…) Ich bin an der Reihe.

Während er die Flaschen öffnet, tut er, als müsse er sich beklagen. „Ich hatte sie jedes Mal dabei. Weil du nicht gekommen bist, habe ich sie wieder mitgenommen. Allein mag ich nicht trinken."

„Wie gesagt, ich hatte zu tun."

„Kann dir deine Freundin nicht helfen? Als Germanistin schreibt sie vielleicht besser als du."

„Im Moment arbeitet sie als Kellnerin. Damit ist sie voll ausgelastet."

„Wenn ich könnte, würde ich dir helfen", grinst Tade.

Benno wechselt das Thema. „Starker Wind heute. Meinst du, es kommt Sturm auf?"

„Siehst du die Pferde hinter der Warft? Sie galoppieren scheinbar ohne Grund. Könnte aber ein Vorzeichen sein."

„Den bleichen Gesichtern der Tagesgäste nach zu urteilen, die vorhin die ‚Seeadler' verließen, ist das Meer draußen schon sehr unruhig. Im Übrigen war wieder alles dabei, Outdoor-Embleme, giftgrüne Punksträhnen, Hackenporsches, Kinder mit dicken Armen, Tüten Süßes, Plastiktaschen vom Supermarkt."

„Wenn du Schreibprobleme hast, musst du nicht gleich schlechte Laune kriegen, Benno. Kiek dor achtern. Dor speelt Kinner an de Diek. Süht ut, as wullen se Draken stiegen laten."[138]

„Und wo ist die Aufsicht? Ich sehe niemand."

„Helikoptereltern gibt's wohl eher auf dem Festland. Nun gut, bei sehr schlechtem Wetter habe ich auch hier schon jemand sein Kind zur Schule fahren sehen. Aber das sind Ausnahmen. Fröher hett's dat nich geven. Stell di dat vör: Mit Peerd un Wogen bi de School vorföhrn. De Hallig weer

---

138   Siehe da hinten. Da spielen Kinder am Deich. Sieht aus, als wollten sie Drachen steigen lassen.

vor Lachen ünnergohn."[139] Bei dem Stichwort fängt Tade wirklich an zu lachen, während er auf ein Mädchen zeigt: „Kiek, die Mode wird wieder kürzer. Wie Achtundsechzig bei Einführung der Miniröcke."

„Gab es 1968 auch auf der Hallig?"

„Du meinst Revolte und so?"

„Joint in der Hand statt Smartphone, oder?"

„Nein", lacht Tade erneut, „Rauschgift wohl nicht, aber die Demos auf dem Festland waren selbst im Wattenmeer Thema. Studenten legten sich ins Heu und studierten ‚Das Kapital'. Einer war stolz, alle drei Bände geschafft zu haben. Im Jugendcamp spielte man Gitarre, sang ‚Bella Ciao' und diskutierte die Vor- und Nachteile von Gesellschaftsformen."

„Hast du eigentlich den Vogelkönig Jens Wand gekannt?", fragt Benno.

„Einer der ersten Ökologen." Tade lacht und sagt schnell: „Er selbst hätte wahrscheinlich auch über den Ausdruck gelacht. Als Kind habe ich ihn ein paar Mal gesehen, kann mich aber nicht richtig an ihn erinnern. 1950 verlief er sich im Watt, obwohl er es besser kannte als jeder andere."

„Wie seine Westentasche."

„Genau. Ungezählte Male hatte er Sommergäste nach Norderoog und wieder zurück geführt. An diesem Tag war er mit einem Bekannten unterwegs. Als Nebel aufzog und sie immer dichter einhüllte, wurden sie uneins über die einzuschlagende Route. Jens glaubte, es besser zu wissen als sein Begleiter. Sie stritten sich. Schließlich entschied jeder für sich, in die von ihm vermutete Richtung zu gehen. Es war Jens Wand, der Watt-Routinier, der sich geirrt hatte. ‚Eenmal holt de Woogen mi doch'[140], soll er einige Zeit vor der Tragödie gesagt haben."

---

139   Früher hätte es das nicht gegeben. Stelle dir das vor: Mit Pferd und Wagen bei der Schule vorfahren. Die Hallig wäre vor Lachen untergegangen.

140   Eines Tages holen die Wogen mich doch.

„Ich kann es mir kaum vorstellen, es muss scheußlich gewesen sein. Wann mag er zum ersten Mal gespürt haben, dass ihn sein Orientierungssinn diesmal im Stich ließ? Schon, als erste flache Ausläufer der Flut seine Füße umspielten?" Bennos Frage klingt wie an sich selbst gerichtet, als ob er von Tade gar keine Antwort erwartet. Dieser reagiert auch nur unbestimmt: „Genau das hat die Hooger lange beschäftigt."

„Vielleicht hörte er eine Weile über die Fließgeräusche hinweg", überlegt Benno weiter.

„Weil er sich seinen Irrtum nicht eingestehen wollte, meinst du? Ist durchaus möglich. Jens galt als eigensinnig und sogar ein bisschen stur."

„Oder er hoffte einfach nur. Ich kann mir vorstellen, dass jeder Mensch in so einer Situation bis zuletzt hofft."

„Aber wie lange?", steigt Tade auf den Gedanken ein. „Auch noch, als das Unvermeidliche zwingend erkennbar war?" Unvermittelt fängt er erneut an zu lachen, weil ihm ein Gedanke gekommen ist. „Es hätte zu Jens' Sturheit gepasst, wenn er die Hoffnung selbst dann noch nicht aufgab, als das Wasser bereits die Schenkel erreichte und seine Beine schwer wurden." Sofort wird er wieder ernst, denn Benno sagt: „An was er wohl dachte, als plötzlich alles sehr schnell ging?"

„Er wird sich sehr einsam gefühlt haben", sinniert Tade, „auch wenn er die Einsamkeit auf Norderoog geliebt hat. Es war niemand da, von dem er sich verabschieden konnte. Nicht mal seine Vögel, die den Nebel mieden."

Eine Minute lang herrscht zwischen Benno und Tade fast andächtige Stille. Währenddessen betrachten sie die ablegende Fähre. Die letzten Tagestouristen reisen ab. Benno hat das Gefühl, dass die Hallig aufatmet. Er nimmt seine Flasche und zeigt mit dem Hals auf Hunderte grasender Gänse auf einer nahen Fenne. „Sind ziemlich viele. Stört euch das nicht?"

„Ein bisschen schon. Sie stehen unter Schutz."

Mehr will Benno im Moment nicht reden. Es genügt ihm,

das Salz in der Luft zu riechen. Als es anfängt zu regnen, brechen sie gemeinsam auf, und Tade sagt zum Abschied: „Er liegt übrigens auf der Kirchwarft begraben."

Stechschritte

Junge Männer schnappen sich einen Backfisch, Mädchen angeln sich einen flotten Kerl - so lautete damals ein Schnack der Älteren. Vielleicht hatte mein Kopf noch Zeit, aber meine Träume nicht. Sie kreierten immer neue Romanzen. Und schoben immer dieselben ungelösten Fragen durch die Nächte. Was war mir wichtiger, Aussehen oder Verhalten? Eher wohl der Charakter - nein, alles drei sollte stimmen! Die Auswahl war auf eine Handvoll Schulkameraden begrenzt. Wer von ihnen kam in Frage? Haye kannte ich am besten, mit ihm war ich seit der Kindheit vertraut. Könnte ausgerechnet das im Wege stehen?

Inzwischen war mit uns etwas zu Ende gegangen, und gleichzeitig hatte etwas Neues angefangen. Nach außen hatten wir unsere enge Freundschaft beendet - wenn man so will, die Seiten gewechselt. Ich war in die Mädchengruppe aufgenommen worden, er stand jetzt immer bei den Jungs. Trotzdem trafen wir uns hin und wieder. Das Neue in unserem Verhältnis hatte ganz sachte damit begonnen, dass Haye mir mit den Fingern durchs Haar strich und ich ihm die Wange streichelte. Irgendwie war das noch immer Kinderkram, fühlte sich aber schon anders an. Plötzlich war Kinderkram aufregend geworden - obwohl es mit unerfahrenen Fingern geschah. Oder gerade deshalb. Ein neues Gefühl war aufgeflammt. Ein Vorgefühl von dem, was zwei Jahre Ältere uns vormachten, wenn sie miteinander knutschten. Allerdings war ich Haye immer noch böse, weil er sich an Stienke herangemacht hatte. Und seine Ruppigkeit am Wyker Strand hatte ich ebenfalls nicht vergessen. Mitten hinein in dieses Gefühls-Tohuwabohu platzte eine unverhoffte Aussicht auf Verbesserung der Chancen. Binnen weniger Tage zogen hundert junge Männer auf die Hallig. Alle unter zwanzig Jahre alt. Der Reichsarbeitsdienst hatte sie zum Gräbenziehen im Zuge der Aufhebung der Allmende und zu Deicharbeiten auf die Hallig geschickt. Die Einwohnerzahl wuchs zeitweilig von 140 auf 240. Sobald ein Trupp von Männern gesichtet wurde, legte sich backfischhafte Erregung über die Fennen. Einen *flotten Kerl zu angeln,* sollte kein Problem mehr sein. Aber Pustekuchen! Die RAD-Soldaten, wie man sie nannte, führten ein abgeschottetes Kasernendasein am westlichen Rand der Hallig. Das Verlassen der Kaserne außerhalb der Arbeitseinsätze in Trupps war nur höheren Rängen erlaubt. Hin und wieder sah man jedoch zwei junge Männer über die Fennen gehen - abkommandiert zum Einkaufen in der kleinen Verkaufsstelle auf Backenswarft. Während der Öffnungszeiten drängelten sich Mädchen zwischen den engen Regalen. Auch ich war täglich bereit, etwas für Moder zu besorgen. Und es war kein Problem, zwei junge Männer mit dem Kieker zu verfolgen und abzuschätzen, wann ich losgehen musste. Der Eingang der Verkaufsstelle war niedrig, Kopfeinziehen Pflicht. Das tat ich gewohnheitsmäßig und durchschritt den Türrahmen mit gesenkter Stirn, vergaß aber, den jungen Mann, der sich im Vorbeigehen nach mir umdrehte, rechtzeitig zu warnen. Schon erklang dieses unnachahmliche Geräusch, wenn ein menschlicher Kopf mit einem Balken aus Fichtenholz zusammenstößt. Unsere Blicke kreuzten sich, und ich sah ihm eine Sekunde zu tief in die Augen. Während er den Laden verließ, atmete ich die Luft im Laden ein - den bekannten, jetzt plötzlich erregenden Aromenmix aus Zimt, Bonbons, Teigwaren und Pappkartons. Meine Sinne waren verwirrt. Ich musste bannig aufpassen, beim Drehen und Bücken nichts aus den Regalen zu reißen. Der junge Kerl war bei seinem Kameraden vor dem Laden stehengeblieben. Als ich hinausging, löste er sich und stellte sich vor: Erwin. Vormann sei er und wolle sich verabreden. Kein Mensch hatte mich bisher so überrascht. Plötzlich waren alle mit Resi erörterten Fragen unwichtig. Es kam nur auf die eine Sekunde im Leben an, in der du jemandem tief in die Augen guckst. Ich erfragte seinen Nachnamen, den wollte er nicht sagen. Feige? Keineswegs, er zeigte durchaus Mut. Agierte sogar recht flott. Schon beim zweiten Treffen drückte er sich heftig an mich und nahm sich gewisse Freiheiten heraus. Auch solche, die ich nur von schlüpfrigen Munkeleien kannte. An sich ging das in Ordnung, meine Neugierde auf Jungs war dermaßen groß, dass ich mir einiges gefallen ließ. Außerdem stellte ich mir beim Fummeln schon ein bisschen Zukunft vor. Vielleicht einen gemeinsamen Hof? Unseren würde nach traditioneller Sitte Max twee als männlicher Nachkomme übernehmen. Es müsste etwas Eigenes sein, was ich mit Erwin aufbauen würde. Natürlich auf der Hallig, nicht auf dem Festland. Und wenn er das anders sähe? Pah! Dann sollte er sehen, wo er blieb.

Es gab wohl einen Plan. Jedenfalls wusste Erwin immer im Voraus, wann er mit Einkaufen dran war. Dann trafen wir uns, gingen auf eine Fenne und legten uns hinter eine Heuruke. Die Treffen waren kurz, aber die einzige Chance. Immer mit viel Anfassen und ein bisschen Reden (schmeichelhafte Worte, die ich noch nie gehört hatte). Danach rannte er los, um rechtzeitig im Lager zu sein. Die Kürze, die sich mit Hektik paarte, war bizarr. Vielleicht konnte trotzdem mehr daraus werden - aus Erwin und mir. Auch er wollte mehr. So viel mehr, dass ich ihm eine schallern musste. Verdattert und beleidigt trollte er sich wie ein begossener Pudel. Danach erledigte ich meine Einkäufe kurz vor Ladenschluss am Abend, wenn das Lager geschlossen war.

Später dachte ich manchmal an Elsche und Stienke, die auch etwas mit RAD-Leuten angefangen hatten. Elsches Abenteuer zerschlug sich ebenfalls. Über Stienke hörte ich, dass der Flirt gehalten und sie auf dem Festland geheiratet hatte. Resi hätte natürlich jede Menge Verehrer haben können, ließ sich aber auf nichts ein. Und Amke, na ja, sie bemühte sich offenbar nicht.

Marschierten die Arbeitstrupps über den gepflasterten Deich, war meilenweit das Klappern ihrer Stechschritte zu hören. Vader empörte sich, nur an Moder gewandt, über den Text, der dabei skandiert wurde: ‚Unsere Spaten sind Waffen im Frieden, unsere Lager sind Burgen im Land‘. Was für verlogene Parolen! flüsterte er, wurde aber erst richtig wütend, als der RAD dreißig Meter vor unserer Küchentür eine Flugwache errichtete, direkt neben unserem Schafstall. Moder schimpfte über die Einschränkung unseres freien Blicks aufs Meer und fluchte, was der Bau überhaupt solle. Se holt de Krieg op de Hallig, antwortete Vader. Wat hat de Krieg mit dat Wattenmeer to don? fragte sie trotzig und fand den RAD auf einmal nützlich: De junge Lüüd mokt ook goode Saken.[141] Das alles geschah vor Kriegsbeginn, bevor mir die Zeitungsschlagzeile ins Auge stieß: ‚Deutschland geht in den Kampf‘.

Flugwache im Winter von der Küche aus gesehen; rechts daneben der Schafstall; im Hintergrund: Backenswarft

---

141   Sie holen den Krieg auf die Hallig - Was hat der Krieg mit dem Wattenmeer zu tun? Die jungen Leute machen auch gute Sachen.

„In gewisser Weise kann ich die Reaktion deiner Mutter verstehen", schaltet Patty sich ein. Während ihre Augen auf Fiona gerichtet sind, zischt Benno dazwischen: „Mensch, Pat, begreifst du nicht? Der RAD war ein Übel. Seine wesentliche Funktion bestand darin, junge Menschen im Sinne der nationalsozialistischen ,Volksgemeinschaft' und der NS-Rassenideologie zu prägen. 1935 scheinbar unverdächtig als halbjährige Dienstverpflichtung für alle männlichen Jugendlichen eingerichtet, diente er ab 1938 als Bautruppe der Wehrmacht und zur paramilitärischen Vorbereitung auf den Krieg. Das reichte bis in alle Winkel des Landes."

„Was meinst du konkret?" „Ich meine körperliche und geistige Kriegsvorbereitung. Mittels harter Arbeit, militärischem Drill und Indoktrination wurden die Jungen zu willfährigen Werkzeugen der Wehrmacht erzogen. Nicht zufällig sprach man von RAD-Soldaten."

„Vermutlich wollten oder konnten das zu dem Zeitpunkt viele nicht sehen. Ließ man sich vielleicht von der Arbeitsleistung der RAD-Soldaten blenden?", fragt Patty nun Fiona direkt.

„Ich denke, ja. Deiche wurden ausgebessert und verstärkt. Wer für die Abschaffung der gemeinsamen Landbewirtschaftung war, begrüßte die Aushebung von Gräben, denn die Parzellierung besiegelte das Ende der Allmende."

„Wenn sich Leute blenden ließen, hat das wohl auch was mit den drei Affen zu tun: ,nichts sehen, nichts hören, nichts sagen'. Immerhin wählten 1933 in Nordfriesland überdurchschnittlich viele Menschen die Nazis und schlugen die Warnung in den Wind: Wer Hitler wählt, wählt den Krieg."

„Gut, Ben, das sind alles bekannte Fakten. Das musst du nicht betonen, das wissen wir auch in Amerika. Okay, vielleicht nicht die Wahlergebnisse in einzelnen Regionen. Aber nun sollte Fiona weiter über die Flugwache berichten."

Benno hat sich etwas beruhigt, nickt und fährt mit seinen Notizen fort.

Zur Tarnung gaben Wehrmacht und RAD dem Gebäude das unverdächtige Aussehen eines kleinen reetgedeckten Friesenhauses. Von weitem gesehen mutete es wie ein Hexenhäuschen aus dem Wyker Spielzeugladen an. Fast lächerlich, doch das Häuschen hatte militärische Funktionen und bildete, wenngleich wohl nicht sehr ins Gewicht fallend, ein Kettenglied im martialischen Atlantikwall. Seine Besatzung bestand aus drei Männern. Einer machte Rundgänge mit geschultertem Gewehr und suchte mit einem übergroßen Kieker den Himmel ab. Der Zweite saß drinnen am Funkgerät, der Dritte schlief. Vader und Moder hielten den Anblick für unerträglich. Wo bisher unsere Hühner frei herumliefen, patrouillierten auf einmal bewaffnete Männer. Kriegsszenerie an der Grundstücksgrenze, direkt vor unserer Nase - ein Graus. Vader ging kaum noch durch die Küchentür, sondern benutzte die Haustür auf der anderen Seite.

Anruf von der Ranch

Wie inzwischen jede Nacht sitzen Patty und Benno vor dem Schafengehen bei einem Glas Wein zusammen. Benno irritiert, dass Patty diesmal ihre Arbeitskleidung anbehält. Seit dem Abend, der mit Scrabble endete, war sie nach der Arbeit immer gleich ins Nachtkleid geschlüpft.

„Mein Nachbar hat mich angerufen."

„Der mit der Ranch?" Benno erinnert sich, dass sie einmal einen John erwähnte.

„John, genau. Er vermietet Stellplätze für Pferde und fragt, ob ich mich an einer Erweiterung beteiligen möchte. Offenbar braucht er Geld."

Weil Benno die Stirn kräuselt und dabei Patty fragend anguckt, ergänzt sie: „Ich mag ihn, habe aber nicht mit ihm geschlafen, falls du das denkst. Mein Problem ist, ich würde mich gern beteiligen, glaube aber nicht, dass ich das nötige

Geld aufbringen kann. Ich werde Fiona fragen, was sie von der Idee hält."

Patty zögert nicht, die Sache gleich zu Beginn der nächsten Interviewsitzung vorzubringen. Benno hält sich zurück, presst nur zerknirscht die Lippen zusammen. „Mir gefällt die Idee deines Freundes", erklärt Fiona und hat spontan auch einen Rat parat: „Ich würde mit kleinen Anteilen anfangen. Mit wenigen Stellboxen, um Erfahrung zu sammeln." „Der Rat einer mütterlichen Freundin", meint Benno. „Bitte keinen Sarkasmus, Ben. Ich wollte nur deine Meinung hören, Fiona, weil du Pferde doch auch sehr magst." „Du kannst mich nach allem fragen, Patty. Erst recht zu Pferden. Ihr wisst, mit Lotte, unserem Holsteiner Halbblut, verbinden sich meine schönsten Kindheitserinnerungen." Ja, auch Benno erinnert sich an die Lederhosengeschichte auf dem Heuwagen.

„Im Ernst", ergänzt Fiona, „ich liebe Pferde. Hatte früher sogar eine ähnliche Idee wie du und dein Freund. Ich wollte in Nordfriesland einen Reiterhof aufbauen." „Oh ja, das hätte was." Pattys Stimme klingt so begeistert, als wollte sie Fionas alte Idee sofort aufgreifen und zusammen mit ihr umsetzen.

„Benno, hörst du eigentlich zu?" Fiona spürt seine geistige Abwesenheit. „Ja!", antwortet Benno vernehmlich. Aber das stimmt nicht. Seine Gedanken verweilen bei Patty. Sie hatten sich darauf verständigt, es weiter zu dritt auszuprobieren, und er hatte die Hoffnung gehabt, es würde sich etwas ändern. Doch nun hat Patty erneut eine Sitzung mit einem eigenen Thema eröffnet. Benno will sich nicht streiten, bricht aber das Interview vorzeitig ab.

Bis Mitternacht, wenn er wieder mit Patty zusammentreffen wird, beschäftigt ihn das Problem. Einerseits stimmt er ihr zu: Die Arbeitszeiten geben ihr wirklich kaum Gelegenheit, sich mit Fiona auszutauschen. Andererseits merkt er, wie sehr ihn ihre Initiativen stören. Sie kommen ihm nicht nur eigenmächtig vor, sondern fast so, als wolle sie sich von Sitzung zu Sitzung weiter nach vorn drängen.

Benno will die Nachtstunde mit Patty konfliktfrei verbringen, kommt aber um ein Wort zur Sache nicht herum.

„Es ist ein Projekt der Uni, Pat, ich kann es nicht eurer Plauderlust überlassen. Es gibt einen Abgabezeitpunkt. An den muss ich mich halten, er steht nicht zur Disposition. Außerdem gefällt mir nicht, wie offensiv du auftrittst."

„Das ist Interviewtaktik. Guck dir ruhig etwas davon ab."

Später in seinem Zimmer wird Benno bewusst, dass sein erneuter Versuch, mit Patty zu reden, nichts gebracht hat. Vielleicht liegt sein Frust auch an seinem Unbehagen, dass er nichts Genaues über ihre Beziehung zu diesem Pferdehalter weiß. Das Gefühl einer Störung, die er nicht in den Griff bekommt, ist jedenfalls geblieben. Wenn er mit Patty nicht weiterkommt, sollte er vielleicht mit Fiona reden. Sie wirkt zugänglicher. Das Projekt verlangt jedoch, mit Interviewpartnern ausschließlich auf der sachlichen Ebene zu verkehren. Oft genug hat der Prof den Teilnehmern verdeutlicht, zwischenmenschliche Themen auszusparen.

Es gibt einen, der nicht in das Projekt involviert ist: Tade. Eventuell kann er etwas beitragen. Am nächsten Tag trifft er ihn auf der Bank. Tade hat Futjes mitgebracht. „Du wirkst ein bisschen jämmerlich, mein Lieber", sagt er und lässt Benno in die schmalzdurchtränkte Tüte greifen. „Wat is mit di los?"

„Die Interviews. Zunächst glaubte ich, Pattys Teilnahme könnte mir helfen ... "

„Und nun?"

„...Mischt sie sich offensiv in alles ein. Richtig vorlaut ist sie geworden. Als ich sie darauf ansprach, meinte sie, ich

könne mir ruhig etwas von ihrer Interviewtaktik abgucken."
Bennos Stimme bringt aufsteigende Wut zum Ausdruck.
„Ich gehöre wahrlich nicht zu den Menschen, die wegen
jeder Kleinigkeit an die Decke gehen, aber es ist mein Projekt. *Ich* muss dafür geradestehen. Patty wird eingeräumt,
an den Interviews teilzunehmen - nicht weniger, aber auch
nicht mehr."

„Wie schmecken dir die Futjes?", fragt Tade, als sei nichts
gewesen. „Sind nach altem Rezept aus Eiern und Vanillezu-
cker gebacken. Manche tun Branntwein hinzu. Jeder backt
sie nach eigenem Geschmack. Wie schön, dass wir nicht alle
gleich sind."

Tade lacht, während Benno nach seiner Tirade erst mal
durchatmen muss.

„Gilt übrigens auch für dich und Patty. Wenn deine Freundin wirklich so gestrickt ist, wie du sagst, wirst du es nicht
ändern können."

„Manchmal kommt es mir vor, als wolle sie die Regie
übernehmen."

„Übertreibe nicht, Benno. Gönne dir mal einen freien
Tag. Fahre nach Sylt und lass dir von der Brandung die Haut
härten."

„Meinst du, das hilft?"

„Ja, klar. Mir scheint, dass du ziemlich dünnhäutig bist."

Dass Benno darauf mit großen Augen reagiert, sieht Tade
nicht. Er hat eine Schachtel Zigaretten aus der Jackentasche
gezogen, klopft eine Fluppe heraus und zündet sie an. „Ich
wiederhole mich: Am besten fahrt ihr zu zweit und übernachtet in einem Strandkorb. Das wirkt Wunder, verspreche
ich dir."

Benno kann sich nicht helfen, er ist enttäuscht. Tade
hat sich eigentlich kaum interessiert, murmelt nur: „Wird
schon!" und versetzt Benno einen kumpelhaften Klaps auf
die Schulter. Dann steht er auf und macht sich auf den Weg.

Benno blickt ihm hinterher. Plötzlich merkt er, dass er immer noch ein Stück Futjes zwischen den Fingern hält und schiebt es sich in den Mund.

Am nächsten Abend ist er nach einer Wanderung gegen heftige Böen besserer Laune. Er setzt sich unters Fenster und überlegt, Roni eine E-Mail zu schreiben. Viel Neues über Jungs gibt es allerdings nicht zu berichten, mit Ausnahme der kurzen Episode mit dem RAD-Soldaten, die nicht lange anhielt. Statt des Laptops greift er zum Briefpapier und schreibt seinen Eltern.

Liebe Mutti, lieber Vati,
endlich komme ich dazu, euch zu schreiben. Vorn auf der Karte seht ihr ein Luftbild von der sommerlich schönen Hallig. Heute sähe das Foto anders aus - der Himmel war wolkenverhangen, und es wehte heftig. Ziellos über die Fennen laufend habe ich ausprobiert, was die Natur mit mir macht, wenn ich meinen Rücken gegen den Wind lehne oder mich von einer Böe gegen die Brust stoßen lasse. Das war fast wie am Anfang bei einem Deichspaziergang mit einer Amerikanerin, die ich hier kennengelernt habe. Patty heißt sie. Wir erlebten die Übermacht des Meeres - aber wie!
Das war im Frühjahr. Inzwischen geht hier alles seinen sommerlich ruhigen Gang - sieht man vom Wetter heute und von den Zeiten ab, die den Tagestouristen gehören. Das Aufregendste scheint die Kontroverse um den Bau eines neuen Gebäudes (Hallig-Markttreff) zu sein. Der vorgesehene Standort liegt in der Nähe von Fionas Geburtshaus, praktisch da, wo früher das Ack, der gemeinsame Hof mit den Nachbarn, war. Wo seinerzeit Schweine geschlachtet wurden, wird nun Salami in Plastik verkauft.
Und was macht der Sommer in Bremen? War schon das Fest auf der Schlachte? Schreibt mal, was bei euch so los ist. Oder ruft an. Entgegen landläufiger Meinung ist man im

Wattenmeer per Handy erreichbar!
Mit meinen Interviews komme ich voran. Es stört mich ein
bisschen, dass sich Fiona und Patty, die sich eingeklinkt hat,
öfter persönlich austauschen. Das kostet Zeit, hat aber auch
eine schöne Seite. Es ist toll zu beobachten, wie gut sie sich
trotz des enormen Altersunterschieds miteinander verste-
hen. Ich werde übrigens dem Rat eines Freundes folgen und
nach Sylt fahren. Er sagte, ich solle mir von der Brandung
die Haut härten lassen. So derb geht es hier zu!
Seid herzlich gegrüßt! Euer Benno

Nach Beendigung des Briefes atmet er erleichtert auf. Unerwartet hat sich beim Formulieren ein neuer Aspekt heraus-
geschält. Auf einmal konnte er Pattys Interviewteilnahme
eine positive Seite abgewinnen. Erstaunlich, wie sich beim
Aufschreiben von Gefühlen manches ganz anders darstellt!

Negligee

Wie immer ist es kurz nach Mitternacht, als Patty von der
Arbeit kommt. Benno hört unter dem Fenster das Klicken
des Fahrradschlosses und kurz darauf Pattys Klopfen an der
Zimmerwand - das vereinbarte Zeichen, auf einen Schluck
Wein zu ihr zu kommen. Am Nachmittag beim Aufräumen
ihres Zimmers hat er sich alle Mühe gegeben, den Rahmen
vorzubereiten. Arrangierte in erregter Erwartung die plüschigen Sofakissen, stellte Gläser und Wein auf den Tisch
und legte einen Sampler mit Latinstücken neben den Plattenspieler.

Jetzt lässt er zwei Minuten verstreichen, bevor er
rübergeht. Wahrscheinlich will Patty sich erst umziehen.
Während er wartet, fällt ihm ein, dass er das am Nachmittag
tatsächlich wörtlich gedacht hat: ,den Rahmen vorbereiten'.
Warum? Weil er sich vornahm, *diese* Nacht nicht mit Scrab-

ble enden zu lassen.

Als er eintritt, steht Patty im Negligee vor ihm. Der Anblick flutet seinen Körper wie eine heiße Welle. Er spürt seine Knie weich werden, setzt sich schnell und ergreift ein Glas Wein. Beinahe hätte er sich verschluckt, als Patty auf dem Weg zum Plattenspieler mit ihrem nackten Oberschenkel seine Knie streift. Ob sie ihm heute Abend wieder einen Zeh entgegenstrecken wird? Sie schaltet den Player ein, legt den Sampler auf und tänzelt im Rhythmus der einsetzenden Musik auf Benno zu - das Negligee locker zugebunden. Benno hofft, der leichte Stoff möge sich selbsttätig öffnen, weil er das als unausgesprochene Erlaubnis verstehen dürfte, sie zu sich auf den Schoß zu ziehen. Die Alternative, selbst zum Gürtel zu greifen, um ihn zu öffnen, würde sie ihm wohl nicht gestatten.

Zu lange überlegt. Schon ist sie nicht mehr in der Nähe, steht wieder beim Player und fängt an, Karaoke zu singen. Denselben kreolischen Song wie vor einigen Tagen, als er ihr ein Kompliment machte und sie das Wort extraordinary unpassend fand. Wie an jenem Abend schwingen ihre Hüften im Rhythmus der Musik. Sie greift an den Saum des Negligees und hebt ihn bis zur Taille. In Bennos Brust und zwischen seinen Beinen pocht das Blut. Nie zuvor hat er jemand so aufreizend tanzen gesehen.

Das nächste Stück, eine Rumba, passt perfekt zu Pattys Bewegungen. Benno schenkt Wein nach und reicht Patty ein Glas, aber sie will jetzt nicht trinken. Mit einer Hand wirft sie ihm einen Handkuss zu, mit der anderen winkt sie ihn zu sich. Offensichtlich will sie eng tanzen. Benno spürt, wie seine Hände anfangen zu zittern, und er ahnt, wie sie erst zittern werden, wenn er sie um Pattys Hüften legt.

Schon wieder zu lange gezögert. Patty zieht einen Schmollmund und wirft sich auf das Sofa. Ein Bein angewinkelt, das andere über die Lehne gelegt, so springt das Negligee endlich auf.

„Du siehst müde aus und doch so schön!", sagt Benno. Er vergöttert ihren Körper. Im nächsten Augenblick beugt Patty sich zu ihm, öffnet seine Hemdknöpfe vom Kragen bis zum Saum und legt ihm anschließend die Hände auf die Oberschenkel. Auch die beginnen zu zittern, was Benno unbedingt unterbinden will. Gedanken ans Fotografieren helfen manchmal über so etwas hinweg. Aber nicht Begriffe wie Konturen, Auflösung und Tiefenschärfe, die ihm jetzt in den Sinn kommen.

Inzwischen fingern Pattys Hände am Hosengürtel. Nun endlich schlüpft Benno aus dem Hemd, zögert aber, seine Hose aufzumachen. Patty zieht sie ihm aus. Gemeinsam rutschen sie in die Flauschigkeit der Kissen, räkeln und drehen und wenden sich, bis Benno wieder Pattys Füße vor sich sieht. Wie an jenem Abend, der mit Scrabble endete. Patty schiebt eine Fußspitze dicht vor seinen Mund. Dahin, wo sich augenblicklich all sein Begehren bündelt.

„What are you waiting for?"

Ihr Lächeln macht ihm Mut. Er nimmt ihren großen Zeh und steckt ihn sich in den Mund, um daran zu saugen und zu lutschen.

Als Patty eine Drehung vollzieht, verliert er den Zeh, gleichzeitig streift das Negligee sich praktisch selbst von Pattys Körper. Nun liegen sie Kopf an Kopf. Benno fürchtet, etwas falsch zu machen, denn bestimmt ist er nicht der erste, der sich an ihre Brüste schmiegen darf. Patty hilft ihm und führt seine Hand an ihren Busen. Ganz nah liegen sie beieinander, sehen sich in die Augen, riechen sich, streicheln und erkunden sich.

Anschließend liebt er sie. Leise, fast wieder schüchtern. Mit zurückgehaltener Kraft. Und sinkt am Ende doch atemlos zur Seite.

„My lovely Boy", flüstert Patty.

Wieder und wieder küsst sie ihn.

„Mien sööte Deern!", presst Benno sanft durch seine Lippen, um ihre nicht zu verlieren.

Er hält ihren Kopf fest in den Händen. Vergeblich, sie drückt ihn zur Seite. Er lässt sich ins Kissen fallen, und Patty knipst das Licht aus.

„Was ist?"

„It's late, my Sweetheart. Muss schlafen!"

Benno nimmt den Geschmack ihrer Lippen mit in den Schlaf. Kurz bevor der ihn vollständig übermannt, erinnert Benno sich an die Phase der Projektvorbereitung. An alles hatte er gedacht, aber gewiss nicht daran, sich auf der Hallig zu verlieben. Er war auf der Suche, das ja, aber als Orte, an denen es funken könnte, hatten ihm Partys, Kneipen in der Uni-Gegend, Kinofoyers oder zur Not auch Bushaltestellen in der City vorgeschwebt. Nun ist es im Wattenmeer passiert und gleich so heftig, dass ihm fast angst und bange wird vor dieser Liebe und dem unbekannten Leben, in das sie ihn führen könnte.

Als Benno um vier erwacht, fällt sein Blick auf Pattys schlafenden Körper, und er fühlt sich glücklich. Sie aus Kalifornien, er aus Bremen. Es muss etwas Magisches gewesen sein, eine unsichtbare Hand - vergleichbar mit Bosko Biati -, die sie zusammenführte. Überlegungen, die ihm, dem Rationalisten, wie er sich selber einschätzt, eigentlich fremd sind. Da schießt ihm auf einmal ein Satz in den Kopf. Hellwach verlässt er Pattys Bett, geht in sein Zimmer, nimmt einen Zettel und schreibt den Gedanken schnell auf, damit er ihn nicht wieder vergisst: ‚Mein Leben hat eine großartige Wendung erfahren.'

Sogar am Manuskript könnte er jetzt arbeiten, so rege sind seine Gedanken. Aber sie kreisen ausschließlich um die

Nacht. Die aufgedrehte Stimmung hält bis zum hellen Morgen an. In dieser Verfassung kann er unmöglich ein Interview führen. Regenschwaden vor dem Fenster helfen ihm. Er ruft Fiona an. Sie hat Verständnis. „Komm bloß nicht klatschnass bei mir an. Wir machen morgen weiter."

Benno setzt sich zu Korrekturarbeiten ans Fenster und liest den Text über Fionas Freundinnen noch einmal durch. War eine so hübsch wie Patty? Das kann er nicht überprüfen, Fiona hat ihm keine Fotos von den Freundinnen gezeigt. Nur von ihr und den Schwestern Wiebke und Jannika im Kindesalter hat er eins. Und das Foto von Fiona als Jugendliche im Ack. Den Kopf geneigt, die dunklen Haare hochgesteckt lehnt sie mit einer Katze im Arm barfuß am Lattenzaun. Über dem schlanken Körper trägt sie ein gemustertes Kleid mit einem Kittel darüber. Das Gesicht wirkt weich, ist aber nur von der Seite zu sehen.

Ein Vergleich mit Patty ist mit diesem Foto nicht möglich. ‚Was sollen solche Überlegungen überhaupt', fragt er sich und gesteht sich ein, dass die Beziehung mit Patty inzwischen stark in das Projekt hineinwirkt. Sie haben sich offen in Interviews gestritten. Bei Fiona hat das mehrfach zu Irritationen geführt. Emotionen müssen aus dem Projekt herausgehalten werden, das weiß der Prof und mittlerweile auch er. Er wird mit Patty vereinbaren, dass sie Fiona erzählen lassen und sich mit Kommentaren und Disputen zurückhalten.

V.

EN NIEES KAPITEL WARRD OPSLAAN

(Ein neues Kapitel wird aufgeschlagen)

Eisblumen

‚Während im Osten der Krieg beginnt, packt im Norden Fiona ihren Koffer zu Ende.‘ Benno notiert den Satzentwurf an der Mole Landsende. Er versteht ihn als Versuch, die Situation der Vierzehnjährigen in einem passenden Bild zu erfassen. Anfang September 1939 verließ sie zum ersten Mal für längere Zeit ihre Familie. Im Sommer hatte sie die achte Klasse abgeschlossen, nun schickten die Eltern sie in Stellung bei einem Ehepaar auf Pellworm. Eine Art mehrmonatiges Praktikum für schulentlassene Mädchen, das den ‚nötigen Schliff‘ für die Führung eines eigenen Haushalts vermitteln sollte - ein Begriff, den Benno bislang mit Edelsteinen und Militär verband. Er hebt den Blick und schaut über die Meerenge zwischen Hooge und Pellworm: eine kurze Distanz für ein Schiff - für die Vierzehnjährige damals gewiss ein großer Schritt.

Ich erinnere mich an den windstillen Septembermorgen, der ganz anders klang als die aggressiven Töne am Vortag in der Zeitung. Während Moder im Passagierraum auf mich einredete: Du slagst nu en niees Kapitel in dien Leven op[142], versuchte ich, mir meinen Anstellungsort, das Kolonialwarengeschäft Jensen, vorzustellen. Den Inhaber kannte ich vom Sehen, weil er zwei Mal im Monat auf die Hallig kam, um Waren zu verkaufen. Bei so einer Gelegenheit hatte Vader ihn angesprochen und er war bereit gewesen, mich anzustellen. Gerüchte besagten, er sei ein Schürzenjäger, aber Moder versicherte, das sei nur Tratsch. Warr ik ook ’n beten Geld verdenen?[143] fragte ich. Abgezogen würden Aufwendungen für Kost und Logis, für aktuelle Warenbestellungen der Familie sowie für meine künftige Aussteuer. Den Rest hätte ich zur freien Verfügung. Alles so weit plausibel, auch wenn sich herausstellen sollte, dass an Ultimo nicht viel für mich übrigblieb.

Frau Jensen stand an der Türschwelle und bat uns freundlich ins Haus. Moder winkte ab. Ein kurzer Abschied sei immer der beste. Bevor sie ging, sagte sie noch: Dat mi blots keen Klogen to Ohrn komen![144] Das war für mich bestimmt, aber sie sagte es so laut, dass es auch Frau Jensen hören konnte. Währenddessen war ich wie angewurzelt auf der Straße stehengeblieben und stierte auf die Fenstergardinen, als könnten die mir verraten, was mich hinter ihnen erwartete. Getrödelt wird nicht! rief Frau Jensen. Sie wartete im Flur, um mich durchs Haus zu führen. Hier slöpst du, sagte sie am Ende einer Treppe, und ich erkannte, dass mir die Dachkammer zugewiesen wurde. Enttäuscht blickte ich auf die karge Einrichtung: eine rostige Liegepritsche, einen Hocker und einen Nachttisch mit Petroleumlampe. Dem Nachttisch fehlten Schublade, Scharnier und Schloss,

---

142   Du schlägst nun ein neues Kapitel in deinem Leben auf.

143   Werde ich auch etwas Geld verdienen?

144   Dass mir ja keine Klagen zu Ohren kommen!

dem Hocker Standfestigkeit und dem Ganzen jede Spur von Gemütlichkeit. Im Grunde war die Kammer nichts weiter als eine Abseite, über der ohne Zwischendecke der offene Dachstuhl thronte. Hitze und Frost hatten Tapetenecken von der Wand gelöst, die spitz in den Raum hineinragten. Nachdem Frau Jensen gegangen war, legte ich mich auf die Pritsche, blickte auf die Spinnweben im Dachgewölbe über mir und dachte an Moders Worte vom Ernst des Lebens. So sah er also aus - hier sollte er beginnen. Nicht gerade aufmunternd das Ganze. Wäre Jannika bei mir gewesen, hätte sie einen Witz gerissen über den nicht fernen Zeitpunkt, an dem mich das rostige Pritschengestänge mitsamt Lattenrost auf den Boden plumpsen lassen würde, weil es endgültig durchgerostet war. Bei dem Gedanken an ihre Lust zu spötteln spürte ich ein unwillkürliches Lächeln um den Mund, das erstarb, als mir einfiel, wie Moder in den Tagen vor der Abfahrt auf meine üble Laune reagiert hatte: Junge Männer im Krieg müssten ganz andere Dinge ausstehen. Was sollte ich damit anfangen? ‚Junge Männer im Krieg' hatte ich bisher nur als Sturzflug spielende Knirpse kennengelernt, die mit ausgebreiteten Armen Warfthänge hinunterrannten, Jagdflieger nachahmten und sich mit hochgehaltenen Holzattrappen gegenseitig ‚abschossen'. Mit ihnen mochte ich mich nicht vergleichen - ich hatte sie doch ausgelacht. Darüber war Moder regelrecht in Rage geraten. Sobald ich von den Kriegsspielen auf dem Schulhof berichtete, klagte sie, die Jugend wisse nichts vom Krieg, der letzte liege erst zwanzig Jahre zurück, und nun würde es wieder Tote geben. Sie hatte Recht. Mir fehlte jedes Fünkchen Wissen, was in der Welt los war. Das musste sich ändern, wenn ich in der Fremde auf Pellworm nicht als Dösbaddel dastehen wollte. Ich hatte auf Vader gehofft, um etwas von der Welt zu begreifen, denn er las viel Zeitung. Leider redete er noch immer wenig, und wenn, hörte es sich bruchstückhaft an: Dat hett man komen sehen[145]. Beim Überfall auf Polen, den die Zeitung Gegenschlag nannte, brach es plötzlich aus ihm heraus: Dat warrd nich goot gohn.[146] Wie meenst du dat, Vader? fragte ich überrascht, und endlich erklärte er mir etwas. Er als Halligbauer, der sein Mähland liebe, wäre niemals mit der Wegnahme seiner Fennen einverstanden. Die Bauern anderer Länder würden das bestimmt genauso sehen. De warrd sik to Wehr setten![147]

„Wie habt ihr auf der Hallig den Kriegsbeginn erlebt?", fragt Benno.
„Schwer zu sagen, 1939 war ich vierzehn."
„*Du* bist der Historiker, Benno. Das musst *du* erforschen", meint Patty.
„Immer zusammenhalten, ihr zwei, was? Ich bin doch gerade dabei, es zu erforschen. Vermutlich war nach der Besetzung des Sudetenlandes und dem ‚Anschluss' Österreichs niemand vom Kriegsbeginn wirklich überrascht", überlegt Benno. „Zudem verbreiteten die gleichgeschalteten Medien ausschließlich Nazi-Propaganda. Zum Beispiel über den von der SS fingierten Angriff auf den Sender Gleiwitz."
„Ich erinnere mich hauptsächlich an die Worte ‚in de Knoken', denn oft sagte Moder leise zu Vader, ihr stecke vierzehn bis achtzehn noch in den Knochen, und warum Deutschland zwanzig Jahre später unbedingt wieder Krieg führen wolle."

Am Abend verarbeitet Benno Fionas weitere Ausführungen am Laptop:

---

145   Das hat man kommen sehen.

146   Das wird nicht gut gehen.

147   Die werden sich wehren!

Die Angst, die ich bei Vaders Männertreffen in Moders Augen gesehen hatte, erblickte ich vermehrt auch in anderen. Als ich Moder darauf ansprach, sagte sie, es sei äußerst gefährlich, einen Gedanken über den Krieg, die Regierung oder die Versorgungslage zu äußern. Dass sich die Atmosphäre auf der Hallig veränderte, spürte ich schon seit längerem. Beobachtungen von anlegenden Schiffen mit dem Kieker galten nicht mehr nur der Frage, ob Bekannte von Bord gingen. Jeder, der nicht in legerer Kleidung auf die Hallig kam, konnte ein Vertreter der Gestapo sein. Es war ausgerechnet der als unnahbar geltende Nachbar Lüder Lünsen, der mich aufklärte, was los war. In den Sommerferien hatte ich ab und zu in der Poststelle ausgeholfen. An jenem Tag brachte ich Lüder ein Einschreiben des Zollamtes. Er sollte den Empfang quittieren, ging ins Haus, um einen Stift zu holen, und ließ die Haustür offen. Normalerweise wäre ich draußen stehen geblieben - aus Respekt vor Lüders abweisenden, blickdichten Gardinen -, aber an diesem Tag regnete es, deshalb machte ich einen Schritt in den Flur. Lüder drehte sich um und sagte: Na, dann küm rin! Ich überspielte meine Unsicherheit, indem ich drauflos schnatterte und auf das Einschreiben zeigte: Ik wüll gern weten, wat in soon wichtigen Breef drin steiht.

Ach, dat is nur en Afrechnung. Beter du sühst nich all dat, wat in Breefen drin steiht.[148]

Ich guckte ihn fragend an, worauf er plötzlich von ,schlimmen Saken' sprach. Kannst froh sien, dat se dien Vader nich afholt hebbt.[149]

Ich verbarg meinen Schrecken, denn ich wollte mehr er-

---

148 Ich würde gern wissen, was in so einem wichtigen Brief steht. – Ach, das ist nur eine Abrechnung. Besser du siehst nicht alles, was in Briefen steht.

149 Kannst froh sein, dass sie deinen Vater nicht abgeholt haben.

fahren.

Mien Schwester leevt op Fastland un hett mi schreben. Se hett nur wat andüdet, deshalb heff ik se anropen.

Wat hett se denn andüdet? fragte ich.

Schlimme Saken. Dat dörfst du keeneen vertell'n!

Do ik nich! Also, wat för Saken?

Se smieten de Schieben von Juden in, krallen ehr Egendom un bröcht se in Vernichtungsloger. Se quälen Regimegegner in Folterkellern dood. Se bröcht elennige Minschen üm, sogar Kinners. Kranke, de nich klor denken könen oder wat mit de Nerven hebbt, geven se en Sprütt und verbrennen se dann.[150]

Verwirrt und erschüttert verließ ich das Haus mit der Quittung, die Lüder endlich unterschrieben hatte. Ich mochte nicht glauben, was er gesagt hatte. Es gab doch viele, die stolz von Verwandten auf dem Festland berichteten, die es zu etwas gebracht hatten, zum Beispiel Schar- oder Oberscharführer geworden waren. Dann fiel mir ein, dass auf einer der westlichen Warften ein Ehepaar lebte, das von den Nazis der Sympathie mit sozialistischen Ideen verdächtigt wurde. Man munkelte, sie würden demnächst abgeholt werden.

Benno klappt den Laptop zu und denkt an das Interview zurück. Erst hatte Patty ihn aufgefordert, den Sachverhalt zu erforschen, und sich dann doch wieder mit einer Frage an Fiona eingemischt: „Vielleicht ist meine Frage naiv, aber

---

150   Meine Schwester lebt auf dem Festland und hat mir geschrieben. Weil sie nur etwas angedeutet hat, habe ich sie angerufen. – Was hat sie denn angedeutet? – Schlimme Sachen. Das darfst du keinem erzählen. – Tu ich nicht. Also, was für Sachen? – Sie schmeißen die Scheiben von Juden ein, enteignen sie und bringen sie in Vernichtungslager. Sie quälen Regimegegner in Folterkellern zu Tode. Sie bringen behinderte Menschen um, sogar Kinder. Kranken, die nicht klar denken können oder was mit den Nerven haben, geben sie eine Spritze und verbrennen sie dann.

gab es auf der Hallig eingefleischte Nazis?"

„Natürlich, die gab es doch überall in Deutschland. Gerade in kleinsten Gemeinden wie den Halligen wusste man, wer das Regime unterstützte. Neben denen, die bei jeder Gelegenheit fanatisch den ‚Standpunkt des Führers' vertraten, waren da jene, die sich nach Vaders Worten ‚jümmers na denen richten, de dat Seggen hebben'[151]. Wie aus Bequemlichkeit."

„Was war mit den Gräueltaten der Nazis?", fragt Benno. „Manche Information über den Terror gegen Nazi-Gegner, die Diskriminierung, Enteignung und Deportation von Juden sowie andere Verbrechen wurde nicht erst nach 1945 bekannt, sondern sickerte vorher durch."

„Wer bereit war, sich mit den Nazis zu arrangieren, war anscheinend auch bereit, Augen und Ohren vor ihren Schandtaten zu verschließen. Außerdem wussten alle, wie Moder gesagt hatte, dass es gefährlich war, kritische Gedanken zu äußern. Und dann waren da noch die stillschweigenden Nazigegner."

„Wie viele?" Die Frage stellt wieder Patty.

„Weiß ich nicht. Vielleicht eine Handvoll, vielleicht mehr. Schweigende Friesen würde ich sie nennen."

„Zum Schweigen gezwungen", wirft Benno ein. „Weißt du, ob hinterher, nach 1945, auf der Hallig darüber gesprochen wurde, wer wie in das Regime verstrickt war?"

„Herausgehobene Posten hatte meines Wissens keiner inne. Im Übrigen musste man nach dem Ende der Nazi-Herrschaft weiter miteinander auskommen. Gerade auf der Hallig. Da kann man sich nicht aus dem Weg gehen."

„Schwieriges Kapitel", fügt Fiona nach kurzer Pause hinzu. „Ich denke, ich erzähle jetzt erst mal weiter über meine Zeit auf Pellworm."

---

151   …immer nach denen richten, die das Sagen haben.

„Einverstanden!" Das kommt von Patty und Benno gleichzeitig.

Gegen sechs Uhr am Morgen riefen mir Klopfgeräusche an einem Rohr in Erinnerung, dass ich in der Fremde war und mein Arbeitstag begann. Bevor ich der Familie das Frühstück bereitete, hatte ich im Keller Kohlen zu schippen und den Ofen zu befeuern. Die weiteren Stunden waren mit Flickarbeiten, Wäschewaschen, Bügeln, Marmeladeeinkochen, Aufwickeln von Wolle, Bettenabziehen, Entkeimen von Kartoffeln und Holzhacken gefüllt - je nach Bedarf. Frau Jensen machte klare Ansagen, schikanierte mich aber nie, wie man es von manch anderer Stellung hörte. Nie wurde sie laut. Nur wenn ich beim Schrubben der Böden eine Pause einlegte, dröhnte ihr sechssilbiges Kommando durchs Haus: Schrubb Fiona, schrubb-schrubb! An sich fand ich das nicht schlimm, liebte ich doch den Geruch des Bohnerwachses. Aber ich hasste es, wenn Herr Jensen, kurz nachdem ich fertig war, wieder Streifen schwarzer Schuhcreme auf den Dielen hinterließ und ich von vorn beginnen musste. In Erinnerung geblieben ist mir auch, dass Frau Jensen hinsichtlich der Bratensoße äußerst empfindlich war: Wasser tröpfchenweise zum Mehl geben! Ik will keen Klümp sehen![152] Am Abend entließ sie mich zwischen neun und zehn Uhr mit den Worten: Is Tiet, nu goh to Bett![153]

Allein in meiner Kammer dachte ich an Moders Erwartung: Schriev bald een Breef, Fiona! Ich wollte ihrer Bitte endlich nachkommen, nahm Bleistift und Schreibblock zur Hand und begann, wie schön ich es gefunden hätte, wenn sie bei der Ankunft kurz mit reingekommen wäre, weil sie sich

---

152   Ich will keine Klumpen sehen!

153   Ist Zeit, nun geh zu Bett!

meine Arbeit dann besser hätte vorstellen können. Ich prüfte den Satz auf Fehler, stellte fest, dass er wie ein Vorwurf klang und strich ihn durch. Die Geschwister würden sicher eine Kurzbeschreibung der schäbigen Möbelstücke amüsant finden, und für Moder dachte ich mir aus: Ich habe jetzt eine Schlafstatt ganz für mich allein und muss mich nicht mehr neben Wiebke in den Alkoven quetschen. Womöglich würde sie auch das als Beschwerde auffassen, also ließ ich es. Besser vorausschauend schreiben: über den Besuch zu Weihnachten, den ich mir bereits ausmalte. Nein, sämtliche Nachbarn würden über mich spotten: Fiona denkt in September al an Hilligavend[154]. Genug probiert! Unzufrieden knüllte ich sämtliche Entwürfe zusammen, lümmelte mich auf die Pritsche und dachte an Frau Jensen. Ich schätzte sie auf Mitte vierzig, ihr Gesicht trug keine Falte. Die Frau stand mitten im Leben und sah kräftig aus. Warum brauchte sie ein Dienstmädchen, wenn sie doch selten im Laden tätig war und Zeit gehabt hätte für Arbeiten im Haushalt?

Mit Herrn Jensen hatte ich wenig zu tun. Im Grunde war er mir egal, dass er auf sein Äußeres bedacht war, fand ich jedoch sympathisch. Gleich morgens vor dem Aufschließen der Ladentür pomadisierte er sein Haar. Mochte sein Sakko auch fadenscheinig aussehen, es war immer picobello gebügelt - von mir. Warum sollte ich ihn nicht unterstützen, wenn er sich im Kontakt mit der weiblichen Kundschaft um Attraktivität bemühte? Zuweilen wählte er eine leicht anzügliche Art, mit den Kundinnen zu reden. Seitdem ich das bemerkt hatte, fühlte ich seine Augen auf mich gerichtet, wenn mir beim Schrubben zwischen den Regalen das Kleid über die Oberschenkel rutschte. Vielleicht missverstand er, dass ich ihm einmal, ohne zu überlegen, zugezwinkert hatte. Sobald ich den Kopf herumriss, um ihn zu entlarven, blickte ich allerdings ins Leere. Trotzdem stellte sich das

---

154   Fiona denkt im September schon an Heiligabend.

Gefühl, lüstern beobachtet zu werden, bei nächster Gelegenheit wieder ein. Eines Nachts glaubte ich, auf der Treppe vor der Kammer ein knarrendes Geräusch zu hören. Angestrengt horchend verließ ich die Pritsche, huschte leise zur Tür, öffnete sie und tastete mich mit vorgestreckter Hand zum Geländer. Auf den oberen Stufen war nichts zu sehen, dahinter war es stockduster. Vorsichtig schlich ich weiter, bis ich auf der nächsten Stufe erneutes Knarren vernahm. Ängstlich verharrte ich und schüttelte plötzlich halb amüsiert, halb verärgert den Kopf, weil ich das Knarren selbst verursacht hatte. Zurück in der Kammer versuchte ich, mich zu beruhigen, doch meine Fantasie riss mich erneut aus dem Bett. Noch einmal tapste ich zur Tür, fingerte mit zittriger Hand nach der Klinke und prüfte am Schlüsselloch, ob es abschließbar war. Es war leer. Am nächsten Tag bat ich Frau Jensen um einen Schlüssel. Einen kurzen Moment sah ich Angst in ihren Augen aufblitzen, dann lachte sie und fragte, warum ich mich einschließen wolle, das Haus sei doch abgeschlossen.

Sollte ich Moder schreiben, dass ich mich heimlich beobachtet fühlte? Ich hatte keine wirklichen Anhaltspunkte dafür. Wovon ich ehrlicherweise hätte schreiben können, war meine Einsamkeit, die jeden Abend hinter der Wand aus dünnem Sperrholz lauerte. Gelangweilt klopfte ich mit den Fingerspitzen darauf, worauf ein hohles Echo aus der Verschalung tönte. Bei der Vorstellung, allmählich zu versauern, trommelte ich lauter, was Frau Jensen anscheinend unten hörte, denn am nächsten Tag drückte sie mir einen Stapel Groschenhefte in die Hände. Nachdem ich mich eine Zeitlang mit albernen Liebesgeschichten vergnügt hatte, fragte ich, ob ich mir einen Roman aus dem Regal in der Stuv ausleihen dürfe. Sie nickte und empfahl mir mehrere Bücher. Wir kamen gut miteinander aus. Persönliche Dinge blieben ausgespart, doch manchmal, wenn wir zur selben

Zeit in einem Raum waren, wandte sie sich mir zu. Gleich in der ersten Woche hatte sie angekündigt, hin und wieder Termine außer Haus wahrzunehmen. Beiläufig klang der Begriff, aber auch mysteriös. Ich hoffte, sie würde ihn mir irgendwann erklären, aber das tat sie nie. Stattdessen folgte eine Anweisung: Falls während ihrer Abwesenheit das Telefon im Wohnzimmer klingelte (ihr Mann hatte im Laden einen eigenen Anschluss), sollte ich den Hörer abnehmen, vom Termin außer Haus sprechen und ausrichten, sie rufe zurück. Seitdem fühlte ich mich wie eine Komplizin und bot an, während dieser *Termine* auf ihre Tochter aufzupassen, da ich auf unserer Warft Erfahrung in der Kleinkindbetreuung gesammelt hatte, wenn Mütter aus irgendeinem Grund aufs Festland mussten. Kati kannte noch nicht K und T und sprach ihren Namen Dadi aus. Stets wollte sie auf meinen Schoß, griff mir in die Haare, drängte mich, Hoppe-hoppe-Reiter zu spielen, und fand beim Backe-backe-Kuchen kein Ende. Ich ließ zu, dass sie meinen Finger nahm und an ihm nuckelte, als wäre es ihr eigener, und sang ihr Lieder vor. ‚Wo de Nordseewellen trecken an de Strand‘ mochte sie am liebsten. Wischte ich die Böden, krabbelte Kati zwischen meinen Füßen herum. Ihre ersten Gehversuche fielen in diese Zeit. Wie Vader es mit mir gemacht hatte, nahm ich sie zwischen meine Beine, hielt sie an den Händen, ging langsam kurze Schritte vorwärts und brachte ihr so allmählich das Laufen bei. Am Abend begutachteten die Eltern stolz Katis Fortschritte.

Frau Jensens Termine außer Haus nutzte ich noch auf andere Weise. Die Möbel in der Stuv hatten es mir angetan, sie besaßen etwas Gediegenes, das es bei uns zuhause nicht gab. Unbeobachtet hielt ich mich beim Staubwischen länger auf, als für die Arbeit nötig war, ließ mich auf einem samtigen Polstersessel nieder und verschaffte meinen Oberschenkeln ein unbekanntes körperliches Wohlgefühl. Zu gern beschäftigte ich mich mit dem Porzellangeschirr und dem Essbesteck in der Vitrine, nahm einzelne Stücke heraus und wendete sie zum Vergnügen in den Händen. Einmal setzte ich ein Weinglas von ausgesuchter Qualität an die Lippen und stellte mir vor, mit Besuchern anzustoßen. Jensens Stuv behielt ich lange Zeit bildlich vor Augen. Als ich später einen eigenen Hausstand einrichtete, orientierte ich mich bei Farben und Stoffen am Pellwormer Interieur.

Früh setzte dieses Jahr der Winter ein. Schon Ende November bildeten sich erste Eisblumenornamente auf der Fensterscheibe. Scharfer Ostwind wehte durch Ritzen im offenen Dachstuhl und landete als beißend kalte Strahlung auf meiner Stirn. Ich ging nun immer mit sämtlichen Klamotten am Leib zu Bett, denn, anders als von Frau Jensen versprochen, drang keinerlei Wärme von unten durch den Dielenfußboden. Weckte mich die kalte Stirn, blinzelte ich in den Raum und redete mir ein, dass die Frostschlieren auf dem Fußboden nichts weiter waren als eine Täuschung des fahlen Mondlichtes, das zwischen den Eisblumenornamenten in die Kammer fiel. Bei wolkenfreiem Himmel hielt ich mir den Kieker vor Augen, um die fernen Sterne zu erkunden. Ihr Leuchten ließ mich an Zuhause denken. Spätestens in einem halben Jahr wollte ich die Stellung beenden. Was wäre dann? Haye und meine Freundinnen gingen mir durch den Kopf: Wie würde sich unser künftiges Verhältnis gestalten? Und was sollte aus uns Geschwistern werden, da wir nicht alle auf der Hallig bleiben könnten? Ich ging verschiedene Möglichkeiten durch, konnte aber hinter keine ein Ausrufezeichen setzen, nicht mal einen Punkt. Mein Verstand kapitulierte vor den Fragen, und so blieben die Gedanken hängen an Dingen, die mir aktuell bei der Familie Jensen oder in der Straße aufgefallen waren. Auf dem Küchentisch lag ein Hauswurfzettel des Vereins der Marinekameradschaft. Darin forderten Reservisten des Ersten Weltkrieges die

Vereinsmitglieder auf, ,wieder Uniformen anzuziehen und an allen Fronten ihren Mann zu stehen'. Woche für Woche hingen mehr Hakenkreuzfahnen zwischen den Häusern. Ich dachte an die jungen Männer der Hallig, die in den Krieg gedrängt wurden. Wie lange würden sie fortbleiben, was würde aus ihnen werden? In manchen Nächten huschten Schatten durch die Kammer, dann fielen mir Vaders Worte beim Zeitunglesen ein. Ich blickte durch die Schräge des Dachfensters und sah schwarze Wolken über den Himmel ziehen.

Wiehnacht

Drei Wochen vor Weihnachten vernahm ich aus einem Gespräch des Ehepaares, dass Teile des diesjährigen Weihnachtsgebäcks rationiert würden, weil die Frontversorgung Vorrang habe. Gleich am nächsten Morgen kaufte ich im Laden zwei Tüten Kekse als Geschenk für die Familie und verwahrte sie voller Vorfreude in meinem Rucksack. Da teilte mir Frau Jensen kurz vor Heiligabend mit, ich könne nicht nach Hause fahren, das Wattenmeer sei vereist. Erst wurde ich traurig, dann plötzlich wütend, weil ich den Verdacht hegte, sie wolle mich eigennützig bei sich behalten, damit ich ihr beim Weihnachtsbraten helfe. Aber so war es nicht. In der Deutschen Bucht gefährdet eine ungewöhnlich frühe und starke Seevereisung den Schiffsverkehr, las Herr Jensen aus der Zeitung vor. Viele Fahrpläne würden ausgesetzt. Das gelte auch für die Meerenge zwischen Pellworm und Hooge, sagte der Hafenmeister bei einem Einkauf im Laden und berichtete von einem Dutzend Leuten, die auf der Insel festsaßen. Frau Jensen erfragte jeden Morgen den Sachstand bei der Reederei. Als diese kurzfristig für Heiligabendnachmittag eine Überfahrt mit einem soliden, aus Eichenholz gefertigten Schiff freigab, war ich überglücklich und hätte meine Dienstgeberin beinahe umarmt. Im Gegensatz zum äußeren Lärm der Eisschollen, die gegen die Schiffshaut rumpelten, herrschte an Bord unnatürliche Stille. Alle starrten mit ernsten Gesichtern vor sich hin. Weihnachten war vom Krieg überschattet. Es kam kein einziges Gespräch zustande.

Erst beim Anlegen in der Dämmerung an der Mole Landsende keimte Weihnachtsstimmung auf: Von der Kirchwarft grüßten Kerzen und Petroleumlampen, die Bleiglasfenster des Gotteshauses streuten das heimelige Licht über Friedhof und Vorwarft.

Ich war spät dran. Max twee hatte zusammen mit Vader bereits den Kenkenbuum geschmückt, unseren alljährlich wiedereinsetzbaren Tannenbaumersatz aus Holz. Jannika hielt mit einem Schüreisen die Ditten[155] im Bilegger am Brennen, und Moder war mit der Essenszubereitung fast fertig. Sie übertrug mir das Eindecken des Tisches. Wiebke half und verriet mir nebenbei, dass sie ab Neujahr ebenfalls auf Pellworm in Stellung sein werde. Nur drei Kilometer von Jensens Laden entfernt. Vor Freude küsste ich ihre Wange. Endlich hätten meine einsamen Stunden ein Ende! Vor dem Essen wurde ‚Oh du fröhliche' gesungen, und weil zeitgleich die Kirchenglocken läuteten, stimmte Vader ein weiteres Lied an, doch Moder unterbrach ihn und löschte die Kerze. Sie wusste, wir fieberten dem Höhepunkt entgegen: der Bescherung. Eine Minute lang raschelte es im Dunkeln, dann zündete Vader die Kerze wieder an, und wir konnten die Weihnachtsgeschenke betrachten, die wir bereits in den Händen hielten: Seife und von Moder selbstgestrickte Unterwäsche für die Mädchen, Kinderwerkzeug von Vader für Max twee, das herumgereicht und von allen gewürdigt wurde, bis Moder schließlich in die Küche aufbrach und mit dem Ausruf ‚Tied för de Broden'[156] zurückkehrte. Das Wort

---

155   Getrockneter Kuhmist

156   Zeit für den Braten

hatte über die Jahre einen ironischen Beiklang bekommen, weil sie es bei allen Familienfesten verwendete, die meisten aber ohne richtigen Braten stattfanden. Diesmal gab es allerdings Rollfleisch. Am ersten Weihnachtstag ging die Familie geschlossen zur Kirche. Der Andrang war groß. Im Auftrag des Pastors verteilte ich die Gesangbücher am Eingang. Es wurde leise gesprochen, viele Mienen spiegelten Sorge wegen des Krieges, doch soweit ich es mitbekam, redete niemand darüber. In den Reihen tauschte man sich flüsternd über Festessen und Geschenke aus, während der Pastor auf sich warten ließ. Kurzzeitig schwoll das Gemurmel an, wenn von einem spleenigen Geschenk oder einem Verwandten vom Festland die Rede war, der seit langem mal wieder zu Besuch gekommen war. Es schien geradezu, als ginge die Neugier auf irdische Dinge der stillen Andacht vor. Was verständlich war, denn in harten Wintern wie diesem erlahmte die Kommunikation zwischen den Warften; der Weihnachtsgottesdienst bot eine der wenigen Möglichkeiten, den Informationsmangel zu durchbrechen. Offenbar zögerte der Pastor in Kenntnis dieser Sonderheit sein Erscheinen bewusst hinaus und verspätete sich nicht unabsichtlich. Als dann die schwere Kirchentür knarrte, wurde es mucksmäuschenstill. Der Pastor kam herein, bestieg die Kanzel und begann mit ‚Leeve Lüüd‘[157]. Ich war gespannt, ob er das Plattdeutsche durchhalten würde. Mehr noch interessierte mich, welche Aussage er zum Krieg bereithielt. Vieles erschien mir ungeordnet. Daher setzte ich auf den Kirchenmann, der am Weihnachtsabend hoffentlich für Klarheit sorgen würde. Haye, der zwei Reihen vor mir saß, drehte sich öfter nach mir um, während der Pastor bereits zu sprechen begonnen hatte. Ich war abgelenkt und verpasste den ersten Teil der Predigt. Falls der vom Krieg handelte, hatte ich es nicht mit-

---

157   Liebe Leute

bekommen. Dafür zog nun das Platt meine Aufmerksamkeit auf sich. Es klang so holperig wie am Vortag die Schifffahrt durch das Eis, denn der Pastor las jedes Wort einzeln vom Blatt ab. Dafür konnte er nichts, er kam nun mal vom Festland. Trotzdem wunderte es mich, wie nachsichtig sich die Gemeinde zeigte. Abgesehen von einem einmaligen Räuspern ging nur selten, bei wirklich groben Schnitzern, ein leises Raunen durch die Reihen. Zum Ausgleich sang die Gemeinde hinterher fehlerfrei ,Söter de Klocken nie klingt' und andere plattdeutsche Weihnachtslieder.

Zurück in unserer Stuv gab es selbst gebackene Futtjes[158], und während die Familie schmatzte und sabbelte, wanderten meine Gedanken mal zu Haye, mal zur Stellung auf Pellworm, wohin ich in wenigen Tagen zurückkehren sollte. Vielleicht würde der eisige Winter, nachdem er das Kommen erschwert hatte, Wiebke und mir noch ein paar Tage Zusammensein mit der Familie vergönnen, denn inzwischen war die Meerenge so dicht mit Eis überzogen, dass eine baldige Überfahrt nach Pellworm unmöglich erschien. Wer Wiehnachten noch röberkamen is, kümmt nu nich mehr trüch[159], hatte ich es schon in der Kirche raunen gehört. Vader wurde unruhig. Die Familie brauche jeden Groschen, klagte er. Zu warten, bis Häfen und Anlegestellen wieder freigegeben würden, käme nicht in Frage. Wi goht to Foot röver[160], entschied er resolut und gleichzeitig lapidar. Offensichtlich sollte es harmlos klingen wie ein Vorschlag, spazieren zu gehen. Ich wusste, Vader würde uns niemals einer Gefahr

---

158 Futtjes sind in Fett gebackene Krapfen, teils mit Puderzucker überstreut. Sie werden bei Feiern als Gebäck serviert.

159 Wer Weihnachten noch rübergekommen ist, kommt nun nicht mehr zurück.

160 Wir gehen zu Fuß rüber.

aussetzen, trotzdem fragte ich: Hett dat jemals vörher eener mookt?[161] Einige, behauptete er, wiederholte aber nur die amüsante Legende vom liebessüchtigen Krabbenfischer, der vor etlichen Jahren in einer Wintermondnacht die Meerenge zu Fuß überquert hatte, um zu seiner Verlobten zu gelangen. So war ich nicht wirklich überzeugt von seinem Plan. Wie lang bruukt wi? Nich mehr as twee Stünn[162], antwortete er fröhlich, ohne zu ahnen, dass ich nicht die geringste Lust verspürte, zu den Jensens zurückzukehren.

Tade will mitfeiern

Sobald es hinter den Fenstern des Frieslandpesels dunkel geworden ist, wächst Bennos Erregung. Er freut sich auf die nächste Liebesnacht, denn Patty wird nun bald an die Wand klopfen. Seit einigen Tagen jedoch klagt sie, kaum dass er ihr Zimmer betreten hat, über Müdigkeit. Oft legt sie sich gleich schlafen und Benno kann nichts weiter tun, als ihr beim Auskleiden zuzugucken, sich auf die Bettkante zu setzen und eine Weile ihre Arme zu streicheln.

Er führt den Wandel auf den Stress während der Hauptsaison zurück. Und die Teilnahme an den Interviews stellt eine zusätzliche Anstrengung dar.

„Du solltest so nicht weitermachen, Schatz. Der Schlafmangel schadet deiner Gesundheit."

„Wie kommst du darauf?"

„Du hast Ringe unter den Augen."

„Nur heute. Habe schlecht geschlafen."

„Die Ringe sehe ich schon länger."

„Was schlägst du vor?"

---

161   Hat das jemals vorher einer gemacht?

162   Wie lange brauchen wir? - Nicht mehr als zwei Stunden.

Benno weiß, dass er eine Missbilligung riskiert, spricht aber weiter: „Setze deine Teilnahme an den Interviews eine Zeitlang aus."

„Aber ich muss Fionas Geschichte weiterverfolgen!"

„Warum *musst* du?"

„Es ist ein Gefühl, ich kann es nicht näher bestimmen."

„Ich gebe dir meine aktuellen Manuskriptseiten. So bleibst du auf dem Laufenden."

„Okay, wir können es probieren. Aber wenn ich es doch möchte, werde ich wieder teilnehmen, das musst du zusagen!"

„Mache ich. Und außerdem lade ich dich zwei Tage nach Sylt ein. Zur Entspannung."

„Abgemacht."

„Wo ist Patty?", fragt Fiona am nächsten Morgen.

„Sie bleibt erst mal weg. Sie braucht ihren Schlaf - wie wir alle."

„Ich vermisse sie."

„Warum?"

„Wie soll ich das ausdrücken, sie ist mir ans Herz gewachsen."

„In der kurzen Zeit?"

„Rätselhaft, nicht wahr? Aber Gesundheit geht vor. Selbstverständlich soll Patty ausschlafen."

„Wir werden übrigens einen Kurztrip miteinander unternehmen."

„Wohin?"

„Auf eine Nachbarinsel."

„Schön - tut, was euch guttut!"

Fiona legt eine Pause ein und blickt Benno bedeutungsvoll in die Augen. „Ich habe ein persönliches Anliegen, Benno. Ich möchte dir einen Umschlag übergeben und bitte dich, ihn erst nach Ende des Projekts zu öffnen. Versprichst du mir das?"

„Hui, das überrascht mich jetzt etwas. Klingt irgendwie

geheimnisvoll, hat aber offenbar nichts mit dem Projekt zu tun, wenn ich ihn erst hinterher öffnen darf. Oder vielleicht doch?"

„Noch einmal: Versprichst du es mir?"

„Klar, Fiona. Ich verspreche es."

Einige Tage nach dem Kurztrip - Benno und Patty sind wieder zurück auf der Hallig - sitzt Tade wie erwartet auf der Bank.

„Du bist also meinem Rat gefolgt. Wie war's auf Sylt?"

Da Benno einen frivolen Unterton herauszuhören glaubt, sagt er augenzwinkernd: „Willst du es so hören, wie es war?"

„Wie denn sonst."

„Weil es vielleicht kitschig klingt, wenn ich es so beschreibe, wie es war."

„Nun fang schon an!"

„Von den Dünen wehte Gras- und Sandgeruch. Auch sonst roch es schön, Patty hatte ein verführerisches Parfüm aufgelegt. Sie beugte sich über mich, küsste meine Nase und leckte mir über die Lippen. Sie machte mir körperlich bewusst, wie sehr ich sie begehre."

„Dünen und Meer. In den Gras- und Sandgeruch mischt sich Seeluft. War es so?"

„Genau so, Tade. Wir liebten uns am Rücken eines Strandkorbs mit dem Klang der Brandung im Hintergrund. Ich hatte echt das Gefühl, vom Vorwärtsdrang der Wellen animiert zu werden."

Tade lacht auf: „Das klingt eher technisch als kitschig. Fürchtest du dich vor der Trennung nach Projektende?"

„Dass wir wieder auseinandergehen? Dazu liebe ich sie zu sehr."

„Dann musst du sie heiraten."

„Ich habe sie schon gefragt."

„Auf Sylt?"

„Auf der Rückfahrt. Sie schmiegte sich an mein Gesicht, um sich vor dem Wind zu schützen, und sagte: ‚Sylt hat Esprit, da könnte ich leben, ich habe kalifornische Vibes gespürt‘. ‚Oh, ja!‘, schrie ich vor Freude, ‚ich bewerbe mich als Stadtschreiber für Westerland, und du arbeitest in der Inselbücherei‘.“

„Wie reagierte sie?“

„Sie lachte, nahm mich offenbar nicht ernst. Da fasste ich all meinen Mut zusammen und fragte in ihren Atem hinein: Könntest du dir vorstellen zu heiraten? Just in dem Moment hatte das Schiff bei Amrum Grundberührung, es rumpelte und Patty rannte neugierig zum Heck, wo die Schiffsschraube braunes Wasser an die Oberfläche wühlte.“

„Falls sie irgendwann zusagt, möchte ich zur Hochzeit eingeladen werden.“

„Okay, Tade, ich setze dich auf die Liste.“

Über dem Rummelloch

Der Januarmorgen: Winterwolken, durchbrochen von fahlem Sonnenlicht, in der Ferne einzelne Nebelringe zum Festland hin, dazu Windstille. Karl Nissen schaut über die Meerenge. Gäbe es Anzeichen für einen Wetterumschwung, würde er das Vorhaben abbrechen. Er betrachtet Horizont und Himmel genauer, um sich zu vergewissern. Der Nebelgürtel liegt starr am Horizont, direkt über der Meerenge wirkt die Luft wie vom Frost gereinigt. Das sichert einen ungetrübten Blick auf das Ziel: die Turmruine der Alten Kirche von Pellworm. Karl Nissen ist zufrieden und macht eine Handbewegung, mit der er Wiebke und Fiona auffordert, die Mole zu verlassen.

Vader lächelte zuversichtlich. Anscheinend sprach wirklich nichts gegen die Überquerung. Dennoch blickte ich skeptisch auf die kompromisslos weite Fläche vor uns, denn waren wir darauf erstmal eine Weile unterwegs, würden wir sie nicht so schnell wieder verlassen können. Der Gedanke flößte Respekt ein und erzeugte den Wunsch, mir ein Gefühl von Sicherheit zu verschaffen. Ich betrat die Schneedecke, die in Ufernähe das Eis bedeckte, und hüpfte prüfend auf und nieder - frei nach Moders Motto ,Vorsicht ist die Mutter der Porzellankiste'. Wiebke lachte, obwohl sie vielleicht selbst Angst hatte einzubrechen.

Hart un fast, dat hunnert Peerwagen dor över fohren kunnen[163], reagierte Vader entschlossen und marschierte, keine Widerrede duldend, los. Wiebke und ich fassten uns an den Händen und folgten. Unter den Schuhen wirkte der Schnee weich wie Gänseflaum. Die federnden Schritte der einsinkenden Sohlen machten ebenso Vergnügen wie der Blick auf hochwirbelnde Flocken, die übers Schuhwerk tanzten. Kam mir der Marsch allmählich wie ein harmloses Unterfangen vor, achtete ich dennoch hypersensibel auf jede Geräuschänderung. Hatte der Schnee nicht eben noch unter den Füßen geknirscht? Mir fiel auf, dass unsere Schritte lautlos verhallten. Gespenstisch klang die Stille, als hätte ein Zaubergeist die Welt in Watte gepackt. Weil Vader und Wiebke keine Reaktion zeigten, lag es womöglich an mir. War ich taub geworden, während die Welt weiterhin laut war? Erneut machte ich einen Test, diesmal deckte ich die Ohren mit den Händen ab und hob sie wieder. Ich fürchtete, von der Stille könnte mir schwindlig werden, da fand Vader ein weiteres Mal beruhigende Worte: Du büst nich doov, de Snee sluckt all dat Ruuschen[164], sagte er und fuhr, bedeutungsvoll ins Hochdeutsche wechselnd, fort: Noch verlieren sich unsere Trittgeräusche im Schnee. Weiter draußen, auf den freien Flächen, hat ihn der

---

163 Hart und fest, dass hundert Pferdewagen darüber fahren können.

164 Du bist nicht taub. Der Schnee schluckt alle Geräusche.

Wind der Vortage weggefegt. Dort werden wir auf pures, hartes Eis treffen. Ihr könnt die Eisfalten schon jetzt unter dem Schnee spüren. Wiebke korrigierte ihn matt: Ich spüre nichts. Achte auf kleine Erhebungen! erwiderte Vader. Wiebke wirkte unzufrieden. Bis eben hatte sie kaum den Mund aufgemacht. Bestimmt dachte sie über ihre Entscheidung nach, die Stellung zu wechseln, vermutete ich. Die alte auf dem Festland hatte sie aufgegeben, weil es oft Ärger gegeben hatte, und nun grübelte sie wahrscheinlich, was schiefgelaufen war und was sie auf Pellworm anders machen könnte. Stehend tastete sie mit der Fußspitze den Boden ab, schob Schnee zur Seite und brachte tatsächlich eine Falte zum Vorschein. Wie eine Quetschung sah sie aus, als wäre das Eis unter Druck zusammengeschoben und nach oben gepresst worden.

Wie Vader angekündigt hatte, zog die Schneedecke sich zurück. Aus perlweißer wurde eine metallfarbige Oberfläche, die an manchen Stellen wie ein quecksilbriger Spiegel, an anderen fast transparent aussah. Zum Teil konnten wir ins Eis hineinsehen. Ich stellte mir vor, dass es den Fischen von unten genauso ging und sie unseren Schuhschatten folgten. Solche Gedanken machten Spaß. Besser Stapfen und Staksen als Holpern und Stolpern, lachte ich und hob die Füße extra hoch über die Eisfalten.

Der Anflug guter Laune hält an - bis sich auf Karl Nissens Stirn plötzlich Sorgenfalten abzeichnen. Die Beschaffenheit sowohl der Luft als auch des Bodens hat sich seltsam verändert. Trockenkalte Polarluft und feuchtes Seeklima treffen unerwartet hart aufeinander. Zuerst sinken die Wolken tief herab, und, anders als erhofft, löst die Morgensonne den Nebel am Horizont nicht auf. Ganz im Gegenteil: er kommt näher. Die Umgebung verschmilzt zu einem Wolken-Nebel-Gemisch. Im Nu beträgt die Sichtweite kaum noch fünfzig Meter. Auch der Schnee verändert sich, er schmatzt unter den Schritten. Noch immer bedeckt er viele Bereiche, weicht aber langsam auf.

Mien Fööt sünd natt![165] klagte ich und stellte mich in Protesthaltung vor Vader auf. Seine Stimme war hörbar um beruhigende Wirkung bemüht: Jo, an en poor Stellen liggt Water op das Eis.[166] Ich kannte seine Angewohnheit, in lakonischem Ton Dinge festzuhalten, die keiner Feststellung mehr bedurften. Normalerweise war mir das egal, aber jetzt machte es mich nervös, denn für Tauwasser war es nicht warm genug. Es musste einen anderen Grund geben, warum die Schuhe durchnässten. Unterdessen hob auch Wiebke die Füße an, während Vader verblüfft den Kopf schüttelte, als hätte er eine einfache Rechenaufgabe vor sich, deren Lösung ihm kurz entfallen war. Ich aber fühlte mich bestätigt: Die Sache war waghalsig, nicht erst jetzt, sondern von Anfang an, die ganze Idee. Der Bammel im Bauch, den ich schon auf der Mole gespürt hatte, meldete sich zurück. Ich widerstand dem Impuls, schnellstmöglich zur Hallig zurückzulaufen. In welche Richtung hätte ich auch laufen sollen? Angespannt gingen wir nebeneinander her. Plötzlich schrie Wiebke auf und zeigte auf eine dreißig Meter entfernte Stelle, wo schwarzes Wasser geräuschvoll aus einer Spalte platschte. Vader, ik will hier nich sien! kreischte sie und fragte in jäh aufwallender Panik: Schüllt wi nich beter umkehren? Dorför is dat nu to laat[167], gab Vader wiederum bemüht gelassen zurück. Hatte er sich wirklich im Griff, wie er sich den Anschein gab? Ich schaute nach, ob seine Nase

---

165   Meine Füße sind nass!

166   Ja, an ein paar Stellen liegt Wasser auf dem Eis.

167   Vater, ich will hier nicht sein! Sollten wir nicht besser umkehren?
- Dafür ist es nun zu spät, ...

schniefte, was immer ein Zeichen von Nervosität bei ihm war. Aber unter der Spitze hing nur gefrorener Rotz. Das Eis bildete keine geschlossene Decke mehr, so viel war klar. Wiebke und ich krallten unsere Finger um Vaders Hände. Er zog uns mit sich, und das wollten wir auch, denn er sollte uns wegbringen - weg von der Spalte, darum ging es. Sich um die Körperachse drehend, suchte er alle Himmelsrichtungen nach einem Ausweg ab. Aber wohin strebte er, wenn doch die Meerenge nicht nur an der Spalte, sondern inzwischen von allen Seiten irritierende Töne von sich gab? Blankes Entsetzen packte mich, als ich einen dunklen Schatten bemerkte, der über das Eis glitt. Kein Wolkenschatten, denn der Himmel war bedeckt. Nein, der Schatten kam aus dem Meer. Das wird der Strom des Rummellochs sein[168], sagte Vader. Offenbar strömte der Priel direkt unter uns.

Karl Nissen will seinen Töchtern zur Ablenkung eine Geschichte erzählen, wobei er mit dem Finger auf eine bestimmte Stelle zeigt - eine hypothetische vermutlich, denn so genau kann er es nicht wissen. Dort, am Rand des Rummellochs, habe früher eine Warft gelegen. Süderwarft habe sie geheißen. Inzwischen existiere sie nicht mehr. Fiona fängt an zu rennen. Wohin weiß sie nicht, aber sie will auf keinen Fall die Nächste sein, die das Rummelloch, wie früher die Bewohner von Süderwarft, unter sich begräbt.

Ich hatte mich ein Stück entfernt, da tauchte ein bizarres Bild vor meinen Augen auf: An einer von Nebel umhüllten Stelle schleuderte das Meer längliche Eisschollen in die Höhe. Offenkundig waren sie dem Strudel des Rummellochs in die Quere gekommen. Mir fielen die Bauklötze für Kinder im Wyker Spielzeugladen ein - diese hier waren für Riesen.

---

168   Priel im Wattenmeer

Immer neue Öffnungen reißt die dunkle Strömung ins Eis. Aus der Tiefe ertönt furchterregendes Bersten. Fiona wartet, bis die beiden bei ihr ankommen. Sie braucht eine Weile, bis sie begreift, was sie dann vom Vater hört. Das Eis, auf dem sie stehen, sei wahrscheinlich eine Scholle. An allen Seiten von Wasser umgeben.

Hatte mir jemals etwas so viel Angst gemacht wie dieser Satz? Sie trieb mich zu einer Tat, die bisher in die Kategorie ‚unvorstellbar' gehört hatte. Ich stellte mich erneut vor Vader auf, ballte die Fäuste und hämmerte sie gegen seine Brust. Du hast uns hierhergeführt, dann bring uns jetzt wieder weg! lautete die verzweifelte, angstbebende Botschaft. Er ließ es sich kurz gefallen, griff dann meine Fäuste und umschloss sie fest mit seinen Händen. Sekundenlang standen wir mit starr erhobenen Armen voreinander. Vor Scham, Angst und Empörung fing ich sturzartig zu weinen an. Wiebke weinte mit. Noch nie hatte ich Vader in so verzagtem Zustand erlebt. Wie abwesend verharrte er auf der Stelle. Wir alle hatten begriffen: Um die Scholle zu verlassen, müssten wir irgendwo am Rand über eine Spalte springen. Falls uns das nicht gelänge, wären wir verloren. Jäh riss Vader Mantel- und Hosengürtel aus den Schlaufen und verband die Schnallen miteinander, wodurch sich ein doppelt so langer Gürtel ergab. Je ein Ende drückte er Wiebke und mir in die Hand, das mittlere Teil hielt er mit beiden Händen fest. So warrd wi uns nich verleeren.[169] Mittels des Gürtels miteinander verbunden, streckten wir die Arme weit auseinander, um das Körpergewicht zu verteilen, und hielten sie gleichzeitig nah genug beieinander, um uns sekundenschnell gegenseitig stützen zu können. Meine Arme vermochte ich auszustre-

---

169   So werden wir uns nicht verlieren.

cken, aber die Beine schlotterten so heftig, dass ich mich kaum aufrechthalten konnte.

Im nächsten Augenblick sah ich Wiebke wegrutschen. Sie musste gestolpert sein und im Fallen Vaders Gürtel losgelassen haben. Die Hände panisch vor sich aufs Eis gepresst, sauste sie mit dem Kopf voran auf eine Spalte zu. Im Nebel echote ihr gellender Schrei. Ich versuchte mir einzureden, was ich sah und hörte, sei nicht wahr, und tatsächlich geschah ein unglaubliches Wunder. Eishubbel bremsten Wiebkes Geschwindigkeit ab, wenige Zentimeter vor der Spalte blieb sie liegen. Vader befahl mir, mich nicht von der Stelle zu rühren, bis er zurückkomme. Auf allen Vieren kroch er von mir fort. Wiebke lag mit dem Gesicht auf den Unterarmen am Boden. Vader robbte sich wie ein Seehund an sie heran und legte ihr einen Arm um die Schultern. Gischt spritzte über beide Körper. Ich stand bewegungslos dort, wo Vader mich verlassen hatte. Unter mir hörte ich die mächtige Strömung des Rummellochs. Bestimmt war es nur eine Frage von Sekunden, bis sie das Eis aufreißen würde. Genau hier, unter meinen Füßen. Ich sah den klaffenden Riss bereits vor mir, wie er sich verbreiterte und wie ich im Spagat über der Spalte hangelte. Die Vorstellung überstieg meine Nervenkraft und riss mich zu Boden.

Hinterher erinnerte ich mich nicht, ob ich zu atmen aufgehört hatte oder vor Angst ohnmächtig geworden war. Ich erwachte von einem kalten Schmerz. Mein Kopf lag auf einer Eisfalte. Im Ohr hörte ich das Rauschen des Rummellochs. Reglos blieb ich liegen und blickte ins Leere. Vader und Wiebke hatte ich völlig vergessen. Womöglich hatten mich Angst und Kälte in Schockstarre versetzt. Ich reagierte erst wieder, als ein Schatten neben mir auftauchte: Vaders Stiefel. In Zeitlupe blickte ich den Schaft hinauf, erkannte Vaders Gesicht und spürte seine Hand auf der Schulter. Ich schloss die Augen und versuchte mich zu vergewissern, was passiert war. Das Bild kam zurück: Wiebke rutschte bäuchlings über das Eis. Mein Atem ging stoßweise. Vader sprach leise auf mich ein, und ich verstand: Er hatte sie gerettet. Wir mussten aufbrechen. Doch während ich Kraft zurückgewann, um mich aufzurichten, ging nun Wiebke plötzlich in die Hocke und fing hemmungslos zu weinen an. Sie wirkte vollkommen aufgelöst. Vader versuchte, sie zu trösten: Ik warr versöken, vun't Rummellock wech to komen, dorhen, wo wi wedder fasten Ünnergrund hebbt.[170] Leise, wohl an sich selbst gerichtet, fügte er hinzu: Wenn ik blots de richtige Richtung wüsst![171] Er wirkte, als stehe er neben sich - außerstande, einen klaren Gedanken zu fassen. Ihm war anzusehen, wie sehr ihn Unsicherheit und Hilflosigkeit zermürbten. Womöglich ist er der Nächste, der in die Knie geht, fürchtete ich und wollte ihm in die Augen sehen, aber er hielt sie mit der Handkante an der Schläfe verdeckt. Nicht auszuschließen, dass auch er weinte. Der Eindruck erzeugte Mitleid, gleichzeitig flammte neuer Zorn in mir auf. Warum waren wir überhaupt hier? Hätten wir nicht zu Hause bleiben können, bis die Schiffe wieder fuhren? Unsere Dienstgeber würden garantiert ein paar Tage ohne Wiebke und mich auskommen! Ich erinnere mich genau an den nächsten Moment, als Vader wieder nach unseren Händen griff. Ik bruuk noch en poor Sekunden[172], sagte er in einem Ton, als spreche er gegen sich selbst an. Dann plötzlich spürte ich einen Ruck. Vader strebte in eine neue Richtung. In welche, verriet er uns nicht, aber das musste er auch nicht. Er hatte eine Entscheidung getroffen - das war das Wichtigste. Wir

---

170   Ich werde versuchen, vom Rummelloch weg zu kommen. - Dahin, wo wir wieder festen Untergrund haben.

171   Wenn ich bloß die richtige Richtung wüsste!

172   Ich brauche noch ein paar Sekunden.

wussten sowieso, was er vorhatte, was wir alle vorhatten: Runter von der Scholle - nur darum ging es. Ich wollte seine Hand nie wieder loslassen. Nie mehr, nie mehr! rief ich leise vor mich hin. Er schaute mich an und flüsterte: Dat warrd ook nich wedder vörkomen![173]

Nach etwa fünfzig Metern erreichen sie den Rand der Scholle. Vor ihnen eine Spalte, keinen Meter breit. Dahinter liegt entweder eine andere Scholle oder eine geschlossene Eisdecke, die bis zur Insel reicht. Karl Nissen sagt, sie müssten springen.

Vader ging geradewegs darauf zu. Dor mööt wi röver[174], befahl er sich selbst, nahm Anlauf und sprang. Bei Strafe des Untergangs mussten Wiebke und ich hinterher. An sich war die Spaltenbreite zu schaffen, aber auf Eis und mit zittrigen Gliedern? Wiebke sprang zuerst und landete auf den Knien. Hops ook röver! rief mein Inneres, und ich vollbrachte dieselbe Sturzlandung. Der Schmerz war sofort vergessen, als Wiebke mich hochzog und wir uns in die Arme fielen. Dann trotteten wir wieder los. Weiterhin unsicher, was die Route betraf, aber immerhin: Das Eis wurde wieder dichter. Wir hatten das Rummelloch hinter uns gelassen! Als hinter dem Nebel die Lichter des Pellwormer Leuchtfeuers aufblinkten, klatschten Wiebke und ich Beifall. Vaders Route hatte sich als richtig erwiesen, bald wären wir in Sicherheit. Was der Verstand erkannte, begriff die Muskulatur erst mit Verzögerung: Noch immer schlotterten mir die Beine, sogar noch, als wir am Pellwormer Deich angekommen waren.

Vader entschied, zu dritt zum Ehepaar Jensen zu gehen. An der Haustür berichtete er kurz, was passiert war, und bat

---

173   Das wird auch nicht wieder vorkommen!

174   Da müssen wir rüber.

Frau Jensen, Wiebke und ihm für eine Nacht Obdach zu gewähren. Sie sah, dass wir vor Kälte zitterten, blickte bestürzt auf unsere durchnässte Kleidung und ließ uns sogleich hinein. Allen brachte sie Handtücher, uns Mädchen Ersatzwäsche und für Vader Pullover und Hose ihres Mannes. Dann schob sie Wiebke und mich die Treppe hinauf und machte für Vader das Sofa in der Stuv zurecht. Es fühlte sich wie ein Wunder an, wieder auf der Pritsche zu sitzen - kaum zu beschreiben. Obwohl die Kammer eiskalt war, verströmte die Sicherheit innere Wärme. Selbst die spitzen Tapetenecken, die in den Raum ragten, verloren ihr Abstoßendes; wie kleine Kunstwerke sahen sie auf einmal aus. Nach wenigen Minuten brachte Frau Jensen eine leichte Matratze und eine Decke für Wiebke, nach weiteren Minuten kehrte sie mit einer Kanne heißem Tee und belegten Brotschnitten zurück. Nu sloopt jem eerst mol ut![175] sagte sie in herzlichem Ton. Ich freute mich, Wiebke mein kleines Domizil zeigen und eine gemeinsame Nacht mit ihr verbringen zu können. Irgendwie war das doch noch ein guter Start ins neue Jahr. Die Anstrengungen des Tages und der Blick auf die Eisblumenornamente am Dachfenster ließen uns schnell einschlafen.

Am Morgen hatte sich der Nebel verzogen. Vader zögerte keine Sekunde, umarmte uns und machte sich auf den Weg zurück zur Hallig. Jetzt könne er das Eis überblicken und das Rummelloch umgehen, rief er uns über die Schulter zu, während er den Deich hinunterkrabbelte. Auch Wiebke brach noch vor dem Frühstück zu ihrer Stellung auf.

Danach wollte Frau Jensen in allen Einzelheiten von mir wissen, was sich ereignet hatte. Während ich berichtete, schüttelte sie im Wechsel sorgenvoll und verständnislos den Kopf. Schließlich legte sie den Arm um mich und gab mir den Tag frei. Ich nutzte ihn zum Weiterschlafen, denn ich

---

175   Nun schlaft euch erst mal aus!

war hundemüde. Mich überfiel ein fürchterlicher Albtraum. Irgendwann schreckte ich von dem Gedanken hoch, dass es mir nicht schwergefallen war, auf Vaders Brust einzuprügeln. Wie schnell war meine Wut in Gewalt umgeschlagen! Was will der Traum mir sagen? fragte ich mich voller Unruhe. War Vader etwas zugestoßen? Panisch sprang ich aus dem Bett, rannte die Treppe hinunter und bat Frau Jensen, beim Hooger Bürgermeister anrufen zu dürfen. Wenn Vader an den Apparat käme, wüsste ich, er war sicher übers Eis gekommen. Nach einigen Minuten rief er zurück. Mein Gott, wie gut es tat, seine Stimme zu hören! Wegen der Kosten müsse er sich kurzfassen. Weder ging er auf seinen Rückweg übers Eis ein noch ich auf meinen Traum - die Hauptsache war, er lebte. Ich hörte noch seine Einladung zum Biikebrennen, dann brach das Gespräch ab.

Kalifornischer Hilferuf

Jeden Abend gegen Mitternacht starrt Benno Richtung Backenswarft und wartet darauf, dass im Frieslandpesel die Lichter ausgehen, denn er weiß, dass bald darauf Patty an ihrem großen Fahrradhelm erkennbar wird, jedenfalls bei Mondschein. „Freunde rieten mir wegen der narrow lanes in Deutschland, mir gleich nach der Landung in Hamburg so ein Riesending zu kaufen", rechtfertigte sie neulich die Anschaffung.

„In der Stadt setze ich auch einen auf. Aber wozu auf der Hallig?"

„Hier sind Gräben und Priele neben den Wegen. Außerdem bin ich nachtblind, mein Schatz. Hast du das noch nicht gemerkt?"

„Nach meinem Eindruck findest du dich im Dunkeln sehr gut zurecht."

Das stimmte. Auch in dieser Nacht in Bennos Bett traf es

zu. Bis zur ersten Helligkeit, die durchs Fenster fiel, sind sie zusammengeblieben, dann ist Patty in ihr Zimmer zurückgekehrt. Sie will nun immer ausschlafen, wofür sie Zeit hat, seit sie nicht mehr an den Interviews teilnimmt. War es richtig, sie zu dem Verzicht zu drängen? überlegt Benno. Sein Projekt hat er wieder voll im Griff, weil es weniger Unterbrechungen gibt. Aber war es trotz kleiner Scharmützel nicht immer angenehm gewesen, Patty um sich zu haben? Seit sie den Interviews fernbleibt, spürt er sie nur noch nachts, wenn sie miteinander schlafen. Das wird ihm jetzt, während er wie immer noch eine Weile im Bett liegen bleibt, um an sie zu denken, erst richtig klar.

Benno öffnet die Augen, denn die Morgensonne fingert grell über sein Gesicht. Schnell springt er aus dem Bett. Auf dem Weg zum Waschbecken bemerkt er einen Zettel unter der Tür.

„Muss weg. In der Frühe Handyalarm. SMS John: Nationalpark brennt. Pferde müssen evakuiert werden. I shall help, meint J. - er wartet morgen am Airport. Nehme erste Fähre. Annelies weiß Bescheid. Melde mich später. Deine Pat. Will dich nicht wecken."

Wie vom Donner gerührt stürzt Benno ans Fenster, gleichzeitig greift er sein Handy. Während er Annelies' Nummer wählt, erkennt er verzweifelt, dass die Achtuhr-Fähre nur noch schemenhaft über dem Meer zu sehen ist. Zum Glück läutet es nur drei Mal, dann meldet sich Annelies. „Weißt du was von einem brennenden Nationalpark?", schreit er ängstlich ins Handy.

„Bitte reg dich nicht auf, Benno! Es geht um die Rettung der Tiere. Nur vorsorglich - verstehst du? Patty droht keine Gefahr! Das soll ich dir ausrichten."

„Wie willst du das wissen? Oder sie? Das kann man bei Flächenbränden nie sagen."

Benno verliert die Beherrschung und legt grußlos auf, um

den Fernseher einzuschalten. Auf dem eingestellten Sender läuft nur Musik, er tippt andere Kanäle durch. Nichts. In TV-Frühnachrichten wird man die Brände zeigen, hofft er (falls Pattys Kumpel, dieser John, nicht gesponnen hat). Doch amerikanische TV-Sender sind auf der Hallig nicht verfügbar, und die deutschen melden nichts. Schließlich findet er BBC-TV. Ein Sprecher vom News-Channel spricht das Wort California, und im nächsten Augenblick erscheinen Bilder. Ein Flugzeug wirft rote Flüssigkeit ab. Sieht wie Staub aus. Darunter brennen Bäume. Der Sprecher redet zu schnell, Benno kann nur kurz die Bilder betrachten, dann ist die Meldung schon vorbei. Er fragt sich, ob L. A. und Hallig Hooge in derselben Zeitzone liegen. Nicht nur die aktuelle Entwicklung will er erfahren, sondern auch, ob es drüben Nacht ist. Vielleicht schläft Patty gerade, das würde ihn beruhigen. Er ist so nervös, dass er vergisst, ganz einfach im Internet das Stichwort Zeitzonen einzugeben.

Auch in der Nacht schreibt Patty keine Nachricht. Da Benno vor Unruhe ständig aufwacht, setzt er sich an den Tisch, um Manuskriptabschnitte auf Schreibfehler durchzulesen. Doch er merkt, dass er dem Text gar nicht folgt. Er ist mit den Gedanken woanders. Am Morgen endlich eine E-Mail: „Es ist Wahnsinn, Ben. Gestern auf dem Inlandsflug sah ich die Feuer über Yosemite. Ganze Wälder brennen, endlos. So sieht die Hölle aus. Soll einer der größten Brände jemals sein. Zum Schutz der Riesenmammutbäume legt man Gegenfeuer. Ich las von Hand Crews aus Häftlingen, die tief in die Wälder eindringen, dorthin, wo Feuerwehrwagen nicht hingelangen, selbst Bulldozer nicht. So weit vorerst. In Love Pat."

Benno antwortet per SMS, sie solle vorsichtig sein. Er denke an nichts anderes als an sie.

Drei Stunden später folgt ihre Antwort, ebenfalls als SMS: „Hi, Benno. Werden gleich loslegen. John will mit Spaten und Kettensäge Brandschneise um Remise ziehen. Ich soll Zweige wegreißen, damit kein Feuer übergreift. Mal sehen, viel Arbeit. Vorerst kaum Zeit, mich wieder zu melden." Danach zwei Tage Funkstille. Hat sie was mit dem Rancher? Selbst wenn es nur eine Affäre wäre - er könnte damit schlecht umgehen. Jetzt schon macht ihn allein der Gedanke fertig. Seine Nerven flattern. Trotzdem setzt er die Interviews fort. Die Atmosphäre ist angespannter geworden, denn auch Fiona ist sehr besorgt.

Nach der Sitzung hört er wieder Radiosender ab, kontrolliert seinen Mail-Account und scrollt nervös durchs Internet. Tage vergehen, in denen fast nur auf amerikanischen Seiten berichtet wird. Benno schläft schlecht, weil er im Dunkeln wieder die Brandfotos vor sich sieht, die er tagsüber in diversen Blogs angeschaut hat. Bilder von beispielloser Wucht. Wo sie aufgenommen wurden, ob vielleicht zufällig in der Nähe von Pattys Scheune? Alles völlig unklar. Von dem, was gesagt wird, kann er wenig verstehen und lässt nachts sowieso wegen der Nachbarn den Ton ausgeschaltet. Sobald Feuerbilder auftauchen, stellt er den Ton wieder ein - und wird wütend, wenn er auf einen Bericht über Vulkanausbrüche hereinfällt. Benommen klickt er weiter. Da brummt das Handy am Oberschenkel. Er hofft auf ein Selfie von Pat, aber im Anhang sind nur zwei Aufnahmen von einem Brandort. Er liest den Text: „Hi Benno, Pferde sind gerettet!!! Konnten sie rechtzeitig rausholen, aber die Remise leider nicht schützen. Ich habe gesägt wie ein Hotshot, trotzdem griff das Feuer über. Sie ist vollständig abgebrannt (see pics). John war sehr nahe dran. Stayed intact - zum Glück! Ich dagegen habe einen Balken auf den Kopf bekommen. Shit! Tat weh, fühlt sich aber schon an, als wäre es wieder okay. John möchte, dass ich noch bleibe. Werde also some days dranhängen. Sorry! Melde mich wieder. LY Patty"

Die Worte verstören Benno, er will aber unaufgeregt reagieren und entscheidet sich für eine kurze Antwort. „Meine Liebste! Ich grüble die ganze Zeit, wie es dir geht und was du gerade tust. Möchte dich in die Arme schließen - für immer! Pass auf dich auf! Ich liebe dich!" Was, wenn John das zufällig zu lesen kriegt? ‚Soll er doch', denkt Benno verbissen. Dann weiß er jedenfalls Bescheid.

Blockade

Dass ihm das Studium eine längere Ausarbeitung abverlangen würde, wusste Benno, und das Schreiben des Manuskriptes ist ihm bisher recht mühelos von der Hand gegangen. Nun fällt es ihm auf einmal richtig schwer. Lange brütet er über den Stichworten im Notizheft und bringt doch selten einen brauchbaren Satz zusammen. Seine Konzentration leidet unter Pattys Abwesenheit. Zuweilen ist er regelrecht melancholisch gestimmt und fragt sich, ob er unter einer Schreibhemmung leidet - ausgelöst durch die Unsicherheit, ob seine Freundin zurückkehrt. Will er sein Projekt nicht gefährden, muss er einen Weg finden, sich von der Sorge zu lösen. Wahrscheinlich sollte er sich einfach mal auf etwas völlig anderes konzentrieren. Fotografieren zum Beispiel. Er besinnt sich auf sein Hobby, die Straßenfotografie. Bei Bremer Straßenfesten hat er gern spontane Aufnahmen gemacht. Am Hooger Anleger kommen ebenfalls Menschentrauben zusammen. Auch die könnten sich für Schnappschüsse eignen - Streetfotografie im Wattenmeer sozusagen. Er schmunzelt bei dem Gedanken und packt seinen Rucksack: Kamera, Badesachen und für den Fall, dass sich die Schreibfreude unterwegs zurückmeldet, zusätzlich Notizbuch und Laptop.

Heutzutage können selbst größere Fahrgastschiffe die Hallig anlaufen, und das jederzeit. Der Schiffsverkehr ist nicht mehr wie früher auf den Tidenwechsel angewiesen. Die vergrößerte hydraulische Brücke ermöglicht es nun mehreren Schiffen gleichzeitig, den Anleger anzusteuern. Als Benno eintrifft, ist mächtig was los. Gerade entlässt MS Adler-Express Dutzende Tagestouristen. Parallel wird MS Hauke Haien auf der gegenüberliegenden Seite vertäut. Von Seeseite nähert sich sogar noch ein drittes Schiff, das offenbar quer anlegen will. Angesichts der Menschenmengen zweifelt Benno, ob sie gleichzeitig von der Brücke aufgenommen werden können. Doch der Hafenmeister wartet, bis die Brücke frei ist, erst dann werden die Verbindungsstege des nächsten Schiffes ausgefahren. Ein buntes Völkchen ist unterwegs. Sogar einen Jogger hat es her verschlagen. ‚Ob er die Hallig umrunden will, vielleicht mehrmals?‘, überlegt Benno. Einige stehen am Drehständer mit Ansichtskarten und Prospekten der Schutzstation Wattenmeer, andere erkundigen sich im Kabäuschen des Hafenmeisters nach Entfernungen, bevor sie entscheiden, ob sie die Hallig zu Fuß erkunden, eine Pferdekutsche besteigen oder ein Fahrrad mieten wollen. Benno nimmt die Kamera aus dem Rucksack. Vielleicht gelingt es ihm, spontane Reaktionen auf die Hallig im Bild festzuhalten. Im richtigen Augenblick nicht gestellte und daher unwiederholbare Gesten einzufangen, lautet das Ziel. Die Mittelformatkamera ist zwar groß, andererseits gehen Hobbyfotografen im Getümmel meist unter. Er denkt an Meister der Straßenfotografie wie Cartier-Bresson, die ebenfalls analog fotografierten und zufällige Momente mit der Linse festhielten - Aufnahmen, die heute noch auf Ausstellungen gezeigt werden. Benno misst die Belichtung und stellt Zeit- und Blendenwerte entsprechend ein. Dann richtet er die Kamera direkt auf eine Traube Menschen. Um Dynamik und Tiefenschärfe zu erzielen, geht er generell nah an Motive heran. Einige schütteln den Kopf, offenbar missbilligen sie seine Distanzlosigkeit. Doch Benno macht sich eine Erfahrung zunutze: Sobald er freundlich lächelt und mit kurzem Nicken Zustimmung erbittet, sind die meisten einverstanden.

Als er fast über einen Steppke gestolpert wäre, der brabbelnd neben seiner Mutter herläuft, macht er Schluss. Ein Dutzend Belichtungen hat er verschossen, im Gewühl einen neuen Rollfilm einzulegen, ist ihm zu aufwändig. Er legt die Kamera zurück in den Rucksack und mischt sich als stiller Beobachter unter die Menge. Was sagen die Besucher zur Hallig? Erwarten sie etwas Spezielles, oder haken sie nur eine von mehreren Ausflugsstationen ab? Ein Gruppenleiter zeigt mit dem Spazierstock auf Warften und Vogelschwärme und gibt angelesene Informationen an die Zuhörer weiter. „Hier könnte ich nicht leben!", tönt einer aus der Gruppe. Benno staunt über das voreingenommene Statement. Auch ein Mitreisender scheint irritiert. „Sind Sie sicher? Sie haben die Hallig doch gerade erst betreten?" „Naja, vielleicht ein paar Tage, aber garantiert nicht im Winter."

Benno will hören, wie es weitergeht, da begegnet er wieder dem Steppke, dessen kindliche Stimme zu ihm heraufklingt. „Mama, sind das die Erdhügel, von denen du erzählt hast?" „Ja, sie heißen Warften." „Gucken die bei Flut aus dem Wasser?" Benno blickt die Mutter an, fängt ein Lächeln auf und fühlt sich angeregt, an ihrer Stelle zu antworten: „Nur bei Sturmflut, kleiner Mann." Der Junge nickt, während Benno sich erneut für den Disput von eben interessiert. „Sie verstehen das nicht", sagt jemand im Outdoor-Outfit zu dem voreingenommenen Vorlauten. „Das Leben auf den Halligen hat besondere Reize. Trotz Sturmflutgefahr und Einsamkeit. Sonst hätten die Menschen diesen Ort längst verlassen. Aber sie bleiben, und das schon seit Jahrhunderten." „Sie scheinen sich auszukennen. Kommen Sie selbst von der Hallig?" Benno ist gespannt auf die Antwort, aber sie wird von einer laut protestierenden Stimme übertönt, die sich über den Zigarettenrauch eines Touristen beschwert. „Warum verpesten Sie die Luft? Wir sind hier im Wattenmeer!" Benno entflieht dem Gewimmel und schlendert weiter nach Eiwall. Gar nicht weit vom Trubel am Anleger entfernt, ist es hier vollkommen still. Leider ist Ebbe, Benno muss aufs Schwimmen verzichten. Doch das macht nichts, er kann sich auch im Nichtstun üben und die Ruhe und den weiten Blick genießen. Nach einer Weile kommt der Schreibdrang. Benno nimmt den Laptop aus dem Rucksack und verarbeitet die Notizen aus dem letzten Interview, bei dem Fiona seine Angst um Patty bemerkt hat.

Ruß auf der Haut

Am Tag des Biikebrennens Ende Februar war ich rechtzeitig zuhause eingetroffen und hatte schöne Stunden mit der Familie verbracht. Als ich am Abend zum Deich aufbrach, loderte das Feuer noch in die Höhe, wurde aber mit jedem Schritt näher heran kleiner. So verpasste ich den Höhepunkt, das Petermännchen war bereits Opfer der Flammen geworden. Halbverkohlte Holzteile lagen neben dem Biikehaufen. Kinder nahmen vorsichtig Scheite in die Hände und rieben sich gegenseitig Ruß auf die Wangen. Abseits vom Hauptgeschehen stehend konnte ich nicht verhindern, dass auch mir jemand von hinten übers Gesicht rieb. Ich spürte, dass es keine Kinderhand war, drehte mich um und blickte in helle Augen, umgeben von Ruß. Sie blinzelten mich an, als wären wir miteinander bekannt, doch der Mensch gehörte nicht zur Hallig - das zeigte mir ein Blick auf die feingliedrigen Finger seiner anderen Hand, die einen weichen Schal umklammerten. Weich war auch die Stimme, die mich bat, nicht zu erschrecken. Die Art, wie er sprach, hatte etwas Anziehendes, doch mich irritierte, um diese Jahreszeit einem Fremden zu begegnen, und ich spürte den Impuls, mich zu entfernen.

„Was ist Benno, du siehst auf einmal blass aus. Ist dir nicht gut?" Fiona unterbricht ihren Bericht mit einem sorgenvollen Blick.

„Doch, doch! Ich dachte nur gerade an Patty. Wie ich sie beim Biikebrennen traf und wie fasziniert ich von ihr war. Plötzlich entfernte sie sich. Dein Impuls wegzugehen, erinnert mich an den Schmerz, den ich darüber empfand."

„Du scheinst vollkommen aufgelöst zu sein, mein Lieber. Leidest du erneut unter Verlustängsten? Bist du unsicher, ob Patty aus Kalifornien zurückkehren wird? Möchtest du vielleicht ihre Rückkehr abwarten?"

„Nein, das geht nicht. Mein Prof springt mir ins Genick, wenn ich den Zeitplan nicht einhalte."

„Dann fahre ich jetzt fort. Aber beruhige dich! Sie wird zurückkommen, da bin ich mir sicher."

Unter dem Ruß hatte ich etwas gesehen, was mich stehenbleiben ließ. Etwas Männliches und zugleich Zartes - etwas Unwiderstehliches also. Ich fror an den Händen, zugleich fühlte ich in mir eine unbekannte Wärme, die nichts mit dem Feuer zu tun hatte. Verwirrt über das gegensätzliche Empfinden starrte ich abwechselnd auf Mund und Augen meines Gegenübers. Umrahmt von Ruß wirkten die Lippen wie ein Babymund. Wie heißt du? fragten sie, und die Augen blickten mich erwartungsvoll an. Als keine Antwort folgte, streckte mir der Fremde das nachglühende Ende eines halbverkohlten Holzscheites entgegen und raunte: Zumindest kann ich dich nun besser sehen. Sekunden vergingen, bis ihm einfiel, dass zunächst er am Zuge war. Mein Name ist übrigens Hans, Hans Hartung aus Hamburg. Der Ort interessierte mich, trotzdem verzog ich keine Miene, nicht mal, als er lachend hinzufügte: Ha-Ha aus Ha. Den Holzscheit fallen lassend wies er Richtung Ockelützwarft. Sicher kenne ich Magnus Brodersen, der ein Cousin seines Vaters sei. In Briefen habe Magnus vom Biike-Brennen berichtet. Das hat mich brennend interessiert.

Jetzt musste ich doch lachen - der Kerl hatte Humor. Im nächsten Moment stürzte ein Balken lärmend von der Spitze herab. Halb Verbranntes und schon Verkohltes taumelten nach unten und wirbelten am Aufschlagpunkt glühende Asche hoch. Nah am Feuer Stehende duckten sich vor der jäh entfachten Hitze. Überall hoben sich Hände und Arme gegen den beißenden Qualm, der in die Augen stach. Manche stoben johlend vor den umherfliegenden Ascheteilchen davon. Wer stehen blieb, freute sich über grell erstrahlende Zahnreihen in rußigen Gesichtern.

Im Krach, den das Knacken und Splittern erzeugte, hatte der Fremde einfach weitergeredet, ohne Rücksicht darauf, ob ich ihn überhaupt hören konnte, und plötzlich lag seine Hand auf meinem Unterarm. War es ein kurzer Schutzreflex gegen den Funkenflug, hätte er die Hand gleich wieder wegnehmen können, was mir recht gewesen wäre, denn ich spürte, dass wir beobachtet wurden. Andererseits suchte ich Halt gegen die nervöse Spannung, die in mir aufgestiegen war.

Der Fremde wischte sich mit dem Ärmel übrig gebliebenen Ruß aus dem Gesicht. Das neue Antlitz gefiel mir. Endlich stellte ich mich ebenfalls vor. Danach schauten wir uns lange schweigend in die Augen, als müssten wir den Blicken anderer ausweichen. Inzwischen spürte wohl auch der Hamburger, dass man uns beäugte. Nachbarn glotzten aus halb versteckter Position. Mädchen kicherten über die Hand auf meinem Arm. Zu allem Überfluss huschte auch noch der Schatten Hayes vor meinen Augen vorbei, während mein Ohr Sätze vernahm, von denen ich nur verwirrende Bruchstücke verstand:…bezaubernd,…Augen des Meeres…

Die Lippen des Hamburgers bewegten sich dicht vor meinem Mund. Wollte er mir einen Kuss geben? Im Bauch flirrte es, und meine Adern zitterten wie unter einer Gänsehaut. Ich war verunsichert. Von seiner Direktheit, aber auch von Haye. Wo war er abgeblieben, was führte er im Schilde? Ich suchte die Umgebung ab und entdeckte ihn, wie er von der anderen Seite des Feuers hämisch herübergrinste. Am liebsten wäre ich nach Hause gerannt, um all den neugierigen Blicken zu entfliehen. Die Hand des Hamburgers hielt mich fest, aber ich sagte, dass ich am folgenden Tag nach Pellworm fahren müsse. Ich bringe dich zum Schiff, bot er an, was hinter meiner Stirn ein jähes Klopfen hervorrief. Nein-nein, stotterte ich, ich muss ... Vader wird ... Ich verstummte und schob sacht seine Hand von meinem Arm, worauf er sagte: Wir treffen uns morgen früh vor Königs-Stuv! Die Hoffnung, die sich in seinem Blick ausdrückte, ließ mich weich werden. Mal sehen, flüsterte ich.

Danach rannte ich los - zurück zur Hanswarft, zurück in die Gefühlswelt, die ich kannte. Im Laufen spürte ich ein Brennen, als hätten lodernde Flammen auf mich übergegriffen.

Am Morgen stellte ich mich im Stall unter der Fensterbrüstung auf die Fußspitzen. Auf dem Reetdach gegenüber glänzte Neuschnee wie Zucker. Ich reckte den Kopf nach links. Der Hamburger stand am Zaun vor der Königsstuv und versuchte, umhertänzelnde Schneeflocken mit der Hand einzufangen. Schnell begab ich mich zum Waschtisch, benutzte das duftende Seifengeschenk von Weihnachten und trug am Schluss ein wenig von Moders Rouge auf. Da hörte ich auf einmal die Stimme des Hamburgers im Flur. Anscheinend hatte Moder ihn reingelassen. Eine zweite Tür wurde geöffnet, die zur Stuv. Um diese Zeit saß dort regelmäßig Vader und wartete auf das Frühstück, das Moder in der Küche vorbereitete. Die Tür war bereits wieder zu, als ich aus dem Stall im Flur anlangte. Ich horchte, und da ich nichts vernahm, trat ich leise ein, darauf achtend, die Tür genauso geräuschlos zu schließen. Die beiden Männer bemerkten mich nicht. Vader blies am offenen Fenster den Rauch seiner Pfeife in den Garten. Ha-Ha stand in seiner Nähe - das Gesicht ihm zugewandt, aber ohne Blickkontakt. Ich ahnte, was los war: Vader ignorierte ihn, er liebte keine Überraschungen, schon gar nicht am frühen Morgen. Dabei war es ein besonders schöner Wintermorgen. Prachtvoll verfing sich sein eisig-blaues Licht in den feinen Maschen der Gardine, neben der Vader stand. Vom Hamburger sah ich im Wesentlichen seinen Rücken. Den ausgezogenen Mantel hatte er über den Arm gelegt. Er hatte Statur, wie Moder sagen würde. Sein hinteres Kopfhaar kräuselte sich in kleinen Wellen, der Hals zeigte eine kleine Narbe. Auf der halb sichtbaren Wange schienen Überbleibsel von Ruß zu kleben, und auf einmal dachte ich verwundert: Vor wenigen Stunden war dieser Mensch noch ein Fremder gewesen, jetzt steht er wie selbstverständlich in unserer Stuv. Röte stieg mir ins Gesicht, weil ich bemerkte, wie sich mein Seifenduft ungewollt intensiv im Raum verströmte.

Ha-Ha drehte sich halb zu mir um. Seine Augen strahlten mich an. Gestern hatten sie vom Biikefeuer geglüht, jetzt reflektieren sie den hellblauen Schnee auf den Dächern gegenüber. Vader klopfte laut gegen das Barometer am Fensterrahmen und vermeldete: De Winter warrd noch wohren[176]. Ein Gesprächsbeginn? Nein, in aller Ruhe nuckelte er weiter an seiner Pfeife. Im selben Augenblick ging die Tür auf, Moder brachte das Frühstückstablett herein und sagte: So nehmen Sie doch Platz, sicher haben Sie noch nichts im Magen. Irritiert über die spontane Einladung, nahm ich eilfertig Schweineschmalz, Brot und Marmelade vom Tablett und verteilte es auf dem Tisch. Moder sagte Gooden Appetit und

---

176   Der Winter wird noch dauern.

schenkte dem Hamburger einen offenen Blick, der hoffen ließ, sie würde das Schweigen überbrücken. Doch wollte sie anscheinend mir den Vortritt lassen, damit der Fremde und ich vor der Abreise Zeit für ein gegenseitiges Kennenlernen hatten. Ich brachte allerdings genauso wenig wie alle anderen heraus, sondern konzentrierte mich auf die rußigen Ränder am Lampenschirm, die auf magische Weise den Morgen mit dem Biikebrennen am Abend verbanden. Alle schienen gehemmt und beugten sich stumm wie die Fische über ihre Teller. Abgesehen von Kaugeräuschen und gelegentlichem Klappern des Bestecks blieb es still. Wenn ich aufblickte, lächelte der Hamburger mir zu. Einmal begegnete ich seinem Finger, als wir gleichzeitig nach dem Marmeladenglas griffen. Nach dem Frühstück hielt das Schweigen an. Die Luft war dick geworden vor lauter Verlegenheit. Bestimmt findet er uns unendlich langweilig, dachte ich. Ich wunderte mich über Moder, weil sie in den Sommern mit Badegästen schnell ins Gespräch kam. Auch Vaders Lippen gaben außer gelegentlichem Saugen am Mundstück seiner Pfeife nichts frei. Vielleicht dachten beide, dass es mir oblag, mit ‚meinem Gast‘ eine Unterhaltung in Gang zu setzen. Komischerweise fiel auch dem forschen Hamburger nichts ein. Die Steifheit am Tisch erschlug selbst seinen Schneid. So verstrich die Zeit im gleichmäßigen Ticken der Wanduhr, im Knacken des Bileggers und im unaufhörlichen Flackern der Petroleumlampe. Schließlich räusperte sich Ha-Ha. Er dankte Moder für das Frühstück und bat mich um einen Spaziergang. Da fand Vader plötzlich seine Sprache wieder und warf ein: Als Stadtjer[177] sollten Sie die Warft besser nicht verlassen, denn unter Schnee sind Wege und Gräben kaum auseinanderzuhalten!
Nach dem Marsch übers Rummelloch ist er übervorsich-

177   Städter

tig geworden, dachte ich und ignorierte seinen Einwand. Märchenhaft verlassen wirkten die weiß betupften Häuser der Warft an diesem Morgen. Hier und da bewegte sich ein Gardinenstore hinter einer Fensterscheibe und vermittelte das komische Gefühl, heimlich beobachtet zu werden, wo man sich im Alltag offen begegnete. Trotz der Schemen verzögerte ich Schritt für Schritt unser Tempo. Ich wollte dem Hamburger in Ruhe die Warft - meine Welt - präsentieren, und so zeigte ich ohne Worte, aber mit viel Stolz auf Dinge, die mir einzigartig vorkamen, wie Eiszapfen unter Dachtraufen und Schneemützen auf Zaunpfählen, während Hans die Sprachlosigkeit am Tisch offenbar mit einem Schlag wettmachen wollte, weil ihm in kürzester Zeit so viele Fragen aus dem Mund sprudelten, dass ich sie kaum alle beantworten konnte. Ob ich Geschwister habe und wie viele. Ob ich schon mal auf dem Festland war. Ob ich im Sommer im Meer bade und mich traue zu tauchen. Und, und, und…
Am Fething blieben wir stehen. Ein Stockentenpaar schlief im vereisten Schilf, die Schnäbel tief ins Gefieder gesteckt. Bestimmt das Weibchen, meinte Hans und zeigte auf das buntere Tier. Bevor ich ihn korrigieren konnte, nahm er meine Hand und zog mich hinter eine Böschung am Ende der Warft, wo wir unbeobachtet waren. Dort sprudelte es weiter. Unter anderem über Alleen an Elbe und Alster und über das viele Wasser, das ‚meine Stadt' und ‚deine Hallig' gemeinsam hätten. Wie konnte ich seinen Redefluss stoppen? Sollte ich ihm vom ersten Auto erzählen, das ich auf dem Husumer Marktplatz gesehen hatte? Nein, in Hamburg fuhren bereits viele, hatte ich gehört. Den verschwundenen Schatz fände er vielleicht spannender, und so erzählte ich von der Übernachtung des dänischen Königs auf Hooge und den kostbaren Gegenständen, die er mit sich führte. Ein Teil des Schatzes solle sich noch immer auf unserer Hallig befinden. Die Dänen hätten ihn nie zurückgeholt, wahrscheinlich, weil

Hooge später zu Preußen gehörte. Hans spitzte spöttisch die Lippen. Bist du etwa auf Schatzsuche? Ich habe es probiert, ja. Leider ohne Erfolg. Eine Hallig eignet sich sicher großartig für solche Geschichten, sagte er. Feenhafte und mystische Stimmungen lassen Träume entstehen. Allerdings gehen sie selten in Erfüllung. Und Wunder sind auch eher rar. Ärger stieg in mir hoch. Warum nahm er Vaders Geschichte nicht ernst? Mehr noch ärgerte ich mich allerdings über mich selbst. Hatte ich in diesem Moment, während er meine Hand hielt, wirklich nichts Besseres zu tun, als vom Schatz anzufangen? Im nächsten Moment war er schon bei einem anderen Thema: Hamburgs zahlreichen Kirchtürmen. Ihr habt nur einen, und der ist wunderschön ... - ich spürte, wie er meine Hand fester drückte - ... so wie du! Erneut überfiel mich seine forsche Art, und mir wurde bewusst, dass er mehrere Jahre älter war. Womöglich schon zwanzig. Der Altersunterschied verunsicherte mich. Ich konnte nicht mit ihm mithalten und würde das vielleicht nie können. Unvermittelt löste ich meine Hand und verabschiedete mich knapp: Ik mutt nu gau wedder trüch![178] Nach halber Strecke drehte ich mich um, denn er hatte mir noch etwas zugerufen: Im Sommer komme ich wieder! Das wäre schön! rief ich nach kurzem Zögern zurück, aber da war er schon hinter einer Hausecke verschwunden. Sofort bereute ich mein Kurzangebundensein.

Am Nachmittag begleitete Vader mich zum Anleger Landsende und sagte dieses und fragte jenes. Ich hörte oberflächlich zu und antwortete schmallippig. Selbst als ich den Wortfetzen ‚Hamburger' auffing, war ich unkonzentriert. Hatte er nach Hans Hartung gefragt, nach meiner Meinung über ihn? Ich wusste es nicht. Weder, was er gefragt hat-

---

178   Ich muss nun schnell wieder zurück!

te, noch ob ich eine Meinung hatte. Ich war durcheinander. Wahrscheinlich war Hans nach dem kurzen Abschied zu seinem Verwandten Magnus zurückgekehrt. Vielleicht saßen sie beim Nachmittagstee. Konnte aber auch sein, dass er mich noch mal sehen wollte. Immer wieder guckte ich mich um, ob er vielleicht hinterhergerannt kam. Am Anleger drückte Vader mich so fest an sich, als hätte er mein vergebliches Hoffen gespürt. Ich ging an Bord, lehnte mich an die Reling und dachte an den Biikeabend. An das Knistern der Flammen über dem Deich, welches ich in der Ferne noch immer zu hören meinte. War es Täuschung oder flogen wirklich Ascheteilchen vorüber, Asche, zu der das Feuer der Biike erstorben war?

Noch einmal blickte ich von der Reling über die Hallig. Nichts, kein Mensch, kein Hamburger. Verzagte Hände umklammerten das Geländer. Ich kam mir klein vor. Ein Kind, dem jemand Ruß ins Gesicht geschmiert hatte, keine Frau, der jemand nachlief. Ungewollt rann mir eine Träne über die Wange. Es war gut, dass der Postschiffer mich nach dem Ablegen zu sich in die Kajüte rief und ein Gespräch anfing. Es war auch gut, dass Frau Jensen mich nach meiner Ankunft gleich in meine nächsten Aufgaben einwies.

Beim Zubettgehen dachte ich sofort wieder an Hans. Ich stellte mir sein Gesicht vor, seine Lippen und vergegenwärtigte mir die Art, wie er sprach. Von Augen des Meeres hatte er gesprochen. Ich holte meine Jacke vom Haken, nahm sie mit ins Bett und hielt mir den Ärmel unter die Nase, er roch nach Rauch, nach Biike. So ging es alle Tage. Jeden Abend lag ich nach der Arbeit auf der Pritsche und dachte an Hans. Manchmal mit einer Heftigkeit, die mir beinahe den Atem raubte. Ich hatte nicht gewusst, mit welcher Kraft ein Mensch die Gedanken eines anderen beherrschen kann und noch nie Angst verspürt, einen Menschen nicht wiederzusehen.

VI.

SCHIET DI WAT

(Du kannst mich mal)

Smalltalk

Weil Benno seit Tagen keine Nachricht von Patty erhalten hat, lässt er ohne Unterbrechung den News-Channel laufen. Wiederholt wird gemeldet, die Feuer breiteten sich langsamer aus, denn der Wind habe nachgelassen. Aber ist das aktuell? Auf einem anderen Kanal heißt es, das Wetter werde heiß und trocken bleiben und man habe erst sieben Prozent der Brände unter Kontrolle. Die Gefahr ist also nicht gebannt. Dazu noch eine unvorstellbare Zahl: Über 500 Quadratkilometer Wald und Buschland sind verbrannt. Benno durchsucht das Internet nach Vergleichszahlen und erfährt, so groß ist etwa der Bodensee. Das muss er Tade mitteilen. Benno erblickt ihn bei Eiwall, macht sich auf den Weg und setzt sich zu ihm auf die Bank.

„Scheiß Klimawandel", reagiert Tade schroff.

„In diesem Fall soll ein illegales Lagerfeuer ursächlich sein."

„Sagt die Regierung, oder woher hast du das? Schon oft wurden fahrlässige Wanderer vorgeschoben."

„Mensch, Tade, geh bloß keinen Verschwörungstheorien auf den Leim."

„Verwechsle mich nicht mit denjenigen, die den Klimawandel leugnen."

„Okay, aber im Moment beunruhigt mich etwas anderes. Patty ist offenbar mittendrin. Sie wohnt in der Nähe von San Francisco. Da war zeitweilig die Strom- und Wasserversorgung bedroht, der Gouverneur hat den Notstand ausgerufen."

„Deine Freundin strotzt vor Robustheit. Denk dran, wie ihr zusammen das Landunter überstanden habt. Man muss sich eher wegen anderer Dinge sorgen. Zum Beispiel, dass es immer noch Länder gibt, die dem Klimawandel Vorschub leisten und nichts für den Schutz der Arten tun. Früher schlängelten sich die Aale eimerweise in unseren Reusen." Er formt drei Finger: „So dick. Glaubst du vielleicht nicht, ist aber wahr."

„Ihr pflegt Monokultur in der Landwirtschaft, was auch nicht gut ist für das Klima. Es gibt zu viel Vieh auf der Erde. Warum baut ihr kein Getreide an? Selbst Hamburg, bekannt für Industrie, Handel und Hafen, betreibt Obst- und Gemüseanbau am Stadtrand."

„Wir haben Bondestave, Grasnelken, auch Klee und in manchen Jahren Champignons. Einer versuchte es mal mit Zuckerrüben. Das Ergebnis schmeckte mehr nach Salz als nach Rüben. Ja, da lachst du. Schuld waren die Landunter. Mach dir um unseren Beitrag zur Erderwärmung keine Gedanken. Wir haben kaum noch eigene Tiere, die meisten sind Pensionsvieh, das sich nur eine Hälfte des Jahres auf der Hallig aufhält. Viehwirtschaft hat insgesamt nicht mehr die Bedeutung wie in früherer Zeit. Der Tourismus ist zum Hauptstandbein geworden. Das zeigt sich an der Gebäudenutzung. Nach der zerstörerischen Sturmflut 1962 wurden mit staatlicher Förderung außer Wohngebäuden auch Viehställe neu errichtet. Parallel stiegen die jährlichen Übernachtungszahlen im Wattenmeer. Grund für manchen Bauern, Stallungen in Herbergen und Ferienwohnungen umzuwandeln. Um aber auf das Klima zurückzukommen: Wir spüren

die Veränderung an brachialen Stürmen mit bislang unge-
kannten Windstärken. Mittlerweile fürchten manche Stürme
mehr als Hochwasser."

„Früher war es besser?"

„Natürlich nicht, ich rede nicht von Nostalgie. Aber man
hat sich gegenseitig aus der Patsche geholfen. Das hat den
Zusammenhalt gestärkt."

„Jetzt sprichst du vom Klima untereinander. Zusammenhalt gibt es sicher immer noch."

Tade zieht die Augenbrauen hoch. „Wenn du das sagst,
Benno, wird es wohl stimmen."

Sie lachen und klopfen sich gegenseitig auf die Schulter.

Zurück im Zimmer findet Benno endlich die erhoffte
E-Mail im Postfach: „Liebster Ben, ich vermisse dich. Und
Fiona natürlich auch. War heute am Grab meiner Grandma.
Danach bin ich von John ‚entlassen' worden, weil auf der
Ranch nichts mehr zu tun ist, jedenfalls nichts für mich.
Also: Will be back soon!"

Er holt sie vom Husumer Bahnhof ab. Nach Dutzenden
Küssen, mit denen sie gegenseitig Lippen, Wangen und Augenlider eindecken, raunt er ihr ins Ohr, wie sehr er sich über
ihre Rückkehr freut. Dass sie ziemlich mitgenommen aussieht, sagt er nicht. Nachdem sie im Schankraum der Fähre
Friesen-Burger gegessen haben, wird Patty müde, legt sich
quer über die Bank mit dem Kopf auf Bennos Schoß und
erzählt von John: „Ich habe ihm vom Landunter berichtet.
Er kennt Bilder von Überschwemmungen, meint aber, die
größte Katastrophe der jüngsten Zeit sei das Rim Fire. So
nennt man das Feuer, nach dem Aussichtspunkt Rim of the
World, einem der schönsten Plätze der Welt. In dessen Nähe
geriet ein illegales Lagerfeuer außer Kontrolle, das soll die
Brände ausgelöst haben. Sheer madness."

Das erste, wofür Patty sich interessiert, ist Bennos fortgeschriebenes Manuskript. So findet sie schnell wieder Anschluss an die Interviews. Mit Fiona versteht sie sich sogar besser als vorher.

„Ihr lacht viel miteinander", sagt Benno abends im Bett.

„Das könntest du auch öfter tun. Versuche es doch mal gemeinsam mit uns. Aber du musst ja immer bierernst Notizen schreiben."

Benno setzt eine verschnupfte Miene auf.

„Siehst du, da haben wir es - bierernst."

Benno lächelt gekünstelt, und Patty schüttelt laut lachend den Kopf. „Wie kommt ihr Deutschen eigentlich dazu, Bier und ernst in einem Wort zu verbinden? Welcher Gegensatz, das passt doch gar nicht zusammen!"

„Wahrscheinlich lachst du gleich noch lauter, denn zufällig habe ich etwas darüber gelesen. Wein war schon immer gleichbedeutend mit Fröhlichkeit, während man Bier früher mit Gedankenschwere verband."

„Siehst du, das Wort ist einzigartig. Wenn ich zuhause bin, werde ich versuchen, es bei uns einzuführen. Vielleicht werden wir Amerikaner eines Tages bierernst genauso so verwenden wie Bratwurst, Doppelgänger oder Kindergarten."

„Willst du wirklich zurück?"

„Warum sollte ich nicht?"

„Wegen der Liebe."

„Oh je, *die* hätte ich beinahe vergessen. Beeil dich, du musst sie mir auf der Stelle beweisen!"

Patty streichelt Bennos Brust. Als die Finger den Bauch hinunterkraulen, ist alles wieder da. Sein Verlangen, die Gier nach ihrem Körper, das Zittern. Ihr Stöhnen reißt ihn endgültig aus der Verzweiflung der letzten Wochen.

Zuneigung und Liebesfreuden haben unter Pattys Abwesenheit also nicht gelitten. Am nächsten Abend können sie nicht mal die Rückkehr in ihre Betten abwarten. Benno hat den Frieslandpesel aufgesucht, um in Pattys Nähe zu sein. Er setzt sich auf die Terrasse und arbeitet am Manuskript, stöpselt das Verbindungskabel an der Außensteckdose aber bald wieder aus und wechselt in den Schankraum, wo er Bier trinkt und mit Leuten ins Gespräch kommt. Irgendwann geht es auf Mitternacht zu. Patty bringt ein letztes Bier und flüstert, er solle nachher auf sie warten. Schließlich ist er der letzte Gast und geht mit ihr hinaus. Der volle Mond spiegelt sich auf dem Fething, und Benno fasst Patty um die Hüfte. Sie zieht ihn aus dem Licht und führt ihn in einen Vorratsschuppen. Die Tür lässt sich nicht schließen, das steigert die Erregung, sie suchen keinen Platz zum Liegen, sondern lieben sich gleich im Stehen.

Am Morgen eröffnet Fiona die Sitzung mit der Frage: „Sollten wir das Interview lieber verschieben? Ihr habt tiefe Ränder unter den Augen." „Doch nicht wegen dem bisschen Bier", sagt Benno. „Nein, fahre bitte fort."

Tückische Rose

Es war arktisch kalt in dieser Nacht Ende Februar 1940 und lange nach dem Abendbrot, als ich von Frau Jensens mühsam klingenden Schritten auf der Treppe geweckt wurde. Ich wusste sofort, dass etwas Schlimmes passiert sein musste, wenn sie um diese Zeit zu mir in die Kammer kam. Zuerst sah ich die Petroleumlampe, dann den besorgten Ausdruck in ihren Augen, als sie sich über mich beugte und mir tröstend übers Haar strich. Dien Moder hett anropen, dien Vader is swoor krank. Frau Jensen sollte mich informieren und ausrichten, ich dürfe auf keinen Fall versuchen, nach Hause zu kommen.

Traurigkeit und Angst stiegen in mir auf, gepaart mit ohnmächtiger Wut, weil ich nichts tun konnte. Welche Krankheit es sei, wisse sie nicht, sagte Frau Jensen, aber sie hoffe, es sei nichts Ernstes. Erschrocken hörte ich vor allem das letzte Wort, es klang bedrohlich. Durch den Tränenschleier, der meine Augen verhüllte, sah ich auf ihren Mund und bemerkte, dass offenbar weitere Worte aus ihm herausflossen. Meine Ohren vernahmen nur den Satzfetzen, der Winter bäume sich noch einmal auf. Verwirrt erhob ich mich und ging auf die Tür zu. Frau Jensen reagierte in scharfem Ton: Deine Mutter verbietet es dir, denk an das Desaster im Januar! Sie packte mich am Arm und führte mich wie ein kleines Mädchen zur Pritsche zurück. Nachdem sie gegangen war, blieb ich, die Hände ins Gesicht gestützt, auf der Bettkante sitzen. Da fielen mir ihre Worte ein, die ich zunächst nicht verstanden hatte. Es könne kein Arzt auf die Hallig kommen, um Vader zu behandeln, denn der Schiffsverkehr sei eingestellt. Das Eis über der Meerenge war also erneut geschlossen, folgerte ich daraus. Gegen Mitternacht stand mein Entschluss fest, und ich packte meinen Rucksack. Anschließend legte ich mich hin, starrte in den Dachstuhl und wartete auf den Morgen. Angst hatte ich nicht, denn die letzten Tage waren wolken- und nebelfrei gewesen. Reichlich vor der Stunde, zu der Frau Jensen an das Rohr klopfen würde, schlich ich geräuschlos die Treppe hinunter und verließ das Haus, die Straße, den Ort. Am Deich wandte ich mich nach rechts in die falsche Richtung, was eine Verfolgung erschweren würde. Sobald es ausreichend hell war, marschierte ich los: hinaus aufs Eis. Ein neuer klarer Wintertag kündigte sich an, kein Nebel würde mich in die Irre führen. Das Eis lag ruhig auf dem Meer. Das Rummelloch meldete sich nicht, an diesem Morgen war es ein müder Riese. Ich ging flotten Schrittes und erreichte ohne Probleme Landsende. Der Himmel lag bleiern über der Warft. Moder und Jannika empfingen mich an der Pforte. Jannika sagte, am Vorabend der Erkrankung habe Vader noch seine Lieblingsmahlzeit, eine Erbsensuppe, gegessen und am nächsten Morgen nur noch wirres Zeug gesprochen. Ungläubig starrte ich sie an und ging an ihr vorbei. Überraschend schimpfte Moder nicht wegen der Eisüberquerung, sondern nahm mich in den Arm. Ein Nachbar kam auf mich zu. Zusammen mit anderen hatte er Vaders Bett in die Stuv gestellt. Kopfschüttelnd meinte er, Vader sei immer das blühende Leben gewesen. Ich glotzte ihn verständnislos an. Moder führte mich ins Haus und sagte, seit zwei Wochen habe Vader Hautausschlag, hohes Fieber und starke Schmerzen. Ich zog einen Stuhl heran und beugte mich über den Kranken. Die Blässe auf seinem Gesicht erinnerte mich an Oma Melf, aber Vader lebte. Seine Wangen waren stark gerötet, von Pusteln überzogen. Moder sagte, Anni Bodens, die Hallighebamme, vermute, er sei an Gürtelrose erkrankt. Bis richtige Hilfe möglich war, verabreichte sie verschreibungspflichtige Narkotika, die sie für Fälle auf Lager hatte, in denen niemand etwas verschreiben konnte. Zusätzlich hatte sich eine Nachbarin eingeschaltet, war aber mit dem Versuch gescheitert, die Rose zu besprechen. Ich blieb allein in der Stuv und schaute mich um. Bis auf das Bett sah sie wie immer aus. Das Mobiliar, die Zeitung auf dem Tisch, die Lesebrille im Bord - alles schien um Normalität bemüht zu sein. Die Lesebrille lag aufgeklappt, als hätte Vader sie eben erst benutzt. Seine Augen waren geöffnet, sie guckten zur Decke. Meine Hoffnung, er betrachte das selbst gebaute Modellschiff, an dem er mit ganzem Herzen hing, blieb unerfüllt, denn er reagierte nicht, als ich mein Gesicht über seines hielt. Sein fiebriger Blick, den ich zu fassen suchte, verlor sich ins Nichts. Nur sein angestrengter Atem bezeugte, dass Leben in ihm war. Wahrscheinlich befand er sich im Delirium.

Das Kerzenlicht an der Wand warf düstere Schatten über seine Wangen. Mich überfiel eine unheilvolle Ahnung. Ohnmächtig kämpfte ich gegen das warme Rinnsal an, das mir am Hals hinunterlief und auf das Kopfkissen tropfte.

Meta Nissen versucht alles, damit ihr Mann ins Krankenhaus kommt. Aber nicht nur der Schiffsverkehr zum Festland
liegt brach, auch der Einsatz eines Eisbootes scheidet wegen zu hoher Eisfalten aus. Das Husumer Krankenhaus ver-
spricht, sich für die Entsendung eines ‚Fieseler Storchs‘[179]
einzusetzen, eines Kleinflugzeuges, das auf kurzen Bahnen
landen und starten kann. Aber das Wetteramt lehnt ab. Überall auf den Halligen seien die Fennen so stark vereist, dass
selbst der ‚Storch‘ nicht landen könne. Zwei Tage hacken
Männer auf dem Eis des Mählands herum, bis eine schmale
Bahn entsteht. Der Bürgermeister teilt dem Wetteramt mit,
nun könne ein Flugzeug landen. Man werde die Lage prüfen, bekommt er zur Antwort, aber das Ergebnis lässt auf
sich warten.

Die Tage vergingen, und wir blickten hilflos auf Vaders
Körper, an dem sich Muskulatur und Gewebe allmählich
aufzulösen schienen. An einigen Stellen bedeckte nur noch
Haut die Knochen. Wir hatten die Hoffnung bereits aufgegeben, da traf der ‚Fieseler Storch‘ doch noch ein. Mehrmals
umkreiste er die Hallig, bevor er zur Landung ansetzte. Ein
kleiner staksiger Flieger mit Metallverstrebungen, die einem
losen Gestänge glichen, das, so glaubte ich, beim Aufsetzen
auf dem holprigen Mähland unweigerlich auseinanderfallen
würde wie Stäbchen beim Mikado. Mich überraschte, dass
es nicht passierte. Alles kam mir sonderbar vor. Auch, dass
zusätzlich Moder uns verlassen sollte. Sie müsse mitfliegen,
hieß es. Jemand führte sie zum Flugzeug, wo der Pilot sie
empfing und über eine Stufe in die Kabine geleitete. Der
‚Storch‘ hatte große Fenster, hinter denen Moders weit auf-
gerissene Augen zu sehen waren. Äußerste Sorge sprach aus

---

179   Seit 1936 produziertes kleines, propellergetriebenes Flugzeug

ihnen. Vermutlich auch Flugangst. Vader schob man auf einer Trage in den Rumpf. Als der ‚Storch' abhob, überdeckte für einen Moment Staunen meine Sorge. Ich sah ihm hinterher und wunderte mich, mit welcher Leichtigkeit er in den Himmel schwebte. Mit zitternden Flügeln verschwand das Flugzeug hinter den Wolken - wie ein riesiges Insekt.

Wir ließen alles so, wie es war. Niemand entsorgte die Zeitung und niemand legte die Lesebrille ins Etui zurück. Vielleicht aus verzweifelter Hoffnung, es könne helfen. Aber es war zu spät. Vader starb mit achtundvierzig Jahren. Die Ärzte im Husumer Krankenhaus hatten nichts mehr für ihn tun können. Anhaltender Frost verhinderte wochenlang die Überführung des Leichnams. Nach einer quälend langen Zeit des Wartens musste plötzlich alles ganz schnell gehen. Ein Wetterumschwung hatte die Temperaturen explodieren lassen. Der Husumer Küster beschwerte sich bei unserem Bürgermeister, die Frühlingssonne erwärme die Totenkapelle, es sei höchste Zeit, den Leichnam hinauszuschaffen.

Wieder einmal hatte das Wetter im Wattenmeer Schicksal gespielt. In Vaders Fall führte es Regie vom Beginn der Krankheit bis zu Tod und Abschied. Kurz vor meinem Geburtstag Ende April brachten wir ihn unter die Erde. Ich wurde fünfzehn und verließ früh das Haus. Ich floh vor dem Besuch von Glückwunschüberbringern, die nur wissen wollten, wie ich drauf war. Vor Gesichtern, die in meinem erkennen wollten, wie ich den Verlust verkraftete. Ich brauchte keine Nachfragen, Vader erschien häufig genug vor meinem inneren Auge. Ständig waren seine Gesten präsent. Er stopfte sich die Pfeife, oder er sang in der Kirche. Er ging zum Melken in den Stall und kehrte mit zufriedenem Gesicht zurück. Er drehte das Rädchen der Petroleumlampe, damit es heller wurde.
Es wurde Zeit, meine Schuhe bis zum Herbst in den

Schrank zu legen. Barfußlaufen war Usus ab Frühlingsbeginn. Nach Moder diente es ebenso der Schonung des Leders wie der Vorbeugung gegen Erkältung. Stets hatte ich die Weichheit des Grases genossen, das um diese Zeit schon richtig warm sein konnte. In diesem Mai fühlte sich das Gras unter den Füßen hart an. Allerorten versinnbildlichte die Natur das Unwiederbringliche. Die Wellen hinter dem Deich wirkten wie eingefroren und machten mir den Verlust an vertieften Gesprächen mit Vader bewusst, die ich nicht mehr nachholen konnte. Das Basaltgestein des Deiches glänzte dunkel in der Sonne, und das vertraute Kiwi-kiwi der Kiebitze auf den Fennen klang schrill. Orte zu meiden, die mich an Vader erinnerten, wäre vergeblich gewesen. Selbst beim Blick aus dem Küchenfenster sah ich auf den weißen Lattenzaun um den Friedhof der Kirchwarft und spürte das Grab dahinter.

Unser Leben hatte einen Riss bekommen. Wir wussten nicht, wie es ohne Vader weitergehen sollte. Jannika und Wiebke fanden Arbeit außerhalb der Hallig. Wäre Max twee älter gewesen, hätte er als männlicher Nachkomme den Hof übernommen, wie es damals üblich war, aber er hatte ja noch nicht mal die Schulzeit hinter sich. Um *mich* kreisten Moders Gedanken, das spürte ich, wenn ihr bekümmerter Blick auf mir lag. In dieser Zeit hatte ich schlimme Träume. Riesenkraken, durchsichtig wie Quallen, schwammen durch den Fething und krochen zu unserem Haus empor. Ein anderes Mal versackte unsere Warft im Meer und hinterließ einen Schlund, in den ich hineinfiel - tiefer und tiefer. Am Morgen erwachte ich mit dem Gefühl, nichts würde sich noch lohnen.

Schließlich sprach Moder mich an.

An dieser Stelle beendet Benno das Interview, denn Fionas Sätze hatten zuletzt schleppend geklungen.

„Das Reden über den Tod des Vaters hat Fiona sichtlich mitgenommen", sagt Patty am Abend. „Ich glaube, sie empfindet immer noch Trauer."

„Meinst du? Nach so langer Zeit?"

„Ihr entfuhr ein Schluchzer."

Benno fragt sich, warum er das nicht mitbekommen hat.

„Wir sollten sie schonen", schlägt Patty vor.

„Okay", erwidert Benno, „aber ich hätte gern noch gewusst, was sie als Erwachsene über ihren Vater dachte, wie lange sie sich an sein Aussehen und an seine Stimme erinnerte. Hat sie sich gefragt, wie er im Laufe der Jahre ausgesehen hätte, wenn er mit ihr älter geworden wäre?"

„Wie sollte so was gehen?", zweifelt Patty. „Sollte sie sich etwa ausmalen, ob die Haare ihres Vaters grau geworden wären? Oder wie er mit Glatze ausgesehen hätte? Glaubst du, das menschliche Gehirn ist in der Lage, sich einen Toten als älteren Menschen vorzustellen?"

„Ich kenne jemanden, der weiß nicht mal, ob sein Vater wirklich sein Vater ist. Anscheinend versucht er, sich einen anderen als Vater vorzustellen. Einen, der vielleicht schon tot ist und den er sich als älteren Mann vorstellt."

„Wer ist das?"

„Darf ich nicht sagen, ist vertraulich."

„Wozu dann solche Überlegungen? Lass Fiona damit in Ruhe! Mit Fragen zweifelhafter Art sollten wir uns wirklich zurückhalten. Bestimmt fühlt Fiona sich davon gestört. Sie sagt es nur nicht."

Ein kopfloser Hahn, der um sein Leben rennt

Bevor Meta Nissen mit Fiona spricht, entschuldigt sie ihre Tochter telefonisch bei Herrn Jensen und hat dabei schon im Sinn, was sie mit Fiona vorhat: Statt nach Pellworm zurückzukehren, soll sie Jungbäuerin werden. Kinderbäuerin wäre wohl das richtigere Wort, denn das Mädchen ist im zarten Alter von fünfzehn Jahren.

Ik bruuk di op de Hoff[180], sagte Moder so bestimmt, als verbitte sie sich jeden Einwand. Natürlich setzte ich meine Arbeitskraft lieber zu Hause als bei fremden Leuten ein, aber würde ich jemals einem Hahn den Kopf abschlagen können? Vader hatte gestreikt, und Moder hatte es ihm durchgehen lassen. Jetzt würde sie es von mir verlangen. Nun gut, gänzlich neu war das Thema nicht für mich. Immerhin war ich bereits Zeuge gewesen, wie ein Nachbar mit einem einzigen Beilschlag einen Kopf vom Körper trennte. Ich war sogar selbst aktiv geworden. Es ergab sich nämlich, dass der kopflose Hahn blutüberströmt vom Holzblock sprang und - man glaubt es kaum - einige Meter durchs Ack hüpfte. Ich war ihm hinterhergerannt und konnte ihn am durchtrennten Hals zu fassen kriegen. Der Nachbar dankte mir und erzählte es auf der Warft herum. Danach sprach man auf Feiern gern vom kopflosen Hahn, den ,Fiona wedder infangen hett'.[181] Die Nerven des kopflosen Hühnervogels hatten noch Signale an den Körper gesandt, als die Verbindung zum Gehirn bereits unterbrochen war. Das bedeutete: Ein Wesen kann selbst ohne Kopf weiterleben - jedenfalls kurz. So viel wusste ich schon mal. Trotzdem fühlte ich mich in der Rolle des Neulings. Moder wies mich ins Melken der Kühe und andere Facharbeiten ein, aber jedes Mal um Hilfe bitten wollte ich nicht - bei den männlichen Nachbarn sowieso grundsätzlich nicht. Während meiner ersten Schafschur standen sie mit verschränkten Armen oder Händen in den Taschen im Kreis und beäugten skeptisch meinen Umgang mit der Schafschere. Klar musste jemand helfend eingreifen, aber mein Stolz

---

180   Ich brauche dich auf dem Hof.

181   ... kopflosen Hahn, den Fiona wieder eingefangen hat.

verbot mir, sie das nächste Mal wieder zu fragen. So passierte mir ein Missgeschick nach dem anderen. Schließlich kam ich auf die Idee, mir Handgriffe einfach abzugucken. Doch gerade das, was auf den ersten Blick unkompliziert aussah, bestand allzu oft aus miteinander verwobenen Griffen, und wenn man diese Zusammenhänge nicht kennt, münden Nachahmungsversuche zwangsläufig in ernüchternden Niederlagen. Das Errichten von Ruken war so ein Beispiel - die Königsdisziplin unter den Heuarbeiten. Anders als einfache Heuarbeiten wie Harken und Wenden, die am Boden stattfinden, verlangte der Rukenbau Intelligenz, Gefühl und händisches Geschick. Ole Hein warnte mich: Für die Höhe ist Erfahrung nötig. Ich wusste, falsch gebaute Ruken würde der Wind auseinanderpusten und jeder, der anschließend das verstreute Heu wieder zusammenharken musste, schnaubte vor Wut. Ole Hein mochte recht haben, aber an diesem Tag wehte kein Wind. Also legte ich los. Das trockene Gras lag in Bahnen bereit. Bündel für Bündel spießte ich mit den Zinken meiner Forke auf. Schnell bildete sich ein kleiner Haufen. Als er größer wurde, wollte nicht alles übereinander liegenbleiben. Wie Schmierseife glitten die Seiten herab. Ich fluchte und versuchte, die widerspenstigen Teile mit bloßen Händen zurückzuschieben. So ging es im Wechsel mit der Forke Schicht auf Schicht weiter, bis der Haufen tatsächlich Gestalt annahm; er verjüngte sich sogar richtig schön nach oben. Doch kurz vor der Fertigstellung purzelte an mehreren Stellen erneut Heu heraus, als wäre plötzlich überall Schmierseife versteckt. Erst kam ein Teil ins Wanken, dann der ganze Haufen. Verzweifelt umschlang ich mein Werk mit den Armen und presste mit aller Kraft, als könnte ich das Heu auf diese Weise bändigen. Meine Unterarmvenen schwollen an, da hörte ich Ole Heins Stimme: Dat ward nix mehr! Dass er mich beobachtete, beschämte mich, denn meine Haut glänzte vor Anstrengung. Trotz seines Einwurfs rackerte ich verbissen weiter. Eine Zeitlang schien der Kampf ausgeglichen, am Ende obsiegten aber die auseinanderstrebenden Kräfte. Die Ruke fiel auseinander, ich ordnete die Reste und hätte von vorn beginnen müssen, doch dafür fehlte mir der Antrieb. Selten war ich mir so schusselig vorgekommen. Ole Hein durchschaute meinen törichten Stolz, mit dem ich mir nur selbst im Wege stand. Er entwickelte einen angenehmen, nicht auftrumpfenden Ehrgeiz, ‚lütt Fiona to helpen'. Nicht nur das richtige Rukenbauen brachte er mir bei, auch Scheren und Schlachten. Zögerte ich, nahm er umstandslos meine Hand, schulte die Griffe und zeigte mir Tricks für heikle Fälle. Zum Beispiel, wie ich beim Melken an das Euter herankam, ohne dass die Kuh mit den Beinen ausschlug, oder wie man einer gebärenden Kuh das Kalben erleichterte, indem man ihr Salz auf die Zunge streute. So klappte es allmählich, das Miteinander zwischen Tier und mir. Milch, Sahne und selbst gemachte Butter kamen ausreichend auf den Tisch. Bruni brachte erfolgreich ein Kalb zur Welt, das Moder zu einem guten Preis verkaufen konnte.

Die Warft nahm mich ernst. Niemand reagierte mehr mit einer abtuenden Handbewegung, wenn ich eine Meinung äußerte. Inzwischen bot ich sogar selbst Hilfe an. Man schonte mich und verlangte keinen übermäßigen Krafteinsatz, aber wenn es galt, einem Kalb ans Licht der Welt zu helfen, packte ich ebenso beherzt zu wie die Männer. Bald bewegte ich mich ganz selbstverständlich im bäuerlichen Umfeld und sprach weniger mit gleichaltrigen Jungen als mit ihren Vätern. Moder beobachtete das alles sehr genau und nahm mich eines Tages diskret zur Seite. Die Bauern sähen in mir kein Kind mehr, ich müsse etwas tun, um reifer auszusehen. Als sie mir Lockenwickler und einen Stift zum Nachziehen der Augenbrauen in die Hand drückte, spürte ich die Erwartung, die darin zum Ausdruck kam. Sie gefiel mir nicht, und ich wies sie brüsk zurück: Lütt Fiona bruukt keen aufmöbelnde Retuschen![182]

Hatte ich mich eine Zeitlang nach schnellem Erwachsenwerden gesehnt, wusste ich plötzlich nicht mehr, ob ich das immer noch wollte. Abgesehen davon war eines ohnehin klar: Egal, was ich als Jungbäuerin zu leisten imstande war, den bisherigen Ernährer der Familie konnte ich nicht ersetzen. Wir brauchten nicht nur gute Vorsätze, sondern vor allem, und das ganz dringend, Einkünfte. Die Erträge aus dem Kalbverkauf, aus Eier- und Milchverkäufen, aus der Bewirtung von Sommergästen sowie Wiebkes und Jannikas Beiträge aus ihren Arbeitslöhnen reichten kaum für den Lebensunterhalt aus. Es fehlten Vaders Einnahmen aus der Schreibertätigkeit. So kamen wir nicht umhin, uns nach einer neuen Einnahmequelle umzusehen, und Moder hatte auch schon eine Idee. Sie kontaktierte den Pellwormer Arzt Dr. Schnohr. Er suchte eine Dependance für seine Hooger Patienten. Dafür eignete sich unsere zentral gelegene Warft. Alle vier Wochen funktionierten wir unsere Stuv zum Sprechzimmer und den Flur zum Wartezimmer um. Der Doktor wollte in Naturalien bezahlen, aber Moder bestand auf Raummiete in bar. Naturalien sammelten wir uns selbst zusammen, pflückten Champignons auf den Fennen und am Deich Strandwegerich[183] für den Salzvorrat. Max twee ging zum Handfischen ins Watt und brachte Muscheln und Sandschollen nach Hause. Moder pökelte die Schollen ein, weil Früchte des Meeres als Delikatessen den Sonn- und Feiertagen vorbehalten waren. Sie stutzte alle Ausgaben zusammen. Und so aßen wir unter der Woche meist einfache, fleischlose Kost wie Mehlbüdel, Boddermelksupp mit

---

182   Lütt Fiona braucht keine aufmöbelnden Retuschen.

183   Die Pflanze ist in der Lage, Salz aus dem Meerwasser zu saugen und zu speichern.

Klümp[184] oder Grießpudding mit Milch und eingewecktem Obst. Außerdem Gemüse aus dem Garten.

Allmählich nahm ich meine Rolle an. Schon morgens im Alkoven plante ich den Tag durch. So wurde ich erwachsen, ob ich wollte oder nicht, und bat Moder nun doch um Lockenwickler und Augenbrauenstift. Sie lachte überrascht, während ich mich an die Weisheit eines Sommergastes erinnerte, der Mensch beschäftige sich besonders intensiv mit der Zukunft, wenn er vor einem Neuanfang steht. Das traf gerade auf mich zu. Innerlich spürte ich den Umbruch, und äußerlich passte ich mich ihm an. Beim Umkleiden nach der Arbeit griff ich nach weiblich wirkenden Sachen im Schrank, drapierte Röcke und Blusen neu, wickelte Schals um die Hüfte, ließ Knöpfe offen und steckte die Haare hoch. ‚Lütt Fiona‘ war endgültig passé. Manchmal posierte ich vor dem Spiegel und stellte mir vor, der Hamburger stehe hinter mir. Hatte er nicht gesagt, er wolle im Sommer wiederkommen? Das war beim Biikefest gewesen, kurz vor meinem fünfzehnten Geburtstag; jetzt ging ich auf sechzehn zu.

An Wochenenden tanzten wir Mädchen untereinander oder mit Jungs in Bovens Gasthaus auf Ockenswarft nach Melodien aus Erich Söderdieks Plattensammlung, die er zusammen mit seinem Grammophongerät Peter Bovens geschenkt hatte, weil beides nach Erikas Tbc-Tod auf Olkerswurt nicht mehr benötigt wurde. Beliebt war der Reigen ‚Go von mi - komm to mi‘, denn er fügte dem Tanzvergnügen ein herrliches Durcheinander hinzu. Alle naslang trennten wir uns mit einem leichten Schubs und verächtlich geträllertem *Go von mi, go von mi, ik mag di nich sehn* vom Tanzpartner und wählten mit lockendem Zeigefinger und werbendem *Komm to mi, komm to mi, ik bün so alleen* einen anderen. Wer sich neu gefunden hatte, drehte unter lautem

---

184   Mehlbeutel, Buttermilchsuppe mit Klößen

Fideral-la-la-la – Fideral-la-la-la aller Tanzenden mehrere Runden, bis das Spielchen von vorn begann: Go von mi ... Friedjof wählte mich, und während wir durch den Raum kreisten, widerhallte ein gänzlich anderer Rhythmus in meinen Ohren: Tango. Ich fragte, und tatsächlich gab es die Platte noch. Haye zog sie unter fünf anderen aus einer Kiste hervor und wollte sie auflegen, aber Peter verhinderte das. Er sprach von entarteter Musik laut Reichskulturkammer, und ich erschrak, denn das passte nicht zu Erichs und Erikas wunderschönen Tanzbewegungen, denen Friedjof und ich als Kinder zugeschaut hatten. Haye schüttelte den Kopf, trat an den Tresen und bestellte einen Köm. Als Peter auch das ablehnte, diesmal aus Altersgründen, wurde Haye wütend, grummelte *Go von mi* in Peters Richtung und zog ab.

Seesterne fühlen sich weich an

An einem sonnigen Spätsommersonntagnachmittag - die Luft flimmerte vor Hitze - war ich auf der Fenne unterwegs, um unsere Kühe zum Melken ins Hock zu holen. Luftspiegelungen bewirkten die Illusion, die matt im Gras liegenden Tiere schwebten über dem Boden. Schwer erkennbar war auch der Mann, der plötzlich aus dem Gegenlicht auf mich zutrat. Hans? Verwundert vernahm ich meine Stimme, die kaum mehr als ein Flüstern war. Ich stierte in den Hitzeschleier und spürte ein starkes Ziehen im Bauch. Hei, Fiona, erkennst du mich nicht? Monatelang hatte ich nichts von ihm gehört und an seine Ankündigung wiederzukommen kaum noch geglaubt. Rötliches Licht umfasste seinen Körper. Die Reisetasche über der Schulter und die Hand zum Gruß erhoben, kam er näher. Ich bin's, Ha-Ha aus Ha! Nervös schaute ich an mir herunter und fragte mich, wie der staubige Bauernkittel und die nackten schorfig-schwarzen Füße auf ihn wirken mochten. Die Fußbürste lag beim

Melkhock - zu weit entfernt. Jetzt stand er vor mir: Ich hatte
es doch versprochen! Überhaupt bekam ich Zehen und Ränder nie richtig sauber, selbst mit Kernseife und Salz nicht.
Er versuchte, mich zu umarmen. Ich wich zurück. Natürlich, es ist nur …, weißt du, es ist viel passiert, ich … Verwirrt presste ich die Hände vors Gesicht. Um mich von dem
abzulenken, was ich sagen musste, schaute ich mich nach
den Kühen um. Bestimmt warteten sie schon auf mich. Aber
es half ja nichts. Ich legte meinen Kopf an seine Brust und
erzählte von Vaders Tod. Wie konnte das passieren? fragte er erschrocken und sprach, wie es seine Art war, gleich
weiter: Ich hätte mir gewünscht, ihn näher kennenzulernen,
bestimmt wären wir gut miteinander ausgekommen. Damit
löste er einen Schub Tränen aus, dem ich freien Lauf ließ.
Nach der Stille, die eintrat, begann er neu: Unter diesen Umständen … Abrupt legte ich ihm zwei Finger auf den Mund,
weil ich nicht hören wollte, was er vermutlich sagen würde:
… wäre es verständlich, wenn wir uns kaum sehen würden.
Ich muss zum Melken, sagte ich schnell und ergriff seine
Hand. Du kannst mir helfen. Siehst du die verstreut liegenden Kühe? Die holen wir jetzt gemeinsam und führen sie ins
Hock. Erst guckte er irritiert, dann nickte er entschlossen
wie zur eigenen Ermutigung und griff nach einem am Boden
liegenden Stock. Sicherheitshalber, Vieh zusammentreiben
habe ich nämlich noch nie gemacht. Meine Aufmerksamkeit galt seinem Gang, seiner Kleidung, seinem Haar. Ich
suchte herauszufinden, was sich verändert hatte, und verlor
darüber zwei Kühe am Rand aus dem Auge. Hans machte
mich auf sie aufmerksam. Was ist mit denen, geben die keine Milch? Er bot an, sie zu holen, und versuchte es mit Hüh
und Hott, als er bei ihnen eintraf, doch die Tiere glotzten
ihn nur stumpf an. Selbst den drohend über ihren Hörnern
schwingenden Stock ignorierten sie und rührten sich nicht
von der Stelle. Ich klärte ihn auf: Kühe folgen keinen Be-

fehlen wie Pferde. Du musst sie locken. Hör mal: Gau Kuh-sche, komm, komm! Gau Kuh-sche-Kuh-sche! Gau-gau! So geht das, warte, wirst sehen. Auf sein Lachen reagierte ich empfindlich. Das habe ich von Vader übernommen. Er war der Meinung, man könne jedwede Kreatur, ob Mensch oder Tier, durch freundliche Ansprache ihrer Trägheit entreißen. Hat er sich wirklich so ausgedrückt? Ungefähr so. Auf Plattdeutsch natürlich. Und wie Recht er hatte! Sieh nur! Hans sah staunend zu, wie sich eine Kuh nach der anderen schwerfällig aus dem Gras hob. Herdentrieb sturer Böcke, meinte er geringschätzig. Das sind Kühe, keine Böcke! raunzte ich gereizt. Aber er lachte weiter und fragte, was gau-gau heiße. Schnell-schnell, antwortete ich. In Hamburg wird auch Platt gesprochen. Unterscheidet sich aber von eurem im Norden. Wir suchten nach Wörtern, die wir beide verstanden. Aufbüdeln? fragte ich, das ist Teekochen. Ich kenne nur Gnadderbüdel, antwortete er, das ist Missingsch. Soll ich dir einen aufbüdeln? schlug ich vor.

Jetzt lachten wir beide, und ich stellte erleichtert fest, wie ich in seiner Gegenwart meine Fähigkeit zu spaßen zurückgewann. Inzwischen waren wir am Hock, dem Melkplatz, angekommen. Ich wählte die erstbeste Kuh, nahm einen Eimer zwischen die Beine, fasste das Euter und begann mit dem Melken. Breitbeinig auf dem Schemel sitzend fand ich es peinlich, dass Hans zusah. Aber der Versuch, schnell fertig zu werden, wäre vergeblich gewesen. Kuhsches mögen keine Eile. Hans trug den gefüllten Milcheimer die Warft hinauf und stellte ihn in den Stall. Ich ging mich umziehen und ließ mir vom Spiegel bestätigen, wie gut sich meine Figur unter dem hautengen Sommerkleid abzeichnete. Moder warf mir einen undefinierbaren Blick zu, als ich sie über den unverhofften Besuch informierte. Sie ging ans Küchenfenster, hob die Hand, und der Hamburger, der am Fethingrand auf mich wartete, winkte zurück. Lass uns schwimmen gehen, schlug ich vor. Vor dem Deich herrschte Ebbe, aber die Priele der Hallig führten noch Wasser, und weil das Schleusentor geschlossen war, konnten wir im Hafenbecken baden. Hans sprang unbefangen in Unterhose hinein, zeigte auf die Warften und dann aufs Meer und rief: Welcher Unterschied! Bei euch kreist Wasser um die Häuser, bei uns bilden sie einen Kreis ums Wasser. Manchmal gehe ich in diesen Kreis, die Außenalster, hinein und schwimme eine Runde. Das Bild lenkte mich ab, was gut war, denn ich konnte mich nicht entscheiden, ob ich mich ebenfalls bis auf die Unterwäsche ausziehen wollte. So überlegte ich zunächst, wie es wohl war, durch eine Großstadt zu schwimmen und aus den Häusern beobachtet zu werden? Soll ich dir Lagenschwimmen beibringen? hörte ich plötzlich. Hans' kreisende Armbewegungen ließen Wasserspritzer auf seiner ausgeprägten Bauchmuskulatur landen, die an geriffelte Wattstrukturen erinnerten. Im abendlichen Gegenlicht funkelten die Spritzer wie Kristalle - ein Angebot, sie ihm von der Haut zu lecken. Ohne länger zu überlegen, sprang ich im Kleid ins Becken und legte mich ebenfalls auf den Rücken. Der nasse Stoff spannte sich über dem Busen. Ich schloss die Augen und stellte mir vor, dass Hans sich meinen Rundungen näherte, um sie zu streicheln und zu küssen. Mir wurde ganz warm von der Erwartung, und als eine Miniwelle meine Lippen netzte, war es fast so, als hätte er es getan. Ich blinzelte zu ihm rüber und stellte enttäuscht fest, dass er ans Ufer schwamm. Wo war seine Forschheit vom Februar geblieben? Kennst du das Wort Bangbüx? rief ich leise hinter ihm her.

Schleuse. Links Kirchwarft, im Hintergrund Hanswarft

Wir setzten uns ans Ufer, die wärmende Abendsonne trocknete mein Kleid, und Hans schwärmte: Es ist herrlich, im Wattenmeer zu baden! Da er es vorzog, statt übers Kleid über die Natur zu reden, klärte ich ihn auf: Du schwimmst zugleich in der Nordsee. Spontan entwickelte er ein Fragespiel: Die Nordsee schwimmt im …? Atlantik, wusste ich. Und dieser …? Im Weltmeer. Und das im …? Weltall, antwortete ich ein letztes Mal, denn ich wollte den Spieß umdrehen: Kann das Weltall auch schwimmen? fragte ich. Es schwimmt in der Unendlichkeit. Und worin schwimmt die? Das müsste Einstein dir verraten. Jetzt wusste ich nicht weiter und fragte schnell, wie alt er sei. Wer, Einstein? Nein, du. Zwanzig, und du? Noch fünfzehn, bald sechzehn. Er fasste nach meinen Händen, und ich grub sie in seine. Scherzhaft stritten wir, welche kälter seien. Komm mit ins Watt, in die faszinierende Stille! Erstaunt zog er die Augenbrauen hoch und meinte: Mehr Stille als hier geht nicht. Sie wird dich überraschen! kündigte ich an.

Bis in die Unendlichkeit, so hätte es dieser Einstein wohl formuliert, schien sich das Meer zurückgezogen zu haben. Aberhunderte Seevögel pickten Würmer aus dem freiliegenden Watt, das vorne zunächst weich und schlickig war. Hans echote das schlürfende Geräusch unter den Füßen und blieb respektvoll vor Wattwurmburgen stehen: Die sehen kunstvoll aus, ich will nichts kaputt machen. Unwillkürlich musste ich lachen: Keine Sorge, der Wattwurm bleibt am Leben. Wahrscheinlich wird er uns Menschen sogar überleben, schloss Hans an und machte ein ernstes Gesicht.

Je weiter wir vordrangen, desto mehr verschmolzen die Himmelsrichtungen zu einer einheitlichen Sphäre, und die Silhouette der Hallig, die Warften, war kaum mehr zu erkennen. Begegneten uns anfangs ganze Schwärme von Knutts, Silbermöwen und Austernfischern, sahen wir jetzt selten welche. Es fühlte sich an, als wanderten wir durch einen großen tiefen Raum, der in eine märchenhaft anmutende Welt hineinführte. Strauchwerk kringelte sich zu Kugeln, die vom Wind umhergekullert wurden. Bunt glitzernde Luft-Wasser-Bläschen sahen im flachen Spätlicht wie Seifenblasen aus, die mit einem lustigen ‚Paff!' zerplatzten, wenn wir drauftraten. ‚Enklave im grauen Schlick' nannte Hans eine großflächig mit Muscheln und kalkigen Muschelresten bedeckte Sandbank vor einem kniehohen Priel. Spontan grinste er über das hochtrabende Wort, und da dachte ich, dass er in der Art, sich selbst auf die Schippe zu nehmen, Vader glich. Vielleicht hat purer Zufall sie hierhergelegt, sagte er und fuhr fort: Oder es gibt einen tieferen Sinn, den wir nicht erkennen, weil die Launen der Natur für uns Menschen unergründlich sind. Nachdenklich kam er mir vor, als er mit den Zehen einige Muscheln hin und her schob. Auf einmal sagte er: Es sah schön aus, wie du auf dem Wasser gelegen hast. Als hätte er sich versprochen, fügte er schnell hinzu: Natürlich nicht nur im Wasser, ich finde, du bist überall schön.

Meinte er Orte oder meinen Körper? Da das Kompliment unbeholfen klang, kam mir der Gedanke, dass er vielleicht noch nie etwas Ähnliches zu einem Mädchen gesagt hatte. Ich lächelte und zog ihn weiter. Er hockte sich über eine Schicht löchriger Muscheln, folgte mit den Fingern den Furchen ihrer Schalen, hob sie an die Nase und roch daran. Das Aroma hätte ich gern Tag und Nacht um mich, meinte er und steckte sich Muschelreste in die Hosentaschen. Die verteile ich auf meiner Fensterbank und genieße permanent den würzigen Duft des Meeres, freute er sich. Dafür brauchst du mindestens die doppelte Menge, eher das Hundertfache, sagte ich, was er mit verschmitztem Lächeln parierte: Schon aus diesem Grund muss ich wiederkommen. Dann stopfe ich einen ganzen Seesack voll. Übrigens hast du mich überzeugt. Ich glaubte zu wissen, was Stille heißt. Jetzt muss ich zugeben, hier ist sie vollkommen.

Siehst du! Es gibt eine Legende darüber. Wenn Halligmänner früher zum Walfang aufbrachen, also für lange Zeit ihre Familien verließen, soll es auf den Warften so still gewesen sein wie hier, weit draußen vor der Hallig. Das berichten unsere hundertjährigen Frauen, die das noch erlebt haben. Wer daran zweifelt, soll tief hinausgehen ins Watt, empfehlen sie. Dann wisse man, wie es sich angehört hat. Hans schloss die Augen und sagte: Das muss ich ausprobieren. Warte einen Moment, ich horche in die männerlose Zeit hinein. Wie war's? fragte ich, als er mit dem Horchen gar nicht mehr aufhören wollte. Einmalig schön. Ausschließlich hübsche Friesinnen waren um mich herum, blinkerte er mir zu. Und wie kommt so etwas hier her? fragte er Minuten später, das kann kein Zufall sein wie bei der Muschelbank. Er hatte einen Brunnenring entdeckt. Das sind Überreste der früheren Hayenshallig, erklärte ich. Brunnenringe, Pfahlreihen, Ackerfurchen, sogar Gräber finden sich auch bei ehemals zu Hooge gehörenden Warften wie Schorkjenswarft, Sievertswarft, Klein- und Groß-Süderwarft und Fedder Bandixwarft. Hans staunte: Eure Hallig war mal größer? Richtig. Sturmfluten trennten Warften ab und ließen sie untergehen. Manches geschah vor ewigen Zeiten im vierzehnten Jahrhundert, bei anderen ist es nicht so lange her. Boyenswarft in der Nähe der heutigen Schleuse wurde gegen Ende des 18. Jahrhunderts aufgegeben. Bei allen untergegangenen Warften hat man Überreste gefunden. Dies hier war keine Warft, sondern eine selbständige Hallig und lag, wie du siehst, ziemlich weit von unserer entfernt. Ich zeigte Richtung Hooge, und Hans lächelte mich an: Damit schien sie besonders geeignet, den dänischen Schatz zu verbergen. Vielleicht liegt er ja hier vergraben. Ich versuchte, über den Spott in seinen Augen hinwegzusehen. Die Hayenshallig hatte bereits unter der Mandränke 1634 schwer gelitten. Über Jahrhunderte verkleinerten Uferabbrüche ihren Umfang weiter. Einige Jahre diente sie noch zur Heugewinnung, bis das Meer sie dauerhaft überspülte. Mit anderen Worten: Als Versteck für den königlichen Schatz kam sie 1825 mit Sicherheit nicht infrage. Trotzdem, wandte Hans grinsend ein, könnte ich ein bisschen buddeln, denn bestimmt gab es auch zur Zeit der Mandränke Schätze. Schon kniete er sich über das morastige Innere des Brunnenrings und schmiss ein Schlickhäufchen nach dem anderen in hohem Bogen durch die Luft. Beinahe hätte ich aufgelacht. Er kam mir vor wie ein gieriger Hund, der einen vergrabenen Knochen wittert. Gelassen betrachtete ich seine vor Erwartung gespannten Armmuskeln, denn er war nicht der erste, der hier grub. Plötzlich war da ein Klacken, es tat schon vom Zugucken weh, als wäre Hans mit bloßen Fingerkuppen auf etwas Hartes gestoßen. Vorfreude leuchtete in seinen Augen, und tatsächlich förderte er die Hälfte eines Tontopfes zutage. Glück muss man haben! Kaum angekommen, finde ich mitten im

Watt ein Zeugnis früherer Besiedlung. Wahrscheinlich ist es ein Topf für den täglichen Gebrauch, mutmaßte er, die Schöpfung eines Laien. Wie kommst du darauf? fragte ich, weil er das Stück genauestens unter die Lupe nahm. Sieh' hier, am unteren Rand befinden sich Fingerabdrücke. Anscheinend hat man den Fehler vor dem Brennen übersehen. Einer Kunstwerkstatt wäre das nicht passiert.

Ich knuffte in seinen Arm und zeigte besorgt in die Ferne, wo ich weiße Spitzen erblickt hatte. Was ist das? fragte Hans. Sprudelnder Meeresschaum, sagte ich, was bedeutet, dass sich die Watt-Priele mit Wasser füllen. Demnächst wird hier wieder die Brandung rauschen. Du meinst, die Flut kommt? Genau, wir müssen gehen.

Wir hatten uns weit hinausgewagt, entsprechend lang war der Rückweg. Gute hundert Meter vor dem Deich überholte uns eine flache Wasserzunge - eine Vorbotin der Flut. Von sanften Brisen gekräuselt, schob sie schaumige Ränder vor sich her. Hans blieb unvermittelt stehen, wandte sich mir zu und sagte einen Satz, den ich wie nichts anderes ersehnt hatte, der mich in diesem Moment aber beinahe umgehauen hätte: Ich habe mich in dich verliebt, Fiona. So sehr, wie noch in keine andere. Seit dem Biikebrennen ist mir das klar. Ich hätte jubeln können, und ehe ich mich versah, hatte ich Hans meinen Mund auf die Lippen gedrückt. Da fragte er mit ernster Miene, was ich antworten würde, wenn er mich bäte, gleich morgen meine Sachen zu packen und mit ihm nach Hamburg zu fahren. Ist das ein Antrag? So könnte man es eines Tages formulieren, aber soweit ist es noch nicht. Warum bloß drückte er sich manchmal so kompliziert aus? Gewiss scherzte er nicht, aber es war mir unmöglich, darauf einzugehen. In dieser Sekunde wusste ich nur, was ich von *ihm* wollte: Nicht reden, sondern handeln! Nicht über Schönheit sprechen, sondern sie nutzen. Er sollte mich endlich anfassen und mit mir schmusen. Spätestens am nächsten Abend müsste das passieren!

Hier endet Fionas Erzählung für diesen Tag. Benno hätte gern erfahren, ob es zum erhofften Schmusen kam. Es lockt ihn zu hören, wie sich Liebe damals angefühlt hat. Für ihn gehört auch das zur Alltagsgeschichte. Schließlich hat es die Menschen seit Urzeiten beschäftigt, was ihre Ahnen trieben; nicht nur, was sie aßen, tranken und arbeiteten, sondern auch, wie sie fühlten und liebten. Für ihn ist das klar, ob der Prof den Standpunkt umfassend teilt, steht dahin. Auf jeden Fall wird Roni sich sehr für Fionas Liebe interessieren. Könnte Hans Hartung sein Vater sein? Benno entschließt sich, Roni die neueste Geschichte noch vorzuenthalten. Er will erst mal abwarten, wie sich die Dinge weiterentwickeln. Dafür schreibt er seinen Eltern.

Liebe Mutti, lieber Vati,
das Schicksal meint es gut mit mir. Vielleicht gibt es doch etwas wie Prädestination, obwohl das von der historischen Wissenschaft ja eher abgelehnt wird. Aber was kann es anderes sein als Vorbestimmung, wenn ein Student aus Bremen und eine Germanistin aus Kaliforniern auf einer Hallig mit hundert Einwohnern zusammentreffen und sich ineinander verlieben?
Inzwischen ist Patty aus Kalifornien zurückgekehrt. Sie musste bei der Brandbekämpfung helfen - sicher habt ihr in den Medien vom Rim Fire gehört. Während ihrer Abwesenheit habe ich Probleme mit dem Schreiben gehabt und dem Prof noch keinen Zwischenbericht geschickt. Ich glaube nicht, dass er sich deshalb bei euch meldet. Falls doch, sagt ihm bitte nicht, dass ich mich verliebt habe. Sonst denkt er, das sei der Grund für meinen Verzug. Er gehört zu den Alt-68ern, ist grundsätzlich Anhänger der freien Liebe und zitiert in seinen Vorlesungen Wilhelm Reich. Aber was das Projekt betrifft, trennt er scharf zwischen Wissenschaft und Privatem. Sagt ihm also auch besser nicht, dass meine In-

terviewpartnerin mir ihre Liebesgeschichten erzählt. Bestimmt will er darüber im Manuskript nichts lesen. Trotzdem schreibe ich es erst mal auf, vielleicht freut er sich am Ende doch darüber.

Zum Schluss noch etwas ganz anderes. Ich überlege, euch ein Bild zu schenken. Ein Wattmotiv. Von einem Hooger Maler, Werner Bovens. Ich habe es in seiner Galerie entdeckt. Ich glaube, es würde gut in euer Wohnzimmer passen. Was haltet ihr davon?

Es grüßt euch herzlich...

Benno unterschreibt den Brief und widmet sich wieder seinen Interviewnotizen und ihrer Verarbeitung im Manuskript.

Am nächsten Abend trafen wir uns wieder an der Schleuse. Meine Augen suchten nach einer Stelle, wo wir ungestört schmusen konnten, und Hans hatte anscheinend denselben Gedanken. Wir hangelten uns unter das Pfahlwerk eines Anlegestegs. Der Raum zwischen den Stützpfählen empfing uns wie ein Nest, das uns vor unerwünschten Blicken schützte. Ich umfasste einen Querbalken und ließ mich vom Wasser wiegen. Als Hans es auf der Gegenseite nachmachte, durchfuhr uns erneut ein identischer Impuls, und wir streckten uns gegenseitig die Zehen entgegen. Mal fanden sie sich, mal verloren sie sich. Wir schlossen die Augen. Während ich die Zwischenräume an seiner Fußspitze abtastete, streichelte er meinen Ballen. An den Rändern der Bohlen leuchteten Seepocken in der Abendsonne. Hans duckte seinen Kopf unter Wasser, und als er wieder auftauchte, hielt er mir die Unterseite eines Seesterns entgegen: Streichle mit dem Finger darüber! Ich spürte das weiche Fleisch und bemerkte eine Muschel, die von den Armen des Seesterns umklammert wurde. Hans meinte: Er wird versuchen, die Muschel mit dem Zug seiner Arme zu öffnen. Offenbar konnte das zarte

Tier enorme Kraft entfalten. Hans setzte es behutsam zurück, griff nach meinen Fingern, spreizte sie und schob sie wieder zusammen wie vorher die Arme des Seesterns. Ich wusste nicht, ob man im Wasser vor Hitze zittern kann, aber es fühlte sich an, als hätte der Funke vom Biikefest all die Monate weitergeglüht. Mein Herz begann zu rasen, als Hans mein Kinn fasste und den Kopf neigte, um mir einen Kuss zu geben. Ich spürte seine feuchten Lippen. Der Kuss schmeckte köstlich, obwohl er von Salzwasser durchtränkt war.

Ich musste zurück, bestimmt wartete Moder schon auf mich. Aber Hans wollte noch zur Kirchwarft hinauf, und weil sie auf dem Rückweg lag, stimmte ich zu, und wir ließen uns an der Westseite auf einer Bank nieder. Während wir zusahen, wie der Sonnenuntergang die Klinker der Backsteinfassade zum Glühen brachte, glitten wir Stück für Stück von der Bank hinab ins Gras und setzten im Liegen das vorangegangene Spiel der Fußspitzen mit den Händen fort. Wieder und wieder küssten wir uns und immer leidenschaftlicher. Ich muss nach Hause, flüsterte ich, denn ich ahnte, dass es nicht dabei bleiben würde. Der Verstand wehrte sich dagegen, die Nacht miteinander zu verbringen, doch der Wunsch saß fest wie die Muschel in den Armen des Seesterns. Irgendwann würde es soweit sein. Ich wollte Hans besitzen. Ein Wort, das mir noch nie für einen Menschen in den Sinn gekommen war. Unterwegs pflückte ich Bondestave vom Wegrand - lila blühend, wundervoll duftend. Ich nahm den Strauß für Moder mit. Sie würde sich freuen. Das war mir wichtig.

Die Liebe war mit solcher Wucht in mein Leben getreten, dass ich mich jemandem offenbaren musste. Moder, Schwestern oder Freundinnen? Ich wählte Moder, denn die zärtlichen Regungen überlagerten meine anhaltende Trauer um Vader, und Mütter verstehen widerstreitende Gefühle am besten. Aufgewachsen im sicheren Gefühl, über alles mit ihr reden zu können, ging ich das Gespräch in guter Hoffnung an und suchte sie vor dem Mittagessen in der Küche auf. Der Moment war ungünstig: Sie briet Rühreier mit Speck am Herd, ich sah ihr nicht in die Augen, sondern auf ihren Rücken. Warten konnte ich jedoch nicht. Sie sollte informiert sein, bevor man sich über Hans und mich den Mund zerriss. Ich zögerte einen Moment und war überrascht, dass sie von sich aus anfing: He hett di woll mächtig de Kopp verdreiht[185], raunte sie mir über die Schulter zu. Anscheinend hatte sie sich ihren Teil gedacht, als ich spätabends nach Hause kam. Er ist aufmerksam, warmherzig, wortgewandt und witzig, antwortete ich vorsichtig und erhielt einen spöttischen Blick zur Antwort. Falls sie etwas gesagt hatte, konnte ich es nicht verstehen, weil es auf dem Herd plötzlich heftig fauchte und zischte. Ja, ich mag ihn! schrie ich gegen die Geräusche an, worauf ich einen schnaubenden Laut vernahm, der gewiss nicht so ablehnend gemeint war, wie er geklungen hatte. Natürlich war es vordringlich, dass die Rühreier nicht anbrannten, trotzdem mochte ich nicht fortgesetzt auf Moders Rücken starren. Enttäuscht stellte ich mich ans Fenster und schaute hinaus. Es regnete. Unzählige Tropfen trafen auf den Fething und erzeugten auf der Oberfläche kleinste Kreise und Blasen, die im selben Moment, da sie entstanden, schon wieder zerplatzten. Das Bild glich meinem widersprüchlichen Verlangen, etwas zu sagen und es gleich wieder zurückzunehmen. Ich wollte mehr sagen als bisher, aber auch nicht zu viel, weil ich mit mir selbst noch nicht im Reinen war. Ich hoffte, Moder würde mir aus diesem Unvermögen heraushelfen und mich dabei unterstützen, meine durcheinander geratene Gefühlswelt zu ordnen. Doch

---

185   Er hat dir wohl mächtig den Kopf verdreht.

sie sagte nur: Sieh vörsichtig und pass op di op![186] Dann fügte sie etwas hinzu, was mich fast wütend werden ließ: Der junge Mann sei nicht von hier, bestimmt müsse er in den Krieg und der Richtige werde sich gewiss noch finden. Ihre Worte kamen mir fade vor wie das graue Regenband, das über die Hallig zog. Was meinte sie mit ,dem Richtigen'? Einen Mann der Hallig? Dachte sie vielleicht an Haye? Ein vager Verdacht kroch in mir hoch. Waren eigene Interessen im Spiel? Die offensichtliche Botschaft fiel mir mit Verzögerung auf: Wenn sich der Richtige erst finden sollte, war Hans es nicht. Ich verspürte einen perfiden Impuls, meine Mutter an den Armen zu packen und sie durchzuschütteln. Warum begriff sie nicht, was ich von ihr wollte? Ich hatte mich verliebt! Das erste Mal im Leben! Warum konnte sie sich nicht mit mir freuen?

Stumm stierte ich wieder auf ihren Rücken. Irgendwann drehte sie sich zu mir um. Ich sah sie hoffnungsvoll an. Aber sie nahm sich nur den Kittel ab und übergab ihn mir, damit ich weiterarbeitete. Schnell versuchte ich es noch einmal und erzählte, wie Hans sich für Fundstücke der Hayenshallig interessiert und wie wunderbar er die Stille im Watt beschrieben hatte. Vergeblich. Sie reagierte mit der Aufforderung, Kartoffeln zu schälen. Missmutig legte ich den Kittel zur Seite und wandte mich ein weiteres Mal dem Fenster zu. Arge Windböen stießen vom Himmel herab und rüttelten am Schilf des Fethings. Gekränkt verließ ich die Küche. Die Kartoffeln mussten warten.

---

186   Sei vorsichtig und pass auf dich auf!

Stelldichein

Am Abend trafen wir uns wieder unter dem Anlegesteg, dem einzigen Ort, an dem wir zu zweit allein sein konnten. Erst gegen Mitternacht kehrten wir zurück. Mensch und Natur hatten sich zur Ruhe begeben, ein letztes Vogelpaar winkte mit den Flügeln. Wir blieben an der halboffenen Stalltür stehen. Im Haus herrschte Stille, bestimmt lag Moder seit Stunden im Bett. Ich ging auf Zehenspitzen über das kühle Stallpflaster, um an der Flurtür zu horchen, und huschte zurück, um mich von Hans zu verabschieden. Als ich bei ihm war, hatte er die Leiter im hinteren Teil des Stalls bemerkt. Seine Augen stierten die Sprossen hinauf. Sie führten zum Heuboden. Ich dachte an Moder im Bett. Niemals würde sie einem Fremden erlauben, ohne ihre Erlaubnis auf unseren Boden zu klettern. Eine Sekunde später flitzte Hans bereits über den Steinboden. Ich holte ihn ein, hielt ihn auf und stieg als Erste empor. Jede Sprosse vibrierte vor Verheißung. Uns empfing ein aromatischer Mix aus Staub, muffigem Gebälk und Heu. Zum Glück gab es zweierlei Arten von Muff, einen penetranten und einen wohlriechenden. Dieser hier gefiel auch dem Städter. Hans sog ihn genüsslich ein. Der Mond warf zarte Lichtsäume in das Gebälk. Ich nahm Hans an die Hand und führte ihn zum Giebelfenster. Hinter dem Deich glitzerte das Meer. Ein Schiff durchschnitt das flackernde Spiegelbild des Mondes zwischen den Wellen. Zeitweilig verlor sich der Rumpf in den silbrigen Reflexionen. Am typischen Klopfgesang des Dieselmotors erkannte ich die ‚Seemöwe'. Wer sonst sollte es auch sein, der um diese Zeit noch mit seinem Schiff unterwegs war? Wahrscheinlich hatte Bandolf wieder bis zum Schluss in seiner Husumer Lieblingskneipe ausgeharrt. Die Positionslampen zeigten an, dass sich das Schiff dem Hafenbecken näherte. Obwohl der Motor hörbar auf langsame Fahrt heruntergeschaltet wurde, war ich ein bisschen nervös. Nicht, dass ausgerechnet in meiner ersten Liebesnacht eine Havarie passierte! Aufgrund jahrzehntelanger Übung und Erfahrung konnte Bandolf die ‚Seemöwe' selbst nach einer durchzechten Nacht zentimeterscharf durchs Schleusentor navigieren. Trotzdem wartete ich lieber die letzten Meter ab. Als kurz darauf die Positionslampen im Inneren des Schleusenbeckens leuchteten, atmete ich auf. Das Putt-Putt wurde leiser, die ‚Seemöwe' legte an und überließ der Natur die typischen Nachtgeräusche - das Plätschern des Priels unten vor der Warft und den einsamen Schrei eines Vogels. Ich verließ das Fenster und widmete mich dem Heu zu unseren Füßen. Mit den Zehen scharrte ich ein kleines Lager zusammen. Ein schmaler Lichtstreifen fiel darauf, und ich bettete mich hinein. Hans nestelte im Stehen an seinen Schnürsenkeln, während ich mich wohlig dem sanften Luftzug entgegenstreckte, der durch Ritzen im Fensterrahmen hereinwehte. Ich versuchte, ruhig zu atmen, denn unter dem Busen spannte sich etwas. Mein erster Gedanke war Heustaub, der sich in der Lunge absetzte, aber es war der Herzschlag, der mir fast die Brust zerriss. Ich hielt die Augen geschlossen und spürte, wie ich etwas Unbekanntem entgegentaumelte. Etwas, das sich bereits großartig anfühlte, bevor etwas geschah. Horchend suchte ich herauszufinden, was Hans als Erstes tun würde, und ergriff ein bisschen selbst die Initiative, indem ich ihm die Hände entgegenstreckte. Sie waren eiskalt. Halb zog sie ihn, halb fiel er hin - Goethe, flüsterte er und stützte sich am Balken ab. Nun lagen wir nebeneinander. Der Heuduft, der uns einhüllte, kam mir geradezu ausgesucht vor für das, was vor uns lag. Er mischte sich mit den herben Ausdünstungen in Hans' Achselhöhle, an der ich schnüffelte. Weil ich mich nichts Darüberhinausgehendes traute, summte ich leise eine Schlagermelodie: ‚Die Nacht ist nicht allein zum Schlafen da, die Nacht ist da, dass was gescheh!' Hans kannte den Text und setzte fort: ‚Ein Schiff ist nicht nur für den Hafen da, es muss hinaus, hinaus auf hohe

See!' Darauf wieder ich: ‚Berauscht euch Freunde, trinkt und liebt und lacht und lebt den schönsten Augenblick!' Nun wieder Hans: ‚Die Nacht, die man in einem Rausch verbracht, bedeutet Seligkeit und Glück!' Schnell legte ich ihm einen Finger auf den Mund, denn er war mit jeder Silbe lauter geworden. In der eintretenden Stille blinzelte ich durch die Lider und erblickte am Fenster ein Spinnennetz, dessen mikroskopisch dünne Fäden im Lufthauch zitterten. Von der Zartheit der Bewegung inspiriert, strich ich mit den Fingerkuppen über Hans' Augenbrauen. Das Zucken seiner Wimpern offenbarte wachsende Erregung. Ich war jetzt mit dem Kopf über ihm. Hans verteilte mit bibbernden Lippen Küsse auf meinem Hals. Während ich darauf wartete, dass er meinen Busen küsste, lösten sich seine Hände und tasteten sich zur Gürtelschnalle. Das nahe Klimpern mischte sich in das ferne Rauschen des Meeres. Als ich hörte, wie sich die Schnalle öffnete, zog sich meine Mitte lustvoll zusammen. Mein Körper lag flach, während der Bauch in die Höhe strebte. Ich fühlte das Beben in Hans' Fingern, als er meine Hüften in seine Hände nahm. Mein Becken straffte sich und folgte den federnden Bewegungen im nachgebenden Heu.

Später, nachdem Hans eingeschlafen war, richtete ich mich behutsam auf und begab mich ans Giebelfenster. Die Warften schwebten im halbnächtlichen Nebel wie zerbrechliche Konturen. Unsere Hallig wirkte wie eine irreale Exklave im Krieg. Würden in diesem Augenblick Außerirdische unten auf der Fenne landen, wären sie überzeugt, der Erdball sei der friedlichste Stern im Weltall. Ich legte mich wieder neben Hans und schaute auf sein Gesicht. Er atmete ruhig. Ich spürte die Wärme und den Duft seiner Haut. Es war dieser Duft, den ich für immer mit der Liebe verbinden würde. Die Nacht war noch unberührt vom Tag. Was war geschehen, hätte es geschehen dürfen? Hans hatte etwas dabeigehabt, hatte er gesagt. Nein, es gab nichts nachzudenken! Ich liebte diesen Mann. Mit dieser Gewissheit schlief ich ein. Als das erste Kikeriki uns weckte, lag Hans' Hand auf meinem Bauch, sein Arm um meine Hüfte, mein Oberschenkel umhüllte sein rechtes Knie. So war ich noch nie aufgewacht, so verschlungen mit einem anderen Körper. Ich lauschte in den Morgen. Bald würden sich Türen öffnen. Nachbar Peter begann als erster mit der Arbeit. Wenn er Hans aus dem Haus kommen sähe, wüsste am Mittag die ganze Hallig Bescheid. Wir zogen uns an, kletterten die Sprossen hinunter und wichen den sturzflugartig hereinjagenden Schwalben aus, die mit Fliegen, Mücken und Blattläusen die aufgerissenen Schnäbel ihrer Jungen versorgten. Draußen erzählte Hans, er sei einmal aufgewacht. Mein Mund sei leicht geöffnet gewesen. Wie eine schnurrende Katze hätte ich die frische Morgenluft eingesogen. Er habe sich neben mich gekniet und zwei Finger über meine Lippen gehalten, um den Hauch meines Atems zu spüren. Ein stilles Lächeln sei um meine geschlossenen Lider getreten, als hätte ich etwas bemerkt. Dann gab er mir schnell einen Kuss und eilte die Warft hinab. Ich blieb noch, wollte teilnehmen an den weichen Übergängen am Ende der Nacht, dem leichten Hauch der Morgenluft, die alles Schwere abstreifte, dem aufblühenden Licht über dem Mähland, dem Morgennebel, der sich im sphärischen Nichts verlor. Übergänge, die Automatismen zu folgen schienen und mir dennoch wie eine Aneinanderreihung kleiner Wunder vorkamen. Schließlich suchte ich den Alkoven auf, um noch eine Zeit mit mir zu verbringen. Bevor ich die Bettdecke zurückschlug, schaute ich prüfend in den Spiegel, sichtete glänzende Wangen und brennende Lippen und spürte das Erlebte bis in die Haarspitzen.

Ich war eine Liebende geworden. Das Leben gehörte Hans und mir. Es fühlte sich leichter an als vorher. Ich band mein Taschentuch zu einem Knoten zusammen. Den wollte ich immer bei mir tragen. Er sollte mich an das Glück erinnern, das, wie Sog und Drang der Gezeiten, niemals enden sollte.

Hans' Abreisetag hatte von vornherein festgestanden. Als es soweit war, kam er zu früh. Wir waren zärtlich zueinander gewesen, ich hatte das Gefühl, wir passten gut zusammen. Ich hielt ihn fest, als könnte ich verhindern, dass er ging. Bevor er auf dem schwankenden Steg zum Schiff hinüberstieg, strich ich ein letztes Mal über die Narbe unter seinem Ohr. Von der Reling rief er mir zu, er hoffe, bald wiederzukommen. Die Trennung kam mir extrem härter vor als nach dem Biikebrennen, denn diesmal *wusste* ich, dass ich mich verliebt hatte.

Zwischen Morgen und Abend hatte mich der Alltag als Jungbäuerin wieder. Doch nachts dachte ich nicht an meine Arbeit, ich träumte von Hans. Mal löste ich liebevoll eine Heusträhne aus seinem Haar, mal steckte ich meine Nase unter seine Achsel und roch an seiner Haut. Ich spürte seine Wangen auf meinem Gesicht, griff in den derben Stoff seiner Manchester-Hose und fingerte an seinem Hosengürtel.

Vier Wochen später kam sein Brief. Voller Ungeduld öffnete ich den Umschlag, wollte auf einen Schlag alles erfassen, was ihn bewegte, wollte vor allem die Liebesbezeugungen wiederholt sehen, die er mir zugeflüstert hatte. Ich las, wie schön die Hallig sei und ich besonders, und wenn es einen Schatz gäbe, würden wir ihn finden, gemeinsam finden. Dann, wie ein Schlusssatz: Er lasse Moder und die Geschwister grüßen. Der Brief war nicht zu Ende, was sollte jetzt noch folgen? Die Schrift wurde kleiner, gerader und irgendwie ernster. Leider - das Wort verängstigte mich auf der Stelle - werde es vorerst kein Wiedersehen geben. Man habe ihm die baldige Einberufung angekündigt. Vielleicht werde er schon an der Front sein, wenn sein Brief eintreffe. Wann und wo er wieder schreiben könne, wisse er nicht. Ich solle mir keine Sorgen machen, die Rekrutierung sei nichts Besonderes, sie betreffe alle Männer seines Alters. Ich sackte unter einem Tränensturz zusammen.

Die Wehrmacht hatte ihn am 2. Oktober 1940 eingezogen, wie ich später erfuhr. Ein Jahr nach dem Überfall auf Polen. In der Zeitung las ich vom ‚Kampf gegen den jüdischen Bolschewismus' und der Forderung nach ‚neuem Lebensraum'. Jede Woche blätterte ich die Hauptseiten durch, las Verlautbarungen der Wehrmachtspitze mit Hinweisen auf die rasche Besetzung des Nachbarlandes. Für weitere Operationen stünden zusätzliche Bataillone bereit. Offensichtlich sollten solche Artikel beruhigen. Bei mir bewirkten sie das Gegenteil. Einige auf der Hallig munkelten, Hitler plane, weiter nach Osten vorzudringen. Was käme dann auf Hans zu? Monatelang, den ganzen Winter hindurch, verging ein Tag wie der andere mit Sorgen, Träumen, Hoffnung und dem Warten auf einen neuen Brief. Ich wusste nicht, ob er lebte, und mochte nicht daran denken, was passiert sein konnte. Endlich, Ende April 1941 zu meinem Geburtstag, traf ein Umschlag ein. Fast hätten meine zitternden Finger das Briefpapier eingerissen. Wie von Sinnen raste ich durch die Zeilen. Kurz vor Erhalt des Gestellungsbefehls habe er in Hamburg den Botanischen Garten besucht, die Rosen standen in zweiter Blüte. Besonders schön habe eine mit dem Namen Souvenir de la Malmaison geblüht. Wunderbar geduftet habe sie. ‚Wie eure Bondestave.'

Dein Teint leuchtet zartrosa.
Ich denke dabei an eine Rose,
deren samtweiche Blütenschalen
meinen Fingerkuppen schmeicheln.

Zum ersten Mal hatte jemand etwas nur für mich Bestimmtes zu Papier gebracht. Unwillkürlich schossen mir Tränen in die Augen. Wann würde ich seine Fingerkuppen wieder spüren?

Neue Stellung

Männer mit Aktentasche unter dem Arm sah man ungern auf die Hallig kommen. Erst vor zwei Monaten hatte die Gestapo Tetje Utspann aus dem Westen wegen angeblicher Feindunterstützung abgeholt. Niemand hatte einen Schimmer, was ihm konkret vorgeworfen wurde, hielt er sich doch die meiste Zeit im eigenen Haus auf. Die Verhaftung löste Bestürzung aus. Was würde als Nächstes passieren? Nachbar Petersen verunsicherte Moder aufs Heftigste mit der Behauptung, Vaders aufrührerische Reden über das Friesentum könnten sogar noch posthum von der Gestapo verfolgt werden. Es war also kein Wunder, dass Moders Augen ängstlich zuckten, als zwei Männer mit Aktentaschen unseren Warftweg beschritten und auf die Küchentür zuhielten. Der Ältere trat als erster ein, wahrscheinlich war er der Chef. Mein Name ist Andersen, erklärte er. Der zweite folgte. Ich half Moder gerade am Herd, und weil sie wie angewurzelt stehenblieb, bot ich eilfertig zwei Stühle an, ohne zu ahnen, welch folgenschwere Änderung der Besuch in mein Leben bringen sollte. Gequält lächelnd setzte sich Moder neben die Herren. Er und sein Kollege Sievers seien Vertreter der Oberpostdirektion, Zweigstelle Husum, sagte Andersen und fuhr sich mit der Hand durchs schüttere Haar, bevor er hinzufügte: Wir kommen wegen der verwaisten Poststelle. Na, is ja schön. Aver wat heff ik dormit to don?[187] fragte Moder mit spitzer Zunge. Die Brief- und Paketversorgung der Hallig ist gefährdet, lautete die Antwort. Dat weten wi all lang[188], sagte Moder genervt. Ich konnte ihre Reaktion verstehen. Welchen Grund sollte es geben, dass man sie beim Futjes-Backen unterbrach, nur um daran zu erinnern, dass vor drei Wochen unser Hallig-Briefträger zum Kriegsdienst eingezogen worden war? Eine Pause entstand, in der Sievers genüsslich den warmen

---

187 Aber was habe ich damit zu tun?

188 Das wissen wir schon lange.

Duft der Futjes in die Nase sog. Diese Geste bewirkte, dass anstelle des gequälten ein freundliches Lächeln über Moders Gesicht huschte, was Andersen ermunterte, erneut das Wort an sie zu richten: In der Gaststätte auf Backenswarft berichtete jemand, Ihre Tochter Fiona habe einige Male in der Poststelle ausgeholfen. Sievers blickte in meine Richtung: Sind Sie das? Ich zuckte zusammen. Dass mir eine Frage gestellt wurde, hätte ich nicht erwartet. Ich ließ sie unbeantwortet und guckte Moder an. Eigentlich hätte sie sich freuen können: keine Geheimpolizisten.

Auch keine Buchprüfer, Steuerfahnder oder ähnliche Berufsgruppen, die sie als misstrauische Lüüd verachtete, sondern Leute, die sich für ihre Tochter interessierten. Erneut entstand eine Pause, nach der Andersen plötzlich fragte: Frau Nissen, können Sie sich vorstellen, dass Ihre Tochter die Aufgabe übernimmt? Fast wäre ich vom Stuhl gefallen. Mit dieser Frage hätte ich noch weniger gerechnet. Wenngleich: Sie hatte was. Briefbeförderung schien verlockender als Melken. Moder guckte mich scheel von der Seite an. Warum antwortete sie nicht, hatte sie Zweifel, ob ich der Aufgabe gewachsen wäre? Ich beobachtete die Männer. Was würden sie unternehmen, wenn Moder ablehnte? Dem Chef war nichts anzumerken. Der Mitarbeiter wirkte abwesend. Offensichtlich hatte er sich vollständig den appetitlichen Aromen vom Herd zugewandt. Seine Backen wölbten sich, als leckte er sich die Innenseiten mit der Zunge aus. Als Moder beharrlich weiter schwieg, wurden die Fingerspitzen des Chefs aktiv. Leise, aber vernehmlich trommelten sie auf das Leder der Aktentasche. Schließlich richtete er sich kerzengerade auf und sprach - nun sehr förmlich: Hören Sie, Frau Nissen, es darf nie wieder so weit kommen, dass die Hallig den Geburtstag des Kaisers feiert, obwohl er seit Wochen tot ist. Die Sache ist also dringlich, die Postzustellung muss gesichert werden. Er wartete einige Sekunden, um die Worte wirken zu lassen. Dabei lachte auf der Hallig inzwischen jeder über die Geschichte. Wi hefft keen Kaiser mehr, also wart he ook nich mehr fieert[189], antwortete leichthin meine Zunge, die nicht wissen konnte, welch' schwerwiegende Konsequenzen Widerspruch haben kann. Zum Glück lenkte den Chef die nickende Kopfbewegung seines Mitarbeiters ab, so dass er irritiert Sievers anblickte und nicht mich. Während ich bereit war zuzusagen, starrte Moder unschlüssig vor sich hin. Anscheinend spürte der Chef meine innere Bereitschaft, denn er öffnete seine Diensttasche und übergab mir ein amtliches Schriftstück, das ich bitte sorgfältig durchlesen möge. Das Formular beschrieb auf zwei Seiten Gebote für die Ausübung des Dienstes. Viel förmlicher Kram, geeignet zum Schnell-darüber-Hinweglesen. Nur an der Überschrift ‚Betragen innerhalb und außerhalb des Dienstes' blieben meine Augen hängen, und ich las, dass mein Verhalten dem Ansehen des Reiches keinen Schaden zufügen dürfe. Sollte mir im Bedarfsfall etwa ein nötiges ‚Schiet di wat!' verboten sein? Das ging über meinen Horizont. Kurz davor, die widersinnige Passage mit Andersens bereit liegendem Bleistift zu streichen, zwickte ich mich in den Unterarm, um nicht ein weiteres Mal unvorsichtig zu reagieren. Interessieren tat es mich aber trotzdem, und so fragte ich rundheraus: Und was ist, wenn mir jemand dumm kommt? Wie meinen Sie? Andersen schien solche Fälle nicht zu kennen. Zum Beispiel, weil ein erhoffter Brief nicht eintrifft und man mir die Schuld gibt, obwohl das doch niemand nicht ausschließen kann, verhaspelte ich mich. Dann lassen Sie sich vom Unmut des Verärgerten nicht provozieren! Andersens Antwort war zwar nicht überzeugend, aber mir fiel ein, dass die Herren im entfernten Husum residierten und die Einhaltung der Passage kaum kontrollieren könnten. Das beruhigte mich, und ich nickte. Andersen nahm es als Zeichen meines Einverständnisses, schob Moder Papier und Bleistift zu und erläuterte: Ihre Tochter ist unmündig, das heißt nicht

---

189   Wir haben keinen Kaiser mehr, also wird er auch nicht mehr gefeiert.

rechtsfähig. Sie sah mich an, gab sich einen Ruck und unterschrieb. Augenblicklich durchströmte mich ein stolzes Gefühl (Postbotin - ich!), während Moder eine Schale mit Futjes herumreichte: So nehmen Sie doch! Der Chef guckte auf die Uhr: Nein danke, es ist alles geregelt. Enttäuscht seufzte Moder auf - so laut, dass ich dachte, sie hätte sich's im letzten Moment noch anders überlegt und wollte die Unterschrift zurückziehen. Stattdessen steckte sie Sievers beim Hinausgehen zwei warme Futjes-Stücke zu.

De Hallig bruukt di nu för de Post, sagte sie anschließend zu mir und fügte hinzu: Aver merk di: Breefe un Pakete vun Warft to Warft drogen is keen Zuckerschlecken.[190] Es klang wie eine Warnung, der ich entgegnete: Ik löpp doch jümmers barfoot. Ik warr mi nich verköhlen.[191] Na dann! Sie holte eine Flasche Köm aus der Vitrine. Hartlichen Glückwunsch! Ich war Feuer und Flamme. Zum ersten Mal im Leben stieß ich mit meiner Mutter auf die Zukunft an.

Zwei bis drei Tage die Woche, wenn das Husumer Postschiff Briefe und Pakete nach den Halligen brachte und ich den Hooger Postsack von Landsende abholte, trug ich Post aus. Die andere Zeit war ich auf dem Hof tätig - mit eingeschränkter Kapazität, so dass uns jemand helfen musste. Ik warr Haye frogen, ob he uns helpen deit[192], sagte Moder. Er war einverstanden und nahm mir viel ab. Wie anderes Schuhwerk auch verwahrte Moder die von der Post gestellten Dienstschuhe den Sommer über im Schrank. Ik heff keen Ahnung, wie lang Staatsschooh holn,

---

190   Die Hallig braucht dich nun für die Post. Aber merke dir: Briefe und Pakete von Warft zu Warft tragen ist kein Zuckerschlecken.

191   Ich laufe doch immer barfuß. Ich werde mich nicht erkälten.

192   Ich werde Haye fragen, ob er uns hilft.

aver ik glööv nich, dat se di noch mol een Paar geven warrn.[193]

Über Stege wie diesen transportierte Fiona Briefe und Pakete. Im
Hintergrund die Kirchwarft.

Den Transport des Postsacks mit der einrädrigen Karre
von Landsende ins Postbüro auf Ockenswarft musste ich erst
einüben. Besonders an Regentagen war die Karre schwer zu
handhaben. Gleich am Anfang, als es Bindfäden goss, ent-
glitt sie mir auf dem aufgeweichten Weg und rutschte mitsamt Postsack in den Graben. Ich verfluchte meinen Dienst,
kaum dass ich ihn aufgenommen hatte. Glücklicherweise

---

193   Ich habe keine Ahnung, wie lange Staatsschuhe halten, aber ich
glaube nicht, dass sie dir noch mal ein Paar geben werden.

war Fritz Tamsen gerade in der Nähe. Als Deicharbeiter beim Amt für Wasserbau scheute er sich nicht, in einen Graben zu klettern. Ik hol dat ruut![194] rief er. Beschwerden wegen nasser Briefe und Päckchen gab es hinterher nicht. Man übte Nachsicht mit der Anfängerin und brachte mir einen großen Vertrauensvorschuss entgegen. Vielleicht, weil ich vom Rundsagen als Kind bekannt war.

Landsende. Hier legte das Postschiff an.

Nicht nur Postgut wurde mir anvertraut, auch persönliche Dienste wie das Aussprechen einer Einladung von Warft zu Warft: Segg Fiete Bescheed, he schall Sünndag bi uns to'n Kaffee komen![195] Selbst kleine Päckchen, die gar nichts mit der Post zu tun hatten, drückte man mir in die Hand. Zum Weitergeben: Kümmst du bi Frerk vörbi? Kannst em

---

194   Ich hole das raus!

195   Sag Fiete Bescheid, er soll Sonntag bei uns zum Kaffee kommen!

'n Stück Koken mitnehmen. För di is ook een dorbi.[196] Bald plante ich eine halbe bis eine Stunde für Unvorhergesehenes ein, denn die Zusatzdienste kosteten natürlich Zeit. Keineswegs ließ ich mich für jedweden Dienst einspannen. Als der träge Philip mich bat, ihm vom Laden eine Flasche Schnaps mitzubringen (,ünnen in dien Tasch ünner de Breefe, dat süht doch keeneen'[197]), antwortete ich schroff: Ik schiet di wat! Was nach dem Formular gewiss verboten war, mir in diesem Fall aber mehr als angebracht erschien. Frauen zogen mich in ihre Küche, um zu klönen (,Hest du hört, dat Tetjes Fru mit de Tähn na't Fastland mutt?'[198]). Oft lachten wir zusammen, und wenn plötzlich Tränen kullerten, weil der Inhalt eines Briefes die Leserin überwältigte, versuchte ich, durch Ausgabe eines Schnupftuchs zu trösten. Moder warnte mich vor zu viel Entgegenkommen, denn wer wie ich zum Klönen bereit war, sah sich unversehens in Klatsch und Tratsch verheddert: Letztlich fährst du schlecht damit. Gerade auf der Hallig, wo man sich nicht nur zweimal im Leben begegnet. Ich folgte ihrem Rat und hielt mich aus dem Tagesgeschwätz weitgehend raus. Mit Ausnahme der Gespräche mit Älteren und Geschwächten, die kaum rumkamen und einfach nur wissen wollten, was auf der Hallig los war. Ihnen ging es nicht um Tratsch. Wie jeder Mensch hatten sie Anspruch auf Information, und ich ließ mich gern von ihnen ausfragen. Mein wichtigster dienstlicher Kontakt war nicht das Duo in Husum. Dessen Büro teilte mir überwiegend Formales, wie Gebührenänderungen mit, jedes Mal verbunden mit der Aufforderung, verdächtige Äu-

---

196 Kommst du bei Frerk vorbei? Kannst ihm ein Stück Kuchen mitnehmen. Für dich ist auch eins dabei.

197 Unten in deiner Tasche unter den Briefen, das sieht doch keiner.

198 Hast du gehört, dass Tetjes Frau zum Zahnarzt aufs Festland muss?

ßerungen und Machenschaften gegen das Reich sofort zu melden. Mein Ansprechpartner auf der Hallig war Harlie, Hayes Stiefvater, in der Funktion als nebenamtlich und stundenweise tätiger Treuhänder der Husumer Bank. Er war Geldverwalter und Geldausgeber in einer Person. Während ich Rentenbescheide, die von der Post verschickt wurden, an die Bürger aushändigte, zahlte Harlie die Renten aus. Der Geldtresor stand im Flur eines der Bank gehörenden Hauses, das Harlie in Gegenleistung für die Vertretung der Bankinteressen mietfrei bewohnen durfte. Miete hätte die Bank sowieso kaum verlangen können, weil sich das Haus in einem jämmerlichen Zustand befand. Ein Sturm hatte den Eingangsbereich großflächig demoliert. Die Außentür ließ sich nicht mehr schließen, was bedeutete, dass der Tresor diebstahlgefährdet war. Harlie hätte einen Handwerker beauftragen müssen, ließ es aber bleiben, weil er die Reparatur selbst hätte bezahlen müssen. So blieben ihm zwei Möglichkeiten: Der Bank die Diebstahlgefährdung offenlegen - auf die Gefahr hin, dass er Job und Mietfreiheit verlor. Oder den Tresor rund um die Uhr bewachen. Harlie entschied sich für die zweite Option und verlegte seine Schlafstätte in eine Nische im Flur, von der aus er den Tresor auch nachts im Blick hatte. Berde, seine Frau, wog den Nachteil, nicht mehr das Bett miteinander zu teilen, mit den Risiken ab und erklärte sich mit Harlies Umzug in die Nische einverstanden. Für Leute, die ihre Rente nicht persönlich bei Harlie abholen konnten, weil sie krank waren oder ihnen die Füße wehtaten, drückte er mir das Geld in die Hand, denn ich ginge ja sowieso von Warft zu Warft. Keiner hatte etwas dagegen, wenn ich vertretungsweise auch noch für die Bank tätig wurde. Nur der Bankvorstand durfte nicht dahinterkommen.

Die Bandbreite der Arbeit gefiel mir. Das war es doch, was ich mir in den Pellwormer Nächten ersehnt hatte: unterwegs sein, Kontakte pflegen und eigenes Geld verdienen.

Resi und Amke interessierten sich sehr für meinen neuen Status und wollten mich begleiten. Eine spleenige Idee, aber warum nicht? Ich stimmte zu. Am liebsten wären sie an jede Haustür mitgegangen, um zu erfahren, wer welche Post bekam - am besten noch, welchen Inhalts. Meist hörten sie aber nur kurze Wortwechsel: Moin Fiona, na, hest du wat för mi? Jo, ik heff 'n lüttje Päckchen för di.[199] Aufgekratzt plappernd durchquerten wir die Hallig, kreischten über vermeintliche Affären oder lachten einfach so. Manchmal nur, weil gerade die Sonne schien. Gerne auch, weil eine von uns plötzlich beim Staat angestellt war. Das erschien uns ein ums andere Mal so unwirklich, dass sofort ein großes Gejohle ausbrach, sobald das Gespräch darauf kam. Resi und Amke hatten kein Formular unterschrieben und mussten ihrer Albernheit keine Grenzen setzen. Na mien Deern, hät mien Fru ook schräben?[200] fragte ein Tagesgast im breiten Pellwormer Slang, als er mich in meiner Dienstjacke erblickte. Er saß mit anderen Männern auf der Terrasse ‚Zur Erholung' auf Backenswarft und tat sich wichtig. Resi antwortete an meiner Stelle: Nää! Diien Oolsch häät di nich schrääben.[201] Weil sie seine Worte besonders breit nachäffte, fing ich krampfartig zu lachen an und verschwand hinter einer Hausecke. Resi kam hinterhergerannt und kicherte augenrollend: Nee, wat sünd dat blots för Mannslüüd! As wärn se de Middelpunkt vun de hele Welt.[202] Ich musste weiter, in der Tasche lag ein Brief

---

199 Moin Fiona, na, hast du etwas für mich? - Ja, ich habe ein kleines Päckchen für dich.

200 Na, hat meine Frau auch geschrieben?

201 Nein, deine Alte hat dir nicht geschrieben.

202 Nein, was sind das nur für Männer! Als wären sie der Mittelpunkt der Welt.

für Alma Traudewig, die am Warftrand wohnte. Als sie die Tür öffnete, ermahnte ich mich, kriegte aber die Kurve nicht und gluckerte einfach weiter, prustete ihr sogar frontal ins Gesicht. Sie konnte natürlich keinen Grund für meinen Ausbruch erkennen und griff sich unsicher an die Oberlippe. Vielleicht glaubte die arme Frau, ich lache sie wegen ihres Bartflaums aus. Dat mookt doch nix, sprach sie beruhigend auf mich ein. Alma war meine letzte Postempfängerin an diesem Tag. Peinlich berührt ging ich hinunter ans Meer, um die vom Barfußlaufen schwarzen Füße abzuwaschen.

VII.

WOLKENSCHATTEN

Tagträume

Der anfängliche Reiz schien verflogen, die Neugier befriedigt, und schlechter werdendes Wetter tat wohl ein Übriges: Resi und Amke verloren ihr Interesse an meinen Zustellungen. So ging ich nun allein, mit der in Hüfthöhe schlenkernden Posttasche an der Seite, von Warft zu Warft. Stumme Begleiter waren die Briefe. Selten konnte ich ihre Tragweite ermessen. Nur wenn mir bei der Übergabe spontane Reaktionen entgegenschlugen, war ich in der Lage, mir eine ungefähre Vorstellung zu machen. Stumm war auch mein fiktiver Begleiter. Zwischen den Warften rief ich Bilder von Hans auf, die sich mit seinen Gebärden verbanden, seinem Mund und dem Geschmack seiner Haut. Funktionierte die Tagträumerei, verlor ich mich in ihr. Hinter geschlossenen Lidern stellte ich ihn mir beim Baden vor und malte mir aus, wie wir ineinander verschlungen im Alkoven lagen. Oft war ich so weit weg, dass ich aufpassen musste, nicht vom Weg abzukommen. Erschrocken über das Ausmaß meiner Fantasie, öffnete ich schnell die Augen und blickte mich wie ertappt nach den Warften um. Grund für Schamgefühle sah ich jedoch nicht. Es ging niemand etwas an, wie tief meine Sehnsüchte reichten. Einige Bilder kamen automatisch, andere rief ich gezielt herbei. Winde spielten eine wichtige Rolle. Selbst Nuancen machten eine Menge aus. Für Küsse half es, wenn mir ein Hauch nasser Meeresluft übers Kinn strich. Bei höheren Beaufort konnte ich Hans' Stimme aus Windgeräuschen heraushören. Für Geruchsfantasien galt das Gegenteil. Ich wusste, wie Hans roch - fuhr eine starke Böe dazwischen, war alle Anstrengung vergebens. Der Wind warf mir auch Gedankensplitter für Briefe zu. Du, mein Schatz war so ein Splitter oder: Weißt du noch? Ich wollte mehr schreiben, direkter werden (ich spüre dein Lächeln im Bauch), war aber unsicher, ob so etwas zu Hans durchgelassen würde. So blieb es bei Entwürfen im Geiste - bei Zeilen, die sich unablässig in mir verfertigten, aber nie abgeschickt wurden: Ich denke an deine Hände, die meine Taille umschließen, an dein Gesicht und deine Augen, deine Haarlocke im Wind. Wie sorgfältig du eine Stulle schmierst und den kleinen Finger abspreizt, wenn du die Tasse hältst. An dein Eintauchen in die Wellen, dein Lachen, deine Nachdenklichkeit. Ich vermisse deine Begeisterung, deine Berichte über Spiele zwischen Concordia und Altona 93 - nie gehörte Namen. Ich atme den Schweißgeruch hinter deinen Ohren ein. Ich ermahne dich, wie Moder mich, gut auf dich aufzupassen. Hin und wieder nahm ich eine Postkarte aus der Tasche. Anders als Briefe enthielten sie keine Geheimnisse, deshalb erlaubte ich mir das. Oft waren es ehemalige Schulkameraden, die an ihre Familien schrieben. Mir geht es gut, schrieb Theo. Fritz betonte: Ich denke viel an euch! und Karl kündigte an: Bald werde ich wieder bei euch sein. Bestimmt hatten sie nichts dagegen, wenn ich ihre optimistischen Worte mitlas. Sicher guckte mir auch niemand mit dem Kieker hinterher, wenn ich unterwegs kurz stehenblieb und eine Karte auf hilfreiche Formulierungen für Hans durchlas.

„Nein, das tat gewiss niemand", meint Tade. Benno hat ihn routinemäßig aufgesucht und ausnahmsweise diese Stelle aus Fionas Bericht zitiert. „Aber man traf sie hin und wieder, wenn sie mit der Posttasche unterwegs war. Ich erinnere mich an eine kurze Begegnung als kleiner Junge auf einem Steg Richtung Westen. Es war Mittag, auf der Fenne lag frisch geschnittenes Heu. Ich hatte meinem Vater Tee und Brote gebracht. Fiona sagte ‚Hallo, lütt Tade‘. Mir gefiel nicht, wenn man mich so nannte, das war ein Ausdruck für Mädchen. Ich wollte weitergehen, da nahm sie plötzlich meine Hand und drückte sie fest."

„Warum?", fragt Benno.

„Das weiß ich nicht. Weil sie freundlich ‚lütt Tade‘ gesagt hatte, dachte ich, sie sei fröhlich. Aber an diesem Tag sah sie traurig aus."

Dunkler Rand

Mittlerweile ist Fiona ein Jahr bei der Post angestellt. Anfängerfehler wie den Lachkrampf an Almas Haustür macht sie längst nicht mehr. Die Menschen sind zufrieden mit ihrer Arbeit, und Fiona ist es auch. Eine Hälfte des Jahres ist sie in Dienstschuhen, die andere barfuß unterwegs - sie weiß, wie unterschiedlich sich Zustellung bei Schnee, Hitze, Regen anfühlt. Ein anderes Gefühl bleibt über alle Jahreszeiten unverändert: die Sorge um Hans. Bei jeder Entleerung des Postsacks fahndet sie nach seiner Handschrift.

Vielleicht beflügeln an diesem Oktobervormittag 1942 die flatternden Bettlaken auf den Warften die Vorahnung auf einen Brief von der Front, denn sie erinnern an die weiße Beflaggung der Wäscheleinen, mit denen früher die Ehefrauen ihre seefahrenden Ehemänner nach monatelanger Abwesenheit begrüßten. Doch der Brief von der Front, den Fiona aus dem Postsack fischt, ist nicht an sie, sondern an Erich Söderdiek adressiert und grau umrandet.

Bei jedem Dienstgang nach Westen kam ich an Olkerswurt vorbei und passierte Erichs Briefkasten, der unten am

Weg neben der Pforte hing. Erich lebte allein, seit Erika gestorben und Friedjof eingezogen worden war. Zwar hatte er Nachbarn, aber die wohnten auf anderen Warften im Westen. Stets sah ich ihn oben am Fenster seines Hauses sitzen und wusste, er hoffte auf Nachricht von Friedjof. Andere Post erwartete er nicht mehr, seit die Kontakte zu Verwandten auf dem Festland eingeschlafen waren. Vor einem Vierteljahrhundert war Erich selbst im Krieg gewesen, kam mit Giftgas in Berührung und kehrte als Kriegsversehrter zurück. Weil die Lungenerkrankung nicht ausheilte, musste er sein Vieh verkaufen. Fenne und Stall verwaisten. Friedjof werde den Hof zu neuem Leben erwecken, sagte Erich zu Leuten, wenn er welche traf. Er sprach jedoch selten, denn es pfiff aus seiner Brust - oft leise, manchmal laut. Das war ihm unangenehm. Wurde es laut, sagte er leise: Mien Lung piept al wedder![203] Wie zur Entschuldigung zog er dabei die Schultern hoch. Erich wunderte sich darüber, dass er Krieg und Lazarett überlebt hatte, denn die Ärzte hatten ihn aufgegeben und einen Pfleger angewiesen, das Krankenbett in den Kellerbereich zu schieben, wo die Todgeweihten lagen. Als am Morgen eine Krankenschwester nachsah, ob er der medizinischen Erwartung gemäß gestorben war, stellte sie fest, dass er atmete. Über Nacht war Erich dem Tod von der Schippe gesprungen. Sein Überleben stärkte sein Selbstbewusstsein ebenso wie die Geburt seines Sohnes.

Dieser Vormittag gehörte zu jenen typischen, noch warmen Frühherbsttagen, die einen die kommende Kälte schon spüren ließen. Die Sonne schien, vom Festland her wehte ein trockener Wind. Gerade richtig für die letzte große Waschaktion der Hallig im Freien, die überall auf den Warften an den großen weißen Laken zu erkennen war. Die Sonne hätte

---

203   Meine Lunge pfeift schon wieder!

auch mein Herz wärmen können, aber es stockte. Mit zitternden Fingern hatte ich die graue Umrandung zu dem anderen
Postgut in die Tasche gelegt. Während ich mich Olkerswurt
näherte, fielen mir die Tanznachmittage des Ehepaares ein,
aber auch Äußerungen über Erich, in denen es hieß, er hätte
Erikas Tod nicht verkraftet und sein Gemüt hätte sich stark
verändert. Als ich an der Pforte eintraf, saß er wie immer
hinter dem halb zugezogenen Fenstervorhang und hielt den
Blick auf mich gerichtet. Uns war es zur Gewohnheit geworden, die Hand zu heben und einander zuzuwinken, doch
je häufiger ich nichts in den Briefkasten warf, desto seltener
winkte Erich zurück. Heute winkte auch ich nicht - wie hätte
ich. Ein verwaister Bienenstock am Weg zum Haus hinauf
erinnerte daran, dass Erich außer Tanzen noch ein zweites
Hobby gehabt hatte. Auch der ausladende Rosenstock neben
dem Eingang gehörte einer vergangenen Zeit an. Jahrelang
hatte er sich gegen Stürme, salzige Luft und austrocknende
Ostwinde gehalten - heute warf er seine letzten Blüten ab.
Wie ein jäher Hieb rief der Anblick die Erkenntnis hervor,
dass ich auf das Bevorstehende nicht vorbereitet war. Falls
ich mir vorgemacht hatte, es würde leichter sein, Erich die
letzte Nachricht über seinen Sohn zu übergeben, weil wir
uns seit meiner Kindheit kannten, stellte sich das als Irrtum
und die Bekanntschaft gerade als Bürde heraus. Mehrmals
wich ich aus dem dunklen Flur zurück, um wieder ans Tageslicht zu gelangen. Schließlich ging ich in die Stuv, sagte leise Dag ook, und Erich grüßte vom Sessel am Fenster
zurück. Als ich den Teppich betrat, auf dem Friedjof und
ich die Tanzkünste seiner Eltern bestaunt hatten, stemmte
ich mich gegen Tränendruck in den Augen und suchte eine
Lösung, wie ich den Umschlag, ohne zu weinen, übergeben
könnte. Unbeholfen blieb ich in der Raummitte stehen und
blickte auf Erich. Er nickte mir zu, aber ich fühlte mich nicht
in der Lage, auf ihn zuzugehen. Das erste Mal seit meiner

Anstellung legte ich ein Poststück nur auf der Tischkante ab. Erich sah aus dem Augenwinkel zu. Ein schmaler Sonnenstrahl gelangte zwischen den engen Vorhängen auf sein Antlitz, und ich konnte sehen, dass sich seine Lippen bewegten. Na, hast du 'n Breef vun Friedjof? fragte er leise. Außerstande, etwas zu erwidern, setzte ich mich auf den Stuhl neben dem Tisch und schob den Umschlag näher zu Erich. Er machte jedoch keine Anstalten, danach zu greifen. Wenn er davon ausging, ich hätte ihm Zeilen von Friedjof gebracht, wollte er sie vermutlich erst lesen, nachdem ich gegangen war. Unvermittelt begann er, von ihm zu erzählen: Er ist ein guter Junge, gefühlvoll wie kaum ein anderer. Jeden Morgen sah er nach den Küken, sogar am Tag nach der Einberufung. Du wetst, dat ik em de Hoff verarven will.[204] Es musste am fehlenden Licht liegen, dass er den grauen Rand übersah. Kurzentschlossen stand ich auf, zog den Vorhang zur Seite, nahm den Umschlag vom Tisch und legte ihn Erich in den Schoß. Ich merkte, dass er den Rand erst jetzt entdeckte. Wie betäubt sah er mich an. Was da plötzlich vor ihm lag, verletzte und bedrohte ihn. Als er erneut die Lippen bewegte, hörte ich ein Pfeifen. Dann sagte er mit brüchiger Stimme: Villicht hett man em verwesselt, dat kann doch sien, Fiona, oder?[205] Nervös stützte ich meine Hände auf die Stuhlkante und verlagerte mein Gewicht, als müsste ich meine Position neu justieren. Sollte ich sagen, was ich zu wissen glaubte und er doch selber wissen musste: dass Verwechslungen ausgeschlossen waren, weil es für jeden Soldaten eine bestimmte Feldpostnummer gab, eine einzige für jeden? Wie unter einem Schleier sprach er weiter: Mag sien, dat he as Krüppel trüchkümmt. Dann müsste er neu an-

---

204 Du weißt, dass ich ihm den Hof vererben will.

205 Vielleicht hat man ihn verwechselt, das kann doch sein, Fiona, oder?

fangen, aber das schafft er. Villicht wat Kaufmännisches in Husum. Wat meenst du? Ich habe seine Sachen im Schrank. Du kennst seinen Anzug und weißt, wie vertrauenswürdig er darin aussieht. War die Gemütsänderung nach Erikas Tod der Grund, warum er so sprach? Hilflos blickte ich an ihm vorbei durchs Fenster. Im Hintergrund rollten Wellen gegen den Deich. Nur sie bewegten sich unentwegt weiter, nur sie überdauerten die Zeit. Aus Furcht, erneut vergebliche Hoffnungen zu erblicken, konnte ich Erich nicht in die Augen sehen. Bestürzt und mit einem Gefühl von Ohnmacht wandte ich mich zur Tür und murmelte: Deit mi leed, Erich, ik mutt mien Arbeit nagohn.[206] Draußen hielt ich mich am verwaisten Bienenstock fest. Schwindel hatte mich erfasst, ich bekam Angst um Erich. Er hatte den Tod seiner Ehefrau nicht verkraftet. Wie sollte er mit dem Verlust seines einzigen Sohnes fertig werden? Könnte er überhaupt weiterleben - allein mit sich auf der einsamen Warft?

Während ich den Dienstgang fortsetzte, mischte sich ein anderes Gefühl in mein Mitleid. Warum hatte mir niemand gesagt, was auf mich zukommen würde? fragte ich mich voller Unmut. Zu erwarten, dass man mit siebzehn Jahren Gefallenenmitteilungen überbrachte - grenzte das nicht an Zumutung? Ich dachte ans Rundsagen, wenn wir das Ableben eines betagten Bürgers verkündet hatten. Hier ging es um Schulkameraden.

Immer mehr Warften waren betroffen. Jedes Mal kam ich mir wie ein ungebetener Gast vor, entsandt, um den Hausfrieden zu stören. Bei jedem neuen verhassten Umschlag wollte ich hinschmeißen. Aber wovon sollten wir dann leben? Die Landwirtschaft hatten wir weitgehend reduziert. Ich fühlte mich nicht erfahren genug, um sie wiederaufzubauen. Und Moder war inzwischen zu alt, um noch einmal

---

206   Erich, tut mir leid, ich muss meiner Arbeit nachgehen.

von vorn anzufangen.

Wieder unter Menschen?

Erich igelte sich ein, ging kaum noch aus dem Haus und wenn, blieb er oben auf der Warft. Zwei Frauen aus dem Westen guckten alle zwei Tage nach dem Rechten, brachten belegte Brote und manchmal ein Kännchen Suppe. Sie nahmen es hin, dass Erich aus Trauer und Verzweiflung kein Wort sprach. In der Küche setzten sie Tee für ihn auf und verließen betrübt einen Menschen, der sich von der Welt zu verabschieden schien.

War ich im Westen unterwegs, mochte ich nicht auf den offenen Briefkasten blicken, dessen Klappe inzwischen herunterhing und repariert werden müsste. Seine Leere erinnerte an die Leere in Erichs Leben und löste den Impuls in mir aus, etwas gutzumachen, denn ich hatte ihn ohne ein tröstendes Wort verlassen. Jetzt kannst du zu ihm hochgehen, sagte ich mir jedes Mal. Aber die Sätze, die ich mir unterwegs zurechtgelegt hatte, gefielen mir vor der Warft schon nicht mehr. Außerdem mischten sich andere Worte in die Sätze. Erichs Worte. Ich hörte wieder seine Stimme. Er erneuerte die Sätze, die mir die Sprache verschlagen hatten. Friedjof lebe noch. Er sei verwechselt worden. Was, wenn er die Worte wiederholte? Ich wüsste noch immer nicht, damit umzugehen. Vielleicht würde es helfen, gar nichts zu sagen. Nebeneinander sitzen und schweigend aufs Meer schauen, zu den Fahrrinnen, wo ab und zu ein Schiff fuhr, könnte ihn zumindest ablenken. Aber war das nicht nur eine schnöde Ausrede, die mein schlechtes Gewissen betäuben sollte? Ich wandte mich an Moder. Ob sie in ihrem Leben mal Gewissensbisse gehabt habe. Jeder Mensch kenne Verhaltensweisen, für die er sich schäme, antwortete sie in ihrer knappen

Art. Und wie geiht man dormit um?[207] fragte ich. Ik heff mi jümmers vörnohmen, nich noch mol so to hanneln[208], antwortete sie.

Das war deutlich: Ein schlechtes Gewissen wurde man nur los, wenn man Konsequenzen daraus zieht. Bei der nächsten Postzustellung im Westen würde ich Erich besuchen. Aber das musste ich nicht. Ohne mein Zutun sah ich ihn wieder. Nur aus der Distanz, aber immerhin. Ich sah ihn über den Deich Richtung Schleuse gehen. Anscheinend hatte er sich entschlossen, sein isoliertes Leben auf der Warft zu beenden. Die Freude darüber verdrängte den Blick auf die ruinierte Briefkastenklappe. Ich überlegte, ihm etwas zuzurufen. Was Aufmunterndes vielleicht: Moin Erich, goden Weg wünsch ik di![209] oder nüchterner: Hoffentlich is de Schlüsenbrügg utfohrt, nich dat du umkehren musst![210] Ein aufkommendes Zittern hielt mich ab. Der lockere Ton passte nicht. Noch nicht. Noch nicht wieder.

Als ich ins Büro zurückkehrte, war die nächste Post eingetroffen. Endlich ein Brief für mich! Euphorisch las ich Hans' Zeilen - wieder ein Gedicht, wieder ein Souvenir:

Späte Sonne umarmt meine Träume,
Abendrot färbt das Meer.
Zarte Phantasie streicht über die Wellen.
Sie glauben sich am Ende des Tages
und entzücken meine Sinne.
Späte Sonne umarmt meine Träume.
Das Abendrot malt alle Farben neu.

---

207 Wie geht man damit um?

208 Ich habe mir immer vorgenommen, nicht noch mal so zu handeln.

209 Moin Erich, ich wünsche dir einen guten Weg!

210 Hoffentlich ist die Schleusenbrücke ausgefahren, nicht, dass du umkehren musst!

Mein Herz machte einen Sprung, und ich schöpfte Zuversicht. Doch wenige Wochen später wandelte sich meine Stimmung, als sich in Windeseile herumsprach, dass Nachbarn Erich tot in seinem Bett aufgefunden hatten. Im Haus fand man Friedjofs Tagebuch und einen Brief, in dem er seinem Vater erklärte, warum er es ihm schickte. Teile seien feucht geworden und er wolle nicht, dass die Aufzeichnungen verlorengingen. Man brachte mir das Tagebuch, weil ich mit Friedjof befreundet gewesen war und man sonst keine Verwendung dafür hatte. Es war ein schmales Kalenderheft aus dem Jahr 1941. Wahrscheinlich hatte Friedjof im Vertrauen auf Parolen, der Vorstoß nach Osten werde nicht lange dauern, das kleine Format gewählt.

Vorne, bis zum August 1941, standen Belanglosigkeiten wie Ausrüstungsnummern: Pistole 6647, Seitengewehr 7630, Gasmaske 889, Erkennungsmarke 5214. Dann folgten Notizen über Persönliches und Kampfhandlungen.

2. Okt. 1940 Gestellungsbefehl 2./368 in Deutschkrone[211]. 8 Wochen Rekrutenzeit, Stubenältester, Unterführerausbildung.
16. September: Erste Nacht ohne Mantel, sehr kalt. Der erste Frost, ausgemergelte Russen.
12. Oktober: Erster Schnee, Spähtrupp mit Schneehunden, Zugbunker wird gebaut, Kälte tritt ein. Kartoffeln fallen aus. Starker Hunger. 100 Gramm Päckchen wäre willkommen. Russen unternehmen Durchbruchsversuche. Eigene Artillerie richtet großen Schaden an, viele Tote und Verwundete.
6. November: 2 Päckchen mit Wollsachen. Soldatengräber ohne Ende, mindestens 1 Bataillon Gefallene, Russen kämp-

---

211 Kleinstadt im damaligen Hinterpommern

fen einzeln bis zum Letzten. Abends Weitermarsch, Nacht sehr dunkel. Kompanie schläft in Kirche, furchtbar kalt.

Mit Wirkung vom 1.11.41 zum Gefreiten befördert.

11. November: Partisanengefahr. Iwan kommt auch am Tage, beschießt unsere Stellung. Vorgelände, Sumpf. Keine Möglichkeit zum Weitervorgehen, alles kehrt, andere Richtung. Straße bedeckt mit Menschen. Bataillon geht in breiter Front durch Wald vor. Feindliches Abwehrfeuer. 5. Kompanie macht Gefangene, räuchert 20 feindliche Bunker aus.

Glück im Unglück, liege hinter Baum, laufe weiter nach rechts in Graben. Im selben Augenblick Einschlag im Baum. Baum fällt um.

Brief an Schwester Klara um Lebensmittel.

28.März: Gegen Mittag verwundet durch Granatsplitter-steckschuss.

29. März in der Frühe: Behandlung im Feldlazarett Tossewus.

Das Tagebuch vermittelte mir erstmals Eindrücke vom Krieg. Schnell wurde mir allerdings klar, dass ich nicht im Geringsten nachvollziehen konnte, was Friedjof gesehen und erlebt und welche Gefühle er dabei gehabt hatte. Da waren verstörende Formulierungen. Eine Straße sei mit Menschen bedeckt. Waren es Verwundete, die noch lebten, oder Leichen? Half Friedjof den Verletzten oder beim Bergen der Leichen oder ging er weiter? Entschied er selbst darüber oder ein anderer für ihn? Wie durch eine Nebelwand sah ich Menschen, die mit angstverzerrten Gesichtern durch Ortschaften rannten. Schloss ich die Augen, sah ich Friedjof in einem Waldstück stehen. Kugeln schlugen in Bäume und Bäuche ein. Er hielt den Gewehrlauf geradeaus, er wusste nicht, ob er einen Baumstamm oder einen Bauch traf. Ich klappte das Heft zu, legte es zu meinen persönlichen Unterlagen und behielt es aus einem Gefühl der Verbundenheit, das ich der Familie gegenüber empfand.

„Hast du es noch?", fragt Benno. „Ja", antwortet Fiona. „Würdest du es mir einige Tage überlassen?" „Wozu?" „Historikerinteresse."

Benno will Zeit und Gegend recherchieren und schickt die Auszüge an das Historische Institut. Nach drei Wochen teilt er Fiona das Ergebnis mit: „Eintragungen über Orte und die Regimentsangaben lassen den Schluss zu, dass Friedjof der Heeresgruppe Nord zugeordnet war. Sie war verantwortlich für die Blockade der Stadt Leningrad, mit der jegliche Zulieferung von Nahrungsmitteln und Heizmaterialien unterbunden wurde. Wusstest du das?"

„Damals? Woher könnte ich davon gewusst haben!", sagt Fiona entrüstet. „Ich wusste weder von der Blockade noch, welcher Heeresgruppe Friedjof angehörte und welchen Auftrag sie hatte. Andernfalls hätte ich gehofft, dass auch er keine Ahnung hatte, woran er teilnahm, denn wie man weiß, ging es der Wehrmacht um die Vernichtung der städtischen Millionenbevölkerung durch Aushungern. Eines der schlimmsten Kriegsverbrechen."

Antrag

„Die Geschichte von Friedjof und seinem Vater hat mich traurig gestimmt", sagt Patty vor dem Einschlafen. „Ich bin heilfroh, dass wir von Kriegserlebnissen verschont geblieben sind. Ist dir eigentlich klar, wie weit wir weg sind von den Ereignissen, von denen Fiona erzählt?"

„Gar nicht so weit", findet Benno. „Es gibt heute wieder zigtausend Eltern auf der Erde, die Todesmitteilungen erhalten. Ich sage nur Afghanistan. Man könnte viele weitere Länder nennen."

„Ich meinte uns beide. Aber du hast Recht. Gleich nach

den verheerenden Weltkriegen begannen wieder neue Kriege. Ob die Menschheit jemals vernünftig wird?"

„Ist es die Menschheit oder sind es die Herrschenden, die Kriege vom Zaun brechen?"

„Lösche bitte das Licht, Ben. Mir tun die Augen weh."

„Was ist mit deinen Augen?"

„Manchmal spüre ich Schmerz dahinter."

„Seit wann?"

„Ach lass! Mach bitte die Lampe aus. Sonst kann ich nicht schlafen."

Patty ist in letzter Zeit öfter müde. Warum auch mutet sie sich die Doppelbelastung aus Kellnern und Interviewen zu? Woher rührt überhaupt ihr starkes Interesse an den Interviews? Benno fragt sich das nicht zum ersten Mal. Nach ihrer Rückkehr aus Kalifornien hat sie angekündigt, wieder an allen Terminen teilzunehmen. Anscheinend will sie unter keinen Umständen eine Sitzung verpassen. Zunächst hielt sie durch, aber während der letzten zwei Wochen hat sie sich öfter kurzfristig abgemeldet. Manchmal ist ihr Rollo noch runtergezogen, wenn Benno vom Interview zurückkehrt. Anscheinend schläft sie an solchen Tagen bis zum frühen Nachmittag durch. Es ist auch schon vorgekommen, dass sie ihn zurückwies, wenn er nachts in ihr Zimmer kam: „Warum schneist du einfach herein? Ich habe nicht geklopft."

„Was ist mit dir, Patty? Oder ist etwas mit uns?"

„Ich fühle mich einfach nicht. Nicht immer gleich gut, soll das heißen. Ich muss mich erholen."

„Wahrscheinlich vom Brand", tippt Benno und liegt damit nicht verkehrt.

„Blöder Balken!"

„Was für ein Balken?"

„Er ist mir beim Sägen in der Remise auf den Kopf gefallen. Das tat weh, und mir war schwindlig."

„Bist du nicht zum Arzt gegangen?"

„Wir mussten die Pferde retten."

„Und nach deiner Rückkehr?"

„Ging es mir nicht schlecht. Zunächst."

„Dann musst du den Arztbesuch jetzt nachholen. Vielleicht hattest du eine Gehirnerschütterung."

„Studierst du auch noch Medizin?"

Drei Tage später ruft Patty Annelies an und meldet sich krank. Annelies schickt sie zum Arzt nach Husum. Der überweist sie zu einer eingehenden Untersuchung ins Krankenhaus.

Von:BenHa@pro.de
Datum:18. Oktober 2013 um 09:33:34 MESZ
An:Pat.Mat@kalif.de
Betreff:
Liebste Patty,
ich denke ununterbrochen an dich. Wie geht es dir, machst du Fortschritte? Was sagen die Ärzte? Mir dürfen sie nichts sagen, weil wir nicht verheiratet sind. Bitte schreibe mir jeden Tag mindestens zwei Mails. Aber nur, wenn es die Ärzte zulassen.
Tausend Küsse Dein Ben!

Von:Pat.Mat@kalif.de
Datum:18. Oktober 2013 um 10:47:24 MESZ
An:BenHa@pro.de
Betreff:
Ben, my Darling, du hattest Recht: Verdacht auf unbehandelte Gehirnerschütterung. Weil ich außerdem über Magenprobleme und Erschöpfung klage, wollen die Ärzte mich umfassend durchchecken. Ich werde also erst einmal hierbleiben. Wie geht's dem Projekt? Schicke mir bitte die aktuellen Manuskriptauszüge. Nein, nicht alles, das wäre zu viel. Aber

über Hans und Haye. Verstehst du, von A bis Z! Ich will alles über die beiden wissen, selbst wenn Fiona gerade nicht viel über sie redet. Versuche, mehr rauszukriegen. Ich vermisse dich. Grüße Fiona von mir. Und auch Broder und Annelies.
ILY Pat

Endlich darf er sie besuchen. Er umarmt sie, küsst und streichelt sie. Nie zuvor war ihm so bewusst, wie sehr er sie liebt. Als hätte die Sorge um ihre Gesundheit seiner Verliebtheit zusätzlichen Schub verliehen. Und so kommt es, dass er ihr unumwunden die Frage seines Lebens stellt. Er hatte sie auf der Rückfahrt von Sylt schon in allgemeiner Form gestellt, aber dann war die Grundberührung dazwischengekommen.

„Patty, ich bin glücklich mit dir, und deshalb bitte ich dich um dein Jawort. Willst du mich heiraten?"

Patty reißt die Augen auf, als würde die Frage sie überfallen. „Machst du mir einen Antrag, so nennt ihr das doch, oder? Klingt nach Behörde."

„Ich brauche keine Behörde, um dich das zu fragen."

„Ihr sagt auch Zweierbeziehung. Verrückt."

„Also, ja oder nein? Sage bitte nicht ‚nix verstahn'!"

„Erst mal muss ich gesund werden."

„Klar, aber dann?"

„Dann könnte ich es mir vielleicht überlegen. Ob wir das Aufgebot in Kalifornien oder in Nordfriesland bestellen, lasse ich aber erst mal offen."

„Oh Patty, Du bist … Du bist … großartig."

„Nein."

„Machst du einen Rückzieher?"

„Wir hatten uns auf imposing geeinigt."

Von:BenHa@pro.de
Datum:24. Oktober 2013 um 11:09:16 MESZ
An:Roni.Finck@jekt.de
Betreff:Glück

Hi Roni, ich bin überglücklich. Stell dir vor, voraussichtlich werde ich Patty heiraten! Sie hat noch nicht ja gesagt (im Moment ist sie nicht hier), kann es sich aber vorstellen. Ich liebe sie und sie mich, glaube ich, auch. Du bist unser Vermittler - ohne deine Idee wäre ich nicht nach Hooge gefahren. Vielleicht kannst du unser Trauzeuge werden ... Aber ich will nicht vorgreifen. Patty ist übrigens auch an ‚Fionas Jungs' interessiert. Sehr sogar. Wahrscheinlich mag sie einfach gern Lovestorys. Ihr Nachname ist Mattis. Hat deine Mutter diesen Namen mal erwähnt?

Herzliche Grüße Benno

Von:Roni.Finck@jekt.de
Datum:24. Oktober 2013 um 20:43:55 MESZ
An:BenHa@pro.de
Betreff:Glück

Hi Benno, das ist ja eine Überraschung! Viele Genesungswünsche an deine Freundin! Ihre Teilnahme an den Interviews liegt durchaus in meinem Interesse. Wenn zwei sich um die Freunde meiner Mutter kümmern, verdoppelt sich die Chance, etwas ans Tageslicht zu befördern. Was diesen Namen betrifft: Ich erinnere nicht, dass er in unseren Gesprächen erwähnt wurde. Nur einmal, als wir zusammen Tagesschau guckten, wo über einen amerikanischen Politiker berichtet wurde, sagte sie: „Den Namen kenne ich". Das hat aber nichts zu bedeuten, es ging um einen Prominenten, den viele kennen.

Herzlichen Gruß auf die Hallig von Roni

Eine Wulst und ein Fund

Gibt es eigentlich Fotos von Hans und Haye? Benno würde sich die beiden gern vorstellen können. Nicht immer, aber häufig braucht er ein plastisches Bild vor Augen, wenn er etwas im Manuskript verarbeitet. Er öffnet die Schachtel mit Fionas Fotosammlung und findet ein Gruppenbild mit Kindern. Es scheint eine Aufnahme von Schulkameradinnen und -kameraden zu sein. Wahrscheinlich ist Haye unter ihnen, aber Namen sind nicht notiert.

Von:BenHa@pro.de
Datum:6. November 2013 um 11:14:47 MESZ
An:Roni.Finck@jekt.de
Betreff:Foto
Hi Roni, anbei sende ich dir ein Foto von Hooger Schülerinnen und Schülern. Vermutlich eine Klassenaufnahme aus den dreißiger Jahren. Ich denke, einer wird Haye, der Kinderfreund deiner Mutter, sein. Entdeckst du bei einem Jungen Ähnlichkeiten mit dir? Lass es mich wissen.
Herzlich Benno

315

Von:Roni.Finck@jekt.de
Datum:10. November 2013 um 21:55:26 MESZ
An:BenHa@pro.de
Betreff:Foto
Danke Benno! Ich sehe, du bleibst am Ball. Trotz intensiver Betrachtung kann ich keine Ähnlichkeit zwischen mir und einem der Kinder entdecken. Vielleicht, wenn ich wüsste, wer Haye ist. Hast du meine Mutter danach gefragt?
Bis bald Roni

Nein, hat er nicht. Er muss den leisesten Verdacht vermeiden, dass er im Rahmen des Projekts persönlichen Anliegen nachgeht. Nicht auszumalen, wenn der Prof davon erführe. Vielleicht war es schon zu riskant gewesen, das Bild von den Hooger Schulkindern an Fionas Sohn zu schicken.

Benno nimmt Fionas Schularbeitsbuch, blättert durch die Seiten und versucht, ihre altdeutsche Schrift zu lesen. Sauber geschriebene, aber schwer zu entziffernden Hieroglyphen. Daneben kräftige Buntstiftzeichnungen und Tuschebilder. Welche Mühe in allem steckt, denkt Benno bewundernd. Beim Zuklappen bemerkt er eine Wulst am Buchrücken mit einem Schlitz an der Seite. Vorsichtig steckt er den Zeigefinger hinein und erfühlt etwas Papierenes. Offenbar diente die Wulst einst als Versteck. Unbezwingbare Neugier wallt in Benno auf. Behutsam schiebt er die Fingerspitze tiefer hinein und zieht unter leichtem Druck den Anfang eines Schriftstücks heraus. Er liest die erste Zeile: ,Liebe Fiona, Resi geht es gut …' Die Worte klingen harmlos, sollten aber vor fremden Augen verborgen gehalten werden, macht Benno sich bewusst. Aus einem Gefühl plötzlicher Scham will er den Finger zurückziehen und bewirkt versehentlich eine Weitung des Schlitzes, der nun eine Adresse freigibt, vermutlich von der Absenderin des Briefes: Lina Petersen, Niebüll, Norderstraße 15. Fiona hat die Person nie erwähnt. Um wen mag es sich handeln? Nach kurzem Zögern lüpft Benno den Schlitz noch weiter, so dass er mehr lesen kann: ‚… sie ist gesund und bekommt bei mir alles, was sie braucht …'. Danach folgen Kurzberichte über Wetter und Garten und schließlich eine Grußformel. Benno überlegt, ob der Brief etwas mit dem verschlossenen Umschlag zu tun haben könnte, den Fiona ihm übergeben hat, kommt aber zu dem Schluss, dass ein Zusammenhang unwahrscheinlich ist, weil die Zeilen in der Wulst nicht Fiona, sondern Resi betreffen. Benno schiebt das Papier zurück. Trotzdem bleiben Fragen: Warum hat Fionas Freundin Resi nicht selbst geschrieben, dass es ihr gutgeht? Warum informierte eine Lina Petersen vom Festland Fiona darüber? Ging es überhaupt um die Freundin? Frau Petersen hatte offenbar eine ziemliche Klaue gehabt. Statt Resi konnte da auch Rosi oder Roni stehen. Noch einmal führt Benno sich vor Augen, dass Fiona einen bestimmten Grund gehabt haben muss, den Brief zu verstecken, höchstwahrscheinlich einen sehr persönlichen. Aber ihn beschäftigen die Fragen, und deshalb beschließt er, Tade nach dieser Lina zu fragen.

„Wie läuft's?"

Es gefällt Benno, wenn Tade ihn beim Eintreffen an der Bank in der Art eines Freundes anspricht, denn als solchen empfindet er ihn inzwischen.

„Im Grunde alles in Butter. Das Manuskript nimmt weiter Gestalt an."

„Aber?"

„Patty soll erneut nach Kalifornien kommen."

„Brennt's schon wieder?"

„Ihr Kompagnon hat sie gebeten, die Geschäftsperspektive der Ranch nach dem Brand zu besprechen."

„Kann man das nicht telefonisch machen?"

„Der Typ will die Lage vor Ort begutachten und klären,

ob es Sinn macht, den Reitstall wiederaufzubauen. Sie hätte übrigens gewollt, dass ich mitfliege."

„Wäre doch toll!"

„Finde ich auch. Aber erst mal muss sie wieder ganz gesund werden. Außerdem habe ich vom Prof eine E-Mail erhalten. Er fragt, ob ich im Zeitplan bin und rechtzeitig zum Semesterbeginn das Manuskript abliefern werde. Das wird eng, da kann ich nicht mal eben in der Welt herumtouren."

„Patty im Moment ja auch nicht. Hoffentlich kann sie das Krankenhaus bald verlassen!"

Benno möchte das Thema wechseln und auf den Brief in der Buchnische zu sprechen kommen. Aber Tade interessiert sich gerade für einen im Watt herumstreunenden Spaniel, der an einer liegengebliebenen Qualle schnuppert. Die langen Ohren schlingern im Schlick. Sieht lustig aus. Jetzt läuft er weiter. Sie hören das leise Schmatzen der Füße und schauen sich um, zu wem der Hund gehört. Watt und Deich sind leer, das Hündchen scheint von Frauchen oder Herrchen getrennt zu sein. Tade schüttelt tadelnd den Kopf, und Benno ergreift schnell die Gelegenheit, ihn nach der Adresse in Niebüll zu fragen.

„Kennst du eine Lina Petersen? Ich habe ihren Namen in Fionas Schularbeitsbuch gefunden. Versteckt im Einschlag."

„Ik heff wat vör", antwortet Tade und verabschiedet sich genauso unvermittelt, wie Benno die Frage gestellt hat.

Benno fühlt sich düpiert. Denn das hat es noch nie gegeben. Kein einziges Mal, seit sie sich auf der Bank treffen, hat Tade ganz plötzlich etwas vorgehabt. Womöglich ist er doch nicht sein Freund, jedenfalls nicht ohne Abstriche. Grundsätzlich setzt Benno weiter Vertrauen in ihn, aber Tade erzählt ihm längst nicht alles. Das hat ihm der jähe Aufbruch klargemacht.

Auf dem Festland

„Oberflächlich Staub wischen", sagt Benno grinsend zu Broder, wenn der ihn im Flur fragend anguckt. Selbstverständlich wissen beide, dass Pattys Zimmer nicht aufgeräumt werden muss, solange sie im Krankenhaus liegt. Warum Benno trotzdem jeden zweiten Tag rüber geht, verrät er Broder nicht. Er will den Duft einatmen, der zwischen ihren Kleidern hängt. Den Duft seiner zukünftigen Frau. Seit er sich ausmalt, dass sie ein Ehepaar sein werden, interessiert Benno alles, was Patty betrifft, hundertfach mehr. Statt in Ecken nach Staubkörnchen zu suchen, steht er vor dem Regal, blättert im Fotoalbum und guckt Bücher und Platten nach ihren Vorlieben durch.

Jeden Tag telefoniert Benno mit Patty und berichtet über den Fortgang der Interviews. Gestern sprachen sie wieder über das Schicksal des Vogelkundlers Jens Wand und versuchten, sich in dessen Situation hineinzuversetzen, als er sich im Watt verirrte. Das Thema lässt beide nicht los, wahrscheinlich wegen ihres Landunter-Abenteuers im April. Am Ende meinte Patty lakonisch: „Meer und Watt bergen viele Geheimnisse. Die meisten bleiben so unergründlich wie die See selbst."

‚Na ja', lächelt Benno jetzt leicht ironisch in Erinnerung an Pattys Weisheit, während er wieder mal ihr Album durchblättert. Als er es ins Bord zurücklegt, rutscht ihm ein Stück Papier entgegen. Ein Zettel mit einer Anschrift. Scheinbar nichts Besonderes, doch als er genauer hinsieht, stutzt er. Den Namen hat er schon mal gesehen. Ein kurzer Moment, dann hat sein Gedächtnis es wieder parat: der Brief in Fionas Schularbeitsbuch - Lina Petersen aus Niebüll.

Dass ihm der Name ein zweites Mal begegnet, verwirrt Benno zutiefst, und wie immer, wenn er eine innere Unruhe hochkommen spürt, versucht er, die Dinge zu sortieren. Anscheinend besteht nicht nur von Fionas, sondern auch von Pattys Seite eine Verbindung zu dieser Person. An einen Zufall glaubt Benno nicht, es wäre ein wahrhaft seltsamer. Wissen beide Frauen davon? Haben sie womöglich schon darüber gesprochen? Intuitiv ermahnt Benno sich zur Vorsicht. Er wird einen Teufel tun, die Sache offen im Interview anzusprechen. Bloß kein Fiasko oder gar das Ende des Projekts riskieren! Von Anfang an war ihm wichtig gewesen, es in ruhigen Bahnen zu halten. Nun, auf dem Schlussspurt muss er aufpassen, dass er nicht noch über etwas stolpert. Noch dazu über etwas, das für das Projektthema ‚Alltagsgeschichte' kaum relevant sein dürfte. Allerdings ist er auf ein Rätsel gestoßen. Beide Frauen hielten die Anschrift versteckt - die eine im Schulbuch, die andere zwischen Büchern im Regal - und werden dafür Gründe haben. Es bleibt nur die Option, es noch einmal bei Tade zu versuchen. Zwar hat er sich merkwürdig verhalten, als er das Gespräch auf der Bank abrupt abbrach. Deutet das andererseits nicht gerade darauf hin, dass er Frau Petersen ebenfalls kennt?

Tade winkt Benno wie gewohnt von der Bank entgegen, als würde er ihn zu einem Allerwelts-Klönschnack erwarten, aber Benno will ohne Umschweife zur Sache kommen. „Ich fragte dich neulich nach Lina Petersen aus Niebüll. Du erinnerst dich sicher. Ich erwähnte einen Brief von ihr, den ich in Fionas Schularbeitsbuch gefunden habe. Du hattest keine Zeit, mir zu antworten. Nun fand ich denselben Namen bei Patty."

„Ja, und?"

„Ich vermute, dass Patty die Anschrift von Fiona erhalten hat. Aber aus welchem Grund?"

„Hat Fiona dir nichts erzählt?"

„Sie hat den Brief seinerzeit gewiss nicht ohne Grund versteckt. Es ist sehr lange her, trotzdem mag ich sie nicht fragen, das käme mir indiskret vor. Aber du könntest sagen, was du weißt. Geht es um ein Geheimnis? Du kannst mir vertrauen, Tade, ich behalte es für mich."

„Lass gut sein, Benno. Wenn Fiona von sich aus nichts sagt, mische ich mich nicht ein."

In der kurzen Pause, die entsteht, streckt Tade plötzlich den Arm aus. „Da, nordöstlich, liegt Niebüll. Orientiere dich an der dänischen Grenze. Fahre hin und stelle Lina Petersen deine Fragen. Vielleicht erreichst du was. Letztes Jahr ist sie hundert geworden."

Benno weiß, wo Niebüll liegt. Seine Augen folgen nicht Tades Finger, sondern einer kleinen Fähre, die sich gerade rückwärts vom Anleger entfernt, als stoße sie sich von der Brücke ab. Sein Verstand sagt ihm, dass Tade recht hat.

Am nächsten Morgen besteigt er das erste Schiff. Fiona und Patty hat er informiert, er müsse kurzfristig ins Archiv, um etwas nachzuschlagen. Am Hafen Schlüttsiel nimmt er den Bus nach Niebüll und fragt sich zur Norderstraße durch. Nachbarn geben ihm die Auskunft, Lina Petersen wohne seit längerem nicht mehr in ihrem Haus, sondern im Pflegeheim, und nennen ihm die Adresse. Die Empfangsdame begrüßt ihn mit distanziertem Lächeln. „Es ist sonderbar. Frau Petersen hat eigentlich nie Besuch, und nun kommen plötzlich zwei Personen nacheinander."

„Das kann Zufall sein."

„Ja, aber die andere Person war auch jung, und Frau Petersen hat keine Nachkommen. Sie können beide weder Enkel noch Urenkel sein. Ist schon komisch, wenn zwei junge Leute eine Hundertjährige besuchen, obwohl sie nicht mit ihr verwandt sind."

„Ich vertrete ein Forschungsprojekt der Uni Bremen", reagiert Benno spontan. „Wir befragen ältere Menschen über ihre frühere Lebenssituation. Darf ich fragen, wer die andere Person war?"

„Eine junge Frau mit Locken. Sie sagte, sie komme aus

Kalifornien, weshalb meine Kollegin und ich uns fragten, ob sie wirklich den langen Weg gemacht hat, um Frau Petersen zu besuchen."

Eine Pflegerin begleitet Benno über den Flur. An einer Zimmertür steht der Name Lina Petersen. Benno erfährt, sie sei dement. Die Pflegerin öffnet die Tür, kommt kurz mit hinein und geht dann wieder.

Benno schiebt einen Stuhl ans Bett, guckt Frau Petersen freundlich ins Gesicht und nennt seinen Namen. Wegen der Demenz fürchtet er, dass ein Gesprächsversuch zwecklos sein wird. Er zieht zunächst das Jugendfoto von Fiona im Ack aus der Tasche, hält es der Frau vor Augen und sagt dann: „Kennen Sie dieses Mädchen?" Frau Petersen blickt auf das Bild, ohne es in die Hand zu nehmen und ohne etwas zu sagen. Dann fängt sie an zu weinen. Minutenlang geht das Schluchzen weiter. Benno weiß damit nicht umzugehen, holt aber auch keine Pflegerin zu Hilfe, weil er kein Angehöriger ist. Er steht auf, geht ans Fenster, setzt sich wieder hin. Frau Petersen weint immer noch. Benno entschließt sich, nach Hooge zurückzufahren.

Wenige Tage später sitzt er im Krankenhaus bei Patty auf der Bettkante und beschließt, das Thema Lina Petersen nun doch anzusprechen und von seinem Besuch im Pflegeheim zu berichten. Zärtlich beugt er sich zu ihr hinunter. Sie stellt erst mal ihre Standardfrage: „Räumst du auch ordentlich auf?"

„Ist kaum was zu tun", antwortet Benno.

„Denk ans Staubwischen!"

„Klar. Das bisschen!" Benno lächelt, weil sie eine Augenbraue hochzieht, dann fährt er fort: „Sei beruhigt, den Feinstaub im Regal nehme ich mir regelmäßig vor." Er streichelt ihre Hand. „Neulich stieß ich auf mehr als Staub."

„Du schnüffelst doch hoffentlich nicht in meinen Sachen herum?"

„Patty, Liebes, ich muss dir etwas sagen."

„Bitte nichts Aufregendes, Ben! Ich fühle mich noch nicht gesund."

„Es betrifft eine Adresse in Niebüll, die ich in deinem Regal gefunden habe."

„Also schnüffelst du herum!", reagiert Patty empört.

„Es war Zufall. Der Zettel fiel beim Aufräumen heraus."

„Das glaube ich dir nicht."

„Meinetwegen, Liebling, ich halte nichts von kleinlichem Streit. Lassen wir es einfach dahingestellt. Ich habe nämlich etwas erlebt."

„Was habt ihr doch für holprige Ausdrücke, unübertrefflich! Aber gut: Lassen wir es da - hin - ge - stellt." Ironisch betont Patty jede Silbe.

„Hast du den Zettel mit der Anschrift von Fiona bekommen?", fragt Benno.

„Nein! Was soll die Frage?"

„Bislang war ich davon überzeugt, dass du außer Hooge keine Beziehungen zu Nordfriesland hast. Andernfalls hättest du mir das sicher gesagt. Nun finde ich plötzlich eine nordfriesische Anschrift bei dir und vermute natürlich, dass du sie von Fiona hast. Woher sonst? Aber ihr habt beide die Anschrift nie erwähnt, was mir merkwürdig vorkommt. Tade, mein Kumpel von der Bank, hüllt sich ebenfalls in Schweigen. Auf mein drängendes Nachfragen riet er mir, nach Niebüll zu fahren und Frau Petersen zu besuchen. Sie sei hundert Jahre alt. Dass sie dement ist, weiß er offenbar nicht. Ich fuhr hin."

„Wann?"

„Neulich, als ich dir mailte, ich wolle ins Archiv, fuhr ich nach Niebüll."

„Das gefällt mir nicht, Ben, warum machst du so was?", fragt Patty wütend. „Warum sagst du mir nicht die Wahrheit?"

„Wie gesagt, ich wollte erfahren, was es mit dieser Lina

Petersen auf sich hat. Gibt es um diese Person irgendein Geheimnis?"

„Du meinst, die Frau verschweigt dir etwas? Ich könnte mir noch andere vorstellen, die ein Geheimnis verbergen. Meine Mutter zum Beispiel. Oder vielleicht Fiona?"

„Mich ebenfalls?"

„Dich sowieso mit deiner Heimlichtuerei. Was passierte im Pflegeheim, hast du mit Lina Petersen sprechen können?"

„Ich zeigte ihr das Foto von Fiona mit dem Kätzchen im Arm."

„Warum gerade ein Foto von Fiona?"

Niemand zwingt Benno, Patty über den alten Brief aus Niebüll zu informieren, den er in Fionas Schularbeitsbuch entdeckt hat. Jedenfalls nicht, solange ihm die Sache rätselhaft vorkommt. Deshalb antwortet er ausweichend.

„Ich wollte einfach wissen, ob Frau Petersen die Hallig und vielleicht sogar das Mädchen erkennt. ,Erinnert das Foto Sie an etwas?', fragte ich. Sie guckte mich lange an, dann wieder das Foto. Es war nicht auszumachen, ob meine Frage sie erreicht hatte, aber ihr Blick veränderte sich; er wurde traurig. Es war still im Zimmer, auch aus dem Flur war nichts zu hören. Ich erhob mich und blickte auf die trüben Stores an den Fenstern gegenüber, die aussahen, als lebte dort niemand. Ich hockte mich wieder zu Lina und sah ihr ins Gesicht. Tränen liefen ihr über die Wangen. Sie hörte nicht auf, leise zu weinen."

„Wie verhieltst du dich?"

„Ich fragte mich, warum sie so anhaltend weinte und überlegte, die Pflegerin zu rufen. Aber was könnte sie anderes tun als ich? Ich entschied mich zu gehen. Auf der Rückfahrt sah ich Puzzleteile vor mir, die irgendwie zusammengehörten, aber nicht wirklich zusammenpassten. Vielleicht gelingt es uns beiden, sie zusammenzufügen?"

Dass gemäß Auskunft der Empfangsdame vor ihm eine

junge Frau aus Kalifornien Lina Petersen besucht hat, verschweigt Benno. Im Grunde wartet er darauf, dass Patty selbst damit herausrückt. Aber sie sagt nur: „Ach Liebling, mir wird das alles zu viel. Mich strengen solche Gespräche an, ich muss mich ausruhen!" Benno beschließt, die Cafeteria aufzusuchen und einen Kaffee zu trinken. Anschließend will er einen Spaziergang durch den kleinen Park des Krankenhauses machen. Er verlässt Patty mit dem unguten Gefühl, dass plötzlich etwas zwischen ihnen steht. Warum sagt sie ihm nicht, dass sie ebenfalls im Heim gewesen ist? Verschweigt sie möglicherweise noch mehr?

VIII.

WAT FINNST DU BLOTS AN EM?

(Was gefällt dir nur an ihm?)

Herhöörn!

Mittagszeit, es gab Rübenmus. Max twee und ich hatten just einen ersten Löffel hineingestippt, da riss ein schrilles Signal uns jäh von den Stühlen hoch. Ich weiß noch, dass ich vier Dinge gleichzeitig wahrnahm, bevor wir aus dem Haus stoben: den Heulton der Sirene auf dem Dach des Bürgermeisters, Moders Schrei: Füer!, das Scheppern ihrer Kelle, die sie in die Schüssel zurückfallen ließ, und Max twees enttäuschtes Murren über das vorzeitige Ende des Mahls. Sekunden später stand er bereits auf Moders Geheiß am Fethingrand, um an der Handpumpe zu helfen. Die allerdings stand still. Vielleicht war es ja ein Fehlalarm. Wäre auch kaum auszudenken, was geschähe, sollte tatsächlich ein Feuer ausgebrochen sein: fünfzehn Reetdachhäuser dicht an dicht, dazu mehrere haushohe Heuklamps.

Bei einem Bettenbrand vor Jahren, ausgelöst durch heiße Bilegger-Asche im gedeckelten Zinktopf, den man sich in strengen Wintern ans Fußende legte, hatten die Hausbewohner das zündelnde Bettzeug gerade noch rechtzeitig löschen können. Damals hatte die Hallig von Glück sagen können, dass alles gut gegangen war, und konnte es offenbar auch jetzt wieder. Sonst hätten die vielen Suchenden längst eine

Feuerquelle gefunden. Wieso aber heulte die Sirene unaufhörlich weiter, warum stellte der Bürgermeister das nervige Geräusch nicht endlich ab? Die jährliche Brandschutzübung war sicher nicht der Grund, die hatte vor drei Monaten stattgefunden. All mol herhöörn![212] gellte plötzlich Ole Heins Stimme durch die Warft. Ji möt na boben kieken![213] rief er durch den Schalltrichter seiner Hände. Sofort wechselten alle die Blickrichtung. Auch ich warf den Kopf in den Nacken. Zugleich hob ich die Hände schützend vor Augen. Nicht vorrangig gegen die Sonne, sondern wegen etwas Unbestimmtem, das viel greller funkelte und meine Augenlider schmerzen ließ. Noch hatte ich mehr Angst um mein Augenlicht als um mein Leben. Enten? fragte Max twee den neben ihm stehenden Jonte, weil der eine Entenjagdlizenz hatte und sich mit Geschehen am Himmel auskannte. Quatsch, für Enten ertönt keine Sirene! kam barsch die Antwort, während ich panisch ausrief: Aber seht mal! Durch einen Schlitz zwischen den Fingern hatte ich weit entfernt hinter den Wolken eine glühende Silhouette entdeckt. Ihr gleißendes Licht provozierte unwillkürlich aberwitzige Fragen: Hatte die Sonne etwas fallen lassen? Flog ein superheller Geisterplanet auf die Erde zu? Wurden wir Zeuge eines neuen Sterns, der zufällig über der Hallig aufging? Dieser Gedanke gefiel mir am besten, denn er hatte in schwerer Zeit etwas Wunderbares an sich.

Augenblicklich zerriss Jonte die Vorstellung mit einem einzigen Wort: Abgeschossen. Peter neben ihm hörte es und raunte: Martin B 26? Die Frage klang geheimnisvoll und irgendwie doch nach einem außerirdischen Ereignis. Jonte raunte zurück: Flak oder Jäger? Worauf Peter meinte: Ich habe keinen Jäger gehört, also muss es Flak gewesen sein.

---

212 Alle mal herhören!

213 Ihr müsst nach oben gucken!

Beide hörten sich fachkundig an und zugleich so bedächtig, als hätten sie alle Zeit der Welt für ihr Mannslüüd-Geplänkel. Dann entdeckten wir die Rauchfahne. Ein Gefühl herannahender Gefahr machte sich breit und vervielfachte sich, weil die glühende Silhouette nun deutlich zum Vorschein kam: ein Flugzeugrumpf. Plötzlich wurde mir klar, dass Peter und Jonte den Verursacher des Absturzes gemeint hatten, entweder eine Flugabwehrkanone oder ein Jagdflugzeug. Ich stutzte, warum ihnen das so wichtig erschien. Viel wichtiger war doch etwas anderes: Der Rumpf trudelte direkt auf uns zu! Das Heckteil war abgebrochen, und eine Tragfläche fehlte. Beides verursachte einen abstrusen richtungslosen Drall, und das bedeutete, der Rumpf konnte überall aufschlagen. Ängstlich stoben alle auseinander. Die einen hasteten hinunter zu den Fennen, wo sie sich geringeren Risiken ausgesetzt wähnten als zwischen den Häusern. Andere hielt es auf der Warft - mal rannten sie in Panik zum Rand, dann wieder zurück ins Zentrum. Max twee bestaunte die Kraft, mit der die Sonne das silbrige Metall zum Glänzen brachte, bis Moder ihn heftig am Arm riss und wegschleppte. Auch mich wollte sie mit sich ziehen. Aber wohin? Ich entschied mich, am Platz zu bleiben und den Moment abzupassen, in dem klar zu erkennen sein würde, in welche Richtung ich laufen musste. Das Risiko, dass dieser Moment knapp ausfallen könnte, ging ich ein. Zum Glück brach gleich darauf die zweite Tragfläche ab, wodurch der Rumpf einen neuen Drall bekam - weg von der Warft. Er prallte rund hundert Meter hinter dem Deich auf und versank im Schlick. Der Anblick war niederschmetternd. Verwirrt fragte ich Jonte, den einzigen, der neben mir stehengeblieben war, warum es so lange gedauert hatte, bis das Flugzeug aufschlug. Es sei in großer Höhe abgeschossen worden, erläuterte er. Er kannte sich eben gut mit Flughöhen aus, nicht nur bei Enten. Der richtige Schock setzte Sekunden später ein, als jemand meinte, im Rumpf säßen wahrscheinlich Piloten. Die Vorstellung, dass soeben Menschen in unser Watt gerammt worden waren, lähmte den Verstand. Ich sah auf die graue Wolke, die von der Aufprallstelle aufstieg, sank zu Boden und fürchtete, ohnmächtig zu werden.

Kurz nach dem Aufprall verhängte der Bürgermeister eine *Nachrichtensperre*. Gewiss wollte er nicht scherzen, aber auf einer Hallig klingt das Wort wie Satire. Bald sickerten auch schon die ersten Informationen durch: Zwei Piloten eines amerikanischen Militärflugzeugs hatten sich mit Fallschirmen retten können, waren von Feuerwehrveteranen gefangen genommen und ins Wohnzimmer des Bürgermeisters gebracht worden. Zum Verhör? fragte ich, und Jonte bestätigte umgehend: Nach Kriegsrecht. Es hörte sich an, als würde er gern teilnehmen. Tatsächlich brauchte der Bürgermeister jemanden, der Protokoll führte, beauftragte jedoch nicht Jonte, sondern mich als Post- und damit Staatsbedienstete.

Die Piloten saßen niedergeschlagen nebeneinander. Der eine rothaarig, der andere aschblond, beide blass wie der Himmel, aus dem sie gekommen waren. Ich sah sie böse an, denn aus meiner Sicht hatten sie den Krieg auf die Hallig gebracht. Dass sie die Menschheit gegen die Nazis verteidigten, habe ich erst später erfahren, wie auch vom leidvollen Schicksal vieler europäischer Städte im Luftkrieg.

Ich setzte mich an den Tisch und zog Notizblock und Bleistift hervor.

Schnell war klar, dass Befragung und Protokoll kurz ausfallen würden - wegen fehlender Sprachkenntnisse. Zunächst wandte sich der Bürgermeister an mich und diktierte, zwei Piloten sei es gelungen, mit dem Fallschirm abzuspringen. Dann zeigte er durchs Fenster auf die Aufprallstelle im Watt, formte Zahlen mit den Fingern und malte ein Fragezeichen in die Luft, um herauszufinden, ob noch weitere Besatzungsmitglieder an Bord gewesen waren. Ich guckte auf die Hand des antwortenden Piloten, notierte 2 und schrieb eigenmächtig daneben: insgesamt also 4. Erneut gestikulierte der Bürgermeister mit den Fingern, nun Richtung Zimmerdecke zeigend, wobei er natürlich den Himmel meinte, denn er wollte ausloten, ob die Piloten von weiteren Luftkämpfen über dem Wattenmeer wüssten. Die beiden guckten ihn ausdruckslos an - die gestische Frage erwies sich als zwecklos. So wandte sich der Bürgermeister mir zu und diktierte: Zwei Besatzungsmitglieder sind zusammen mit dem Rumpf in den Schlick gerissen worden. Ich wollte das Heft zuklappen, da fiel ihm ein: Schrief noch dorto[214]: ... mit an Sicherheit grenzender Wahrscheinlichkeit. Damit war das Protokoll fertig. Zur dominierenden Frage wurde nun, wo die Gefangenen die Nacht verbringen sollten, denn erst am nächsten Tag würden Militärs herüberkommen, um sie aufs Festland zu bringen. Eine Beherbergung in seinem Haus lehnte der Bürgermeister ab. Alternativen unter anderen Dächern boten sich nicht an, und eine Übernachtung im Schlafraum der Flugwache schied wegen ‚Gefährdung der Sicherheitsinteressen des Reiches‘ aus. So blieb nur die Übernachtung im Freien. Die Feuerwehr legte am Fethingrand zwei Pferdedecken aus, der Flugwachenchef postierte sich mit einem Gewehr daneben. Zur Unterstützung beorderte er einen Feuerwehrmann an seine Seite. Weil ich das Protokoll geschrieben hatte, fühlte ich mich berechtigt, eigentlich sogar verpflichtet, die weitere Entwicklung aus der Nähe zu verfolgen, und setzte mich in angemessenem Abstand ans Fethingufer. Ein Pilot wischte sich gerade mit dem Ärmel seine tränenverschmierten Wangen ab. Ein Mann, der eben noch eine robuste Martin B 26 oder sonst was geflogen hatte, weinte wie ein Kind. Als er

---

214   Schreibe noch dazu:

mit der anderen Hand in seine Jacke griff, richtete der Flugwachenchef sogleich das Gewehr auf ihn. Womöglich geht
der Krieg gleich weiter, fürchtete ich. Es kam aber nur eine
Schachtel Zigaretten zum Vorschein, worauf der Chef ebenso langgezogen wie bissig schnauzte: Nou smou-king! Nou
smou-king! Das Verbot leuchtete mir nicht ein. Schließlich
saß man im Freien, und der Mann hatte gerade zwei Kameraden verloren. Musste man ihm unbedingt das Rauchen
verbieten? Im nächsten Moment tauchte Max twee neben
mir auf. Von den Wachhabenden unbemerkt war er durchs
Schilf gerobbt. Eine Weile saß er still, dann stand er unvermittelt auf, trat vor die Gruppe und behauptete, er könne etwas Englisch. Ich erinnerte mich an seinen Schnellkurs bei
Dabbelju und war gespannt, was er vorhatte. Ich möchte die
Piloten etwas fragen, sagte er in die Runde und legte, ohne
die Erlaubnis des Chefs abzuwarten, gleich los: Hebbt ju
to Hus en Watercloset oder schiet ju in de Emmer as wi?[215]
Erst grinste ich mit zusammengepressten Lippen, weil ich
dachte, er wollte einen Witz reißen. Doch seine Mimik blieb
unbeweglich. Anscheinend war er aufrichtig an dem Thema
interessiert. Die Piloten reagierten nicht. Wie hätten sie das
zusammengewürfelte Platt-Englisch-Kauderwelsch auch
verstehen sollen? Auch sonst verzog keiner eine Miene, obwohl mancher die Worte bestimmt lustig fand. Unbefangen
lachen konnten die Hooger erst wieder nach dem Krieg;
dann auch über den missglückten Versuch meines Bruders,
etwas über die ,sanitären Verhältnisse des Feindes' zu erfahren.

Die Piloten hatten Schürfwunden an Armen und Beinen.
Anni Bodens, die Hallighebamme, verpasste beiden eine
Tetanusspritze aus ihrem Instrumentenkoffer. Dat mutt sien,

---

215   Habt ihr zuhause eine Toilette mit Wasserspülung oder macht ihr
in den Eimer wie wir?

ook wenn jem Soldaten wiss schon noog Sprütten in Moors kreegen hebbt.[216] Auch ihre Worte ließen mich einen Moment schmunzeln, aber dann flog mich das Bild einer gesichtslosen amerikanischen Briefträger-Kollegin an, die auf dem Weg zu den Eltern der toten Soldaten war.

Am Vormittag erfolgte die Verbringung der Überlebenden per Zollboot nach Husum. Zwei Wochen später kam ein Techniker vom Festland und tauschte die Sirene auf dem Dach des Bürgermeisters aus. Die neue kannte zwei Alarmtöne. Künftig konnte die Hallig zwischen Feuer- und Fliegeralarm unterscheiden. Das war ein Fortschritt mit begrenztem Nutzen, denn Luftschutzkeller hatten wir nicht. Außerdem gab die Sirene oft erst Alarm, wenn die Flieger längst weg waren. Ich erinnerte mich an Vaders Rat, die Pferde zu beobachten. Wie vor einem Sturm hatten sie vor dem Flugzeugabsturz angefangen zu galoppieren. Beim nächsten Mal wäre es sicher ratsam, sich eher an Vaders Rat als an der Sirene zu orientieren.

„Nach dem Absturz lagen die Nerven blank, oder?", fragt Benno.

„Die ersten Tage verließ kaum jemand sein Haus", erklärt Fiona. „Da war das Bild des herabstürzenden, brennenden Metalls. Könnte das wieder passieren, fragte man sich, und dann vielleicht eine Warft treffen? Überhaupt stellten sich auf einmal ganz neue Fragen, über die jedoch niemand offen sprach: Wie weit gingen die Aufgaben der Flugwache? Hatten die wachhabenden Soldaten nicht nur Informationen empfangen und weitergegeben, sondern auch über etwas entschieden - womöglich über den Abschuss?"

„Wie wirkte sich der Absturz noch aus?"

---

216 Das muss sein, auch wenn ihr Soldaten bestimmt schon genug Spritzen in den Hintern bekommen habt.

„Das intakte Halligleben - ein Wort, das ohnehin nicht mehr zutraf - war endgültig zerstört. Zur Angst trat Misstrauen. Man redete kaum noch miteinander. Neulich im Straßenverkehr fühlte ich mich an das Lebensgefühl erinnert. Nach einem Unfall hatte es einen Stau gegeben. Niemand verließ sein Auto und sprach mit einem anderen Fahrer. So war es auch damals. Als hätte sich im Lebensfluss der Hallig ein Stau ergeben."

„Löste er sich wieder auf?"

„Was blieb, war die bedrückende Stille. Die Gewissheit, dass nahe der Warften zwei tote Menschen für immer in der Tiefe des Watts gefangen lagen, war jeden Tag präsent. Einer der Nachbarn, Lüder Lünsen, glaubte sogar, nachts die Vibrationen des Wracks unter dem Schlick und die erstickten Schreie der Piloten zu hören. ‚He tünt'[217], sagte man, denn er konnte die nebelhaften Geräusche, die vom Watt herüberwehten, nicht mehr zuordnen. Für die Hallig war der Absturz ein Schock, der erst mit der Freude über das Ende des Krieges überwunden wurde."

Benno denkt über etwas nach. „Niemand hatte mit so etwas gerechnet?"

„1933 mag es für manchen Hitler-Wähler unvorstellbar gewesen sein, so bald nach 1918 wieder von einem Krieg betroffen zu werden."

„Du konntest 1933 nicht wählen ..."

„... erfuhr aber später, dass die Nazis schon vor 1933 die Legende vom Volk ohne Raum verbreitet und Gebiete im Osten ins Auge gefasst hatten. Wie seht ihr Historiker das: Konnte man nicht wissen oder zumindest ahnen, worauf das hinauslaufen würde?"

---

217   Er redet dummes Zeug.

Auf den Spuren von Lina P.

Bei seinem nächsten Besuch am Krankenbett wird Benno von Patty mit spitzbübischem Grinsen und dem Satz empfangen: „Auch ich war in Niebüll." Der Ton verrät, dass sie auf Überraschung setzt, doch Benno reagiert nicht im Geringsten überrascht: „Ich weiß." Was Patty mit einer Mischung aus Empörung und Enttäuschung kommentiert: „Lass mich raten: ein neues Versteckspiel? Erst schnüffelst du herum, und dann spionierst du mir auch noch nach?"

„War nicht nötig, du warst ja vor mir im Pflegeheim. Die Kalifornierin, von der die Empfangsdame sprach, konntest nur du gewesen sein. Wann war das?"

„Eine Woche vor dem Flug nach Kalifornien."

„Da musstest du angeblich zum Zahnarzt."

„Erfunden wie dein Archivbesuch - meinen Zähnen geht's blendend."

„Warum fuhrst du nach Niebüll?"

„Mich interessierte die Anschrift. Als meine Oma starb, hatten meine Freundin und ich gerade Spaß an Arztspielen und Verkleidung. Mit Hilfe von hinterlassenem Flitter und Tablettenschachteln mimten wir ‚Die Diva und der Doktor'. Ma hatte nichts dagegen. Sie war auch einverstanden, dass ich mir Omas uraltes Adressbuch aneignete. Ma benötigte es nicht, weil sie Kontakte elektronisch speicherte. Anhand des Adressbüchleins tauschten meine Freundin und ich frei erfundene und nie abgeschickte Briefe unter den darin Verewigten. Weil sich zwischen den amerikanischen Adressen eine deutsche Anschrift befand, schrieb ich auch dorthin fiktive Briefe, übte mich im Deutschschreiben und fragte mich jedes Mal, was Oma wohl mit dieser Lina Petersen aus Niebüll zu tun gehabt hatte. Ma mochte ich nicht fragen. Sie war mit Pa in eine ultrareligiöse Sekte verstrickt, was mich schon als Kind von Gesprächen mit ihnen abhielt. Später erstarb der Kontakt vollständig. Gleichwohl blieb die Niebüller Adresse interessant, und ich nahm mir vor, sollte ich einmal nach Deutschland reisen, sie aufzusuchen. Mit meinem Germanistikstudium rückte der Besuch näher. Nun bin ich hier. Niebüll ist nicht weit entfernt, und so fuhr ich hin."

„Du hattest keine Vorstellung, um wen es sich bei dieser Lina Petersen handelte? Eine Bekannte oder Verwandte deiner Großmutter?"

„Im Adressbuch standen nur Name und Anschrift, es enthielt keinen weiteren Hinweis. Später stellte ich mir vor, dass Oma und Lina vielleicht Brieffreundinnen gewesen waren. Ende der Vierzigerjahre gab es diesen Sender Voice of America, der Kinder aus beiden Ländern aufforderte, Brieffreundschaften zu gründen. Jedenfalls muss Grandma eine bestimmte Beziehung zu der Frau gehabt haben, sonst hätte sie den Namen nicht eingetragen."

„Und was, denkst du, hat dieser Umstand mit Fiona zu tun?"

„Wie kommst du plötzlich auf Fiona?" Patty schüttelt verständnislos den Kopf.

Benno zaust sein Haar. Soll er den Fund aus dem Schularbeitsbuch offenlegen? Im Grunde genommen hätte er Patty sofort darüber informieren können, ließ sich aber durch Spekulationen über ein vermeintliches Geheimnis zwischen den Frauen davon abhalten. Doch wenn er jetzt nicht anfängt zu reden, wird er nie dahinterkommen, ob ein solches wirklich besteht.

„Ich fand dieselbe Adresse in ihrem Schularbeitsbuch. Versteckt im Einband."

„Waas? Ich glaub's nicht!" Argwöhnisch betrachtet Patty Benno, und nach einem Moment angespannten Schweigens fragt sie ihn: „Hast du auch in *ihren* Sachen rumgeschnüffelt?"

„Nun lass das doch! Ich wollte mir ein Bild von Haye machen und suchte in Fionas Schularbeitsbuch, das sie mir für das Projekt geliehen hat, nach einem Foto, denn ich hatte gesehen, dass auch Kinderfotos ins Buch eingeklebt worden waren. Es gab ein Gruppenbild, aber es fehlten Namen. Enttäuscht klappte ich das Buch wieder zu. Da bemerkte ich am Buchrücken eine Wulst, die wie ein winziges Versteck aussah. Neugierig steckte ich einen Finger hinein und stieß auf einen Umschlag, auf dessen Rückseite im Absenderfeld der Name Lina Petersen vermerkt war."

„Warum hast du mir das nicht erzählt?" Pattys Wangen fangen an zu glühen.

„Weil ich kurz darauf dieselbe Adresse bei dir fand und annahm, das deute auf eine geheimnisvolle Verbindung zwischen euch hin."

Wieder schüttelt Patty den Kopf, diesmal vehement. „Unsinn, Ben! Was spinnst du dir zusammen! Nur weil Fiona und ich uns gut verstehen, konstruierst du ein Geheimnis in unser Verhältnis? Das gibt es nicht!"

„Sicher?"

„Hundert pro! Fiona ist mir sympathisch, und das beruht offenbar auf Gegenseitigkeit. Aber das ist auch alles."

„Okay, wenn es kein Geheimnis gibt, so bleibt doch eines rätselhaft: dieselbe Adresse in einem Hooger Schularbeitsbuch der dreißiger und in einem kalifornischen Adressbuch der fünfziger Jahre. Mich irritieren nicht so sehr die zeitlichen Abstände, sondern die neuntausend Kilometer Entfernung."

„Was hat das zu bedeuten, Ben?"

„Ich weiß es nicht. Hast *du* eine Vorstellung?"

„No idea. Oder vielleicht doch. Womöglich war auch Fiona eine Brieffreundin von Lina."

„Aber findest du es nicht auch mysteriös, dass Fiona einen Brief versteckte, dessen Zeilen ziemlich normal klingen - dass Resi gesund sei und alles bekomme, was sie braucht? Da ist nichts Geheimnisvolles dran, finde ich. Trotzdem hielt sie den Brief versteckt."

„Du könntest Fiona nach dem Grund fragen."

„Das will ich im Moment lieber nicht tun. Ich habe einen verschlossenen Umschlag von ihr. Den drückte sie mir mit der Auflage in die Hand, ihn erst nach Ende des Projektes zu öffnen. Auf mich wirkt das genauso rätselhaft wie das Verstecken eines harmlosen Briefes im Schularbeitsbuch. Vielleicht besteht zwischen beidem sogar ein Zusammenhang. Dann würde sie gewiss nicht wollen, dass ich sie auf die Adresse anspreche."

„Was schlägst du alternativ vor?"

„Dass wir uns erst mal auf dein Interesse beschränken. Um Fionas Beziehung zu Frau Petersen kümmern wir uns später. Also, du warst bei der Frau im Heim. Hast du etwas über ihre Beziehung zu deiner Oma herausbekommen?"

„Am Empfang erläuterte ich der Wohnbereichsleiterin Frau Krüger, ich sei Amerikanerin und wolle Lina Petersen besuchen, die offensichtlich eine Bekannte oder Verwandte der Familie sei, weil ich ihren Namen im Adressbuch meiner Oma gefunden hatte. Der Grund schien sie einen Moment lang zu irritieren, sie fragte: ‚Sie wissen, dass Frau Petersen dement ist?' Ich fühlte mich unsicher und zuckte mit den Schultern. Frau Krüger nickte verständnisvoll, zeigte in den Gang und ging voraus zu einem Zimmer am Ende des Flurs. Sie klopfte an die Tür, wir gingen hinein, und Frau Krüger trat an das Bett. „Sie haben Besuch, Frau Petersen. Schauen Sie, wen ich mitgebracht habe!" Sie ließ mich vortreten und setzte sich auf einen Stuhl am Fenster, womit sie ihrem Schützling offenbar ein vertrautes Gefühl vermitteln wollte. Lina Petersen lag halb aufgerichtet und guckte mich wortlos an. Ich wollte ihr die Hand geben, aber sie reagierte nicht. Ihre Mimik verriet, dass ich ihr vollkommen fremd war. So war jedenfalls mein Empfinden. Dann geschah etwas Seltsames. Frau Krüger stand auf, um zu gehen, da streckte Lina - ich denke, unter uns reicht der Vorname - plötzlich die Hand nach mir aus. Ich ergriff sie und setzte mich auf die Bettkante. Frau Krüger zeigte sich überrascht von der unerwarteten Reaktion ihrer Bewohnerin, so dass sie sich entschied zu bleiben und mir aufmunternd zunickte. Also sprach ich den Vornamen meiner Oma aus, wiederholte ihn Sekunden später etwas lauter und fragte, ob sie den Namen kenne."

„Wegen der Demenz hat das nichts gebracht, oder?"

„Ach Ben, dement sein bedeutet doch nicht, dass die Kranke nichts mehr versteht. Ich denke, Lina verstand mich. Man braucht Geduld. Ich hatte Zeit und verharrte neben ihr, auch wenn sie mich inzwischen nicht mehr anguckte."

„Was passierte weiter?", fragt Benno, und Patty berichtet: „Frau Krüger begab sich in die Küche und kam mit einer Kanne Tee, Tassen und Keksen zurück. Nachdem sie das Tablett auf dem Nachttisch abgesetzt hatte, schob sie einen Stuhl vors Bett, und wir wechselten die Plätze. Eine Weile war es vollkommen still. Nur Blicke wechselten hin und her. Schließlich gab Frau Krüger Lina etwas zu trinken, wischte ihr lächelnd den Mund ab und sprach beiläufig ebenfalls den Vornamen meiner Großmutter aus, so selbstverständlich, als gehöre es zur pflegerischen Behandlung dazu. Ich lehnte mich zurück und wartete ab. ‚Bitte versuchen Sie sich zu erinnern', sagte die Wohnbereichsleiterin bedächtig. Ich hatte den Eindruck, sie wollte das Gedächtnis prüfen, ohne Verunsicherung hervorzurufen. Lina starrte sie nur an. Darauf versuchte es Frau Krüger in lebhafterem Ton, wiederholte den Namen, und ja, plötzlich blickte Lina sie mit verändertem Augenausdruck an. Sofort unternahm Frau Krüger einen neuen Versuch: ‚Kennen Sie Rose? Den Namen, den Ihre nette Besucherin nannte?' Jetzt nickte Lina, und ich freute mich darauf, etwas zu hören, was mir weiterhelfen würde, aber sie sagte nur leise, beinahe unverständlich: ‚Ich darf nicht.' ‚Warum nicht?', fragte Frau Krüger vorsichtig nach. ‚Versprochen ist versprochen', antwortete Lina. Der Satz verblüffte uns. ‚Was ist versprochen?', schaltete ich mich ein und löste Frau Krüger wieder am Bett ab. Es dauerte, bis Lina ihre Augen auf mich richtete. Der Kopf bewegte sich so langsam, dass sie die Frage in der Zwischenzeit wohl vergessen hatte, denn sie reagierte nicht. Stattdessen fing sie an, meinen Handrücken zu streicheln. Darauf wiederholte ich behutsam: ‚Was ist versprochen?' Sekunden verstrichen, bevor sie antwortete: ‚Nicht reden'. Während sie das sagte, erhellte etwas Undefinierbares ihren Blick, als wollte sie doch weiterreden. Ich wartete, und tatsächlich fügte sie ein Wort hinzu: grootnüüdlich oder so ähnlich. Nur die erste Silbe war deutlich ausgesprochen, die beiden anderen genuschelt. Frau Krüger schüttelte lächelnd den Kopf und meinte, an mich gewandt: ‚Meines Wissens gibt es das Wort großniedlich weder im Hochdeutschen noch im Plattdeutschen, aber Frau Petersen findet Sie offenbar großartig und hat das nur nicht richtig aussprechen können'."

Benno unterbricht Patty. „Warte bitte, ich muss das kurz sortieren. Lina Petersen ist dement, kann aber sprechen. Auch das Gedächtnis scheint zu funktionieren, jedenfalls partiell. Das zeigen die Worte *darf nicht, versprochen* und *nicht reden*. Die müssen mit irgendeinem Ereignis zusammenhängen, an das sie sich erinnert."

„Zeitweise wirkte sie durchaus klar."

„Aber sie ist dement. Bei dieser Krankheit bringt der Mensch manches durcheinander. Vielleicht hat sie mit *versprochen* irgendein Gelübde aus ihrer Jugend gemeint. Oder sie erfand ein ominöses Versprechen und schob es vor, weil sie müde war und *nicht reden* wollte."

„Das wäre hinterlistig gewesen, und ich schätze nicht, dass man bei Demenz derart um die Ecke denken kann. Übrigens strich sie mir weiter über den Handrücken, während ich neben ihr saß. Nicht nur so, glaube ich. Eher, als wollte sie ein Gefühl ausdrücken."

„Was passierte noch?"

„Frau Krüger rückte näher an mich heran und flüsterte etwas über ähnliche Situationen im Heim, sprach von Hoffnungen und Vermutungen der Bewohner, falschen Erinnerungen, bis hin zur Verwechslung von Menschen und anderen Missverständnissen."

„Das half dir nicht wirklich weiter, oder?"

„Im Gegenteil. Innerlich wehrte ich mich dagegen, in ein Gespräch über Demenz verwickelt zu werden. Ja, ich fragte mich, was das Ganze überhaupt sollte - eine Amerikanerin in einer deutschen Pflegeeinrichtung bei einer Hundertjährigen, von der ich nichts wusste, mit der ich noch nie gesprochen hatte und auch jetzt nicht sprechen konnte? Plötzlich empfand ich meinen Besuch als unangebracht und wünschte nur noch, das Haus zu verlassen. Höflich verabschiedete ich mich und ging."

Steine flitschen

An Sonntagnachmittagen verbrachte ich oft eine Stunde allein am Deich. An der von allen Warften entferntesten Stelle, wo mich niemand sehen konnte, gab ich mich der quälenden Ungewissheit hin, ob ich je wieder von Hans hören würde. Entdeckte ich auf dem Meer ein Schiff, stierte ich mit abgeschirmten Augen auf das schemenhafte Personenknäuel am Bug und stellte mir vor, Hans stehe mittendrin. Das Ausschauhalten wurde zur Gewohnheit, ich hörte auf, die vergeblichen Male zu zählen.

Ein langgestreckter Regenbogen, der sich wie eine Brücke vom Festland zur Hallig herüber spannte, befeuerte an diesem Tag meine Fantasie - verstärkt durch den sirrenden Ton eines flachen Steins, den jemand von hinten über die Wasseroberfläche warf. Das konnte nur Hans sein, bildete ich mir ein. Er war unbemerkt auf die Hallig gekommen, um mir die Kunst des Steineflitschens zu zeigen.

Der Stein sprang viermal vom Wasser auf, erst beim fünften Aufsetzer versank er. Hans würde mich anlächeln und mir das zugrunde liegende physikalische Gesetz erklären.

Ach du büst dat, sagte ich enttäuscht zu Haye, den ich am Geruch erkannte, als er mir von hinten seine Hände auf die Augen legte. Ik heff di nich komen höört.[218] Erst kürzlich war er vom Festland zurückgekehrt. Ik schaff dat ook söss Mol[219], sagte er stolz. Er hatte den Stein mitten durch den Regenbogen geworfen - so kam es mir vor. Du kannst goot smieten, dat weer en schiere Wurf[220], lobte ich ihn, die Enttäuschung bekämpfend. Er setzte sich zu mir ins Gras und wühlte mit den Zehen in einem Muschelscherbenfeld vor uns. Seine Schultern schienen noch breiter geworden zu sein, aber er wirkte verlegen. Die Zehen zogen zwei nebeneinanderliegende Kreise. Woran dachte er? Seine Fußspitzen färbten sich kalkweiß, wir lachten darüber. Er bot mir die Hand, zog mich aus dem Gras. Zusammen gingen wir über den Deich nach Backenswarft, wo Haye mich wie selbstverständlich zum Tee in die Gaststätte ‚Zur Erholung' einlud. Die Plätze auf der Terrasse waren zur Hälfte besetzt. Wir wählten einen Tisch im Schatten einer Buche, dicht am Zaun, der die Terrasse vom Warfthang abgrenzte. Die Kellnerin kam und schimpfte halb im Scherz über einen Spatz, der auf stehengebliebene Teller hopste und Krümelreste aufpickte. Sie räumte das Geschirr ab, Haye bestellte ein Bier, ich ein Kännchen Tee. Als wir feststellten, dass der Tisch auf dem unebenen Steinpflaster zu wackeln begann, sobald wir Arme

---

218   Ach, du bist das. Ich habe dich nicht kommen gehört.

219   Ich schaffe das auch sechs Mal.

220   Du kannst gut werfen. Das war ein akkurater Wurf.

oder Hände bewegten, wiederholten wir es ein paar Mal und lachten. Wir genossen die schöne Aussicht. Ich blickte zur Kirchwarft hinüber und dachte an die Schatzsuche unter den Bänken zurück - etwas, das mich noch immer mit Haye verband, ebenso wie das Ruckeln auf dem Heuwagen und die Fahrt nach Wyk. Auch er ließ den Blick über die Hallig schweifen. Verstohlen betrachtete ich ihn von der Seite. Der Flaum seiner Jugend war festen Bartstoppeln gewichen. Moder hatte dem Jüngling den Beinamen *Wildfang* verpasst, was witzig geklungen hatte, aber auch nach jemand, der sich keine Fesseln anlegen ließ. So blieb der Eindruck über die Kindheit hinaus bestehen: Jeder, der sich mit Haye anlegte, musste sich auf etwas gefasst machen. Ich blickte auf seine rechte Hand, an der Ring- und Mittelfinger fehlten. Auf der Husumer Schiffswerft sei er mit der Hand in eine Winde geraten, lautete seine Version. Andere schworen Stein und Bein, sie seien Zeugen einer wilden Schlägerei gewesen und hätten gesehen, wie Haye zwei Finger abgequetscht wurden. Das verstärkte die Aura der Unbeugsamkeit, die ihn umgab, und irgendwie gefiel mir das.

Ich horchte auf das leise Rauschen im Blattwerk über uns. Verirrte Sonnenstrahlen fielen zwischen den Zweigen herab und verzierten die Tischdecke mit einem verträumten Licht- und Schattenspiel, in dem man sich verlieren konnte.

Die Kellnerin brachte die Getränke, Haye nickte, und ich wartete darauf, dass er ein Gespräch begann, schließlich hatte er mich hergeführt und eingeladen. Warum schwieg er? Weil er sonst anfinge, über etwas zu reden, das ihm vielleicht peinlich war: seine Nächte in den Husumer Hafenbars? Viel erzählte man sich darüber. Keine Schmuseecke, in der er nicht Stunden verbracht hatte. Obwohl einer der Jüngsten, war die Zahl seiner Bräute Legende. Er hätte jede Frau haben können, hieß es, mochte sich aber nie festlegen. Hübsche Augen hast du, hatte er oft gehört - und jedes Mal den Kopf darüber geschüttelt, weil es ihm rätselhaft erschien. Blaue Augen hatten andere auch. War es vielleicht das Lachen in ihnen oder eine besondere Tiefe des Blicks? Oft genug hatte er vor dem Spiegel gestanden und keine Antwort gefunden. Bis es ihm irgendwann müßig erschienen war, sich weiter damit zu befassen. So erzählte man sich. Keine Liebschaft war zu einer festen Verbindung geworden. Haye wusste nicht, aus welchen Gründen. Manche Körbe hatte er erhalten, manche selbst verteilt. Wäre er ehrlich mit sich gewesen, hatte es meistenteils wohl an ihm gelegen: weil er immer Neues ausprobieren musste. Klar könnte er sich ein Leben zu zweit vorstellen, schmiedete zuweilen sogar Pläne. Nur hätte es dazu einer Frau bedurft, die bereit gewesen wäre, über seine Flatterhaftigkeit hinwegzusehen. Aber gab es diese Frau überhaupt? Eine Frau mit so großem Herzen, wie es für ihn nötig wäre?

Mittlerweile hatte Haye sich im Stuhl zurückgelehnt und einen Fuß auf der unteren Zaunlatte abgelegt. Seine Sitzhaltung sah lässig aus. Die Gäste auf der Terrasse mochten ihn für einen Müßiggänger halten. Ich blickte zu ihren Tischen hinüber. Stimmen hoben und senkten sich. Einer rief einem Angler etwas zu, der in Watstiefeln in der Mitte eines nahen Priels stand und stolz einen sich windenden Aal in die Höhe hielt. Überall Leben, nur an unserem Tisch blieb es merkwürdig still. Schließlich fragte ich: In Husum warst du viel in Kneipen, stimmt's? Einfach, um etwas zu sagen. Da wurde er auf einmal redselig und schwärmte von Erfahrungen, die er auf der Hallig niemals hätte erwerben können. Zum Glück wurde er nicht konkret, denn ich ahnte, welche er im Sinn hatte. Auf den Nachhausewegen von den Bars hätte er jedoch immer nur an mich gedacht. An die schönste Frau im Wattenmeer, säuselte er. Etwas hinderte mich, die Worte ernst zu nehmen und was Nettes zu erwidern. Verdächtigte ich ihn, an Hans' Stelle treten zu wollen, oder war

ich nur zu schüchtern, um auf seine Schmeichelei einzugehen? Mein Blick fiel auf die unsicheren Gehversuche eines
Fohlens unten auf der Fenne. Das entsprach genau meinem
Gefühl. Haye verunsicherte mich. Was ging wirklich in
ihm vor? Schon immer hatte ich schlecht damit umgehen
können, wenn sich Dinge verkomplizierten. In diesem Fall
das Nebeneinander meiner Sehnsucht nach Hans mit Hayes plötzlichen Allüren. Als er nach meiner Hand griff, zog
ich sie weg, bedankte mich für den Tee und verabschiedete
mich mit einer kurzen Umarmung. Auf dem Weg nach Hause überquerte ich den Steg beim Telldamm. Vom Prielwas-
ser stieg kühle Luft auf. Ich schaute hinunter und sah mein
Antlitz zwischen den Konturen zweier Gesichter. Spiege-
lungen, die ineinanderflossen: Hans, Haye, ich.

Benno ruft Patty im Krankenhaus an. Obwohl es schon
spät ist, will er kurz mit ihr sprechen. „Könntest du zwei
Männer lieben, Pat?"
„Soll ich mir noch einen suchen?"
„Ich meine das abstrakt."
„My dear! Es geht auf Mitternacht zu - ein bisschen spät
für abstrakte Diskussionen. Liebe ist immer konkret. Ent-
weder liebt man einen Menschen oder nicht. Das muss ich
wohl nicht betonen. Also, was soll die Fragerei?"
„Eine Frau liebt zwei Männer oder will beide lieben. Hältst
du das generell für möglich? Ich meine, damit sie im Falle des
Falles nicht allein bleibt. Ich denke an Fiona. An ihre Situa-
tion auf der Hallig. An den Krieg. Es war jederzeit möglich,
dass ein Freund, Geliebter, Verlobter nicht zurückkehrte."
„Du meinst Liebe aus Opportunität? Und denkst dabei an
Fiona? So ein Quatsch!"
„Vielleicht wollte sie zwei Männer gleichzeitig lieben,
Haye und Hans."
„Nun gut. Liebe ist nicht nur ein Gefühl, sie kann auch

Einbildung sein. Mag sein, dass dies unter kritischen Umständen eher vorkommt als unter normalen. Mehr weiß ich dazu nicht zu sagen, Ben. Ich bin müde und will schlafen. Und das ist keine Einbildung. Gute Nacht!"

Wie vereinbart half Haye Moder im Heu und bei Reparaturen in Haus und Hof. Oft kam er einfach so vorbei, ohne erkennbaren Anlass. Eigentlich nicht der große Redner, erzählte er in Moders Gegenwart mehr von sich. Zum Beispiel von seiner Windmühle, die Strom und damit Licht produzierte. Die Technik hatte er sich selbst beigebracht. Das imponierte uns. Auch, dass er in Husum tanzen gelernt hatte. Mich störte nicht, wenn er sagte, es sei ihm in den Bars nützlich gewesen, und dabei lachte. Die Hallig gewöhnte sich daran, uns zusammen zu sehen. Manche betrachteten uns wohl schon als Paar. An sich hasste ich Erwartungen dieser Art, aber ich spürte ja selbst, wie gut wir uns verstanden, und merkte, dass Haye alles tat, um mir zu gefallen. Mir war auch wichtig, dass er andere Burschen auf Abstand hielt, von denen ich nie wusste, welche Flausen sie gerade im Kopf hatten. Am Tagesende gingen wir zum Baden ans Meer - selbst wenn es spät wurde. Eines Abends verschätzten wir das Einsetzen der Ebbe. Das Meer rauschte nur noch aus der Ferne. Nicht zu ändern. Wir blieben und hockten uns auf Treibholz, das im Winkel zwischen Deich und Schlick freigelegt worden war. Vogelschwärme schwirrten über uns hinweg. Dreieckige Zugformationen - wohin mochten sie fliegen?

Die Abendsonne präsentierte das Watt wie ein farbnasses Gemälde aus goldgelben bis blauvioletten Tönen. Auch der Himmel prahlte mit Farben. Die Atmosphäre mutete geradezu festlich an - verschwenderisch wie eine große Gala. Sie regte zum Träumen an.

Wir saßen dicht beieinander. Weiche Luft hüllte uns ein. Ich blickte auf Hayes braun gebrannte Oberschenkel, die mich an ihn als Jungen erinnerten, an die Lederhose und die Waden darunter. Anscheinend fiel ihm mein Blick auf. Er neigte den Kopf, um mich zu küssen. Verdattert drehte ich das Gesicht zur Seite und spürte, dass meine Ellbogen sich versteiften. Haye hatte den Kussversuch ohne Zärtlichkeit angebahnt, so lief das nicht mit mir. Eine Weile blieb ich verkrampft. Als die Nacht anbrach und die Stille größer wurde, überlegte ich, dass hier in wenigen Stunden wieder Meerwasser fließen würde. Was, wenn Haye und ich vorher einschliefen? Wo würde die Flut unsere Körper ablegen? Weißt du noch, auf dem Heuwagen? fragte er in meine Gedanken hinein und unternahm einen neuen Kussversuch. Schon merkwürdig, dass er es erneut probierte. Seine Erinnerung stimmte allerdings: Auf dem Heuwagen hätte er mich küssen können, wenn er gewollt hätte. Doch jetzt presste ich die Lippen zusammen. Trotzdem schaffte er es, mir die Zunge in den Mund zu schieben. Plötzlich bildete sich ein bizarrer Gedanke. Ich stellte mir seinen Zipfel als einen im Schlick herumwühlenden Zeh vor, was einen unwiderstehlichen Lachreiz auslöste. Es war zu eng, um loszuprusten, und so versuchte ich, den Zipfel herauszuwürgen. Abrupt rückte Haye von mir ab. Bestimmt hatte er alles daran gesetzt, gut zu küssen. Bei nüchterner Beurteilung wäre ihm das auch gelungen, hätte ich ihm nicht einen Strich durch die Rechnung gemacht.

Du denkst an den Hamburger, stimmt's?

Er hatte es die ganze Zeit gewusst und nichts gesagt. Wie naiv war ich gewesen! Ohne die Antwort abzuwarten, bewegte er sich flink den Deich hinauf. Ich folgte ihm. Hej, Haye, warte! Warum gehst du weg?

Ik heff dacht, dat weer to Enn[221], antwortete er in gebrochenem Ton, danach schrie er mich an: Wat finnst du blots

---

221 Ich habe gedacht, das wäre zu Ende.

an em?[222]

Benno und Fiona sitzen im Schatten der Baumwipfel, die über das Dach des Frieslandpesels hinausragen. Wegen der Vormittagshitze haben sie das Interview hierher verlegt.

„Ich fühle mich wie damals." Fiona lächelt über die Erinnerung. „Dort in der Ecke saß Haye neben mir."

„Ein herrlicher Platz ist diese Terrasse", meint Benno. „Was ist wie früher, was hat sich verändert?"

„Die Blickachsen sind dieselben. Rechts die Kirchwarft, die Schleuse und die westlichen Warften. Links Landsende, Ockenswarft und in der Mitte Hanswarft. Unverändert ist auch die Biegung des Priels, wo der Angler den sich windenden Aal in die Höhe hielt. Aale gibt es hier nicht mehr, soviel ich weiß. Auch die Spatzen sind weniger geworden. Die Silhouetten der Warften haben sich verändert - kaum noch Reetdächer. Immerhin bewahren die Sprossenfenster hinter uns den Charakter der früheren Gaststätte ‚Zur Erholung'."

Benno kommt auf die letzte Interviewsitzung zurück. „Was empfandst du nach Hayes gescheitertem Kussversuch?"

„Ich glaube, ich dachte über unsere Freundschaft nach." Fiona fixiert Bennos Augen. „Ach, ich ahne, worauf du hinauswillst. Ja, es ist richtig, ich fragte mich durchaus, ob mehr daraus werden könnte. Warum auch nicht? Es hatte ja durchaus geknistert zwischen uns. Einige Male. Nicht nur als Kinder auf dem Heuwagen."

„Hättest du dich in ihn verlieben können?"

„Vielleicht."

„Warum nur vielleicht?"

„Weil vier Wochen nach seinem Zungenkuss Hans Hartung vor mir stand. So, das muss für heute reichen, Benno!

---

222 Was gefällt dir nur an ihm?

Studieren wir doch einfach mal die Eiskarte. Oder vielleicht einen Pharisäer? Mmh!"

Später, als Fiona sich nach Hanswarft zurückbegibt, schlendert Benno nach Eiwall. Er sieht Tade auf der Bank sitzen und will ihn etwas fragen.

„Können wir reden?"

„Was Ernstes?"

„Möglich."

„Dann sollten wir einen Spaziergang machen. Über Ernstes rede ich lieber im Gehen."

„Zeitweise wirkt Fiona wie zwischen Erinnern und Vergessen kämpfend. Zuletzt sprach sie über Haye wie unter einem Zwang, etwas weglassen zu müssen. Kannst du dir einen Grund vorstellen? Weißt du etwas über ihre Zeit mit ihm?"

„Haye wollte sich in Husum nicht als einfacher Werftarbeiter verdingen, sondern versuchte, Mechaniker zu werden, hielt die Ausbildung aber nicht lange durch. Entweder fehlten ihm die Anlagen oder die Lust an theoretischen Grundlagen. Jedenfalls kehrte er auf die Hallig zurück. Hinterher schien es ihn zu belasten, dass er keinen Beruf erlernt hatte. Dabei staunte die Hallig, wie viel er wusste und sich selber beibrachte. Doch er blieb griesgrämig. Wahrscheinlich war das der Grund, warum er öfter ausrastete. Der kleinste Anlass konnte ausreichen. Haye half Fiona mal hier, mal dort. Es lag in der Natur der Sache, dass sie sich näherkamen. Monate später kursierte auf den Warften ein Gerücht. Oder sollte ich sagen: Spekulationen um ein Wort? Als Knirps wusste ich kaum, was es bedeutete, erinnere mich aber noch an den flüsternden Ton, in dem es ausgesprochen wurde."

Tade betrachtet seine Hände, bevor er weiterredet. „Man erzählte sich, Fiona sei von Haye schwanger. Womöglich nahmen die Dinge da bereits ihren Lauf."

Benno blickt seinem Freund forschend ins Gesicht. Doch

Tade stößt nur seufzend hervor: „Mehr kann ik di nich vertellen. Dat steiht mi nich to."[223]

Ein Seufzer aus dem tiefsten Inneren - so hat es für Benno geklungen. Enttäuscht sagt er: „Weißt du was, Tade? Ich komme mir vor wie in einem Labyrinth aus Erinnerungen, in dem ich mich mühsam vortaste, aber ständig auf Mauern des Schweigens stoße."

Tade guckt auf seine Armbanduhr und steht auf: „Deit mi leed, ik mutt los."[224]

Von:BenHa@pro.de
Datum:17. September 2013 um 21:09:27 MESZ
An:Roni.Finck@jekt.de
Betreff:Haye
Hi Roni,
ich habe einen neuen Manuskriptabschnitt fertig und schicke dir eine Kopie. Vielleicht kannst du etwas damit anfangen. Es geht um Fionas Jugendfreund Haye. Er war breitschultrig und witzig, sagt deine Mutter. Und Tade sagt, dass er manchmal ausrastete. Erkennst du vielleicht etwas von deinem Vater wieder?
VG Benno

Von:Roni.Finck@jekt.de
Datum:19. September 2013 um 18:52:17 MESZ
An:BenHa@pro.de
Betreff:Haye
Hi Benno, danke für die Kopie. Mein Vater roch nach Farbe, nicht nach Heu, und er hatte schmale Schultern. Richtig wütend wurde er eigentlich nie. Also ist es Haye eher nicht. Aber ich will nichts ausschließen. Halte mich bitte weiter

---

223   Mehr kann ich dir nicht sagen. Das steht mir nicht zu.

224   Tut mir leid, ich muss los.

auf dem Laufenden!
VG Roni

Kuh mit Pferdehaar

Endlich ein Umschlag - eiligst aufgeschlitzt. ‚Schwer verwundet ... rechtes Hüftgelenk versteift ...' las ich voller Entsetzen Hans' abgerissene Satzfetzen. ‚Operation hinter mir', ging es in zittriger Schrift weiter. ‚Sanatoriumsaufenthalt nötig. Freie Plätze schwersten Fällen vorbehalten, erklärte man mir. Habe Verwandten am Meer, sagte ich. Arzt notierte Namen und Gegend und verordnete dreiwöchige Genesungskur.'

War es Zufall, dass sich an seinem Ankunftstag Anfang Juli 1942 erneut ein Regenbogen über das Wattenmeer spannte? Nicht so mächtig, wie der, durch den Haye seinen Stein geworfen hatte. Dieser wirkte filigraner - brüchiger könnte man fast sagen.
Ein Mitglied der Bordbesatzung geleitete Hans über den Steg. In die Ungeduld, ihn endlich zu umarmen, mischte sich Befangenheit, weil ich jäh die Folgen der steifen Hüfte erkannte. Humpelnd trat er auf mich zu. Ich trug Bauernkleidung, er Zivil. Meine Hände waren schmutzig, ich wusste nicht, wohin mit ihnen, und war froh, dass er seine benutzte. Er strich mir eine Sorgenfalte aus dem Gesicht, und seine Augen lachten, als er sagte: Das Wichtigste ist, dass ich lebe! Und du ..., er trat zur Seite und musterte mich, ... bist noch schöner geworden.
Unser Kuss fiel zaghaft aus - was Wunder, hatten sich unsere Lippen doch so lange nicht berührt! Plötzlich wollte ich es wissen, presste meinen Busen und die Oberschenkel gegen seinen Körper und spürte die beginnende Erektion. Er griente zufrieden. Ich streichelte seine Augenbrauen. Heute

Abend in der Schleuse, sagte ich schnell und lief los, denn die Arbeit rief.

Er robbte mit den Gelenken seiner gesunden Körperseite ins Wasser. Die Bewegungen sahen wuchtig aus, dennoch erreichte ich das Ziel vor ihm: den Hohlraum unter dem Steg - den Ort unserer ersten Zärtlichkeit. Wellen schlürften über die Steinmauer und leckten über die Muschelfelder an den Pfählen. Ich knöpfte meine Bluse auf, er streifte sie mir über die Schultern und warf sie auf die Kaimauer. Hans kannte mich, ich brauchte mich nicht zu verstecken und war doch eigentümlich froh, mit dem Körper so weit unter Wasser zu sein, dass er nicht auf Anhieb alles zu sehen bekam, was er entblößte. Dann hob er mich hoch. Fast schwerelos federten meine Oberschenkel auf seinen verschränkten Händen. Ich spürte die Feuchtigkeit seines Mundes unter meinem Nackenhaar und ignorierte den Impuls, ihn zu stoppen, als er die Lippen weiter wandern ließ.

Hinterher lagen wir am Deich - Hans mit dem Kopf auf meinem Schoß. Vor uns breitete sich einige Tage altes Schnittgut. Ein warmer Föhn wehte den Heuduft über die Haut - so sanft, dass mich die Heftigkeit des Glücksgefühls erstaunte, das er auslöste. Nach einer Weile beschattete ich prüfend Hans' Augenlider. Anscheinend war er eingeschlafen. Ich dehnte die Zeit und horchte auf das Pochen in seiner Brust, das ungewöhnlich laut in meinen Schoß strömte. Wo hatte dieses Herz überall geschlagen? fragte ich mich. War es aufgeregt gewesen oder ängstlich und aus welchem Grund? Hans' Atem beschleunigte sich. Zugleich bildete sich Schweiß auf seiner Haut, obwohl die Luft weder besonders heiß noch feucht war. Als er leise zu stöhnen begann, vermutete ich, dass etwas seine Seele peinigte. Schämte er sich bestimmter Dinge im Krieg? Funktionierte Scham überhaupt im Schlaf? Ich beschloss, ihn zu wecken. Kann ich etwas für dich tun? fragte ich so laut, dass er aufwachen musste, falls er tatsächlich schlief. Verdutzt öffnete er die Augen und fragte: Warum, was ist los?

Offenbar hast du schlecht geträumt. Du schwitzt, und dein Herz schlägt überlaut.

Oh! Er rappelte sich hoch.

Was ist mit dir, Hans?

Was soll sein? Wenn mein Herz pochte, habe ich sicher von dir geträumt. Sprach's und rollte sich auf die Seite. Es war offensichtlich, dass er nicht reden wollte. Die Selbstsicherheit, mit der er früher über sich hatte sprechen können, schien dahin. Auch ich fühlte mich unsicher und scheute davor zurück nachzuhaken. Zu schnell konnte die Rede auf seine Behinderung kommen, und ich wollte ihn nicht mit einer unüberlegten Frage oder Bemerkung verletzen. Auch die Angst davor, schlimme Dinge aus dem Krieg zu hören, hielt mich ab. Was uns an Stunden blieb, sollte fröhlich sein, denn die Zeit seines Aufenthaltes war begrenzt. Indes lauerte ein ernstes Thema stumm im Hintergrund - eines, das wir nicht auf die lange Bank schieben könnten: die Frage, wie es mit uns weitergehen sollte.

Am nächsten Tag besuchte Hans mich zuhause. Is Heutied, all Mannslüüd warrd bruukt, sagte Moder bei der Begrüßung. Hans blickte mich unsicher an. Keen Bammel! Moder hatte den Blick also bemerkt. Haye, een Fründ von Fiona, warrd Se inwiesen.[225]

Da griff ich ein. He hett'n stiefes Lenk[226], begründete ich meine Zweifel, ob Hans die nötigen Drehbewegungen bewältigen könnte. Trotzdem kann ich mitarbeiten, meinte er optimistisch in Moders Richtung, und an mich gewandt: Ich mag das Kumarin-Aroma getrockneten Grases.

---

225 Es ist Heuzeit, jeder Mann wird gebraucht. Keine Angst! Haye, ein Freund von Fiona, wird sie einweisen.

226 Er hat ein steifes Gelenk.

Fade Hitze, die seit Tagen über dem Wattenmeer lag, ließ die entfernten Inseln und Halligen wie Fata Morganen über dem Wasser flimmern. Auch dieser Tag sollte wieder heiß werden. Hans und ich trafen uns am Warftrand, bevor ich zur Poststelle und er zur Fenne aufbrach, wo bereits mehrere Schnitter mit ihrem Werkzeug aktiv waren, unter ihnen Haye. Ihre Forken, Harken und Sensen glitzerten metallisch in der frühmorgendlichen Sonne. Der wolkenlose Himmel färbte ihre weißen Hemden ins Bläuliche. Ich vermutete, dass Hans den Anblick ebenso genoss wie ich, aber seine Augen konzentrierten sich auf eine Person. Wie kräftig der die Sense schwingt! sagte er anerkennend und zeigte auf einen Schnitter. Es war Haye. Ist er es, der mich einweisen soll?

Ja.

Ist er dein Freund?

Warum?

Weil er die ganze Zeit zu uns heraufglotzt.

Gegen Mittag stattete ich Hans einen Besuch ab, brachte ihm zwei Scheiben Leberwurstbrot, ein Kännchen Tee und eine Decke, um seine Haut vor stehengebliebenen Grasspitzen zu schützen. Halbnackt, die Poren schweiß- und faserverklebt, stand er vor einem unordentlichen Heuhaufen. Die Forke stak ungenutzt neben ihm im Boden. Anscheinend hatte Haye ihn nicht eingewiesen, und Hans hatte, genauso wie ich am Anfang, eine Heuruke mit bloßen Händen zu errichten versucht. Beim Aufschichten war das Heu auseinandergefallen und lag nun verstreut vor ihm. Insofern passte es gut, dass ich vorbeikam und seinen Frust unterbrach. Der Vorarbeiter verkündete gerade eine Pause für alle: Nu könnt ji Luft holen un verpuusten.[227] Die Schnitter setzten sich in den Schatten von Heuruken, tranken, aßen und legten sich

227   Nun könnt ihr Luft holen und verschnaufen.

eine Weile auf den Rücken. Einige rauchten. Ich breitete die Decke für Hans aus, während er Tee in die mitgebrachten Becher goss.

Na, wie löppt dat? fragte ich. Man grinst hinter meinem Rücken, antwortete er. Die glauben, ich kriege das nicht hin.

Lass ihnen den Spaß, erwiderte ich mit einem Seitenblick auf Haye. Du wirst es ihnen schon zeigen.

Sind das alles Hooger? fragte er.

Einige kommen vom Festland oder von Nachbarinseln, das sind bezahlte Schnitter.

Wo schlafen die, wenn ihr eure Alkoven den Badegästen überlasst und Platzreserven im Stall für euch selbst zum Übernachten braucht?

Die Arbeit beginnt sehr früh und endet abends spät, manche Schnitter bevorzugen deshalb einen Schlafplatz unter freiem Himmel, berichtete ich. Für die anderen hält man eine Ecke im Stall frei, irgendwo findet sich immer ein Platz. Die Essensversorgung ist schwieriger zu organisieren. Schnitter benötigen fünf Mahlzeiten am Tag - vor Arbeitsbeginn, am Vormittag, zu Mittag, am Nachmittag und vor dem Schlafengehen.

Der Vorarbeiter beendete die Pause. Alle, bis auf Hans, standen auf und machten sich wieder an die Arbeit. Er kümmerte sich nicht darum und begann zu schmusen. Während seine Lippen meinen Ellenbogen liebkosten, entdeckten seine Augen einen Schmetterling im nahen Gras. Wie kommt ein Falter auf die Hallig? fragte er, erwartete aber offenbar keine Antwort, denn sein Blick war auf einmal in die Ferne gerichtet, und er sagte: Auf der Hallig ist es wie bei einer Dampferfahrt auf dem Ozean - hier wie dort vermittelt das riesige Himmelszelt die Illusion eines unendlichen Horizonts. Während ich noch über seine Erkenntnis nachdachte, faszinierte ihn schon eine neue Beobachtung. Ich folgte seinem ausgestreckten Finger und ortete mit abgeschirmten

Augen eine hochstehende, fröhlich trällernde Lerche, deren Körper aus der Entfernung klitzeklein aussah. Hans widmete sich ihrem emsigen Gesang mit derselben Intensität wie in jenem Sommer, als er das Aroma von Muscheln mit nach Hause nehmen wollte. Offenbar hatte er just dasselbe gedacht, denn er sagte: Gesänge und Düfte für immer im Erinnerungsstübchen des Gehirns verankern - das wär's!

So kannte ich ihn: immer auf der Suche nach scharfsinnigen Gedanken. Ich aber hatte anderes mit ihm vor. Sprich mir nach: Ik leev di jümmers noch.[228]

Ik leev dich immer noch - richtig?

Hört sich schon ganz gut an. So, und nun musst du weiterarbeiten! sagte ich mit erneutem Seitenblick auf Haye. Erst jetzt schien Hans zu realisieren, dass die Schnitter bereits wieder aktiv waren, Heu in grobe Tücher packten und die Bündel auf Pferdewagen und Boote wuchteten, um sie nach den Warften zu transportieren, wo das Heu unter Dächern verstaut oder als Heuklamp zwischen Häusern aufgeschichtet wurde. Hans richtete sich auf und riss die Forke aus dem Boden, offensichtlich wollte er sie nun doch benutzen. Da fasste er jäh an seine Hüfte und verzog das Gesicht vor Schmerz. Ich glaube, für heute muss ich Schluss machen, sagte er gequält und stach die Forke zurück in den Boden. Haye lästerte aus der Nähe: Büst du al fardig, Stadtjer?[229] Mittlerweile war ich sicher, dass er Hans kein bisschen geholfen hatte. Lot em sabbeln[230], raunte ich Hans zu. Für Haye hatte ich nur einen verächtlichen Blick übrig und ranzte ihn an: Scher' di um dien egen Kraam![231] Irgendwann würde ich

---

228 Ich liebe dich immer noch.

229 Bist du schon fertig, Städter?

230 Lass ihn reden.

231 Kümmere dich um deine eigenen Dinge!

ihn mir vorknöpfen und mich mit ihm aussprechen. Es musste nur eine passende Gelegenheit her.

Hans und ich verließen die Fenne und ließen den Nachmittag am Deich ausklingen. Erinnerst du dich, begann er und
strich mir durchs Haar, dass ich dich beim letzten Besuch
fragte, ob du mit mir kommen willst?

So direkt warst du nicht. Du sagtest, was ich antworten
würde, falls du mich das fragtest.

Die Antwort bist du mir schuldig geblieben.

Weil die Frage mit zu vielen *Obs* und *Wenns* versehen war.

Damals waren wir weit ins Watt hinausgelaufen. Hans
hatte den zerbrochenen Krug gefunden und mir unvermittelt
die Frage gestellt. Ich hatte es seiner Forschheit zugeschrieben und keine Antwort gegeben. Diesmal kam ich nicht um
sie herum, war aber wieder nicht vorbereitet. Mir half, wie
schon so oft, ein Spruch von Vader, und ich sagte: Kennst
du den Kinderreim ‚Wunderbar, wunderbar ist ’ne Kuh mit
Pferdehaar‘? Hans lachte auf: Klar, den kennt jeder. So ein
Tier gibt es nicht. Aber was hat das mit meiner Frage zu tun?

Ich meinte es aufrichtig und antwortete: Bei mir ist es genauso. Fiona und das Festland, das ist wie ’ne Kuh mit Pferdehaar. Beides passt nicht zusammen.

Rückte er von mir ab, oder bildete ich mir das ein? Egal,
ich wollte es wissen: Was ist mit dir, du könntest auf die
Hallig ziehen!

Du meinst, wenn du nicht wegwillst, soll ich hierherkom-
men? Und wovon wollten wir dann leben? Sag bitte nicht,
du findest den Schatz des dänischen Königs und wir hätten
ausgesorgt.

Andere schaffen das auch, entgegnete ich in leicht streit-
barer Tonlage.

Das mit dem Schatz?

Ratlos schüttelte ich den Kopf. Glaubte er etwa, ich ulkte?

Er ließ nicht locker: Also wovon?

Mehrfachbegabung, sagte ich prompt. Das Wort war mir spontan eingefallen. Obwohl ich es noch nie benutzt hatte, gab es kurz und treffend meinen Standpunkt wieder.

Waaas? lachte Hans erneut auf. Womöglich dachte er wirklich, ich wollte ihn verulken. Aber es war mir ernst, und ich hatte Sachargumente parat: Wer seinen Lebensunterhalt nicht mit einem Beruf bestreiten kann, übt eben einen zweiten, vielleicht sogar dritten aus. Henning zum Beispiel ist Steinmetz, Schnitter und Klempner in einer Person. Vormittags bessert er Flutschäden am Deich aus, dafür wird er vom Husumer Wasserbauamt bezahlt. Nachmittags hilft er Jochen beim Heuen, wofür ihm dessen Ehefrau abends eine warme Mahlzeit spendiert. Am nächsten Tag arbeitet er als Klempner, repariert Oma Hansens mechanische Brunnenpumpe und die Woche darauf eine Abflussrinne bei Bauer Sieversen, der ihn bar auf die Hand entschädigt.

Hans war baff, so wirkte er auf mich. Anscheinend hatte ihm meine Ausführung zu denken gegeben, denn er antwortete erst nach einer Weile und mit ernster Miene: Ich glaube nicht, dass ich über Hennings Talent verfüge. Davon abgesehen hätte ich ein unfreies Gefühl.

Falls du den Deichring um die Hallig meinst - der engt mich nicht ein, antwortete ich kess und fühlte mich plötzlich obenauf.

Weil du es nicht anders kennst.

Ich muss gar nichts anderes kennen!

Hans' Miene wurde immer ernster, er runzelte die Stirn und sagte: Die dunklen Monate, die Abgeschiedenheit durch das Meer. Entsteht da nicht das Gefühl, dass alles um sich selber kreist? Als Städter bin ich Vielseitigkeit und Veränderung gewöhnt. Auf der Hallig könnte mir das Leben gleichförmig vorkommen - jedes Jahr wie das davor.

Was war nur plötzlich los? Er sprach wie ein Tagestourist. Schablonenhafte Vorurteile über die Hallig kannte ich zur

Genüge, wollte Hans' Einwände aber nicht als solche abtun. Besser, ich ging auf sie ein: Bist du denn sicher, dass dir Ablenkung und Abwechslung so wichtig sind? Ich habe dich um die Hallig und über das Watt wandern gesehen. Da warst du ganz bei dir und nur für dich. Mir scheint fast, du liebst unsere Gegend wie kaum ein anderer Mensch von außerhalb. Das sagte ich nicht nur so. In meinen Vorstellungen sollte Hans hier sesshaft werden. Eines Tages würde er zum Boßelkönig gekürt werden, und beim Ringreiten sollte er öfter den ersten Platz belegen. Er würde den Jagdschein machen und Enten vom Himmel holen. Natürlich ist dies eine andere Welt, fuhr ich fort. Nicht vergleichbar mit der Großstadt. Wir führen ein besonderes Leben, aber das ist kein schlechteres. Was der Mensch braucht, ist wenig, und das gibt es auch hier. Gewiss, die Hallig trägt viele Farben. Man muss auch Tage ertragen, an denen der Himmel nicht strahlt und keine Möwe durch den Wind segelt. Hin und wieder auch Tage, an denen das Meer über die Deiche steigt.

Wieder schien Hans nachgedacht zu haben, bevor er schließlich sagte: Also gut. Mal angenommen, mir machte das alles nichts aus, dann bliebe immer noch die Frage, wovon wir leben sollten. Über den vielseitigen Henning hinaus hast du dazu nichts gesagt.

Er hatte recht. Darauf hatte ich wirklich noch keine Antwort gefunden.

Da ich weiter schwieg, ergriff erneut Hans das Wort: Könnte es sein, dass du Arbeit und Einkommen, vielleicht die ganze Zukunft, auf dich zurollen lassen willst wie das zufällige Wogen des Meeres. Wie sagt ihr auf Platt: Dat löppt sik allens torecht[232]? Im nächsten Moment brachte er einen gänzlich unerwarteten Gedanken ins Gespräch: Nein, im Ernst, was wäre, wenn die Hallig einen anderen Menschen

---

232   Es fügt sich alles zurecht?

aus mir macht? Würdest du mich dann noch genauso lieben? Ein schlagendes Argument musste endlich her, und mir fiel ein: Überlege doch mal, was du gewinnst! Unabhängigkeit, Zufriedenheit und Ruhe. Das Miteinander der Menschen. Man kennt sich und lebt nicht anonym nebeneinander her. Die Idylle der Natur. So weit du gucken kannst, nur Meer, Inseln und Halligen. Du fährst auf die See hinaus, lässt dich in Prielen treiben. Wo gibt es das sonst?

Hans lächelte - ob nur liebevoll oder auch ironisch, konnte ich nicht erkennen. Als er aufstehen wollte, hielt ich seinen Kopf fest und flüsterte: Wenn du mich wirklich liebst, dann möchtest du mit mir zusammenleben.

So ist es, sagte er.

Und wo?

Er nahm einen Grashalm, strich mir versöhnlich über den Arm und antwortete: Das entscheidet sich zum gegebenen Zeitpunkt.

Ein Begriff, der Hans' Weitsicht bestätigte. So sprach man eben in Hamburg. Er würde es sich abgewöhnen müssen, wenn er hier lebte, aber das sagte ich ihm lieber noch nicht.

Wie nebenher ergänzte er: Sofern mir Haye nicht in die Quere kommt. Beinahe zog es mir den Boden unter den Füßen weg. Zum Glück fügte er gleich hinzu: War nur 'n Scherz.

Hatte er das wirklich nur so dahingesagt, oder waren wir gerade knapp an einer Klippe vorbeigeschrammt?

Im Haus verkroch ich mich im Alkoven. Wieder einmal geisterte mir eine bekannte Frage durch den Kopf: Könnte ich der Liebe wegen auf die Heimat verzichten? Wenn man sich liebt, findet sich alles andere. Der Satz stammte von Resi und war in meinem Gedächtnis haften geblieben. Vielleicht hatte sie ihn einem Groschenroman entnommen, aber er klang wahrhaftig nach einem positiven Lebensmotto und bedeutete für Hans und mich: Sobald wir ein Paar wären, gingen Routinen und Haltungen wie von selbst in neue Gewohnheiten und Einstellungen über. Ein anderes Leben würden wir uns gar nicht mehr vorstellen können.

Zurück

„Herrlich! Endlich wieder in Broders Bettwäsche schlafen. Riecht inzwischen wie meine eigene und hundertmal besser als die klinische im Krankenhaus."

„Beim Aufräumen habe ich oft daran geschnuppert, damit ich deinen Duft nicht vergesse."

„Fetischist!"

„Ich freue mich riesig, dass du wieder da bist, Patty. Und auf unsere Hochzeit."

„Ich auch, mein Schatz. Ich bin nun gesund und werde wieder an den Interviews teilnehmen. Zunächst müssen wir klären, warum Fiona uns nichts über Lina Petersen erzählt hat. Was stand eigentlich auf dem Zettel?"

„Der aus deinem Bord fiel? Nur die Adresse."

„Nein, auf dem Zettel in Fionas Schularbeitsbuch."

„Warte, ich hole ihn. Ich habe den Brief ins Buch zurückgelegt. Es liegt noch auf meinem Tisch."

„*Liebe Fiona!*", beginnt Benno. „*Resi geht es gut. Sie ist gesund und bekommt bei mir alles, was sie braucht.*"

„Welchen Sinn hatte die Mitteilung an Fiona? Kannst du dir das erklären? Steht da etwas zur Begründung?"

„Nein, der Brief schließt damit, dass die Dahlien blühen …"

„Der Brief wurde also im Hochsommer geschrieben, der Zeit der Schulferien. Vermutlich verbrachte Fionas Freundin ihre Sommerferien bei einer Niebüller Verwandten oder Bekannten der Familie. Welchen Poststempel trägt der Umschlag?"

„1944. Alles andere ist unkenntlich."

„Hej, Benno! 1944 hatten die Mädchen ihre Schulzeit längst beendet. Fiona war neunzehn und Resi wahrscheinlich auch. Sie konnte keine Schulferien bei Lina Petersen verbracht haben. Aber was mochte sonst der Grund für ihren Aufenthalt in Niebüll gewesen sein? Und vor allem: Warum schrieb sie nicht selbst an Fiona, warum überließ sie das der Frau?"

„Das habe ich mich auch gefragt. Vielleicht war sie krank."

„Mensch Benno, wirst du langsam senil? Die Frau schrieb doch, Resi sei gesund."

„Oh je, liegt wohl an der nächtlichen Stunde. Aber weißt du, Pat, für mein Projekt ist das alles ohne Belang. Hier geht es um Fiona Nissen, nicht um ihre Freundin."

„Ach nee! Und warum warst du dann in Niebüll? Was war noch der Grund? Ach ja, du spioniertest mir nach, was für dein Projekt natürlich vollkommen ohne Belang ist."

„Bitte keine Spitzen, Pat! Ich will einfach keine weiteren Randthemen zulassen. Jedenfalls nicht in den Interviews."

„Okay, ich weiß, du stehst unter Zeitdruck. Ich wundere mich allerdings darüber, dass Fiona in den Interviews detailliert über Personen berichtet, aber nie etwas über diese Lina Petersen erzählt. Will sie uns vielleicht etwas verschweigen?"

„Momentan erzählt sie vom Jahr 1943. Falls der Brief vom Sommer 1944 eine Bedeutung hat, wird sie darauf sicher noch zu sprechen kommen."

Patty sinniert trotzdem weiter über den Text und zitiert immer wieder die Worte ‚Resi geht es gut'.

„Warte mal, Patty", sagt Benno und starrt unvermittelt noch einmal auf den Text. „Statt Resi könnte da auch Rosi oder Roni stehen."

Patty nimmt sich den Brief. „Du hast Recht, das ‚e' sieht fast geschlossen aus wie ein ‚o'. Und auf ‚s' oder ‚n' würde ich mich auch nicht festlegen. Entweder hatte Lina allgemein eine schlechte Handschrift, oder sie schrieb zufällig unsauber an dieser Stelle."

„Wie auch immer. Ich denke, wir bleiben dabei und warten Fionas Bericht über 1944 ab."

„Dann lass uns endlich schlafen. Goodnight, Sweetheart!"

Tiefe Gefilde

Schon am Vormittag erkennen wir von Weitem, wer uns nachmittags besuchen wird, ulkten wir gegenüber Gästen aus weniger offenen Landschaften. Mit Hans wurde daraus gediegener Ernst. Wirklich unbeobachtet fühlten wir uns nämlich erst, wenn die Hallig schlief. So verabredeten wir uns bevorzugt gegen Mitternacht und strebten dem Meer zu - querfeldein, an fahl schimmernden Heuruken vorbei. Kreuzte ein Graben unseren Weg, suchte Hans eine schmale Stelle, über die er springen konnte - und lachte bedauernd auf, wenn eine Ente, in ihrer Nachtruhe gestört, verdrossen aufflog. An einer Lahnung nördlich der Mole Landsende dümpelten Boote im ufernahen Gewässer. Wir bestiegen die Jolle von Lüder Lünsen, weil er als einziger die Ruder liegen ließ, und steuerten in tiefe Gefilde - dorthin, wo der Mond auf dem Wasser schwamm. Nur die quietschenden Riemen durchbrachen den nächtlichen Frieden. Die Leuchtfeuer der Inseln warfen silberne Pfeile übers Meer. Wo sie sich mit dem Spiegelbild des Mondes kreuzten, schien die See Sekundenbruchteile weiß zu brennen. Über uns kreiste eine Möwe. Hans ließ die Ruder ruhen, das Boot schlenkerte in kurzen Wellen. Eine Zeitlang saßen wir still, beobachteten die silbernen Pfeile und lauschten den zarten Tönen, unter denen sich das Meer an die Bootshaut schmiegte, als folge es einem selbstauferlegten Gebot der Natur, dass alles behutsam geschehen müsse. Ich tat gelassen, als Hans flüsternd gestand, nichts dabeizuhaben, sah jedoch mit leidenschaftlicher Vorfreude zu, wie er seine Jacke auf dem Boden ausbreitete. Die Art und Weise, wie er hantierte, zeigte mir, dass er nicht zuerst an sich dachte, sondern wollte, dass es für mich bequem und schön war. Bevor wir unsere Position gefunden hatten, mussten wir in der Enge zwischen Sitzbank und Bug etwas herumturnen, bis wir endlich zueinanderkamen. Mir wurde taumelig, als Hans anfing, meine nackte Haut unter dem ärmellosen Sommerkleid zu streicheln. Seine Hände fuhren unter den Saum, um mir das Kleid auszuziehen. Ich schloss die Augen, atmete gleichzeitig Körper- und Bootsgeruch ein und spürte wieder, dass Hans für mich da sein wollte. Er selbst bremste sich, das merkte ich, und es steigerte mein Glücksgefühl.

Später studierten wir die Sterne. Den hellsten nennt man Alpha, sagte Hans. Was für ein schönes Wort! sagte ich. Hans nickte. Im griechischen Alphabet ist es der erste Buchstabe, erläuterte er und lächelte plötzlich. Auch im deutschen Alphabet finden sich schöne Worte - zum Beispiel über dich.

Ich hatte nicht die leiseste Ahnung, was er meinte, und wartete ab.

Beginnen wir beim Buchstaben A. Er steht für Anmut und Attraktivität. Ich quietschte leise. B ließ er aus, sprang gleich zum C für charmant und ordnete mir nach und nach ein Dutzend weitere Buchstaben zu, bis er beim Z für zauberhaft anlangte. Auf einen Schlag begriff ich, was mit Worten möglich war. Ich wollte unbedingt mehr davon hören - vor allem mehr Erregendes: ausziehend statt anziehend, frivol statt fröhlich. Hans machte mit und sprach endlich all die Worte aus, die ich im Kopf hatte, wenn ich in den Nächten von ihm träumte. Worte, die mich toll machten und erröten ließen, weil sie als unaussprechlich galten. Wilde, schrille, ungestüme, fantastisch betörende, verbotene Worte, die in meinen Ohren dröhnten und hinter dem Bauchfell brannten.

Vor dem Morgengrauen ließen wir uns vom Dümpeln des

Bootes in den Schlaf wiegen. Wieder wach geworden, grinste mir Nordfrieslands Mond ins Gesicht. Ich lächelte zurück - und erschrak zugleich über einen Lichtstrahl, der grell über die Planken glitt. Das Boot war abgetrieben und in die Reichweite eines Leuchtfeuers geraten.

Seltsamerweise fühlte sich der Morgen kälter an als die Nacht. Damit mir warm wurde, übernahm ich das Rudern. Wellen hemmten das Vorwärtskommen, so legte ich meinen ganzen Körper in die Riemen und spürte sämtliche Glieder, die sich vom harten Lager auf dem Bootsboden kaum erholt hatten. Allmählich näherten wir uns dem zerklüfteten Ufer zwischen Eiwall und Landsende. Kolonien von Salzwiesenpflanzen, hauptsächlich Queller, erstreckten sich an den Abbruchkanten. Ich pullte das Boot zur Lahnung, Hans stieg aus und vertäute es. Wir setzten uns auf die Pfosten am Ende der Lahnung. Hans wollte noch eine Weile zuschauen, wie im Wattenmeer ein neuer Tag anbricht. Im Osten schob sich die Sonne wie eine fleischige Kugel über den Horizont. In ihrem Widerschein stieg über fernen Nebelringen erste Röte auf. Nichts störte die lautlose Inszenierung. Selbst die erwachende Vogelwelt nahm Rücksicht, bis schließlich ein Hahn einen ersten Krähruf über die Hallig schickte. Doch die Nacht durfte nicht zu Ende gehen, ohne das Alphabet vertiefter kennenzulernen. Unter Freudenschauern hörte ich Hans zu. Die Kühnheit seiner Worte war jetzt kaum mehr auszuhalten. Zum Spaß gab ich vor, vor ihnen zu fliehen. Hans fing mich ein, wir fielen gemeinsam zu Boden und wälzten uns wie betäubt durchs taunasse Gras. Torkelnd standen wir auf, ließen uns wieder fallen, und je öfter Hans sich über mich beugte und mich küsste, desto mehr verfiel ich ihm. Mit Heu, das wir aus einer Ruke rissen, schufen wir uns eine schützende Unterlage gegen piksende Grasspitzen. Darauf knieten wir nieder und zogen uns Knopf für Knopf gegenseitig aus - so selbstverständlich, als schöpften wir aus hundertfacher Erfahrung. Meine Lippen bissen sich in Hans' Mundwinkel. Ich vergaß zu atmen, als seine Finger begannen, meinen Bauch zu streicheln. Ungezwungen laut gaben wir uns ein weiteres Mal hin. Hier im nordöstlichen Winkel der Hallig hörte uns niemand, die nächste Warft war weit genug entfernt.

Bald krähten mehrere Hähne gleichzeitig und so unerbittlich, dass es Zeit war aufzubrechen. Hans umfasste meine Taille und sprach den Tanzabend an, der in Bovens Gasthof auf Ockenswarft stattfinden sollte. Lass uns zusammen hingehen, sagte ich, denn ich plante, Hans der Hallig-Öffentlichkeit vorzustellen. Nicht mit Worten, sondern einfach, indem wir mit Moder einen Tisch teilten und miteinander tanzten. Wir verabredeten, getrennt hinzugehen. Man sollte uns nicht schon auf dem Weg zusammen sehen. Erst im Saal wollten wir uns als Paar präsentieren. Haye würde ebenfalls kommen. Davon war auszugehen. Kurz überlegte ich, mich vorher mit ihm auszusprechen, doch aus Angst, er würde uns mit mieser Stimmung den Abend verderben, beschloss ich, die Aussprache zu verschieben. Noch einmal fühlte ich Hans' Lippen auf meinem Mund. Der Kuss riss alles, was vielleicht an Zweifeln übriggeblieben war, mit sich fort. Der Weg war frei. Noch lag unser Leben nicht wie ein Plan vor uns, aber wir würden Antworten finden. Vorher würde Hans in den Krieg zurückkehren. Nicht in eine Kampftruppe, aber trotzdem an die Front. In eine ‚Nachschubeinheit' lautete die Order im Telegramm, das er kürzlich erhalten hatte. Jedes Mal, wenn ich daran dachte, verblasste ein Sonnenstrahl, erstarb eine leuchtende Farbe oder welkte ein Blatt lange vor Beginn des Herbstes.

Promenadenlinksdrehung

„Moin, Tade, was machen die Vögel?" Benno besucht mal wieder seinen Freund auf der Bank.

„Sie machen Liebe."

„Schon wieder oder noch immer?"

„Mal so, mal so, Benno. Und was macht die Wissenschaft?"

„Befasst sich mit demselben Thema. Fiona berichtete über eine Liebesnacht bei Mondschein im Ruderboot."

„Hört sich ausgesprochen wissenschaftlich an."

„Sehr witzig. Liebe gehört eben auch zum Alltag. Meine Interviewkollegin Patty hört gerade bei diesen Geschichten außergewöhnlich aufmerksam zu. Schon deshalb muss ich dem Thema Raum geben. Momentan interessiert sie sich besonders für diesen Hans. So hieß der Lover. Ein Hamburger. Hans Hartung, kennst du den Namen?"

„Sicher. Sprach Fiona auch über Haye?"

„Warum fragst du?"

„Weil er schrecklich verknallt in sie war. Für viele Hooger waren die beiden so gut wie vermählt. Und dann erschien plötzlich dieser Hans auf der Bildfläche."

„Pattys Interesse beeindruckt mich, und weißt du, warum? Ihre Augen beginnen zu flackern, sobald Fiona einen der beiden Männer erwähnt."

„Damals war man gespannt, für wen sie sich entscheidet."

„Woher weißt du das, du bist doch viel jünger als Fiona."

„Die Liebesgeschichte bewegte auch noch die nächste Generation."

„Wie erklärst du dir das?"

„Aus der einmaligen Konkurrenzsituation. Fiona wird es sicher noch erzählen."

„Sie deutete schon etwas an. Aber noch mal zu Patty. Neulich sagte sie etwas Seltsames."

„Nämlich?"

„Dass sie sich all diesen Menschen nahe fühle."

„Hat sie das nicht schon über Fiona gesagt?"

„Verständlich, die beiden verstehen sich eben gut. Aber Hans und Haye kennt sie nicht."

„Vielleicht stellt sie sich die beiden als Brüder vor."

„Du meinst, sie hat eine Wunschvorstellung entwickelt, weil sie keine Brüder hat?", fragt Benno und gibt sich selbst die Antwort: „Nein, das ist abwegig. Ich denke eher, sie leidet darunter, dass sie keinen Kontakt zu ihren Eltern hat." Tade reagiert nicht, sondern beobachtet nachdenklich zwei Möwen, die sich auf dem Watt um einen Wurm streiten. Derweil formuliert Benno einen neuen Gedanken: „Möglicherweise verbirgt sich hinter ihrem burschikosen Auftreten eine stark mitfühlende Seele."

Tade meint: „Vielleicht liegt darin der Grund für ihr Interesse an Fionas Geschichte und ihren Jugendfreunden." Nach einer Pause fügt er hinzu: „Fiona hatte es wirklich nicht leicht. Man muss sogar von einem besonderen Schicksal sprechen."

„Das betonst du schon zum zweiten Mal", sagt Benno. „Hat ihr Schicksal vielleicht mit dieser Lina Petersen aus Niebüll zu tun? Ich sprach dich schon einmal auf sie an. Du erinnerst dich sicher."

„Vor allem erinnere ich mich an meine Antwort, dass Fiona ihre Gründe haben wird, wenn sie nicht darüber spricht. Also lass das Thema in Ruhe und uns lieber über dein Projekt reden. Welches Ereignis habt ihr aktuell am Wickel?"

„Den Tanzball."

„Ja, daran erinnere ich mich."

Verwirrt blickt Benno Tade an. „Wie könntest du? Es war ein Ball für Erwachsene, und du warst ein kleiner Junge."

„Mein Vater nahm mich mit, weil ich Angst vorm Alleinsein hatte. Erstmals nach zwei Jahren, seit dem Tod meiner Mutter, die wie Friedjofs Mutter an Tbc gestorben war, wollte Vader wieder tanzen gehen. Damals in den dunklen Jahren stellten Tanzabende eine seltene Vergnügung dar. Zunächst hatte mein Vater gezaudert, betrachtete sich prüfend im mannshohen Spiegel der Kleiderschranktür. Ich sehe das

Bild noch vor mir. Er nahm den Anzug am Kleiderbügel heraus, hielt ihn sich vor den Körper, fuhr sich mit der anderen Hand wie aus Sorge übers Gesicht und hängte den Bügel kopfschüttelnd wieder zurück. Drei- oder viermal wiederholte sich die Zeremonie, bis er endlich in die Hose schlüpfte. Der Anzug war alt, aber Vaders volles Haar konnte sich noch sehen lassen. Ebenso seine stämmigen Arme und Beine. Das sagte ich ihm, denn ich war stolz auf ihn, und da rief er sich im Spiegel zu: ‚Ik gah da hen!‘[233]“

„Das war vorher, und wie war es auf dem Ball? Hat es dir gefallen?“

„Am Anfang fand ich es stinklangweilig. Die Hobbymusiker Sigi Baudenstieg, Hannes Bodens und Jochen del Misseti spielten ein erstes Stück, aber niemand wollte tanzen, auch Vader nicht, obwohl er mir versprochen hatte, ich dürfe zugucken. Es war wohl nur ein Probestück. Enttäuscht verließ ich den Saal. Draußen stand ein fremder Mann vor der Tür. Allein. Neugierig stellte ich mich hinter einen Busch und tat, als ob ich pinkelte, behielt ihn aber im Auge.“

„Du hast ihn beobachtet?“

„Seine Fremdheit machte ihn interessant. Die Männer im Saal kannte ich ja.“

„Hat er dich entdeckt?“

„Ich schien ihn nicht zu stören. Was ging ihn ein pinkelnder Halligjunge an, sagte er sich wahrscheinlich. Außerdem war er mit sich selbst beschäftigt.“

„Inwiefern?“

„Er machte rätselhafte Bewegungen und humpelte. Mir schien, er übte Tanzschritte und wollte herausfinden, ob er bei bestimmten Figuren mit dem Humpeln zurechtkam. Wie ein Turner, der trotz einer Verletzung am Wettkampf teilnehmen will. Schließlich öffnete er die Tür, blieb im halbdunk-

---

233   Ich gehe da hin!

len Vorraum stehen und lugte durch den klaffenden Spalt des Vorhangs in den Saal. Ich folgte ihm bis dicht an den Vorhang und weiß noch, dass er die Nase rümpfte, wahrscheinlich, weil sich kalter Tabakrauch im Stoff verfangen hatte. ‚Na, Kleiner‘, sprach er mich freundlich an, ‚das erste Mal zum Tanzen? Kannst du denn auch die Promenadenlinksdrehung?‘ Er lachte, als ich ihn verständnislos anguckte. In diesem Moment strömte ein fröhlich-lässiger Pulk von draußen herein und zog den Fremden mit. Er trat mit ihnen durch den Vorhang, und sofort verstummte der Saal. Alle musterten den Fremden. Nur einer, Peter Bovens, der Pächter des Ockenswarfter Gasthofs, begrüßte ihn und klopfte ihm jovial auf die Schulter. Zu zweit gingen sie zum Tresen. Ich folgte den beiden und hörte, wie Peter auf die Schifffahrt zurückkam, bei der sich die beiden offenbar kennengelernt hatten, und wie er stolz verkündete: ‚Kiek di um, Hans, so warrd bi uns fiert. Villicht nich so vörnehm as bi jem in Hamburg, dorför aver schöön kommodig. De Bühn hebbt wi ut en poor Breder tosomen buut.‘[234] So erfuhr ich, dass es der Hamburger war.“

Während Benno in seinen Rucksack greift, fragt er Tade: „Willst du hören, wie Fiona den Ballabend schildert? Gestern habe ich den Manuskriptabschnitt fertiggestellt und wollte ihn hier auf der Bank Korrektur lesen. Ich kann ihn dir vorlesen.“

„Ihre Erinnerungen gehen gewiss tiefer als meine. Also, lies vor, ich bin gespannt!“

Für mich war es der erste Ball und gleichzeitig der abschließende Akt, um vollständig in die Gemeinschaft der Erwachsenen aufgenommen zu werden. Ich war siebzehn

---

234 Guck dich um, Hans, so wird bei uns gefeiert. Vielleicht nicht so vornehm wie bei euch in Hamburg, dafür aber schön gemütlich. Die Bühne haben wir aus ein paar Brettern zusammengebaut.

und trug - ebenfalls das erste Mal - Seidenstrümpfe von der Art, die Lisa auf der Hallig eingeführt hatte. In bester Stimmung betrat ich den Saal, aber nicht alle schauten fröhlich zurück. Wahrscheinlich bot ich einen erstaunlichen Anblick: ‚Lütt Fiona' mit kecker Strumpfnaht! Hans stürmte augenblicklich auf mich zu. Auch er hatte sich herausgeputzt, war frisch rasiert, das Stirnhaar mit Creme zu einer künstlichen Welle geformt. Er trug eine Stoffhose und ein helles Hemd, dessen Ärmelenden locker um die Handgelenke baumelten. Wir hatten noch diesen Abend und die Stunden des nächsten Tages vor uns. Übermorgen würde er abreisen.

Die Atmosphäre im Saal war durchdrungen von verhaltener Freude und Geplauder. Stühle wurden zusammengeschoben, Männer pendelten zwischen Tischen und Tresen. Immer wieder neugierige Blicke auf Hans und mich. Set jem dal, dat Tanzen warrd glieks beginnen![235] rief Hannes Bodens, der Mann am Schlagzeug. Weil das nichts nützte, animierte er seine Musikerkollegen zu einem Tusch, in den hinein plötzlich Beifall aufbrandete. Alle Augen richteten sich auf den Eingang, wo Haye mit hochgerecktem Arm Aufstellung genommen hatte. Hans warf mir einen fragenden Blick zu. Es irritierte ihn, dass der Applaus nicht dem Tusch der Musiker galt, sondern einem einzelnen Gast, der in die Höhe zeigte. Die Leute klatschen wegen der Glühbirne über dem Eingang, erläuterte ich. Bisher ist sie die einzige auf der Hallig. Haye bringt sie mit seiner Windmühle zum Leuchten. Selbst gebaut. Strom bedeutet für die Hallig Zukunft, also bedeutet Haye Zukunft. Wir bewundern ihn alle sehr. Hans zuckte mit den Achseln, anscheinend fand er die Lampe nicht sensationell. Er zeigte auf den jungen Mann hinter dem Tresen, der Peter Bovens beim Gläserspülen half: Der starrt mich die ganze Zeit an. Noch mehr als

---

235   Nehmt Platz, das Tanzen wird gleich beginnen!

alle anderen. Das ist Jens, sagte ich, ein ehemaliger Mitschüler. In der Schule galt als er zurückgeblieben, weil er keine Schnürsenkel binden konnte und immer mit offenen Schuhen zum Unterricht kam. Die fieseren unter den Jungs nannten ihn herablassend ‚Senkel‘, den Namen hatte er fürs Leben weg. Jens starrt gern Leute an. Das muss dich nicht beunruhigen. Mein Lieblingstanz! raunte Hans bei den ersten Takten eines langsamen Walzers. Er griff nach meiner Hand und führte mich an den Rand der Tanzfläche. Kein Paar folgte, alle blieben am Platz. Obwohl ich in manchen Augen verschlagene Neugier erkannte, versuchte ich, größtmögliche Gelassenheit zu bewahren. Hans schien das Glotzen auf seine Beine nicht zu stören, zumindest ließ er sich nichts anmerken. Ich freute mich, wie kontrolliert er sich und mich über die Tanzfläche führte. Sein leibhaftiger Ehrgeiz setzte sich in meinen Körperschwingungen fort. Vor einer Ecke verlangsamte er die Geschwindigkeit und fand den Mut für eine Drehung auf dem gesunden Bein. Es klappte, er strauchelte nicht. Wir verließen die Ecke und tanzten zurück in die Saalmitte. Um die starrenden Blicke auszublenden, schloss ich die Augen und geriet beinahe ins Stolpern, weil ich spürte, dass außer uns plötzlich noch jemand auf der Tanzfläche war. Haye klatschte mich ab. Eine Sekunde lang fühlte es sich falsch an. Ich konnte seine Aufforderung aber nicht ablehnen, sie verstieß gegen keine Regel. Allerdings musste er warten. Hans bestand darauf, den Walzer zu Ende zu tanzen. Erst dann ‚übergab‘ er an Haye, indem er wortlos an den Tisch zurückkehrte. Getragen vom Wohlwollen des Saals - kundgetan durch neuerlich aufbrausenden Beifall - führte mich nun Haye auf die Tanzfläche.

Benno legt das Manuskript zur Seite.
„Hast du Hayes Abklatschen mitbekommen, Tade?“
„Alle bekamen es mit. Und alle schienen gespannt, wie das Duell ausgehen würde. Inzwischen war ich froh, dass

mein Vater mich mitgenommen hatte. Der Wettkampf machte die Sache interessant.

‚Foxtrott‘, flüsterte Vader erläuternd. Schon bei den ersten Figuren war klar, dass Haye erheblich mehr drauf hatte als der Hamburger. Ich bewunderte seine fließenden und raumgreifenden Bewegungen. Bestimmt konnte er auch die besondere Drehung, aber wie sollte ich sie erkennen können? Wie im Flug tanzte das Paar an unserem Tisch vorbei. Ich schnappte auf, was Haye Fiona zuraunte: ‚Kurz-kurz-lang!‘ Wieder ein komischer Tanzbegriff, aber *den* begriff ich und begleitete von da an Hayes Füße durch den Saal. Leise sprach ich seine Befehle mit: ‚Kurz-kurz-lang!‘ - ‚Kurz-kurz-lang!‘ Am Ende vollführten seine Fersen eine Drehung am Platz. Ich hatte mitgezählt: Sieben Schritte. Dieselbe Zahl wie die Anzahl der Silben in dem komischen Wort des Hamburgers. Das musste sie gewesen sein: die Promenadenlinksdrehung. Haye glänzte nicht nur tänzerisch, er zeigte auch Humor. Gerade eben täuschte er Schritte an, ohne sie zu vollziehen, und brachte damit die Leute zum Lachen. Perfekt! Starker Zwischenapplaus. Auch von mir. Nur der Hamburger hielt zerknirscht die Hände auf dem Schoß. Auch der nächste Tanz, ein Wiener Walzer, schien speziell für Hayes federndes Talent komponiert worden zu sein. Zungen lösten sich und riefen den Tanzenden Anerkennung zu. Der Zuspruch verfehlte nicht seine Wirkung. Haye wurde offensiver. Seine Rechte glitt an Fionas Taille hinunter - er wechselte vom Rumgreifer zum Tieftaster. Selbst ich kleiner Butscher begriff, dass dies ein Wagnis darstellte. Bald darauf merkte ich, wie sich Fionas Mimik versteinerte. Aus meiner niedrigen Sitzposition war ich wohl der einzige, der ihr Gesicht sehen konnte, denn sie versteckte es unter Hayes Achseln. So blieb den Leuten verborgen, dass sie umso unglücklicher wurde, je kraftvoller Haye auftrat. Der Saal horchte erst auf, als der Tanzboden zu dröhnen begann. Da zeichnete sich plötzlich eine Mischung aus Erstaunen und Empörung auf die Gesichter. Peter Bovens am Tresen blickte sorgenvoll auf sein Bohlenholz, das Hayes stampfende Absätze zu durchstoßen drohten. Am Tisch lästerte einer: ‚He donnert övers Parkett as Ludwigs Bulle vör'm Bestiegen der Koh'. Inzwischen bemerkte wohl jeder Fionas matt herunterhängende Schultern. Ich Knirps hätte Haye am liebsten zugerufen: ‚Is noog, Haye, is noog!'[236]"

Tade legt eine Pause ein und sagt: „Steht etwas im Manuskript, wie Fiona diese Minuten erlebte?"
„Du willst, dass ich weiter vorlese? Na gut."

Die ersten Runden tanzte ich gern mit Haye. Obwohl ich wenige Figuren wirklich beherrschte, konnte ich mithalten, da er vortrefflich führte. Geriet ich ins Schlittern, nahm er mich fest in den Arm - mit jedem Mal fester. Was anfangs Sicherheit hervorgerufen hatte, wurde vom Gefühl abgelöst, umklammert zu werden. Als ich versuchte, mir Luft zu verschaffen, drückten mir Hayes Fingerknöchel härter in den Rücken. Klar, er stand unter Hochspannung. Aber das erlaubte ihm noch lange nicht, mich wie ein Stück Holz zu behandeln. Seine ganze Körperhaltung veränderte sich, sie bekam etwas Besitzergreifendes.
Wat will-ler bi uns, he sch… schall verschwinnen![237] fauchte er mir lallend ins Ohr. Ich fragte mich, wie viele Gläser Korn er bereits intus hatte, und schloss aus seinem Auftritt, dass ich die Aussprache mit ihm nicht hätte verschieben dürfen. Unauffällig suchte ich nach einer Möglichkeit, den Tanz zu beenden, doch Hayes Finger hielten mich mit eiserner Kraft. Ein Rinnsal aus Schweiß floss mir am Rückgrat

---

236   Ist genug, Haye, ist genug!

237   Was will er bei uns, er soll verschwinden!

hinunter, meine Lippen fingen an zu zittern, ich konnte nicht mehr sprechen. Die Machtlosigkeit trieb mir Tränen in die Augen. Vor Scham beugte ich meinen Kopf tiefer und bekam nicht mit, dass sich ein Schatten näherte. Wer klatschte diesmal in die Hände? Ich zögerte zu wechseln, denn ich erkannte Jens, wollte die Gelegenheit jedoch nicht verstreichen lassen. Mit einem heftigen Stoß befreite ich mich aus Hayes Armen. Er kapierte und wandte sich mit verkrampftem Grinsen dem Tresen zu. Es war mir egal, dass Jens regelmäßig und mit großer Treffsicherheit den falschen Takt erwischte. Vielmehr dankte ich ihm mit einem versteckten, nur für ihn sichtbaren Lächeln. Zwischendurch wanderten meine Augen mal verstohlen zu Haye, der am Tresen einen Korn nach dem anderen runterkippte, und mal rüber zu Hans. Er saß nicht allein, trotzdem stellte ich mir vor, dass er ein Gefühl der Fremdheit unter all den Einheimischen empfand. Als die Kapelle eine Pause einlegte, ging ich zum Tisch und zog Hans mit mir vor die Tür. Steif, als trügen wir jeder einen Stock im Rücken, durchquerten wir den Saal. Wegen Nieselregens stellten wir uns draußen unter die Dachtraufe. Ich nahm Hans' Hand und drückte meinen Kopf an seine Schulter. Da erblickte ich Haye. Er stand wenige Schritte entfernt an die Hauswand gelehnt und blickte finster drein. Hans sah ihn auch. Elender Schuft! raunte er, was wohl nur ich hören sollte, aber der Gemeinte ebenfalls mitbekam. Ungestüm preschte Haye auf Hans zu, gab ihm mit der einen Hand einen Schubs gegen die Brust, schlug ihm mit der anderen ins Gesicht und schrie: Loot dien Finger vun Fiona![238]

Infolge des Stoßes geriet Hans aus dem Gleichgewicht, taumelte und sackte zu Boden. Schnell rannte ich in den Saal zurück, um Hilfe zu holen. Haye dreht dör![239] rief ich

---

238 Lass deine Finger von Fiona!

239 Haye dreht durch!

Jens zu, der mir sofort nach draußen folgte, seine Jacke abstreifte und die beiden Rangelnden aufforderte auseinanderzugehen. Haye grinste nur. Hans blutete aus dem Gesicht, Nase und Lippen waren geschwollen. Gerade hob Haye erneut seine dreifingrige Faust, da packte Jens ihn am Arm und trennte ihn mit einem heftigen Hieb von Hans. Senkel, du Schwächling! reagierte Haye mit betrunkener Stimme, grummelte noch etwas und zog endlich Leine. Was war an diesem Abend nur in ihn gefahren, dass er sich so weit hinreißen ließ? Instinktiv gab ich dem Husumer Hafenkneipen-Milieu die Schuld. Dort musste etwas vorgefallen sein, was ihn verändert hatte. Vielleicht ein zerstörerisches Liebesverhältnis.

Weitere Männer traten vor die Tür, taten aber nichts. Verwirrt klammerte ich mich an Jens' Arm. Hans stand für sich. Er wirkte, als habe er noch gar nicht begriffen, was geschehen war. Ich dachte an unsere erste Begegnung beim Biikebrennen. Er hatte seine Hand auf meinen Arm gelegt und sie liegengelassen. Ich wünschte, er würde es jetzt wieder tun. Er müsse Koffer packen, sagte er, wischte sich ein blutiges Rinnsal vom Kinn und wandte sich mit einem knappen ‚Gute Nacht' Richtung Ockelützwarft, um in sein Quartier zurückzukehren. Geh jetzt nicht - bitte nicht! wollte ich ihm hinterherrufen und ihm nachlaufen, verharrte aber stumm und enttäuscht im Stehen. Auch am nächsten Tag blieb er schmallippig. Ich sagte, wie schön das Tanzen mit ihm gewesen war. Er lächelte, doch der gequälte Zug um seine Lippen war nicht zu übersehen. Ja, der Abend war schiefgelaufen. Daran war Haye schuld. Und ich? Ich hatte mich von ihm abklatschen lassen, aber nur, damit er uns nicht den Abend verdarb. Ob Hans das auch so sah? Oder glaubte er, ich hätte mit seinen Gefühlen gespielt? Er wusste doch, dass er zum wichtigsten Menschen für mich geworden war. Falls er trotzdem so dachte, wäre das nicht mal eben aus der Welt

zu schaffen. Uns fehlte die Zeit, um Dinge wieder gerade-
zubiegen.

Ich begleitete ihn zum Schiff, wir redeten über dieses
und jenes. Er wirkte ernst, denn er musste wieder in den
Krieg. Vergiss nicht, den Gesang der Lerche mitzunehmen,
versuchte ich ihn aufzuheitern, und hakte mich bei ihm unter. Am Anleger beäugte man uns. Vielleicht fiel unser Kuss
deshalb kurz aus.

‚Pläne‘

Plötzlich allein, ohne Hans, erschien mir meine Sehnsucht größer als je zuvor. Durchgehend beschäftigte ich
mich mit Briefentwürfen. Meist fehlten die richtigen Worte,
und kamen mir doch welche in den Sinn, hakte der Bleistift
irgendwo. In einem Entwurf erinnerte ich Hans an Vader,
der etwas Zaghaftes an sich gehabt hatte. Ich schrieb, dass
auch er, Hans, mir manchmal so vorgekommen sei. Nun
hoffe ich, so hieß wirklich der Schlusssatz, dass aus Zaghaf-
tigkeit am Ende nicht Verzagtheit geworden sei. In einem
anderen Entwurf schmiedete ich Pläne, gemeinsam etwas
aufzubauen, sogar aufs Festland zu ziehen - aber würde er
mir glauben? Auch daraus wurde kein Brief.

So wartete ich auf seine Nachricht. Weil allzu lange nichts
eintraf, schrieb ich doch zuerst. Bestrebt, einen lockeren
Ton zu treffen, berichtete ich über Tagesereignisse. Danach
bot das Papier viel weiteren Platz, den ich mit Gedanken
an unsere Liebe hätte füllen können, doch weil der Tanzabend den Besuch abgeschlossen hatte, schrieb ich besser
von früher, über seine ersten Gedichte, zitierte sie und dankte ihm noch einmal dafür. Welche Zuversicht hatten die Zeilen einst ausgestrahlt! Einen Monat später kam sein Umschlag. Ein lieber Brief - im Ton etwas bemüht, wie meiner
es auch gewesen war. Ich reagierte sofort, aber er schrieb

nicht noch mal zurück. Wochenlang kniff ich mir die Haut am Unterarm wund - hoffend, der Schmerz käme auf irgendeinem Wege bei Hans an, damit er endlich antwortete. Eines Nachts fiel mir siedend heiß ein, dass er vielleicht gar nicht schreiben konnte, weil ihm etwas zugestoßen war. Es konnte sogar sein, dass mir sein Schicksal niemals bekannt werden würde, weil er nie erwähnt hatte, Eltern oder Freunden meine Adresse gegeben zu haben. Nein, ich wollte nicht an den schlimmsten Fall denken. Hans sollte leben! Vielleicht war sein Umschlag irgendwo steckengeblieben - das konnte passieren, wenn ein Zug nicht durchkam. Täglich lief ich über die Fenne ans Meer, von Moders sorgenvollen Blicken begleitet. Ich hätte mit ihr reden können, bildete mir aber ein, inzwischen zu alt dafür zu sein. Als sie es von sich aus anbot, schüttelte ich den Kopf. Am Deich warf ich Steine übers Wasser. Versuchte es so, wie Haye es gemacht hatte. Doch von meinen hüpfte keiner weiter, alle versanken schnell und endgültig.

IX.

DAT WEET MAN NICH,

DAT WEET NUR DE LEVE GOTT

(Das weiß man nicht, das weiß nur der liebe Gott)

Prophezeiung

Eine neue Zeit des Wartens brach an - kein unbekanntes Gefühl, doch diesmal fehlte die Komponente Zuversicht. Keine Sekunde durfte ich an die Möglichkeit denken, vielleicht nie wieder etwas von Hans zu hören. Moder redete auf mich ein, ich solle mich endlich Haye zuwenden. Obwohl ihr seine Attacke nicht verborgen geblieben war, wiederholte sie Tag für Tag: Gev di Möh, denk an dien Tokunft![240] Ich tat es mit einer Handbewegung ab.

Stand Haye plötzlich vor mir, konnte ich nie unterscheiden, ob er ehrlich auf dem Hof helfen oder nur herausfinden wollte, wie ich auf ihn reagierte. Ich machte ihm keine direkten Vorwürfe, sondern schimpfte im Stillen: Du hättest dich am Riemen reißen müssen! Beinahe versöhnlich, als schölte ich den Kinderfreund, der einmal versäumt hatte, mich beim Wettlauf mit den Wolkenschatten zu unterstützen. Natürlich war es viel schlimmer. Haye wusste wahrscheinlich selbst, dass seit dem Tanzabend nichts mehr zählte: Nicht sein treues Warten auf dem Brunnenrand und nicht, dass wir gemein-

---

240   Gib dir Mühe, denke an deine Zukunft!

sam Sterben und neues Leben verkündet und zusammen beinahe einen Schatz gefunden hatten. Seine Prügelattacke hatte alles verändert. Ich hielt ihn auf Abstand und hoffte, er käme nicht auf die Idee, wie in der Schule einen falschen Kreidestrich mit einem nassen Schwamm wieder wegwischen zu können. Brechen wollte ich jedoch nicht mit ihm.

Hasst du mi? fragte er.

Ne, ik heff nur 'n Pick op di.[241]

Trotz des ‚Picks‘ fanden wir von gleichgültigen Sätzen allmählich wieder zu ernsthaften Gesprächen zurück. Es fühlte sich an, wie auf einem schmalen Grat zu wandeln - zwischen zaghafter Wiederherstellung unkomplizierter Vertrautheit und dem Ausweichen davor. Ein emotionaler Schwebezustand, in dem ich skeptisch blieb. Doch das war nur die eine Seite. Wer konnte denn wissen, wie lange Haye noch auf der Hallig bleiben würde? Es war seiner verkrüppelten Hand zuzuschreiben, dass er noch keinen Gestellungsbefehl erhalten hatte. Jeden Tag konnte sich das ändern. Es machte keinen Sinn, die Zeit mit Hadern zu vergeuden!

Anscheinend spürte Haye meinen inneren Widerstreit, denn er nutzte eine zufällige körperliche Nähe und fing wieder zu schmusen an. Er hätte wissen müssen, dass ich Abwechslung vom Alltag suchte, aber nicht mehr. Gewiss erinnerte er sich auch noch daran, wie es sich angefühlt hatte, als er mich an einem schwülen Sommerabend im Watt küsste und ich nicht bei der Sache gewesen war. Nahm er wirklich an, dieselbe ernüchternde Erfahrung bliebe ihm bei einem neuen Versuch erspart? Offensichtlich ja, denn er schob seine Hand unter meinen Pullover. Ich drückte sie mit dem Arm weg. Seine Enttäuschung war körperlich spürbar. Zwischen Mitleid und Rechtfertigung schwankend sagte ich, es gebe Grenzen. Kannst du nich een lütje Dörchgang

---

241   Nein, ich hege nur etwas Groll gegen dich.

tolaten?[242] fragte er mit ungewöhnlich weicher Stimme.

Uns war nicht viel Zeit gegeben. Seine Einberufung traf sechs Wochen nach dem Tanzabend ein. Zwei Stunden behielt ich sie in der Tasche, bevor ich sie ihm mit zittrigen Fingern übergab. Wenn ik in't Feld mutt, dann warrd se mi dootscheten[243], sagte er ohne Regung, als ginge es um etwas Technisches wie einen Störfall in seiner Windmühle. Du hest en Knall, so wat dörf man nich seggen![244], reagierte ich scharf. Doch, widersprach er, ik heff so'n Geföhl, dat ik nich wedderkomen warr.[245] Minsch, Haye, versuchte ich es noch einmal. Dat weet man nicht, dat weet nur de leve Gott.[246]

Am liebsten hätte ich nach seinen Wangen gegriffen und sie hin und her gezerrt, um seinen Kopf von der düsteren Vorahnung zu befreien. Stattdessen schwieg ich betreten. Worte blitzten im Hinterkopf auf: Man weiß nicht, was geschieht, es gibt keinen Plan - Worte aus einem Gespräch mit Hans.

Hayes Stimme entriss mich dem Gedanken. Sie hatte etwas Endgültiges. Er sagte, es sei nun Zeit, sich zu verabschieden. Nach einer kurzen Umarmung verließ er mich ohne ein weiteres Wort. Allein geblieben starrte ich erst irritiert, dann zornig werdend vor mich hin. Er hatte über seinen Tod gesprochen wie über ein unabwendbares Ereignis. Zukunft existierte anscheinend nicht für ihn. Am nächsten Tag erfuhr ich, er habe auch gegenüber Berde, seiner Mutter, in dieser Weise gesprochen und ihr nichts Tröstliches gesagt. Das machte mich noch wütender. Es hieß, Berde habe

---

242   Kannst du nicht einen kleinen Durchgang zulassen?

243   Wenn ich ins Feld muss, wird man mich totschießen.

244   Du hast einen Knall, so was darf man nicht sagen!

245   Doch, ich habe so ein Gefühl, dass ich nicht wiederkommen werde.

246   Mensch, Haye, das weiß man nicht, das weiß nur der liebe Gott.

nicht aufgehört zu weinen.

Die Zeit verging. Ich wollte nicht länger an Hayes Worte denken. Sie waren furchteinflößend, und meine Angst um Hans beschäftigte mich schon genug. Mit jeder Woche, die verging, ohne etwas von ihm gehört zu haben, wuchs die Sorge. Zugleich marterte ich Gehirn und Gemüt mit Gedanken, die von Tag zu Tag absonderlicher wurden. Mal verglich ich mein Warten mit der Hoffnung eines Hungernden auf Nahrung, dann mit der eines Kranken auf Genesung. Schließlich verstieg ich mich in die Idee, mein Warten sei die schlimmste Form des Wartens schlechthin.

Zwischendurch meldete sich der Verstand zurück und schalt mich des Zynismus, weil ich meine Qual auf dieselbe Stufe mit dem Leid anderer Menschen stellte, egal, welcher Art und welchen Ausmaßes. Die abrupten Wechsel zwischen Wehleidigkeit und Selbstverachtung zerrten zusätzlich an meinen Nerven.

Und dann plötzlich meine Anschrift auf einem Umschlag - der nicht grau umrandet war. Hayes Handschrift erkannte ich erst auf den zweiten Blick. Der Inhalt war knapp. Keine Nachricht, wo er war und wie es ihm ging, nur ein einzelnes Blatt mit wenigen Verszeilen. Die allerdings rührten mich zu Tränen.

Liebste Fiona,
dir bin ich so nah.
All meine Wünsche ziehn
mich zur Heimat hin.
Wo ich geh und steh,
nur dein Bild ich seh.

Ich konnte es kaum glauben - der Hittkopp hatte ein Gedicht für mich verfasst und daneben noch einen Strauß Bondestave gezeichnet. Haye schrieb eigentlich ungern. Und nun diese Zeilen mit einer neuen Botschaft: Er wollte zurückkehren! Andere dienstliche Verpflichtungen mussten warten, Vorrang hatte der Weg zu seiner Mutter. Den Kopf eingezogen trat ich durch die windschiefe Eingangstür und reckte das Blatt vor Berde in die Höhe. Zunächst guckte sie mich ängstlich an. Als ich zu lächeln begann, lächelte sie vorsichtig zurück und wartete auf die Nachricht. Genüsslich las ich ihr jede Zeile vor. Als sie begriff, dass Haye seine pessimistische Prophezeiung aufgegeben hatte und wiederkommen wollte, geriet sie aus dem Häuschen: Ik heff jümmers wusst, ji warrd en Poor.[247] Ihre Stimme überschlug sich, als hätte das wirklich seit unseren Kindertagen für sie festgestanden. Hayes Zeilen bekräftigten diese Gewissheit. Sobald es so weit sei, sollten wir bei ihr einziehen und dat Huus beleven[248], freute sie sich im Voraus, wobei sie mir ihre Arme um die Schultern schlang und abwechselnd weinte und lachte.

Es kam anders. Einen Monat später erhielten Berde und Harlie, Hayes Stiefvater, die Nachricht, ihr Sohn werde ‚im Feld vermisst‘. Berde brach zusammen. Als sie nach Tagen wieder sprechen konnte, bat sie mich, eine Zeitlang bei ihr in der Kammer zu nächtigen. Sie brauche jemanden an ihrer Seite. Ich wisse ja, Harlie schlafe sommers nicht im gemeinsamen Bett, sondern in einer Ecke im Hausflur, um den Tresor zu bewachen. Das könne er auch jetzt nicht ändern, wollte er seine Stellung bei der Bank nicht aufs Spiel setzen.
Als ich mich am Abend durch den Flur des Hauses schlich, lag Harlie bereits in der Nische unter einer Decke. Er grummelte ‚Gode Nacht‘, und ich grüßte leise zurück. Darauf öffnete ich die Schlafkammer und stieg zu Berde ins Bett.

---

247   Ich habe immer gewusst, ihr werdet ein Paar.

248   und das Haus beleben

Kaum lag ich neben ihr, bat sie mich, ihr den Unterschied zwischen *vermisst* und *gefallen* zu erklären. Die Wörter verstand sie schon, aber was bedeuteten sie? Während ich nach einer beruhigenden Antwort suchte, die nicht ‚zu falsch‘ sein durfte, strich sie mit ihrem fast reinweißen Zeigefinger über meinen Unterarm. In Gedanken an Haye, aus Sorge, aus Hoffnung - wahrscheinlich aus allem gleichzeitig. Sämtliche Gefühle einer Mutter schienen sich in diesem unausgesetzten zarten Streicheln auszudrücken.

Ich kannte den Finger. Er erinnerte mich an die Kindheit, wenn sie ihn drohend erhoben hatte, sobald wir ihren Stachelbeersträuchern zu nahe kamen, und schrill gerufen hatte: Kinners, goht ut mien Stickelberen![249] Das war lange her. Jetzt, mit dem immer noch bestehenden Altersunterschied, lag ich neben ihr und hatte das Gefühl, ich sollte ihr erklären, was sie hören wollte. Wie man etwas einem Kind so erklärt, damit es zufrieden nickt. Unsere Rollen schienen plötzlich vertauscht; sie war Kind, ich die Erwachsene. Solange Haye vermisst wird, dürfen wir hoffen, sagte ich und drehte mich auf die Seite, um anzudeuten, ich wolle einschlafen. Doch die bohrenden Fragen gingen weiter. Wo er wohl gerade sei, ob er in einem Dorf oder einer Stadt vermisst werde und was ich über all das und noch weitere Dinge dächte.

Berde konnte nicht schlafen und ließ auch mich nicht schlafen. Da ich nicht die Ruhe fand, die ich nötig hatte, war es nach der dritten Nacht vorbei. Am Morgen stand ich auf, ging zur Arbeit und kam am Abend nicht wieder. Berde tat mir leid, aber sie erwartete zu viel von mir. Wahrscheinlich war ich selbst zu niedergeschlagen, um sie angemessen trösten zu können.

---

249 Kinder, verschwindet aus meinen Stachelbeeren!

Verzerrte Idylle auf Zelluloid

Inzwischen lag Europa großenteils in Trümmern. Es war das fünfte Kriegsjahr. Die überfallenen Länder wehrten sich gegen die Raubzüge der Wehrmacht und eroberten in verlustreichen Kämpfen Gebiete zurück. Den größten Blutzoll entrichteten die Völker im Osten mit zig Millionen Toten. Die Offensive der West-Alliierten kam ebenfalls voran. Mehr als in früheren Kriegen reichten die Kämpfe über die Fronten hinaus, so dass vielfach Zivilbevölkerungen betroffen waren. Die Reichsluftwaffe bombardierte Städte vorwiegend in England und Frankreich, und es gab Luftangriffe der Alliierten auf Deutschlands Städte. Je länger der Luftkrieg anhielt, desto schärfer wurden die Kontrollen - selbst auf der Hallig. Private Funkgeräte waren längst eingezogen und von der Flugwachenbesatzung weggesperrt worden, nun sammelte sie auch noch private Seekarten ein. Schiffe durften die Schleuse nur mit besonderer Erlaubnis verlassen.

Die Flugwache war wegen ihrer Nähe zu unserem Haus von Anbeginn ein spezielles Thema für die Familie gewesen. Auf einem Luftbild, das der Aktualisierung der offiziellen Seekarte diente, war das militärische Gebäude am Warftrand nicht zu sehen, erfuhren wir. Es sei wegretuschiert worden. Ein Nachbar faselte unter Bezug auf gewisse ,Quellen', unser Haus sei versehentlich ,mit ausgelöscht' worden, und witzelte, dass dies für uns im Vergleich zu anderen Warftbewohnern ein Vorteil war, weil ,nichts beschossen wird, was nicht existiert'. Egal, ob Tatsache oder Gerücht, das leichtfertige Reden war auf jeden Fall geeignet, die Angst zu verstärken, die allenthalben um sich griff. Trotz allem, was an Schlimmem durchgesickert war, hielten immer noch Leute zu ,Hitler un sien Gesocks', wie Moder das Nazi-Pack heimlich nannte. Wie viele es auf der Hallig waren? Hier draußen im Meer vielleicht etwas weniger - oder sogar mehr als im Durchschnitt? Wer wollte das wissen? Jedenfalls ging von diesen Verblendeten eine ständige Gefahr der Denunziation aus. Man munkelte, dieser oder jener würde sich nicht scheuen, Äußerungen ,ans Festland' zu verraten. Nachdem die Gestapo aus nicht erkennbarem Grund das zurückgezogen im Westen lebende Ehepaar Tine und Franz Asmussen verschleppt hatte, wuchs Moders Zorn auf die Regierung. Sie schimpfte laut in der Küche, erschrak darüber und hob schnell die Hand vor den Mund. Ihr Psst! - Befehl mit dem Zeigefinger galt unter allen Umständen, obwohl die Verhältnisse jeden Tag Anlass gegeben hätten, laut aufzuschreien.

Vor dem Hintergrund der Kriegsschrecken wirkt es im Nachhinein geradezu skurril, mit welchem Ansinnen zwei Männer in lockerem Aufzug im Sommer 1944 die Hallig betraten. Moder öffnete ihnen vorsichtig die Tür. Ich war ihr in den Flur gefolgt. Als ich durch den Türspalt lederne Aktentaschen erblickte, schwante mir Böses: Waren die Vertreter der Postdirektion zurückgekommen, um mir ein Kündigungsschreiben zu übergeben? Diese Herren sahen anders aus, trugen Sandaletten, legere Sakkos und ließen die Hemdkragen ungeknöpft. Auch sie musste ein wichtiges Anliegen auf die Hallig getrieben haben, sonst hätten sie sich den weiten Weg erspart. Moder bat sie in die Küche. Es gehe um die Postzustellung nach den Halligen, sagte der eine. Ich horchte auf: Also doch Behördenleute? Vielleicht mit geringerem Status wegen der Sandaletten und offenen Hemdkragen? Moder setzte am Ofen Teewasser auf und stellte einen Teller mit Futjes auf den Tisch. Bitte nehmen Sie Platz und greifen Sie zu! Gern, antworteten beide gleichzeitig. Dann sprach einer weiter: Wir kommen von der Filmgesellschaft UfA. Ich bin Regisseur und mein Kollege ist Kameramann. Das hörte sich genauso locker an wie ihre Kleidung aussah. Trotzdem lag etwas Gewichtiges in der Luft. Oft waren es gerade solch ernste Situationen im Leben, in denen ich abseitige Gedanken entwickelte. Jetzt auch wieder. Als sich der

Kameramann ans Fenster setzte, überlegte ich, ob Angehörige seines Berufsstandes automatisch dazu neigten, Plätze nah am Licht zu wählen. Sei auf der Hut! befahl ich mir. Moder nahm sich das offenbar auch gerade vor, wenn ich ihren skeptischen Gesichtsausdruck richtig interpretierte. Inzwischen hatten wir beide uns ebenfalls hingesetzt. Sie schauen ein wenig beklommen, Frau Nissen, begann der Regisseur. Aber keine Sorge, wir führen nichts Unsittliches im Schilde. Wir wollen nur einen Film drehen. Keine Kündigung, das ist gut, schoss es mir durch den Kopf, während Moder unwirsch mit der Hand über den Tisch fuhr und sagte: Ja nu, un wat heff ik dormit to don?[250] Als Drehort sei Langeness ausgewählt worden. Enttäuscht blickte ich aus dem Fenster zur Nachbarhallig hinüber. Klar, auch da gab es eine Poststelle. Plötzlich wurmte mich das. Im selben Moment wandten sich die Herren mir zu. Den alltäglichen Brief- und Paketdienst wollen wir festhalten. Und Sie, Fräulein Nissen, sollen daran mitwirken. Wi sünd keen Schauspelers! reagierte Moder umgehend, während ich unruhig auf dem Stuhl herumrutschte, denn die Filmidee versprach Verheißungen aus einer anderen Welt. Zudem spürte ich gerade ein wenig Besserung in meiner Krisenphase, über die ich aus persönlichen Gründen nicht mehr sagen möchte. So beschloss ich, dem Ansinnen offen gegenüberzutreten. Und was tat Moder? Anscheinend wollte sie Zeit gewinnen, denn sie hielt die Teekanne ziemlich lange über eine Tasse. Ich merkte, wie ihre Hand zitterte, und nahm ihr die Kanne ab, ohne das Eingießen zu übernehmen, denn auch ich fürchtete, den Filmleuten aus Versehen heißen Tee über die Beine zu schütten, was den aufregenden Besuch gewiss auf der Stelle beendet hätte. Ich hoffte, die Herren bedienten sich selbst, aber das taten sie nicht. Der Tee erkaltete vor unseren Augen.

---

250   Ja nun, und was habe ich damit zu tun?

Nach einigen Momenten des Schweigens kam der Regisseur auf Moders Einwand zurück. Schauspielerisches Können sei nicht nötig, versicherte er. Auch nicht, längere Texte auswendig zu lernen. Un wat schall dat all?[251] fragte Moder nach. Darauf gab es einen kurzen Vortrag: Das Reichspropagandaministerium hat die UfA mit Kurzdokumentarfilmen beauftragt. Sie laufen im Vorprogramm der Kinos. Ihre Tochter wird in ganz Deutschland bei der Arbeit zu sehen sein. ‚Post nach den Halligen' lautet der Titel des Films, den wir mit Ihnen drehen wollen. Bei den letzten Worten wandte sich der Regisseur mir zu. Unwillkürlich starrte ich auf meine Postjacke am Haken neben der Tür und überlegte, ob der Dreh womöglich gleich beginnen sollte. So wie ich aussah, konnte ich mich auf keinen Fall in den Kinos sehen lassen. Kurz frischmachen - so viel Zeit musste sein. Ich raste in den Stall, klatschte mir aus einem Eimer eine Handvoll Wasser ins Gesicht, wischte es am Ärmel trocken und stolperte in dem Moment in die Küche zurück, als der Kameramann schalkhaft grinsend zu Moder sagte, Filmarbeit sei immer ein kleines Abenteuer. Das hätte er besser sein lassen sollen, denn plötzlich schaute Moder wieder skeptisch drein. Nein, schlimmer: Sie blickte mich äußerst besorgt von der Seite an. Unvermittelt verlangte sie Auskunft über die Zusammensetzung des Filmteams. ‚Wie viele Männer, wie viele Frauen?' wurde zur alles entscheidenden Frage. Andere Themen wie Zeitraum und Bezahlung verblassten demgegenüber.

Mit zusammengepressten Lippen wartete Moder auf Antwort. Das Team besteht ausschließlich aus Männern, sagte der Regisseur. Und Ihrer Tochter natürlich, schob er nach. Moders Gesicht wechselte die Farbe. Dat geiht nich![252] rief

---

251   Und was soll das alles?

252   Das geht nicht!

sie barsch, mit der Hand durch die Luft fuchtelnd, und erhob sich entschlossen vom Stuhl. Die Sache schien vermasselt und die Unterredung beendet. Die Filmleute blieben sitzen und guckten sich an. Es wirkte konfus und geradezu absurd, als sie plötzlich pantomimisch mit den Fingern aufeinander zeigten. Ein schelmischer Ausdruck trat in ihre Gesichter, als der Regisseur erklärte: *Wir* sind die Männer! Regisseur und Kameramann. Mehr sind wir nicht. Moder atmete vernehmlich aus. Erleichtert über den manierlichen Eindruck, den die Herren ja eigentlich machten, blickte sie mich ein zweites Mal an. Das Sorgenvolle wich aus ihren Augen, und so konnte ich die Kanne doch noch in die Hand nehmen. Vor Aufregung vergaß ich die anderen Tassen, schenkte mir nur selber ein und trank den erkalteten Tee in einem Zug leer. Einmal vor laufender Kamera zu stehen, wäre mir im kühnsten Traum nicht eingefallen. Auch Moder schien fassungslos zu sein. Fiona, du schasst ton Film![253] rief sie und reckte den Oberkörper kerzengerade auf, erfüllt von Stolz über die unerwartete Berufung ihrer Tochter. Dass ihre Ohren anfingen zu leuchten, wertete ich als Zustimmung, so dass ich aufs Ganze gehen konnte. Einverstanden! reagierte ich schnell, damit nicht noch etwas dazwischenkam. Während Moder sich wieder zurücklehnte, bekam ich plötzlich Angst vor der eigenen Courage und stürzte erneut in den Stall. Hinter dem Vorhang in der hintersten Ecke setzte ich mich aufs Klo. Die Ellbogen auf die Oberschenkel und das Gesicht in die Hände gestützt, versuchte ich zur Ruhe zu kommen. Was hatten die Herren mir gerade versprochen? Zumindest Abwechslung von der Zustellungsroutine. Womöglich stand mir sogar eine gänzlich neue Zukunft bevor. Entschlossen schob ich den Vorhang zur Seite.

---

253   Fiona, du sollst zum Film!

Von:BenHa@pro.de
Datum:05. Oktober 2013 um 19:33:51 MESZ
An:Roni.Finck@jekt.de
Betreff:Akt. Stand
Hi Roni! Hallo erst mal. Ja, ich weiß gar nicht, wie ich anfangen soll. Es geht um die beiden Freunde deiner Mutter. Haye und Hans. Sie scheinen beide nicht aus dem Krieg zurückgekehrt zu sein. Ich schicke dir den pdf-Auszug mit dem Bericht deiner Mutter im Anhang. Welche Schlüsse daraus zu ziehen sind, musst du selbst beurteilen.
Im Moment berichtet Fiona über den Besuch eines UfA-Teams. Offenbar wirkte sie an einem Film mit. Weißt du davon?
Herzlichen Gruß Benno

Von:Roni.Finck@jekt.de
Datum:06. Oktober 2013 um 07:28:05 MESZ
An:BenHa@pro.de
Betreff:Akt. Stand
Hi Benno, danke für den Auszug! Ich habe ihn sofort gelesen.
Nun ja, wie kann man das bewerten? Was meine Mutter dir gerade über Hans und Haye erzählt hat, fand während des Krieges statt. Ich bin Jahrgang 1947. Wenn keiner von ihnen aus dem Krieg zurückkehrte, kann keiner mein Vater sein. Ich bin froh, jetzt diese Klarheit zu haben. Da ich meine Mutter nie darauf ansprechen mochte, bin ich dir dankbar, dass du es mittels der Interviews aufklären konntest. Mein Anliegen ,im engeren Sinne' ist nun erledigt. Allerdings fange ich an, mich zu schämen, dass ich überhaupt Zweifel geäußert habe. Meine Güte - nur weil meine Mutter oft und viel über die beiden Jungs erzählt hat! Lass uns das Ganze bloß vergessen!
Dein Projekt interessiert mich jedoch weiter. Halte mich

also auf dem Laufenden.
Über die Mitwirkung an dem Kurzdokumentarfilm bin ich
informiert. Das Zeitdokument ist im Filmarchiv gelistet.
Herzliche Grüße Roni

Eine Woche später fuhr ich mit dem Schiff zum Drehort,
meine Dienstjacke im Gepäck. Man brachte mich bei einer
Familie auf der Warft Hilligenley unter. Die langgestreckte
Hallig Langeness konnte ich nicht wie Hallig Hooge zu Fuß
durchqueren. Ich benutzte ein Fahrrad, woran ich mich erst
gewöhnen musste. Während ich über mehr oder weniger befestigte Wege radelte, verfolgte mich der Kameramann mit
dem Objektiv. Er riet mir, ihn nicht zu beachten, so würde es
natürlicher aussehen. Allerdings fiel es mir schwer, die Linse zu ignorieren. Meistenteils guckte ich ziemlich beklommen aus der Wäsche, worüber sich die Menschen in den
Kinos sicher amüsieren würden. Diese Vorstellung machte
mich noch gehemmter, und so trat ausgerechnet das ein, was
ich unbedingt hatte vermeiden wollen: Ich verhaspelte mich
bei der Begrüßung von Postempfängern an der Haustür.
Musste der Dreh dann neu beginnen, weil ich ins Stottern
geraten war, schimpfte der Regisseur, ich solle mich mehr
zusammenreißen, Wiederholungen erforderten zusätzliches
Filmmaterial und seien teuer. Der Kameramann war net-
ter. Nach getaner Arbeit zog er seine Gitarre hervor, spielte für mich und sang dazu. Spontan erfand er kurze Texte,
die von der Welt des Films handelten, zu der auch ich bald
gehören würde. Dabei schaute er mir tief in die Augen. Er
weckte Erwartungen, und ich war fast bereit gewesen, ihm
zu glauben. Auch während der Drehpausen scharwenzelte
er mit Sprüchen um mich herum. Wir würden dem Heimat-
film ein Denkmal setzen und ähnliches Zeug. Wenngleich
ich ihn mochte, gelang es mir oft nicht, zwischen blumigen
Zukunftsprognosen, Anspielungen und kameratechnischen

Anweisungen zu unterscheiden. Als er mich aufforderte, hübsch in die Kamera zu lächeln, und kurz darauf auflachte und einräumte, es sei ein Witz gewesen, hätte ich ihm beinahe eine geschallert. Ich verabscheute solche Sprüche, sie zeigten mir, dass ich in den Augen der Filmleute wohl nur das dumme Mädchen von der Hallig war. Aber da übertrieb ich. Bei Dreh-Schluss überreichte mir der Kameramann ein kleines Geschenk. Mit Buntstiften hatte er ein Mädchen gezeichnet, das unsicher zwischen zwei Wegweisern steht.

Hier seht ihr Fiona von der Post,
ein wenig traurig trotz der fetten Kost.
Der UfA - Film hält sie gefangen,
trotzdem an ihren Wangen Tränen hangen.
Wer mich befreit von UfA - Ketten,
erhält als Lösegeld mich oder Zigaretten.

Beim Ablegen des Schiffes winkte ich dem Kameramann mit der hochgehobenen Zeichnung zu und dachte, dass er mich, das Opfer seiner ironischen Neigungen, offenbar gemocht hatte. Zuhause reichte ich die Zeilen herum. Sofort kreischten die Schwestern: Der will dich heiraten! Ich reagierte verärgert. Ein Zeichen, wie empfindlich ich inzwischen geworden war.

Benno unterbricht seine Notizen. „Wie war das damals für dich, an einem Film mitzuwirken?"

„Ich glaube, ich fühlte mich geschmeichelt. Später wunderte ich mich über die ernsthaft gehegte Hoffnung, mir eine Perspektive in diesem Metier zu ergattern."

„Vielleicht klammerte sich das Halligmädchen daran wie an einen Strohhalm - es waren schließlich Notzeiten", überlegt Benno. „Wie stehst du heute zu dieser Art Film?"

„Die Machart war natürlich von oben gesteuert. Als halb

Europa in Schutt und Asche lag, täuschten sogenannte Do-kumentarfilme Idylle vor. Szenen, wie die niedlich arran-gierte Postübergabe, bei der mir ein Kleinkind durch die Klöntür entgegenkrabbelte, oder die Begegnung mit dem heimkehrenden Seemann, dem ich vom Fahrrad zurief: Dien Fru wartet schon op di! vermittelten eine Heile-Welt-Fikti-on. Mit der brutalen Wirklichkeit hatte das nichts zu tun. Die UfA hatte sich bereits am Aufstieg Adolf Hitlers mit-schuldig gemacht. Gegen Ende trug sie, mittlerweile unter direkter Kontrolle des Regimes, Mitverantwortung für die mediale Übertünchung der Nazi-Verbrechen.

Von alldem einmal abgesehen, hätte ich mir den Kurzfilm, in dem ich die Hauptdarstellerin war, gern mal angeschaut. Wie ich auf der Leinwand aussah - wirklich so verklemmt wie befürchtet? - und wie ich die Drehs hingekriegt hatte. Dazu kam es jedoch nie. Während der Zeit, als der Film als Vorspann in den Kinos lief, in der zweiten Jahreshälf-te 1944, fuhr ich wegen einer anderen Sache aufs Festland und war zu einem Kinobesuch nicht in der Lage. Nach dem Krieg wurde der Film wegen der Propaganda-Handschrift nicht mehr gezeigt."

Benno klappt das Notizheft wieder auf und notiert weiter.

Der Alltag auf Hooge empfing mich mit zwei neuen Ge-fallenenmitteilungen. Sofort rebellierte mein Inneres gegen die Aufgabe, zu den Eltern zu gehen. Ich hatte Angstgefühle, und diese wurden zum Dauerzustand. Vor jeder Ankunft des Husumer Postschiffes schlief ich schlecht. Moder bemerkte es. Auch die Schürfwunden, die ich mir zuzog, weil ich aus Fahrigkeit irgendwo gegenstieß, blieben ihr nicht verbor-gen. Aus ihren Augen sprach Sorge. Schließlich fragte sie:

Wat is mit di Fiona? Ich antwortete: Mi is all nääslang schwummelig. Moder gab mir Hausmittel gegen Übelkeit. Weil mir nicht besser wurde, rief sie Anni herüber. Kann sien, dat du schwanger büst, meinte die Hebamme. Ich war unsicher. Haye hatte manches versucht, war aber nie durchgedrungen. Und hatte Hans nicht immer Lümmeltüten benutzt? Nein, im Ruderboot bei Mondschein nicht. ,Was Nervliches' stellte ein Arzt in Husum fest, zu dem Moder mich schließlich schickte. Beim nächsten Termin blickte er auf meinen runden Bauch und machte ein bedenkliches Gesicht.

Zurück auf der Hallig besuchte mich Marten Haxdorf im Postbüro. Er war Frührentner, wohnte gleich nebenan und kam manchmal herüber, um mich beim Briefsortieren zu unterstützen. Er begründete es nicht, aber ich vermutete, dass er sich Ablenkung versprach, denn er trauerte. Boie und Fedder, zwei seiner drei Söhne, waren nicht zurückgekehrt. An diesem Vormittag fischte ich den dritten grau umrandeten Brief an Marten Haxdorf, Ockenswarft, Hooge aus dem Stapel. Ich wusste augenblicklich, dass ich es nicht schaffen würde, ihm die Nachricht zu übergeben, und schob den Umschlag zwischen Ärmel und Tischplatte. Mit aller Kraft presste ich den Unterarm darauf, als könnte ich die Schreckensbotschaft auf diese Weise für immer von Marten fernhalten. Bald begannen die Armmuskeln zu zittern. Am erstaunten Gesichtsausdruck erkannte ich, dass Marten etwas bemerkte. Schnell stand ich auf, ließ den Umschlag mit anderen in die Posttasche gleiten und verabschiedete mich, obwohl wir mit dem Sortieren noch nicht fertig waren: Ik mutt gau los.[254] Mein Weg führte nach Hause zu Moder in die Küche. Bis zu diesem Tag hatte ich ihr nichts gesagt. Nicht über die lauten oder erstickten Schreie der Mütter berichtet - entsetzliche Schreie, wie ich sie vorher nie gehört hatte und später nie wieder hörte. Aus Angst vor die-

---

254   Ich muss schnell los.

sen Schreien war ich still flennend in Fluren oder Ställen stehengeblieben, wieder rausgerannt und so lange auf der Warft herumgeirrt, bis ich den Eltern schließlich doch vor die Augen treten musste. Wie hätte ich für Moder in Worte fassen sollen, was sich zwischen Bilegger und Alkoven abspielte, wenn ich einen schlichten, grau umränderten Umschlag übergab? Doch jetzt legte ich ihr meine Not offen. Zum ersten Mal war mir egal, ob sie bestimmte Schlüsse ziehen und meinen Dienst kündigen würde. Ich brauchte nur ‚Jochen‘ zu sagen, den Namen des dritten und jüngsten Sohnes von Marten. Moder begriff sofort. Sie brachte den Umschlag zum Bürgermeister und verlangte energisch, dass künftig er solche Zustellungen übernehmen müsse. Er stimmte zu und verwies sogar auf eine Weisung ‚von oben‘.

„Stopp mal kurz, Fiona.“ An sich will Benno Interviewsitzungen nicht mehr unterbrechen, aber jetzt legt er den Notizblock doch wieder zur Seite. „Darüber habe ich etwas gelesen. Offenbar gab es im Kriegsverlauf eine reichsweite Entscheidung, die Übergabe von Gefallenennachrichten neu zu regeln. Womöglich fiel das zeitlich mit dem Gang deiner Mutter zum Bürgermeister zusammen. Die Regelung besagte, dass die Ortsgruppenvorsitzenden der NSDAP die Mitteilungen übernehmen sollten, verbunden mit dankenden Worten des Führers zum Heldentod des Sohnes beim Einsatz für Volk und Vaterland. Die Neuregelung war durch die zunehmende Zahl von Todesfällen und, wie ich las, offenbar auch durch Furcht vor entstehender Unruhe in der Bevölkerung begründet.“ „Mag sein. Wenn es so war, kam es für mich zu spät. Man hätte mir die Aufgabe früher abnehmen sollen.“

Die nächste Interviewstunde eröffnet Benno wieder mit einem Blick auf die allgemeine Lage. „Unser Projekt ist im letzten Kriegsjahr angekommen. Die Eroberungspläne der Nazis waren aussichtslos geworden. Dennoch schickten sie neue Heere, inzwischen sogar Kindersoldaten, an die Fronten und hinterließen auf Rückzügen ganze Landstriche verbrannter Erde. Wie nahmt ihr das im Wattenmeer wahr? Fand der Krieg aus eurem Blickwinkel immer noch in weiter Ferne statt?" „So dachten wir schon lange nicht mehr. Du erinnerst dich an den Abschuss eines Kampfbombers. Eine Flugroute der Alliierten ging über die Inseln und Halligen. In den Nächten glitten Lichtkegel diverser Suchscheinwerfer über den Meereshimmel, und das Dröhnen von Bombergeschwadern machte den Krieg für uns hörbar."

Sogar heute noch, nach Jahrzehnten, läuft ein Geschehnis wie ein Film vor meinen Augen ab. An einem windstillen Vormittag war ich mit der Schiebkarre auf dem Weg nach Landsende, um den Postsack abzuholen. Meine Freundin Amke war bei mir - eine Ausnahme, denn an sich hatten die Freundinnen ihre Begleitung längst beendet. Wir setzten uns ins Gras vor der Mole und blickten über die unbewegte Glätte der Meerenge nach Pellworm. Aus dem Hintergrund der Bucht war bereits das Klopfen des Dieselmotors zu hören. Kurz darauf sahen wir die weiße Bugspitze des Postschiffes, sie spiegelte sich im blauen Wasser. Der Himmel war wolkenfrei, die Luft warm. Postschiffer Hannes von Holden rollte an solchen Tagen die Plane für seine Fahrgäste zurück. Die Überquerung der Meerenge wirkte leicht und unangestrengt wie das Zirpen der Lerche über unseren Köpfen. Plötzlich vernahmen wir auf der Fenne hinter uns Galoppgeräusche. Automatisch erinnerte sich mein Verstand an Vaders Hinweis, dass Pferde Bewegungen in der Luft früher wahrnehmen als der Mensch. Instinktiv warf ich mich auf den Bauch und zog Amke mit hinunter. Binnen Millisekunden zerriss ohrenbetäubender Lärm die Atmosphäre, verursacht durch ein Jagdflugzeug, das pfeilschnell in niedriger Höhe hinter Pellworm hervorschoss. Amke und ich stießen gleichzeitig unsere Gesichter ins Gras. Ich weiß noch, dass ich den Duft von Bondestave einatmete, während Schüsse fielen. Und dass ich Amkes Körper neben mir spürte und sie etwas murmelte, was sich anhörte wie ein Gebet.

Weitere Millisekunden später, nach einem rohen Nachhall, schien die Welt stiller zu sein als vorher. Das Galoppgeräusch hatte sich in der Ferne verloren, und das klägliche Putt-Putt des Schiffsmotors war erloschen. Vorsichtig hoben wir die Köpfe. Hannes managte das Anlegemanöver des still herangleitenden Schiffes. Amke und ich blickten uns irritiert in die Augen. War er wirklich unverletzt geblieben? Er vertäute das Schiff und winkte mir, als wäre nichts passiert, ich solle mich beeilen. Ich beugte mich über den Fender, und Hannes hievte den Postsack zu mir rüber. Ein rötlicher Schatten lag auf seinem Gesicht. Holzsplitter staken wie überlange Pickel in seiner Wangenhaut. Mit der freien Hand bedeutete er mir, ich solle schnell wieder weggehen, dann bückte er sich und verschwand im Schiffsbauch. Ich lief die Mole hinunter und stellte den Postsack ab, während Amke von hinten nähertrat und zur Bordkante weiterging. Ich folgte ihr, weil der verletzte Hannes noch nicht wieder zu sehen war. Wir beugten uns gleichzeitig über die Reling und schrien auf. Es war ein grausamer Anblick: Hannes kniete neben zwei Männern, die bewegungslos auf dem Boden lagen. Am Kopf des einen klaffte die Schädeldecke auf, wir konnten das Gehirn sehen. Er war tot. Dem zweiten schien die Gewissheit des Todes ins Gesicht geschrieben. Blut troff ihm aus der Kleidung. Hannes guckte verzweifelt zu uns hoch. Amke und ich umklammerten gegenseitig unsere Hände. Sekunden bestürzter Ratlosigkeit verstrichen. Hannes schüttelte fortwährend den Kopf, schickte Amke zu Anni nach Backenswarft und bat mich in den Schiffsbauch, wo ich in seinem Auftrag Dinge tat, die dem noch lebenden Passagier irgendwie helfen sollten. Amke rannte wie um ihr eigenes Leben. Eine halbe Stunde später traf die Hebamme ein und kümmerte sich um die medizinische Erstversorgung. Später wurde der Verletzte ins Krankenhaus nach Husum transportiert, wo er starb. Hannes war glimpflich davongekommen. Ein Schuss hatte ins Schiffsholz eingeschlagen und Splitter gelöst, die in seine Wangenhaut eingedrungen waren.

„Ich habe einen Artikel über alliierte Jägerangriffe im Wattenmeer gelesen", sagt Benno. „Im Sommer 1944 erfolgte ein Beschuss der Fähre bei Föhr. Elf Menschen kamen um. Kann es sein, dass der Beschuss des Postschiffes an diesem Tag stattfand? Vielleicht ging er vom selben Jagdflugzeug aus."

„Das Datum kenne ich nicht."

„Um ihre Kampfbomber zu schützen, griffen die Alliierten mit Abfangjägern deutsche Flak-Stellungen und Flugwachen an und unterbrachen deren Nachschubwege. Das Schiff bei Föhr soll mit einer Flugabwehrkanone bestückt gewesen sein."

„Davon weiß ich nichts. Das Husumer Postschiff war nicht bewaffnet. An Bord waren ein Diensthabender der Flugwache, ein unbekannter weiterer Mann und Hannes. An anderes erinnere ich mich nicht. Für mich war es das Schiff, das mir den Postsack brachte."

Schatulle mit Foto

„Oh, eine Schmuckkassette?" Patty zeigt auf ein Kästchen, das Fiona zum nächsten Interview mitgebracht hat.

„Ach, Pat, bald neunzig und noch Schmuck anlegen - wozu?"

„Schmuck geht immer." Patty lächelt einschmeichelnd.

Fiona fasst sich an den faltigen Hals. „In meinem Alter wohl eher, um etwas zu kaschieren." Sie schmunzelt amüsiert, geht aber schnell dazwischen, als Patty nach der Schatulle greifen will. „Die Box ist für Benno. Er sucht alte Schwarzweißfotos, um Textstellen im Manuskript zu veranschaulichen. Ursprünglich wollte er nur eine Auswahl, inzwischen will er sämtliche Familienaufnahmen sehen. Da ist er schon. Moin, Benno!"

„Unersättlich, dieser Mann." Patty schüttelt ironisch den Kopf.

„Meinst du mich?" Benno erwartet keine Antwort. Er begrüßt die Frauen mit einem Nicken, und während er Fiona kurz umarmt, schnappt Patty sich die Schatulle, blättert einige Fotos durch und nimmt eines heraus. „Was soll das, ich sagte, die sind für Benno." Fiona will ihr das Foto abnehmen, aber Patty macht einen Schritt zur Seite und betrachtet es. „Süß - eine junge Frau mit einem Baby auf dem Arm." Sie wendet das Foto. „Das bist du! Hier steht ‚Fiona mit …'. Ich lese Roni. Klingt wie ein Kosename. Eines der Nachbarkinder, die du betreut hast? Oder ist es deins, ein kleiner Ronald? Sag schon, wer ist das Baby!" „Gib mir das Foto, Patty!" Fiona wird plötzlich wütend. Benno tritt hinzu, betrachtet die Rückseite und meint: „Der Name des Babys ist schlecht lesbar. Die Buchstaben sind verschwommen." „Kein Wunder bei jahrzehntealtem Fotopapier", findet Fiona, „da bleicht die Schrift eben aus." Dann zischt sie: „Gib endlich das Foto her, Patty! Ich will es nicht noch einmal sagen müssen." Unwirsch langt sie nach dem Foto, doch Patty hält es noch einen Moment in die Höhe. „Oh je, das scheint ja top-secret zu sein", stöhnt sie, dann beendet sie ihren Auftritt und legt das Foto zurück in die Schatulle. Sie runzelt die Stirn und sagt ernst: „Vielleicht kannst du mir bei einem anderen Rätsel weiterhelfen."

„Worum geht's?"

„Nachdem meine Großmutter gestorben war, fand ich in ihrem Adressheft die Wohnanschrift einer Frau in Niebüll. Mich interessierte die Verbindung über so weite Entfernung, und ich nahm mir vor, die Adresse bei einem Deutschlandaufenthalt aufzusuchen."

„Warst du in Niebüll?", will Fiona wissen. Benno merkt, dass sie nach der gereizten Atmosphäre einen ruhigeren Ton sucht, doch er spürt auch, dass ihre Stimme nur scheinbar unbeteiligt klingt.

„Ja, bei einer alten Frau namens Petersen", antwortet Patty.

„Wann?" fragt Fiona und wendet den Blick auf einen imaginären Punkt im Raum.

„Nicht lange her", sagt Patty und lässt ihre Augen in dieselbe Blickrichtung wandern, als käme des Rätsels Lösung vielleicht von irgendwo dort aus dem Unsichtbaren. Da hört sie, wie Fiona mit plötzlich wieder erregter Stimme weiterspricht: „Konntest du mit Lina reden?" Auch Benno vernimmt den veränderten Ton - und die unerwartete Namensnennung. Er hat den Eindruck, dass sich im Seelenleben seiner Interviewpartnerin vor langer Zeit eine Erstarrung aufgebaut hat, die womöglich kurz vor der Auflösung steht. Wegen des Briefes aus Niebüll im Wulst-Versteck überlegt er, in das Gespräch einzugreifen, lässt es aber bleiben, weil er fürchtet, dass Fiona darauf noch nervöser reagieren könnte.

„Sie ist dement und wohnt im Heim", sagt Patty. „Die Pflegerin meinte, es mache wenig Sinn, ihr Fragen zu stellen. Ich versuchte es trotzdem und nannte den Namen meiner Oma, worauf Frau Petersen nickte und dann unerwartet die Worte ‚darf nicht' aussprach."

„Oh, Patty!", stammelt Fiona, plötzlich fahl im Gesicht, und hält sich am Stuhl fest. Es scheint, als hätten sie die zwei Wörter völlig aus der Fassung gebracht. „Was ist mit dir?", fragt Patty überrascht, wartet aber nicht auf Antwort, sondern fährt fort: „Du kennst Frau Petersen! Soeben hast du ‚Lina' gesagt." Der energische Tonfall kommt Benno vor, als wolle sie auf nichts mehr Rücksicht nehmen. „Bitte, Patty, lass!", fleht Fiona und sieht Benno mit dem Ausdruck dringender Erwartung an, er möge die Fragerei sofort beenden. Doch Patty bohrt weiter: „Da du die Frau kennst, hast du bestimmt auch eine Vorstellung, warum ihr Name im Telefonbuch meiner Oma stand. Diesen Grund möchte ich wissen. Das verstehst du doch, oder?" Fiona antwortet fahrig: „Ich kann …, ich will dazu nichts sagen." Sie wendet sich an Benno: „Ich fühle mich nicht und werde mich wohl ins Bett legen müssen."

„Ja, sicher, du musst dich schonen, Fiona! Also bis morgen und gute Besserung!", erklärt Benno in fürsorglichem Ton, wobei er Patty mit einem Seitenblick zu verstehen gibt, dass er ein weiteres Ausfragen nicht dulden würde. „Ich weiß noch nicht, Benno", sagt Fiona. „Ich muss erst mal sehen, wie es mir morgen gehen wird."

Am Morgen entschuldigt sich Fiona telefonisch bei Benno. Zum ersten Mal erscheint sie nicht zu einem Interviewtermin.

In der Nacht sprechen Patty und Benno darüber.

„Das ist doch merkwürdig, Ben, oder?"

„Vielleicht ist sie krank. Die Anstrengung des Projekts. In ihrem Alter kann Erschöpfung eintreten."

„Unsinn! Sie war gut drauf. Erst nachdem ich vom Besuch bei Lina Petersen erzählte, brauchte sie jählings ihr Bett. Ist das Zufall? Sie kennt die Frau, das wurde deutlich, und sie weiß was über sie. Hattest du nicht auch den Eindruck?"

„Ja, hatte ich. Aber lass uns abwarten. Ich nehme an, sie wird es von sich aus erzählen. Das tut sie sonst ja auch. Dann klären sich die Dinge ganz von selbst. Keinesfalls dürfen wir sie bedrängen. Besser, du fragst sie nicht erneut so direkt. Sonst wird sie womöglich dichtmachen."

„Was meinst du mit dichtmachen?"

„Sich verschließen."

„Ach, self closing. Das ist bei uns eine automatisch schlie-
ßende Tür."

„Dann öffne sie. Ich meine, öffne du dich. Spiel *du* einfach mal die Interviewte. Von deinem Vater kennst du die
kreolische Abstammung. Was ist mit deiner Mutter? Hat sie
dir je etwas über ihre Familie erzählt?"

„Ihre Vorfahren kamen aus Deutschland. Das hatte ich
schon beim Scrabble-Spiel erwähnt. Ansonsten erfuhr ich
von Ma praktisch nichts. Und dann war es auf einmal zu
spät."

„Du meinst die Sekte, der sie und dein Vater beitraten?"

„Ja. Das beendete alles. Und eröffnete zugleich ein starkes Verlangen, etwas über Ma's Vorgeschichte zu erfahren."

„Hast du ein Foto von ihr?"

„Warum?"

„Ist sie so schön wie du?"

„Das ist sicher nicht der Grund deiner Frage."

„Ich würde es gern ansehen."

Patty kramt in der Schublade und zieht ein Foto heraus.

„Hier, das ist meine Mutter."

„Wie heißt sie?"

„Katja."

Benno hält das Bild lange in der Hand.

„Du hast große Ähnlichkeit mit ihr."

„No wonder."

„Leihst du es mir?"

„Aber wiedergeben!"

„Klar."

Allein in seinem Zimmer fragt sich Benno, was da gerade
in ihm vorgegangen ist. Es ist doch gar keine Frage, dass zwischen Mutter und Tochter Ähnlichkeiten bestehen. Hat sein

Gespür mitgewirkt? Hat er unbewusst die Möglichkeit ganz anderer Ähnlichkeiten ins Kalkül gezogen? Er legt das Foto von Katja, Pattys Mutter, neben das Bild von Fiona mit der Katze im Arm und ein aktuelles von Patty dazu. Seine Augen wechseln von einem Gesicht zum anderen. Fionas Kopf ist halb verschattet und die Aufnahme ziemlich unscharf. Das erschwert einen Vergleich der Gesichter. Unvermittelt wandern seine Gedanken zur vierten Frau, Lina Petersen. Was hat sie mit den Dreien zu tun? Bislang wissen Patty und Benno nur, dass es aus Niebüll Verbindungen zu Pattys Oma und zu Fiona gab. Bestanden sie unabhängig voneinander oder existierten Verflechtungen? Das ist genauso unklar wie die Frage, warum Fiona so empfindlich auf Pattys Fragen nach Lina Petersen reagiert hat. Patty interessiert sich so sehr für die Frau, dass sie beinahe mit Fiona aneinandergeraten wäre. Auch Benno brennt darauf, hinter das Niebüller Geheimnis zu kommen. Er kann sich nicht erklären, warum Fiona bisher kein einziges Wort über die Niebüllerin verloren hat, obwohl die Frau offenbar extreme Gefühle in ihr auslöst. Primär geht es ihm darum, sein Projekt zeitgerecht zu Ende zu führen. Er weiß, dass er sich nicht von Nebenaspekten ablenken lassen darf, erst recht, wenn sie eine verwirrende Vielfalt neuer Fragen aufweisen, wie das hier der Fall zu sein scheint. Doch er kann sich nicht helfen und muss die Fotos erneut angucken. Intensiv studiert er die Gesichter. Da fällt ihm unverhofft ein, dass Tade bereits früh eine Verwandte Fionas in Niebüll erwähnt hatte. Das dürfte Lina Petersen gewesen sein. Tade schweigt gern über alles, was Fiona nicht von sich aus erzählt. Und das reizt Benno, es noch einmal zu versuchen.

Tade gibt etwas preis

Wie immer, wenn Benno auf seinen Freund trifft, durchströmt ihn ein warmes Gefühl der Freude. Das weiß auch

Annelies vom Frieslandpesel, und weil Benno an diesem Tag ziemlich ernst aus der Wäsche guckt, drückt sie beiden eine Flasche Bier in die Hand: „Ihr wollt doch sicher wieder auf eure Bank. Na, dann Prost!"

Auf dem Weg nach Eiwall erzählt Tade, wie lange er Annelies bereits kennt. „Ik heff se gern." An der Mole öffnen sie die Flaschen und setzen sich. Links und rechts spiegelt das feuchte Watt den blauweißen Himmel. Beide wissen, das Projekt geht allmählich dem Ende zu. Dann wird Tade wieder allein auf der Bank vor dem Watt sitzen, und Benno wird wieder in fensterlosen Betonsälen Vorlesungen lauschen. Sie meiden die bittere Aussicht mit einem Trick: Fällt ein Satz, der wie ein Schlusswort klingt, stehen sie nicht etwa auf und gehen auseinander, sondern warten, bis ihnen ein neues Thema einfällt.

Benno hat seines bereits parat.

„Willst du den neuesten Stand in Sachen Lina Petersen wissen?"

„Schieß los!"

„Patty und ich waren bei ihr."

„Beide? Die Frau muss euch ja mächtig beschäftigen."

„Nicht zusammen. Unabhängig voneinander."

„Noch spannender. Dann wird bestimmt jeder etwas herausgefunden haben."

„Eben nicht, überhaupt nichts", antwortet Benno. „Frau Petersen heulte nur, als ich ihr ein Foto von Fiona zeigte. Und zu Patty meinte sie, sie dürfe nicht reden, weil sie das versprochen habe." Nachdenklich blickt er zum Anleger hinüber, wo gerade ein Ausflugsschiff an der Brücke festmacht, und sagt: „Sie hat nichts gesagt."

„Woran denkst du?", fragt Tade.

„An unser letztes Gespräch. Du erinnerst dich? Ich sprach von einem Brief Linas an Fiona. Versteckt im Einschlag ihres Schularbeitsbuchs. Du sagtest, Fiona müsse selbst erzählen, was es damit auf sich hat. Hat sie aber nicht. Fragen mag ich sie nicht, weil ich nicht indiskret sein will. Erzähl du es mir, wenn du was weißt. Worum geht es?"

Tades Gesicht verdüstert sich. „Lass gut sein, Benno. Ich will mich da nicht einmischen."

„Zier dich doch nicht so, Kumpel!"

„Ich will nicht, dass Fiona mich ausschimpft, weil ich etwas preisgebe, was sie für sich behalten möchte."

„Es gibt da ein Foto. Fiona mit einem Baby auf dem Arm. Hat es damit zu tun?"

„Mein Gott, ja. Du bringst mich echt in eine schwierige Lage. Ihr erstes Kind. Ein schmerzhaftes Thema."

„Verstehe."

„Kann ich mir nicht vorstellen."

„Was?"

„Dass du es dir vorstellen kannst. Und nun sag mal: Wie geht es eigentlich dir und Patty?"

„Du liebst abrupte Themenwechsel, wie?"

„Mensch, Benno. Die Sache mit dem Baby liegt Jahrzehnte zurück. Es war in Ordnung, wenn wir hin und wieder über dein Projekt gesprochen haben. Aber in dieses Thema möchte ich nicht hineingezogen werden."

„Es betrifft ja gar nicht das Projekt, sondern die beiden Frauen. Warum interessiert Patty sich so stark für Fiona und neuerdings für die Frau aus Niebüll? Ihre Begründung lautet, sie hätte die Adresse im Telefonbuch ihrer Großmutter gefunden. Das ist alles, was sie darüber sagt. So bleibt alles rätselhaft. Ich möchte mit Patty zusammenbleiben, dann dürfen aber keine Geheimnisse zwischen uns stehen. Deshalb frage ich dich: Was hat es mit der Niebüller Adresse auf sich, die sowohl in Fionas Schularbeitsbuch steht als auch im Telefonbuch von Pattys verstorbener Oma? Es muss einen gemeinsamen Nenner geben, wenn zwei mutmaßlich voneinander unabhängige Fundstellen dieselbe Adresse aufweisen. Wie lautet dieser gemeinsame Nenner?"

„Wat büst du blots ballstürig! Starrköpfig heißt das. Hätte ich nicht von dir gedacht. Aber gut. Du darfst allerdings weder Fiona noch Patty verraten, du hättest es von mir. In Ordnung?"

„In Ordnung."

„Allmählich sprach sich Fionas Schwangerschaft herum, und die Hallig rätselte, ob das Baby vom Hamburger oder von Haye war."

„Hätte man nicht Ähnlichkeiten erkennen können? Spätestens nach einigen Monaten?"

„Das ist es eben. Wer sollte das beurteilen? Bald nach der Geburt kam Fionas Tochter zur Tante nach Niebüll."

„Zog Fiona mit ihr fort?"

„Nein."

„Was war der Grund?"

„Es begann mit einer harmlosen Erkältung während der Schwangerschaft, die sich zu einer Bronchitis auswuchs. Drei Wochen lag Fiona krank im Bett, das Postgut wurde behelfsweise von anderen verteilt. Sie wurde nicht wieder gesund. Auf die Bronchitis folgte ein Nervenzusammenbruch. Fiona war nicht so stabil, wie alle annahmen, am meisten wohl sie selbst. Die grau umrandeten Umschläge, die Schreie der Mütter. Das ungewisse Schicksal von Hans und Haye. Zum Schluss noch der Anblick des durchlöcherten Gehirns. Es waren diese Ereignisse, die auf Fionas Seele lasteten und sie krank werden ließen."

„Wahrscheinlich stand die Angst um Hans im Vordergrund, sicher auch um Haye", meint Benno.

„Wer kann das gewichten? Es kam alles zusammen. Für Fiona war es schlimm, weil das Gedächtnis die Bilder stets aufs Neue heraufbeschwor."

„Was geschah mit ihr?"

„Meta schickte sie zu einem Arzt aufs Festland. Der murmelte etwas von Schocksymptomen und Überforderung und verschrieb ein Medikament. Fionas Zustand besserte sich nicht. In dieser Lage bekam sie ihre Tochter."

„Wie kam sie damit zurecht?"

„Sie schaffte es nicht. Ihre Mutter musste sich um das Baby kümmern. Allerdings war auch Meta nicht gesund, sie war kurzatmig, das Herz machte ihr zu schaffen. Nach jeder kleinsten Anstrengung musste sie sich hinsetzen. Wenige Wochen nach der Geburt ihrer Enkelin hatte sie einen Herzanfall. Daraufhin bat sie Verwandte von Haye um Unterstützung und fragte, ob sie bereit wären, das Baby kurzzeitig in Obhut zu nehmen. Sie stieß auf taube Ohren, denn die Verwandten teilten nicht Metas Annahme, Haye sei der Vater. Schließlich wandte sie sich an ihre Schwester in Niebüll und beschrieb die Situation. Lina zeigte Verständnis und bot an, eine Zeitlang für das Mädchen zu sorgen. Und so kam es. Meta gab die Betreuung ihres Enkelkindes an ihre Schwester ab."

Rosi

Es ist Nacht. Benno und Patty haben sich geliebt, die Beine liegen noch ineinander verschlungen. Bennos Finger streichen zärtlich über ihr Gesicht und fühlen plötzlich Feuchtigkeit. Anscheinend rollen stille Tränen über Pattys Wangen.

„Was ist Pat?", fragt er erschrocken. Sie hat noch nie in seiner Gegenwart geweint.

„Nichts."

„Aber du weinst."

„Tue ich nicht!"

„Ich merke es doch."

„Hör auf und lass uns schlafen!"

Eine gute Viertelstunde liegen sie still nebeneinander. Benno ist kurz vor dem Eindösen, da hört er ihre leise Stimme.

„Ben?"

„M-mh."

„Bist du noch wach?"

„Nicht richtig. Was ist denn?"

„Ich bin auf der Suche nach meinen Wurzeln."

„Oh je, mitten in der Nacht?" Benno dreht den Kopf zur Seite und blickt Patty zugleich müde und liebevoll an. „Ich dachte, du wolltest schlafen, Schatz?"

„Seit meiner Kindheit. Ich glaube, jetzt bin ich ihnen auf der Spur."

„Können wir das nicht morgen besprechen?"

„Hör bitte zu! Mir ist etwas sehr Wichtiges eingefallen. Als ich bei Lina Petersen war, sagte sie murmelnd und unverständlich ein plattdeutsches Wort, das sich anhörte wie ‚grootniedlich', aber das Wort gibt es gar nicht, wie mir die Fachkraft Frau Krüger erklärte. Sie vermutete, Lina habe ‚großartig' sagen wollen. Darüber habe ich intensiv nachgedacht und bin mir inzwischen sicher, dass sie ‚Grootnicht' gesagt hat. Offensichtlich ging sie davon aus, sie habe Besuch von ihrer Großnichte."

„Die Frau ist dement", murmelt Benno.

„Weiß ich. Und wenn trotzdem was dran ist?"

Mit einem Mal ist Benno hellwach. „Meinst du, wir haben es mit einem Familiengeheimnis zu tun?" Er setzt sich auf, fasst nach Pattys Hand und während er sie leicht massiert, fängt er an zu sinnieren: „Großnichte - mit solch tiefen Verzweigungen hatte ich noch nie zu tun. Aber vielleicht können wir trotz vorgerückter Stunde einiges sortieren. Lina Petersen ist Meta Nissens Schwester, Fiona also Linas Nichte. Und du? Warte, ich muss die Altersgruppen durchrechnen."

Benno nimmt seine Finger zur Hilfe und kommt zu dem Schluss, dass Patty weder der nächsten oder übernächsten, aber vielleicht der über-übernächsten Generation angehören könnte. „Lina hätte nicht Grootnicht, sondern Ur-Ur-Grootnicht zu dir sagen müssen. Natürlich nur, wenn sie dich tatsächlich als Verwandte wahrgenommen hat."

Patty schweigt nachdenklich. Schließlich sagt sie, plötzlich müde: „Ob es diese Begriffe wirklich gibt? Na gut, vielleicht im Deutschen." Dann, mehr zu sich selbst: „Ich muss unbedingt mit Fiona sprechen." Wie um das Gespräch zu beenden, dreht sie sich auf die andere Seite.

„Vielleicht überlässt du das besser mir", schlägt Benno ihrem Rücken vor. Er denkt an die Zuspitzung zwischen den beiden und vor allem an das, was Tade über Fionas Kind berichtet hat. Eine brisante Geschichte. Nicht ausgeschlossen, dass ein Zusammenhang mit dem Wort ‚Großnichte' besteht - falls Patty Linas Ausdruck richtig interpretiert hat. Zu vieles ist offen, manches erscheint regelrecht prekär. Es wäre daher voreilig, Patty in Tades Schilderung einzuweihen. Während er das checkt, beschäftigt ihn eine neue Frage: Soll er Roni eine Mail schicken und über die aktuelle Entwicklung informieren? Der wesentliche Punkt ist hier ebenfalls offen: Weiß Roni von Fionas Tochter? Besser keine vorschnellen Schritte - in keine Richtung! Nur auf Fiona will er rasch zugehen. Sie ist diejenige, die ihm die nötige Klarheit verschaffen kann.

Als er sich tags darauf allein mit ihr trifft, begrüßt sie ihn herzlich und unverkrampft, so dass er den Eindruck gewinnt, sie fühle sich bereits wieder besser. Ohne Umschweife steuert er auf das Thema zu.

„Ich möchte auf das Foto mit dir und dem Kind auf dem Arm zurückkommen. Patty las auf der Rückseite die Worte ‚Fiona mit Roni' und dachte, es sei ein Junge. Die Buchstaben waren jedoch verblichen. War es vielleicht ein Mädchenname?"

„Wie kommst du darauf?"

„Weil dir in einem Brief aus 1944 berichtet wird, Resi gehe es gut und sie bekomme alles, was sie braucht."

„Und woher wissen Sie das, lieber Herr Interviewer?"

„Ich fand den Brief in deinem Schularbeitsbuch und zeigte ihn Patty."

„Findest du das anständig? Ich hatte den Brief versteckt."

„Aus dem Grund zögerte ich hineinzusehen. Zu meiner Entlastung möchte ich sagen, dass es reiner Zufall war, dass ich die Wulst mit dem Schlitz entdeckte. Und weil das Schulbuch sehr alt ist, dachte ich mir letztlich nichts dabei, den Finger in den offenen Schlitz zu stecken. Als ich Patty die Zeilen vorlas, waren wir erst der Meinung, die Absenderin, Lina Petersen aus Niebüll, hätte über deine Freundin Resi berichtet. Aber auch hier war der Name nicht klar zu identifizieren. Womöglich ging es nicht um Resi?"

„Vieles, was meine Tante zu Papier brachte, war schwer zu entziffern. Es ging um Rosi."

„Wer ist das?"

„Meine Tochter."

„Ist sie das Kind auf deinem Arm?"

„Ja."

„Und Frau Petersen ist deine Tante, sagst du?"

„Moders jüngere Schwester. Sie kümmerte sich um das Baby, als ich dazu nicht in der Lage war."

„Zurück zu deiner Tochter. Wann wurde sie geboren?"

„Im April 1943. Ursprünglich wollte ich sie Resi nennen, nach meiner Freundin. Aber dann gefiel mir Rosi besser, die Koseform für Rosemarie, ein Mädchen, das die Ferien bei uns verbrachte."

Benno legt eine Pause ein, bevor er wieder das Wort ergreift.

„Was ist damals geschehen, Fiona? Magst du es mir erzählen?"

„Es zerreißt mir noch immer das Herz, Benno. Ich kann es nur im Zeitraffer wiedergeben, sonst fange ich an zu heulen. Ich war nervenkrank - eine eigene Geschichte. Moder fürchtete, das Jugendamt könnte mir das Kind wegnehmen. Da sie Haye für den Vater hielt, kontaktierte sie seine Verwandten auf dem Festland, damit sie das Baby vorläufig in Obhut nähmen."

Benno gibt nicht zu erkennen, dass er das bereits von Tade weiß.

„Die wollten davon nichts wissen. Schließlich fragte sie ihre Schwester, und die war einverstanden. Rosi sei bei ihr in guten Händen, versicherte Moder. Sie lebe in gesicherten wirtschaftlichen Verhältnissen. Es sei nur vorübergehend, sagte Moder immer wieder und griff jedes Mal liebevoll nach meiner Hand. Ihrer Schwester nahm sie das Versprechen ab, mit keinem Menschen über die Sache zu reden."

Benno entfährt ein Seufzer, als er an Linas Ausspruch bei Pattys Besuch denkt: *Versprochen ist versprochen.*

„Verabredet wurden drei Monate. Danach drängte Moder auf Verlängerung. Weil ich noch nicht stabil genug sei, meinte sie. Das Gegenteil konnte ich ihr nicht beweisen. So wurden aus drei zunächst sechs und schließlich fast zwölf Monate, in denen ich meine Tochter nicht sah. Lina schrieb uns monatlich, wie gut sich Rosi entwickelte. Vor ihrem ersten Geburtstag bestand ich darauf, sie zu sehen, und so kam Lina im April 1944 mit Rosi zu mir auf die Hallig. Als ich sie in den Arm nehmen wollte, fing sie an zu weinen und streckte ihre Ärmchen nach Lina aus. Das wiederholte sich, der Besuch blieb kurz, Lina nahm Rosi wieder mit. Ich hörte, wie Moder zu Lina sagte, es sei das Beste, denn ich sei krank. Ich bekam auch mit, dass sie sich hilfesuchend an Dabbelju wandte, und las seine Antwort. Er würde gern kommen, schrieb er, habe aber seine Möbel abgegeben und seine Arztpraxis aufgeben müssen und sei eine Zeitlang gehindert zu reisen. Wir fragten uns, ob er ebenfalls erkrankt war. Schon bei seinem letzten Besuch hatte er kränklich und schwermütig ausgesehen. Er empfahl uns einen Facharzt in Husum, den er aus dem gemeinsamen Medizinstudium kenne. Terminfindung und Bewilligungsverfahren dauerten. Schließlich bekam ich eine Kostenzusage der Krankenkasse. Ich fuhr regelmäßig nach Husum. Mein Zustand besserte sich, so dass ich an dem Film mitwirken konnte. Heute kann ich es kaum noch nachvollziehen, aber damals sah ich die Dreharbeit als Chance, irgendwie aus allem herauszukommen. Natürlich hatte ich Faxen im Kopf, das mit der Karriere und so, wollte aber vor allem gesundheitlich einen großen Sprung machen, damit ich Rosi zurückbekam. Der Arzt beurteilte den Sprung anders und riet, von der Erziehungsaufgabe noch Abstand zu nehmen. Moder pflichtete ihm bei, und ich fand mich damit ab, dass das Pflegeverhältnis zwischen Tante Lina und Rosi noch einmal verlängert wurde. Als wir nichts mehr von Dabbelju hörten, schrieb Moder erneut an ihn. Ein Nachbar antwortete, Herr Dr. Wittmann sei mit einem Judentransport nach Osten gebracht worden. Ich erinnerte mich an das Schild am Wyker Strand und ahnte Böses, aber Moder erklärte mir nichts."

Fiona schluckt und greift nach ihrem Taschentuch. „Entschuldige, Benno, trotz der langen Zeit geht mir das alles noch sehr nah. Im Sommer, als ich von den Dreharbeiten auf Langeneß zurückgekehrt war, holte ich Rosi für eine Woche zu mir auf die Hallig. Ich merkte deutlich, wie fremd ich ihr war. Sie ließ es mich spüren. So ging es im Wechsel. Die meiste Zeit war sie in Niebüll, zwischendurch holte ich sie zu mir. Wir schafften es nicht, ein Verhältnis zueinander aufzubauen. Schließlich stand die Entscheidung an, wo Rosi eingeschult werden sollte. Lina fand einen Platz in der Volksschule Niebüll. Moder und ich erklärten uns einverstanden. ‚Vorerst‘, sagte Moder wieder. Sie irrte sich, wir alle irrten uns. Rosi verbrachte ihre Kindheitsjahre auf dem Festland bei Lina. Jeder Aufenthalt auf der Hallig begann und endete mit Weinkrämpfen. ‚Will trüch to Lina ...‘ [255], war so etwa der einzige Satz, den Rosi von sich gab, wenn sie bei mir war.“

„Was wurde aus ihr?“

„Die Jahre vergingen, und plötzlich war Rosi eine Jugendliche. Ich verlangte von Lina, mich wenigstens wissen zu lassen, wie es Rosi ging. Für den Anfang hätte mir das gereicht. ‚Für den Anfang‘, sagte ich mir immer wieder, denn ich stellte mir Rosis Erwachsenwerden als neuen Anfang vor und hoffte, dass die erwachsene Tochter ihre Ressentiments ablegen und ein gutes Verhältnis zu mir entwickeln könnte. Aber sie nahm keinen Kontakt zu mir auf.“

Fiona ist blass geworden.

„Wollen wir das Gespräch lieber beenden?“, fragt Benno.

„Versteh’ mich bitte, Benno! Ich möchte nicht noch trauriger werden. Außerdem endet dein Projekt in der Nachkriegszeit. Wir müssen doch nicht über die Zeit danach reden.“

Zwei Tage später sucht Benno mit einem Korb voller Wäsche den Nassraum neben Broders Küche auf. Er will gerade die Waschmaschine einschalten, da hört er durch die angelehnte Tür, dass Tade und Broder in der Küche miteinander reden und dass sein Name fällt. Er stellt sich hinter die Tür und horcht.

„Benno löchert mi wegen Rosi“, sagt Tade. „Sien Fründin is bi Lina ween, un de hett angeblich Grootnicht to ehr seggt. Ik heff mien Mund hol’n un em roden, Fiona to frogen.“ [256]

„Herrje, de olt Geschicht! Fiona is jümmers fienfeuhlich.

255 Will zurück zu Lina ...

256 Benno löchert mich wegen Rosi. Seine Freundin ist bei Lina gewesen, und die hat Großnichte zu ihr gesagt. Ich habe meinen Mund gehalten und ihm geraten, Fiona zu fragen.

Fängt seker an to wenen, wenn se doröver snackt."[257]
Tade denkt offenbar darüber nach, dann sagt er:
„Ik glöv nich, dat se Benno wat vertell'n warrd. Wiss wüll
se disse wunde Punkt in ehr Leven ut dat Projekt rut holen."[258]
„Jo, aver villicht hett er se liekers inholt. Wi weer dat
egentlik domaals, Tade?"[259]
Tade braucht einen Moment, um sich zu erinnern. „Mitte
der sechziger Jahre soll Rosi noch mal auf der Hallig gewesen
sein, bevor sie auswanderte. Fiona wohnte schon lange nicht
mehr auf Hooge, bekam von dem Besuch also nichts mit."
„Ik heff Rosi bi Eiwall baden seh'n. Se weer hübsch, en
beten flippig."[260]
„Wetst du dat oder dücht di dat so?"[261]
„Seker bün ik mi nich"[262], räumt Broder ein.
„Dann vertell dat blots nich Fiona! Se hett nich wullt, dat
wi wat vun ehr Kind weten. Un doch hebbt all Bescheed
wusst."[263] Tade schüttelt den Kopf, als er sich klarmacht,
dass dreißig Jahre vergingen. „Dörtig Johr, stell di dat vör!
Erst dann hörte jemand über Verwandte in den Staaten, dass

---

257   Herrje, die alte Geschichte! Fiona ist immer noch sensibel. Fängt
sicher an zu weinen, wenn sie darüber redet.

258   Ich glaube nicht, dass sie Benno etwas erzählen wird. Bestimmt will
sie diesen wunden Punkt in ihrem Leben aus dem Projekt heraushalten.

259   Ja, aber vielleicht hat er sie doch eingeholt. Wie war das eigentlich damals, Tade?

260   Ich habe Rosi bei Eiwall baden gesehen. Sie war hübsch, ein
bisschen flippig.

261   Weißt du das oder scheint es dir so?

262   Sicher bin ich mir nicht.

263   Dann erzähle das bloß nicht Fiona! Sie hat nicht gewollt, dass wir
etwas von ihrem Kind wissen, und doch haben alle Bescheid gewusst.

Fionas Tochter vor längerem selbst eine Tochter bekommen hatte, ihr Name war Katja, und dass diese inzwischen geheiratet hatte."

„Hieß es nicht, dass der Ehemann spirituell interessiert war und seine ganze Familie, auch seine Schwiegermutter Rosi, da mit reingezogen hatte? Sie sollen einer evangelikalen Splittergruppe mit fundamentalistischen Glaubenssätzen angehört haben."

Tade nickt. „Manch einer sah darin den Grund, warum sich die Familie nie bei Fiona gemeldet hat. Jahrzehntelang wurde kein einziger Brief an sie geschrieben. Ende 1989 traf dann beim Bürgermeister dieser amerikanische Briefumschlag mit einer Todesanzeige, aber ohne Absenderangabe ein. Ich habe mir die Anzeige damals kopiert. ‚In Memory of Rose Nissen. Born April 1943 in Northwest-Germany - Died September 1989 in California. We are very sad. Katja Mattis with her little daughter Patty'."

Broder schüttelt irritiert den Kopf und fragt überrascht: „Du kennst den Text auswendig?"

„Damals nahm ich die Anzeige wieder und wieder in die Hand, ich war entsetzt, weil Fionas Tochter nur sechsundvierzig Jahre alt geworden war."

„Jo, wi weern alleman düchtig bedrüppelt."[264]

„An't End hett noch en Satz stahn: ‚He's going to judge the world.' Aver woran se starven is, stand dor nich un wuss keeneen op de Hallig. Klor schien man, dat dat Passamt ut Rosi slicht de amerikaansch Vörnaam Rose mookt hett. Stell di dat mol vör!"[265]

---

264   Ja, wir waren alle sehr betroffen.

265   Am Schluss stand noch etwas: Er wird die Welt richten. Aber woran sie gestorben ist, stand da nicht und wusste niemand auf der Hallig. Klar schien jedoch, dass die Passbehörde aus Rosi einfach den amerikanischen Vornamen Rose gemacht hat. Stell dir das mal vor!

„Du meenst ...?"[266], fragt Broder vorsichtig.
„Jo, ik heff so'n Geföhl, dat disse Patty in der Todesanzeige un Bennos Fründin de glieke Person is."[267]

,Was für ein Hammer!', durchfährt es Benno, als ihm klar wird, was es bedeuten würde, wenn Tade recht hätte. Aus Versehen stößt er gegen seinen Wäschekorb. Gleich darauf rutscht in der Küche ein Stuhl. Benno fürchtet, dass Broder aufgestanden ist und im Waschraum nachsehen will. Schnell zieht er sich ins Zimmer zurück und atmet tief durch, denn nach dem, was er soeben gehört hat, fühlt er sich der Auflösung des Rätsels sehr nahe. Schon das Gespräch vorgestern mit Fiona war aufschlussreich. Leider hat sie nicht weitergeredet. Nun will er sie mit dem Wort ,glieke Person' konfrontieren, um zu erfahren, ob Tades Vermutung zutrifft. Aber kann Fiona darüber überhaupt etwas wissen, wenn sie nie etwas aus den USA gehört hat? Er verabredet sich eine Stunde vor Interviewbeginn mit ihr. Patty soll später dazukommen.
„Du hast recht Fiona, Rosis Schicksal geht über das Projekt hinaus. Aber anscheinend betrifft es Patty. Und was Patty betrifft, betrifft inzwischen auch mich. Versteh' mich bitte! Ich möchte noch einmal über das Kind mit dir reden."
Benno meint einen ängstlichen Ausdruck in Fionas Augen zu erkennen, doch sie hält seinem Blick stand und sagt:
„Was willst du wissen?"
„Bitte setze da an, wo du aufgehört hast. Bei der Hoffnung auf einen Neuanfang."
„Lina verheimlichte mir jahrelang die Entwicklung meines Kindes. Viel später erfuhr ich, dass Rosi gleich nach Schulabschluss bei ihr ausgezogen war. Sie zog herum. Ihr

---

266   Du meinst ...?

267   Ja, ich habe so ein Gefühl, dass diese Patty in der Todesanzeige und Bennos Freundin dieselbe Person ist.

Weg führte sie nach Süddeutschland, wo sie bei einem Diskothekenbesuch einen Angehörigen der US-Streitkräfte in Deutschland kennenlernte. Der GI führte sie aus, sie waren viel in Bars unterwegs. Irgendwann hörte Rosi von Friesen der Inseln Föhr und Amrum, die in den fünfziger Jahren ihre Heimat verließen und in die USA zogen, wo sie hofften, gutes Geld zu verdienen. Sie nahm sich diese Leute zum Vorbild: ‚Wenn die sich trauen, kann ich das auch‘, soll sie bei einem Anruf zu Lina gesagt haben. Danach schien selbst Lina den Zugang zu ihr verloren zu haben. Rosi kam sie jedenfalls nie besuchen.“

Benno blickt Fiona tief in die Augen. „Ich weiß von einer Todesanzeige aus den USA, die an den Hooger Bürgermeister geschickt wurde“, sagt er ernst. „Es ging um Rose Nissen. Rose, nicht Rosi. Aber es handelte sich um Rosi, nicht wahr?“

Benno will Fiona Zeit für die Antwort lassen, lässt den Blick über den Tisch gleiten und sieht ihr erst nach einigen Sekunden wieder in die Augen.

„Sie hat die Auswanderungsabsicht wirklich in die Tat umgesetzt.“ Fiona wirkt entrückt, als sie die Worte spricht.

„Unter der Anzeige standen die Namen Katja Mattis und einer weiteren Person“, setzt Benno nach, will aber den Namen ‚Patty‘ noch nicht nennen.

„Ich habe die Anzeige auch bekommen und trauerte um meine kleine Rosi. Vermutlich war es ein Unfall, aber warum hatte man ihren Namen geändert, das fragte ich mich.“

Beide schweigen.

„Katja war Rosis Tochter?“

„Ja, meine Enkelin. Dass ich Oma geworden war, erfuhr ich allerdings durch Lina.“

„Und die zweite Person?“

Plötzlich ist es mucksmäuschenstill.

„Sie hieß auch Mattis mit Nachnamen“, fährt Benno vorsichtig fort.

Da Fiona nicht reagiert, ergänzt er: „Der Vorname lautete Patty", und weil sie auch darauf nichts sagt, spricht er weiter, nun ohne jede Umsicht im Ton:

„Fiona, ich muss dich das jetzt fragen: Ist meine Freundin …, ich meine, ist Patty Rosis Enkelin, also deine Urenkelin?" Es folgt ein langer Moment des Schweigens. Fiona scheint sorgfältig abzuwägen, ob sie antworten will. Schließlich sagt sie mit fester Stimme:

„Ja, Benno." Es hört sich an, als hätte sie sich von etwas befreit. Dann fragt sie: „Wie hast du es herausgefunden?"

Benno hat in der Nacht Patty über das Gespräch zwischen Tade und Broder informiert. Gegenüber Fiona will er sein Lauschen jedoch nicht zugeben.

„Patty und ich waren unabhängig voneinander in Niebüll. Wir haben beide nicht mit Lina Petersen sprechen können, jedenfalls nicht richtig. Haben uns aber hinterher darüber ausgetauscht, was wir erlebt haben. Patty ahnt eine verwandtschaftliche Beziehung, sie glaubt, dass Lina Grootnicht zu ihr gesagt hat."

Erneut vergehen angespannte Sekunden.

„Seit wann weißt du, dass sie deine Urenkelin ist?", fragt Benno.

„Kürzlich erhielt ich einen Anruf aus dem Pflegeheim. Zwar bin ich nicht Linas Betreuerin, aber man ruft mich in besonderen Fällen an. So erfuhr ich durch die Pflegeleiterin vom Besuch einer Kalifornierin. Sie sagte, anscheinend gebe es außer mir noch weitere Verwandte, die sie im Falle des Falles benachrichtigen müsse. Ich antwortete ausweichend und legte auf. Nach diesem Anruf reimte ich mir einiges zusammen, und als Patty dann von ihrem Besuch bei Lina berichtete, wusste ich Bescheid."

Als Benno den Laptop aufklappt, hört er Fiona schluchzen: „Ich verstehe nicht, warum ich mich damals so verhalten habe, Benno."

„Du warst krank, vermutlich sogar ziemlich schwer. Vielleicht hast du dir das nicht eingestehen können, weil seelische Krankheiten damals kaum verstanden und selten anerkannt wurden."

Benno schiebt seine Hand über den Tisch und legt sie Fiona auf den Unterarm. Sie fängt hemmungslos zu weinen an. Benno steht auf und umschlingt tröstend ihre Schultern. Nach einer Weile sagt er: „Was war eigentlich mit Lina? Du sagtest, sie hätte dir jahrelang die Entwicklung deiner Tochter verschwiegen. Warum tat sie das?"

„Ich weiß nicht warum, und leider kann ich sie nicht mehr fragen. Vielleicht scheute sie davor zurück, darüber zu sprechen, dass Rosi uns offenbar für immer verlassen wollte. Später lag es sicherlich an der Demenz. Erste Anzeichen traten bereits früh zutage."

Wie in der Nacht besprochen, stößt Patty nach einer Stunde dazu wie zu einem normalen Interviewtermin. Verlegen geht sie auf Fiona zu: „Guten Morgen! Soll ich jetzt Uromi zu dir sagen?"

Fiona scheint ebenso verlegen, denn anstelle einer Antwort hebt sie nur gerührt die Hände.

Und Benno? Er gehört eher zu den Männern, die sich von größeren emotionalen Regungen peinlich berührt sehen. So stellt er übergangslos und nüchtern fest: „Für mich erklärt sich jetzt natürlich einiges."

„Was meinst du?" fragt Fiona.

„Ich denke an frappierend ähnliche Gesten. Zum Beispiel, wie ihr mit den Fingern spieltet oder den Kopf in bestimmter Weise zur Seite neigtet. Irritierend und zugleich faszinierend fand ich euer anlassloses Lächeln im selben Augenblick. Wie zwei Lichtschalter, die gleichzeitig betätigt werden. Im Grunde wird mir das erst jetzt richtig bewusst."

„Klar, weil dir die Eifersucht auf unser gutes Verhältnis

wichtiger war." Patty zwickt ihn in den Unterarm. „Aber lassen wir das. Denn nun, Benno, erfährst du etwas viel Wichtigeres: Meine Oma Rosi wurde zwischen zwei Rudern während einer Mondscheinfahrt gezeugt. Stimmt's, Fiona?" „So ist es. Nur Moder sah das anders. Sie ging davon aus, das Kind sei von Haye und winkte ab, wenn ich widersprach. ‚He hett mi nur een Mol küsst.' - ‚Dat glöv ik di nich.' So ging das ständig hin und her zwischen uns. Scheinbar *wollte* sie glauben, Haye sei Rosis Vater. Ich wusste es besser. Ich erkannte Hans' Züge im Gesicht meines Babys."

„Hooray, Hans ist mein Uropa!" Patty schreit ihre Freude heraus und fällt Fiona in die Arme.

„Ich werde mal drei Runden um die Warft gehen", sagt Benno, „ich denke, die Verwandten möchten eine Weile unter sich sein."

Als er zurückkommt, liegen die beiden sich noch immer in den Armen. Sie lächeln in einem fort und Benno glaubt, noch nie so glückliche Menschen vereint gesehen zu haben.

„Das muss ich im Bild festhalten!" Er holt seine 6x6 aus dem Regal und schießt mehrere Fotos mit unterschiedlichen Zeit-Blenden-Kombinationen, um sicherzugehen, dass wenigstens eines richtig belichtet ist.

Zugfahrt durch den Norden

Patty lehnt an Bennos Schulter. Sie schmunzelt. Wahrscheinlich denkt sie an ihre forsche Initiative vor wenigen Tagen. Am Ende der Hauptsaison hat sie, vom monatelangen Kellnern ermüdet, zwei Wochen Urlaub genommen, um Benno zu heiraten. Natürlich war er einverstanden, wenngleich überrascht, dass es plötzlich so flott gehen sollte. Als Trauungsort hätten sie gern die Halligkirche gewählt, aber das war nicht möglich. Zweitbeste Option war Bennos Geburtsort Bremen. Sie nehmen den Zug. Fiona ist als Trauzeugin dabei, und Tade natürlich entsprechend der Zusage auf der Bank. Fiona hat einen Fensterplatz in der Reihe vor ihnen. In Dithmarschen ist sie eingenickt. Benno hält Pattys Hand und denkt an die turbulenten Tage zurück - an das Vieraugengespräch mit Fiona, an Pats schnellen Heiratsentschluss, seine kurzfristige Einladung an Roni, der erfreut zusagte. Und an den Professor, der sich telefonisch nach dem Stand des Manuskripts erkundigte. Benno berichtete über die letzten Interviews mit Fiona, kam dann auf Patty und Tade zu sprechen und schließlich auf Lina Petersen. Demnächst würde er mit seiner Protagonistin verwandt sein, sagte er noch, bevor der Prof ihn unterbrach. Er müsse zu einem Termin, sagte er und bat Benno eindringlich, einen festen Abgabetermin zu nennen. „In vier Wochen", antwortete Benno, wobei er spontan eine Hochzeitsreise von zehn Tagen einkalkulierte.

Patty ist inzwischen ebenfalls eingeschlafen. Vorsichtig löst Benno seinen Arm und schiebt ihren Kopf sanft zur Seite. Mit der freien Hand zieht er ein Kuvert aus seiner Jacketttasche, reißt die Lasche auf und liest:

Lieber Benno, du fragtest mich einmal, ob mir daran gelegen sei, einzelne Themen aus dem Projekt herauszuhalten. Ja, diese Absicht hatte ich und wollte deshalb nicht über das sprechen, was ich dir nun schriftlich darlege. Du wirst es nach Abschluss des Projekts lesen, wie du versprochen hast. Wahrscheinlich bist du in diesem Moment schon nicht mehr auf der Hallig ...

Benno überfliegt die weiteren Sätze und stellt fest, dass sie all das enthalten, was er mittlerweile weiß. Fiona hat das nicht vorausahnen können. Mit dem Brief hat sie ihn vollständig über ihr Schicksal informieren wollen, auch über die kummervolle Seite, die sie in den Interviews nicht hatte ansprechen wollen. Dafür zollt er ihr Respekt. Er steckt den

Brief zurück. Da alles offen zutage liegt, wird er weder auf die Sache noch auf den Umschlag zurückkommen.

Bis Bremen sind es noch anderthalb Stunden. Benno nimmt das Notizbuch und den Laptop aus dem Bag und wirft, bevor er mit dem letzten Teil des Manuskripts beginnt, einen Blick auf die schlafende Fiona. Fast hätte er in einem Interview einmal Moder zu ihr gesagt. Wahrscheinlich, weil er das Wort so oft von ihr gehört hat. Unwillkürlich muss er lächeln. Vielleicht wird er es demnächst wirklich verwenden. Soll er nach der Hochzeit Ur-Grootmoder zu ihr sagen? So, wie er sie kennt, wird sie verlangen, bei ‚Fiona‘ zu bleiben. Es wäre ihm recht.

Erneut muss er lächeln. Der große Altersunterschied zwischen ihnen hat ihm nichts ausgemacht. Bis auf die eine Phase, als er eifersüchtig wie ein kleiner Junge die unerklärliche Nähe zwischen Fiona und Patty beobachtet hatte. Wenn er nun selbst zu der Familie gehören wird, beginnt seine Zukunft vielleicht in Amerika - falls Patty das will (und sich durchsetzt). Neulich las er in einer Fachzeitschrift, an mehreren US-Universitäten sei der Studiengang Alltagsgeschichte eingerichtet worden. Er nimmt sich vor, sobald etwas Ruhe eingekehrt ist, den Suchbegriff ‚Oral History‘ einzugeben. Könnte sein, dass sich ein Kontakt mit einer Uni ergibt. Unverbindlich natürlich, denn erstmal muss er sein Projekt zu Ende bringen. Für die nächste Kapitelüberschrift wählt er ein Wort Fionas aus dem letzten Interview.

Aufbruch

Bald nach dem Krieg trat ein neuer Pastor den Dienst in der Halligkirche an. Frau Pastor - so ließ die Gattin sich anreden - war an Sitten und Gebräuchen, den Familien auf den einzelnen Warften und irgendwie wohl auch an mir interessiert. Wäre es nach ihr gegangen, hätte ich der Kirchwarft jeden Tag einen Besuch abstatten können. Tatsächlich gab es bald einen besonderen Grund dafür. Nicht Frau Pastor. Auch nicht das Briefgut, denn infolge des desolaten Straßen- und Schienennetzes gelangte zu der Zeit eher weniger Post auf die Hallig. Nein, es war der Geruch frischer Farbe, der mich anlockte. Im Keller des Pastorats hatte der Pastor Vorkriegsbestände an Farbeimern gefunden und einen jungen Verwandten, der ihn besuchte und zufällig in einer unterbrochenen Malerausbildung steckte, beauftragt, die Bauernmalerei an den Deckenbalken auszubessern. Moin! rief ich dem Anstreicher - genauer: seinen Hosenbeinen - zu, als ich die Kirche betrat und mich unversehens unter einer klecksreichen Sprossenleiter wiederfand. Die Grußerwiderung von oben klang gekrächzt. Wahrscheinlich litten die Stimmbänder unter dem gestreckten Kehlkopf. Auch von meiner Seite kam nicht mehr zustande, denn Hosenbeine vor dem Gesicht stellen nun mal ein gewisses Hindernis dar, wenn man ins Gespräch kommen will. Weil die Arbeit mit dem Kopf im Nacken gewiss anstrengend war, und der Mann mir leidtat, ging ich hinaus. Am nächsten Tag war ich bereits wieder da. Und am darauf folgenden ebenfalls. Die ,Moin!'-Erwiderung von der Leiterspitze klang allmählich munterer, und wenn ich an den Hosenbeinen vorbei in die Höhe sah, blickte ich in ein fröhlich leuchtendes Augenpaar, in dem sich das Buntglas der Kirchenfenster spiegelte. Unverhofft bot sich eine Gelegenheit zum Gespräch, als der Farbeimer und auch die Leiter etwas ins Schlingern geriet. Anscheinend hatte der junge Mann den Eimer zu schwungvoll von einer auf die andere Seite gehievt. Das war riskant! rief ich hinauf. Ach, nein, lautete die knappe Antwort. Sie hätten runterfallen können, beharrte ich und bot an, die Leiter mit den Händen zu stabilisieren. Nicht nötig! meinte er trocken. Klar, dachte ich, Anstreichen ist einsame Arbeit, aber sicher kein Grund, so knauserig mit Worten umzugehen. Hartnäckig umklammerte ich die seitlichen Holme und sagte trotzig: Sicherheit geht vor! Nach einer Weile fragte ich kess, wie viele Balken er am Tag denn so schaffe. Den provozierenden Unterton konnte er kaum ignorieren, und tatsächlich kam er heruntergeklettert. Verblüfft starrten wir uns an; er meine Postjacke und meine nackten Füße, ich seinen Malerkittel und die Farbmischung auf seinem Gesicht. Er gab mir die Hand. Walter ..., äh, Finck. Mit c, also nicht wie das Vöglein. Ostflüchtling. Ich guckte irritiert. Da staunen Sie, was? Manchmal wundere ich mich selbst darüber, wie ich es geschafft habe, ganz Deutschland zu durchqueren und heil im Nordwesten anzukommen - noch dazu auf einem unscheinbaren Eiland. Irrtum, widersprach ich, wir sind nicht unscheinbar! Das sehe ich, antwortete er prompt und lächelte mir unverhohlen ins Gesicht.

Ab sofort wurden tägliche Kirchenbesuche zum - inoffiziellen - Teil meines Dienstplans. Auch an Tagen, an denen ich keine Post für das Pastorenehepaar hatte. Walter stellte sich darauf ein und begann seine Arbeitspause immer genau dann, wenn er am Warftaufgang die Pforte klacken hörte. Die Pause verbrachten wir gemeinsam auf der vorderen Kirchenbank. Sind Sie richtiger Maler? fragte ich, nachdem wir eine Weile still nebeneinandergesessen hatten. Noch nicht ganz. Wegen Einberufung am Schluss des Krieges habe er seine Malerlehre abbrechen müssen. Kurz vor der Gesellenprüfung, so 'n Mist!

Und nun sind Sie hier - schöner Zufall, sagte ich leichthin. Nicht wahr? Sonst hätte ich Sie nicht kennengelernt.

Bestimmt freuen sich die Balken.

Und Sie? Freuen Sie sich auch?

Es ist gut, dass sie wieder Farbe kriegen.

Kurz pressten sich seine Lippen zusammen, vielleicht hatte er eine persönlichere Antwort erwartet. Ich führte ihn auf ein anderes Gleis: Haben Sie beim Malen richtige Blumen im Kopf?

Ich übertrage den Garten meiner Eltern auf die Balken. Wir hatten Veilchen, Levkojen, Anemonen, Purpurglöckchen, Violen.

War auch ein Tränendes Herz dabei?

Ich glaube ja. Warum fragen Sie?

Nur so.

Walter blickte mich unverwandt von der Seite an. ‚Nur so‘ reichte ihm offenbar nicht.

Ich hatte an Hans’ Blumenzeichnung gedacht - rote Herzen mit weißen Tropfen -, erwähnte das aber nicht, sondern sagte: Die Staude stand bei einer Nachbarin im Garten. 1936 löschte die Sturmflut den Garten aus wie vieles andere.

Das Herz vertrug kein Salzwasser, nahm er an, worauf ich anerkennend feststellte: Damit haben Sie sich also schon befasst. Das Lob reizte ihn zu neuem Lächeln, und es klang genauso charmant wie aufrichtig, als er sagte: Alle Besonderheiten des Wattenmeeres interessieren mich!

Bei jedem Besuch verringerte sich unser Abstand auf der Bank. Bald hatten wir Tuchfühlung wie bei einem überfüllten Gottesdienst. Nachdem er mit den Kirchenbalken fertig war und Malerarbeiten im Pastorat anstanden, sprach er vom ‚persönlichen Bergfest‘ und fragte, ob er mich aus diesem Anlass zum Tanzen einladen dürfe. Es war lange her, dass mich ein Mann mit netten Worten um etwas gebeten hatte. Ich sagte zu, und wir tanzten im wiedereröffneten Bovens Gasthof. Ich mochte seinen versteckten Witz. Er roch schön nach Farbe, machte mir Komplimente und zeigte, dass er zärtlich zu mir sein wollte. Ich wehrte ihn nicht ab. Er war der erste Mann, der mich wieder berührte und mir das Gefühl gab, eine Frau zu sein. Nachts im Alkoven stellte ich mir die Frage, ob ich mich neu verlieben könnte.

Kurze Zeit später erfuhr ich, dass ein Kriegsheimkehrer

meinen Zustellungsdienst übernehmen sollte. Eine Nachricht wie eine persönliche ‚Stunde Null': Ich würde mich nach etwas Neuem umsehen müssen. Zwei Nächte setzte mir die ‚Kuh mit Pferdehaar' zu, dann bewarb ich mich für eine Tätigkeit auf dem Festland. Die Deutsche Post bot jungen Frauen eine Ausbildung zur Postsekretärin an. In der Nähe Hamburgs war eine Stelle frei, und ich wurde angenommen.

Moder und die Geschwister begleiteten mich zum Schiff nach Landsende. An der Mole erwartete mich eine Atmosphäre des Innehaltens - als wollte die Hallig mir Zeit einräumen, mich noch anders zu entscheiden. Selbst die Wolken unterbrachen ihren Zug. Leute standen leise beieinander, es fiel kein lautes Wort. Wer vorüberging, ließ kurz seine Hand auf meiner Schulter ruhen. Blitzartig vorbeijagende Schwalben machten mir klar, dass wenig Zeit blieb, Eindrücke und Empfindungen festzuhalten. Hektisch wanderte mein Blick über die Hallig. Nichts sollte dem Grau des Vergessens anheimfallen. Weder die rotbunten Rinder und der lockige Pelz der Schafe noch das Gelb der Ruken und das braune Reet der Dächer. Selbst die Rauchfäden über schwarzen Schornsteinen nicht. Wie Hans, der geglaubt hatte, den Duft von Meer und Muscheln konservieren zu können, überfiel mich ein jäher Drang, Bilder mitzunehmen: Wolkenschatten auf Prielen und Fennen, segelnde Möwen über dem Meer, weiße Laken im Wind.

Mit schleppenden Schritten ging ich an Bord. Unter mir tuckerte der Motor im Leerlauf. Beim ‚Leinen los!' rieb Moder sich die Hand übers Gesicht. Ich wollte sie trösten, doch zwischen Reling und Mole waren die Arme nicht lang genug, um uns noch einmal die Hände zu reichen. Dunkles Wasser quoll unter der Schiffsschraube hervor. Schnell nahmen wir Tücher und winkten. Als der Bug einen Halbkreis beschrieb, um in die quer verlaufende Fahrrinne einzubiegen, verschob sich die Perspektive auf die Hallig. Warften rückten zusammen, die in Wahrheit auseinanderlagen. Was eben noch nah war, wurde schnell fern. Die Gesichter an der Mole zerflossen im Dunst über der See. Mit dem Tuch in der Hand winkte ich Moder weiter zu, obschon sie nicht mehr zu sehen war. Das Vertraute sollte nicht zu schnell weichen. Wehmut stieg in mir hoch, als ich mir vorstellte, dass sie es aus purer Liebe genauso machte.

Für Augenblicke schien alles zu verschmelzen. Die Vergangenheit mit der Gegenwart. Das alte mit einem unbekannten, neuen Leben. Ich senkte den Kopf und wischte meine Wangen trocken. Als ich aufblickte, war die Hallig zu einer entlegenen Scheibe zusammengeschrumpft. Anlass, vom Heck zum Bug zu wechseln und den Blick in Fahrtrichtung zu lenken - dorthin, wo mich die Reise hinführte. Noch fiel es schwer, nach vorn zu schauen. Es war wohl die Nähe von geschichtsträchtigen Orten, die mich weiter bei Bildern der Vergangenheit verweilen ließ. Während Ole Hein mit mir über Rungholts Dächern kreiste, hatte ich Glockenklang gehört und gemeint, blonde Nixen zwischen den spiegelnden Wellen zu sehen. Jetzt warf ich wieder einen Blick in die Tiefe, vielleicht überquerten wir just die versunkene Stadt. Auch den Traum vom dänischen Schatz hatten die Gezeiten für immer vergraben. Wenn nicht, zogen ihn die vorbeisegelnden Möwen mit sich fort. Unvermittelt dachte ich an Vader. Er hatte versponnene Geschichten geliebt und mich das Träumen gelehrt.

Am Bahnsteig im Husumer Bahnhof nahm ein Mann im Jackett meinen Koffer, um ihn für mich in den Zug zu hieven. Erst als er fertig war, sah ich, dass unter dem schlenkernden Ärmel auf seiner rechten Körperseite die Hand fehlte. Ich wollte mich bedanken, aber nicht ins Leere greifen, so ging ich ins Abteil und winkte zum Dank aus dem Fenster. Ich fragte mich, was ihm passiert war, und starrte die Gegenübersitzenden an, ob auch sie sich darüber Gedanken machten. Alle sahen aus, als hätten sie genug mit sich selbst zu tun. Mein Blick wechselte auf die vorbeisausenden Landschaften, und als sich im Fensterglas Wolken wie Wellen spiegelten, flog mich das erste Heimweh an und die stampfende Maschine der fahrenden Lok führte mich noch einmal zurück in die Kajüte der ‚Aurora‘. Die offene Marschlandschaft Dithmarschens mit ihren Feldern und Knicks machte mich ruhiger, und es gelang mir, meine Gedanken auf das Reiseziel einzustimmen.

Ich fand Unterkunft am Ort meiner Ausbildungsstelle am Rande Hamburgs und richtete mich mit dem ein, was mir zur Verfügung stand; das war nicht viel. Nach drei Wochen hielt ich Moders ersten Brief in den Händen. Sie wünschte mir das Beste und erwähnte wie nebenbei, Walter und ich passten gut zusammen. Zum Schluss schrieb sie, wie sehr Berde noch immer litt. Seit der Vermisstenmeldung habe sie keine Nachricht von Haye erhalten. Nicht zu wissen, ob er tot war, wo und wie er starb oder ob er lebte und in Gefangenschaft geraten war, peinigte sie. Eines Tages, so Moders Zeilen, sah man Berde neben der Windmühle knien, die Haye einst zur Stromerzeugung gebaut hatte. Sie stellte ein Holzkreuz auf, von Harlies Händen gezimmert.

Und Jens? Er war einer der wenigen Halligmänner, die den Krieg nicht gesehen hatten. Am Anfang zog ihn die Wehrmacht nicht ein, weil sie ihn für unfähig hielt, beim Schießen zwischen ‚Richtigen und Falschen‘ zu unterscheiden. Am Ende, als die Nazis jeden rekrutierten, der auf zwei Füßen stehen und ein Gewehr in der Hand halten konnte, war er unauffindbar. Wahrscheinlich hatte er sich versteckt, vielleicht im Schilf eines Fethings. Wer konnte das wissen? Jens verriet es nie.

Bei der Ausbildung zur Postsekretärin lernte ich nette

Kolleginnen kennen. Mit einigen freundete ich mich an und erfuhr viel Neues vom Leben. Nach Feierabend dachte ich oft an die Hallig zurück. An Ack, Himmel, Watt und Vögel und natürlich an die Familie.

Das änderte sich, wenn Walter mich an jedem dritten Wochenende besuchte. Dann waren meine Gedanken nur bei ihm und unserer Zukunft. Er hatte die Gesellenausbildung wiederaufgenommen, und nachdem er die Prüfung bestanden hatte, zog er in meine Nähe in die Dachkammer eines Privathauses, die ihm von der staatlichen Flüchtlingsverwaltung zugewiesen worden war. Nun schlief ich meistens bei ihm, weil seine Matratze breiter war als meine. Als Neuling im örtlichen Malerhandwerk musste Walter sehen, wie er über die Runden kam. Aufträge gingen meist an alteingesessene Malerbetriebe. Trotzdem leisteten wir uns ab und zu einen Kinobesuch. Als wir eines Abends zurückkehrten, sahen wir Walters weniges Hab und Gut auf dem Gehweg stehen. Der Hauseigentümer war mit der Einquartierung des Flüchtlings nicht einverstanden und hatte die Dachkammer einfach leergeräumt. Zum Glück wies die Gemeinde schnell eine neue Bleibe zu. Oft sprachen wir über die Lage und wie es nach Krieg und Befreiung weitergehen sollte. Die Nachrichten von Fox' Tönende Wochenschau im Vorprogramm des Kinos gaben reichlich Anlass dafür. Frei und humanistisch gesinnt, forderte Walter ein friedliches, demokratisches und gerechtes Deutschland, von dem nie wieder ein Krieg ausgehen dürfe. Während ich zu grundlegenden Fragen selten eine gefestigte Meinung hatte, wusste Walter entschieden, was zu tun war: Bestrafung von Kriegsverbrechern, die Ahndung der Ermordung von Juden, Widerstandskämpfern, Sinti und Roma und anderen Gruppen und das Verbot aller Nazi - Organisationen für alle Zeiten. Das ist 'ne Menge, sagte ich. Nicht unbedingt, erwiderte er. Was ist es dann? Nötig für den Neuaufbau der Gesellschaft, sagte er überzeugt.

Auch persönlich packte er die Dinge an, richtete sich in einem ehemaligen Hühnerstall eine Malerwerkstatt ein und bereitete sich auf die Meisterprüfung vor. Nachdem er sie bestanden hatte, machte er mir einen Heiratsantrag. Bald darauf wurde ich schwanger. Die Zukunft würde glücklich sein, nahm ich mir vor. Dem Stachel, der unsichtbar an meiner Seele fraß - die anhaltende Trennung von Rosi - versuchte ich, von Jahr zu Jahr weniger Raum zu geben.

Der Knoten

An einem Maitag fuhr ich nach Hamburg. Ein Allgemeinarzt hatte mich zur Abklärung einer bestimmten Frage an eine fachärztliche Praxis überwiesen. Die Untersuchung war auf den Nachmittag terminiert, trotzdem begab ich mich gleich früh morgens zum Bahnhof, weil es häufig Verspätungen wegen schadhafter Gleise gab. Im Abteil war es eng. Die um mich stehenden Menschen machten mich nervös, was durch einen anderen Umstand noch verstärkt wurde: Mich erwartete die Stadt, in die Hans mich hatte mitnehmen wollen. Jetzt besuchte ich sie zum ersten Mal - unter gänzlich anderen Gegebenheiten.

Während ich durchs Fenster verfolgte, wie der Lok-Schornstein die vorbeiziehenden Äcker, Forste und Orte mit schwarzem Qualm eindeckte, dachte ich an Hans, an unsere Liebe und dass diese ein Mädchen hervorgebracht hatte.

Ein Ruck unterbrach die Gedanken. Der Zug war stehengeblieben, man sah Gleisarbeiter am Bahndamm. Irgendwann pfiff ein Signal, die Arbeiter traten von der Trasse zurück, und die Lok setzte sich schnaufend neu in Bewegung. Bald kamen vorstädtische Kleingartenkolonien in Sicht. Jede Hütte schien von mehreren Familien bewohnt zu sein, denn in den Gärten tummelten sich zahlreiche Kinder, Eltern, Alte. Die Frühlingsfarben der blühenden Hecken und Sträucher kontrastierten mit dem düsteren Grau der Zerstörungen, die immer größere Areale umfassten, je weiter der Zug in die Stadt hineinfuhr.

Es gab keine neuen Verzögerungen, und so war ich viel zu früh am Bahnhof Dammtor, an dem ich aussteigen musste. Bis zum Termin hatte ich vier Stunden Zeit. Was tun? Mitfahrende hatten von neu eröffneten Geschäften im Stadtzentrum gesprochen, die wieder Auslagen präsentierten. Eine plötzliche Eingebung setzte sich gegen die Idee eines Schaufensterbummels durch. Vielleicht könnte ich es hin und zurück in den Stadtteil Eppendorf schaffen. Von da war es nicht weit bis zur Borgstraße, wo Hans gewohnt hatte. Womöglich wohnte er noch immer dort. Wie schön wäre es, sich wiederzusehen und miteinander zu reden!

Auf dem Bahnsteig nannte man mir die ungefähre Richtung und die geschätzte Zeit von zwei bis drei Stunden, die ich hin und zurück benötigte. Wo Hinweis- und Straßenschilder fehlten, sollte ich mich nach dem Stadtpark erkundigen.

Beim Verlassen des Bahnhofsgebäudes blickte ich entgeistert auf die Zerstörungen. Schon beim Ausgucken durch die Abteilfenster hatten sie grauenerregend ausgesehen, hinter dem Glas aber irgendwie irreal gewirkt. Erst jetzt nach dem Aussteigen, als ich mich im Freien auf den Weg machte, erfuhren Füße, Atmung und Augen durch unmittelbare Konfrontation das wahre Ausmaß der Verwüstung. In dieser Schuttlandschaft konnte ich mir keine Grünanlage vorstellen. Das Ansinnen, einen Park mit Bäumen, die Borgstraße oder gar einen einzelnen Menschen zu finden, erschien aussichtslos. Alle hundert Meter überlegte ich umzukehren.

Andererseits musste es einen Park geben, denn die Auskünfte, die ich erhielt, lauteten alle gleich, jeder nickte auf meine Frage und zeigte in dieselbe Richtung. Falls er also existierte, sollte es dann nicht möglich sein, dass im Schutz der Bäume etwas Bauliches erhalten geblieben war? Mit dieser Hoffnung lief ich die endlos erscheinenden Ruinenreihen weiter entlang.

Im Hintergrund entdeckte ich einen Wasserlauf und erinnerte mich daran, dass Hans in der Alster geschwommen hatte. Wenn ich mich nah an das Ufer hielt, konnte ich nichts verkehrt machen. Tatsächlich kamen nach einer guten Stunde Gruppen von Bäumen in Sicht, dazwischen Notunterkünfte und Flächen mit Gemüseanbau. Endlich eine andere Farbe: frisches Mai-Grün. Das schien der Park zu sein, ein Passant bestätigte es.

Frauen, die Schutt von Gehwegen räumten, fragte ich nach der Borgstraße, folgte einem Pfeil und fand schließlich das Straßenschild an einer stehengebliebenen Mauer. Als ich um die Ecke trat, hätte ich beinahe aufgeschrien. Es brauchte lange, um zu begreifen, dass das, was sich Straße nannte, in Wirklichkeit ein Trümmerhaufen war - an den Säumen Häusergerippe, die furchterregend aus Geröll ragten.

Der Anblick brachte mich vollkommen durcheinander. Beinahe hätte ich vergessen, was ich hier wollte. Dass ich eine Person suchte und nach Briefkästen fahnden musste oder Schildern, auf denen Namen klebten. Vielleicht gab es welche hinter den Haustüren, aber die wenigen Eingänge, die erhalten geblieben waren, drohten jeden Augenblick einzustürzen, so dass ich mich nicht hindurch traute. Die nur noch von zwei Außenmauern gehaltene Mitteletage eines Hauses erweckte in gespenstischer Weise den Eindruck, weiterhin bewohnt zu sein. Polstermöbel und Tisch standen mit grauem Staub überdeckt da, wo sie offenbar immer gestanden hatten. Sogar ein Teppich war zu sehen, seine Fransen hingen über den Rand der Fassade. Davor blieb ich stehen und sprach einen vorübergehenden Mann an:

Kennen Sie Menschen, die hier wohnen oder wohnten? Er

schüttelte verständnislos den Kopf und ging wortlos weiter. Womöglich war er ein Fremder wie ich.

Nein, dachte ich, hier wohnt kein Mensch mehr. Niemand, auch kein Hans. Aber was, wenn er eines Tages zurückkäme, um aufzuräumen und neu anzufangen? Für diesen Fall wollte ich ihm eine Nachricht hinterlassen. Dann könnte er sich melden, und wir würden reden. Ich würde ihm sagen, dass er eine Tochter hat. Gewiss würde er sich freuen und versuchen, Kontakt mit ihr aufzunehmen; ihm würde es vielleicht gelingen.

Ich schrieb ein paar Worte und meine Adresse auf einen Zettel und schob ihn in einen Spalt an einer Mauer. Um ihn an etwas zu befestigen, suchte ich in der Handtasche nach einem Faden oder einem Band und pfriemelte aus der untersten Ecke ein Stoffknäuel hervor.

Es war das Taschentuch, das ich in der Nacht auf dem Heuboden zu einem Knoten zusammengebunden hatte. Ich schloss die Augen und sah für einen kurzen und sogleich wieder endenden Moment Hans und mich. Ich steckte das Knäuel zu dem Zettel und ließ die Enden zwischen den Trümmersteinen weit genug heraushängen, damit Hans sie sähe, wenn er vorbeikäme.

So blieb er dort: der einst so unauflösbar fest gebundene Knoten.

Ich danke Giorgia Grasso und dem Team des Europa Buch Verlages für ihre großartige Unterstützung. Ein herzlicher Dank gilt Freunden und Bekannten für Ratschläge und die Durchsicht von Entwürfen, besonders Marianne Rinderspacher für ihre umfassende redigierende Arbeit.

Einen wichtigen Beitrag lieferte Malene Gottburgsen mit der Übersetzung von wörtlicher Rede ins Plattdeutsche. Spätere Ergänzungen fügte ich hinzu. Die dabei möglicherweise entstandenen Fehler in der niederdeutschen Sprache habe ich zu verantworten.

Hervorheben möchte ich den Anteil meiner Ehefrau Eva-Maria. Ohne ihre geduldige und konstruktive Begleitung wäre der Roman nicht zustande gekommen.

Manche Anregung erhielt ich aus biografischen Fragmenten. Direkte Rückschlüsse auf Personen, die auf Hallig Hooge leben oder gelebt haben, können daraus nicht gezogen werden.

Index